HEYNE <

Olga A. Krouk

Nachtseelen

Roman

Originalausgabe

Wilhelm Heyne Verlag
München

FSC
Mix
Produktgruppe aus vorbildlich bewirtschafteten Wäldern und anderen kontrollierten Herkünften

Zert.-Nr. SGS-COC-001940
www.fsc.org
© 1996 Forest Stewardship Council

Verlagsgruppe Random House FSC-DEU-0100
Das für dieses Buch verwendete
FSC-zertifizierte Papier *Super Snowbright*
liefert Hellefoss AS, Hokksund, Norwegen.

Originalausgabe 07/2010
Redaktion: Uta Dahnke

Printed in Germany 2010
Umschlaggestaltung: Nele Schütz Design, München
Karte: Andreas Hancock und Herbert Ahnen
Satz: Christine Roithner Verlagsservice, Breitenaich
Druck und Bindung: GGP Media GmbH, Pößneck

ISBN 978-3-453-52599-3

www.heyne-magische-bestseller.de

Für die beiden liebsten Männer
in meinem Leben:
Michael und Konstantin

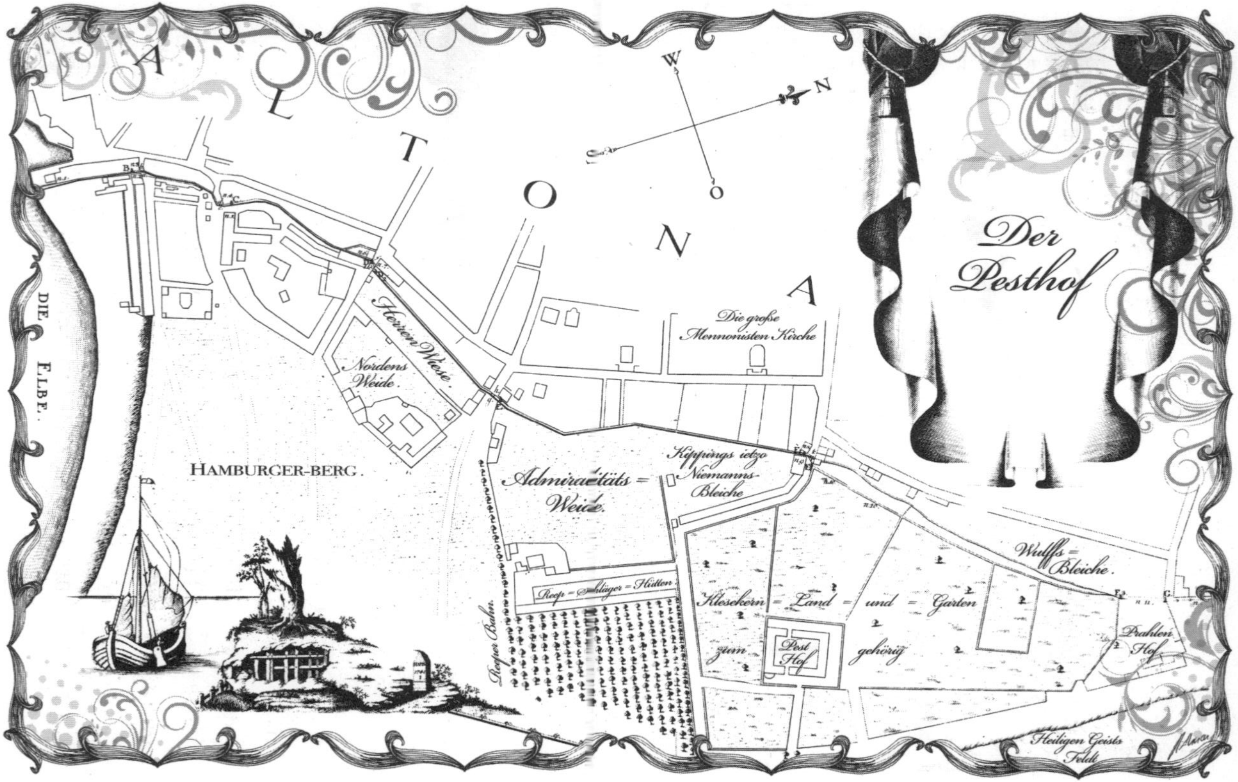
Der Pesthof
ALTONA
W
N
O
S
DIE ELBE.
HAMBURGER-BERG.
Herren Wiese.
Nordens Weide
Die große Mennonisten Kirche
Admiralitäts = Weide.
Kippings ietzo Niemanns-Bleiche
Reep = Schläger = Hütten
Reeper Bahn.
Klesekern = Land = und = Garten zum gehörig
Post Hof
Wulffs = Bleiche.
Prahlen Hof
Heiligen Geists Feldt

Prolog

Sie wurde in die Dunkelheit gestoßen, polterte die Stufen hinunter und schlug hart auf dem Boden auf. Schmerzhaft durchzuckte es ihren Arm bis zu der Schulter und trieb ihr Tränen in die Augen. Das Scheppern der Gittertür hinter ihr fuhr ihr in die Knochen. Sie wimmerte. Doch laut zu weinen, traute sie sich nicht. Was, wenn der Schwarze Mann wiederkommen würde? Wenn er sie prügeln würde, falls sie auch nur einen Ton von sich gäbe? Wie vorhin, als er sie hierhergeschleift hatte.

Sie krümmte sich zusammen und pustete sich in die aufgeschürften Hände, die brannten. Ein feuchter Film aus Schmutz bedeckte den Steinboden, gegen den sie ihre Wange drückte. Es stank nach nassem Fell und Exkrementen. Darunter mischte sich ein schwerer, fauliger Geruch, der sie daran erinnerte, wie ihr Opa im Bad eine tote Maus entdeckt hatte. Mit zwei Fingern hatte er das Tier am Schwanz aufgehoben und hinausgetragen, der Geruch haftete aber noch lange in den Räumen. Der Gestank hier verseuchte die Luft, er klebte ihr in der Nase und im Rachen, als hätte sie diese tote Maus verschluckt.

Opa, wo war bloß ihr Opa? Warum holte er sie nicht von diesem schrecklichen Ort ab?

Mit aller Kraft beschwor sie sein Bild herauf: Wie sie beide unter einer Fleece-Decke auf der Hollywood-Schaukel kuschelten und er ihr von den Monstern der Nacht erzählte. Sie hatte gespannt gelauscht und fürchtete sich ein wenig vor den Wesen, die den Menschen die Energie aussaugten oder im Körper eines Tieres umherwandelten. Sie stellte sich ihre Fratzen vor, die blutunterlaufenen Augen und die messerscharfen Klauen. Doch das Monster, das sie hierhergebracht hatte, besaß keine Fratze und keine Klauen. Es sah sogar nett aus, mit dem schwarz-grauen Fuchs an seiner Seite, der herumtollte und sie zum Spielen einlud. Ehe das Monster sie in das Auto zerrte.

Bei dem Gedanken daran klopfte ihr Herz wie ein Pingpong-Ball. Erst nach einer Weile wagte sie, die Augen zu öffnen. Durch die Gittertür am Kopf der Treppe, die das Verlies von einem höher gelegenen Kellerraum abriegelte, fiel schwaches Licht herein, vermochte aber nicht alle Ecken des Kerkers zu beleuchten. Was sie jedoch erspähen konnte, ließ sie für einen Moment innehalten. An der Wand erstreckten sich unzählige Käfige: große, kleine, längliche und runde. Augen funkelten ihr aus der Dunkelheit entgegen. Hinter den Gittern zeichneten sich Silhouetten aller möglichen Tiere ab, von einem Meerschweinchen bis hin zu einem Dachs. Wie im Zooladen eines Wahnsinnigen.

Ein Winseln lenkte ihre Aufmerksamkeit auf sich. In

einem der Käfige kauerte ein Welpe. Der Kleine hatte den Stummelschwanz eingezogen, hielt die Schlappohren an den Kopf gedrückt und drängte sich zitternd an den Maschendraht.

Sie streckte die Hand nach ihm aus und lockte das Tier. Es wimmerte, fast genauso, wie sie kurz zuvor gewimmert hatte. Speichel tropfte von seinem Mäulchen herunter und klebte schäumend an seinem Fell.

Tapsi, so nannte sie ihn. Vielleicht würde der Opa ihr erlauben, das Hündchen zu behalten, wenn er kam, um sie und den Kleinen zu retten? Er musste kommen. Unbedingt!

Sie robbte zu dem Welpen, ohne aufzuhören, ihn bei seinem neuen Namen zu rufen. Noch ein wenig, und sie würde die Finger durch den Maschendraht stecken und sein zerzaustes Fell streicheln können.

»Zurück!«, peitschte ein Ruf auf sie ein. Jemand packte sie und zog sie vom Käfig weg. Sie schrie und schlug gegen die fremden Arme, die sich um sie geschlossen hatten. Ein schmerzerfüllter Ausruf ertönte, als ihre Fingernägel sich dem Angreifer in die Haut bohrten. Der Griff lockerte sich. Sie wand sich heraus, hechtete nach vorn und verhakte ihre Finger im Draht.

Der Welpe verwandelte sich in eine wilde Bestie. Er warf sich ihr mit einem Gebrüll entgegen, der keinem Kläffen oder Jaulen glich und ihr Furcht einjagte. Sie zuckte zurück. Die kleinen Zähne schlugen gegen das Metall, wo ihre Hand gewesen war.

Rasch krabbelte sie fort, bis sie eine Wand im Rücken

spürte. Die Dunkelheit um sie herum schien zu pochen wie ihr Herz, das ihr in der Brust zu platzen drohte.

Bis zur Besinnungslosigkeit warf sich der Hund gegen das Käfiggitter, ohne aufzuhören, die schrecklichen Laute von sich zu geben. Das Toben erweckte auch andere Wesen aus ihrem Delirium. Ein Kreischen, Pfeifen, Bellen und Fauchen ertönte von allen Seiten. Die Tiere wüteten in ihren Zwingern, bissen und kratzten am Gitter, als wollten sie das Metall durchbrechen und jeden in Fetzen reißen, der ihnen unter die Klauen käme.

»Opa! Wo bist du?«, kreischte sie, kniff die Lider zusammen und hielt sich die Ohren zu, doch auch dann drangen die Laute in ihren Kopf und brachten sie fast um den Verstand.

»Scht.« Jemand nahm sie in den Arm und strich ihr über das Haar. Von der fremden Berührung überrascht, verkrampfte sich ihr Magen, bis sie beinahe brechen musste, dann fiel die Anspannung von ihr ab.

In blindem Vertrauen schmiegte sie sich an ihren Beschützer, klammerte sich an die Hände, die sie kurz zuvor gekratzt und gebissen hatte.

Der Lärm legte sich, nur ab und zu ertönte noch ein Winseln oder ein Fiepen, das jetzt mehr bettelnd und verstört klang.

Sie schaute zu ihrem Tröster auf. Es war ein Junge, dem sie in der Schule bestimmt aus dem Weg gegangen wäre. Denn die Älteren, das wusste sie, waren nur gemein zu den Grundschulkindern. Sie fanden sich im Pausenhof zu Grüppchen zusammen, rauchten heimlich, prügelten die Schwächeren. Einer von den Großen hatte ihr Tag für Tag aufgelauert, um sie herumzuschubsen, bis sie ihr Taschengeld herausrückte. Dem Opa musste sie vorlügen, sie bräuchte Geld, um Brötchen und Kakao in der Pause zu kaufen.

Obwohl der Junge mit seinem verfilzten Haar und schmutzigen Hemd nicht vertrauenswürdig aussah, ließ sie es zu, dass er sie hielt und sanft hin und her wiegte, bis sie sich beruhigt hatte. Erst dann schob sie sich ein Stück von ihm weg. Sogleich kam es ihr vor, als wäre sie in die Dunkelheit und Kälte zurückgestoßen worden, einsam wie auf einer Insel, wenngleich der Junge nicht einmal einen Meter von ihr entfernt hockte.

Aber er ließ sie nicht auf der Insel allein. »Wie heißt du?«, fragte er.

Sie zog die Beine an und zupfte an dem Saum ihrer pinkfarbenen Hose, um ihre Knöchel zu verdecken. Den linken Schuh hatte sie verloren, und ihr großer Zeh ragte durch ein Loch in der Socke. Ihr Opa würde wegen der verdreckten und zerrissenen Kleidung schimpfen, auf seine liebenswerte Art, bei der sie nur noch kichern konnte. Dann stimmte er stets in ihr Kichern ein, und sie kicherten um die Wette.

»Na gut«, fuhr der Junge nach einer Weile fort. »Du musst mir deinen Namen nicht verraten. Weißt du, wie mich die meisten nennen?« Er verwuschelte sein blondes Haar, neigte den Kopf und blickte keck unter den Strähnen hervor, die ihm in die Augen fielen. »Strolch. Schön peinlich, was?«

Ihre Nase kribbelte. Mit der Handfläche rieb sie sich schnell die Spitze und konnte dennoch ein Schluchzen nicht unterdrücken. »Werden wir sterben?«

Er setzte zu einer Antwort an, musste sich räuspern und flüsterte dann: »Nein, das werden wir nicht.«

Ob er sich auch vor der Dunkelheit, den Tieren in den Käfigen und dem Schwarzen Mann fürchtete? Sie schob ihre Hand über den Boden, tastend, als ob sie nach der Keksdose suchte, die ihr Opa oben auf dem Regal in der Küche versteckte. Dann berührte sie seine Finger. Um ihn zu trösten. Um sich selbst zu trösten. »Warum sind wir hier?«

Er erwiderte ihren Händedruck. »Das weiß ich nicht. Ich musste einkaufen. Da hat mich jemand gepackt und mir ein nasses Tuch aufs Gesicht gedrückt. Irgendwann bin ich in diesem Keller aufgewacht. Keine Ahnung, wie lange ich hier schon bin, die haben mir die Uhr abgenommen. Ich bin vermutlich wieder eingeschlafen, bis ich etwas gehört habe … und dann warst du da.«

»Sind die Tiere krank?« Sie schielte zu den Käfigen. Als hätten die Bestien es gespürt, schwoll das Grollen und das Fiepen erneut an. Ein Vogel schlug mit den Flügeln. Dann kehrte Ruhe ein.

»Tollwut. Vielleicht. Ich muss zugeben, Biologie habe ich immer geschwänzt. Aber es ist auf jeden Fall besser, wenn du nicht zu nahe rangehst.«

»Ich will nach Hause. Bitte, bring mich nach Hause!«

Er antwortete nicht, sondern zog seine Hand von der

ihren zurück, schlang die Arme um seine Beine und drückte die Stirn gegen die Knie. Sie tat es ihm gleich.

Dunkelheit. Kälte. Ihre Insel.

Wenn es auf ihrer Insel keinen Jungen gab, dann auch keine kranken Tiere und keinen Schwarzen Mann. Wenn sie die Augen schloss, gab es nichts mehr, außer ihr, der Dunkelheit und der Kälte.

Schwere Schritte zerrissen die Stille. Sie hob den Blick, und mit einem Mal war alles wieder da, der Junge, der Keller und vor allem: ihr Peiniger.

Das Licht vor der Gittertür wurde verdeckt. Das Schloss klapperte.

»Der Schwarze Mann!«, keuchte sie und klammerte sich an den Arm ihres Trösters. »Lass ihn mir nicht wieder wehtun!«

Der Junge atmete scharf ein, und sein Körper spannte sich an.

Die Gestalt ragte oben an der Treppe auf wie ein Berg und erdrückte alles mit ihrer Präsenz, dunkler als die Finsternis ringsherum. Dann regte sich der Berg. Der Mann schleifte etwas wie einen Sandsack herunter, und ein dumpfer Aufschlag markierte jede Stufe. Schweigend verließ er den Keller wieder. Die Tür fiel ins Schloss.

Sie wagte es, aufzuatmen und die bis zum Schmerz verkrampften Finger von dem Ärmel des Jungen zu lösen.

Das, was auf dem Boden zurückblieb, war ein Mädchen. Es war bis auf die Unterwäsche ausgezogen, die zerrissen und blutgetränkt an seinem geschundenen Körper klebte. Blaue Flecken und klaffende Wunden übersäten seine Haut.

Ist sie tot? Es war mehr ein Gedanke, und ihr war nicht bewusst, die Worte ausgesprochen zu haben. Der Junge berührte das Handgelenk des Mädchens. »Nein, aber sie hat Fieber.«

Mit dem Saum seines Hemdes wischte er dem Mädchen den Schweiß ab. Ein Zittern fuhr durch den schmalen Körper. Es fauchte und bäumte sich auf. Der Junge schrak zurück.

Die rissigen Lippen bewegten sich, ohne dass ein menschlicher Laut die Kehle verließ, und die Glieder begannen zu zucken, als versuche ein Marionettenspieler, die verhedderten Fäden seiner Puppe zu lösen.

Der Junge redete auf das Mädchen ein, wollte es berühren, doch als seine Finger die Wange streiften, hob es ruckartig den Kopf und biss nach ihm. Nur knapp verfehlten die Zähne seine Hand.

Opa, hilf mir! Die Angst schlug die Pranken in ihre Seele. Die heulenden und gurgelnden Geräusche der Kranken erregten auch die Tiere, die in den Käfigen wieder zu wüten begannen. Unter der Kakophonie des Wahnsinns zappelte das Mädchen, spuckte und biss wild um sich.

Nicht zusehen, nicht zusehen!, pochte es in ihrem Kopf. Aber sie sah trotzdem zu, wie gebannt von dem Tanz des Grauens. Das Mädchen fuchtelte mit den Armen und Beinen, warf sich von einer Seite auf die andere und schrie. Dann wurden die Laute heiser, als ersticke es daran. Es bäumte sich zum letzten Mal auf und blieb mit verrenkten Gliedmaßen liegen.

Tot … Das Mädchen war tot!

Jetzt wusste sie es, ohne danach fragen zu müssen. Sie wollte zu Gott für die Seele des Mädchens beten, so wie der Opa es sie gelehrt hatte, konnte es aber nicht. Vor ihrem geistigen Auge sah sie die Kranke tollen und fand nichts Menschliches mehr in dem Anblick. Vielleicht hatte der liebe Gott die Seele der Kleinen schon viel früher zu sich geholt.

Sie hatte nicht gehört, wie der Schlüssel im Schloss gedreht wurde, wusste nicht, wie viel Zeit vergangen war. Minuten oder Stunden. Erst als die Tür aufschwang und wie ein Todesgong gegen die Wand knallte, wurden sie und der Junge aus ihrer Starre gerissen.

Der Schwarze Mann kam zurück!

Der Strahl der Taschenlampe beleuchtete den Jungen, dann das Mädchen auf dem Boden und traf schließlich auf sie. Das Licht glitt an ihr herab, als tastete es jeden Zentimeter ihres Körpers ab. Sie zog ihr Strickjäckchen enger um die Schultern, rollte sich zusammen und hoffte, der Schwarze Mann würde sie übersehen. Doch der Lichtkegel fixierte sie.

Die schweren Schritte kamen die Stufen herunter und hallten in ihren Ohren wider. Sie fröstelte.

Dann stand der Schwarze Mann direkt vor ihr – ein Riese mit breiten Schultern und bulligem Kopf. Er griff nach ihr. Die Finger bohrten sich in ihren Oberarm, und ein Schmerzensschrei entfuhr ihr, als er sie auf die Beine zerrte.

Sie suchte den Blick des Jungen. »Bitte hilf mir«, formten ihre Lippen tonlos, während ihr Peiniger sie zur Treppe schleppte. Sie wand sich in seinem Griff, strampelte mit den Füßen und sah immer wieder nach dem Jungen. »Bitte, bitte!«

Er rührte sich nicht. Panik und Verzweiflung schlugen ihr aus seinen Augen entgegen. Und ein wenig Erleichterung, dass es nicht ihn traf.

Der Schwarze Mann erreichte die Stufen.

»Strolch!«, kreischte sie und streckte ihre Hand nach ihm aus. *Lass nicht zu, dass er mir wehtut! Lass es nicht zu!*

Tränen liefen ihr die Wangen herab, als sie begriff, dass der Junge ihr nicht helfen würde. Doch dann, als hätte sich in ihm eine Sprungfeder gelöst, schnellte er auf die Beine.

»Lass sie los!« Er stürmte auf den Mann zu. Vor Überraschung ließ dieser von ihr ab. Sie fiel auf die Knie und krabbelte, so schnell, wie sie konnte, in eine Ecke.

Der Riese drehte sich dem Jungen zu, der zurücktaumelte, als würde er sich erst jetzt seines Übermutes bewusst.

»Es reicht!«, erscholl die raue Stimme. »Du hast es ein Mal zu weit getrieben.« Der Mann holte aus und schlug dem Jungen mit der Taschenlampe gegen den Kopf. Unter dem Hieb ging dieser zu Boden und drückte die Hand gegen das verletzte Ohr. Durch die Finger sickerte

Blut. Hass loderte in seinem Blick, als er zu seinem Peiniger aufschaute.

Der Mann riss ihn an den Haaren auf die Beine. »Ich warne dich: Wenn ich auch nur einen Mucks von dir höre, werde ich dafür sorgen, dass du mich um Gnade anwinselst. Kapiert?«

Der Junge presste die Lippen aufeinander. Das Blut, das seinen Hals entlangrann, glänzte schwarz im spärlichen Licht.

Lieber Gott, rette ihn! Sie faltete die Hände und betete so, wie sie noch nie in ihrem Leben gebetet hatte. Sie wünschte, der Junge könnte sich vor dem bösen Mann verstecken oder fliehen. Ihr Blick schweifte die Treppe hoch, die sie durch ihre Tränen nur verschwommen wahrnahm. Die Tür stand offen.

Für einen Moment rückte alles andere in weite Ferne. Das Einzige, was sie sah, war die offene Tür und das Licht, das durch sie hereinströmte. An die Wand gedrückt, erhob sie sich und machte einen vorsichtigen Schritt der Freiheit entgegen. Der Schwarze Mann bemerkte es nicht. Er brüllte dem Jungen »Kapiert?« zu und prügelte auf ihn ein, obwohl dieser sich auf den Knien vor ihm krümmte und Blut spuckte.

Sie eilte die Treppe hoch, stolperte und kroch die restlichen Stufen empor. Hinter sich hörte sie das Keuchen des Jungen, das sie zwang, noch schneller zu werden und nicht zurückzublicken. Ihre Hände ertasteten die Schwelle.

Was sie dahinter erblickte, war, als hätte ihr jemand

ein Messer in den Bauch gerammt und ihn von unten bis oben aufgeschlitzt. Der Raum war mit grauen Fliesen ausgelegt, die auch die Wände bedeckten. In der Mitte hingen von der Decke zwei Ketten, die in klobigen Handfesseln endeten. Weiter hinten beleuchteten Strahler einen Metalltisch, auf dem ein nackter Kinderkörper mit geöffnetem Brustkorb lag. Eine Frau, in einen blutverschmierten Overall gekleidet, mit einer Atemmaske und Plastikbrille, beugte sich darüber.

Monster, überall Monster! Und kein Entkommen. Bei diesem Anblick starb etwas in ihr, und der Raum begann sich zu drehen. Es war, als schwebe sie frei dahin, fern jeglicher Empfindungen.

Aus einer Ecke huschte der Silberfuchs auf sie zu. Das Fell richtete sich in seinem Nacken auf, das Tier hob die Lefzen und grollte. Aber es war ihr egal. Sie fühlte nichts mehr. Ihr ganzes Wesen war wie erfroren, und zurück blieb ein willenloser Körper, der nur noch mechanisch funktionierte.

Der Schwarze Mann stand plötzlich neben ihr und zerrte sie hoch. »Die Kleine wollte ausbüxen? Gut gemacht, Joke«, lobte er den Fuchs, der sich wie eine Katze an seinen Beinen rieb.

Die Monsterfrau drehte den Kopf in seine Richtung. »Ich habe es mir anders überlegt. Hol den Jungen her.«

»Aber …«

»Er wird uns sonst nur Probleme bereiten. Also bringen wir es schnell hinter uns.«

»Meinetwegen.«

Die Stimmen klangen wie hinter einer Wand. Sie erfasste kaum die Bedeutung der Worte und ließ sich zurück in den Keller schleifen. Um ihren Körper kümmerte sie sich nicht mehr.

»Steh auf.« Der Mann riss den Jungen auf die Beine, der gegen eine Wand taumelte, um sich daran festzuhalten. »Hast du gehört? Für dich wird bald alles vorbei sein.«

Der Junge versuchte, sich zu wehren, doch eine schallende Ohrfeige trieb ihm das letzte bisschen Widerstand aus. Der Schwarze Mann zog ihn aus dem Keller.

Sie wusste nicht, warum sie ihm hinterhergeschlichen war. Die Tür fiel vor ihrer Nase ins Schloss, aber von ihrem Platz auf der Treppe konnte sie einen Teil des gefliesten Raumes sehen.

Unter den Ketten blieb der Riese stehen. Er führte die Arme des Jungen nach oben und schnallte die Handfesseln um seine Gelenke.

»Na? Gar kein dummer Spruch?« Ein Grinsen erschien auf dem fleischigen Gesicht. Er drehte eine Runde um den Gefesselten und tätschelte die Wange seines Opfers. »Das machst du ganz brav.«

Der Junge ballte die Fäuste, zeigte aber sonst keine Regung. Der Schwarze Mann packte den Kragen seines Hemdes und zog mit einem Ruck daran. Ratschend riss der Stoff und entblößte den schmalen Oberkörper, bei dem die Rippen unter der Haut hervorstachen.

Der Riese holte einen Käfig, in dem ein großer Vogel kauerte, und entriegelte die Tür. Das Tier stürzte heraus.

Es kreiste unter der Decke, mal stieß es dagegen, mal prallte es gegen eine Wand. Die Bewegungen wirkten zuckend, als hätte es sich nicht unter Kontrolle. Dann sauste es mit einem Kreischen herab, die Krallen zum Angriff bereit.

Der Junge versuchte, den Kopf mit den Armen zu schützen, soweit es ihm seine Fesseln erlaubten. Die Klauen bohrten sich in seinen Rücken, der geschwungene Schnabel hackte ihm in die Schulter.

Sie faltete die Hände vor der Brust. *Schrei nicht,* flehte sie, nicht mehr zu Gott, sondern zu dem Jungen. *Weine nicht.* Denn sie war sich nicht sicher, all dem fernbleiben zu können, wenn sie hörte, wie er litt.

Aber natürlich schrie er und weinte und zerrte an den Handschellen, die seine Haut um die Gelenke aufrissen, in immer schwindender Hoffnung, er könne sich doch noch befreien. Sie erlaubte dem Grauen nicht, sie zu berühren, sondern sah zu, wie sie heimlich den Gruselfilmen zugesehen hatte, die ihr Opa manchmal abends schaute.

Der Vogel stob hoch, kreischend und taumelnd wie betrunken, um wenige Augenblicke später erneut herabzustürzen. Der Mann mit dem Fuchs und die Frau im Overall standen abseits und beobachteten das Geschehen.

Nur das Flattern des Vogels, die Aufschreie des Jungen, der sich gegen das Tier wehrte, und das Rasseln der Ketten füllten den kalten Fliesenraum mit Leben. Doch die Abwehr hielt nicht lange an. Der Junge verlor sichtlich an Kraft, und schon bald brach er zusammen, während der Vogel sich immer wieder auf ihn stürzte. Schlaff hing er in seinen Fesseln. Das Blut strömte über seine Haut, tropfte auf den Boden und sammelte sich zu einer Lache, in der sich das Licht der Strahler widerspiegelte.

»Genug«, entschied die Frau.

In der Hand des Schwarzen Mannes erschien eine Pistole, und ein ohrenbetäubender Knall hallte durch den Raum. Der Vogel, von einer Kugel getroffen, klatschte auf den Boden wie ein totes Stück Fleisch.

Der Riese schlenderte zu dem Jungen und hob sein Kinn an. »Es sieht nicht so aus, als würde er es noch lange machen.« Er verzog das Gesicht, als hätte dieser Umstand ihm endgültig die Laune verdorben. Die Frau nahm die Plastikbrille ab und zog die Latexhandschuhe aus. »Das war vorauszusehen. Mit um die vierzehn ist er schlichtweg zu alt.« Sie drehte sich um, während sie die Maske von ihrem Gesicht herunterstreifte. »Räum hier auf und komm zu mir. Wir machen morgen weiter.« Es folgte eine Pause. Dann neigte sie den Kopf, als hätte sie noch etwas vergessen, was ihr gerade wieder eingefallen war, und schnurrte: »Du hast dir eine Belohnung verdient.«

Der Mann sah ihr nach, bis sie durch die Tür verschwunden war. Er legte die Pistole auf eine Ablage und schloss die Fesseln auf. Der Junge sackte zusammen. Dumpf schlug sein Körper auf dem Boden auf.

Sein Peiniger schritt über ihn hinweg. Leise vor sich

hin summend, rollte er den Metalltisch mit dem aufgeschlitzten Leib in eine Nische und sammelte die Instrumente auf.

Aber der Junge lebte. Er quälte sich auf die Beine, taumelte, doch es gelang ihm, sein Gleichgewicht zu halten. Er stolperte zu der Ablage und tastete nach der Pistole. Der Fuchs bellte. Der Mann fuhr alarmiert herum und blinzelte verwirrt in den Lauf der Waffe, die auf ihn gerichtet war.

»Ich dachte, du wärst fast tot«, sagte er, so wie andere »Huch, du bist ja doch noch zu Hause« stammeln.

Der Junge schluckte schwer. »Ich werde … dich … zur Oscarverleihung einladen … und jetzt … die Schlüssel.« Seine Stimme leierte, und der Satz kam einem einzigen Zischlaut ohne Vokale gleich. Noch mehr Kraft kostete es ihn, die Waffe zu halten und auf den Beinen zu bleiben. Er schlurfte einige Schritte zurück und lehnte sich an eine Wand.

Der Mann schnalzte verächtlich mit der Zunge. »Du wirst nicht schießen. Also hör auf mit dem Theater, und ich werde dir vielleicht nicht wehtun müssen.«

Der Schuss zersplitterte seine Worte. Der Lauf war auf das Gesicht des Mannes gerichtet gewesen, doch die Kugel streifte seinen Kopf nur. Das reichte trotzdem, um den Riesen ohnmächtig werden zu lassen und damit wenigstens einen Gegner auszuschalten. Der Fuchs blieb. Lauerte. Kroch wie ein Schatten an der Wand entlang.

Sie sah das Tier, der Junge aber nicht. Sie hätte ihm

zurufen können: »Pass auf!«, tat es jedoch nicht, denn sie durfte der Welt um sie herum nicht erlauben, real zu werden. Wenn es für sie keine Angst mehr gab und keinen Schwarzen Mann, dann auch keinen Fuchs und keinen Jungen.

Der Fuchs sprang und biss ihn in den Arm. Er ließ die Waffe fallen und versuchte, das Tier abzuschütteln. Zusammen krachten sie gegen einen Metalltisch, der scheppernd umkippte. Das Tier ließ von seinem Opfer ab und schlitterte über die Fliesen. Der Junge nutzte die Chance und versetzte dem Tisch mit den Beinen den nötigen Schwung. Der Fuchs geriet zwischen die Metallplatte und die Wand, jaulte auf und stürmte aus dem Raum.

Der Junge blieb liegen.

Er wird nicht aufstehen, dachte sie, er schafft es nicht mehr. Aber er schaffte es, als trotzte er ihr, seinem Peiniger, der ganzen Welt. Einige Augenblicke lang hielt er seinen Triumph aus, dann sank er neben dem Schwarzen Mann auf die Knie. Er durchsuchte die Taschen des Bewusstlosen und fand den Schlüsselbund, sammelte seine Kräfte und schleppte sich zur Gittertür. Einige Sekunden lang stocherte er mit dem Schlüssel herum, ohne das Schloss zu treffen. Seine Hände zitterten, und er hielt sich kaum noch aufrecht. Nach mehreren Anläufen klappte es: Die Tür schwang auf.

»Komm, ich bringe dich nach Hause«, flüsterte er und streckte ihr die Hand entgegen.

Sie rührte sich nicht. Ihr Geist, der in einer ganz anderen Welt weilte, weigerte sich, in den Schrecken der Realität zurückzukehren. Benommen beobachtete sie, wie der Junge seine Arme unter ihre Achseln schob und sie hochzog. Sein Blut sickerte durch ihre Kleidung und klebte an ihrer Haut. Es war unangenehm, eklig, so dass sie ihn von sich stoßen wollte, doch er hielt sie fest.

Es blieb ihr nichts anderes übrig, als ihm zu erlauben, sie fortzuziehen. Wie von fern registrierte sie einen dunklen Gang, der sie von beiden Seiten einengte, eine Holztreppe, die wenige Stufen nach oben führte, und schließlich einen runden Eingangsraum mit Fenstern, die mit ausgefransten Bettlaken verhängt waren.

Der Junge rüttelte an der Türklinke. Verschlossen. Irgendwo im Haus ertönten das Bellen des Fuchses und Schritte. Vermutlich die Monsterfrau.

Der Junge riss ein Laken herunter und öffnete das Fenster. »Da, schnell!«, keuchte er. Die Worte verließen rasselnd seine Lippen.

Sie bewegte sich wie im Schlaf, so musste er sie eher nach draußen schieben, als dass sie selbst herausgeklettert wäre.

Ein schneidender Wind tobte um das Haus und ließ die Bäume ächzen, die ihre kahlen Äste wie Bettelarme in den Himmel reckten. Dunkelheit hüllte sie ein. Der Junge stolperte vorwärts, hielt sich an Stämmen fest, während die eisigen Böen ihn umzustoßen versuchten.

Sie tapste ihm hinterher. Es war ihr egal, wohin er sie brachte. Wenn er ihre Hand losgelassen hätte, wäre sie stehen geblieben. Aber er zerrte sie mit sich, und der Griff seiner klebrigen, kalten Finger war alles, was sie spürte. Die Gefühlsleere beherrschte ihr Wesen; nachzudenken oder etwas zu empfinden schien ihr verboten. Unter ihren Füßen knackten Äste wie dünne Knochen, die Blätter raschelten, und manchmal kam es ihr vor, als wären diese Geräusche die Echos ihrer Gedanken, die in ihrem Kopf ab und zu aufblitzten.

Ein Pfad kreuzte ihren Weg. Der Junge zwängte sich weiter zwischen den Bäumen hindurch, wie ein Tier, das Haken schlug und seine Spur verwischte. Endlich taumelten sie auf eine Straße. Die Böen brachten den Geruch des Wassers mit sich. In der Ferne blinkten die Lichter der Schiffe und Kräne, fast gespenstisch, und spiegelten sich in der schwarzen Elbe.

Der Junge zitterte am ganzen Körper, und sie glaubte, seine Zähne klappern zu hören. Unter dem nächsten Windstoß knickten seine Beine ein, und er brach zusammen. Sie stolperte und fiel mit ihm. Ihre Hand streifte seine Stirn. Er glühte im Fieber. Sie harrte neben ihm aus, ohne sich zu rühren, und wartete, bis etwas passierte. Sie ahnte bereits, was, wollte es aber nicht wahrhaben. Sein Atem ging hechelnd, er versuchte zu schlucken, doch es gelang ihm nicht.

»Hol … Hilfe«, stieß er hervor. Seine Worte gingen in den gurgelnden Geräuschen unter, die er von sich gab. »Bitte … du … musst …«

Der Junge stockte, als das Zittern in Krämpfe überging. Um seinen Mund schäumte der Speichel.

Er würde sterben, wie das Mädchen zuvor im Keller. Seine Qualen mitanzusehen, dazu war sie nicht imstande, denn bei seinem Anblick rührte sich etwas in ihr: Gefühle, die verbannt gehörten. Sie rappelte sich auf und rannte davon, ließ ihn auf dem kalten Asphalt zurück.

Kapitel 1

Alba riss die Augen auf. Ihr Herz schlug in einem Stakkato, und das wilde Pochen echote in ihren Schläfen. Die Finger in das Laken gekrallt, rang sie nach Atem, doch etwas klemmte ihre Brust ein, als säße ein Sumo-Ringer auf ihr. Ein Schweißfilm bedeckte ihre Haut und ließ das Negligé an ihrem Körper kleben. Nur mit Mühe widerstand sie dem Drang, sich den Stoff vom Leib zu reißen.

»Schatz, ist alles in Ordnung?«, ertönte eine schlaftrunkene Stimme. Georg rückte näher an sie heran und berührte ihre Schulter. Als schlüge ein Monster Klauen in ihr Fleisch, stieß sie einen erstickten Schrei aus und fegte seine Hand fort.

»Wieder der Alptraum?« Er erwartete keine Antwort. Der einzige Grund, warum er sanft auf sie einredete, war, dass er versuchte, ihr etwas Mitgefühl entgegenzubringen. Sie bemühte sich, ihm dafür dankbar zu sein, auch wenn sein Mitgefühl das Letzte war, was sie jetzt benötigte. Aber was brauchte sie stattdessen? Sie wusste es nicht, und Georg blieb nichts anderes übrig, als stets das Falsche zu sagen, zu machen, zu denken.

Alba vergrub ihre Hand in seinem Haar und massierte mit ihren Fingerkuppen seine Kopfhaut. Irgendwann würde er vielleicht das Richtige treffen, und dann würde auch sie begreifen, was ihr fehlte.

Während sie vor sich hinstarrte, wurden die Umrisse des Zimmers deutlicher. Der Schleier vor ihren Augen lichtete sich. Der Tag war angebrochen.

»Geht es dir inzwischen besser?«

Alba nickte. Ihr Atem hatte sich beruhigt, der Alptraum war abgeklungen. Sie beobachtete, wie sich durch den Gardinenspalt ein Sonnenstrahl hereinstahl. Staubpartikel tanzten in der Luft und schenkten Alba etwas von ihrer Unbeschwertheit, und ihr Körper fühlte sich bereit, weiter zu funktionieren.

Georg drückte sich an sie und strich ihr durch die schwarzen Locken, die auf dem Kissen ausgefächert lagen. »Mein armes, stummes Mädchen. Wenn du mir bloß erzählen könntest, was dich plagt.«

Alba rollte sich auf die Seite und drehte ihm den Rücken zu. Stumm war sie nicht. Sie redete bloß nicht. Ihr Blick fiel auf das Foto auf dem Nachttisch, das den strahlenden Georg in einem Smoking zeigte. Ein junger Gott in einem sterbenden Körper. Warum konnte sie nicht so strahlen, allen Schmerzen zum Trotz?

Er fuhr mit dem Daumen ihre Wirbelsäule entlang. Seine Küsse tasteten sich schüchtern von ihrer Schulter zum Hals. »Es ist schrecklich, zusehen zu müssen, wie du leidest, und nichts dagegen unternehmen zu können.«

Sie wandte sich ihm wieder zu und schlang einen

Arm um seine Taille. *Es ist schon in Ordnung,* bedeutete die Geste. *Nur rede nicht weiter. Was verstehe ich schon von Leid?* Ihre Hand fand unter das Seidenlaken, das sich an seine Hüften schmiegte, und strich über seinen Oberschenkel. *Das war nur ein blöder Alptraum. Nichts im Vergleich zu dem, was dich quält. Aber über deine Leiden redest du nie.*

Seine Lippen berührten ihre Schläfe, und die Stoppeln an seinem Kinn pieksten ihre Haut. »Vielleicht erfahre ich irgendwann, welche Gespenster diesen schönen Kopf plagen. Vielleicht kommt irgendwann die Zeit, und du erzählst es mir selbst.«

Sie verschloss seinen Mund mit einem Kuss. Wie sollte sie ihm etwas erzählen, wenn sie selbst nicht wusste, was sie Traum für Traum so sehr erschreckte. Bereits wenige Augenblicke nach dem Erwachen konnte Alba sich nur noch an wenige Bruchstücke erinnern: Sie sitzt in der Finsternis. Eine Treppe führt nach oben, und ein schwaches Licht schimmert an deren Ende. Die Dunkelheit jagt ihr eine Heidenangst ein, sie muss fliehen, doch sie weiß: Sie darf auf keinen Fall ins Licht gehen – dort lauert etwas viel Schlimmeres, was sie sich nicht einmal vorstellen kann. Eine schwarze Gestalt verdeckt das Licht. Sie selbst schreit aus Leibeskräften, fällt und ertrinkt in der Dunkelheit.

An dieser Stelle wachte sie immer auf. An Einschlafen war dann nicht mehr zu denken. Allein die Vorstellung, die Augen schließen zu müssen, versetzte sie in Panik. Manchmal weckten ihre Schreie Georg auf. Dann lagen sie eng umschlungen da und warteten zusammen auf den Anbruch des Morgengrauens. Oft fragte sie sich, wie er es mit ihr aushielt.

Die Träume kamen regelmäßig. Inzwischen hatte sie sich fast daran gewöhnt, sich vor der Nacht zu fürchten, denn etwas anderes kannte sie nicht. Wenn sie von den Mahren verschont blieb, tauchte sie in einen schweren, traumlosen Schlaf ein und wachte mit dem Gefühl auf, am Abend zuvor bewusstlos geschlagen worden zu sein.

Georg reckte sich genüsslich und gähnte, so dass sie sein perfektes Gebiss sehen konnte. »Somit erkläre ich die Nacht für beendet und mache uns Frühstück, okay?«

Er sprang aus dem Bett. Ein aufwendiges Phönix-Tattoo, das er, kurz nachdem er von seiner Krankheit erfahren hatte, von der L.A.-Reise mitgebracht hatte, schmückte sein Schulterblatt. *Mach dir keine Sorgen, Alba,* hatte er lachend erklärt, *ich bin wie der Phönix, ich werde aus der Asche aufsteigen. Du wirst es schon sehen.* Jedes Mal, wenn sich die Muskeln unter der sonnengebräunten Haut bewegten, schien der Vogel aus den Flammen emporzuflattern. Georg machte kreisende Bewegungen mit den Armen. Der Phönix erwachte zum Leben und strebte dem neuen Tag entgegen. Wenn Alba seine durchtrainierte Statur sah, konnte sie sich an ihm nicht sattsehen, und gleichzeitig hasste sie seine Gene, die ihn so perfekt machten und doch heimlich im Stich ließen.

Georg schlüpfte in einen Morgenmantel, dann hörte Alba seine nackten Füße auf dem Parkett im Flur. Die Treppe knarrte, als er in die Küche hinabstieg.

Sie blieb noch eine Weile liegen. Die Panik, die sie im Alptraum verspürt hatte, war zurückgewichen, aber das bedrückende Gefühl lastete noch auf ihr.

Endlich fand sie die Kraft, sich aufzurichten. Sie schob die Beine über die Bettkante, stand auf und machte ein paar vorsichtige Schritte in der Erwartung, einen Schwindelanfall zu bekommen. Als sie sich mehr oder minder sicher aufrecht fühlte, schlich sie ins Bad.

Unter der Dusche verbrachte sie eine kleine Ewigkeit. Der abwechselnd warme und kalte Wasserstrahl spülte den Schweiß von ihrer Haut und belebte ihre Sinne. Sie begann sogar, etwas vor sich hin zu summen. Als sie aus der Kabine trat, fühlte sie sich wie neugeboren.

Der Duft von Kaffee und Rührei kitzelte ihre Nase. Alba trocknete ihr Haar mit dem Handtuch ab, wickelte sich in einen Bademantel und eilte in die Küche. Der Frühstückstisch wartete bereits auf sie. Georg hatte die Post geholt und im Garten eine Dahlienblüte gepflückt, die jetzt golden auf ihrer Serviette leuchtete.

Galant schob er Alba einen Stuhl unter, schenkte den Orangensaft ein und schabte die Hälfte des Rühreis aus der Pfanne auf ihren Teller.

»Iss aber vorsichtig.« Er setzte sich ihr gegenüber, beugte sich über den Tisch und flüsterte verschwörerisch: »Mir ist etwas von der Eierschale reingefallen.«

Alba konnte nicht anders, als ihm ein Lächeln zu schenken. Er grinste zurück, faltete die *Financial Times* auseinander und vertiefte sich in die Lektüre. Sie beobachtete ihn. War er wirklich der perfekte Mann für sie?

Sie verscheuchte den Gedanken. Vielleicht sollte sie sich lieber fragen, ob sie eine perfekte Freundin für ihn war?

Die südländischen Züge ihres Gesichtes, die vollen Lippen und grünen Augen hatten viele Männer um den Verstand gebracht, doch ihre Gefühlsleere ließ die Verehrer schneller abkühlen als eine eisige Dusche frühmorgens.

Alle, bis auf Georg. Tag für Tag gab er ihr Halt, obwohl es eigentlich sie sein müsste, die ihn im Leben stützen sollte.

»Ach, übrigens, du hast einen Brief bekommen«, sagte er und reichte ihr einen zerknitterten Umschlag mit alten Fett- und Kaffeeflecken. Alba zögerte, das Kuvert zu nehmen – wer weiß, womit man sich dabei ansteckte, so wie der aussah? –, und betrachtete den Aufkleber mit ihrer Adresse, der eine andere darunter zu verdecken schien.

Georg verschwand hinter der Zeitung, dann lugte er über dem Blatt hervor. »Von wem ist er?«

Alba drehte den Umschlag in der Hand. Kein Absender. Es war schon seltsam genug, einen Brief zu bekommen, der nicht nach Rechnung oder Werbung aussah. Aber einen Brief ohne Absender? Sie schlitzte das Kuvert mit dem Frühstücksmesser auf. In ihren Schoß fiel ein vierfach gefalteter Zettel, unsauber herausgerissen aus einem karierten Schulblock.

»Und noch etwas«, redete Georg weiter. »Deine Eltern und mein Vater wollen einen Empfang zu deinem Geburtstag veranstalten.« Georgs Mutter war vor einigen Jahren gestorben, ohne zu wissen, welches Leid sie ihrem Sohn vererbt hatte. Daraufhin hatte Albas Mutter ihn und seinen Vater vollkommen unter ihre Fittiche genommen. »Es wird schön, das verspreche ich dir.«

Alba seufzte. Am liebsten hätte sie in aller Stille zusammen mit Georg gefeiert. Nur sie beide. Sie hasste Empfänge, bei denen sie sich von Menschen bedrängt und in der Masse verloren fühlte. Aber Veranstaltungen dieser Art gehörten zu dem feinen Leben, das ihre Eltern führten, und sie hatte es sich angewöhnt, die wohlerzogene Tochter eines reichen Geschäftsmannes zu spielen. Außerdem liebte Georg es, in einem Smoking bei Hamburgs Crème de la Crème zu glänzen.

Er bemerkte ihre Miene und zwinkerte ihr zu. »Wird schon nicht so schlimm sein.« Dann zuckte seine Hand hoch, und er tat so, als wolle er sich am Hals kratzen. Das war etwas, was Alba zu übersehen gelernt hatte und was ihr immer aufs Neue zusetzte, weil sie den wahren Grund dafür kannte.

Sie wandte den Blick ab. Ihr fiel gar nicht auf, wie sie den Zettel auseinandergefaltet hatte und jetzt auf die sieben Zeilen starrte, die ihr in einer krakeligen Schrift vom Blatt entgegensprangen.

Wann treffen wir zwei uns das nächste Mal
Bei Regen, Donner, Wetterstrahl?
Wenn der Wirrwarr ist zerronnen,
Meine Schlacht wohl nicht gewonnen,
Noch vor Aufgang der Sonnen.

Wo der Ort?
Die Truhe dort!

Unter dem Gedicht schmiegten sich die schmalen Buchstaben der Unterschrift aneinander: H. Herzhoff. Alba las die Worte immer und immer wieder, doch dadurch ergaben die Zeilen für sie nicht wesentlich mehr Sinn.

»Was soll denn das?«, fragte Georg, der sich samt Stuhl zu ihr geschoben hatte und den Zettel ebenfalls studierte. »Da hat jemand die Macbeth-Zeilen reichlich durcheinandergeworfen.« Er wölbte die Brust und rezitierte theatralisch:

»*Wann treffen wir drei uns das nächste Mal*
Bei Regen, Donner, Wetterstrahl?
Wenn der Wirrwarr ist zerronnen,
Schlacht verloren und gewonnen.
Noch vor Untergang der Sonnen.
Wo der Ort?
Die Heide dort!
Da zu treffen Macbeth. Fort!« Georg hätte vermutlich gleich das ganze Theaterstück heruntergerattert, wenn Alba ihm nicht die Hand auf die Lippen gelegt und ihn zum Schweigen gebracht hätte. Er knabberte an ihren Fingern. »Bin schon still. Hm – nein, doch nicht. Wusstest du, dass die Hexen von einigen Literaturexperten als die wahren Hauptfiguren des Stückes gesehen werden? Und …«

Sie schlang die Arme um seinen Hals und zog ihn an sich. Er verstummte, in ihrem Kuss ertrinkend. In einem

Kuss ohne Liebe, der ihr selbst schal wie abgestandenes Bier schmeckte. Dann ließ sie ihn frei und badete in seinem glückseligen Blick, bis sie ihre Aufmerksamkeit wieder dem Brief widmete.

Da sie aus dem Zettel nicht schlau wurde, untersuchte sie das Kuvert. Auf der Innenseite hatte der Kugelschreiber unter dem Aufkleber einen Abdruck hinterlassen. Auch im Original war der Brief an sie adressiert gewesen, allerdings an die Anschrift ihrer Eltern geschickt worden. Wer immer ihr schrieb, kannte sie nicht sonderlich gut – dort wohnte sie seit knapp einem Jahr nicht mehr, nachdem Georg ihr ein Haus in Nienstedten, einem der schönsten Elbvororte Hamburgs, gebaut hatte und sie mit ihm zusammengezogen war. Er musste Himmel und Hölle in Bewegung gesetzt haben, um hier ein Grundstück zu ergattern. Von den schwindelerregenden Preisen für das Land ganz zu schweigen. Und alles, damit Alba es nicht ganz so weit bis zu ihrem Elternhaus hatte. Heimisch sollte sie sich hier fühlen. Das rechnete sie ihm hoch an, obwohl sie eher ans andere Ende der Welt flüchten müsste, um sich irgendwo heimisch zu fühlen.

»Das ist bestimmt nur ein blöder Streich. Vergiss die Sache«, beschloss Georg für sie und nahm ihr den Zettel ab.

Alba schnaubte und riss ihm das Papier aus der Hand. Sie erwartete, dafür Verdruss zu ernten, doch er zuckte nur die Achseln und vergrub die Nase in der Zeitung. »Wenn es dir so wichtig ist, behalte es doch.« Er klang gekränkt.

Manchmal behandelte er sie wie ein Kind, aber sie zwang sich, darüber hinwegzusehen. Behutsam faltete sie das Blatt zusammen und versteckte es in der Tasche ihres Bademantels. Wenn sie mehr erfahren wollte, musste sie zu ihren Eltern fahren und sie auf den Brief ansprechen. Vielleicht wussten sie, wer ihn geschickt haben mochte, schließlich lautete der Mädchenname ihrer Mutter Herzhoff. Ein Name, der in Albas Familie nie laut ausgesprochen wurde.

In ihrem Sportwagen fühlte sich Alba frei, wenn nicht sogar verwandelt. Hinter dem Steuer lebte sie ihre andere Seite aus, bei der Georg die Hände über dem Kopf zusammengeschlagen hätte und ihre Eltern nach allen Geboten des guten Tons in Ohnmacht gefallen wären.

Mit jeder Faser ihres Körpers saugte sie das Grollen des Motors in sich hinein. Ihr Leben gehörte den Autos. Der Tachozeiger über 220 vermochte die Leidenschaft zu entfachen, die Georg vergeblich in ihr suchte. Sie war süchtig nach Geschwindigkeit und fieberte dem Augenblick entgegen, wenn ihr Herz begann, Adrenalin durch ihren Körper zu jagen. Noch kroch sie durch die Tempo-30-Zone und warf ungeduldige Blicke in den Rückspiegel, doch sobald Georgs Haus hinter anderen Gebäuden verschwunden war, trat Alba auf das Gaspedal und raste durch die Stadt, als wäre sie Schumacher höchstpersönlich. Hamburgs Straßen kannte sie wie die eigene Westentasche und jagte ihre Corvette unter Missachtung einiger Verkehrsregeln durch die engen Kurven. Sie liebte ihr altes Auto, das sie vor einem Schrotthändler gerettet und selbst in einer Werkstatt aufgepeppt hatte. Zwar schlug ihr Vater alle Tage wieder vor, für seine geliebte Tochter einen neuen Porsche oder sogar Lamborghini zu kaufen, aber Alba hätte ihre Corvette nie im Leben eingetauscht. In diesem Wagen steckte ein Teil ihrer Seele, und der Duft nach Leder und Maschinenöl kam ihr exquisiter vor als jedes Nobelparfüm. Ihr Traum war eine eigene Autowerkstatt. Vor einem Jahr hatte sie einen netten Schuppen für ihr Herzprojekt entdeckt, aber ihr angespartes Geld reichte vorn und hinten nicht. Sie hatte ihre Eltern um ein Darlehen bitten müssen. Doch ihre Mutter hatte nichts davon hören wollen. Die Frau hatte ihrem Vater so lange in den Ohren gelegen, bis auch er sich gegen die Idee sträubte. So hatte Alba sich an der Uni für ein Jura-Studium einschreiben müssen, hatte aber bisher kein einziges Seminar besucht und ließ das Ganze bereits seit zwei Semestern schleifen. Sie hoffte, ihre Eltern würden einsehen, wie wenig ihr das Studium zusagte. Die Hoffnung starb bekanntlich zuletzt.

Nach knapp acht Minuten sichtete sie das große Tor zum Grundstück ihrer Eltern – schneller wäre sie vermutlich bloß mit einem Hubschrauber angekommen. Alba drosselte das Tempo, passierte die Einfahrt und schlich den kopfsteingepflasterten Weg entlang auf die imposante Fassade des Anwesens zu, das wie ein Highlight aus der Parkanlage ragte. Ihre Wangen glühten noch von dem Rausch der Fahrt, als sie aus dem Wagen stieg und die Treppe zum Eingangsportal hochlief.

Obwohl sie einen Schlüssel besaß, klingelte Alba und ordnete ihre Kleidung und ihr Haar, soweit es ihr möglich war. Die Mutter sperrte persönlich auf. Zu ihrem süßlichen Parfüm gesellte sich der Geruch von Wein, und ihre Augen blickten ausdruckslos wie Murmeln. In solchen Momenten kam sie Alba wie eine Fremde vor. Und leider waren es fast immer diese Momente, die in ihr aufstiegen, wenn sie an ihre Mutter dachte.

Die Frau musterte sie von Kopf bis Fuß.

»Alba«, stellte sie nach der Inspektion fest. In ihren Ton stahl sich ein Hauch von Überraschung, aber nicht mehr, als wenn der Postbote ein unerwartetes Päckchen gebracht hätte. »Mein Gott, wie siehst du denn aus?« Auf der Schwelle befingerte sie Albas Haar und zupfte an der Spitze ihres Sommerkleides, über das die meisten Designer wohl nur die Nase gerümpft hätten. Es hätte Alba nicht verwundert, wenn sie gleich ein Taschentuch herausgeholt, es mit Spucke benetzt und ihr damit über das Gesicht gerubbelt hätte.

Alba wich einen Schritt zurück. Ihre Mutter verdrehte die Augen, was übersetzt so viel wie »Dieses Kind bringt mich noch ins Grab« hieß, und geleitete Alba in den Blauen Salon – ausgerechnet in den Raum, den Alba am meisten verabscheute. Sobald sie durch die Tür schritt, fühlte sie sich erdrückt von der Pracht der Ausstattung. Vor allem aber von den Erinnerungen, die damit verbunden waren: »Du bist nicht normal«, hatte ihre Mutter gezischt und sie durch die Flure des Anwesens geschleift, um sie in diesem Zimmer einzusperren. »Es ist nur eine Frage der Zeit, bis du uns alle im Schlaf abstichst!«

Nun ja, bisher waren alle wohlauf. Alba ließ sich auf ein Sofa im Biedermeier-Stil nieder. Gobelins und Stofftapeten bekleideten die Wände wie in einem Museum; die hellblauen Polster der Möbel harmonierten mit den goldenen Verzierungen der Spiegel, die überall angebracht waren. Wenn sie sich umschaute, hatte sie das Gefühl, von einem Dutzend Albas angestarrt zu werden. Einst hatte sie all die Spiegel hier mit den blanken Fäusten zerschlagen. Mit den Scherben hatte sie dann die blauen Polster aufgeschlitzt. Vermutlich hätte sie bis heute noch Stubenarrest gehabt, wenn ihr Vater seine Frau damals nicht besänftigt hätte.

Die Mutter holte sich ein Glas Rotwein, setzte sich und schlug ein Bein über das andere. Sie schwenkte den Wein, roch an der rubinroten Flüssigkeit und nippte daran. Böse Zungen – wie die von Albas leiblichem Vater – behaupteten, sie saufe sich ihren reichen Mann schön, denn so könne sie die Kotzerei mit Alkohol erklären und nicht damit, dass sie mit ihm ins Bett steigen müsse. Dummes Gerede. Denn ihre Mutter schlief mit sämtlichen Geschäftspartnern ihres Gatten, nur nicht mit ihm. Alba verabscheute sie für diese Hurerei und fragte sich nicht zum ersten Mal, warum Elmar Wagner seine untreue Frau nicht davonjagte. Ob er wirklich nichts ahnte? Oder es übersah, weil er es nicht sehen und erkennen wollte?

»Falls du zu Elmar willst – er ist nicht da«, erklärte die

Mutter. »Du hättest dich vorher anmelden sollen, du weißt ja, wie beschäftigt er ist.«

Tja, ohne Termin kam man im Hause Wagner nicht weit. Alba fischte aus ihrer Handtasche den Umschlag, holte den Zettel heraus und schob ihn über das Beistelltischchen ihrer Mutter zu. Das Blatt wirkte fehl am Platz auf der polierten, mit Perlmutt verzierten Oberfläche. Dieselben Gedanken schien auch ihre Mutter zu haben. Sie rümpfte die Nase und hob das Blatt mit zwei Fingern auf. »Was ist das, Liebes?«

Doch sobald ihr Blick auf die Unterschrift fiel, verfinsterte sich ihr Gesicht. Mit einem Schlag sah sie alt aus. Unter dem Make-up, das wie Verputz an ihrem Gesicht haftete, gruben sich Fältchen in ihre Haut.

»Ich glaube es nicht! Das war sicherlich die Sekretärin deines Vaters, diese dumme Gans, die den Brief weitergeleitet hat. Sie hätte ihn in den Müll werfen sollen!« Ruckartig stand sie auf und verschüttete etwas Wein auf dem Parkett.

Alba holte Luft, doch ihre Mutter redete weiter: »Dass Hermann … Unglaublich, dieser Mann! Wie kann er es nur wagen, nach allem, was passiert ist …« Sie verstummte, als wäre ihr Albas Anwesenheit plötzlich eingefallen, und zwang sich zu einem Lächeln. »Ach, ich weiß nicht, was in mich gefahren ist. Entschuldige, mein Kind.« Sie setzte sich wieder, doch ihre betont aufrechte Haltung wirkte, als habe sie einen Stock verschluckt.

Hermann? Alba sortierte ihre Gedanken. Der Großvater Hermann Herzhoff? Man bekam nicht oft Post von jemandem, der seit Jahren tot war. Er starb, als sie neun war, zumindest hatte man ihr das so gesagt. Aber warum erreichte sein Brief sie erst jetzt? Und was um alles in der Welt wollte er mit den verhunzten Macbeth-Zeilen sagen?

Irgendetwas stimmte hier nicht. Alba versuchte, sich an die Umstände seines Todes zu erinnern, konnte es aber nicht.

»Vergiss den Brief. Hat dir Georg schon von dem Empfang erzählt?«, plapperte ihre Mutter weiter. Viel zu fröhlich, viel zu laut, viel zu eindringlich. Was wollte die Frau damit überspielen? »Und hör auf, an deinen Haaren zu zupfen, das ist ja nicht auszuhalten!«

Alba ließ die Hände sinken. Unbewusst hatte sie wieder an ihren Haarspitzen gerupft. Sie beugte sich vor, um den Zettel zu nehmen, als ihre Mutter ihn wie gedankenverloren in kleine Stücke zerriss. Die Geste traf Alba einer Ohrfeige gleich, die sie als Kind zur Genüge bekommen hatte.

»Oh, es tut mir leid. Wolltest du ihn behalten, Liebes?« Auf der Handfläche streckte sie ihr die Fetzen entgegen.

Nein, fürs Puzzeln hatte sie noch nie viel übriggehabt. Zum Glück kannte sie die Zeilen bereits auswendig.

Sie erhob sich und verließ den Raum, mit erhobenem Kopf und geradem Rücken, so wie ihre Mutter es ihr stets eingetrichtert hatte: *Wie eine Prinzessin musst du dich geben – in den Kreisen, zu denen wir nun gehören, erwartet man das von dir.* Jetzt sollte die Mutter doch ihren prinzessinnenhaften Hintern beim Abgang bewundern.

Sie musste einfach herausfinden, was es mit dem Zettel auf sich hatte. Wenn Tote Briefe schrieben, dann sicherlich nicht vor Langeweile im Jenseits. Wie von einer anderen Macht geführt, suchte Alba das Arbeitszimmer ihres Vaters auf. Die Mutter war ihr nicht gefolgt, bestimmt, um in Ruhe noch ihren Wein auszutrinken.

Hinter dem altertümlichen Tisch aus Nussbaumholz, umschlossen von hohen Regalen mit unzähligen Ordnern, fühlte sich Alba verloren, als wäre sie beim Eintreten auf die Größe eines Käfers geschrumpft. Sie versank im Bürosessel und schaltete den PC ein. Ihre Finger verharrten über der Tastatur, dann tippte sie den Namen ihres Großvaters in die Suchmaschine ein. Es überraschte sie, wie viele Ergebnisse die Seite ausgespuckt hatte. Er war ein ehemaliger Professor der Mythologie und recht angesehen auf seinem Fachgebiet, wenn sie dem Internet Glauben schenken durfte. Trotz seines hohen Alters, sah er auf den Fotos erstaunlich fit aus, und vor allem – er war nicht tot. Behauptete das World Wide Web.

Sie saß vor dem Monitor und fragte sich, was ein normaler Mensch dabei hätte empfinden sollen. Denn in einem behielt ihre Mutter Recht: Sie war nicht normal. Starke Gefühle schlummerten bloß in ihr, und es gab keinen, der diese aus dem Dornröschenschlaf geweckt hätte. Was Alba empfand, waren nur Echos von ihnen.

Das Online-Telefonbuch zeigte Hermann Herzhoffs Adresse in Klein Flottbek an, einer netten Gegend, die dem Stand eines Professors gänzlich entsprach. Unzählige Fragen türmten sich in ihrem Kopf. Was war mit ihm geschehen? Wurde er von ihrer Familie totgeschwiegen? Warum? Und aus welchem Grund wandte er sich plötzlich an sie mit dieser seltsamen Nachricht? Alba durchforschte ihren Geist nach irgendwelchen Erinnerungen an ihren Opa. Kannte sie ihn als Kind? Tief in ihrem Innern kribbelte es, als läge die Wahrheit zum Greifen nah … aber da war nichts. Sie ließ sich gegen die Sessellehne fallen.

Ihre Kindheit verbarg sich hinter dem Schleier des Vergessens. Das erste Bild stammte aus der Zeit, als sie etwa zehn Jahre alt war. Sie war in eine Privatschule gekommen, stand vor der Klasse und musterte misstrauisch die vielen neuen Gesichter. Endlich durfte sie Platz nehmen. Sie saß da wie auf rohen Eiern, spürte die Blicke, die die anderen ihr zuwarfen, und wünschte sich, vom Boden verschluckt zu werden. Denn sie gehörte nicht zu diesen reichen, wohlerzogenen Kids. Da drehte sich ein Junge am Tisch vor ihr um, grinste und flüsterte: »Hi, ich bin Georg. Und ich weiß, wie weit es von hier bis zu der Sonne ist.«

»Mein Gott, Alba!« Ihre Mutter stand auf der Schwelle, die Hände in die Hüften gestemmt. Das Glas Rotwein hatte sie anscheinend erfolgreich bezwungen. »Was ist bloß in dich gefahren? Du kannst doch nicht hierherkommen, mir diesen Zettel unter die Nase schieben und dich dann hierher verdrücken! Was wird bloß Elmar sagen!«

Nichts, vermutlich. Wenn sich ihr Vater wegen jedes bisschens aufregen würde, wäre er schon längst als ein Nervenbündel auf der Couch eines Psychotherapeuten gelandet und würde nicht an der Spitze einer Bankenkette stehen. Rasch schaltete Alba den PC ab, ohne ihn ordnungsgemäß herunterzufahren, schnappte ihre Handtasche und zwängte sich ohne Erklärung an ihrer Mutter vorbei zur Treppe.

Bis zum Haus ihres Opas brauchte Alba dreißig Minuten. Sie wählte nicht den direkten Weg über die Elbchaussee, sondern kurvte – fast ziellos – durch die kleineren Straßen, um nachzudenken. Die Vorstellung, den alten Mann bald zu sehen, verunsicherte sie.

Als Alba endlich durch das quietschende Gartentor auf den Kiesweg schritt, spürte sie einen Hauch von Wehmut. Alles hier fühlte sich vertraut an. Und es beunruhigte sie. Zum wiederholten Male fragte sie sich, was sie hier wollte. Antworten? Auf die Fragen, die sie nicht stellen konnte?

Das Unkraut überwucherte den Rasen und rankte sich an einer verrosteten Hollywood-Schaukel hoch. Alba blieb stehen. Diese Schaukel … Sie fühlte das sanfte Hin- und Herwiegen und wie ihr Kopf im Schoß ihres Opas ruhte. Nein. Sie musste sich das einbilden. Hier war sie niemals gewesen, der Großvater war für sie wie ein fremder Mann.

Etwas raschelte. Eine getigerte Katze schlich durch das Gras zum offenen Fenster. Alba trat unter das Vordach und wollte klingeln, als sie die geöffnete Tür bemerkte. Seltsam. Warum schloss ihr Großvater nicht ab?

Vorsichtig drückte sie den Griff und schlüpfte durch den Spalt in den Flur. Ein seltsamer Geruch schlug ihr entgegen. Schwer, süßlich und wie von Verwesung. Sie schlich den Korridor entlang und verharrte auf der Schwelle zum Wohnzimmer.

Sie hätte schreien sollen. Oder fortlaufen. Irgendeine Regung zeigen, die ein normales menschliches Wesen wohl gezeigt hätte. Aber sie stand bloß da und stierte vor sich hin.

Das Mobiliar war zu Kleinholz zerschlagen. Seiten, aus den Büchern herausgerissen, bedeckten den Boden. Überall an den Wänden und der Decke waren dunkelrote Spritzer. Blut. Als hätte jemand eine Kuh bei lebendigem Leibe zersägt und die Innereien im Raum verstreut. Alba wurde übel. Dann sah sie Hermann Herzhoff. Er lag in einer Ecke, das Fleisch hing ihm von den Knochen, seine Kehle klaffte weit auf. Aus dem aufgeschlitzten Bauch, über dem ein Schwarm Fliegen surrte, quollen Gedärme.

Alba keuchte und stakste ins Zimmer, ihre Beine starr wie Stöcke.

Meine Schlacht wohl nicht gewonnen,
Noch vor Aufgang der Sonnen.

Die Zeilen des Briefes hüpften vor ihren Augen, als sie in die Handtasche griff und intuitiv nach ihrem Handy suchte. Endlich bekam sie es zu fassen. Sie wählte den Notruf, vertippte sich und wählte die Nummer noch einmal. Es wurde abgenommen. Alba holte tief Luft, versuchte eine Meldung durchzugeben, doch die Worte stockten ihr in der Kehle. Sie bemühte sich, die Silben zu sinnvollen Sätzen zu fügen, aber alles, was sie hervorbringen konnte, waren undeutliche Laute, einem Tier gleich.

Alba schluchzte, gepeinigt von ihrer Hilflosigkeit, und biss sich in den Zeigefinger, um ihr Gewimmer und den Würgereiz zu unterdrücken.

Da hörte sie im Korridor Schritte.

Kapitel 2

Alba wusste nicht, was sie dazu bewogen hatte, Hals über Kopf in den Flur zu stürzen. Der Gedanke »Himmel, bist du irre oder einfach nur bescheuert?« kam erst, nachdem sie aus dem Wohnzimmer gelaufen war und einen hochgewachsenen Mann zur Eingangstür schleichen sah. Sie stieß gegen eine Kommode, wobei sie einen schmiedeeisernen Kandelaber ins Schwanken brachte, und verharrte. Der Unbekannte fuhr herum.

Er war es! Der Mörder. Wer nichts zu verbergen hatte, würde nicht davonschleichen und dann so ertappt dreinblicken. Doch der wahre Grund, warum sein Anblick ihre Sinne durcheinanderwirbelte, war, dass er ihr bekannt vorkam. Wie das Haus, die Hollywoodschaukel, ja, wie alles andere hier rundherum. Er hatte markante Gesichtszüge, die frau nicht so leicht vergaß: das kantige Kinn, die Adlernase und die tiefblauen Augen. Das dunkle Haar fiel ihm wellig in den Nacken und verlieh ihm ein wildes, wenn nicht gar unheimliches Flair, und die Art, wie er sie anschaute, bescherte Alba Gänsehaut.

»Wer bist du?«, entfuhr es ihm. Sein tiefer, beinahe sanfter Ton ließ ihre Haut prickeln.

Niemand. Ich putze hier nur, hätte sie geantwortet, wenn sie gekonnt hätte. Aber die Angst schnürte ihr die Kehle zu und machte es ihr unmöglich, auch nur einen Laut herauszubringen. Nie zuvor in ihrem Leben hatte sie sich so gefürchtet. Der Gedanke ließ sie beinahe frohlocken. Also war sie doch normal, konnte empfinden wie jeder andere Mensch auch.

Nein, ganz sicher nicht, zügelte sie sich. Denn normale Menschen jubelten nicht, wenn sie sich vor Angst fast ins Höschen pinkelten.

Er beobachtete Alba. Auf seinem Gesicht zeigte sich ein Anflug von Erstaunen, dann Betroffenheit und schließlich Bedauern.

»Es wäre besser für alle, du hättest mich nicht gesehen.« Bei diesem Satz stellten sich ihr die Härchen auf den Armen auf. Der Unbekannte hatte ihn beinahe zärtlich gesagt, und sie glaubte an die Aufrichtigkeit seiner Worte. Fast tat es ihr leid, ihn am Tatort erwischt zu haben.

Alba sah nicht, wie er sich bewegt hatte, ehe er auf einmal dicht vor ihr auftauchte und sie am Nacken packte. Seine Präsenz schien sie zu erdrücken, als wäre sie ein Ungeziefer unter seiner Schuhsohle. Sie wäre weggerannt, wenn sie sich von der Stelle hätte bewegen können. Seine Augen hellten sich auf, bis sie an Eis erinnerten. Ihr wurde schwindelig. Langsam wusste sie nicht mehr, wo sie war und was sie hier eigentlich tat. Plötzlich weiteten sich seine Pupillen, verschluckten vollkommen die Iris und wirkten unnatürlich groß.

Gleich würde er sie umbringen und ihr Blut im Flur verteilen. Ihr Blick glitt die Wände hoch zu der vergilbten Decke – nun ja, die müsste eh gestrichen werden. Was würde sie fühlen, während er sie tötete? Bloß nicht diese Gleichgültigkeit, als wäre sie von ihrem eigenen Körper und der Realität abgekoppelt.

Dann presste der Mann seine Lippen auf ihre, in einem Kuss, der ihr Inneres vereiste. Ein Schmerz schoss durch die Mitte ihrer Stirn und schraubte sich in ihr Hirn. Alba japste. Sie wand sich im Griff und trommelte gegen die Brust des Angreifers. Mit jedem Schlag wurden ihre Bewegungen träger. Als ströme jegliche Kraft aus ihrem Körper, erschlaffte sie wie ein Strandball, bei dem jemand das Ventil geöffnet hatte.

Ihr schwirrte der Kopf. Bilder vernebelten ihren Geist und lockten sie mit sich fort:

Die kleine Alba schleift einen Hocker ans Fenster, klettert darauf und drückt ihre Nase gegen die Scheibe. Im Garten streiten eine Frau und ein älterer Mann – ihr Großvater!

»Was soll ich denn mit dem Kind?«, ruft er der Frau hinterher, die auf das Gartentor zusteuert. »Du kannst doch das Mädchen nicht einfach so hierlassen!«

Die Frau wirbelt herum, und erst jetzt erkennt Alba ihre Mutter. »Und ob ich das kann! Du hast mich im Stich gelassen, obwohl ich alles tat, um dir zu gefallen. Jetzt hast du eine Chance, es bei deiner Enkelin besser zu machen. Ciao – oder soll ich lieber *Adiós* sagen?«, stößt sie verächtlich durch die Zähne und setzt ihren Weg fort.

Die Bilder verblassen und werden von anderen abgelöst. Jetzt sitzt sie mit ihrem Opa vor dem Kamin und lauscht gespannt einer Schauergeschichte. Nur das Knistern des Feuers und die leise Erzählstimme unterbrechen die Stille.

»Und wie kann man die Nachzehrer töten?«, fragt sie, als er die Geschichte beendet.

»Gar nicht, mein Mädchen.« Er tätschelt ihren Kopf. »Sie sind unsterblich – weder ein Pflock noch Weihwasser können ihnen etwas anhaben.«

»Trinken sie Blut?«

»Nein, Liebes. Sie saugen den Menschen die Lebensenergie aus.« Dann fällt er über sie her und kitzelt sie durch, bis Alba kaum noch Luft bekommt.

Nein, sie durfte den Trugbildern keinen Glauben schenken. Wie durch einen Schleier sah sie das Gesicht des Mannes, der sie küsste. Er schmeckte herb und intensiv, wie ein Plättchen Bitterschokolade, das auf ihrer Zunge zerlief. Die Lider fielen ihr zu, ihre Glieder wurden immer schwerer.

Stopp!, pochte es in ihren Schläfen. *Du musst kämpfen, du darfst nicht aufgeben!*

Warum nicht?

Vielleicht vermochte dieser Mann in ihr Leidenschaft zu wecken, auch wenn es das Letzte gewesen wäre, was sie vor dem Tod gespürt hätte. Ein schönes Gefühl, mit dem zu sterben gar nicht so schlimm wäre. Immerhin hätte sie wenigstens erfahren, wie es war, in dieser Erregung völlig zu vergehen.

Alba sammelte ihre Kräfte und schaute auf. Allein der Versuch, die Augen zu öffnen, kostete sie immense Anstrengungen. Gleich würde es vorbei sein.

Plötzlich keuchte der Mann und zuckte zurück. Alba schnappte nach Luft, tastete mit einer Hand, um Halt zu finden. Der Kandelaber kam ihr unter die Finger, und mit ihm fand sie auch ihr rationales Denken wieder. Sie umschloss ihn, holte aus und drosch damit auf den Mann ein. Zumindest hatte sie das vor, doch in Wirklichkeit kippte der Kerzenständer ihr eher aus der Hand, als dass sie zugeschlagen hätte. Der Mann duckte sich. Mit einer letzten Kraftanstrengung schleuderte Alba ihre Waffe nach ihm.

Und verfehlte ihn, traf bloß einen Spiegel an der Wand. Die Scherben splitterten und klirrten, verhießen sieben Jahre Unglück.

Vornübergebeugt hielt sich der Mann mit einer Hand an der Kommode fest und drückte sich die andere gegen die Stirn.

Renn!, befahl sie sich. Und rannte.

Der Weg zur Eingangstür war ihr versperrt, so stolperte sie Stufe um Stufe die Treppe hoch, schnaufend, als erklimme sie den Mount Everest. Im Obergeschoss angelangt, hielt sie sich am Geländer fest und lauschte eine Sekunde. Folgte der Mörder ihr? Nein. Noch nicht. Aber viel Zeit blieb ihr kaum – kein Grund, hier zu campen. An der Wand entlang torkelte sie zu einer der Türen und schlüpfte hinein.

Vor ihren Augen pulsierten rote Kreise. Alba brauchte

einen Moment, um die Umgebung zu registrieren. Sie befand sich in einem Arbeitszimmer, das eher einer Kammer ähnelte. Vor einem Fenster thronte ein billiger Tisch, der unter der Menge von Papierstapeln und Büchern zusammenzubrechen drohte. In einer Wandnische gegenüber war ein kleiner Altar errichtet worden. Auf einem Podest stand eine blauschwarze, vierarmige Statue mit wirrem, rabenschwarzem Haar. Die Augen blutunterlaufen, streckte sie weit ihre Zunge heraus. Um ihren Hals hing eine Kette aus Menschenschädeln, ein Rock aus abgeschlagenen Armen schlang sich um ihre Hüften. In einer Sandschale zu ihren Füßen steckten Räucherstäbchen. Verwelkte Blumen, die keiner mehr austauschen konnte, schmückten den Altar.

An einer anderen Wand bemerkte Alba eine Holztruhe und schleifte sie zur Tür. Der Schweiß lief ihr über das Gesicht, brannte ihr in den Augen und ließ ihr die Haarsträhnen an den Wangen kleben. Sie taumelte zurück und lehnte sich an den Schreibtisch. Ihre Beine fühlten sich weich an wie aus Wachs. Wer war dieser Kerl da unten? Und was … was hatte er mit ihr gemacht? Der Kuss hatte sich angefühlt, als hätte sie mit dem Gevatter Tod persönlich geknutscht.

Sie schüttelte sich und stieß versehentlich mit dem Ellbogen einen der Stapel vom Tisch. Dieselbe krakelige Schrift wie in dem Brief zog ihre Aufmerksamkeit auf sich: *Ich werde ins Auge der Schwarzen Göttin sehen, und ich hoffe, ich werde sie verstehen, denn nur dann wird sie mich vor Furcht befreien und mein Flehen erhören.* Ähnlich unverständliche Worte. Wenn sie bloß wüsste, was all das zu bedeuten hatte! Mit der Schuhspitze fächerte sie die Papiere auseinander. Alle Notizen, Zitate und Gebete – einige davon in einer Sprache, die sie nicht verstand – beschäftigten sich mit Kali. Hatte ihr Großvater die indische Göttin verehrt?

Ihre Überlegungen verflogen, als sie vom Flur Schritte hörte. Der Mörder! Er war ihr auf den Fersen, wie hatte sie das vergessen können und sich ausruhen wollen!

Im Stockwerk ging eine Tür nach der anderen. Der Mann kam näher. Dann knallte die Tür des Arbeitszimmers gegen die Truhe. Durch den Spalt schaute Alba in die Augen ihres Verfolgers. Tiefschwarz. Rasend. Todbringend. Nur mit Mühe riss sie sich von seinem Blick los und sah sich um. Das Fenster, kaum größer als ein Bullauge, stierte ihr wie ein lebendiges Wesen entgegen. Dahinter ragten die Äste eines Obstbaumes bis an die Hauswand heran. Ob die Zweige sie tragen würden? Was soll's! Sie hatte keine Wahl.

Alba hastete zum Fenster und machte es auf. Der Wind ließ den Schweiß auf ihrer Haut erkalten. Einen Moment haderte sie mit sich selbst – die Höhe löste ein flaues Gefühl in ihrem Magen aus. Sie unterdrückte die Zweifel und zwängte sich nach draußen. Ein kurzes Innehalten, dann hechtete sie nach vorn.

Ihre Hände verfehlten den Ast, den sie anvisiert hatte, und sie stürzte. Die Zweige peitschten und zerkratzten ihr Gesicht, dann bekamen ihre Finger etwas zu fassen. Der Fall endete, sie federte an einem Ast auf und ab und baumelte daran wie eine Frucht. Dann hangelte sie sich zum Baumstamm und fand mit den Füßen Halt. Glück gehabt. Die Wange an die Rinde gedrückt, wagte sie es nicht, sich zu rühren. Aber noch war die Gefahr nicht gebannt. Der Mörder würde sie nicht einfach so gehen lassen. Sie musste sich in Sicherheit bringen.

Alba kletterte hinunter. Einige Äste knackten unter ihrem Gewicht weg, und sie erwartete jeden Moment, auf dem Boden aufzuschlagen, doch jedes Mal gelang es ihr, eine Stütze zu finden. Als sie endlich ins Gras sprang, waren ihre Hände abgeschürft und das Sommerkleid aufgerissen. Ein Fetzen hatte sich in den Zweigen verfangen, als wollte der Baum sie nicht gehen lassen.

Alba schleppte sich zum Auto und plumpste auf den Fahrersitz. Zum Glück hatte sie nicht weit vom Haus geparkt. Mit zitternden Händen steckte sie den Schlüssel in das Zündschloss und startete den Motor.

Ihr Verfolger lief auf die Straße hinaus. Noch hatte er sie nicht entdeckt. Alba trat auf das Gaspedal. Die Reifen drehten durch und quietschten, sie löste die Handbremse und raste auf den Mann zu. Er fuhr herum. Noch eine Sekunde, und die Stoßstange hätte ihn gerammt, als etwas Unglaubliches geschah. Er sprang hoch. Der Wagen flitzte unter ihm vorbei, während er in der Luft zu schweben schien. Im Rückspiegel sah sie, wie der Mann wieder auf dem Asphalt landete, zu Boden ging, ein Stück weiterrollte und am Bürgersteig liegen blieb.

Wie war das möglich?, pulsierte es in Albas Kopf. Kein Stuntman hätte so einen Trick vollführen können!

Doch zurückzufahren und ihn zu fragen gehörte sicherlich nicht zu den besten Ideen. Alba raste um die Ecke und jagte ihre Corvette durch die Straßen, bis sie den Bezirk verlassen hatte.

Die Anspannung wich und mit ihr der letzte Funke Energie. Auf der Windschutzscheibe tanzten weiße Punkte. Alle Umrisse verflossen ineinander. Alba schloss die Augen und fiel ins schwarze Nichts, während ihr Fuß noch das Gaspedal drückte.

Kapitel 3

Linnea hockte vor dem Grabstein und lockerte die Erde auf, die blau leuchtete. Ihre Hände strahlten in Safrantönen, der Stiel der Harke, wenn sie ihn beiseitelegte, glühte von einem schwachen Gelb bis hin zu Grün – ein Karneval der Farben, den ihre Sinne drogenfrei mischten. So war es, das Universum um sie herum, das glühte und strahlte und leuchtete, sich beim Anfassen jedoch kalt und tot anfühlte wie die Erde, die sie zwischen den Fingern zerrieb.

Das Augenlicht hatte sie vor langer Zeit verloren, zusammen mit einem großen Teil ihres Gehörs. Nach und nach waren die Fähigkeiten verschwunden, so wie der Herbst das blühende Leben langsam in Trostlosigkeit verwandelt. Bei einigen ging es schneller, bei den anderen langsamer. An die Monate der völligen Dunkelheit erinnerte sie sich mit Schaudern. In ihrer Verzweiflung hatte sie sich damals in ihrer Wohnung verkrochen und nichts von der Welt draußen wissen wollen. Nur die treue Smaragda, ihr Seelentier, dem Linnea ihr Unglück zu verdanken hatte, blieb bei ihr. Einige Wochen danach begann die Welt der Schwärze sich zu lichten. Zuerst schwach, dann leuchteten die Farben in all ihrer

Pracht auf. Infrarotsicht. Ihr Gehirn gaukelte ihr vor, sie würde sehen. In Wirklichkeit verarbeitete sie die Informationen auf eine ganz andere Weise, denn auch wenn sie die Augen geschlossen hielt, schimmerten die Farben vor ihr, Tag und Nacht, und quälten sie mit ihrer bunten Fröhlichkeit.

Dank des Hörgerätes befand sie sich nicht in vollkommener Stille. Auch hier, in einem abgeschiedenen Winkel des Altonaer Hauptfriedhofes, wie in einem Labyrinth von immergrünen Büschen umgeben, vernahm sie aus weiter Ferne den Straßenlärm – Autos und schwere LKWs, manchmal einen Krankenwagen oder das Brummen eines Flugzeugs. Der Wind spielte mit ihrem hüftlangen Haar, und sie streckte ihr Gesicht der Sonne entgegen, um die Wärme mit jeder Pore in sich aufzusaugen. Die Sonne, das einzig Wahre, das in dieser Totenwelt lebte, spendete ihr Kraft zum Weitermachen, Weiterexistieren, Weiterkämpfen.

Das leise Vogelgezwitscher schien den Toten Respekt zu zollen. Linnea mochte es, über die verschlungenen Pfade des Friedhofes zu schlendern, weit entfernt von den geteerten, ordentlich und gerade angelegten Hauptwegen. In der großen Anlage fühlte sie sich oft etwas verloren, und wenn sie hin und wieder über eine knorrige Baumrinde streichelte, wurde sie gewahr, wie alt diese Stämme sein mussten. Die Ruhe, die von dem Friedhof ausging, kehrte auch in Linneas Seele ein. Die Erinnerungen an die unzähligen Bahren mit zerfetzten Leibern, die aus den Gemäuern des ehemaligen Pesthofes an ihr vorbei hinausgetragen worden waren, ebbten an diesem Ort des Friedens ab. Dennoch dachte sie mit Wehmut an das Geschehene. An all die Verluste! Ihre Gemeinde, für die Linnea ihr eigenes Leben geopfert hätte, für die sie unerbittlich kämpfte, um sie zu erweitern, war auf zwei Dutzend Personen geschrumpft. Zwei Dutzend Metamorphe, die kaum noch sich selbst schützen konnten. Geschweige denn das Ziel erreichen, das sie bereits so lange verfolgten. Und sie war schuld. Sie allein, weil sie ihren Feind unterschätzt hatte.

Linnea streckte sich auf dem blau strahlenden Boden aus. Welche Farbe hatte eigentlich die Schuld? Wie leuchteten ihre Wut und Verzweiflung? Wie heiß glühte der Name, der ihr wie ein Brandeisen die Zunge versengte, sobald sie ihn in den Mund nahm?

Evelyn. Evelyn Behrens.

Sie ballte die Fäuste.

»Das wird mir nicht noch einmal passieren«, versprach sie dem Grabstein. »Und die Niederlage wird nicht ungerächt bleiben. Eine Schlacht mag verloren sein, der Krieg – noch lange nicht!«

Doch was konnte sie tun, wohl wissend, über welche Kräfte ihre Erzfeindin verfügte? Die Wut machte der Mutlosigkeit Platz. Noch mehr schmerzte, dass es sich dabei um ihre Tochter, ihr eigenes Fleisch und Blut handelte. Sie hätte sie schon als Baby vernichten sollen, und – Hand aufs Herz – hatte sie nicht alles getan, um dies zu bewerkstelligen? Aber das Schicksal schien sich gegen sie verschworen zu haben. Zu welcher Gottheit sollte sie beten, wie die nötige Kraft erlangen, um ihre Feinde zu vernichten und ihre Gemeinde zu beschützen? Und das, solange es noch etwas zu beschützen gab.

»Oh Gott, ich brauche Hilfe. Hilfe, um eine Mächtige zu besiegen.« Aber wer sollte ihr schon helfen? Linnea vergrub die Finger in der Erde, nahm eine Handvoll und roch daran. Der Duft betörte ihre Sinne. Wenn sie könnte, hätte sie sich hingelegt und sich durch den feuchten Dreck geschlängelt. Sie bändigte den irrsinnigen Wunsch, zerrieb die Erde zwischen den Handflächen und züngelte, um sie zu riechen, ja, gar zu schmecken. Endlich ging es ihr besser. Der Kopf fühlte sich klarer an und die Selbstsicherheit kehrte zurück.

Sie würde es schaffen, egal, welchen Preis sie dafür zahlen müsste. Ja, unbedingt! Schließlich war sie eine Königin. Linnea schob ihre Hand unter ihr Haar und berührte den Stummel, wo früher ihr linkes Ohr gewesen war. Sie hatte schon Schlimmeres überstanden. Es würde der Tag kommen, an dem sie zurückschlagen und ihre Feinde vernichten würde.

»Darauf kannst du Gift nehmen, Evelyn«, flüsterte sie und ballte die Hände. Bloß nicht aufgeben. Wer nicht kämpfte, der hatte bereits verloren. »Du wirst es mir büßen. Den Tod jedes Einzelnen, den du mir genommen hast.«

Die Worte scheuerten ihre Seele wund und erweckten den Schmerz, den sie verdrängt zu haben glaubte. Wenn jemand aus ihrer Gemeinde starb, dann spürte sie seine

Qualen wie die eigenen, nur dass die ewige Ruhe ihr nicht vergönnt war. In jener Nacht wäre sie fast wahnsinnig geworden, sooft der Tod ihrer Untertanen ein Stückchen von ihr mit sich riss.

Sie vernahm Schritte, die sich ihr näherten, spürte die Erschütterung des Bodens. Nicht einmal der leiseste Tritt entging ihr. Ohne sich umzudrehen, wusste sie sofort, wer sich den Sandweg entlangstahl. Sie kannte den Gang jedes Einzelnen aus ihrer Gemeinde.

»Micaela. Ich hatte die Hoffnung bereits aufgegeben, dich irgendwann zu sehen.«

Die Antwort kam nicht sofort. »Verzeih mir, meine Königin. Ich habe dich enttäuscht.«

»Enttäuscht?« Linnea drehte den Kopf und betrachtete das orangefarbene Leuchten der schlanken, hochgewachsenen Frau, an deren Beine sich eine Katze schmiegte – ein großes und starkes Tier. »Das Blut unserer Brüder und Schwestern klebt auch an deinen Händen. Nur eine Warnung von dir, womit wir es wirklich zu tun hatten, und das Blutbad hätte vermieden werden können!«

Es fiel ihr schwer, den Zorn zu unterdrücken. Den Zorn, der in erster Linie ihr selbst galt. Denn Micaela traf keine Schuld. Linnea verspürte sogar Erleichterung darüber, dass die Jägerin noch lebte. Es war klug von ihr gewesen, sich zurückzuziehen und abzuwarten, denn was hätte sie allein gegen eine Mächtige unternehmen können, wenn in dem Kampf die ganze Gemeinde versagt hatte!

Micaela kniete nieder und senkte den Kopf. »Als ich

die Macht der Hexe sah, musste ich fliehen. Ich hatte befürchtet, sie würde mich verfolgen. Ich wollte keine Gefahr für die anderen sein.« Sie faltete die Hände. »Bitte, vergib mir!«

Linnea brachte sie mit einer Geste zum Schweigen. In der nächsten Sekunde hielt sie die Frau in den Armen, presste den muskulösen Körper an sich, bis sie selbst kaum noch atmen konnte, und lauschte dem kräftigen Herzschlag, der ihr Mut machte. Die anderen zählten auf sie, vertrauten der Königin wie zuvor. »Ist schon gut. Am besten, du sagst niemandem, was du erlebt hast. Kein Wort über Hermann Herzhoff und die Umstände seines Todes. Es bleibt unter uns, verstanden?«

»Ich … ich fürchte, ich habe es bereits verraten. Kilian war zu mir gekommen und …«

Das von Tränen nasse Gesicht drückte sich an Linneas Brust. *Mein tapferes Mädchen,* wollte sie rufen und ihr jeden Tropfen von den Wangen küssen. *Ich bin froh, dass du noch lebst, dass du zu mir zurückgekommen bist.* Nichts dergleichen tat sie. Denn sie war die Königin. Wenn sie Schwäche zeigte, dann schwächelte ihre Gemeinde. Wenn sie den Mut verlor, resignierten die anderen. Sie durfte ihre Gefühle nicht offenbaren, sondern musste diese in sich verschließen, bis es nicht mehr ging, bis ihre Seele nichts weiter war als der Friedhof ihrer eigenen Empfindungen.

Linnea entließ Micaela aus der Umarmung. »Kilian ist tot.« *Du hast keinen Rivalen mehr. Jetzt bist du meine beste Jägerin. Wirst du versagen, wie er versagt hat?*

»Oh.« Mehr kam nicht. Kein Wort des Gedenkens, keine Silbe des Mitleids für einen Mann, der seines Star-Daseins müde geworden war, der sich in die falsche Frau verliebt hatte und von der Liebe verraten wurde. Wenn Linnea an ihn dachte, dachte sie an sich selbst, denn sie waren gleich, der tote Jäger und seine Königin, für die das Leben nur ein Trug war. Konnte Micaela die Richtige sein, um an ihrer Seite zu bleiben? Sie brauchte einen Helfer, eine rechte Hand. Fast hätte sie Kilian an ihre Seite gerufen, ihn womöglich zu ihrem Partner erwählt und mit ihm das Lager geteilt, wenn es nötig gewesen wäre, doch er hatte sie verraten. Nun musste sie sich anders entscheiden. Zwar war Micaela bei ihrem letzten Auftrag gescheitert, aber sie war der Königin treu ergeben. *Wirst du immer zu mir zurückkehren, mein Mädchen, egal, was geschieht? Wirst du mir überallhin folgen?* Im Gesicht der Jägerin suchte sie nach einer Antwort. Aber die Infrarotfarben verrieten nicht, was in der Frau vorging.

Aus einem Eimer, der neben ihr stand, schöpfte Linnea Wasser und goss die Pflanzen auf dem Grab, die hoffentlich schön blühten.

»Ich habe eine Aufgabe für dich«, sagte sie, nachdem die Erde das Wasser aufgesogen hatte.

»Du verzeihst mir mein Versagen?«

»Das wird sich zeigen, wenn du die nächste Anweisung zu meiner Zufriedenheit ausführst.«

»Was muss ich tun?«, stieß Micaela hervor, noch bevor Linnea ihren Satz beenden konnte.

»Du weißt inzwischen, was vor kurzem passiert ist. Ich hatte sie beide in meiner Gewalt – die Mächtige und den Totenküsser, den zu befreien sie gekommen war. Und doch ist es ihnen gelungen, zu fliehen. Jemand aus unseren Reihen muss ihnen geholfen haben. Ich will wissen, wer das war.«

Sie konnte nahezu spüren, wie Micaela schmunzelte. Nein, die Jägerin war ganz und gar nicht wie Kilian, sondern stand tief unter dem Einfluss ihrer Königin.

»Darauf habe ich gehofft! Und ich habe es mir erlaubt, dir ein Geschenk mitzubringen. Darf ich?«

Linnea nickte.

Die Frau stand auf und ging. Nur ihre Katze blieb zurück, die sich unter einem Busch zusammenrollte und auf ihr Frauchen wartete. Linnea streckte eine Hand aus, um das Tier zu streicheln, aber es fauchte und begann, mit der Schwanzspitze zu schlagen. Typisch. Die Seelentiere tolerierten nur ungern fremde Berührungen, auch nicht die der Königin. Linneas Gedanken schweiften zu Akash, Kilians Wolfshund. Was mochte das Tier wohl nach dem Tod seines Herrchens treiben? Irgendwann würde er durchdrehen, und mit etwas Glück würden die Menschen sein Leben beenden, bevor er noch mehr leiden musste.

Micaela kehrte zurück, aber nicht allein. Sie schleifte ein Mädchen oder eine junge Frau herbei, die schluchzte und wie ein Tier winselte. Die Schwachsinnige. Linnea schloss den Mund, als der Gestank, den die Arme ausströmte, ihre Zunge reizte. Die Elende war seit vielen

Jahren in der Gemeinde und besaß den Verstand eines Kleinkindes. Sie tat nichts anderes, als mit ihrer Ratte durch die Gewölbe des Pesthofes zu streifen und sich vor jedem zu verstecken. Manchmal verschwand sie tage- oder wochenlang, und niemand wusste, wo sie sich herumtrieb. Im Grunde interessierte es auch keinen. Man munkelte, sie ernähre sich von Mäusen und Kakerlaken, die sie im Untergrund fing.

»Nimm dieses Wesen von mir weg.« Es widerte Linnea an, dieses Ding auch nur in der Nähe zu wissen. Es führte ihr vor Augen, dass ihre Rasse ganz und gar nicht perfekt und stark war. Früher oder später endete jeder von ihnen so. Oder schlimmer.

»Sie kennt den Verräter«, sagte Micaela, zog aber die junge Frau dennoch ein Stück zurück. »Kurz nach dem Angriff wurde sie in dem Gang gesehen, durch den der Totenküsser geflohen war. Sie soll dort etwas gefunden haben.«

»Aha?«

»Sie weiß alles, was in den Gemäuern passiert. Wenn der Pesthof eine Seele hat, dann ist sie deren Manifestation.«

Linnea musterte die rot-orangefarbenen Umrisse des Mädchens und des Seelentieres, das in seinem Schoß kauerte. Als sie in ihrer Anfangszeit in Hamburg nach einem Unterschlupf für ihre Gemeinde gesucht hatte, wo sie ungestört ihrer Lebensaufgabe nachkommen konnten, war sie auf den Pesthof aufmerksam geworden. Das Elend, das die alten Schriften des Hamburger

Staatsarchivs beschrieben, hatte sie fasziniert: Von mehr als 800 »*Kranken, Tollen und Sinnlosen*« bevölkert, dicht aneinandergedrängt oder in die *Tollkolben* eingesperrt, war es ein Ort des Grauens gewesen. Anfang des 17. Jahrhunderts war die Anstalt errichtet und zwei Jahrhunderte später durch die französische Armee niedergebrannt worden, doch im Gebiet der heutigen Annenstraße fand man in den Kellern mancher Häuser noch die alten Gewölbe. Geheimgänge vom Hafen und der St.-Michaelis-Kirche führten zu den Gemäuern, so hieß es. Für Linnea und ihre Untertanen war es ein Leichtes gewesen, diese aufzuspüren und die Katakomben für sich zu gewinnen. In den Jahren danach hatte sie die Gewölbe vom Schutt befreit, renoviert und sogar erweitert. Und alles im Geheimen unter dem berühmt-berüchtigtsten Viertel Hamburgs – St. Pauli mit seiner Roten Meile. Die Menschenbrut hatte nichts davon mitbekommen, wie in den alten Baurelikten das Elend des Vergangenen ein neues Zeitalter erlebte.

Linnea beugte sich zu der jungen Frau. Die Seele des Pesthofes? Wie treffend. Was sonst könnte man als solche bezeichnen, wenn nicht diese jämmerliche Gestalt, die zu ihren Füßen im Dreck kauerte?

»Ich höre?«, forderte sie.

Die Schwachsinnige schüttelte den Kopf, murmelte etwas und zupfte an den Lumpen, die ihren knochigen Leib bedeckten.

»Bring sie zum Reden!«

Micaela erhob ruckartig die Hand, verharrte, dem Befehl sichtlich widerstrebend, und ließ sie hinuntersausen. Eine schallende Ohrfeige ertönte. »So ein verstocktes Gör!«

Die Schwachsinnige krümmte den Rücken, presste die Hände unter den Lumpen zusammen und wimmerte. Die Ratte fauchte und wollte die Peinigerin beißen, da schoss die Katze auf das Tier zu und drückte es gegen die Erde, die Zähne an seine Kehle angesetzt. Der Nager wand sich unter ihren Pfoten, konnte sich aber aus den Krallen nicht befreien.

Linnea unterdrückte ihre Abscheu, packte das Mädchen an den Schultern und drückte es an sich, so wie sie kurz davor Micaela gedrückt hatte.

»Du willst doch deine Königin glücklich machen, nicht wahr, meine Süße?«, raunte sie der Schwachsinnigen ins Ohr und registrierte zufrieden, wie das Balg ihren Duft einatmete. Gut so. Keiner konnte sich dieser Waffe entziehen, und wenn doch, dann war das ein langwieriger Kampf mit den Instinkten aus der Urzeit eines jeden Metamorphen. Nur die wenigsten konnten ihn austragen. »Sag mir den Namen des Verräters«, flüsterte sie weiter auf das Mädchen ein, dessen Körper in ihrem Griff erschlaffte. »Sag ihn mir, und du kannst gehen. Zurück in den Untergrund. Das möchtest du doch, oder?«

Zähne bohrten sich in ihr rechtes Ohr. Linnea schrie auf und stieß die Elende von sich.

»Das Gör hat mich gebissen!« Mit den Fingern fuhr

sie sich unter das Haar und ertastete etwas Blut. Wie war es möglich, dass diese Kreatur sich ihrer Macht widersetzen konnte?

Linnea ohrfeigte das Balg. Es versuchte, von ihr wegzukriechen, aber sie packte es an den Haaren, zog es zurück und schlug es noch einmal.

Das Gör zischte, ohne aufzuhören, sich in ihrem Griff zu winden.

Linnea ließ es los, angewidert davon, sich die Hände schmutzig gemacht zu haben. Hatte sie nicht ihre Untertanen dafür?

»Das Balg soll endlich reden!«, fauchte sie Micaela an. »Mach was!«

Die Jägerin schnaubte. Dann schleifte sie die junge Frau zu dem Eimer und drückte das Gesicht ihres Opfers ins Wasser. Es blubberte und platschte. Die Schwachsinnige schlug um sich. Die Ratte zappelte in den Krallen der Katze, als spürte sie die Leiden, die ihr Frauchen ertragen musste.

Als die Bewegungen des Mädchens schwächer wurden, zog Micaela seinen Kopf nach oben. Es keuchte und prustete.

»Name? Wer hat dem Totenküsser geholfen?«

Die Göre japste und spuckte ihr ins Gesicht. Micaela holte zum Schlag aus, doch Linnea fasste sie am Handgelenk und hielt sie zurück. »Es ist sinnlos. Sie wird uns nichts sagen. Vielleicht weiß sie gar nicht, was wir von ihr wollen.«

Da bemerkte sie, wie das Balg die Hände unter die

Kleidungsfetzen schob und etwas in den Fingern hielt. Sie griff nach dem Arm des Mädchens, drehte ihn der Göre auf den Rücken und bog die unnachgiebigen Finger auseinander. Die Schwachsinnige wand sich und kreischte, aber Linnea bekam, was sie wollte. Nur was? Sehen konnte sie es nicht.

Sie zeigte den Fund Micaela. »Was ist das?«

»Hm. Ein Teil einer Gürtelschnalle, würde ich sagen. In Adlerform.«

»Nun«, sprach Linnea wieder. »In Sachen Hermann Herzhoff hast du mich sehr enttäuscht, Micaela. Aber ich gebe dir noch eine Chance.« Sie bemerkte, wie die Frau sich anspannte. Die Aufregung sprang sogar auf ihre Katze über, die die Ratte losließ und hin und her tapste.

»Finde heraus, wem diese Gürtelschnalle gehört«, fuhr Linnea fort, »finde den Verräter, und bringe ihn mir lebend. Die anderen sollen sehen, was passiert, wenn sich jemand gegen mich stellt. Verstanden?«

»Du kannst dich auf mich verlassen, meine Königin«, flüsterte Micaela.

»Das hoffe ich auch. Für dich. Und beseitige die Schwachsinnige.«

Die Worte taten ihr weh, irgendwo ganz tief in der Seele, wo sie noch etwas zu spüren vermochte. Mit dem Tod der Schwachsinnigen würde unweigerlich auch dieses Stückchen ihrer selbst sterben. Aber wer so widerstandsfähig war gegen ihre Macht wie diese Göre, durfte nicht leben. Absoluter Gehorsam war die

Stütze der Gemeinde, der Grund, warum sie so lange überleben konnten. Nichts durfte dieses Fundament erschüttern.

Doch von der jungen Frau und ihrem Seelentier fehlte jede Spur.

Linnea überlegte. »Nein, um das Gör wird sich jemand anders kümmern.« Sie kannte einen, den sie enger an die Gemeinde binden musste. Blut an den Händen vermochte jeden Rebellen zu fesseln.

»Ja, meine Königin.«

Als die Jägerin ging, wandte sich Linnea dem Grab zu und ersehnte die Ruhe zurück, die sie vor Micaelas Erscheinen in sich gespürt hatte. Doch die Ruhe stellte sich nicht wieder ein.

Linnea pflanzte weitere Blumen um den Stein. Hortensien sollten es sein, hatte die Verkäuferin gesagt. Zwar mochte ihr Geliebter Edelweiß, aber das wuchs nicht auf den Friedhöfen. Zum Glück fand er grundsätzlich an allen Pflanzen Gefallen. Das Paradies hatte er sich immer als eine Art Botanischen Garten vorgestellt. Hoffentlich war er glücklich dort, wo auch immer er jetzt weilte.

Linnea zündete eine Grabkerze an und tastete über den Stein.

»Ich liebe dich. Noch immer und über all die Jahre hinweg«, murmelte sie und versuchte, die Tränen zurückzuhalten. »Du glaubst nicht, wie unerträglich weh das tut – dich lieben und hassen zu müssen.«

Für das, was du mir angetan hast, fügte sie stumm hinzu. *Für das, was ich dir angetan habe. Für alles, wozu wir nicht stark genug waren.*

Ihre Finger fanden die Einkerbungen und zeichneten die Inschrift nach:

CONRAD WENSLEY

Die Wärme ihrer Berührung machte die Inschrift für sie sichtbar, dann kühlten die Buchstaben ab und verflossen mit dem Blau des Granits. Wie leuchtete Schmerz? Wie strahlte Liebe?

Mit der Zeit hatte sich alles aufgelöst, was Linnea einst mit ihrem toten Geliebten verband. Zurück blieben nur die Sehnsucht nach dem Verlorenen und der Wunsch, ihm wieder nah sein zu können.

Erst nach einer Weile fand sie die Kraft, sich von dem Grab abzuwenden, und … erschrak. Eine Frau stand hinter ihr. Eine warme Hülle mit einem kalten Inneren. *Nicht menschlichen Ursprungs!*, schrien ihre Sinne. *Weder tot noch lebendig.* Wie war es möglich, dass sie nicht bemerkt hatte, wie die Fremde gekommen war?

Die Unbekannte spielte an einer Perlenkette. Auch durch das Hörgerät vernahm Linnea das Ratschen der Fingernägel an den Kügelchen, das ihr eine Gänsehaut bereitete.

»Du hast mich gerufen, wenn auch unbewusst. Nun ja. Hier bin ich.«

Linnea zögerte. »Ich – dich gerufen? Wer bist du?«, brachte sie endlich hervor.

»Diejenige, die dir helfen wird, Rache zu nehmen.« Die Unbekannte vollführte eine Geste. Ein Windstoß schlug Linnea ins Gesicht und wirbelte ihr Haar auf. Er brachte Hitze und den Geruch nach Savanne mit sich. »Ich werde dir ein Angebot unterbreiten, das du unmöglich ausschlagen kannst.«

Gütiger, sie stand einer Mächtigen gegenüber! Einer Mächtigen, die ihr so anders als Evelyn erschien. Mit einem Mal wurde ihr Mund trocken und seltsam staubig. In einem hatte die Frau Recht: Egal, was sie gleich vorschlagen würde, niemand sagte Nein zu einer Hexe. Niemand kam heil aus einem Deal mit einer Mächtigen heraus.

»Du brauchst keine Angst zu haben. Würde ich dich töten wollen, meinst du nicht, ich hätte es bereits veranlasst?« Die Stimme klang kehlig und war von Wärme erfüllt. So sprach eine Mutter zu ihrem Kind, wenn sie es ins Bett brachte, und genau diese Herzlichkeit versetzte Linnea in Panik. Eine Hexe, eine Mächtige, war niemals herzlich.

»Hast du dich nicht kürzlich gefragt, zu welcher Gottheit du beten musst, um deine Feinde in die Knie zu zwingen?«, fuhr diese fort. »Wie wäre es mit mir? Aber erlaube mir erstmal, mich vorzustellen. Ich bin Oya. Die Zerreißerin.«

Kapitel 4

Finn stand vor der Haustür und suchte die Taschen seiner Jacke nach dem Schlüsselbund ab. Der Nieselregen verklebte sein Haar und sickerte durch ein Loch in seine Jacke. Nach der Hitze der letzten Tage freuten sich einige Menschen vielleicht über den Wetterumschwung. Die anderen sich sicher weniger. Finn beachtete das Wetter kaum, sondern hakte diesen Tag in Gedanken ab. Überstanden. Morgen kämen neue Sorgen, neue Gefahren, aber für heute war alles verdrängt. Er musste an nichts mehr denken. Er blieb allein mit sich selbst, und Hand aufs Herz: Es handelte sich um keine allzu schlechte Gesellschaft in Anbetracht dessen, wo er sich in seinem Leben bereits herumgetrieben hatte.

Vom Himmel sank eine Vogelsilhouette herab und setzte sich auf einen Baum. Finn zuckte zusammen, als er das Flattern hörte. In seinem Nacken kribbelte es – ein scheußliches Gefühl, als würden ihm Spinnen in den Kragen kriechen. *Bleib ruhig!*, befahl er sich und schlug die Zähne in die Unterlippe. Kein Grund, wegen jedes Spatzen auszuflippen. Zugegeben, der vermeintliche Spatz hatte die Größe einer Katze, aber solange das Federvieh ihm vom Leib blieb, hatte er sich noch unter

Kontrolle. Allerdings handelte es sich hier um ein besonders hartnäckiges Exemplar. Unwillkürlich sah er sich um.

Links erstreckte sich ein langer, stufenförmiger Plattenbau, mit dessen Form der Architekt höchstwahrscheinlich dem Klischeebild eines Ghettos etwas entgegensetzen wollte. Finn selbst hauste in einem vierstöckigen Gebäude aus braunrotem Backstein, kaum einen kräftigen Steinwurf davon entfernt. Jedes Mal, wenn er nach draußen ging, fühlte er sich von dem Plattenbau erdrückt und bekam beinahe klaustrophobische Anfälle. In einigen Fenstern brannte Licht, die anderen gähnten mit schwarzen Mündern in den Abend. Osdorfer Born, der soziale Brennpunkt Hamburgs. In diese Siedlung verschlug es meistens nur diejenigen, die sich sonst höchstens einen Karton unter einer Brücke leisten konnten. In einigen Jahren könnte es hier noch richtig knallen, wenn die Sozialförderung auslief und die Wohnungen auf den freien Markt wanderten. Finn gruselte es vor diesem Tag. Wie der Großteil der Mieter hier würde er das Geld nicht aufbringen können. Was in seinem Fall bedeutete: Grüß dich, Karton. Die von Kühlschränken sollten recht bequem sein.

Wieder das Flattern. Diesmal sauste der Rotmilan dicht an seinem Kopf vorbei. Finn fuhr herum und ballte die Fäuste.

»Macht es dir Spaß, du verdammtes Vieh?«, brüllte er durch die Nacht, schrie sich die Lunge aus dem Leib.

Der Vogel ließ sich auf einem Balkon über ihm nieder

und schüttelte die Federn auf. Ein Klecks Kot platschte auf Finns Schulter.

»Ich hasse dich.« Zum Wüten fehlte ihm plötzlich die Kraft. »Wenn ich dich in die Finger kriege, wird am Wochenende gegrillt. Also treib es nicht zu weit.« Sicherheitshalber machte er einen Schritt von dem Balkon weg und konnte in seinem kribbelnden Nacken fast spüren, wie der Vogel triumphierte.

Er schüttelte sich. Die Nässe biss sich langsam durch die Kleidungsschichten und drang ihm in die Knochen. Wo blieb der verfluchte Schlüssel?

Er klopfte noch einmal die Jacke ab und vernahm ein Klimpern. Der Schlüsselbund war durch ein Loch in einer der Taschen in das Futter geschlüpft. Nach einer komplizierten Bergungsoperation hielt Finn ihn in der Hand. Gleich darauf musste er feststellen, dass er ihn gar nicht gebraucht hätte: Das Schloss der Eingangstür war wieder einmal kaputt.

Er flüchtete vor dem Regen in das Gebäudeinnere – in Wirklichkeit floh er vor seinem gefiederten Verfolger – und stieß mit einem Mann zusammen, der ihn, aus welchem Grund auch immer, feindselig anschaute und dann ins Freie huschte. Ein säuerlicher Geruch schlug ihm in die Nase, und im zweiten Stock musste er eine Pfütze mit Erbrochenem umschiffen, von der ein grauschwarzer Rüde fraß. Durch das Treppenhaus schallte das Grölen eines Betrunkenen – Günther, der in seiner leeren Wohnung hauste und Schnaps in den Napf seines Hundes schüttete, um nicht allein trinken zu müssen. Wann immer Finn resignierte, rief er sich Günthers Bild ins Gedächtnis: Solange er nicht wie der Nachbar aus einer Hundeschüssel Alkohol leckte, ging das Leben weiter. Irgendwie.

Finn seufzte, während er die Stufen zum obersten Stock erklomm. In der Mitte des letzten Treppenabschnittes blieb er stehen. Die Beleuchtung auf seiner Etage war ausgefallen, so hatte er nicht sofort begriffen, was da vor seiner Tür lag. Es sah wie ein Bündel Lumpen aus, zumindest dachte er das, bis dieses sich zu regen begann.

Mit einem mulmigen Gefühl im Bauch bezwang Finn die restlichen Stufen, während die imaginäre Last auf seinen Schultern ihn gen Boden zwang. *Bleib ruhig, bleib ruhig*, beschwor er sich und ertappte sich dabei, wie er die Worte wie ein Mantra flüsterte. Nach den Ereignissen im Pesthof erwartete er in jeder dunklen Ecke eine Horde Metamorphe, die nur darauf wartete, sich auf ihn zu stürzen. Oder Totenküsser, die es nach seiner Lebenskraft dürstete.

Die Silhouette, die auf seinem Fußabtreter kauerte, ähnelte nur entfernt einem menschlichen Wesen. Doch es war eines. Eine junge Frau – beinahe ein Mädchen –, in Lumpen und einen Fetzen gehüllt, der im früheren Leben ein Kleid gewesen sein mochte. Ihre nackten Beine, dürr wie Streichhölzer, steckten in rosafarbenen Gummistiefeln. Das verfilzte Haar verdeckte ihr Gesicht, aus dem die Wangenknochen hervorstachen. Finn schätzte sie auf achtzehn oder neunzehn, in den Lumpen sah sie aber kaum wie fünfzehn aus. Vermutlich lagen beide Schätzungen daneben, und sie war älter, als sie wirkte. Oder noch jünger.

Finn musterte das Mädchen wie ein Wesen aus einem anderen Universum.

»Ylvi?« Er machte ihr einen Schritt entgegen. Sie stieß einen Laut hervor, der sich wie ein Fauchen anhörte, und verdrückte sich in eine Ecke. Umso mehr ähnelte sie einem Tier, das sich in die Enge getrieben sah. Aus den Tiefen ihrer Lumpen kroch eine Ratte auf ihre Schulter. Die Nase des Tieres zuckte aufgeregt, als es sich auf die Hinterbeine stellte und schnupperte.

Was ging hier vor? Diese junge Frau an seiner Tür vorzufinden stand auf der Wahrscheinlichkeitsliste direkt nach der Möglichkeit, von Außerirdischen entführt zu werden. Die Kleine gehörte zum Pesthof wie die Staus zum Elbtunnel. Niemals hätte er es für möglich gehalten, Ylva woanders anzutreffen. Und doch kauerte sie hier, vor seiner Tür.

In Wirklichkeit kannte er ihren Namen nicht. Finn bezweifelte sogar, dass den überhaupt jemand kannte, das Mädchen eingeschlossen. Aber er nannte sie so seit ihrer ersten Begegnung, weil er in ihr schon längst eine treue Gefährtin sah und dabei stets an die Wickie-Kinderserie denken musste. Ihr Haar schien unter all dem Schmutz perlfarben zu schimmern und bildete einen drastischen Kontrast zu ihrer wesentlich dunkleren Haut. Sie hatte den Verstand verloren, so hieß es, als sie ihr Seelentier gefunden hatte und nicht imstande war, die Verbindungen zu kontrollieren. In den unzähligen Verschmelzungen ihres Geistes mit dem des Tieres wurde aus zwei Seelen eine, was das Mädchen auf die Stufe eines Neandertalers geworfen hatte. Vielleicht stimmte diese Vermutung, vielleicht auch nicht. Den wahren Grund ihrer geistigen Umnachtung kannte keiner. Die anderen in der Gemeinde machten es zu einem Sport, die Arme zu jagen und sie als Zielscheibe für alles, was ihnen zur Hand kam, zu benutzen. Ein Treffer ins Gesicht bedeutete zehn Punkte.

Finn verabscheute diese Grausamkeit. Er verabscheute die gesamte Gemeinde, die Unterdrückung und die Gewalt, die dort herrschten. Und er verabscheute sich selbst, weil er nie den Mut gefunden hatte, sich dagegen aufzulehnen.

Verzeih mir meine Feigheit, hätte er gern zu Ylva gesagt, wenn sie ihn verstehen könnte und wenn seine Worte ihr etwas bedeuten würden. Aber sie drängte sich in eine Ecke und knurrte wie ein Tier. In ihr sah er seine Zukunft. Wenn er jetzt aus der Gemeinde fortging, würde er genauso enden wie sie, ohne imstande zu sein, sein Erbe – oder besser gesagt: seinen Fluch – unter Kontrolle zu halten.

Finn hockte sich hin und streckte seine Hand aus. »Ylvi, was tust du hier?«

Und vor allem: Wie hast du mich gefunden? Die Frage lag ihm auf der Zunge, aber er wollte sie nicht damit bestürmen. Die Kleine fauchte und schlug nach ihm. Ihre Fingernägel kratzten seine Haut auf.

»Schon gut, schon gut. Ich werde dir nicht zu nahe kommen«, fügte er eilig hinzu und brachte sich wieder auf Abstand zu ihr. »Ist es besser so?«

Sie verlor keinen Ton, so deutete er das als ein Ja. Für weitere Versuche, sie zu befragen, strafte sie ihn mit Schweigen. Schließlich kapitulierte Finn und sperrte die Tür auf. »Ich werde jetzt reingehen. Wenn du willst, kannst du mitkommen. Okay? Ich lasse die Tür offen. Abgemacht?«

Vermutlich verstand sie kein Wort von dem, was er sagte. Aber wo immer er sie traf, redete er mit ihr wie mit jedem anderen, ohne sich an ihrer Behinderung zu stören. Anfangs schreckte sie vor seiner Stimme zurück und flüchtete in die Tunnel, die vom Pesthof wegführten. Später aber begann sie, ihm durch die Gewölbe zu folgen, wo immer sie ihn traf. Mit der Zeit hatte sich Finn an seinen lebendigen Schatten gewöhnt und erzählte ihr Sachen, die er sonst keinem anvertraut hätte. Doch so nah wie heute hatte sie sich nie an ihn herangetraut.

Er betrat die Wohnung und suchte seine Küchenschränke nach der Kakaodose ab. Etwas Warmes würde der Kleinen guttun, vielleicht würde sie es annehmen, wenn er ein Glas vor die Tür stellte und ihr Zeit ließ. Das Pulver in der Dose war völlig verklumpt. Er rümpfte die Nase. Hoffentlich konnte er etwas davon mit einem Löffel abschaben, ohne den Presslufthammer zu bemühen. Aus dem Kühlschrank holte er eine Packung Milch und nippte daran. Den Schluck spuckte er gleich in die Spüle aus – die Milch war sauer. Das würde nichts mit dem Kakao. Aber einen Tee und ein Sandwich würde er sicherlich hinbekommen.

Als er sich umdrehte, fiel ihm vor Schreck die Packung aus der Hand, und die Milch ergoss sich auf die Fliesen. Ylva stand dicht hinter ihm. Leicht nach vorn gebeugt, mit schlaff hängenden Armen und dem Haar vor dem Gesicht, ähnelte sie einem Geist, der gekommen war, um seine Seele zu holen. Die Augen hielt sie zusammengekniffen, und an den Fältchen bröckelte der Schmutz ab. Nur die Ratte brachte Regung in das Bild, indem sie von einer ihrer Schultern zur anderen huschte, dann hinunterkletterte und an der Milchpfütze leckte, selbige aber sogleich verschmähte.

»Himmel, hast du mich erschreckt!« Zunehmend machte die Situation ihn nervös, aber er bemühte sich, seinen Gemütszustand zu verbergen. Sie würde ihm schon nichts tun. Bloß keine hastigen Bewegungen, dann würde alles gut.

Beim Klang seiner Stimme machte die Kleine einen Sprung nach hinten. Plötzlich begann sie, mit den Armen zu fuchteln, und stieß Laute hervor, die sich wie Jaulen und Fiepen anhörten. Irgendetwas wollte sie ihm mitteilen. Aber was? Je weiter er zögerte, desto zorniger wurde sie, zischte und fauchte ihn an.

»Ylvi, ich verstehe nicht, was du von mir willst«, rief er verzweifelt aus.

Sie verstummte und sah ihn mit ihren klaren, großen Augen an. Dieser Blick erschütterte ihn mehr, als alle

Aktionen zuvor. Es war kein Blick einer Wahnsinnigen, sondern …

Das Zufallen der Haustür im Erdgeschoss unterbrach seine Gedanken. Undeutlich hörte Finn Schritte; seit er die Verbindung zu seinem Seelentier aufgebaut hatte, schien sich sein Gehör stetig zu verschlechtern. Sofort erklang das wütende Bellen des Hundes.

Die Geräusche verwandelten Ylva in eine Furie. Sie stürzte sich auf Finn. Im ersten Moment dachte er, sie würde ihm die Augen auskratzen, und duckte sich instinktiv, aber sie packte ihn an seinem Gürtel und rüttelte an der Schnalle.

»Stopp, stopp, stopp!«, rief Finn und taumelte zurück. »Das geht eindeutig zu weit.«

Seine Finger fuhren über das Metall – es war eine instinktive Bewegung, denn seinen Glücksbringer hatte er verloren.

Die Schritte im Treppenhaus kamen näher. Ylva gab auf, ihm irgendetwas mitteilen zu wollen. Sie nahm den Wasserkocher vom Herd und schmetterte ihn gegen das Fenster. Klirrend prasselten die Splitter auf die Straße. Bevor Finn auch nur einen Mucks von sich geben konnte, kletterte sie nach draußen. Die Scherben, die noch im Rahmen steckten, schlitzten ihr am Rücken die Kleidung auf, die ihr fast von den Schultern rutschte, und ritzten ihre Haut. Sie schenkte all dem keine Beachtung. In wenigen Sekunden war sie verschwunden. Die Ratte huschte ihr hinterher.

Finn hielt inne und glaubte auf der Straße das dumpfe Aufschlagen eines Körpers zu vernehmen. Oder bildete er sich das nur ein?

Die Tür zu seiner Wohnung öffnete sich. Aus der Küche sah Finn, wie sich eine giftgrüne Schlange in das Zimmer schlängelte und hinter ihr Linnea hereinkam. Ihm wurde heiß und kalt zugleich. Aus welchem Grund suchte die Königin ihn auf? In den Tagen nach dem Angriff war er ihr aus dem Weg gegangen, in der Befürchtung, sie würde merken, welche Rolle er bei der Flucht der Gefangenen gespielt hatte. Zum Glück schenkte sie dem Grünschnabel keine Beachtung. Bisher.

Die Schlange kroch auf ihn zu. Das Schaben der Schuppen auf den Fliesen ließ ihn erschaudern. Finn wich bis zu dem zerbrochenen Fenster zurück und wagte einen Blick nach draußen. Ylva lebte! Wie ein Äffchen kletterte sie an der Regenrinne entlang, sprang schließlich hinunter und verschwand aus seiner Sicht. Er überlegte, ihr zu folgen, bezweifelte jedoch, dasselbe Geschick zu besitzen, um entkommen zu können.

Linnea blieb auf der Schwelle zur Küche stehen, streckte ihre Arme aus und fuhr mit den Fingern über das Holz des Türrahmens. Ein teures Kostüm schmeichelte ihrer Figur, das Haar trug sie offen, und die hüftlangen Strähnen ähnelten auch im schalen Licht einem bronzefarbenen Wasserfall. Ein schönes, junges Mädchen in den Augen eines Ahnungslosen. Doch Finn wusste es besser. Ihre Jugend trog, ihre Güte lockte in eine Falle, aus der es kein Entkommen gab. Zumindest nicht für Kilian und vermutlich auch nicht für ihn.

»Frisch hast du es hier.« Sie lispelte, was den Eindruck erweckte, als ob nicht sie, sondern die Schlange zu ihm gesprochen hätte.

»Ich lüfte gerade.« Aus dem Augenwinkel beobachtete er das Reptil, das ihn in Schach hielt. Sobald er sich auch nur rührte, brachte es den Körper in eine Angriffsposition, bereit, die Giftzähne in sein Fleisch zu stoßen.

»Schlägst du dafür immer die Fenster ein?«

»Es war ein Versehen.«

»So, so. Weißt du, ich habe das Gefühl, du entziehst dich der Gemeinde.« Sie machte einen Schritt nach vorn, trat mit der bloßen Fußsohle in die Milchpfütze und verzog das Gesicht. »Igitt, was ist das? Wieder so ein Versehen?«

»Ich bin heute etwas ungeschickt.«

Linnea umging die Pfütze und kam auf ihn zu. »Ich kann spüren, irgendetwas beschäftigt dich. Was ist los?« Sie führte die Hände unter seine Jacke und streifte sie ihm von den Schultern. Knopf um Knopf öffnete sie sein Hemd und legte die kalten Finger um seinen Hals.

Verrückt. Sie würde ihn gleich erwürgen oder ihm wie Kilian den Hals umdrehen, und er machte sich Gedanken darüber, ob es ihr nicht kalt an den Füßen war! Ob sie überhaupt in der Lage war, irgendetwas zu spüren, oder genauso gefühllos war wie ihr Seelentier.

Finn krallte die Nägel in die hölzerne Fensterbank. Er wollte sie fortstoßen, ihr entfliehen, aber die Schlange ringelte sich um seine Fußknöchel und fesselte ihn wie ein lebendiger Strick. Er spürte hauchzarte Berührungen der gespaltenen Zunge an seiner Wade, als das Tier den Kopf in sein Hosenbein steckte. Linnea schmiegte sich an ihn. »Erzähl mir, was dich beschäftigt. Vielleicht kann ich dir helfen.«

Ganz sicher nicht.

Sie legte ihren Kopf an seine Brust. »Dein Herz schlägt so schnell. Hast du Angst?« Ihr samtiges Timbre hypnotisierte ihn. Ob sie Ylva bereits gewittert hatte?

Er rührte sich nicht. Ihr Duft umnebelte seinen Verstand und machte ihn schwindelig. Mit aller Kraft versuchte er, sich bei Sinnen zu halten. Aber er war zu jung, zu unerfahren, zu schwach, um sich ihr zu widersetzen. Sie vergrub ihre Finger in seinem Haar, zerrte seinen Kopf nach unten und küsste ihn. Er wohnte dem Schauspiel bei wie ein Fremder im eigenen Körper. Er ertrank in ihrem Kuss, verlor sich in ihrem Duft.

Wehr dich, verdammt! Sein Kopf fühlte sich an wie in Watte gepackt. Der Gedankenfluss wurde träge. Nur am Rande gelang es ihm, sich Kilians Gesicht in Erinnerung zu rufen, dann seine Stimme und schließlich die Worte: »Der Duft der Königin ist ihre stärkste Waffe, dadurch ist sie in der Lage, jeden Metamorph ihrer Gemeinde zu manipulieren. Nur wenige können sich dagegen wehren. Um das zu schaffen, musst du an ein starkes emotionales Erlebnis denken, das deinen Geist aufrüttelt.«

Der Vogel. Er dachte an seinen Vogel. Die Vorstellung wurde lebendig, er konnte beinahe das wilde Flattern der Schwingen und das Kreischen hören. Die Panik drohte ihn zu zerreißen. Schweiß trat ihm auf die Stirn.

Er klammerte sich noch fester an die Fensterbank. Aus einem Vogel wurden mehrere, die um ihn herumwirbelten und auf ihn einhackten. Natürlich waren sie nicht wirklich da. Aber für ihn schon. So real wie Linnea, wie das kaputte Fenster und die vergossene Milch.

Der Trick gelang. Linneas Macht, die seine Sinne benebelte, fiel von ihm ab. Er schloss die Augen. Keine Vögel mehr, bitte! Doch sie tosten um ihn herum wie ein Orkan aus Flügeln, Krallen und Schnäbeln, brachten seinem Körper Schmerzen und rückten seinen Verstand an den Abgrund zum Wahnsinn.

Aufhören!, wollte er schreien, aber es kam nur ein Krächzen hervor, als säße auch in seiner Kehle ein Vogel.

»Ich habe eine Aufgabe für dich«, hörte er die Königin sagen, doch durch das Flattern in seinem Kopf, das sich zu einem unerträglichen Lärm steigerte, konnte er sie kaum verstehen.

Etwas schoss an ihm vorbei, und ein Luftzug wirbelte seine Haare durcheinander. Sein Verstand ließ von der imaginären Gefahr ab und konzentrierte sich auf die reale, die allerdings dann doch keine Bedrohung darstellte. Der Rotmilan, sein Seelentier, landete auf der Arbeitsplatte, schlitterte und plumpste in die Spüle. Finn atmete durch. Vorbei. Kein Flattern mehr in seinem Kopf, kein Schmerz. Er hätte dem Greifvogel gedankt, wenn er nicht so fertig gewesen wäre.

»Was ist mit dir los?« Wieder Linnea, doch sie schien nicht zu bemerken, dass er nicht mehr unter ihrem Einfluss stand. »Hast du immer noch Probleme mit deinem Seelentier?«

Er brachte ein Nicken zustande. Immerhin.

»Keine Sorge, das wird besser, wenn ihr euch erstmal aneinander gewöhnt habt. Dann klappen auch die Verschmelzungen, und du wirst dich mit seinem Geist wohlfühlen. Und, wenn notwendig, auch in seinem Körper.«

Der Gedanke an seine erste Verschmelzung und an die weiteren, die ihm einer Seelenfolter gleichkamen, jagte Schauerwellen seinen Rücken hinunter. »Das – kaum. Ich habe eine Vogelphobie.«

Sie lachte, nahm ihn nicht ernst. »Du bist der erste Metamorph, der eine Phobie vor seinem Seelentier hat. Mach dir keinen Kopf darum, das wird schon alles. Warum ich eigentlich hier bin: Ich brauche Informationen über die afrikanische Göttin Oya.« Ihr Atem kitzelte seine Wange. »Allerdings interessiert mich nicht der Kram, den dieser Menschenabschaum glaubt. Leider war der Einzige, der über die wahre Welt Bescheid wusste, Hermann Herzhoff, und der ist bedauerlicherweise tot. Ich weiß, er hat intensiv über die Mächtigen geforscht – finde seine Notizen. Bestimmt hat er einiges über die Zerreißerin zusammengetragen. Hast du verstanden?«

Wieder nickte er. Ihr Duft drang erneut zu ihm und betäubte seine Empfindungen. Sein Verstand schwand dahin. *Nein, bitte nicht noch einmal!*, flehte er. Denn eine weitere Vogelinvasion in seinem Kopf würde er nicht überstehen und somit zu einer Marionette in den Händen seiner Königin werden. Oder zu einem Wahnsinnigen.

Linnea tätschelte seine Wange. »Braver Junge.«

Mit einer Hand fuhr sie ihm durchs Haar, dann packte sie ihn am Kinn und drehte seinen Kopf von links nach rechts. »Weißt du was? Ich könnte Gefallen an dir finden«, raunte sie ihm ins Ohr.

Übelkeit stieg in ihm hoch. Wie viele vor ihm hatte sie benebelt und willig gemacht? Der Gedanke streifte die Grenzen seiner Wahrnehmung. Gegen ihre Macht konnte er nichts mehr tun. Bald würde sie über ihn verfügen, wie es sie gelüstete.

Zum Glück ließ sie ihn frei und ging in Richtung Tür. Mit jedem Zentimeter, den sie sich von ihm entfernte, fiel es ihm leichter, sich ihrer Macht zu widersetzen. Immer noch fühlte er sich benommen und einem Zusammenbruch nahe, aber sein Kopf klärte sich, und er erlangte den eigenen Willen zurück.

Finn wagte es, leise durchzuatmen. Doch da blieb Linnea stehen und drehte sich um. »Ach, ganz vergessen: Du kennst bestimmt diese Elende, die durch den Pesthof streift, oder? Hast du sie gesehen?«

Er wollte schlucken, aber sein Mund war ausgedörrt. Würde sie merken, wenn er log? Egal, aus welchem Grund Linnea Ylva suchte – aus Barmherzigkeit sicherlich nicht. Sie durfte die Kleine nicht in die Finger kriegen!

»Ich weiß, wen du meinst«, antwortete er vorsichtig.

Sie lächelte. »Wunderbar. Dann finde und töte das Gör.«

»Was?«, stieß er entsetzt hervor, und gleichzeitig durchfuhr es ihn: *Verdammt, jetzt hast du dich verraten.*

Die Nasenflügel der Königin bebten. Linnea züngelte. Sie schien zu *schmecken,* dass er sich ihrer Macht entzogen hatte und sie belog.

Sie legte den Kopf schräg und strich sich das Haar zurück. »Ach Finn, mein armer Junge. Du weißt doch, dass du ohne die Gemeinde nicht überleben kannst. Wir sind deine einzige Rettung. Oder hast du das vergessen?«

Er bemühte sich, in sein falsches Spiel zurückzufinden: Ein starrer Blick, eine ausdruckslose Miene, eine schlaffe Haltung. Hoffentlich würde es ihm gelingen, den Fehler wettzumachen.

»Nein. Natürlich nicht.«

Linnea wirkte zufrieden. Oder täuschte sie ihn nur? »Sehr schön. Dann wirst du mir den Gefallen tun? Ich will diese Schwachsinnige nicht am Leben wissen.«

Auf keinen Fall, dachte er und sagte: »Ja.«

Ihr Lächeln wurde breiter. »Du würdest deine Königin sehr glücklich damit machen.«

Alles in ihm bebte vor Abscheu, aber er zwang sich zur Ruhe. Bloß sich nichts anmerken lassen! Denn wenn sie ihren Duft wieder einsetzte, würde er endgültig verlieren.

Sie spielte mit einer Strähne ihres Haars. »Ich weiß, du bist noch nicht so gut mit deinem Seelentier vertraut, dabei wirst du sicherlich etwas Hilfe brauchen. Weißt du was? Ich lasse Smaragda bei dir.«

Sein Blick huschte zu der Schlange, die sich um seine Füße schlängelte und züngelte, als freute sie sich schon, ihn zu bewachen. Seine Gedanken rasten. Er musste fort – Ylva retten, er musste sich selbst retten, und das, ohne Linneas Misstrauen zu wecken. Aber wie?

Der Greifvogel rappelte sich aus der Spüle hoch und schlug mit den Flügeln, verärgert über den kriechenden Eindringling. Finn sah seinem Seelentier zu. Dies war durchaus ein seltener Moment, da seine Gefühle offensichtlich den Gefühlen des Vogels glichen.

Egal. Erstmal – einen klaren Kopf bekommen. Wenn er die Informationen über Oya beschaffen könnte, würde das Linnea für ein paar Tage zufriedenstellen. In der Zeit sollte er sich überlegen, wie er der Gemeinde entfliehen konnte. Irgendetwas würde ihm schon einfallen. Ganz bestimmt.

»Enttäusche mich nicht«, flüsterte Linnea. »Und schlaf schön.«

Mit diesen Worten verließ sie die Wohnung. Nur ihre Schlange blieb zurück, hob den Kopf, und ihre kalten Reptilienaugen blitzten Finn an.

Kapitel 5

Alba sah sich um. Was hatte sie geweckt? Vielleicht das Gefühl, dass jemand im Zimmer gewesen war, um dann schnell aus dem Raum zu huschen? Vielleicht auch Georg, der in seinem Murmeltierschlaf schnarchte oder manchmal ganz lustig fiepte, weswegen Alba ihn liebevoll *mein Tierchen* nannte.

Noch nie zuvor hatte sie sich so erholt gefühlt, als hätte sie den Schlaf eines ganzen Jahrhunderts nachgeholt. Sie lächelte, weil sie einfach nicht anders konnte, und drehte den Kopf, in der Gewissheit, Georg an ihrer Seite zu sehen und sich gleich an ihn schmiegen zu können. Aber er war nicht da. Überhaupt war nichts so, wie es sein sollte.

Ihr Blick streifte die sandgelben Wände, einen schmalen Schrank, ein Beistelltischchen mit einem Blumenstrauß darauf und blieb schließlich an einem Infusionsständer neben ihrem Bett hängen. Ein Schlauch führte zu einer Nadel in ihrer Hand. Wenn sie die Finger rührte, spannte das Pflaster und ließ sie den Fremdkörper in ihrer Vene spüren.

Das Wohlbehagen, mit dem sie aufgewacht war, verflüchtigte sich. Ein Krankenhaus? Warum war sie hier?

Was war mit ihr geschehen? Zuerst herrschte Leere in ihrem Kopf, doch nach und nach tröpfelten die Erinnerungen in ihr Hirn: der Brief von ihrem Großvater und … oh Gütiger. Übelkeit stieg in ihr hoch, als das Bild seiner zerfetzten Leiche vor ihrem inneren Auge erschien. Ihr Herz hämmerte so heftig, dass ihr Krankenhausnachthemd über der Brust erzitterte.

Vielleicht bildete sie sich die Sache nur ein? Alba dachte an den Mann, der sie angegriffen hatte – warum ließ sie das Gefühl nicht los, ihn zu kennen? –, und an seinen Sprung über ihr Auto. Sie rieb sich die Schläfen. Nein, natürlich war all das nicht real. Unmöglich. Einige Atemzüge lang kämpfte sie gegen ihre Hirngespinste. Die Stimme ihrer Mutter begann, in ihrem Kopf zu spuken: *Dir wird nie mehr etwas Schlimmes passieren, mein Schätzchen, das verspreche ich dir. Wir ziehen zu deinem neuen Papa, und es wird alles gut … alles gut … alles gut …* Ein Echo schien die Worte davonzutragen. Alba musste sich konzentrieren, um sich an die Bruchstücke klammern zu können. Und mit ihnen kam die Angst. Die Angst, die sie zu gut aus ihren Alpträumen kannte, die greifbar wurde und Gestalt annahm. Fast glaubte Alba, eine stämmige Figur hinter dem dunkelblauen Vorhang am Fenster zu erahnen, die aus ihren Träumen emporgestiegen war.

Schluss jetzt! Alba blinzelte irritiert. Wann sollte das Gespräch stattgefunden haben? Sicherlich kurz bevor ihre Mutter Elmar Wagner geheiratet hatte. Da musste Alba neun Jahre alt gewesen sein. Sie hatte ihren neuen

Papi gefürchtet, seine drahtige Statur, das eingefallene Gesicht, das den Eindruck machte, die Haut wäre direkt über dem Schädel gestrafft worden. Ihr neuer Papi … Von ihrem leiblichen Vater, der sie nur zu ihren Geburtstagen besuchte, wurde genauso wenig geredet wie von Opa Hermann. Was Alba wusste, hatte sie aus Gesprächsfetzen über Jahre hinweg gesammelt, als folgte sie einer Spur aus Brotkrumen. Ihre Mutter wurde mit Ende siebzehn schwanger, heiratete mit achtzehn und erlitt kurz danach eine Fehlgeburt, die sie fast das Leben gekostet hätte. Die Ehe funktionierte eher schlecht als recht, an ein weiteres Kind war nicht zu denken, doch dann kam Alba. Ihre Mutter hatte nie einen Hehl daraus gemacht, dass es ein Unfall gewesen war. Pech, dass eine Abtreibung sie gefährdet hätte, so durfte Alba leben, mit dem Stempel *unerwünscht* auf der Stirn. Danach kamen die Scheidung und das Bangen um die Zukunft. Irgendwann lernte ihre Mutter Elmar Wagner kennen. Wie eine Barkeeperin sich so einen reichen Mann angeln konnte, war Alba bis heute ein Rätsel. In den Jahren danach wurde der neue Vater ihr immer vertrauter. Die Mutter dagegen, die sich durch seinen Freundes- und Bekanntenkreis hurte, entfernte sich immer weiter von ihr. Bis sie zu einer aufgestylten Fremden mit einem Weinglas in der Hand mutierte.

Alba schob die Gedanken beiseite. Was jammerte sie herum? Sie musste dankbar sein, für den Luxus, für ihre Designer-Kleider. Auweia, sie redete schon wie ihre Mutter: Sei dankbar, Alba! Gib deinem neuen Papa einen Kuss für dieses tolle Puppenhaus. Auch nach zwölf Jahren Ehe sprach ihre Mutter noch von ihm als von dem »neuen Papa«, wenn sie ihn nicht schlicht Elmar nannte.

Alba schnaubte und befingerte den Blumenstrauß zu ihrer Rechten, bis sie eine Karte fand.

Ich hoffe, es wird dir bald bessergehen. In Gedanken bei dir – Georg.

Unerwünscht.

Alba widerstand dem Drang, sich die Stirn zu reiben, schnippte die Karte auf den Beistelltisch und starrte an die Decke. Doch lange hielt sie es nicht aus. Sie betrachtete ihre Hand mit der Nadel, dann biss sie sich auf die Unterlippe und riss das Pflaster ab. Die Stelle lief rot an und brannte. Doch das hielt sie nicht davon ab, die Infusionsnadel herauszuziehen. Etwas Blut sammelte sich auf der Haut. Alba leckte die Tropfen ab, aber gleich sickerten weitere an die Oberfläche und rannen ihren Mittelfinger entlang. Sie achtete nicht darauf und erhob sich.

Kein Schwindelgefühl, kein Schwächeanfall. Es ging ihr besser, als sie erwartet hatte.

Da sie keine Hausschuhe fand, tapste sie mit nackten Sohlen über das Linoleum. Die Neonröhren fluteten den Korridor mit kaltem Licht. Hinter dem Fenster am Ende des Flurs sah sie die Dämmerung hereinbrechen. Das Krankenhaus wirkte wie ausgestorben. Sie spazierte den Gang entlang, bis sie das Schwesternzimmer erreichte. Die Tür stand halb offen. Alba wollte anklopfen, da hörte sie eine Schwester reden, aufgeregt wie ein Kind, das am Lagerfeuer Geschichten erzählt:

»... bei ihr. Jedes Mal läuft mir ein Schauer den Rücken hinunter, wenn ich in dieses Zimmer muss. Sie liegt da wie Schneewittchen, mit bleicher Haut und schwarzen Haaren, und starrt mit ihren grünen Augen vor sich hin. Manchmal habe ich das Gefühl, sie würde jede meiner Bewegungen beobachten. Gruselig, sag ich dir.«

»Red keinen Quatsch, Beate«, ertönte eine andere, tiefere Stimme. »Das Mädchen liegt im Koma.«

»Und keiner weiß warum! Ihr fehlt nichts, laut den Untersuchungen ist sie kerngesund. Und dennoch ist sie scheintot.«

Redeten die Schwestern etwa von ihr? Alba spähte durch den Spalt.

An einem Tisch saß eine pummelige Frau mit einem Mondgesicht, eine zweite sortierte am Tresen Formulare – sie musste Beate sein, denn sie redete weiter: »Ihre Mutter hat gesagt, das Mädchen spricht nicht – das müssten wir beachten, sollte sie aufwachen, aber ...«

»Sie ist stumm?« Die Pummelige nahm einen Keks aus einer Blechdose und tunkte ihn in eine Tasse Tee, die vor ihr stand.

»Eben nicht! Marion soll gehört haben, wie sie geredet hat.«

»Ach, Marion erzählt viel, wenn der Tag lang ist. Wie soll das Mädchen reden, wenn es im Koma liegt?«

Beate schob die Formulare beiseite, stützte sich mit einer Hand am Tresen ab und beugte sich zu ihrer Kollegin vor. »Geredet haben soll sie, mit der Stimme eines kleinen Kindes«, flüsterte sie verschwörerisch. »Sie hat geweint und nach ihrem Opa gerufen. Und dann hat sie wie am Spieß gekreischt: ›Strolch, hilf mir!‹ Und das, ohne sich zu rühren, sie hat sogar den Mund kaum bewegt. Von einer Sekunde auf die andere wurde sie danach still, als wäre nichts geschehen.«

Wovon sprach die Schwester bloß? Alba riss an dem Ausschnitt ihres Krankenhausnachthemdes, auf einmal bekam sie nicht genug Luft. Die Dunkelheit aus den Ecken des Raumes rückte näher. *Strolch, hilf mir!* Fast hätte sie es tatsächlich gerufen, wäre da nicht ein anderer Gedanke gewesen, der sie durchfuhr: *Du bist verrückt. Eindeutig. Deine Mutter hat Recht, du brauchst professionelle Hilfe.*

Die Pummelige winkte ab und lutschte an ihrem Keks. »Hör auf. Es ist nur ...« Der Keks blieb ihr fast im Hals stecken, als sie Alba entdeckte. Beate wirbelte herum, stolperte zurück und plumpste auf einen Stuhl. Ihr Gesicht verlor an Farbe, und sie schaute, als sähe sie eine Geistererscheinung.

Die andere Schwester fand schneller zu sich. Sie erhob sich, was trotz ihrer Figur beinahe graziös wirkte, eilte zu Alba und stützte sie, obwohl sie gar nicht vorhatte, in Ohnmacht zu fallen.

»Meine Güte, Sie sollen doch nicht aufstehen. Warum haben Sie nicht den Knopf gedrückt?« Kekskrümel rieselten von ihren Lippen. »Wie fühlen Sie sich? Wissen Sie, was mit Ihnen passiert ist?«

Alba schüttelte den Kopf. Sie wusste nichts mehr. Nicht einmal, ob die Krankenschwester und das kürzliche Gespräch real oder bloß ihrem Hirn entsprungen waren. Am liebsten hätte sie sich in eine Ecke verkrochen und geheult.

Die Schwester tätschelte ihr die Hand. »Sie haben einen Autounfall erlitten. Vermutlich sind Sie während der Fahrt bewusstlos geworden. Zum Glück ist alles noch glimpflich ausgegangen. Es ist zwei Wochen her, dass Sie eingeliefert wurden.« Sie maß Alba mit einem prüfenden Blick. »Nun, es scheint Ihnen ja gutzugehen. Aber es ist besser, wenn Sie sich ins Bett legen.«

Alba ließ sich fortführen, obwohl Beates Worte sie mehr als nur beschäftigten. Was war mit ihr los? Langsam dämmerte es ihr. Wenn sie die Antwort finden wollte, musste sie herausbekommen, was all das bedeutete, wer ihren Opa umgebracht hatte und was er mit seinem Brief hatte sagen wollen.

Einige Tage später wurde sie entlassen. Der abschließende Gesundheitscheck ergab keine neuen Erkenntnisse, die Ärzte waren ratlos, versuchten es aber so gut wie möglich hinter dem Fachchinesisch zu kaschieren.

Egal, wie sehr Alba sich bemüht hatte, es war ihr nicht gelungen, Beate allein zu treffen, um mehr über das, was sie im Koma gesagt hatte, zu erfahren. Die junge Frau hatte sie wie den Teufel selbst gemieden, und wenn die Schwester sich in ihr Zimmer getraut hatte, dann nur in Begleitung einer anderen Person.

So hatte Alba das wenige eingepackt, was ihr gehörte,

und wartete nun auf den Stufen vor dem Krankenhaus auf Georg, der sie abholen sollte. Er kam nicht. Sie wollte gerade ein Taxi rufen, als ein schwarzer Mercedes der S-Klasse vor ihr im Parkverbot zum Stehen kam. Ihr Vater stieg aus.

Sie hatte ihn schon länger nicht mehr gesehen und erschrak, wie fertig er aussah. In den vergangenen Monaten war er noch dürrer geworden. Sein schneeweißes Haar leuchtete in der Sonne, die sich durch die Wolken zu kämpfen versuchte. Der Stress, sein steter Begleiter, hatte sein Gesicht zerfurcht, und die blassen Augen blickten teilnahmslos drein. Jegliche Energie war aus ihnen gewichen.

Bei seinem Anblick schnürte sich Alba die Kehle zu. *Sei dankbar, Alba! Gib deinem neuen Papa einen Kuss für dieses tolle Puppenhaus.* In ihrem Leben hatte sie ihm viele Küsse gegeben oder ihn umarmt. Widerstrebend, weil sie es auch nach Jahren des Zusammenlebens nicht mochte, ihn anzufassen. Aber jetzt, da sie beobachtete, wie seine abgezehrte Gestalt aus dem Auto stieg, wollte sie zu ihm laufen, ihn in die Arme schließen und *Danke!* in sein Ohr hauchen. *Danke, dass du da bist. Dass du immer da warst. Dass ich mich bei dir immer erwünscht fühlte.*

Lauf zu ihm! Lass ihn das wissen! Doch sie sah ihm bloß zu, wie er sich ihr näherte, seine Hand ausstreckte und ihr auf die Beine half. »Wie geht es dir?«

Alba redete nicht. Aber manchmal, ja, manchmal versuchte sie es. Gut, wollte sie erwidern, doch der Laut blieb ihr in der Kehle stecken.

Behutsam führte ihr Vater sie zum Wagen und öffnete die Beifahrertür, damit sie einsteigen konnte. »Ich habe mir Sorgen um dich gemacht.«

Alba lehnte sich im Ledersitz zurück, wartete, bis er den Motor gestartet hatte, und lauschte dem Rauschen der Reifen über den Asphalt.

Ihr Vater redete. Normalerweise war er ein stiller Mensch, aber in ihrer Gesellschaft war es, als wollte er alle Gespräche mit ihr aufholen, die er während seiner Geschäftsreisen und Termine verpasst hatte.

Alba hörte nur mit halbem Ohr zu: Die Corvette war ziemlich zerbeult, ob sie sich nun doch für einen Neuwagen entscheiden würde? Ihre Mutter kümmerte sich um den Empfang – ob Alba noch jemanden einladen wollte?

Sie lächelte grimmig. Wen denn? Seit Kindertagen umgaben sie die unterschiedlichsten Luxusgüter. Aber eine wahre Rarität in ihrem Leben stellten Menschen dar. Freunde, um genau zu sein. Abgesehen von Georg.

Endlich waren sie in Nienstedten angelangt. Alba wollte gleich ins Haus gehen, da schloss ihr Vater sie in die Arme und hielt sie so einige Minuten lang fest. Plötzlich fragte er etwas, was sie nie von ihm erwartet hätte: »Bist du glücklich?«

Sie starrte ihn an.

»Ich meine, bist du glücklich mit Georg?«

Alba zögerte. Dann nickte sie, obwohl sie nicht sicher war, was Glücklichsein bedeutete. Mit jemandem zusammen zu sein, weil er der Einzige war, der einen ertragen konnte?

»Schön.« Ihr Vater drückte sie noch einmal. Sie wollte fragen, was das alles zu bedeuten hatte, aber er musste bereits zu seinem nächsten Termin eilen, und um die Frage zu stellen, hätte sie bestimmt eine kleine Ewigkeit gebraucht.

Der Tod ihres Großvaters gehörte zur Realität, auch wenn Alba sich das Gegenteil gewünscht hätte. Die Zeitungen schrieben von einer grausamen Bluttat. Die Polizei tappte im Dunklen und bemühte sich nach Kräften, den Aufruhr in den Medien zu dämpfen. Zum Glück hielt Georg Alba die Beamten vom Leib, die sich mit ihrer schriftlichen Aussage erst einmal zufriedengegeben hatten.

Irgendwann wurden der Tatort und der Leichnam freigegeben. Ihre Mutter wollte von alldem nichts wissen, was Alba stutzig machte.

»Für mich war er schon lange tot, jetzt hat sich an diesem Zustand nichts geändert«, lautete die einzige Erklärung, die die Frau abgegeben hatte. Elmar Wagner war beschäftigt, so stand nur Georg Alba zur Seite und telefonierte für sie mit den Behörden.

Die Trauerfeier sollte in einer Friedhofskapelle stattfinden. Am Morgen dieses Tages erinnerte Alba ihre Mutter daran, doch diese prostete ihr mit Orangensaft zu und verkündete feierlich: »Soll er zur Hölle fahren. Ich habe mein halbes Leben lang versucht, seine Aufmerksamkeit zu erringen. Ich habe sogar dich nach deiner Oma benannt. Jetzt ist mir alles egal.« Der Alkoholdunst, den sie ausströmte, ließ auf einen Schuss Martini im Getränk schließen.

Georg und Alba warteten allein auf die Trauergäste, aber vergebens. Keine einzige Seele war gekommen. Hatte ihr Großvater keine Freunde gehabt? Obwohl die Nachricht von seinem Tod nicht nur durch eine Anzeige bekanntgemacht worden, sondern groß durch die Medien gegangen war, erschien niemand zum letzten Abschied.

Auch du – unerwünscht?, hätte Alba ihn gern gefragt.

Schließlich geleitete der Priester sie in die Kapelle. Der Sarg stand auf einem Podest, geschmückt mit einem Blumenkranz. Dahinter ragte ein Pult für die Predigt auf. Die Lebensbäume in den Kübeln, die zu einer Hecke aufgestellt worden waren, verbargen die Orgel, an der jemand saß. Rosenblätter lagen auf dem Boden verstreut. Alles war, wie es sich gehörte. Eine Kulisse des Todes.

Alba verharrte im Gang, und erst als Georg sie sachte vorwärts schob, ging sie, um sich von ihrem Großvater zu verabschieden. Sie senkte den Kopf, wie es der Brauch verlangte, aber ihre Gedanken schweiften umher und wollten sich nicht auf die Angelegenheit konzentrieren. Unter dem Blick des Priesters und Georgs Aufsicht fühlte sie sich beschämt, als verlangten alle einen Beweis der Trauer von ihr, den sie angesichts eines ihr völlig fremden Mannes nicht erbringen konnte. Sie wartete, bis genügend Zeit verstrichen war, und legte die Blumen, die sie mitgebracht hatte, zu dem Kranz auf den Sarg. Dann setzte sie sich in die erste Reihe. Auch Georg verharrte kurz vor dem Podest, wurde seine Blumen los und begab sich zu Alba.

Der Priester trat hinter das Pult und räusperte sich. »Wir haben uns hier versammelt …«

Seine Worte verhallten, ohne Alba zu erreichen. Bewegte Luft, sonst nichts. Sie wünschte sich, sie könnte um ihren Großvater trauern, damit es auf seinem letzten Weg wenigstens jemanden gab, der um ihn klagte.

Bald hallte die Orgelmusik. Beim Singen der Psalmen strengte sich nur der Priester an. Alba verlor keinen Ton, und auch Georg schien der Predigt nicht zu folgen. Seinem Gesicht nach zu urteilen, wollte er das Ganze genau wie sie so schnell wie möglich hinter sich bringen.

»Hermann Herzhoff war ein guter Katholik«, fuhr der Geistliche fort, und Alba horchte auf. Ihr Großvater war ein Christ? Was hatte dann der Altar in seinem Arbeitszimmer zu bedeuten? »Er war ein stiller Mann, dessen Lebensweg nicht leicht war. Zu früh musste er erfahren, was es heißt, diejenigen zu verlieren, die man liebt. Zuerst war sein bester Freund und Schwager im Alter von 30 Jahren aus dieser Welt verschieden, kaum ein Jahr später ging seine geliebte Frau Alba von ihm. Es hat Jahrzehnte gedauert, bis Hermann Herzhoff sich davon erholt hat. Er war kein einfacher Mann, manchmal zu dominant, manchmal zu verbissen in eine Sache, aber er vertraute auf Gott und folgte Seinem Weg, egal, welche Schicksalsschläge er erleiden musste.«

Ein Luftzug streifte Albas Rücken, als wäre eine Tür

geöffnet worden. War doch jemand zur Trauerfeier gekommen? Plötzlich beschlich sie das Gefühl, angestarrt zu werden. Der Blick schraubte sich in sie hinein und ließ ihr Inneres zu Eis gefrieren. Ein Gefühl, das sie bereits kannte – von ihrer Begegnung mit dem Mörder.

Alba packte Georgs Hand und fuhr herum. Ein Samtvorhang trennte den Eingang ab und hatte sich genau in dem Augenblick bewegt, als sie sich umgedreht hatte. Jemand stand dahinter und hatte ihn schnell zugezogen! Sie sah deutlich die auf Hochglanz polierten Männerschuhe unter dem Saum hervorragen.

»Ist alles in Ordnung, Liebes?« Georg strich ihr über den Oberarm.

Sie schaute ihn an. Nein, nichts war in Ordnung. Der Mörder hatte sie gefunden! Als sie wieder zurückblickte, waren die Männerschuhe unter dem Vorhang verschwunden. Ihr wurde heiß, als hätte sich die Kapelle in einen Ofen verwandelt, und trotzdem schlotterten ihr die Glieder wie bei Schüttelfrost.

Alba machte keinen Versuch, irgendetwas zu erklären, sprang auf und eilte zum Ausgang. Diesmal war sie nicht allein – wenn der Mörder tatsächlich hierhergekommen war, würde er der Gerechtigkeit nicht entgehen.

»Alba!«, hallte Georgs Ruf ihr hinterher.

Sie schlug den Vorhang beiseite, rannte durch den kleinen Vorraum und riss die Tür auf. Die Sonne blendete sie. Alba stürmte aus der Kapelle und prallte mit aller Wucht gegen einen jungen Mann. Instinktiv fing er sie auf, taumelte zurück, und sie stürzten zusammen von den Stufen zur Kapelle.

Sein Körper pufferte ihre Kollision mit dem Boden ab, und Alba kam mit dem Schrecken davon. Gleich darauf musste sie einsehen, dass der Mann unter ihr nicht der Kerl war, der sie in Hermanns Haus angegriffen hatte. Und wenn sie seine abgetretenen Sneakers betrachtete, konnte er auch nicht derjenige hinter dem Vorhang gewesen sein.

»Geht es Ihnen gut?«, keuchte er, während er sie noch immer schützend in den Armen hielt.

Sie nickte.

»Dann wäre ich Ihnen äußerst dankbar, wenn Sie so nett wären, von mir aufzustehen. Oder mir zumindest nicht Ihren Ellbogen in die Rippen zu drücken.«

Ein Vogel – ein Habicht oder ein Bussard? – flatterte vorbei, drehte einen Kreis über ihren Köpfen und setzte sich auf eine Tanne. Verrückt, aber es kam ihr vor, als würde sich das Tier amüsieren. Noch verrückter war die Tatsache, dass der junge Mann, auf dem sie lag, anscheinend dasselbe dachte wie sie. Er warf dem Vogel einen finsteren Blick zu und murrte: »Sehr lustig. Jetzt hast du deinen Spaß gehabt, was?«

Das Tier krähte ihm etwas entgegen und schüttelte sich. Höchst zufrieden, wie es Alba erschien. Sie verlagerte ihr Gewicht und wollte aufstehen, als der eisige Blick von vorhin sie erneut traf. Sie wagte kaum zu atmen. Die Härchen auf ihren Armen stellten sich auf.

Dann bemerkte sie aus dem Augenwinkel eine Silhouette, die sich im Schatten einer Eiche verbarg. Für eine Sekunde setzte ihr Herz aus. Es war der Mörder – seine Größe, seine Statur –, kein Zweifel! Schon glaubte sie zu sehen, wie die eiskalten, blauen Augen aufblitzten.

Der Greifvogel stieß ein hohes »Wiih!« aus. Warnend. Durchdringend. Der junge Mann packte sie am Arm. »Gehen Sie zurück in die Kapelle, zu den Leuten dort«, flüsterte er, und sie wäre auf der Stelle davongelaufen, ohne dass er ihr das hätte sagen müssen, wenn sie nicht so durcheinander gewesen wäre.

Ein Wimpernschlag – schon war der Killer verschwunden. Alba keuchte. Hatte sie geträumt? Oder wie konnte er sich so schnell bewegen? Aber der junge Mann neben ihr hatte ihn doch auch gesehen. Und mehr noch – er wusste um die Gefahr, die von dem Unbekannten ausging. Dutzende von Fragen schwirrten ihr im Kopf herum, doch stellen konnte sie keine einzige davon.

»Mein Gott, Alba, was ist denn los?« Georg eilte die Stufen herunter und zog Alba zu sich. Sie beachtete ihn kaum und starrte stattdessen auf den jungen Mann, dessen Hand sie nicht mehr halten konnte.

Er erhob sich ebenfalls und schüttete den Schmutz aus dem blonden Haarschopf. Seine dünne Jacke hatte einen Riss an der Schulter abbekommen, darunter trug er ein dunkelblaues T-Shirt. Eine ausgeblichene Jeans, am Saum ausgefranst, vollendete seine Garderobe.

»Ich muss mich für meine Freundin entschuldigen«, sagte Georg, und Alba seufzte. Das war sein Standardsatz bei den Empfängen, wenn Alba nichts zu dem üblichen Smalltalk beitragen konnte. »Ist alles in Ordnung bei Ihnen?«

Der junge Mann lächelte Alba zu, als würde Georg gar nicht existieren. »Ich habe schon Schlimmeres überlebt.«

Sie musterte seine braunen Augen auf der Suche nach dem Geheimnis, das darin verborgen lag – liegen musste! Aber er sagte nichts mehr, als wäre gerade eben nichts Ungewöhnliches geschehen, und sie hasste ihn für das Gefühl, das er ihr damit gab: *Alles nur deine Einbildung.*

Alba stand kurz davor, ihn an den Schultern zu packen und durchzuschütteln: *Kennst du den Mörder meines Großvaters? Und wenn ja, wie kommt es, dass ich dann ausgerechnet dich umrenne?*

»Komm, wir müssen rein, der Priester wartet.« Georg maß sein Gegenüber mit einem abschätzigen Blick, und sein Tonfall wurde eine Spur kühler. »Entschuldigen Sie uns.«

Er zog Alba in die Kapelle, auch wenn sie lieber draußen geblieben wäre, solange sie nicht herausgefunden hatte, wie all das miteinander verknüpft war: der junge Mann, der seltsame Vogel und der Mörder ihres Großvaters.

»Also wirklich«, nörgelte Georg vor sich hin. »Was ist bloß in dich gefahren? Ich glaube, du bist mir eine Erklärung schuldig. Hast du daran gedacht, was die Leute sagen werden?«

Ihr Blick schweifte über die leeren Bänke. Welche Leute, bitte schön? Sie blieb abrupt stehen und riss ihre Hand aus seinem Griff. Nun, mal sehen, was die Leute dazu sagen würden!

Alba lief nach draußen.

Wo war der junge Mann?

Er humpelte den Weg entlang zurück zum Friedhofstor.

Lass ihn nicht fort!, pochte es heiß in ihrer Brust. *Wenn er jetzt geht, siehst du ihn nie wieder. Und erfährst nicht, was los ist.*

Sie holte tief Luft, brachte jedoch keinen Ton heraus. Es gelang ihr nicht, die Scham über ihren Sprachfehler zu überwinden, diesen Makel, der ihr jegliche Kommunikation beinahe unmöglich machte. So musste sie tatenlos zusehen, wie der einzige Mensch, der ihr vielleicht Antworten geben konnte, davonzog. Ihr selbst blieb nichts anderes übrig, als zu Georg zurückzukehren, der ihr den Rest der Predigt über finstere Blicke zuwarf.

Am Ende verabschiedete der Priester sie an der Tür. »Mein herzliches Beileid. Ich kannte Ihren Großvater sehr gut.« Er drückte Albas Hand. »Und Sie, als Sie noch ein kleines Mädchen waren, ebenfalls. Sie erinnern sich nicht an mich, oder?«

Alba schüttelte den Kopf.

Der Priester tätschelte ihr die Schulter, und für einen Augenblick fühlte sie sich tatsächlich wie ein kleines Mädchen, das mit ihrem Opa zu einer Messe gekommen war. Die Geste hatte etwas Vertrautes an sich. Wie so vieles in der letzten Zeit – das Gesicht des Mörders, die Hollywoodschaukel im Garten ihres Opas ... Es machte ihr Angst.

»Ihr Großvater hat Sie oft in die Kirche mitgenommen. Er liebte Sie über alles. Es hat ihm fast das Herz gebrochen, als Sie ihm genommen wurden. Schrecklich, was Ihnen damals widerfahren ist, aber wie ich sehe ...«

Georg legte einen Arm um Alba. »Danke für die schöne Predigt, Pater ... aber wir müssen jetzt leider gehen.« Sanft, aber bestimmt führte er Alba davon.

Sie blickte zurück. Der Geistliche stand noch vor der Tür und sah ihnen mit bekümmertem Gesicht nach. Alba spürte einen Stich im Herzen. Vermutlich war er der Einzige, der um ihren Großvater wirklich trauerte.

Eins stand fest: Sie musste die Wahrheit erfahren. Den Schlüssel dazu barg der Brief, und die Truhe wurde darin sicherlich nicht zum Spaß erwähnt. Sie musste diese Truhe finden. Und das bedeutete, in das Haus des Toten zurückzukehren.

Kapitel 6

Hermanns Garten sah nicht viel anders aus als bei ihrem ersten Besuch, doch Alba verharrte lange vor dem quietschenden Tor, ohne einen Schritt auf den Kiesweg zu wagen. Ab und zu schaute sie sich um und musterte die Straße. Die Linden reihten sich aneinander wie Soldaten, weiter vorn am Hügel bemalten zwei Kinder den Asphalt mit Kreide und stritten um etwas.

Ob der Mörder sie beobachtete? Vielleicht wartete er nur darauf, dass sie die Truhe und das Geheimnis, das in ihr verborgen lag, finden würde? Trotz ihrer Befürchtungen konnte sie nirgends ihren Verfolger entdecken, aber das musste nichts heißen. Sie durfte sich nicht in Sicherheit wiegen, das zeigte der Vorfall in der Kapelle vor ein paar Tagen nur zu deutlich. Die einzige Chance, diesem Alptraum zu entkommen, bestand darin, das Vermächtnis ihres Opas zu entschlüsseln und mit den Beweisen zur Polizei zu gehen. Nur so konnte sie auf Schutz hoffen.

Die Kinder wurden lauter, dann weinte das eine und rannte, von dem anderen gejagt, ins Haus. Die Straße, die mit einem Mal so verlassen wie in einem Western dalag, wenn der Bösewicht auf die Stadt zuritt und die Bewohner sich in den Häusern versteckten, bereitete

Alba Unbehagen. Wer würde ihr helfen, sollte sie angegriffen werden? Niemand wusste, was sie vorhatte. Ihre Mutter hätte Himmel und Hölle in Bewegung gesetzt, um sie von der Idee abzubringen; ihr Vater war heute nach München geflogen, und Georg … tja. Etwas hielt sie davon ab, sich ihm anzuvertrauen, obwohl sie nicht wusste, was es war. Vielleicht weil er sie, genauso wie ihre Mutter, für verrückt erklären würde, wenn er aus ihrem Munde von Männern erführe, die über rasende Autos sprangen.

So wartete sie vor dem Gartentor, doch kein Bösewicht zeigte sich auf dem Hügel. Alba nahm all ihren Mut zusammen und schritt dem Haus entgegen.

Der Großvater hatte ihr alles vermacht, so besaß sie inzwischen einen Schlüssel, um hineinzugelangen. Der Anblick des zerstörten Wohnzimmers löste in ihr eine Salve von Bildern aus. Egal, wie sehr sie sich bemühte, gelang es ihr nicht, die Erinnerungen zu verbannen.

Die Truhe!, befahl sie sich. *Denk an die Truhe! Nur das ist wichtig.*

Sie kehrte der Zerstörung den Rücken zu und folgte der Treppe ins Obergeschoss. Alba ging langsam, als lausche sie, ob nicht jemand sie heimtückisch überfallen wollte. Das Haus erschien ihr wie ein lebendiges Wesen, das auf etwas wartete.

Dann stand sie vor dem Arbeitszimmer. Die Truhe war zur Seite geschoben worden, überall Spuren der Polizei, als hätten die Beamten mit dem schwarzen Pulver für die Fingerabdrücke ihr Revier markiert.

Alba sank vor der Truhe auf die Knie und hob den schweren Deckel an. Ihre Hände zitterten.

Beruhige dich!, brachte sie sich zur Räson. *Da wird nichts herauskriechen, um dich anzuspringen. Wovor hast du Angst?*

Sie holte tief Atem, spähte hinein und ließ die Luft enttäuscht entweichen. Bücher lagen darin, ein kaputter Wecker, Büroutensilien und weiterer Kleinkram. Nichts Spannendes. Sie nahm eine Sache nach der anderen heraus und prüfte sie im Licht. Doch sie suchte vergebens nach geheimen Botschaften. Ob das Möbel über ein verstecktes Fach verfügte? Sie klopfte die Wände und den Boden ab. Nichts. Dabei war sie sich so sicher gewesen, dass dies die im Brief erwähnte Truhe sei!

Resigniert setzte sie sich auf ihre Fersen. Entweder hatte sie die Botschaft ihres Großvaters falsch verstanden, oder sie deutete etwas in den Brief hinein, was vielleicht gar nicht da war. Ob ihre Mutter Recht hatte und es sich bei Hermann nur um einen alten, verwirrten Mann handelte?

Alba machte einen Rundgang durch das Haus. Bald stellte sie fest, dass ihr Opa anscheinend Truhen aller Art und Größe gesammelt hatte. Sie waren überall! Im Schlafzimmer hinter dem Bett, als Bank-Ersatz in der Küche – es würde Wochen oder gar Monate dauern, sie alle durchzusehen!

Das Klingeln an der Tür ließ sie aufschrecken. Plötzlich war die Angst wieder da und zerrte an ihren Nerven. Alba näherte sich der Tür und lauschte. Kein Ton drang durch das Holz. Wieder läutete die Klingel, dann klopfte es, und schließlich vernahm sie eine weiche, sanfte Männerstimme: »Würden Sie mir bitte aufschließen? Ich habe Ihren Schatten unter der Tür gesehen. Ich versichere, ich beiße nicht und bin stubenrein.«

Alba öffnete einen Spaltbreit, so weit es die Türkette zuließ, und blickte in dunkelbraune Augen, die in ihr ein seltsames Gefühl der Schwerelosigkeit auslösten. Er war es! Der Mann, den sie vor der Kapelle umgerannt hatte. Sie wusste nicht, ob sie sich freuen oder ihm misstrauen sollte, doch ihre Gefühle siegten über ihren Verstand: Sie freute sich. Sie freute sich wie ein Mädchen, das gleich zu ihrem ersten Date abgeholt wird, und schalt sich selbst für diese Hochstimmung.

»Oh«, sagte der junge Mann, und sein Gesicht erhellte sich. »Sie sind es. Ich habe das Auto gesehen und wollte kurz vorbeischauen.« Er deutete auf ihr Mazda-Cabrio, das sie sich bei einer Autovermietung geliehen hatte, solange ihre Corvette fahruntauglich war.

Auf dem Obstbaum hinter ihm saß ein Greifvogel. Derselbe, den Alba vor der Kapelle gesehen hatte. Die beiden gehörten eindeutig zusammen. Ein merkwürdiges Pärchen.

Sie nahm die Kette ab, öffnete die Tür weiter und hoffte, er würde nicht bemerken, wie durcheinander sie war. Ihn zuerst vor der Kapelle und jetzt hier zu treffen, das bedeutete mehr Zufälle, als sie so ohne weiteres akzeptieren konnte. Und dennoch wollte der Argwohn sich nicht so richtig einstellen.

»Ich habe mich noch gar nicht vorgestellt. Mein Name ist Finn.« Er streckte ihr seine Hand entgegen. Eine schmale Hand, von einer weißen, zackigen Narbe verunstaltet. »Sind Sie eine Verwandte von Professor Herzhoff?«

Ja, bin ich, wollte sie ihm sagen. Sie wollte ihm so vieles sagen! Auf einmal verspürte sie den Drang, ihm von dem Mord, von dem Verfolger und sogar von dem Brief zu erzählen. Aber sie schwieg. Und vielleicht war es auch besser so.

Enttäuscht senkte er den Arm, fuhr sich zögernd durch das Haar und zupfte ein paar Strähnen über sein linkes Ohr. Auch Alba begann, an ihren Haarspitzen zu rupfen.

»Sie fragen sich bestimmt, woher ich ihn kenne. Ich arbeite an einer Diplomarbeit zum Thema afrikanische Glaubensrichtungen. Professor Herzhoff war in gewisser Weise mein Mentor. Seine Ansichten haben mich inspiriert, so habe ich mich an ihn gewandt, und er hat mir bei den Recherchen geholfen.« Er stockte. Sie durfte ihm nicht glauben. Am besten sollte sie ihn fortschicken. Doch Alba sah ihn einfach nur an: seine Augen, die Linien seines Gesichtes. Es war unhöflich, ihn so anzustarren, aber merkwürdigerweise spielte das für sie keine Rolle. Nur am Rande streifte sie der Gedanke an Georg und die Leute und deren Meinung, um die er sich immer so kümmerte. Sollten doch die Leute reden, was sie wollten. Ihr dagegen gefiel es, einen wildfremden Mann anzustarren, und sein offener Blick, mit dem er es ihr erlaubte, imponierte ihr.

»Es ist schrecklich, was ihm widerfahren ist. Mein Beileid.«

Nun schwiegen sie um die Wette. Alba gewann. Wegen der langjährigen Erfahrung, vermutlich.

»Ich glaube, ich sollte besser gehen«, murmelte er und drehte sich um.

Es durchfuhr sie wie ein Messerstich. Nein, diesmal nicht! Diesmal würde sie ihn nicht gehen lassen. Aus einem Impuls heraus hielt sie ihn am Ärmel zurück und bedeutete ihm mit einer Geste, hereinzukommen. Etwas überrumpelt, schob er sich an ihr vorbei in den Korridor.

Im Flur zog Finn seine Schuhe aus und hängte die Jacke an einem Garderobenhaken auf. Alba hätte ihm gern gesagt, dass das nicht nötig sei, wenn sie es bloß hätte über sich bringen können.

Wieder standen sie voreinander wie zwei Teenager, die auf einer Party miteinander bekanntgemacht und gleich darauf allein gelassen wurden. Seine etwas unbeholfene Art gefiel ihr. In ihm glaubte sie sich selbst zu erkennen, ihre Ungeschicklichkeit im Umgang mit fremden Menschen, ihre Verwirrung, wenn sie jemanden auf Anhieb mochte und es nie im Leben zugeben würde.

Er startete noch einen Versuch, ein Gespräch in Gang zu bringen: »Darf ich vielleicht auch Ihren Namen erfahren?«

Nein! Fast wäre sie zurückgewichen. *Frag mich nicht, denn ich werde dir nicht antworten können.* Alba grub die

Zähne in die Unterlippe. Natürlich war ihr klar gewesen, irgendwann würde es dazu kommen, aber sie hatte gehofft, das Unausweichliche noch ein Weilchen hinauszögern zu können.

Er wartete auf die Antwort. Sie musste es riskieren. Alba öffnete den Mund, während eine unsichtbare Schlinge sich um ihren Hals legte und die Laute in ihrer Kehle im Keim erstickte.

»A-a-a…« – Mehr kam nicht von ihren Lippen.

Hitze schoss ihr ins Gesicht. *Warum hast du mich gefragt?*, klagte sie. *Warum habe ich mich nicht stumm gestellt?* Doch nun war es zu spät.

Alba setzte zu einem neuen Versuch an. Es dauerte mehrere Minuten, bis sie die vier Buchstaben ihres Namens wie unter Wehen in die Welt gepresst hatte. Den jungen Mann nach dieser Blamage anzuschauen, wagte sie nicht. Wenn sie bei den Empfängen ihren Mund aufmachte, verdrehte ihre Mutter stets die Augen, und Georg eilte zur Hilfe, um sich für sie zu entschuldigen. Aber jetzt war sie allein, und es gab niemanden, der sich für sie hätte entschuldigen können.

»Alba«, hörte sie Finn sagen. »Das ist ein spanischer Name, nicht wahr?«

Sie warf den Kopf in den Nacken. War es seine Art, sich über sie lustig zu machen, indem er sie so *normal* behandelte? Doch egal, wie sehr sie sich anstrengte, sie konnte keinen Spott in seiner Stimme erkennen – er klang nicht viel anders, als noch kurz zuvor. Störte ihn ihre Stotterei wirklich nicht?

»Ich würde Sie gern um einen Gefallen bitten«, sprach er weiter. »Falls Sie hier aufräumen und zufällig etwas über die Göttin Oya finden, würden Sie es für mich beiseitelegen? Professor Herzhoff wollte mir seine Aufzeichnungen zukommen lassen, aber …« Er hielt inne. »Verzeihung. Es ist nicht sonderlich einfühlsam, unter diesen Umständen über eine Diplomarbeit zu reden …«

Alba legte ihm die Hand auf die Lippen. Gleich darauf zuckte sie zurück, als hätte sie sich die Finger verbrannt. Was war bloß in sie gefahren? Sogar Georg gegenüber musste sie sich jedes Mal dazu durchringen und benutzte diese Geste nur, weil sie ihn sonst nicht zum Schweigen bringen konnte. Aber bei Finn fühlte sich die Berührung so natürlich an, als hätte sie es schon seit Ewigkeiten getan. Woher kam bloß die Vertrautheit mit diesem ihr völlig unbekannten Mann?

Ungeachtet aller Zweifel, schlug sie ihm vor, ihr beim Aufräumen und der Suche nach seinen Notizen zu helfen. Gut, der Satz hatte etwa fünf Minuten in Anspruch genommen, aber Finns Lächeln entschädigte sie für alle Mühen.

»Gern, allerdings nur, wenn Sie mit einem Du einverstanden sind.«

Alba nickte, immer noch durcheinander von seiner Art, wie er mit ihr umging. Und gleichzeitig befreit. Als stünde das Stottern gar nicht zwischen ihnen, als gäbe es ihren Makel überhaupt nicht mehr.

Zusammen sahen sie Kisten und Regale im Erdgeschoss durch und räumten die herumliegenden Bücher und Papiere beiseite. Finn fand tatsächlich einige Aufzeichnungen zu allen möglichen Gottheiten, Alba dagegen suchte vergeblich nach der geheimnisvollen Truhe.

Zum Abend hin begaben sie sich auf den Dachboden, der das Flair einer Müllhalde verbreitete. Kartons und Kisten, aus denen die Sachen hervorquollen, stapelten sich überall wie ein Miniatur-Labyrinth. Vieles lag achtlos auf den Boden geworfen da: ein kaputter Tennisschläger, eine Jogginghose, ein mannshoher schiefer Bilderrahmen. Das rote Licht der untergehenden Sonne kämpfte sich durch ein Fenster, das so mit Schmutz überzogen war, dass es aussah wie ein Sichtschutz. Der Greifvogel flog herbei und setzte sich auf einen Ast in der Nähe, als wolle er das Treiben der Menschen im Haus beobachten. Anscheinend ließ er sein Herrchen ungern allein mit Fremden.

Alba berührte Finn an der Schulter und deutete zum Fenster.

»D-deiner?« Nur ein Wort. Viel mehr traute sie sich doch nicht zu sprechen, als erwarte sie jeden Moment, dass er sie auslachen würde.

Finn zögerte, nickte, dann schüttelte er heftig den Kopf. »Sie ist mir zufällig zugeflogen. Ich wäre froh, wenn ich sie loswerden könnte. Irgendwelche Vorschläge?«

Er grinste, auch wenn es irgendwie traurig wirkte. Der Mann und sein Vogel gaben ihr Rätsel auf.

Die staubige Luft kratzte Alba im Rachen, und sie musste husten. Mit der Fußspitze pflügte sie durch die Sachen, die auf den Dielen herumlagen. Finn hievte die erste Kiste auf den Boden, und Alba und er setzten sich im Schneidersitz davor.

Stunden später, als es dunkel und der Dachboden von der in einer Ecke gefundenen Lampe beleuchtet wurde, hockten sie immer noch zwischen den Kartons.

Und Alba redete. Redete, weil Finn fragte, und irgendwann endlich auch, weil es ihr Spaß machte. Das Gespräch ging stotternd und mühsam voran, doch es machte ihr nichts aus, und ihm anscheinend noch weniger. Sie genoss die Zeit in seiner Gesellschaft, und ihr bangte vor dem Moment, da er gehen würde. Mit ihm fühlte sie sich fern jeglicher Regeln und Zwänge.

Irgendwann bemerkte sie, wie sein Blick auf ihren Lippen ruhte. Sie stockte und führte die Hand zum Mund.

»W-was ist?«

Schnell senkte er die Lider, und es kam ihr vor, als wäre er eine Spur errötet. »Nichts. Ich sehe dir nur gern zu, wenn du sprichst.«

»Aha.« Sie lachte und erkämpfte den nächsten Satz: »Zuhören wäre sicherlich angebrachter.«

Auf einmal erschreckte es sie, wie viel Nähe sie zu einem unbekannten Mann verspürte. Eindeutig zu viel Nähe.

Alba bemühte sich um einen sachlichen Ton. Sie bemühte sich um eine Distanz zu ihm und ihren Gefühlen, und sie bemühte sich um Worte, die ihr plötzlich viel schwerer über die Lippen gingen: »Wer war eigentlich der Mann vor der Kapelle, der dann so plötzlich verschwunden war?«

Sein Gesicht erblasste. »Ich habe dir damals Angst eingejagt, was?« Er vermied es immer noch, sie anzuschauen, und war ihr mit einem Mal wieder fremd. »Da war niemand.«

Doch!, wollte sie protestieren. *Du hast ihn gesehen. Ich habe ihn gesehen.*

Aber er setzte schnell nach, ohne dass sie auch nur einen Laut von sich geben konnte: »Ich hatte mich geirrt.«

Alba wandte sich ab und begann, weitere Kartons durchzusehen. Sie fühlte sich von ihm verraten. Er spürte es auch, murmelte noch einmal »Entschuldige«, aber die Vertrautheit, die zwischen ihnen noch vor einer Minute geherrscht hatte, stellte sich nicht wieder ein.

Was soll's. Sie konzentrierte sich auf ihre Suche. Aber egal, wie sehr sie sich bemühte, sie konnte nichts finden, was auch nur im Entferntesten eine geheimnisvolle Nachricht wert wäre. Oder doch? Was, wenn sie es in den Händen hielte und nicht erkennen würde?

Den Deckel der nächsten Holzkiste zierte ein Bild von Rotkäppchen, das auf einer Wiese tanzte und Blumen hochwarf, und einem Wolf, der eher schelmisch als böse hinter einem Baum hervorlugte. Alba schlug den Deckel auf. Spielzeug füllte das Innere. Zuerst wollte sie den Kasten beiseitestellen, dann aber steckte sie ihre Hand hinein. Staubpartikel stoben in die Luft, und plötzlich hatte sie das Gefühl, in die Vergangenheit zu greifen.

Ihr Großvater hat Sie als Kind oft in die Kirche mitgenommen. Er liebte Sie über alles, kamen ihr die Worte des

Priesters in den Sinn und dann die Szene hinter dem Fenster, wie ihre Mutter davonging und wie Hermann sie aufzuhalten versuchte. Wenn Alba daran dachte, hatte sie das Gefühl, mit ihren Erinnerungen auf des Messers Schneide zu tanzen. Sie taten weh, schnitten ihr in die Seele, und gleichzeitig fürchtete sie sich, einen falschen Schritt zu machen und sie endgültig zu verlieren.

Alba senkte den Kopf und betrachtete den Hasen, den sie aus dem Kasten herausgeholt hatte. Er sah traurig aus mit seinen Mantelknöpfen statt Augen, einem halbabgerissenen Puschelschwänzchen und den ausgefransten Ohren. Im Aufruhr der Gefühle drückte sie das Kuscheltier an die Brust und vergrub das Gesicht in dem muffigen Stoff.

»Kindheitserinnerungen?«, fragte Finn. Fast hatte sie vergessen, dass er bei ihr war.

Alba brauchte eine Weile, bis sie die Worte aus den stockenden Silben zusammengesetzt hatte: »Anscheinend habe ich als Kind bei meinem Opa gelebt. Aber ich erinnere mich nicht daran. Ich habe alles verdrängt, fast ein Viertel meines Lebens.«

Er senkte den Kopf. Die Haarsträhnen fielen ihm ins Gesicht und verbargen seine Augen. »Manchmal kann es ein Segen sein.« Seine Stimme klang brüchig. Kurz schwieg er, als müsse er sich zusammenreißen, dann wurde sein Ton wieder gefasster: »Als Teenie habe ich übrigens bei meiner Oma gelebt. Heute bin ich ihr dankbar, dass sie mich im Sturzflug aufgefangen hat, aber damals war ich nicht sonderlich pflegeleicht.«

»Was ist mit deinen Eltern?«, gab sie unter einigen Mühen von sich. Es fiel ihr schwer, ihn das zu fragen, und diesmal nicht so sehr wegen des Stotterns, sondern weil das Gespräch damit eine viel zu persönliche Note bekam.

Ohne zu blinzeln, sah er ins schwache Licht der Lampe, deren Stoffschirm in Fetzen von einem Drahtskelett hing. »Mein Vater war Mechaniker auf einem Schiff, ich habe ihn kaum gekannt, und irgendwann ist er einfach nicht zurückgekommen. Und meine Mutter führte ein Leben, das mit einem Kind nicht zu vereinbaren war. Wesentlich öfter als meinen Vater habe ich sie auch nicht zu Gesicht bekommen. Und in den Augenblicken, als sie da war, wünschte ich sie zum Teufel.« Das Licht der Lampe warf scharfe Schatten auf sein Gesicht, machte es strenger und gleichzeitig verletzlicher.

Unerwünscht. Er auch, genauso wie sie. War das der Grund, warum sie in ihm eine vertraute Seele zu finden glaubte? Einen Leidensgenossen, einen Freund, einen … ja, wen? Alba wünschte, sie fände den Mut, ihn zu berühren. Ihn zu umarmen.

Verrückt, was dachte sie da bloß? Sie war doch keine von denen, die sich jedem Erstbesten an den Hals warfen. Sie war nicht wie ihre Mutter!

Sie drückte den Hasen fester an sich und spürte etwas Hartes in dem Stofftier. In seinem Rücken entdeckte sie ein Loch, wo bei manchen Kuscheltieren eine Spieluhr steckte. Sie schob ihre Hand hinein und holte einen Messergriff heraus. Er lag schwer in ihrer Hand. Mit dem Daumen befühlte sie die Oberfläche, ertastete einen Knopf und drückte darauf. Das Messer schnappte so schnell auf, dass sie kurz aufschrie.

»Du hast aber mit gefährlichen Sachen gespielt.« Finn grinste.

Sie schloss die Lider.

Eine Dartsscheibe schälte sich aus ihren Erinnerungen heraus, doch darin steckte kein Pfeil, sondern das Messer. *Gut so,* lobte Opa Hermann. *Du wirst immer besser.*

Alba riss die Augen auf. Nein, sie fantasierte. Kein vernünftiger Mensch würde einem Kind das Messerwerfen beibringen. Sie ließ die Waffe fallen, als hätte sie sich daran verbrannt.

»Erzähl mir mehr von dir«, gelang es ihr hervorzubringen, und sie spürte, wie Hitze ihre Wangen überzog. Was fiel ihr ein, ihre Nase in sein Leben zu stecken? Aber Finn zierte sich nicht.

Er nahm Puppengeschirr, Autos und Actionfiguren aus der Kiste und legte sie in eine Reihe. »Wäre ich fünfzehn Jahre jünger, wäre ich jetzt grün vor Neid geworden. Nicht wirklich wegen des Puppengeschirrs, aber die Autos sind klasse. Um zu spielen, habe ich mich in einem Besenschrank versteckt. Meine Actionfiguren habe ich mir aus Zeitungspapier ausgeschnitten und Stunden damit verbracht. Eigentlich tat ich nichts anderes, als dazusitzen und die Papiermännchen vor mich hinzudrehen, aber in meinem Kopf war ich in einer ganz anderen Welt – rettete Galaxien vor Klonkriegern, ritt mit Winnetou durch den Wilden Westen und kämpfte gegen feuerspuckende Drachen.« Er schmunzelte. »Nicht unbedingt in derselben Reihenfolge, aber du weißt schon, was ich meine.«

Alba sammelte ihre Kräfte für die nächste Frage: »Warum hast du dich dazu im Besenschrank versteckt?«

»Meine Mutter flippte aus, wenn sie mich so sah. Sie dachte, ich wäre nicht ganz dicht im Kopf. Wenn sie mich dabei erwischte, hat sie mich halbtot geprügelt.«

Man könnte denken, wir hätten dieselbe Mutter, wäre es Alba fast herausgerutscht. Auch wenn die ihre sie nicht geprügelt, sondern sich stets mit ein paar Ohrfeigen zufriedengegeben hatte.

Sie betrachtete Finn etwas länger und bemerkte einen Knick in seinem linken Ohr, der einer Narbe zu verdanken war. Eine weitere Narbe zog sich über seinen Nacken und verschwand im Ausschnitt seines T-Shirts. Finn zupfte sein T-Shirt etwas höher, in einem lächerlichen Versuch, die Narbe zu verdecken. Sein Gesicht wurde noch blasser. »Nein, das ist eine andere Geschichte.«

Ein Rascheln lenkte ihre Aufmerksamkeit von ihm ab. Alba drehte sich um. Ein langer Schatten glitt an der Wand entlang und verschwand zwischen zwei Wäschesäcken.

»Sch-schlange!«, keuchte sie und sprang auf.

Auch Finn war gleich auf den Beinen, stellte sich schützend vor sie und starrte in die Richtung, in die ihr Zeigefinger deutete. Ihn bei sich zu haben vertrieb ihre Angst.

»A-auch deine?«, versuchte sie es mit einem Witz. »Dir zufällig zugekrochen?«

»Quatsch, wie soll eine Schlange hierherkommen?«, murmelte er, ohne auf ihren Scherz einzugehen.

Alba musste die Zähne zusammenbeißen, um nicht zu rufen: *Warum tust du das? Ich bin nicht verrückt, ich habe sie gesehen!*

»Doch«, presste sie hervor. Das Tier maß mindestens einen halben Meter, war fast armdick und schimmerte grünlich. Nichts, was in diesen Breitengraden heimisch sein könnte.

Finn ging zu den Wäschesäcken. *Sei vorsichtig,* betete sie insgeheim und musste sich zusammenreißen, um nicht hinter ihm herzustürzen und ihn von dort wegzuziehen.

Er warf die Beutel auseinander und stöberte mit einem kaputten Regenschirm, der an eine verrenkte Riesenspinne erinnerte, in den herumliegenden Lumpen und Zeitungspapieren. »Siehst du, da ist nichts.«

Mit einem Schlag hatte sich alles an ihm verändert. Irgendetwas plagte ihn, so gequält wie er dreinschaute. Alba erhob sich und ging auf ihn zu. Er wich zurück.

»Ich muss gehen«, beschloss Finn in der nächsten Sekunde. Er machte noch einen Schritt zurück. Nur einen einzigen, aber Alba kam es vor, als stünde er nun auf einer anderen Seite der Welt. In seiner Welt, zu der sie nicht gehörte. »Danke für alles.«

Sie wollte ihn aufhalten, doch er war schon durch die Luke verschwunden, so schnell, als flüchtete er vor ihr.

Alba starrte ihm hinterher.

Schon wieder war er fort, ohne dass sie wusste, wie sie ihn gegebenenfalls erreichen konnte. *Ist es Schicksal,* dachte sie, *dass wir uns immer wieder treffen?* Musste sie einfach darauf vertrauen, dass sie ihn wiedersehen würde? *Oder ist es Schicksal, dass wir einander verlieren?*

Plötzlich fühlte sie sich einsam. Das war nichts Neues – dieses Gefühl hatte sie oft auch dann gehabt, wenn Georg bei ihr war, und dennoch war es jetzt anders. Etwas fehlte ihr, etwas, was sie nicht missen wollte, nur wusste sie nicht, was es war.

Resigniert fiel sie vor der Rotkäppchen-Kiste auf die Knie und strich mit der Hand über das Spielzeug. Sie war sich selbst so fremd. Wer war Alba Wagner wirklich? Wer war das Mädchen, dem diese Sachen gehört hatten? Eine Stumme, über deren Kopf hinweg meistens entschieden wurde, oder eine Kämpferin, die mit einem Messer eine Zielscheibe traf?

Diese Truhe schien etwas Wichtiges zu enthalten. Einen Teil von Alba, der in ihr verstummt und vergessen war. Sie blinzelte die Tränen aus den Augen und räumte die Sachen wieder ein. Nur der Hase blieb auf ihrem Schoß sitzen, und das Springmesser lag griffbereit an ihrer Seite.

Schweren Herzens ließ sie den Deckel zufallen und starrte auf das tanzende Rotkäppchen. Wie gern wäre sie ein naives Mädchen gewesen. Wie sehr wünschte sie sich, unbeschwert durch das Leben schreiten zu können. Ob es klug war, schlafende Hunde zu wecken?

Wäre sie vernünftig, würde sie das Haus verlassen und die Angelegenheit vergessen. Doch die Alba, die auf ihre Vernunft hörte, gab es nicht mehr. Sie hatte bereits viel zu viel vergessen! Jetzt war es an der Zeit, einige Erinnerungen abzustauben.

Ihre Gedanken schweiften zu dem Brief. *Wo der Ort? Die Truhe dort! – Wo der Ort?*, drehte sich wie ein Karussell in ihrem Kopf.

Ihr Handy schrillte. Alba schreckte zusammen. Sie kramte in ihrer Handtasche, fischte das Telefon heraus und blickte auf das Display. Eine SMS von Georg: *Wo bleibst du?*

Nur wenige Stunden war sie fort, und schon war er kurz davor, einen Suchtrupp nach ihr fahnden zu lassen. Auf einmal fühlte sie sich wie ein auf Bewährung freigelassener Verbrecher: im Prinzip frei, aber unter steter Beobachtung. Noch nie erschien ihr ihre Situation so erdrückend.

Sie klappte das Handy zu und verstaute es in ihrer Tasche. Grimmig dachte sie daran, wie Georg mit gewölbter Brust Shakespeare rezitierte: *Wo der Ort? Die Heide dort!*, und beneidete ihn um seine Selbstsicherheit in allem, was er tat. Als läge ihm die ganze Welt zu Füßen. Als könnte er ewig leben. Dabei lief seine Uhr mit jeder Sekunde ab, und er wusste davon.

Alba strich über den Deckel mit dem lachenden Rotkäppchen auf der Wiese. Und da traf er sie, der Geistesblitz: Die Wiese – sprich, die Heide – war der Schlüssel! Natürlich. Die gesuchte Truhe stand direkt vor ihr. Zumindest hoffte sie es. Alba schaufelte das Spielzeug aus dem Inneren. Von außen wirkte die Kiste erheblich größer als von innen. Ein doppelter Boden? Sie wagte es kaum, daran zu denken. So nah am Ziel, um dann vielleicht doch eine Enttäuschung zu erleben?

Sie griff nach dem Messer und steckte die Klinge in eine Ritze zwischen der Bodenplatte und einer der Wände, wackelte daran und versuchte, die Platte hochzuheben. Das Holz knirschte. Es klappte tatsächlich! Nur ein kleines Stück, aber immerhin. Die Aufregung packte sie wie ein Fieber. Mit den Fingernägeln der anderen Hand kratzte und zog sie am Rand der Platte. Einer der Nägel brach ab, doch den Schmerz merkte sie kaum. Ihr ganzes Wesen flatterte, als wäre in ihrer Brust ein Vogel eingeschlossen.

Nach einem zweiten abgebrochenen Fingernagel gelang es ihr, die Platte herauszuholen. Eine Ledermappe lag vor ihr, rissig und an den Ecken abgewetzt. Ehrfürchtig nahm Alba sie heraus, hielt inne, dann öffnete sie den Fund.

Ausschnitte aus Zeitungen, Notizen und Kopien irgendwelcher Berichte rauschten einer Lawine ähnlich in ihren Schoß – und die Hälfte einer vergilbten Fotografie, die einen Strand mit einem weiten Himmel und einem lächelnden Mann zeigte. Es dauerte einige Sekunden, bis Alba begriff, wen sie da sah: Den Mörder ihres Großvaters. Sie drehte das Foto um. Ein Teil der Beschriftung fehlte, und die Tinte war verblasst. In der oberen Ecke entzifferte sie »Spanien, 1956« und am abgerissenen Rand »...ivas Sarmiento«. Sollte der Mann auf dem Bild derselbe sein, der sie angegriffen hatte, brauchte sie dringend irgendeine logische Erklärung oder die Adresse seines Schönheitschirurgen, der ihm so ein ausgezeichnetes Lifting verpasst hatte. Denn in knapp über fünfzig Jahren war er um keinen Deut gealtert.

Alba legte das Foto beiseite. Darüber sollte sie später nachdenken, vielleicht würde sie aus den restlichen Zetteln etwas über die Verbindung zwischen ihm und ihrem Großvater erfahren. Aus dem Papierhaufen zog sie ein Zeitungsblatt hervor. *Erneut wird ein Kind vermisst,* lautete die Überschrift. In der Handschrift ihres Opas war ein Datum in eine Ecke gekritzelt, das mit der Zeit verblasst und kaum zu entziffern war. Alba runzelte die Stirn. Der Ausschnitt stammte aus einer Zeitung von vor zwölf Jahren.

Der nächste Artikel – ein weiteres Kind, spurlos verschwunden. Sie sortierte die Ausschnitte nach Datum. Zuerst gingen die Journalisten davon aus, dass die betroffenen Kinder von zu Hause weggelaufen waren. Denn die meisten gehörten zu sozial schwachen Familien oder zu Eltern, die sich auf die eine oder andere Weise nicht um sie gekümmert hatten. Doch bald kamen die ersten Zweifel auf und erweckten die Aufmerksamkeit der Öffentlichkeit. Unruhe machte sich breit.

Zu den Ausschnitten gehörten Hermanns Notizen. Alba las die kurzen Vermerke, ohne daraus schlau zu werden: *Mit Sebastian geredet. – Mehr Fälle als bekannt? – Kein Werk der Nachzehrer.*

Sie forschte weiter in den Papieren. Von insgesamt elf Fällen war die Rede, die einander ähnelten und auf einen Serientäter schließen ließen.

Jemand raubte Hamburger Kinder.

Dann kamen die ersten Leichenfunde. Die Toten wurden an den unterschiedlichsten Orten entdeckt. Die Diagnose nach der Autopsie lautete: Tollwut. Zwar handelte es sich um eine bisher unbekannte Form der Krankheit, aber nun wurde behauptet, es gäbe keinen Entführer. Die Kinder wären ausgerissen und von einem oder mehreren kranken Tieren infiziert worden. Die Tollwut ginge in Hamburg um, beharrten die Zeitungen und suchten nach Verantwortlichen.

Alba fand Kopien von Expertenberichten, Erläuterungen zur Tollwut und Aussagen der betroffenen Familien. Hermanns Notizen wurden rätselhafter: *Kein üblicher Virus. Metamorphe? Unbedingt die Proben auftreiben!* Auf einem anderen Blatt standen Namen – eine verblasste Reihe auf dem schmutzigen Papierweiß. Die toten Kinder, an die keiner mehr dachte, sobald die Aufregung abgeklungen war. Auch dieses Blatt legte Alba beiseite. Nicht zu dem Foto – sie hatte das Gefühl, das Bild des Mörders würde das Andenken an die Kinder beschmutzen. Wer weiß, vielleicht steckte er hinter den Entführungen, denn warum sonst lag sein Foto bei den Papieren?

Sie sortierte weitere Dokumente. Es folgten seitenlange Ausführungen in Hermanns krakeliger Schrift, die sich mit irgendeinem wissenschaftlichen Zeug befassten. Nach wenigen Sätzen gab Alba auf und blätterte sie nur durch, bis sie eine Kopie eines Polizeiberichts entdeckte.

Ihr stockte der Atem, als sie den eigenen Namen las. Mehrere Sekunden lang starrte sie regungslos auf das Dokument, bevor sie begriff, was das bedeutete: Sie war eines der entführten Kinder!

Es traf sie mit solch einer Wucht, dass ihr schwindelig wurde. Die Zeilen hüpften ihr vor den Augen, und der Sinn der Worte verflüchtigte sich, bevor er ihren Kopf erreichen konnte. Sie rieb sich die Schläfen. Zahllose Fragen überfluteten ihr Gehirn. Wann sollte das passiert sein? Wie? Warum? Und was hatte sie davor bewahrt, auf dem Zettel mit den anderen Namen zu landen? Warum lebte sie noch?

Alba vergrub ihr Gesicht in den Händen. *Das kann einfach nicht sein. Ich würde mich doch daran erinnern!*

Oder doch nicht?

Hinter ihr quietschte eine Diele. Sie schreckte auf. Jemand kam auf den Dachboden geschlichen! Der Mörder?

Sie dachte nicht nach, sie handelte, instinktiv, nur aus einem Impuls heraus. Ein Griff, und das Messer lag in ihrer Hand. Alba fuhr herum und warf es auf ihren Gegner, in der Hoffnung, sie würde das Ziel treffen.

Kapitel 7

»Himmel, Alba!«

Das Messer sauste einen halben Meter von Georg entfernt durch die Luft und schlug mit voller Wucht in einen der Dachbalken ein.

Alba schluckte vernehmlich. *Sie konnte tatsächlich ein Messer werfen!*, war ihr erster Gedanke, und der zweite: Gütiger, wäre sie nicht aus der Übung gewesen, hätte er jetzt die Klinge im Hals stecken gehabt.

»E-e-es t-tt…«, begann sie, aber Georg besaß nicht Finns Geduld, sich ihre stotternde Entschuldigung anzuhören.

»Du hättest mich umbringen können!« Er packte den Griff und zog an der Waffe. Doch sie bewegte sich keinen Millimeter heraus, und er musste daran rütteln, bis er sie frei bekam. Mit der Fingerkuppe tastete er über die Spitze, was seine Stimmung nicht verbesserte. »Und überhaupt, so ein Ding ist verboten, wo hast du es her?«

Alba antwortete nicht, während er mit dem Fuß auf den Boden tippte. Seine Haltung ähnelte der eines großen Bruders, der seine Schwester beim Spielen mit Streichhölzern erwischt hatte. Ob er der Mami petzen würde? Sie schmunzelte, was ihn gänzlich aus der Fassung brachte. Nun sah er sie an, als wäre sie eine Gestörte.

»Was … was ist bloß mit dir los?«, stammelte er, und es erfüllte Alba mit Genugtuung zu beobachten, wie der sonst selbstbewusste Georg plötzlich um Worte kämpfen musste. Verstand er jetzt, wie es ihr erging? Vermutlich nicht.

Alba erhob sich und nahm ihm das Messer aus der Hand. Immerhin gehörte es ihr. Und es gefiel ihr, etwas bei sich zu haben, was verboten, gar strafbar war.

»Ich habe mir schon gedacht, dass ich dich in diesem Loch finde«, schnaubte Georg.

Das kränkliche Licht der Lampe verlieh seinem Gesicht etwas Unwirkliches, beinahe Feenhaftes. Auch wenn der Verdruss seine Züge verzerrte, wirkte er vollkommen. Doch seine Anwesenheit spendete Alba keine Wärme mehr. Wenn sie ihn ansah, empfand sie … nichts.

Ich könnte jetzt die Arme ausstrecken und dich berühren. Aber dein Wesen berührt mich nicht. Nicht mehr.

Sie fragte sich, ob da jemals ein Gefühl gewesen war. Oder ob sie sich an diese Leere so gewöhnt hatte, dass sie etwas zu spüren geglaubt hatte, was es nie gab. Wie ein Kind, das in ein dunkles Zimmer starrte und mit der Zeit Gestalten sah, die dort nicht weilten.

»Seit dem verfluchten Macbeth-Brief denkst du an nichts anderes als an Hermann Herzhoff. Und das, nachdem er zwölf Jahre lang für dich nicht existiert hat!« Er packte sie am Oberarm. »Komm, wir gehen jetzt.«

Sie rührte sich nicht vom Fleck, als wären ihre Füße mit dem Boden verwachsen.

»Komm schon!«, forderte er und machte Anstalten, sie mit sich zu ziehen wie eine Ziege, die bockte. Aber die Alba, die so etwas geduldet hätte, existierte nicht mehr. Stattdessen erwachte das Mädchen in ihr, das gelernt hatte, ein Messer auf eine Zielscheibe zu werfen.

Alba bog seine Finger an ihrem Arm auseinander. Georgs bestürzter Blick wanderte an ihr entlang, schweifte durch den Raum, als suche er dort nach Erklärungen, und fiel auf die Zeitungsartikel. Leichenblässe überzog sein Gesicht. So eine Reaktion hätte Alba von dem Georg, den sie kannte, nicht erwartet. Sie rätselte, was ihn in solchem Maße erschüttert haben könnte.

»Oh Gott. Liebes …«

Eben erst hatte Alba geglaubt, dass nichts, was Georg künftig tat, sie noch berühren konnte. Doch diese drei Worte, die sich von seinen bleichen Lippen lösten, erschütterten sie.

Er breitete seine Arme aus, um sein kleines Mädchen an sich zu ziehen, aber Alba duckte sich. Sie wollte keine Umarmung. Nicht jetzt.

Mitten in der Bewegung erstarrte er, überrascht von der Zurückweisung. »Beruhige dich«, redete er sanft auf sie ein. Wieder ganz er selbst, in Sorge um ihr Seelenheil. »Ich weiß, was du jetzt empfindest.«

Worte, einfach nur Worte. Wie unbedacht er damit umging! Alba fühlte sich ihm fern wie noch nie. Hatte sie ihn jahrelang als einen guten Freund, gleichermaßen wie einen großen Bruder zu schätzen gewusst, stand sie nun einem Fremden gegenüber.

»Alba, Schatz, lass uns von hier verschwinden und …«

Demonstrativ setzte sie sich auf die Rotkäppchen-Truhe. Wenn er sie von hier wegschaffen wollte, brauchte er mindestens einen Gabelstapler.

Georg senkte die Arme. »Okay, du willst wissen, was das zu bedeuten hat.«

Ja, für den Anfang wäre das nicht schlecht.

Er lehnte sich gegen einen Karton, ohne auf den Staub zu achten, der bestimmt Flecken auf seiner weißen Bügelfaltenhose hinterlassen würde. »Zuerst: Wir haben alles getan, um dich zu beschützen. Es war nur zu deinem Besten.«

Alba schnaubte. Alle wollten sie schützen, aber hatte sich irgendjemand einmal gefragt, ob sie diesen Schutz brauchte? Ob es ihr gefiel, wie unter einer Glasglocke zu leben? Sie dämpfte ihren Gram. Zum Teil lag die Schuld ja bei ihr. Dass ihr dieses Dahinvegetieren nicht genügte, hätte sie viel früher begreifen sollen. Musste erst ihr Opa sterben, damit sie das verstand?

Georg nahm einen Zeitungsausschnitt in die Hand, dann ballte er die Faust und zerknüllte das Papier. »Du hast damals bei diesem Hermann Herzhoff, deinem Großvater, gelebt. Er musste sich um dich kümmern, solange deine Mutter …« Er wiegte den Kopf. »… es nicht konnte. Aber das tat er nicht. Statt auf dich achtzugeben, ist er seinen Hirngespinsten nachgelaufen.«

Welchen?, lag es Alba auf der Zunge. Fremde, mystisch anmutende Worte spukten in ihrem Kopf: Metamorphe. Nachzehrer. Was hatte das zu bedeuten? Aber sie verlor keinen Ton, um Georg nicht zu unterbrechen. Schließlich wollte sie die ganze Geschichte hören.

»Dann wurdest du entführt, zumindest dachten das alle. Zwei Tage warst du verschwunden. Deine Mutter hatte gerade Elmar Wagner kennengelernt, und man munkelte, die Entführer – man vermutete, dass mehrere Personen hinter der Sache steckten – wollten Geld von ihm erpressen. Aber es kam keine Forderung, gar nichts. Du warst einfach nur fort, bis man dich fand, wie du durch den Hafen irrtest. Deine Kleidung war zerrissen und blutüberströmt, du selbst so verstört, dass du kein Wort mehr gesprochen hast. Aber abgesehen von ein paar Prellungen fehlte dir nichts.«

Alba zuckte zusammen, als hätte er sie geohrfeigt. Doch, etwas fehlte ihr, obwohl sie nicht benennen konnte, was. Ein Teil von ihr war fort. Der Teil mit Gefühlen, die sie nicht mehr zu empfinden vermochte. Gefühlen wie Liebe und Leidenschaft. Und ihre Erinnerungen.

»Die Polizei fand Parallelen zwischen deinem Verschwinden und dem der anderen Kinder. Deine Mutter und Herr Wagner haben alles getan, um dich aus der Sache so gut wie möglich herauszuhalten. Was damals genau passiert ist, weiß bis heute keiner. Du warst das letzte der verschwundenen Kinder und die einzige Überlebende.«

Alba krallte die Finger in die Kiste unter ihr. Die einzige Überlebende – hatten die Entführer damals aufgehört, weil sie befürchteten, sie könnte die Polizei auf ihre Spur bringen? Sie dachte an die elf verblassten Namen auf dem schmutzig weißen Papier ... und fühlte sich schuldig. Nicht gesprochen zu haben und sich nun an nichts mehr erinnern zu können. Wer auch immer dahintersteckte, er war auf freiem Fuß. Sie biss sich auf die Unterlippe, um nicht zu weinen. Tränen halfen nicht, weder ihr noch den anderen Opfern. Wenn sie ihre Schuld begleichen wollte, musste sie sich ihrer Vergangenheit stellen und der Spur folgen, die Hermann Herzhoff ihr hinterlassen hatte.

»Die Polizei hat den Fall ad acta gelegt.« Mit der Fußspitze schob Georg Papiere beiseite, als suche er nach einem bestimmten Bericht, offenkundig aber erfolglos. »Als sich keine weiteren Vorfälle ereigneten, war klar, dass es ein tollwütiges Tier gewesen sein musste, das hier sein Unwesen getrieben hatte. Vielleicht war es gestorben, vielleicht weitergezogen. Genaueres wusste niemand.«

Ein tollwütiges Tier? Daran glaubte er doch selbst nicht! Warum galten die Kinder denn einige Zeit als verschwunden und wurden erst nach Tagen gefunden? Was für ein Tier würde seine Opfer mitten in Hamburg in seinen Bau verschleppen? Und wie groß hätte dieses Wesen sein müssen? Nein, wenn es schon ein Tier gewesen sein sollte, dann eines, das Homo sapiens hieß.

»Du hast nicht gesprochen, und bald konntest du dich auch nicht mehr an den Vorfall erinnern.« Alba spürte seine Hand auf ihrer Schulter – schwer, erdrückend. Diesmal zog sie sich nicht zurück, zu sehr in ihre Gedanken versunken. Georgs Monolog prasselte weiter auf sie ein: »Ich glaube, deine Mutter konnte es deinem Großvater nie verzeihen, dass er so etwas zugelassen hatte. Er hätte dich beschützen sollen.«

Alba schloss die Augen. Also war ihr Alptraum in Wirklichkeit eine Erinnerung an die Entführung? Zum ersten Mal in ihrem Leben wollte sie ihn absichtlich heraufbeschwören.

Finsternis, eine Treppe, ein Licht. Dann eine Gestalt und ... eine Stimme? Die Stimme eines Jungen, als wäre sie durch irgendetwas zum Leben erweckt worden. Wie seltsam. Alles versank in der Dunkelheit, aber die Stimme blieb bei ihr, wurde lebendig und erfüllte sie mit Wärme. Sie bemühte sich, die Worte zu erfassen, doch es war, als wolle sie nach Rauch greifen.

Georg zog Alba an sich und strich ihr über das Haar. Die Stimme verklang in ihrem Kopf. Die Berührung riss sie zurück in die Wirklichkeit, und sie verfluchte Georg, der die Erinnerungen verscheuchte. Sie schubste ihn von sich, aber es war zu spät. Zurück blieb nur eine ferne Angst vor der Finsternis und der Gestalt, die die Treppe herunterkam.

Sie rieb sich über die Oberarme, als wolle sie die feuchte Kälte des Kellers wegrubbeln.

»Du fragst dich bestimmt, woher ich das alles weiß«,

sagte Georg. »Elmar Wagner ist mit meinem Vater seit langem befreundet. Als du in meine Schule gekommen bist, wurde ich gebeten, auf dich aufzupassen.«

Sie hätte es nie zugegeben, aber bei diesem Geständnis spürte Alba einen Stich im Herzen. Deshalb also hatte er sie gleich in der ersten Unterrichtsstunde angesprochen und unter seine Fittiche genommen. Denn wer mit Georg, dem beliebtesten Jungen der Schule, zusammen war, genoss diplomatische Immunität. Ganz gleich, ob man wie Georg zur Elite gehörte oder, wie einige bis heute hinter ihrem Rücken munkelten, von der Straße aufgelesen wurde.

Sie lächelte traurig. Seine Aufgabe nahm er wirklich ernst. Immerhin war er noch bei ihr. Aus Mitleid? Oder Gewohnheit? An Liebe glaubte sie nicht, ohne imstande zu sein, selbst jemanden zu lieben.

Georg schien ihre Zweifel erraten zu haben.

»Schatz, vielleicht habe ich es anfangs nur deshalb gemacht, weil meine Eltern mir dafür das Taschengeld verdoppelt haben. Aber später habe ich mich in dich verliebt. Ich bedauere absolut nichts.« Er zog an dem Haargummi und löste ihren Pferdeschwanz. Nach und nach entfernte er die Haarklemmen, die ihre Strähnen vorn zusammenhielten. Die Locken fielen um ihre Schultern.

Georg lehnte sich zurück und betrachtete sie.

»Du bist wunderschön«, flüsterte er, und ehrliche Begeisterung glättete seine Züge.

Alba wollte ihm glauben. Denn wenn sie ihn verlor,

was würde ihr im Leben bleiben? Ein Stiefvater, der von 15 bis 16 Uhr sonntags und an Werktagen nach Vereinbarung Zeit für sie hatte, und eine Mutter, die ihre Tochter nur durch das Weinglas zu betrachten vermochte. Keine schönen Aussichten.

Georg war immer für sie da. Der Gedanke, ihn irgendwann nicht mehr an ihrer Seite zu wissen, klang absurd … Aber sie würde ihn verlieren. Eines Tages. Vielleicht nicht heute und nicht morgen. Aber es würde ein Leben ohne ihn geben.

Sie öffnete für ihn die Arme. *Halt mich fest, solange du es noch kannst. Lass mich dich spüren, solange es mir noch vergönnt ist.* Sie fürchtete sich davor, irgendwann mit ihren Alpträumen allein bleiben zu müssen.

Er strich ihr über den Hals, auf und ab, wie Ebbe und Flut. Dann drückte er ihr einen schmerzhaften Kuss auf die Lippen. Sie zuckte zurück.

Etwas sanfter, bitte. Sie wünschte, sie könnte ihn lieben. Mit allen Sinnen und über alle Grenzen hinweg, um sich an die gemeinsame Zeit mit einem Funken Glück und Seligkeit zu erinnern. Aber ihr Herz fühlte sich tot an. Und »Liebe« war für sie nur ein verblichenes Wort auf einem Papierfetzen.

Mit geübten Griffen knöpfte Georg ihre Bluse auf und streifte ihr den Stoff von den Schultern. Seine Küsse bedeckten ihre Haut, seine Finger massierten ihren Rücken und lösten die Verspannungen. Zärtliche, gewohnte Bewegungen. Alba kannte jede einzelne davon, wusste, was kommen würde.

Staub wirbelte hoch, als er sie zu Boden warf. Die Dielen taten ihr an den Schulterblättern weh, doch Georgs Gewicht raubte ihr jede Möglichkeit, sich zu bewegen. Sein Blick labte sich an ihrer blanken Haut. Feuer und Leidenschaft loderten in seinen Augen. All das, was zu empfinden Alba nicht imstande war. Sie floh vor seinem Blick, drehte den Kopf und schaute zum Fenster. Ob der Vogel immer noch da saß? Das tat er nicht.

Der BH hatte seinen Verschluss vorn. Ein Klacken ertönte, und der Stoff gab ihre Brüste frei. Sie verschränkte die Arme vor ihnen, umarmte sich wie ein Mädchen, das sich selbst zu trösten versucht.

Georg griff nach ihren Handgelenken und führte ihre Arme auseinander. »Warum so schüchtern?« Seine Stimme bebte vor Erregung, die er im Zaum zu halten versuchte. Sie rechnete es ihm hoch an, dass er ihr die ganze Angelegenheit so schön wie möglich zu machen versuchte, aber die Bemühungen waren umsonst. Nichts vermochte die Leere in ihr zu füllen und das Eis ihrer Gefühle zu brechen.

Seine Zunge kreiste um ihre Brustwarzen, die sich an der kühlen Luft hart aufrichteten. Mit einer Hand zog er ihren Rock hoch und schob das Höschen beiseite.

Dann drang er in sie ein. Es tat weh. Seine Erektion füllte sie aus – etwas Hartes, Fremdes, das nicht in sie hineingehörte. Schmatzend klatschte Fleisch auf Fleisch, und sie ekelte sich vor dem Geräusch.

Dies war die Stelle, an der Alba das Geschehen ausblendete.

Während Georg mit groben Stößen weiter in sie drang, zog alles Mögliche durch ihren Kopf, das herzlich wenig mit seinen Anstrengungen zu tun hatte.

Sie dachte an die entführten Kinder und die rätselhaften Notizen ihres Großvaters, an den Mörder und seine Fähigkeiten, die sie nie für real gehalten hätte, wenn sie ihn nicht selbst beobachtet hätte. Und auch dann wollte sie ihren Wahrnehmungen nicht so recht trauen. Sie bedauerte den Tod ihres Opas, versuchte sich an ihre Kindertage in diesem Haus zu erinnern und konnte es nicht.

Irgendwann schweiften ihre Gedanken zu Finn.

Sein Gesicht tauchte vor ihrem inneren Auge auf, und Alba setzte ihre ganze Vorstellungskraft ein, um das Bild bei sich zu behalten und seine Züge etwas länger zu genießen. Genießen … Es kam ihr befremdlich vor, an einen Mann zu denken, während ein anderer über ihren Körper verfügte, wie es ihm beliebte. Aber die Illusion, Finn wäre bei ihr, genoss sie tatsächlich.

Ein warmer Strudel wirbelte in der Mitte ihres Bauches. In Zeitlupe erlebte sie erneut, wie sie aus der Kapelle gestürzt war. Den Fall, seine Umarmung, die Wärme seines Körpers. Sein Duft stieg ihr in die Nase. Kein Parfüm oder Aftershave – es war der Geruch nach frischen Holzspänen. Aromatisch und herb, erinnerte er sie an einen Wald.

Sie spürte ein angenehmes Ziehen in ihrem Inneren, das in ihr ein seltsames Verlangen auslöste. Etwas, was sie noch nie zuvor empfunden hatte. Und schon gar nicht mit einer solchen Intensität. Ein irrsinniger Wunsch, ihn zu küssen, überfiel sie.

Alba schloss ihre Hände um seinen Nacken, zog in an sich, bog ihm ihr Becken entgegen. *Liebe mich!*

Der Strudel riss sie mit sich, und ihr wurde schwindelig. Sie atmete heftiger. *Liebe mich, so, wie sich noch keiner getraut hat, mich zu lieben!* Ihre Fingernägel zogen Striemen über seine Haut, und ein schmerzerfülltes Aufstöhnen drang an ihre Ohren. Sie nahm es kaum wahr. Stürmisch küsste sie seine Lippen und schmeckte das Pfefferminz.

Liebe mich leer, bis in mir nichts mehr bleibt, außer dem Verlangen nach dir. Liebe mich, als gäbe es kein Morgen und keine Welt um uns herum. Nur mich und dich. Und dich in mir.

Aber diesen Traum zu Ende zu träumen blieb ihr verwehrt.

Georg schnaufte, brach über ihr zusammen, und Alba wurde sich mit einem Schlag der Wirklichkeit bewusst. Sein schweißnasser Körper klebte an ihrem. Dann fiel er zur Seite wie ein Blutegel, der sich an ihr satt gefressen hatte.

»Oh, Schatz«, presste er atemlos hervor. Seine Hand suchte die ihre. »Es war so … so … Es war einfach unglaublich!«

Alba bemühte sich, den Wirbelsturm ihrer Sinne zu bezwingen. Aber er blieb da und verzehrte sie, nährte sich an ihrem unerfüllten Verlangen. Sie schloss die Augen, um in das Gesicht zu blicken, das sie sehen wollte.

»Finn.« Sein Name kam wie ein Windhauch von ihren Lippen. Das erste Wort seit zwölf Jahren, das sie nicht gestottert hatte.

Georg hörte es nicht. Er rückte an sie heran, umarmte sie und küsste ihre Wange. »Ich liebe dich.«

Zusammen mit dem Kuss sickerte Schuld in ihre Seele und verbitterte sie im Innersten. Es mochte sein, dass Georg großartigen Sex mit ihr hatte, aber sie nicht mit ihm. Sie hatte ihn betrogen. Wenn auch nur in Gedanken.

Kapitel 8

Eine halbe Nacht verbrachte Finn damit, die Bücher, die er in einer Bibliothek aufgetrieben, und die Notizen, die er aus Herzhoffs Haus mitgenommen hatte, zu studieren. Während er seinen Kopf zu zwingen versuchte, sich mit den Informationen über Oya und die übrigen Gottheiten der Yoruba-Religion zu beschäftigen, hatte seine rechte Hand, gewissermaßen ohne sein Zutun, einen Bleistift ergattert. Zuerst kam nur eine Linie auf den Papierrand, dann noch eine. Er stützte sein Kinn auf die Faust und beobachtete, wie sich aus den Linien der Umriss eines Gesichts entwickelte: die feinen Konturen, die vollen Lippen – halboffen, als würden sie gleich etwas sagen, und doch stumm –, eine geschwungene Nase mit einem kaum wahrnehmbaren Höcker, über den er gern mit dem Daumen gestrichen hätte. Als kräftige Wellen zeichnete er die unbändige schwarze Mähne. Mit einer zarten Schraffur betonte er die hohen Wangenknochen und die Augen. Die Augen … nein, die waren ihm misslungen. Denn wie sollte sich darin all das widerspiegeln, was er nicht einmal in Worte fassen konnte? Finn legte den Bleistift beiseite und betrachtete die Zeichnung. Albas Gesicht.

Warum beherrschte sie seinen Kopf so sehr, dass aus unbedacht gekritzelten Linien auf dem Papierrand ihre Züge entstanden? Klar, sie war eine schöne Frau. Aber Schönheit allein ließ ihn für gewöhnlich kalt. Alba erschien ihm anders, auch wenn ihm klar war, dass er sie genauso wenig haben konnte wie die übrigen ihres Standes, für die er meistens bloß »so'n Asi aus dem Osdorfer Born« war. Trotzdem vermochte er Alba nicht aus seinen Gedanken zu verbannen.

Er hatte sich wohlgefühlt mit ihr wie schon lange nicht mehr.

Irgendwie menschlich.

Finn rieb sich die Augen, die schmerzten, vermutlich vom vielen Lesen. In den letzten Tagen spielten seine Wahrnehmungsorgane verrückt. Mal zerfloss alles vor seinem Blick zu groben Farbtupfern, mal sah er jedes Staubkorn auf mehrere Meter Entfernung gestochen scharf. Die Fähigkeiten seines Vogels stellten sich bei ihm ein und sorgten für ein Durcheinander. Langsam, aber stetig entwickelte sich sein Gehör zurück. Zum Glück waren Rotmilane nicht gänzlich taub, damit blieb ihm noch ein Funke Hoffnung. Aber es ging alles so verdammt schnell!

Er musterte die Zeichnung. Es war falsch, an Alba zu denken. Am besten, er erstickte jegliches Gefühl im Keim. Über sein Schicksal bestimmte Linnea. Er wurde von ihr durch ein Ritual initiiert und somit an ihre Gemeinde gebunden. Und auch wenn es ihm gelänge, sich von ihr loszureißen, würde er jeder Frau nur Unheil bringen. Sein Erbe vermochte nicht nur ihn zu zerstören, sondern alles zu vernichten, was ihm lieb war. Kilian, den das Schicksal zu seinem Mentor auserkoren hatte, war in seiner letzten Lebenswoche nicht müde geworden zu beteuern, dass Liebe nur eine ausgefallene Folterart war.

Er zerknüllte das Blatt und warf es von sich.

Ein Windstoß drang durch das kaputte Fenster und wirbelte auf dem Tisch alles durcheinander. Finn drückte die Blätter mit einer Hand nieder. Wo war er stehengeblieben? Die Worte sickerten zäh wie Honig in sein Hirn: »Viele Religionen haben ihren Ursprung in dem Glauben des afrikanischen Yoruba-Volkes gefunden, darunter Voodoo, Umbanda, Macumba, Santería und …«

Sein Blick flog zu der zerknüllten Zeichnung. *Denk nicht einmal an sie. Vergiss die Frau! Das ist besser für dich. Und für sie.*

Er riss das Blatt entzwei. *Na siehst du, es hat gar nicht wehgetan.*

Oh doch, das hatte es.

Aus dem Zwielicht der Frühstunde schälte sich der neue Tag, der wolkenverhangen und morgenmuffelig durch das Fenster lugte. Nach dem Hin und Her der letzten Wochen hatte das Wetter endgültig beschlossen, sich auf Herbst umzustellen, und brachte Kälte, Wind und Regen mit sich.

Zum Mittag hin schwirrte Finn nur so der Kopf von exotischen Namen und der Fülle von Informationen. Aber nun hatte er ein beachtliches Oya-Dossier zusammengestellt und beschloss, Linnea aufzusuchen. Vielleicht würde es ihm gelingen, sie dadurch abzulenken, dass er so eifrig an ihren Auftrag heranging. Denn er hatte keine Ahnung, wie er Ylva vor dem Zorn der Königin schützen sollte. Und Kilian war tot, konnte keinen Plan mehr entwerfen, der funktionierte.

Finn packte die Papiere zusammen und verließ die Wohnung. Der Weg zur Bushaltestelle führte ihn an den Garagen vorbei und an einem Spielplatz, auf dem ein paar Kids Ticken spielten. Ihm entgegen kam ein Grüppchen Jugendlicher, die Schulter an Schulter marschierten und nicht die leisesten Anzeichen dafür zeigten, als würden sie irgendjemandem Platz machen wollen. So war es Finn, der auf den mit Hundekot und Müll übersäten Rasen ausweichen und das Gegacker der Halbstarken über sich ergehen lassen musste.

»Was ist?«, knurrte er das grün oxidierte Frauengebilde an, das ihm seine unverhüllten Reize darbot. Die Liegende von Edgar Augustin. Finn kniff die Lippen zusammen. An Tagen wie diesem kam es ihm vor, als würde sie ihm ins Gesicht spucken: »Hier, ein bisschen Kultur für solche wie dich, die es sich nicht leisten können, ins Museum zu gehen.«

Zur Krönung durfte er die Rücklichter seines Busses beschimpfen. Letztendlich entschied er sich, zu Linnea zu Fuß zu gehen. Bis St. Pauli brauchte er circa zwei Stunden, Zeit genug, um den Kopf durchzulüften und sich abzureagieren. Abgesehen davon brannte er nicht sonderlich darauf, seine Königin zu sehen.

Kurz vor seinem Ziel bemerkte er vier oder fünf Metamorphe, die für die Sicherheit der Königin zuständig waren. Unter den vielen Menschen fielen sie kaum auf: ein Mann, der seinen Hund ausführte, eine Frau, die an einer Kreuzung so tat, als würde sie rauchen. Die Metamorphe warfen ihm misstrauische Blicke zu. Zu lange hatte er sich nicht im Pesthof gezeigt, und es kursierten sicherlich Gerüchte, er wäre abtrünnig geworden. Gerüchte, denen er nichts entgegensetzen konnte und wollte. Denn er hätte längst die Rolle eines Abtrünnigen auf sich genommen, wäre er nicht so feige gewesen.

Die Wachen ließen ihn durch, ohne sich ihm zu nähern. Letzteres hatten bestimmt ihre Seelentiere getan, von denen Finn allerdings nur eines hatte ausmachen können. Die Tiere würden ihm bis zu Linneas Wohnung folgen, bei dem kleinsten Verdacht bereit, anzugreifen.

Die Eingangstür stand offen, die Treppe war frisch gewischt, und noch hing der Geruch des Reinigungsmittels in der Luft. Linnea nahm ihren Job als Putzfrau ernst, auch wenn er ihr bloß zur Tarnung diente, um jederzeit zu dem Raum mit den Versorgungsanschlüssen des Gebäudes zu gelangen. Dort im Keller nahm der Gang, den Linnea zum Pesthof angelegt hatte, seinen Anfang.

Ihre Wohnung befand sich im Erdgeschoss. Über dem Klingelknopf prangte kein Schild, sondern ein Pflaster, auf das sie mit einem Kugelschreiber ihren Namen geschmiert hatte: Andersen.

Finn klingelte. Es dauerte etwas, bis seine Königin ihm öffnete. Sie trug einen lässig gebundenen Kimono aus Seide, und er fragte sich, ob er nicht lieber später wiederkommen sollte. Doch sie erlaubte keine Widerrede und bedeutete ihm mit einem Wink einzutreten.

Bereits im Flur, der als Schleuse zu den weiteren Räumlichkeiten diente, war die Luft schwül und bleiern. Während Finn die Schuhe auszog, verschwand Linnea im Wohnzimmer. Er folgte ihr auf Socken und tauchte in eine Nachahmung eines Tropenwaldes ein.

Der Rindenmulch, mit dem die Hälfte des Bodens bedeckt war, fühlte sich seltsam an unter seinen Fußsohlen. Linnea bestreute die andere Hälfte mit einer dicken Sandschicht – heute war wohl überall Putztag. Aufgetürmte Steine an der Wand ahmten eine Höhlenlandschaft nach, ein Springbrunnen mit einem Miniatur-See bildete eine Tränke. In den Zimmerecken spendeten Sprühdüsen Feuchtigkeit, und die leistungsstarken Wärmestrahler an der Decke sorgten für die unerträglich tropischen Temperaturen.

Finn entdeckte Linneas Liebling auf einem Ast, der von einer Wand in den Raum ragte. Nach dem Besuch in Hermanns Haus war das Tier zu seinem Frauchen zurückgekrochen. Die Schlange hob den Kopf, züngelte und musterte ihn aus kalten Augen.

Er schüttelte sich innerlich vor Unbehagen. Die letzten Tage hatte die Schlange ihn beobachtet, als wäre er ein Kaninchen, das sie verspeisen wollte. Unsichtbar hatte sie ihn auf Schritt und Tritt begleitet. Was wusste sie, fragte er sich, und wie viel davon bekam Linnea mit? Wenn die Königin von seiner Zuneigung zu Alba erfahren sollte, schwebte das Mädchen in Gefahr. Deshalb war er vom Dachboden geflohen, damit der kriechende Spion nicht bemerkte, wie gern er Albas Gesellschaft hatte.

Linnea beachtete ihn nicht. Sie verteilte den Sand bis in die letzte Ecke, schnürte den Sack zu und trug ihn in eine Abstellkammer. Dann klopfte sie ihren Kimono ab und setzte sich unter eine Palme. Die feuchte Seide klebte an ihrem Körper und ließ den straffen Busen und die hervorstehenden Brustwarzen erahnen. Ihre Haut glänzte, am Haaransatz perlte der Schweiß.

Sie tauchte ihre Hand in den Miniatur-See und wischte sich über die Stirn. Die Tropfen rannen an ihrem Hals herunter und verschwanden im Ausschnitt.

»Was hast du für mich?«, raunte sie Finn zu, sichtlich amüsiert über sein unwillkürliches Gaffen.

Er setzte sich zu ihr auf den Boden. Die schwüle Luft lähmte seine Gedanken, und er musste sich sammeln, um auf das Thema zu kommen. »Es geht um Oya. Ich habe einiges zusammengetragen.«

»Ich bin ganz Ohr.« Sie neigte den Kopf und flocht ihr Haar zu einem losen Zopf. Glücklicherweise versuchte sie nicht, ihn wieder unter ihren Einfluss zu bringen, vermutlich in dem Glauben, die Wirkung ihrer letzten Machtdemonstration hielte noch an.

»Sie ist eine Elementargöttin, eine der Orishas, die zwischen den Menschen und dem Olorun, dem allmächtigen Gott der Yoruba, vermitteln«, begann Finn und hoffte, damit seine Unsicherheit zu übertünchen. Denn jetzt starrten nicht nur die Schlangenaugen ihn an, sondern auch Linnea, die ihm noch einiges mehr an Furcht einflößte. »Seine Kraft ist so stark, dass niemand sich an ihn direkt wenden darf, um von seiner Macht nicht zerschmettert zu werden. Oya ist die Göttin der Wirbel- und Regenstürme und die Gebieterin über den Fluss Niger. Ursprünglich soll sie über Meere geherrscht haben, aber Yemaya, eine andere Göttin, soll sie hinterlistig zu einem Tausch bewegt haben. Nun bewacht Oya die Schwelle zur Totenwelt.«

»Totenwelt? Interessant.« Linnea legte sich auf die Seite und stützte sich mit dem Ellbogen ab. Der Kimono rutschte ihr von der Schulter und entblößte die blasse Haut, die fast durchscheinend wirkte. Wollte sie ihn verführen? Oder war es einfach nur ein Spiel, das sie vor Langeweile mit ihm trieb, um zu sehen, wie er auf ihre Reize reagieren würde?

»Sie liebt Tänze, ganz besonders Kriegstänze«, fuhr Finn standhaft fort, »ist sehr sprachgewandt und Frauen wohlgesonnen. Allerdings ist sie von cholerischem Gemüt und neigt zu Wutausbrüchen. Man sagt, sie verkörpert den puren weiblichen Zorn, fühlt sich aber zu starken Männern hingezogen.«

»Zu starken Männern hingezogen …« Linnea schlug die Augen nieder. Ihre Brust hob und senkte sich schneller. »Ich bin so einsam, Finn. Wenn du nur wüsstest, wie einsam ich bin!«

Die Worte trafen ihn so unvorbereitet, dass er unwillkürlich japste. »Was?«

Sie drehte sich auf den Rücken und legte den Kopf in seinen Schoß. Er wagte es nicht, sich zu rühren, als wäre sie eine reißende Bestie, die ihn jeden Moment zerfetzen wollte.

»Ich weiß nicht, warum ich dir das erzähle«, schnurrte sie und strich mit der Hand über seinen Oberschenkel. »Du bist irgendwie anders, weißt du das? Zuerst denkt man, du wärst einfach nur ein Witzbold, der das Leben auf die leichte Schulter nimmt …«

»Na danke«, entfuhr es ihm.

»… aber dann merkt man, dass unter der Maske der Unbeschwertheit mehr steckt.« Sie drehte sich und fuhr ihm mit dem Daumen über die Lippen. »Wir sind einander ähnlich, nicht wahr? Ich habe dich beobachtet. Wenn du denkst, allein zu sein, wirkst du sehr traurig. Welche Bürde trägst du mit dir herum?«

Die Luft füllte seine Lunge wie flüssiges Blei. Er hob Linneas Kopf von seinem Schoß, legte ihn vorsichtig auf dem warmen Sand ab, stand auf und machte instinktiv einige Schritte rückwärts, um einen Abstand zwischen Linnea und sich zu bringen.

Sie wandte sich auf den Bauch. Ihr entrüsteter Blick schien ihn aufzuspießen.

»Meine Beine sind eingeschlafen«, murmelte er und wusste selbst, wie dämlich die Ausrede klang.

Ihre Augenbrauen zogen sich zusammen, bildeten eine einzige dünne Linie. »Ich habe schon so viel für die

Gemeinschaft getan, warum darf nicht auch ich glücklich sein? Ich habe meine Untertanen nach Hamburg geführt, die hiesige Königin besiegt und meinen Leuten ein sicheres Leben geschenkt. Bis vor kurzem haben sogar die Totenküsser es nicht gewagt, uns offen anzugreifen. Wir waren stark und sind es immer noch, auch wenn wir Verluste erlitten haben.« Sie vergrub das Gesicht in den Händen. »Ich bin es müde zu kämpfen. Verstehst du?«

»Wie könnte ich?«, entgegnete er betont demütig, um den Anschein der Ergebungsbereitschaft zu wahren.

»Wie könntest du!«, seufzte sie und befahl ihm mit einer Geste, fortzufahren.

Mit Freude ergriff er die Gelegenheit, das Gespräch in sicherere Gewässer zu lenken. »Nun, Oya ist sprachgewandt und kann so gut wie jeden mit der Macht der Worte überzeugen. Sie verkörpert Leidenschaft. Man bezeichnet die Neun als ihre Zahl, ihre Farbe ist Weinrot, ihre Symbole sind Spirale und Punkte.«

Linnea hob den Kopf, und ihr Ton wurde eine Spur kühler. »Man? Was interessiert mich, was ›man‹ sagt! Was meint Hermann Herzhoff dazu?«

»Zu ihm komme ich gleich. Er hat äußerst interessante Ansichten, was Götter angeht.« Finn betrachtete, um nicht Linnea ansehen zu müssen, einige Mäuse, die über den Rindenmulch hüpften und um Efeuranken in einer Ecke wuselten. Dann fiel ein Schleier vor seine Augen, und er nahm bloß noch helle und dunkle Flecken wahr.

»Interessante Ansichten? Dass die Mächtigen – oder wie die Menschenbrut sie nennt: Hexen – in Wirklichkeit Götter des Altertums sind?« Linnea winkte ab. »Du weißt wirklich noch zu wenig über unsere Welt. Als die Menschen aufhörten, an sie zu glauben, verloren die alten Götter ihre Macht. Einige schliefen ein, die anderen kamen auf die Erde. Um hier weiterexistieren zu können, müssen sie in Menschenkörpern leben und deren Seele töten.«

»Ich dachte immer, eine Seele wäre unsterblich.«

Seine Sehschärfe kehrte zurück, hundertfach stärker als zuvor, und Finn registrierte die Beute. Nein, nicht die seine, aber einen Leckerbissen für den Rotmilan. Eine Maus entfernte sich von ihrem Grüppchen und hopste unter den Ast, auf dem Smaragda ruhte. Die Schlange züngelte, ließ sich ein Stück vom Ast herab und schmeckte die Luft. Auch sie witterte das Opfer. Finn hatte nicht vor, es ihr streitig zu machen.

»Im Prinzip schon«, antwortete Linnea, »aber sie wird vertrieben, aufgelöst. Doch du bist hier nicht, um Nachhilfe im Fach Weltordnung zu bekommen. Was hat Hermann über Oya geschrieben?«

»Hermann Herzhoff hatte wohl eine Vorliebe für alle Götter, die irgendeine Verbindung zum Totenreich besaßen.«

Linnea verdrehte die Augen. »Wen wundert's?«

Die Schlange erreichte den Boden und kroch, immer noch züngelnd, auf die Maus zu, die den sich anschleichenden Tod nicht bemerkte. *Lauf fort,* beschwor Finn den Nager und schnippte ein Stück Rinde nach ihm. Doch sein Wurfgeschoss war zu leicht, um das Tier zu erreichen.

»Anscheinend hat ihn Kali viel mehr interessiert«, sagte er weiter, ohne sich von der Maus und der Schlange abzuwenden. »Doch er hat einst versucht, auch mit Oya in Kontakt zu treten. Auf dem Dachboden habe ich Trommeln gesehen, und in den Notizen stand, er spielte damit den Oya-Rhythmus, um sich in Trance zu versetzen und mit der Göttin zu kommunizieren. Dafür hätte sie in seinen Körper fahren, ihn als eine Art Medium benutzen müssen. Doch was daraus geworden ist, weiß ich nicht.«

»Was für ein Narr! Ich wundere mich, dass ihm nicht früher schon eine Mächtige den Garaus gemacht hat. Niemand darf eine Gottheit belästigen, und wenn sie zu einem kommt, dann erwartet man keine Gnade.« Die letzten Worte sprach sie kaum hörbar, als fürchtete sie sich selbst vor dem Zorn einer Hexe.

Finn hob eine Augenbraue. »Eine Mächtige hat den alten Professor umgebracht?«

»Du stellst zu viele Fragen. Es gibt Dinge, die dich nichts angehen«, wies sie ihn zurecht. Es verunsicherte ihn, wie herrisch ihre Stimme klang. Keine Spur mehr von ihrer kürzlichen Anhänglichkeit.

Einem Blitz ähnlich schnellte die Schlange auf die Maus zu und stieß die Giftzähne tief in das Fleisch des Tieres. Schrill fiepte der Nager auf, und sein Körper begann zu krampfen, während sich das Gift mit jedem

Herzschlag weiter durch seine Adern verbreitete. Der Kampf um Leben und Tod dauerte nicht lange an, und der Tod gewann. Nach einem letzten Spasmus streckte sich das Tier aus, und sein Darm entleerte sich auf ein Efeublatt. Finn wünschte sich, er müsste all das nicht so deutlich sehen, aber seine Augen hatten sich für heute endgültig auf die Sicht eines Greifvogels eingestellt.

Die Schlange züngelte über den bewegungslosen Körper, dann hängte sie ihren Unterkiefer aus und stülpte sich über ihren Leckerbissen. Wie ein Strumpf zog sie sich über die Beute, schob zuerst den linken, dann den rechten Mundwinkel weiter, bis nur noch die Schwanzspitze aus dem Maul herausragte. Mit der nächsten Muskelkontraktion war auch die verschwunden.

»Faszinierend, nicht wahr? Diese Grazie, diese Selbstsicherheit bei der Jagd – ich werde es nie müde, Smaragda dabei zu beobachten.« Linnea lächelte Finn an, und ihre blassgrünen Augen glitzerten auf. Es kam ihm vor, als würde sie sich gleich – wie ihr Liebling sich zuvor auf die Beute – auf ihn stürzen und ihr Gift in seine Adern spritzen, um sich an seinen Todeskrämpfen zu ergötzen.

Die anderen Mäuse waren bei dem Todesschrei ihres Gefährten zusammengeschreckt, doch schon in der nächsten Sekunde wuselten sie unbeeindruckt weiter, während die Schlange sich das nächste Opfer aussuchte.

Finns Nacken kribbelte verräterisch. In der Gemeinde fühlte er sich stets wie eine solche Maus. Wann würde er ins Visier der Schlange geraten?

Dann spürte er Hände an seinem Hals. Linnea war an ihn herangetreten und streichelte ihn. Er versuchte, sich ihr zu entziehen, doch sie packte ihn am Haar und hielt seinen Kopf fest. »Du hast gute Arbeit geleistet und mir wichtige Informationen gebracht. Dennoch bin ich etwas beunruhigt.«

»Warum?«

»Dieses Mädchen auf dem Dachboden – muss ich mir Sorgen machen?«

Ihm rutschte das Herz in die Hosentasche. War Linneas Geist in der Schlange gewesen, als er mit Alba die Kartons durchsuchte? Hatte die Königin doch etwas bemerkt?

»Nein, musst du nicht«, antwortete er schnell. Vielleicht zu schnell.

Sie zerrte an seinem Haar und brachte sein Gesicht nah vor das ihre. »Vergiss nicht, wem du gehörst, Finn. Ich werde keinem Weibsstück erlauben, dich mir zu nehmen. Eine Menschenfrau bringt einem wie dir nichts als Unglück. Oder hat Kilian dir etwa nicht von Sebastian erzählt?« Plötzlich ließ sie ihn los und strich ihm den Pony beiseite. »Und ich kann doch nicht erlauben, dass meine Schützlinge wegen irgendeines dahergelaufenen Flittchens leiden. Wenn nötig, räume ich den Störenfried aus dem Weg.«

»Das ist nicht nötig«, erwiderte Finn, und sein Ton ähnelte einem Krächzen. »Dieses Mädchen … bedeutet mir nichts. Ich habe es nur benutzt, um an die Notizen des Professors zu gelangen.«

»Braver Junge.« Sie umschloss mit beiden Händen seine Wangen und küsste ihn. Ihre Zunge drang in seinen Mund, und er glaubte, daran zu ersticken.

Finn wusste nicht, wie er aus der Wohnung geflohen war. Wieder richtig zu sich kam er erst auf der Straße. Den Kragen seiner Jacke hochgestellt, eilte er davon. Linneas Kuss schien noch an seinen Lippen zu kleben, und er würgte, sobald er daran dachte. Fort, er musste fort von hier. Jeder Wahnsinn, der ihn befallen sollte, jede Klapsmühle kam ihm erträglicher vor als sein jetziges Dasein, da er Linneas Launen ausgeliefert war.

Erst nach einer Weile verlangsamte er seinen Schritt. Mit der Entscheidung, die Gemeinde zu verlassen – gleich heute! –, atmete er auf. Noch konnte er kämpfen, vielleicht würde es ihm gelingen, sein Schicksal zu wenden. Nur durfte er sich nicht aufgeben.

Er dachte an Kilian und an das wenige, was sein Mentor ihm beigebracht hatte.

Deine Mutter hätte dich als einen Anwärter vorbereiten müssen, hatte der erfahrene Metamorph ihm einst gesagt. Zu den Anwärtern zählten diejenigen, die noch keine Verbindung mit ihrem Seelentier eingegangen waren, nicht von der Königin initiiert waren und somit noch nicht fest zu der Gemeinde zählten. Die Eltern brachten ihren Sprösslingen alles Nötige bei, wie sie ihre Seelentiere finden sollten und wie sie die Verschmelzungen steuern konnten, ohne in Wahnsinn zu verfallen. Die seinen hatten es versäumt. Doch noch blieb ihm Hoffnung. Vielleicht hatte seine Oma früher der Gemeinde angehört? Vielleicht wusste sie, wie er sich gegen die Königin wehren und allein zurechtfinden konnte? Er musste sie aufsuchen. Hoffentlich würde sie ihm nicht die kalte Schulter zeigen, denn er konnte sich nicht daran erinnern, wann er sie das letzte Mal besucht hatte. Kaum hatte er den Entschluss gefasst, machte er sich auf den Weg zu ihr.

Mit einem müden Ächzen spuckte der Bus der Linie 112 ihn an der Endhaltestelle in Övelgönne aus. Kleine Häuschen und verglaste, modern wirkende Gebäude zierten hier die Landschaft. Der kalte Wind sauste durch die Äste der Bäume und riss die Blätter, die sich bunt zu färben begannen, von den Zweigen. Über den Himmel schlichen zinnfarbene Wolken, in denen sich wieder der Regen sammelte, vereinzelte Möwen kreisten über der Elbe. Vom Hafen am anderen Ufer tönte das metallische Gerumpel herüber, da die Kräne die Container abluden. Eine gelbe Barkasse mit Werbung zu dem Musical »Der König der Löwen« fuhr vorbei.

Finn versteckte seine klammen Hände in den Taschen der Jacke und stampfte durch die Pfützen, den Blick starr auf seine Füße gerichtet. Durch die Löcher in seinen Sneakers sickerte das Wasser hinein.

Keine Menschenseele begegnete ihm. Umso mehr überraschte es ihn, als eine Gestalt hinter einer Hausecke hervorsprang.

Finn schreckte zusammen. »Ylvi! Oh Gott, geh weg.

Du darfst dich nicht zeigen, verstehst du? Linnea will dich töten.«

Die junge Frau unterbrach ihn mit einem Fauchen. Ihre Hand schnellte vor, und sie packte ihn am Gürtel, wie zuvor in seiner Wohnung. Die Ratte auf ihrer Schulter schnupperte aufgeregt.

»Hör endlich auf damit!«, schrie er das Mädchen an, viel ruppiger, als er eigentlich beabsichtigt hatte.

Ylva jaulte und zischte aufgeregt, griff nach seinem Ärmel und schüttelte ihn. Aber das war es nicht, was ihn veranlasste, ihr zu folgen. Ein Kribbeln breitete sich auf seinen Armen aus, wie von Ameisen. Er versuchte, es zu ignorieren, an alles Mögliche zu denken, bloß nicht an dieses Kitzeln. Manchmal half die Ablenkung. Aber heute nicht.

Das Gefühl drang ihm unter die Haut, und bald kam es ihm vor, als würden Sektbläschen durch seine Blutbahnen rauschen. Die Fingerspitzen prickelten, dann wurden sie taub.

Oh nein, alles, nur keine Verschmelzung, betete er insgeheim. Sein Körper brannte wie im Fieber. Er lehnte sich an eine Wand und rutschte zu Boden. Mit allen Sinnen kämpfte er gegen das sich anbahnende Unheil. Doch vergebens. Bald konnte er seine Hände nicht mehr spüren, während die Taubheit sich immer weiter ausbreitete. Finn stöhnte und klappte vornüber zusammen. Sein Gesicht fiel in eine Pfütze, und er schluckte das schmutzige Wasser, in dem er die Auswürfe der Millionenstadt beinahe schmeckte.

Das wird gleich vorbei sein, redete er sich ein. *Ich bin stärker. Ich kann es aufhalten.*

Aber der Vorgang war zu weit fortgeschritten. Das Kribbeln erreichte seinen Kopf. Er spürte, wie sein Geist flatterte und sich an den Körper klammerte.

Finn versuchte, sich an der Realität festzuhalten. Er musste sich anstrengen, um den Kopf zu heben und in Ylvas Augen zu schauen, die ihn mitleidig beobachteten. Dann verschwamm ihr Gesicht wie in einem Nebel. Er wusste nicht, wann er in seinen menschlichen Leib zurückgelangen, oder im Rotmilan geistig so gestärkt sein würde, um bewusst zu agieren. Manchmal vergingen Tage dabei.

Sein Körper wurde immer steifer. Finn zählte seine Herzschläge, bis er zu atmen aufhörte. Das Letzte, was er spürte, war die gewaltige Macht, die ihn aus seiner menschlichen Hülle riss.

Kapitel 9

Linnea ging in ihrem Wohnzimmer auf und ab, auf der Flucht vor sich selbst, in der Befürchtung, innerlich zu verbrennen, sobald sie haltmachen würde. Sie achtete nicht darauf, wie der Rindenmulch, der an ihren Fußsohlen klebte, in den Sand gelangte und die festen Tritte den Sand auf dem Rindenmulch verstreuten, so dass die Grenze zwischen den zwei Bereichen immer fließender wurde. Das Verlangen brodelte in ihr, beherrschte und lenkte sie. Ihr Herz schien zu kochen, pumpte das Blut durch ihre Adern und jagte Hitzewallungen durch ihren Körper. Es war der zweite Tag von etwa insgesamt sieben, und sie konnte es jetzt kaum noch ertragen.

Sie brauchte einen Mann.

Natürlich keinen von dem Menschenabschaum, sondern einen Metamorph, dessen Leidenschaft ihre innere Glut bezwingen sollte. Linnea schloss die Augen, stöhnte und kaute an den Lippen, bis sie Blut schmeckte. Oh, wie sehr sie ihn brauchte! Sie würde ihn verführen und alles von ihm nehmen, ihn völlig auszehren – denn nur das konnte ihre Gier stillen. Und nicht nur die Gier.

Denn solange sie mit ihm schlafen würde, würde sie ein anderes Gesicht vor sich sehen. Ein Gesicht, dessen Züge sie wie ihr Augenlicht vermisste. Conrad Wensley. Für wenige, bittersüße Minuten würde sie tatsächlich glauben, ihren toten Geliebten in den Armen zu halten. Sie würde sich seine Berührungen, seinen Duft nach exotischen Pflanzen und seine Stimme einbilden, bis die Realität sie wieder einholte.

Linnea verfluchte sich für ihre Sehnsucht, für die Schwäche ihres Geistes und ihres Körpers. Wenn die Zeit kam, mutierte sie zu einer läufigen Katze und führte sich auch so auf, ohne imstande zu sein, etwas gegen die Triebe zu unternehmen, die in ihren Genen stärker als in denen der anderen Metamorphen programmiert waren.

Diese verfluchte List der Natur, die die Linie der Königin sichern sollte, ließ die Hormone in ihr verrückt spielen. Denn ohne eine Königin konnte die Gemeinde nicht existieren. Sie musste eine Nachfolgerin hervorbringen und diese mit einem Partner an ihrer Seite ausbilden.

Doch die Genetik und das Erbe hatten ihre Rechnung ohne Linnea und Antibabypillen gemacht. Ein Kind zeugen? So weit kam es noch. Es reichte, wenn das erste ihr stets in die Quere kam und sie es trotz aller Bemühungen nicht auslöschen konnte. Und einen festen Partner an ihrer Seite würde sie genauso wenig dulden. Denn keiner von ihnen konnte ihr Conrad ersetzen. Dumm nur, dass die Paarung ein Bündnis bis zum Tod bedeutete. Wie viele Metamorphe mussten deswegen ihr Leben lassen, nachdem Linnea mit ihnen das Lager geteilt hatte!

Diesmal würde es nicht anders verlaufen. Sie dachte an Finn, lenkte ihr Verlangen auf ihn. Warum nicht? Linnea wollte den jungen Metamorph verführen, es ihm irgendwie leichter machen, aber er blieb zu seinem Unglück stoisch. Nun musste sie ihn zur Paarung zwingen. Er tat ihr leid, gab sie insgeheim zu, und bemühte sich, ihre Gewissensbisse verstummen zu lassen.

Die Gedanken an Finn brachten etwas Ruhe in ihr aufgewühltes Gemüt. Es würden erfüllende Tage mit ihm sein, voller Lust und Leidenschaft. Dass er danach sein Leben lassen musste – daran zu denken, verbat sie sich. Sie würde es ihm schön machen, schnell und schmerzlos. Immerhin traf es keinen erfahrenen Jäger – solch ein Verlust wäre für die ganze Gemeinschaft um einiges schwerer zu verkraften.

Das plötzliche Klingeln an der Tür durchdrang selbst die letzte Faser ihres Körpers. Es war kein gewöhnliches Klingeln, sondern der Ton wurde begleitet von einem Trommelwirbel, dessen Vibrieren Linnea in dem Boden unter ihren Füßen eher wahrnahm als den Schall. Sie schmunzelte. War Finn zurückgekommen? Die Erregung, die sie bei dem Gedanken ergriff, war ihr peinlich. Sie führte sich auf wie ein verliebter Teenager – ein bisschen mehr sollte sie sich doch trotz aller Hormone unter Kontrolle haben.

Kaum dass sie aufgeschlossen hatte, machte sich Enttäuschung in ihr breit.

»Micaela.« Sie wollte die Jägerin nicht sehen, zumindest nicht in dem Zustand, in dem sie sich befand. Aber sie konnte die Frau auch nicht davonjagen.

Linnea ließ sie in den Flur, aber nicht ins Wohnzimmer. In den Tagen ihrer Gelüste musste sie alle Besuche abkürzen, denn sie konnte es sich nicht erlauben, den anderen ihre Schwäche zu zeigen. Und sie musste sehr auf ihre Tonlage achten, um den Kampf mit der inneren Zerrissenheit nicht preiszugeben, deshalb sagte sie kurz angebunden: »Was gibt's?«

Die Frau brachte den Geruch von Abgasen und welkender Natur mit sich, als wolle der Herbst seinen Einzug auch in dieser Wohnung feiern. Die Katze verbarg sich hinter den Beinen ihres Frauchens und zuckte mit der Schwanzspitze. Das Tier stank nach nassem Fell. Linnea rümpfte die Nase, obwohl sie nicht damit roch, sondern indem sie züngelte. Seltsam, in Finns Gesellschaft hatte sie nichts außer seinem Duft wahrgenommen, als wären alle anderen Gerüche davon überlagert worden.

»Ich weiß, wem die Gürtelschnalle gehört.«

»Mh.« Linnea nickte zerstreut.

Micaela trat vor. Ihre Stimme bebte, sei es vor Aufregung, sei es vor Ärger über die Nichtbeachtung. »Ich kenne den Namen des Verräters! Ich habe ihn herausgefunden!«

Ihre Katze sprang auf die Kommode und brachte darauf eine Kristallschale zum Wackeln.

»Ich höre.« Linnea stieß das Tier herunter. Es fauchte. Sie benötigte nur einen Blick, um es zu bezwingen und zur Ruhe zu bringen. Und sie genoss es, den Willen des Tieres zu brechen, denn dieser Kraftakt löste die Spannungen in ihr. Die Katze miaute, machte sich klein zum Zeichen ihrer Ergebung.

Micaela schluckte hörbar. Die Gewalt über ihr Seelentier hinterließ auch bei ihr Spuren. Doch sie nahm es hin wie ihre bezwungene Katze und stieß nicht einmal einen Laut der Gegenwehr aus. Stattdessen streckte sie den Arm und öffnete ihre Handfläche, auf der die Schnalle lag.

»Finn.«

Der Name fiel wie ein Felsbrocken in die Stille.

»Nein!«, hauchte Linnea, ehe sie sich zurückhalten konnte. Die Kraft wich aus ihren Beinen, und sie hielt sich an der Kommode fest. *Nicht du, Finn, bitte – nicht du!*

»Doch.« Micaela warf die Gürtelschnalle auf das Möbelstück. Es schlitterte über die Oberfläche und blieb mit einem Klacken an der Wand liegen. Versteinert beobachtete Linnea, wie das kleine Ding schaukelte, bis es zur Ruhe kam. Micaelas Wärme haftete noch an dem Metall, das allmählich von Gelb zu Grün abkühlte.

In der letzten Zeit hatte Linnea viele Enttäuschungen erlebt, doch diese tat ihr besonders weh. Weil sie den Verräter trotz allem begehrte, unfähig, gegen ihre Natur anzugehen.

»Verdammt.« Sie legte ihre Hand auf die Schnalle und

befühlte das Metall, das ihr kühler vorkam, als es war. Sie presste ihre Lippen aufeinander, bis diese taub wurden.

Warum? Warum dieser Verrat?

Linnea wusste nicht, ob sie es ausgesprochen hatte oder nicht. Die Frage kreiste in ihrem Kopf wie ein Geier. Egal, wie sie es drehte und wendete: Es passte zusammen. Er war der Einzige, der während des Kampfes gefehlt, sich der Gemeinde zu entziehen versucht und sich eine Woche vor dem Angriff mit Kilian herumgetrieben hatte. Was hatte sie bloß falsch gemacht, dass in der letzten Zeit so viele der Gemeinschaft den Rücken kehrten? Sebastian, Kilian und nun – Finn? Verlor sie die Macht über ihre Untertanen? Das durfte nicht geschehen. Nicht nach allem, was sie dafür getan hatte, ihre Gemeinde zu erweitern. Ihr Blick bohrte sich in Micaelas Gestalt, der Duft, der jeden Willen zu brechen vermochte, reizte Linneas zwischen den Lippen ausstreckte Zungenspitze.

Sie ballte die Faust um die Schnalle, so dass die Kanten sich in ihre Haut bohrten. »Bringe ihn mir her. Lebend, samt seinem Seelentier. Sein Schicksal soll eine Lehre für alle sein, die mit dem Gedanken spielen, mich zu hintergehen.«

Micaela verneigte sich, von dem Duft bezwungen. »Jawohl, meine Königin.«

Linnea machte eine abweisende Geste, die das Ende der Audienz bedeutete, doch die Jägerin stand immer noch da. »Was wird mit ihm geschehen?«

»Das wirst du früh genug erfahren. Alle werden es erfahren. Und ich verspreche dir, so bald werden sie es nicht mehr vergessen. Und jetzt geh! Du hast einen Auftrag zu erledigen. Verschwinde.«

»Ja, verzeih mir.« Micaela klang verstimmt. Die Frau erwartete Anerkennung und Lob, doch im Moment war Linnea dazu nicht aufgelegt. Zu tief saß der Schmerz, zu sehr nagte der hinterhältige Verrat an ihrer Seele.

Micaela entfernte sich.

Linnea musste einige Atemzüge machen, um ihr Gedankenchaos zu bezwingen. Es irritierte sie, einen Mann so zu begehren und ihn gleichzeitig zu verabscheuen. Die Gelüste leckten an ihrem Inneren wie Flammen. Sie untersagte es sich, an ihn zu denken, konnte aber nicht anders. Sie wollte ihn besitzen, mit Haut und Haar, sie gierte nach seiner Nähe und seiner Zuneigung.

Es war nicht auszuhalten.

Linnea öffnete eine Schublade der Kommode, krallte ihre Finger hinein und schob die Lade mit ganzer Kraft zu. Der Schmerz ließ sie aufschreien. Unkontrolliert liefen Tränen ihre Wangen hinunter. Ihre Beine knickten ein, so gab sie sich der Schwerkraft hin und sackte zu Boden. Die verletzten Finger pochten, und die kleinste Bewegung brachte Qualen. Doch auch Erleichterung – ihre Gelüste machten der Schmerzbewältigung Platz.

Linnea schluchzte, schloss die Lider, unter denen noch immer Tränen hervorquollen, und lehnte den Kopf gegen die Kommodenwand.

Dann begriff sie: Sie war nicht mehr allein.

Ihr Körper spannte sich an wie der Smaragdas kurz vor dem Zuschnappen, wenn die Schlange ihre Beute jagte. Sie hatte nicht gehört, wie jemand zu ihr gekommen war, sie hatte keine Erschütterungen gespürt durch Schritte. Aber es stand dennoch jemand neben ihr, das wusste sie. Und ihre Kampfposition zählte nicht zu den besten: ohne Waffen, mit einer verletzten Hand, das Seelentier im Wohnzimmer hinter einer geschlossenen Tür.

Linnea hob den Kopf und sah die Frau, die an der Wand gegenüber lehnte, einen Teller in der Hand hielt und die Scheiben irgendeiner Frucht aß. Der süßliche, exotische Duft strömte Linnea in den Mund.

»Oya?«, flüsterte sie. Beim Anblick der Mächtigen schnürte die Angst ihr die Kehle zu. Nicht einmal der Schmerz in der Hand konnte die Panik vertreiben. Zu viele schreckliche Geschichten kursierten über die Hexen – ihr Auftauchen brachte nur Unglück. Ihre Namen laut auszusprechen war verboten.

Was wollte die Hexe von ihr? Letztes Mal war sie verschwunden, noch bevor Linnea etwas in Erfahrung bringen konnte.

Die Frau schob sich ein Fruchtstück zwischen die Lippen und stöhnte auf. »Mhhh. Papaya – wahrhaft göttlich! Auch ein Stück?«

Linnea schüttelte den Kopf. Mit der unverletzten Hand tastete sie nach der oberen Kante der Kommode und zog sich auf die Beine.

»Wie bist du in meine Wohnung gekommen?« Sie

bemühte sich höflich, aber nicht unterwürfig zu klingen. Gleichzeitig musste sie bei jedem Wort abwägen, ob es die Göttin nicht erzürnte.

»Süße, ich bin eine Hexe.« Die kehlige Stimme schien den gesamten Flur auszufüllen, als wären es die Wände, die sprachen. »Das Schattenreich ist mir zu Diensten. Ich rufe den Nebel, trete ein und komme dort heraus, wo ich hin möchte. Zugegeben, man muss sich damit schon etwas auskennen – kommt man mitten in einer Wand heraus, könnte das unangenehm werden.«

Nach diesen Worten schwieg sie. Die Mächtige hatte es anscheinend nicht eilig, den Grund ihres Besuchs zu erklären. Linnea dagegen hatte keine Ewigkeit zum Warten. Zwar blieb sie dank ihres Seelentiers lange jung, aber ihr Leben war endlich. »Letztes Mal hast du gar nicht gesagt, was für ein Angebot du mir unterbreiten möchtest.«

»Richtig. Ich wollte mich erst einmal vorstellen und nicht sofort mit der Tür ins Haus fallen. Inzwischen hast du einiges über mich herausgefunden, nicht wahr?« Oya biss ins Fruchtfleisch, während sie sich hin und her wiegte, wie von einem Trommelrhythmus ergriffen. Ihre Bewegungen wirkten fremdartig, fast bizarr. »Kriegstänze, ich liebe Kriegstänze. Wenn du wüsstest, in welch eine Ekstase sie einen versetzen! Ach, wenn Yorubas Trommeln singen, kann ich nicht widerstehen.«

Linnea beobachtete einen Tropfen Saft – in ihrer Wahrnehmung intensiv blau –, der dickflüssig über das gelb leuchtende Gesicht der Hexe rann.

Abrupt hielt die Göttin inne. Ihr Ton wurde geschäftlich. »Nun, um auf unser Gespräch zurückzukommen: Ich mache mir Sorgen um unsere Welt. Sie ist herrenlos geblieben, und unter den Mächtigen herrschen Chaos und Verwirrung. Seit Kali fort ist, kümmert sich niemand mehr um die Ordnung der Dinge, und du kannst dir vielleicht vorstellen, dass man diese Angelegenheit nicht auf sich beruhen lassen sollte.«

»Kali ist fort? Wie meinst du das?« Linnea wusste nichts über die Hierarchien der Hexen, der Name Kali war ihr allerdings ein Begriff. Jene Gottheit, die für die Vernichtung und Erneuerung stand, die die Zeit beherrschte und über die Totenwelt wachte. Sie zerstörte, um Neues zu erschaffen, und säte Schrecken, um Erlösung zu schenken. Die Götter des Hinduismus zählten zu den mächtigsten, weil es viele Menschen gab, die mit ihrem Glauben ihre Existenz stärkten. Es wunderte Linnea keineswegs, wenn Kali zur Herrscherin über das Universum aufgestiegen war.

Oya machte eine abfällige Handbewegung. »Du hast sie doch kennengelernt und weißt, was – oder besser gesagt: wen – sie sich in den Kopf gesetzt hatte. Sie ist nicht mehr die, die wir lieben und fürchten gelernt haben. Sie wird nur von Gefühlen beherrscht. Gefühlen!« Das letzte Wort spuckte sie wie Galle aus. »Was für eine Schande.«

»Ich verstehe nicht …«, begann Linnea, doch dann kam die Erkenntnis, einem Hammerschlag gleich. »Moment – Evelyn ist Kali?«

Natürlich wusste sie, dass ihre Tochter und Erzfeindin eine Hexe war – die Vorstellung im Pesthof ließ keine Zweifel zu –, aber sie hätte es nie für möglich gehalten, dass es sich bei ihr ausgerechnet um eine der mächtigsten Göttinnen der Gegenwart handelte.

Ihr Mut stürzte ins Bodenlose, und sie sackte in sich zusammen. Gegen Kali konnte sie nicht gewinnen, was bedeutete: Die Nachzehrer waren unbesiegbar geworden. Und das, nachdem die Kreaturen auch vorher schon nur schwer auszurotten waren.

Ach komm, schalt sie sich grimmig, *hattest du im Ernst gehofft, eine Hexe – egal wie mächtig – bezwingen zu können?*

Ja, das hatte sie.

Aber wer war schon Kali gewachsen? Erst jetzt begriff Linnea den Sinn der Vision, die sie damals während des Kampfes gehabt hatte: Eine gewaltige Kreatur mit blauschwarzer Haut und sechs Armen, die auf den Leichen ihrer bezwungenen Feinde tanzte.

Oya legte den Kopf in den Nacken, und aus ihrer Kehle erklang ein Lachen. »Oh ja, die kleine Nachzehrerin ist in Wirklichkeit Kali. Oder das, was von unserer geliebten Kalima übrig geblieben ist.«

Benommen schüttelte Linnea den Kopf. »Aber wie ist das möglich?«

»Du weißt doch, dass wir Menschenkörper benötigen, um auf der Erde existieren zu können. Wenn wir das nicht tun, schlafen wir ein, aufgelöst im Schattenreich, wie diejenigen, die ihre Gläubigen verloren haben. Der Zeus der alten Griechen, der Camazotz der Maya – ein lustiger Geselle, der mit seinen Zähnen Köpfe abtrennte … Tja, die Liste derer, die im Schlaf der Ewigkeit versunken sind, ist lang. Wir, die anderen, sind gezwungen, in diese abscheulichen Fleischgefängnisse zu flüchten.« Sie strich mit einer Hand an sich herab. »Kali hat sich den Körper deiner Tochter genommen.«

»Und ihre Seele vernichtet«, murmelte Linnea.

»Im Normalfall hätte sie das getan, ja. Aber diesmal hat es nicht geklappt. Die Seele einer Nachzehrerin – oder wie ihr sie nennt: einer Totenküsserin – wird durch den Fluch unzerstörbar. Und diese Seele kämpft und lässt sich nicht bezwingen.«

»Aber Götter der Totenwelt können den Fluch erkennen. Schließlich sind sie es, die ihn auferlegen.«

»Das stimmt, aber auch diese Sache hat einen Haken. Wenn jemand den Fluch in sich trägt, aber noch nicht gestorben ist, um dann als Nachzehrer aus dem Sarg zu steigen, ist er von einem normalen Menschen nicht zu unterscheiden. Auch nicht für uns, denn wie du richtig bemerkt hast, sind wir Gebieter über die Totenwelt, und wer kein einziges Mal gestorben ist, ist nicht tot.«

Das ergab Sinn. Einen Totenküsser wahrzunehmen bedeutete für jeden Metamorph eine Herausforderung, und nur erfahrene Jäger konnten einen in einer Menschenmenge identifizieren. Aber jemanden zu erkennen, dessen Fluch sich noch nicht erfüllt hatte und der dementsprechend noch nicht untot war, lag im Bereich des Unmöglichen. Das war ärgerlich, denn einen Menschen mit einem Fluch konnte man viel einfacher erwischen als einen Nachzehrer mit seinen übersinnlichen Fähigkeiten. Evelyns Fluch hatte sich also erfüllt, als eine Mächtige in ihren Körper gefahren war. Was für ein unglückliches Zusammentreffen der Ereignisse.

»Kali ist nicht die Erste, die darauf reingefallen ist«, fuhr Oya fort, aber irgendwie glaubte Linnea ihr nicht, »und wird sicherlich nicht die Letzte sein. Diese Körpersache hat nun mal ihre Risiken und Nebenwirkungen.«

»Aber was genau ist dabei passiert? Wer ist nun in Evelyns Körper? Die Totenküsserin oder die Mächtige?«

»Keine von beiden. Die zwei Seelen sind miteinander verschmolzen und ergeben damit ein anderes, eigenständiges Wesen: ein wenig von einem Nachzehrer, ein wenig von einer Hexe, aber weder das eine noch das andere in vollem Maß. Ich schätze, sie weiß selbst noch nicht, welche Kräfte sie als Hexe besitzt. Ärgerlich nur, dass sie damit teilweise in die Belange dieser Welt eingreifen kann.«

»Also kann man sie bezwingen?«

»Du bist schnell von Begriff, das gefällt mir. Ja, ich will dir helfen, sie zu bezwingen, und ich sage dir, wie du es machen kannst. Jede Hexe fürchtet sich vor dem Feuer, denn die Flammen können uns in der Tat aus dieser Welt verbannen, uns die Kräfte aussaugen, bis wir in den Schlaf der Ewigkeit fallen. Normalerweise können wir den Körper wechseln, bevor das Feuer uns wirklich gefährlich werden kann. Doch Evelyn wird das nicht tun. Sie liebt diesen Nachzehrer und will bei ihm bleiben. Den Körper zu wechseln, kann sie sich nicht erlauben, denn dann käme er dahinter, was sie wirklich ist. Und ich glaube nicht, dass er mit einer Hexe kuscheln möchte.«

»Aber warum willst du sie beseitigen?«

»Die Ordnung der Welt, meine Liebe. Die Ordnung der Welt. Wenn Kali sich einen Scheißdreck um die Welt kümmert, muss den Job ein anderer übernehmen. Warum nicht ich? Es ist lange an der Zeit, dass sich einiges im Universum ändert. Zum Beispiel«, sie beugte sich vor, »finde ich es ungeheuerlich, dass du und deine Art sich vor der Menschenbrut verstecken müssen. Die Menschen halten sich für die Krönung der Schöpfung, aber haben sie die Welt verdient? Nein! Sie rotten alles aus, was sie berühren, sich selbst eingeschlossen. Alte Werte bedeuten ihnen nichts, und sie haben schon längst vergessen, wem sie all den Fortschritt und Wohlstand zu verdanken haben. Sie wenden sich von den alten Göttern ab, sobald sie sie nicht mehr brauchen. Es ist längst überfällig, dass jemand sie das Fürchten lehrt. Dass sie sich erinnern, aus welchem Dreck sie gekrochen kamen. Ich bin hier, um die Welt zu retten.«

»Und Kali steht deinem Plan im Weg«, mutmaßte Linnea.

»Sie hat ihn nie gebilligt. ›Störe nicht den Strom des Fortschritts‹, sagte sie immer, ›das Universum ist stets im Wandel.‹« Oya redete sich in Rage. Ihre Stimme donnerte und ließ alles ringsherum vibrieren. Ein trockener, heißer Wind erhob sich im Flur und fegte über die Dielen. »Das Alte hat ausgedient, das Neue wird es ersetzen. Sie spricht von uns, den Göttern des Altertums, wie von einem abgenutzten Handschuh. Pah!« Mit dem letzten Wort ging ein Kraftstoß von der Mächtigen aus. Die Kristallschale auf der Kommode zersprang, und die Splitter schossen in alle Richtungen. Obwohl Linnea ihre Arme hochriss, um ihr Gesicht zu schützen, ritzten ihr einige Scherben Wunden in Stirn und Wangen.

Oya verharrte. Der Wind legte sich. »Entschuldige. Es macht mich einfach rasend vor Wut!«

Finn hatte also Recht, als er behauptete, die Orisha neige zu Wutausbrüchen. Keine gute Voraussetzung für eine Herrscherin des Universums, aber war Kali so viel anders gewesen?

»Würden die anderen Götter nicht auch die Position einnehmen wollen?«

»Sicher. Aber mach dir darum keine Sorgen. Ich kann sehr überzeugend sein.«

»Du scheinst alles im Griff zu haben. Wozu brauchst du mich?«, sprach Linnea. Wie viel konnte schon eine Metamorphen-Königin in einem Gotteskrieg ausrichten? Und das mit einer Gemeinde, die nur eine Handvoll Mitglieder zählte.

»Ich sehe, wir werden uns verstehen. Kali soll nicht erfahren, dass ich hinter dem Plan stecke. Ich will ihr keine Chance geben, gegen mich vorzugehen, wenn der Anschlag auf ihr Leben misslingt.«

Ob das alles war? Linnea spürte, dass es noch einen

Grund geben musste. Einen Grund, den die Mächtige nicht verraten wollte.

»Hilf mir, sie zu vernichten. Und dein Schaden soll es nicht sein.« Oya lachte und bot ihr wieder von dem Teller an, den sie noch in der Hand hielt: »Bist du dir sicher, dass du kein Stück möchtest? Es ist nur noch eines übrig geblieben.«

Kapitel 10

Alba saß im Arbeitszimmer ihres Großvaters und versuchte, sich in seinen Notizen zurechtzufinden, wie schon seit Tagen. Allein seine Krakelschrift zu entziffern stellte eine Herausforderung dar. Am meisten hatte sie an den medizinischen Ausführungen zu knabbern. Teilweise kam es ihr vor, als wären die Sätze nicht auf Deutsch, sondern auf Latein geschrieben, so sehr waren sie von der toten Sprache durchdrungen. Es stand dort etwas von Rabies, von Lyssaviren, und Alba war mächtig stolz auf sich, als sie herausfand, dass es dabei um Tollwut ging. Doch als die Rede auf Einzel(-)-Strang-RNA-Viren kam und Zeichnungen von DNA-Spiralen und chemischen Verbindungen folgten, die an überdimensionale Schneeflocken erinnerten, stieg Alba aus. Eher zum Spaß als der Informationen wegen blätterte sie weiter in den Papieren, betrachtete Mikroskopbilder kontaminierter Zellen, bei denen sie an außerirdische Landschaften denken musste, und legte schließlich die Notizen beiseite. Ohne fachliche Hilfe würde sie nicht weiterkommen.

»Du hockst so oft in diesem Haus, da könntest du hier gleich einziehen.«

Alba fuhr herum und sah Georg auf der Schwelle stehen. Anscheinend hatte er es aufgegeben, mit ihr zu schimpfen oder sie überzeugen zu wollen, die Angelegenheit zu vergessen.

Sorge zeichnete sich auf seinen Zügen ab. Die Schatten unter seinen Augen ließen das Schiefergrau der Iris matt erscheinen.

Er lächelte und hielt eine McDonalds-Tüte in die Höhe. »Wann hast du das letzte Mal gegessen?«

Ihr Magen knurrte wie ein Raubtier, sobald sie auch nur ans Essen dachte. Das war Antwort genug.

Georg zwinkerte ihr zu. »Was würdest du bloß ohne mich machen?«

Der Arbeitstisch war mit Papierbergen überhäuft, so setzte sich Alba auf den Boden und klopfte einladend neben sich. Georg gesellte sich zu ihr und stellte die Tüte zwischen ihnen ab.

»Schon etwas Interessantes im Nachlass deines Großvaters entdeckt?« Seine rechte Hand zuckte unkontrolliert in die Höhe. Am Ende der Bewegung zupfte er geistesabwesend an seinem Hemdkragen, ganz so, als wäre das vorherige Zucken beabsichtigt gewesen.

Alba wurde es eng ums Herz. Zu gut wusste sie, was wirklich dahintersteckte. Sie strich ihm über den Arm. *Du musst nichts verbergen, dich nicht verstellen. Nicht für mich. Wir stehen es durch.*

Zusammen.

Bis zum bitteren Ende.

Das hatte sie ihm versprochen, als die Ärzte die

Diagnose verkündet und damit einen Strich durch seine Zukunft gezogen hatten.

Er verstand sie, ohne dass sie auch nur ein Wort verlieren musste, und berührte mit den Lippen ihre Finger. Berührte ihren Körper, aber nicht ihre Seele, die unempfänglich für seine Zärtlichkeiten blieb. »Iss etwas.«

Alba nahm sich einen Burger aus der Pappschachtel. Es war seltsam, neben ihrem Freund zu sitzen, der sich stets zu fein für solch ein Essen war und schon gar nichts auf dem Boden verzehren würde. Doch der Hunger stampfte all ihre Gedanken nieder. Gierig biss sie in den Burger und kaute, als höre die Welt um sie herum auf zu existieren, und das Einzige, was blieb, waren sie und das Brötchen. Erst als sie die letzte Pommes verschlungen hatte, kehrte sie geistig in die Realität zurück.

Georg wischte ihr mit dem Daumen etwas Mayo aus dem Mundwinkel. »Nach dem Tod deines Großvaters erkenne ich dich kaum wieder. Es ist mir schon klar, dass das Ganze dich ziemlich aufgewühlt hat. Aber meinst du nicht, dass es langsam gut ist?«

Nein, das meinte sie nicht. Wie konnte sie denn aufhören, jetzt, da sie im Begriff war, sich selbst zu verstehen? Und das hing nun einmal mit ihrer Vergangenheit zusammen. Je weiter sie sich in die Sache vertiefte, desto mehr erwachte eine andere Alba in ihr. Eine, die sich nicht mit unbeantworteten Fragen zufriedengab. Egal, was die Nachforschungen auch bringen mochten, sie weigerte sich, wieder in ihren früheren Dornröschenschlaf zu fallen. Mit dem behüteten Leben war es für sie vorbei.

Georg seufzte und neigte den Kopf. Strähnen seines sorgsam gestylten Haars fielen ihm in die Stirn und brachten eine liebenswerte Unordnung in sein Aussehen. Doch gleich strich er sie wieder glatt. »Das dachte ich mir schon. Nun. Ich habe etwas für dich.«

Er hielt ihr ein Blatt vor die Nase. »Mandy Fabel« stand in seiner geschwungenen Handschrift darauf. Und eine Adresse.

Alba runzelte die Stirn. Fabel – diesen Namen hatte sie in den Notizen ihres Opas gefunden. Auf dem schmutzig weißen Blatt mit der verblassten Tinte.

»Vielleicht ist es deine Art, die Sache zu bewältigen«, fuhr Georg fort. »Deine Mutter meinte, ich solle dir Zeit lassen. Wie auch immer. Der Freund eines Freundes schuldete mir noch einen Gefallen. Auf jeden Fall bin ich an die aktuelle Adresse von dieser Mandy gelangt, sie ist die Schwester eines der toten Kinder. Vielleicht kannst du, wenn du mit ihr redest, das Ganze schneller hinter dir lassen. Denn ich vermisse dich. Ich vermisse die alte Alba, mein kleines Mädchen.«

Glaubte er tatsächlich, dass die alte Alba jemals zurückkehren würde? Wenn das kleine, vergessene Mädchen in ihr wirklich zum Vorschein käme, würde nichts mehr sein wie zuvor. Dennoch war sie Georg für die Adresse dankbar. Ihr Opa hatte ihr ein verwirrendes Puzzle hinterlassen, dessen Bild sie nicht kannte und von dem so viele Teile fehlten. Vielleicht würde sie bei dieser Mandy ein paar Fakten in Erfahrung bringen und die Lücken füllen können?

»Ich fahre dich hin«, bot Georg an und ließ den Schlüssel seines Porsches vor ihren Augen pendeln.

Mandy Fabel wohnte in einem gepflegten Mehrfamilienhaus in Ammersbek, einer kleinen Stadt direkt an Hamburgs Grenze, die bei den Ortsansässigen den Spitznamen Ampelsbek trug. Und das zu Recht. Sechs oder sieben Ampeln – Alba war sich nicht sicher, ob sie beim Zählen alle erwischt hatte – leuchteten, sobald man sich ihnen näherte, rot auf, und das auf einer Strecke von nicht einmal zwei Kilometern. Es herrschte Rushhour, deshalb staute es sich, und Alba fragte sich, ob sie aussteigen und den Rest zu Fuß bewältigen sollte.

Nach einer halben Stunde stockenden Verkehrs gelangten sie ans Ziel.

An der Haustür drückte Georg gleich auf mehrere Klingeln, und irgendjemand öffnete ihnen, ohne Fragen zu stellen oder etwas durch die Sprechanlage zu sagen. Vermutlich wusste Frau Fabel nichts von dem Besuch, und Georg befürchtete, gleich abgewimmelt zu werden.

Albas Mund fühlte sich trocken an, als sie endlich vor der Wohnung standen. Was tat sie hier, warum war sie gekommen? Genügte es ihr nicht, dass sie keine Ruhe fand, musste sie auch andere mit in die Sache hineinziehen?

Doch nun war es zu spät. Georg klingelte.

Eine dürre Frau mit einem Bob öffnete die Tür. Das

schwarz gefärbte Haar ließ sie noch blasser aussehen, und die glatten Strähnen machten ihr Gesicht noch kantiger. Allein ihre Augen passten nicht in das Bild: aufgeweckt und lebhaft, zeugten sie von einer wahren Kämpfernatur, die hinter der unscheinbaren Erscheinung schlummerte.

Fragend zuckte ihre Augenbraue hoch.

Georg ergriff das Wort. »Frau Fabel? Ich weiß, es muss Ihnen etwas seltsam erscheinen, aber ich bitte Sie, uns zu helfen. Es geht um Ihren Bruder Robert.«

Sie öffnete den Mund, als hätte sie einen Schlag in die Magengrube bekommen, und schloss ihn wieder. Alba bemerkte, wie die Frau sich innerlich sammeln musste, um zu antworten: »Ich verstehe nicht. Robert ist tot. Bereits seit zwölf Jahren.«

»Ich weiß. Und es tut mir unendlich leid. Aber in dem Fall sind neue Fakten aufgetaucht, denen wir nachgehen. Würden Sie uns vielleicht ein paar Fragen beantworten? Es ist sehr wichtig.«

Jedem anderen hätte die Frau vermutlich die Tür vor der Nase zugeschlagen, doch Georg besaß so eine Ausstrahlung, dass sie ihn und Alba tatsächlich hereinließ.

Der Duft nach warmem Apfelkuchen kitzelte Albas Nase. Auf dem Couchtisch im Wohnzimmer stand eine Tasse mit dampfendem Kaffee, ein Buch lag auf dem Sessel aufgeschlagen, und eine Plüschdecke war auf den Boden gerutscht. Goldgelbe Vorhänge erweckten sogar an diesem tristen Herbsttag den Eindruck, als schiene die Sonne herein.

Mandy Fabel holte zwei weitere Tassen und brachte Teller mit Apfelkuchen herein, ohne ihre Besucher danach überhaupt zu fragen. Alba schämte sich, die Gastfreundlichkeit der Frau so auszunutzen. Georg dagegen räumte das Buch weg und setzte sich in den Sessel. Er lehnte sich zurück, schlug ein Bein über das andere und genoss seinen Kaffee. »Erinnern Sie sich noch, was damals vorgefallen war?«, fragte er im Plauderton.

Die Frau schlug die Augen nieder und zog die Plüschdecke über ihre Beine. »Ja.«

»Erzählen Sie uns bitte alles, was Sie wissen.«

Sie schwieg. Alba bemerkte, wie schwer es Mandy fiel, die Erinnerungen zuzulassen. Am liebsten wäre sie aus der Wohnung geflüchtet. Welches Recht besaß sie, in das Leben dieser Frau zu platzen und die alten Wunden aufzureißen?

»Ich verstehe, wie Sie sich fühlen«, sagte Georg mit seinem fürsorglichen Charme, der jeden zu umgarnen vermochte. »Aber es ist wichtig. Meine Freundin …« Er deutete auf Alba. »… hat all das durchgemacht, was Robert durchmachen musste. Nur hatte sie etwas mehr Glück und überlebte.«

Die Frau blinzelte. Als sie aufschaute, schimmerten ihre Augen feucht. »Wurden Sie auch von Ihrem Vater verkauft?« Ihre Stimme klang dumpf wie eine Porzellanschüssel mit einem Sprung.

»W-w-was?«, schnaubte Alba. Alles wirbelte in ihrem Kopf herum, und sie vermochte es nicht, auch nur einen klaren Gedanken zu fassen. *Verkauft!*, donnerte es in ihrem Schädel. Ein Wort. Ein stummer Schrei in der Stille.

Mandy senkte den Blick wieder. »Also nicht.«

Georgs Rechte zuckte hoch, aber er zupfte nicht an seinem Kragen, um es zu vertuschen, so aufgewühlt war er offenbar. »Soweit wir wissen, dachte man auch bei Robert an eine Entführung …«

Die Frau schüttelte den Kopf. Mit fahrigen Fingern zerrte sie an ihrer Decke. »Dann wissen Sie rein gar nichts. Ich war damals fünfzehn. Unsere Mutter war vor ein paar Jahren gestorben, und wir lebten bei unserem Vater, der sein Hochprozentiges mit Koks zu würzen pflegte. An dem Tag versuchte ich wie immer, meine Hausaufgaben fertig zu bekommen, bevor er nach Hause kam. Robert war nicht da, vielleicht trieb er sich wieder mal auf der Straße herum. Ich war sauer auf ihn, denn er war mit dem Haushalt dran: Aufräumen, Einkaufen – Sie wissen schon.

Mein Vater tauchte früher als erwartet und in Begleitung auf. Er brachte oft seine Saufkumpane mit, aber dieses Mal spürte ich, dass der Mann an seiner Seite etwas anderes im Schilde führte. Ich erspähte ihn durch einen Türspalt und bekam eine Heidenangst. Er war riesig und schwarz gekleidet, hinter ihm tippelte ein Fuchs her. Ein Fuchs! Wo gab's denn so was? Ich lauschte und achtete darauf, keinen Mucks von mir zu geben.

Der Mann drückte meinem Vater Geld in die Hand, einen Haufen zerknüllter Scheine, und fragte: ›Wo ist das Kind?‹ Einige Banknoten fielen auf den Boden. Kriechend sammelte mein Vater sie auf, zählte und glättete sie mit zittrigen, mit Speichel benetzten Fingern.« Mandy schüttelte sich und zog die Decke höher, als friere sie. »Es sei zu wenig, beschwerte er sich. ›Du kannst von Glück sprechen, wenigstens etwas zu bekommen‹, erwiderte der Unbekannte, ›der Junge ist eh schon fast zu alt.‹

›Gib mir noch fünfhundert, und du kannst die Göre gleich mithaben‹, feilschte mein Vater.

Doch der Mann meinte, mit einer Fünfzehnjährigen könne er nichts anfangen. Vermutlich hat mir das das Leben gerettet.« Sie schwieg kurz. »Nun, der Mann ging, und Robert kam nie wieder nach Hause.«

Alba wagte es kaum, sich zu rühren. Wenn ein Vater seinen eigenen Sohn verkaufte, was würde dann jemand mit einem Kind tun, das ihm nur aufgehalst wurde? Das Bild von ihrem gutmütigen Opa zerbröckelte in ihrem Geist. Sie hatte wieder seine Worte im Sinn, an die sie sich während des Angriffs in seinem Haus erinnert hatte: *Was soll ich mit dem Kind? Du kannst doch das Mädchen nicht einfach so hierlassen.*

Unerwünscht, brannte es auf ihrer Stirn. *Verkauft!,* klumpte es ihr in der Kehle.

Während sie einst einen wehmütigen, verunsicherten Ton aus den Sätzen ihres Opas herausgehört hatte, schien er ihr nun von Verärgerung zu künden. Ihr Opa wollte nicht von einem kleinen Mädchen belästigt werden. Was, wenn auch sie nicht entführt, sondern an den Riesen in schwarzer Kleidung verscherbelt worden war?

Und jetzt hatte Hermann ihr den Brief geschickt, um ihr seine Schuld auf diese Weise einzugestehen. Schließlich hatte Georg bereits gemeint, ihr Großvater wäre nur seinen Hirngespinsten nachgejagt, ein Kind hätte ihn vielleicht gestört und Aufmerksamkeit gefordert. Wie blind sie doch gewesen war, wie verliebt in ein von ihr selbst erfundenes Bild, das sie die ganze Zeit in sich gehütet hatte! In der Hoffnung, wenigstens jemandem auf dieser Welt nicht unerwünscht zu sein.

Sie bemühte sich, das innerliche Zittern zu unterdrücken. Erst als Georg seinen Arm um ihre Schultern legte, fühlte sie sich besser. In Sicherheit.

»Aber es war in den Berichten oder Zeitungen nie die Rede von einem Mann«, sagte er.

Mandy Fabel nickte zerknirscht. »Ich habe es damals keinem gesagt. Mein Vater drohte mir, mich umzubringen, wenn ich auch nur ein Wort verriet. Ich habe ihm geglaubt. Was ich mir bis heute nicht verzeihen kann. Denn wenn ich damals mutiger gewesen wäre, wenn ich meinen Mund aufgemacht hätte, wäre Robert vielleicht noch am Leben. Aber ich habe nichts dergleichen getan. Ich habe ihn im Stich gelassen, und er musste mit seinen dreizehn Jahren sterben.«

»Sie tragen keine Schuld«, versicherte Georg ihr.

Ihr Blick war stur auf ihre sorgfältig manikürten Finger gerichtet. »Als Sie meinten, es wären neue Fakten aufgetaucht, habe ich gehofft, es ginge um den schwarz gekleideten Mann. Vielleicht, dass man ihn gefunden und er seine gerechte Strafe erhalten hätte. Ich weiß, es ist ein Selbstbetrug zu behaupten, ich würde mich dann besser fühlen.«

Alba kam es vor, als höre sie sich selbst durch die Lippen der Frau reden. Denn auch sie hatte durch ihr Schweigen Schuld auf sich geladen, egal, was Georg behauptete.

»Ich habe Glück im Unglück gehabt«, fuhr die Frau fort. »Und das macht alles nur noch schwerer.« Mit einer Hand deutete sie um sich. »Das alles habe ich nicht verdient.«

»Wie meinen Sie das?«, fragte er.

»Die toten Kinder haben viel Aufsehen erregt. Medien berichteten über die Hinterbliebenen, ein Spendenkonto wurde eingerichtet. Von diesem Geld habe ich natürlich nichts gesehen, mein Vater investierte es in Alkohol und Drogen. Aber dann lernte ich eine Frau kennen, die, genauso wie die anderen, von den Ereignissen schockiert war. Sie arbeitete als Leiterin eines Tierheims, und ich durfte dann dort aushelfen. Für mich war das ein Schlupfloch, eine Möglichkeit, dem mir verhassten Vater zu entfliehen. Ich verbrachte bei ihr viel Zeit, bekam warme Mahlzeiten zu essen, konnte in Ruhe meine Hausaufgaben machen. Dort entdeckte ich meine Leidenschaft für Tiere und studierte nach dem Schulabschluss Veterinärmedizin. Nicht nur ich fand dort Hilfe. Ich kann mich an eine Frau erinnern, deren Tochter wie Robert gestorben war; an einen Jungen, der seinen Bruder verloren hatte … Juliane Dwenger hat uns mehr geholfen als alle Spenden zusammen.

Vor ein paar Jahren ist sie in Rente gegangen, aber ich habe noch immer Kontakt zu ihr.«

Alba prägte sich den Namen ein. Ob diese Juliane Dwenger etwas mehr über die Fälle wusste? Immerhin hatte sie Kontakt zu einigen Hinterbliebenen gehabt. Womöglich hatte sie die eine oder andere Einzelheit aufgeschnappt, die Alba weiterbringen könnte.

»Danke für Ihre Gastfreundschaft.« Georg stellte seinen leeren Teller auf den Tisch. Weder Alba noch Mandy hatten ihren Kuchen angerührt, auch der Kaffee blieb nun lauwarm in der Tasse. »Und natürlich für die Informationen. Es war sehr freundlich von Ihnen, mit uns zu sprechen.«

Wenige Minuten später standen Georg und sie auf der Straße. Alba war froh, an die frische Luft zu gelangen. Hier fiel es ihr leichter, das Ganze zu ordnen und zu überlegen, was sie als Nächstes tun sollte.

»Bitte, lass die Sache ruhen.« Georg umarmte sie. »Es ist schon so viel Zeit vergangen. Und ich sehe doch, wie sehr dir das alles zusetzt.«

Alba zupfte an ihren Haarspitzen. Sie wollte reden. Über ihre Zweifel an ihrem Opa, über ihre Schuld und Ängste. Die Gefühle sprudelten in ihr, doch es gelang ihr nicht, sie in Worte zu kleiden. Sie versuchte es trotzdem.

»I-i-ich …«, fing sie an, da drückte Georg sie noch fester an sich.

»Lass es ruhen«, wiederholte er. »Wenn schon die Polizei nichts gefunden hat, was können wir denn tun?«

Alba verstummte. Ja, was konnte sie schon tun?

Andererseits – es gab noch Juliane Dwenger, ihren Strohhalm in diesem Durcheinander. Sie würde die Frau aufsuchen, ohne Georg. Und wenn auch diese nichts erzählen konnte, dann würde sie ihre Suche abbrechen. Versprochen.

Im Geiste kreuzte sie zwei Finger.

Noch am selben Tag fand sie die Adresse heraus, was keine große Herausforderung darstellte, denn auch Frau Dwenger stand im Online-Telefonbuch. Zumindest hoffte Alba, die richtige Frau Dwenger aufgespürt zu haben. Unter dem Vorwand, sie müsse in die Werkstatt, um ihre Corvette zu reparieren, entzog sie sich Georgs Aufsicht und fuhr los. Hermanns Notizen über die Tollwut nahm sie mit. Zwar hätte Mandy Fabel ihr viel eher helfen können, aber vielleicht konnte auch die ehemalige Leiterin eines Tierheims etwas mit den medizinischen Ausführungen anfangen und ihr weiterführende Infos vermitteln.

Nach zwanzig Minuten kam sie in der Nähe ihres Ziels an. Alba parkte das Auto am Kai neben dem Restaurant *Elbwarte*, das mit seiner Glaskuppel an eine Sternwarte erinnerte. Das Wetter war wieder sommerwarm geworden, der strahlend blaue Himmel erstreckte sich über der Stadt, und so beschloss Alba, den Rest des Weges zu Fuß zu gehen.

Sie musste ein Weilchen herumirren, bevor sie zu dem gesuchten Haus gelangte, das mit seinen Maßen und Verzierungen wie ein Spielzeug wirkte. Knusper, Knusper, Knäuschen …

In dem kleinen, gepflegten Garten stutzte eine Frau die Rosensträucher und wickelte sie zum Überwintern in Leinsäcke. Sie bewegte sich erstaunlich flott zwischen den Büschen und Bäumchen, mit der Grazie und Leichtigkeit einer Fee. Nur dank des silbergrauen Haars erkannte Alba in ihr eine Rentnerin.

Sie beobachtete die Frau und fragte sich, wie sie mit ihrem Handicap Juliane Dwenger befragen sollte. Es würde eine Ewigkeit dauern, und wer würde schon so viel Geduld für eine Stotternde aufbringen?

Nun ja, das hättest du dir auch vorher überlegen können, verhöhnte sie sich. Alba schaute zum Garten, dann auf Hermanns Notizen, die sie mitgenommen hatte, und wieder zurück. Sie musste hingehen, wenn sie hier nicht Wurzeln schlagen wollte. Und dennoch ließ sie die Minuten verstreichen, ohne sich zu bewegen. Knusper, Knusper, Knäuschen …

Nach längerer Betrachtung fiel ihr auf, dass die Frau mit jemandem redete. Manchmal richtete sich Juliane Dwenger auf und gestikulierte, in eine hitzige Diskussion vertieft. Doch weit und breit befand sich keine Menschenseele. Mit wem unterhielt sie sich?

Der Wind wehte nur einzelne Silben herbei, schlauer wurde sie nicht daraus, bis sie auf einem Zaunpfosten einen Greifvogel bemerkte. Den Greifvogel. Je eingehender sie ihn musterte, desto überzeugter war sie, ihn bei der Kapelle und Hermanns Haus gesehen zu haben. Was zum Teufel tat er hier? Und war Finn auch irgendwo in der Nähe?

Das Tier neigte oder schüttelte den Kopf, breitete die Flügel aus, als würde es der Frau antworten. Alba ertappte sich bei dem Wunsch, sich die Augen zu reiben. Nein, das konnte unmöglich sein! Vorsichtig näherte sie sich dem Garten, um weder von Juliane Dwenger noch von dem Vogel bemerkt zu werden.

»Ich kann es immer noch nicht glauben«, murmelte die Rentnerin und schnippelte an den Sträuchern. »Wann ist das passiert? Und wie?«

Der Vogel stieß einen Laut hervor, ein kurzes, hohes »Wiih«, fast so, als würde er ihre letzte Frage wiederholen.

Die Frau seufzte und hob kapitulierend die Hände. »Ach Junge, wieso musstest du unbedingt in deinem Seelentier zu mir kommen? Ich kann so nicht mit dir reden.«

Sie sammelte die abgeschnittenen Zweige in eine Biotonne, schlug den Deckel zu und bemerkte Alba. Mit einem Mal wirkte sie verlegen. »Kann ich Ihnen helfen?«

Alba deutete auf das Tier. »G-ge-gehört …«

Der Vogel drehte den Kopf. Bei Albas Anblick stieß er ein Krächzen hervor und schlug aufgeregt mit den Flügeln. Dabei verlor er das Gleichgewicht und fiel in die Kirschlorbeerhecke. Was war denn das für ein Tollpatsch? Seit ihrer letzten Begegnung hatte er anscheinend verlernt zu fliegen.

Die Frau wischte sich eine Strähne aus der Stirn. »Junge, Junge … Was machst du jetzt für Sachen!« Sie streifte die Gartenhandschuhe ab, barg das zappelnde Tier aus den Sträuchern und setzte es neben sich auf dem Boden ab.

Stockend und mit vielen Pausen brachte Alba endlich hervor: »Gehört der Vogel Ihnen?«

»Ich kann nicht behaupten, diesen Vogel zu besitzen. Ich kümmere mich um ihn. Wenn er es zulässt. Aber Sie kennen sicherlich diese jungen Hüpfer – kaum sind sie aus dem Nest geflogen, schon haben sie ihre Alten vergessen.« Tadelnd sah sie auf den Vogel herab. »Du hättest mir wenigstens eine Karte zum Geburtstag schreiben können. Nun, wie auch immer. Ich bin nicht nachtragend.« Wieder galt ihre Aufmerksamkeit Alba. »Wollten Sie zu mir?«

Alba nickte.

»Einen Augenblick, bitte. Ich räume nur das Werkzeug in den Schuppen. Leisten Sie mir Gesellschaft bei einer Tasse Tee?«

Alba schmunzelte. Sie mochte die Frau, auch wenn diese mit Vögeln redete.

Juliane Dwenger sammelte das Werkzeug auf und verschwand hinter dem Haus. Mit dem Vogel allein gelassen, fühlte sich Alba seltsam. Hätte sie unbefangen reden können, hätte sie vielleicht sogar einen Smalltalk mit ihm angefangen. Aber nun dehnte sich die Stille wie ein Kaugummi aus, während das Tier sie musterte, auf eine menschliche Art und Weise, und sie versuchte, es standhaft zu ignorieren.

Im Kirschlorbeer raschelte es. Plötzlich schoss eine getigerte Katze aus dem Gebüsch. Mit großen Sprüngen stürzte sie sich auf den Vogel und schlug ihre Krallen in seinen Körper. Alba schrie auf und sprang zur Seite. Noch nie hatte sie gesehen, dass Katzen eine so große Beute jagten.

Die zwei Gegner kullerten über die Beete, im Kampf zu einem Knäuel verschmolzen. Federn stoben in die Luft, es kreischte und miaute und flatterte. Dem Vogel gelang es, sich zu befreien. Er machte zwei große Hüpfer, schlug mit den Flügeln und hob ungelenk einige Zentimeter vom Boden ab, da sprang die Katze hoch, packte ihn und zerrte ihn nieder. Scharfe Zähne bohrten sich in sein Bein, die Pranken rissen und zerrten an ihm. Der Vogel schrie und flatterte.

Alba wollte nicht länger tatenlos zusehen. Sie packte die Katze am Nacken und riss sie in die Luft. Der Vogel blieb am Boden liegen. Blut verschmierte sein Gefieder. Seine Brust zitterte.

Die Katze fauchte und wand sich. Die Mappe mit Hermanns Unterlagen fiel Alba herunter, aber das beachtete sie nicht. Der Wind spielte mit den Blättern und jagte sie davon.

Vermutlich hielt Alba das Tier nicht fest genug, denn es gelang ihm, ihr mit den Krallen über den Unterarm zu fahren. Der Schmerz ließ sie scharf die Luft einziehen. Alba schleuderte die Katze von sich und hob den Vogel auf. Doch die Angreiferin gab nicht auf. Sie sprang Alba an, zielte mit ihren Pranken und Zähnen auf den Arm, in dem sie den Vogel hielt. Alba schüttelte das Tier ab. Ihre hohen Absätze versanken in der Erde, sie stolperte, erlangte aber das Gleichgewicht wieder. Die Katze machte sich zu einem neuen Angriff bereit.

Alba schob ihre Hand in eine Tasche ihrer Jeans und ertastete das Messer, das sie auf dem Dachboden gefunden hatte und seitdem bei sich trug. Sie holte es heraus, drückte auf den Knopf und ließ die Klinge hervorschnellen.

Die Katze fauchte und verharrte, mit einem Buckel und aufgerichtetem Fell, das Maul voller Federn.

Der Vogel hing schlaff in Albas Arm. *Bitte, lass ihn leben!* Sie konnte sich nicht erinnern, jemals gebetet zu haben. Vielleicht als Kind. Mit ihrem Opa. In einem anderen Leben. Aber nun war sie bereit dazu.

»Ach, was haben wir denn da?«, erklang plötzlich eine rauchige Stimme.

Alba fuhr herum. Eine Frau stand hinter ihr. Die Unbekannte hatte kurzes, auberginefarbenes Haar, das in Stoppeln vom Kopf abstand, und zarte Gesichtszüge, die nicht zu ihren breiten Schultern und den Armen, die wie die eines Schlachters aussahen, passen wollten.

Ein Grinsen entblößte eine Reihe weißer Zähne. »Sei ein braves Mädchen und gib mir den Rotmilan.«

Alba taumelte einige Schritte rückwärts. Sie spürte die Wärme des Vogels, den sie schützend an ihre Brust drückte, sein Blut an ihren Fingern und die Gewissheit: Nie im Leben würde sie ihn dieser Frau überlassen.

Die Unbekannte seufzte. Ein Strasssteinchen oberhalb ihrer Lippe funkelte mit ihren Augen um die Wette.

»Normalerweise bitte ich nur ein Mal um etwas«, sagte sie. »Diejenigen, die mich kennen, wissen, dass es nicht ratsam ist, mich zu reizen. Doch dir gebe ich noch eine Chance. Leg den Vogel hin und verschwinde von hier. Er gehört mir.«

Alba regte sich nicht.

»Dumme Nuss!« Die Frau hob eine Hand. Alba keuchte, als sie in den Lauf einer Pistole blickte. Die Welt um sie herum erstarrte wie das Grinsen der Unbekannten.

»Dann würde ich sagen: Hier ist Endstation für dich, meine Hübsche.«

Kapitel 11

Alba schloss die Augen. In was für eine Misere war sie geraten? Selbst schuld. Hatte Georg nicht darauf beharrt, sie solle nicht im Wespennest stochern? Er beschützte sie, und sie hatte ihn immer wieder von sich gestoßen. Dämliche Kuh.

Gleich würde es vorbei sein …

Jeden Augenblick erwartete sie den Schuss. Würde es wehtun? Oder bedeutete der Tod nur, tief und fest einzuschlafen, ohne von Alpträumen gequält zu werden? Eigentlich das, was sie sich schon immer gewünscht hatte.

Dennoch marterte Angst ihre Seele. Sie hätte den Vogel dieser Frau überlassen sollen … Sie hätte …

»An deiner Stelle würde ich die Waffe niederlegen«, ertönte Juliane Dwengers Stimme, metallisch und kalt. Kein Vorschlag – ein Befehl.

Alba wagte es, die Augen zu öffnen. Die Rentnerin stand in der Nähe und hielt ein Gewehr im Anschlag. Diese kleine Frau wirkte mit der Waffe in ihren dürren Händen wie eine Comicfigur. Und dennoch vermittelte sie den Eindruck, als wisse sie genau, was sie tat. Sie hatte eine Wange an den Gewehrkolben gepresst und ein Auge zusammengekniffen, die große Brille balancierte auf ihrem Nasenrücken.

Die Angreiferin zielte nun auf sie. »Du kannst ihn nicht beschützen, altes Weib. Deine Schlacht ist schon längst verloren. Denkst du wirklich, du kannst mich aufhalten? Er gehört Linnea, und ich werde ihn ihr bringen.«

»Das glaube ich weniger«, zischte Juliane Dwenger durch zusammengepresste Zähne. »Niemand bedroht meinen Jungen.« Und zu Alba: »Bring ihn in Sicherheit.«

Alba rührte sich nicht von der Stelle.

»Na los!«, donnerte die Rentnerin. »Lauf!«

Als hätte der Ruf ihr einen Schubs versetzt, stolperte Alba zum Gartentor und lief, so schnell sie konnte, den ganzen Weg zu ihrem Auto zurück – ohne sich zu verirren. Es gelang ihr nicht sofort, den Schlüssel aus der Tasche der engen Jeans herauszufischen und mit einem Knopfdruck die Türen zu öffnen. Ihre Hände zitterten, und sie befürchtete, den Schlüssel fallen zu lassen. Den Vogel bettete sie auf den Beifahrersitz. So zerrupft und blutverschmiert, wie er war, sah er nicht gut aus, aber er lebte. Sie musste ihn zum Tierarzt bringen, dann … dann würde sie weitersehen. *Denk in kleinen Schritten! Und erlaube der Panik nicht, dich in den Wahnsinn zu treiben.*

Alba krallte ihre Hände in das Lenkrad. Wenn sie aufschaute, glaubte sie immer noch in den schwarzen Lauf der Pistole zu blicken, und ihr Puls begann sogleich zu rasen. *Reiß dich zusammen!* Einatmen – ausatmen. Die Welt entfernte sich, als wäre sie nicht länger ein Teil von ihr.

Einatmen.

Ausatmen.

Ihre Hände hörten auf zu beben, und es gelang ihr, das Zündschloss mit dem Schlüssel zu treffen, als die Beifahrertür aufgerissen wurde. Ein Mädchen – oder eher eine junge Frau? –, in Lumpen gekleidet, griff nach dem Vogel. Das verfilzte Haar von der Farbe schmutzigen Schnees hing ihr vor dem Gesicht, und der Gestank nach ungewaschenem Körper erfüllte binnen weniger Sekunden den Innenraum.

Alba wollte die Diebin packen und zurückhalten, als aus den Kleiderfetzen eine Ratte hervorpreschte und sie in den Arm biss. Alba stieß einen Schrei aus, und ihre Hand zuckte zurück, während das Mädchen mit dem Vogel davonhetzte.

Zwischen zwei Atemzügen überlegte Alba, was sie tun sollte. Wegfahren und sich in Sicherheit bringen, war ihr erster Gedanke. Doch im selben Moment stieg sie schon aus und rannte der Entführerin hinterher.

Das Mädchen jagte Neumühlen entlang, rein in die Große Elbstraße und weiter an den Lagerhallen vorbei, deren Schilder lebende Karpfen und Schleie anpriesen. Der Wind brachte Fischgeruch mit sich, über den Dächern kreisten Möwen wie Geier. Die rosa Gummistiefel der Diebin – der einzige Farbtupfer an der sonst schmutzig grauen Erscheinung – schlugen dumpf auf den Boden. Die Verfolgungsjagd dauerte bereits gute zehn Minuten. Alba holte auf. Die Stunden im Fitnessstudio machten sich bezahlt, auch wenn der Sprint auf den hohen Absätzen eher weniger Spaß machte.

Ein Maschendrahtzaun zu einer Baustelle versperrte der Fliehenden den Weg. Dahinter erstreckte sich ein langgezogenes mehrstöckiges Gebäude aus rotem Stein und mit hohen Fensternischen. Sieben Stockwerke waren bereits mehr oder weniger fertig gebaut, obwohl man an einigen Stellen noch durch das Baugerüst zur Elbe spähen konnte. Ein Kran und diverse Baumaterialien säumten den Platz. Leere Tür- und Fensterrahmen machten in der beginnenden Dämmerung einen gespenstischen Eindruck.

Die junge Frau hob den Maschendraht an einer Stelle an und schlüpfte durch ein Loch im Zaun auf das Gelände.

Alba kniete sich davor. Das Loch war viel zu klein, sie kam nicht hindurch. Mit einem kritischen Blick inspizierte sie den Zaun. Ihr blieb nichts anders übrig, als über ihn zu klettern. Schwitzend und ächzend erreichte sie die obere Kante. Ein Draht schlitzte ihre Jeans auf und ritzte ihren Oberschenkel.

Alba sprang hinunter. Ihr Fuß knickte um, und der Schmerz fuhr ihr durch den Knöchel. Sie mühte sich auf die Beine und merkte, dass bei der Aktion ihr Absatz abgebrochen war. Ohne lange zu überlegen, schlug sie den anderen von der Sohle ab. Auszuruhen erlaubte sie sich nicht. Das Mädchen war bereits im Gebäude verschwunden. Mit jeder Sekunde sanken die Chancen, es jemals zu finden. Und sie fühlte sich verantwortlich für den Vogel. Warum auch immer.

Alba humpelte durch Sand- und Steinhaufen, bis sie an eine Öffnung in der Hauswand gelangte, durch die sie sich hineinstahl. Hier war es noch dunkler, das fahle Licht von draußen erreichte kaum die Innenräume. Jeder Schritt wirbelte Staub hoch. Drahtknäuel und herabhängende Kabel erinnerten an die Innereien eines erlegten Ungeheuers.

Keine Spur von dem Mädchen, kein Ton verriet sein Versteck. Wie sollte sie es hier bloß finden? Vermutlich hatte es das Gebäude schon längst verlassen. Alba schlich durch die Gänge, Treppen und Räume, die ihr bald wie ein Labyrinth vorkamen.

Dann hörte sie ein Geräusch. Sie konnte nicht benennen, was es war, steuerte aber darauf zu, bemüht, keinen Lärm zu verursachen.

Bis sie im Türrahmen zu einer Halle stand.

An der gegenüberliegenden Wand kauerte die junge Frau. Im Halbdunkel konnte Alba sie kaum als menschliches Wesen ausmachen, so reglos und zerlumpt, wie sie da hockte. Die Ratte kletterte ihr an der Kleidung hoch und hinunter, ohne auch nur eine Minute stillzuhalten. Und vor dem Mädchen lag ein Körper, auf dessen Brust der Greifvogel ruhte.

Finn! Alba schlug sich die Hand vor den Mund, fast hätte sie seinen Namen herausgeschrien. Sie wollte zu ihm laufen, doch die junge Frau fuhr auf und fauchte, kroch knurrend auf sie zu. Wie ein Tier, das sein Revier verteidigte. Trotzdem wagte Alba sich näher. Wie gebannt starrte sie auf den leblosen Körper des Mannes, den sie insgeheim so sehr wiederzusehen gehofft hatte. Aber nicht so.

Er atmete nicht! Ihr Magen verkrampfte sich. Sie dachte daran, wie sie ihm ihre Hand auf die Lippen gelegt hatte, und schien die Berührung noch an ihren Fingern zu spüren. Sie erinnerte sich, wie sehr sie mit sich gekämpft hatte, um ihn nicht in ihr Herz zu lassen. Jetzt gab es nichts zu kämpfen. Sie könnte ihn umarmen, und er würde nie etwas davon erfahren.

Ihr Hals schmerzte vor unterdrückten Tränen. Er würde nie erfahren, wie sehr er ihre Gefühle durcheinandergeworfen hatte. Wie lebendig sie sich in seiner Gesellschaft fühlte. Wie normal. Und erwünscht.

In Trance machte sie noch einen Schritt. Mit einem spitzen Schrei sprang das Rattenmädchen sie an. Alba stürzte zu Boden, etwas Scharfkantiges bohrte sich in ihren Rücken, während die Angreiferin jaulend an ihren Haaren zerrte. So viel Kraft und Wut hätte sie in diesem ausgemergelten Wesen nicht erwartet.

Endlich gelang es ihr, die Gegnerin abzuschütteln. Die Verrückte sammelte sich zu einem neuen Angriff, als Finn stöhnte. Alba keuchte erschrocken und richtete sich auf. Das Rattenmädchen wandte sich ihm zu, alles andere war in derselben Sekunde vergessen.

Ein Ruck ging durch Finns Körper. Er bäumte sich wie unter Schmerzen auf und rang mit schnellen Atemzügen nach Luft. Der Vogel rutschte von seiner Brust und zappelte auf dem Boden, strampelte mit den Füßen und versuchte sich aufzurappeln, sichtlich benommen.

Das Mädchen krabbelte zu Finn und hielt seinen Kopf im Schoß, damit er sich nicht verletzte. Mit der anderen Hand riss es ein Stück von seinem Kleid ab und tupfte ihm den Schweiß von der Stirn.

Nur langsam kam er zu sich. Sein trüber Blick irrte ziellos umher, ohne etwas zu registrieren. Die Verrückte wiegte ihn hin und her, murmelte etwas in einem seltsamen Singsang, der ihn zu beruhigen schien.

Er blinzelte mühsam, als würde er nicht einmal dazu die Kraft haben, und realisierte erst jetzt, was um ihn herum geschah.

»Ylvi«, krächzte er – ein Geräusch wie ein Vogellaut. »Was … was tust du hier? Wo bin ich? Hast du mich hierhergebracht? Wie lange liege ich hier schon.«

»Scht! Scht!«, stieß sie hervor und funkelte Alba durch das verfilzte Haar an.

Finn drehte den Kopf. Sein matter Blick klärte sich, und ein Lächeln huschte über seine Lippen. Er betrachtete Alba wie eine Fata Morgana, von der er wusste, dass sie nur ein Trug war.

»Finn«, rief sie ihn. Ganz ohne zu stottern.

Dafür fiel es ihm sichtlich schwer zu sprechen: »Du. Du hast mich beschützt … gerettet. Aber … was hast du bei meiner Oma getan?«

Seiner Oma? Alba runzelte die Stirn. Juliane Dwenger war seine Oma? Was für ein seltsamer Zufall.

»Warum hast du mich gerettet? Micaela … Oh Gott. Alba! Du bist in Gefahr, verstehst du das denn nicht? Jeder, der mir nahesteht, ist in Gefahr. Du musst dich in Sicherheit bringen!« Er versuchte sich aufzurichten. Die Farbe wich aus seinem Gesicht, und Alba bekam Angst, er würde gleich ohnmächtig werden.

Sie legte ihm die Finger auf die Lippen und drückte die Hand gegen seine Schulter, damit er liegen blieb. Eine einfache Geste, die ihr das Herz dennoch bis zum Hals schlagen ließ. Vielleicht, weil sie es sich so sehr verbat, daran zu denken, was für ein Durcheinander seine Nähe in ihr auslöste. Und vor allem: warum. Denn sie hatte Georg. Es war falsch, einem anderen zu erlauben, ihren Kopf … *ihre Seele* … so zu beherrschen.

Finn nahm ihre Hände von sich, ließ sie aber nicht los, und machten einen neuen Versuch, sich aufzusetzen. »Alba, begreifst du denn nicht, was das bedeutet?«

Dass ich gerade dabei bin, mich in dich zu verlieben? Nur weil du dir die Zeit genommen hast, mir zuzuhören? Nein! Das durfte sie nicht zulassen. Das gehörte zu den verbotenen Gefühlen, weggeschlossen und vergessen. Plötzlich wurde Alba bewusst, dass er immer noch ihre Hände in den seinen hielt, und sie zog sie ruckartig zurück.

»Du darfst hier nicht bleiben. Micaela …« Erschöpft ließ er sich fallen. »Ich hoffe nur, sie weiß nicht, wer du bist, und wird dich nicht finden.« Er brach ab und schnappte nach Luft. Ein Schweißfilm überzog sein Gesicht. Finn keuchte auf. »Oh nein, es fängt schon wieder an …« Er krümmte sich und presste ein letztes Wort hervor: »Geh!«

Ein Zucken durchfuhr ihn. Sein glasiger Blick fixierte den Vogel, und die Leere in seinen Augen jagte Alba Angst ein. Ein Grollen entfuhr seiner Kehle.

Die Schatten um sie herum schienen sich auszudehnen, als würden sie das Licht verschlingen.

Eine Treppe, Finsternis, ein Körper in Konvulsionen.

Der Alptraum durchdrang Alba, ohne dass sie schlief, und sie konnte nicht genau sagen, was sie sah und was ihr Hirn ihr nur vorgaukelte. Die Schreckensbilder überfluteten die Wirklichkeit.

Alba sprang auf, taumelte einen Schritt zurück. Dann noch einen. Die Dunkelheit griff nach ihr, eine feuchte Kälte legte sich um ihre Knochen. *Nicht zusehen, nicht zusehen!* – das Flehen eines Mädchens, das sich irgendwo tief in ihr versteckte.

Sie machte noch einen Schritt zurück. Auf Finns Lippen bildete sich Schaum, und die Zuckungen seines Körpers wurden stärker. Das Rattenmädchen versuchte ihn zu packen, um ihn vor Verletzungen zu bewahren, doch er schnappte nach ihm, als wolle er es beißen.

Opa, hilf mir!

Alba stolperte weiter rückwärts. Mit dem zehnten Schritt stand sie in der Mitte der Halle, mit dem zwanzigsten im Flur.

Monster, überall Monster! Und kein Entkommen.

Es fiel ihr leicht, sich umzudrehen und zu fliehen. Niemand hielt sie auf. Niemand rief nach ihr.

Schuldgefühle. Etwas, was sie inzwischen gut kannte. Doch so heftig wie nach ihrer Flucht waren sie noch nie gewesen. Wie hatte sie bloß davonlaufen und Finn in seinem Zustand zurücklassen können? Sie vermochte es sich nicht zu erklären. Und dennoch hatte sie es getan, als wäre das Erlebte nicht real gewesen. Nur ein Alptraum, dem sie entfliehen musste.

Am nächsten Morgen fuhr sie zu der Baustelle und streifte durch die leeren Hallen, doch vergebens. Sie fand weder Finn noch das Rattenmädchen oder den Vogel. Auch bei Juliane Dwenger traf sie keinen an.

In den ersten Tagen danach schlich Alba ruhelos durch Georgs Haus, als warte sie auf etwas, was sie aus ihrem Trott reißen würde. Aber es geschah nichts. Draußen hielt sie Ausschau nach dem Rotmilan, doch kein Greifvogel zeigte sich am Himmel. Und auch Finn traf sie nicht wieder.

Bald holte der Alltag sie ein, und das Einzige, was ihr blieb, waren die Alpträume, die umso öfter und intensiver über sie herfielen.

Werden wir sterben?

Nein, das werden wir nicht. Die Stimme eines Jungen. Ein Gesicht. Sie kann es nicht erkennen, obwohl sie sich anstrengt. Es ist wie hinter einem Schleier verborgen, so nah und doch unendlich fern. Diese Stimme und das Gesicht sind für sie ein Hoffnungsschimmer in der Dunkelheit. Alles wird gut.

Gut …

Das Gesicht beginnt zu zerfließen. Sie streckt ihre Arme aus und tapst vorwärts. Bloß nicht allein in der Finsternis bleiben!

Etwas packt sie am nackten Knöchel. Eine kalte, feuchte Hand. Sie blickt hinunter und schreit …

… schreit …

… schreit …

Immer noch schreiend, fuhr Alba aus dem Schlaf hoch. Jedes Blinzeln jagte wieder das Bild des Schreckens: Ein Mädchen, blutüberströmt, mit wild rollenden Augäpfeln und Schaum an den Lippen zuckt in Konvulsionen. Gurgeln und Krächzen entfahren seiner Kehle, dazu eine Frauenstimme, die nicht dem Mädchen gehört und doch seinem Mund entweicht: *Ich habe es mir anders überlegt. Hol den Jungen her.*

»Georg«, wimmerte Alba in der Dunkelheit.

Mit der flachen Hand fuhr sie über das Laken. Ihr Blick schweifte zum Wecker, das Display zeigte sechzehn Minuten nach drei.

Der Junge, war das Robert, Mandy Fabels jüngerer Bruder? Was, wenn sie seine letzten Stunden mit ihm verbracht hatte? Aber wer war das misshandelte Mädchen, und warum waren alle Kinder gestorben, sie aber nicht? Fragen über Fragen.

Am gekippten Fenster blähte der Luftzug die Gardinen und ließ Alba frösteln, aber Georg schlief das ganze Jahr über mit geöffneten Fenstern.

»Alptraum. Das war nur ein Alptraum.« Sie rieb sich über das Gesicht und stand auf. Der Boden schien zu schwanken, als wäre sie auf hoher See. Sie musste sich an der Wand festhalten und tastete sich in den Flur vor.

»Georg?«

Warum antwortete er nicht? Ein Schauer lief ihr über den Rücken. Sie wartete auf das Zittern, das ihren Körper wie Finns durchlaufen würde, bis ihr der Schaum vor den Mund trat. Für einen Moment glaubte sie zusammenzubrechen. Aber natürlich kam nichts, sie war gesund. Erschöpft lehnte sie sich gegen die Wand, um den Schwindelanfall zu bekämpfen. In ihrem Kopf schwirrte alles. Am Abend zuvor war sie früh ins Bett gegangen, Georg hatte ferngesehen, das wusste sie noch. War er auf der Couch eingeschlafen?

Blindlings tappte sie vorwärts wie durch ein unendliches Labyrinth, stieg die Treppe hinunter und flüchtete aus dem engen Flur in das Wohnzimmer. Georg war nicht da.

Sie schaltete alle Lampen ein und krümmte sich auf dem Sessel zusammen, die Beine dicht an sich gezogen. An dem Telefon in der Ecke blinkte ein rotes Lämpchen – der Anrufbeantworter hatte eine Nachricht gespeichert. Sie musste nicht aufstehen, um an den Knopf zu gelangen und sich die Aufzeichnung anzuhören. Georgs Tenor erfüllte das Zimmer: »Ich will dich nicht wecken, vermutlich hörst du diese Nachricht erst am Morgen ab. Dann bin ich womöglich schon zu Hause. Im Hotel gibt es Probleme, man hat mich gerade über das Handy informiert. Meine Anwesenheit ist dringend erforderlich. Bis nachher! Ich liebe dich«, ratterte er ohne Punkt und Komma herunter.

Verärgert grub Alba die Hände in ihr Haar. Er hätte sie wecken sollen! Sie hatte sich fast zu Tode gefürchtet, da sie allein im Haus aufgewacht war und ihn nicht neben sich gefunden hatte. Gleich schämte sie sich für ihren Gram. Georg managte ein Hotel aus der Kette seines Vaters. Klar, dass er hinfahren und nach dem Rechten sehen musste.

Sie sollte sich einen Kaffee machen und versuchen, die andere Hälfte der Nacht totzuschlagen. Nach Möglichkeit, ohne bei jedem seltsam erscheinenden Schatten in Panik zu verfallen. Alba rappelte sich auf und schlurfte in Richtung Küche wie eine alte Frau.

Noch im Flur hörte sie von dort ein Geräusch.

»Georg?«

War er doch schon nach Hause gekommen?

Sie erhielt keine Antwort. Nicht gut. Überhaupt nicht gut. Alba kehrte ins Schlafzimmer zurück. Aus der oberen Kommodenschublade holte sie das Springmesser ihres Großvaters hervor, das sie unter ihrer Unterwäsche versteckt hatte. Den Griff fest umschlossen, stahl sie sich zur Küche.

Sie schlüpfte durch den Türspalt hinein, als wäre sie ein Dieb, und knipste das Licht an. Auf der Fensterbank neben dem gekippten Fenster hockte eine getigerte Katze und zuckte mit der Schwanzspitze. Alba erkannte sie sofort. Es war die Katze, die den Vogel bei Juliane Dwenger angegriffen hatte!

Rücklings stolperte Alba zurück in den Flur. Die Katze sprang auf den Boden und flitzte zu ihr. Vor der Nase des Tieres schlug Alba die Tür zu. War sein Frauchen bereits im Haus? Bestimmt hatte die Fremde Georg unter einem falschen Vorwand aus dem Haus gelockt, um sie anzugreifen! Das Messer in ihrer Hand kam ihr mit einem Mal lächerlich vor. Ebenso gut hätte sie sich auch mit einer Wasserpistole rüsten können.

Alba hastete ins Wohnzimmer und riss den Hörer von der Basisstation. Mit fahrigen Fingern tippte sie den Notruf ein. Es wurde abgenommen. Doch wie damals im Haus ihres Großvaters konnte sie keinen klaren Laut von sich geben. Die Panik würgte die Worte in ihrer Kehle ab, die Laute klumpten in ihrem Hals wie der Grießbrei einer schlechten Köchin.

»Hallo? Haben Sie ein Problem?«, drängte der Mann am anderen Ende.

Alba kämpfte gegen Verzweiflung und Tränen. *Bitte helfen Sie mir!*, wollte sie herausschreien, aber nur ein Wimmern kam ihr über die Lippen. Sie keuchte vor Anstrengung, doch das Einzige, was sie hervorpresste, war ein undeutliches »Bttttchss«.

»Hallo? Was ist passiert? Hallo?«

In der Küche kratzten die Krallen an der Tür. Das Tier warf sich gegen das Holz, um mit den Pranken an die Klinke zu gelangen. Alba schleuderte den Hörer von sich, floh in den Flur und eilte zur Eingangstür. Sie stolperte nach draußen, gerade in dem Moment, als die Katze sich aus der Küche befreite.

Der Herbstwind zerrte an ihrem Negligé und wirbelte ihr Haar durcheinander. Sogleich fror sie. Sie musste zu den Nachbarn laufen und dort Hilfe holen! Alba hetzte durch die Nacht. Nach wenigen Schritten wurden ihre Füße von der eiskalten Erde taub. Sie hörte ihre Zähne klappern.

»Wohin so eilig, meine Hübsche?«

Am Gartentor schnitt die Frau ihr den Fluchtweg ab. Im Licht der Straßenlaternen wirkte sie noch größer und bedrohlicher, als Alba sie in Erinnerung hatte. Eine schwarze Hose betonte ihre langen Beine, und die Jacke mit den gepolsterten Schultern machte ihren Oberkörper noch stämmiger.

Alba ließ die Klinge hervorspringen. Mit beiden Händen hielt sie den Griff und führte das Messer gegen ihre Gegnerin. »I-i-ich … V-v-vgl …«

Die Unbekannte winkte lässig ab. »Mach dir um den Geier keinen Kopf, Süße. Der kommt von allein angeflattert, glaub mir. Eines muss man dem Grünschnabel lassen: Er weiß, wie man sich versteckt. Seit zwei Wochen bekomme ich ihn nicht zu fassen.« Sie kicherte wie ein Mädchen auf dem Karussell, was gar nicht zu ihrem Auftreten passte. »Stell dich, Finn! Das wäre besser für alle.«

Die Nacht antwortete ihr mit Stille.

Die Frau lauschte, dann mahnte sie mit erhobenem Zeigefinger: »Treib es nicht zu weit, mein Freundchen. Oder soll ich deinem Mädel wehtun, damit du dich endlich zeigst?«

Alba stocherte mit dem Messer in der Luft herum, in einem lächerlichen Versuch, ihre Angreiferin damit auf Abstand zu halten. Mit der Kraft und der Grazie eines Tigers sprang die Frau vor, packte Alba am Handgelenk und drehte ihr den Arm um.

Der Schmerz schoss Alba bis in die Schulter. Ihre Finger, die sie kaum noch spürte, ließen die Waffe fallen. Der Kampf war vorbei, eher er angefangen hatte. Was hatte sie auch geglaubt, da bestehen zu können!

Über ihr schlugen Flügel. Alba schaute rasch auf, kniff die Augen zusammen und spähte in die Dunkelheit. Ein Schatten huschte über ihren Kopf hinweg. Der Rotmilan. Finn! Sie wusste nicht, ob sie sich freuen oder verzweifeln sollte, weil er damit eindeutig in eine Falle tappte.

»Na, wer sagt's denn! Da kommt dein Geflügel schon.«

»W-was …« Tausend Fragen schwirrten in ihrem Kopf: Was ist hier los? Was wollen Sie von Finn? Wer sind Sie? Doch das, was sie letztendlich hervorbrachte, war keine Frage, sondern eine Aufforderung: »L-lassssn Sie m-mich und F-finn in Ruhe!«

Ein perlendes Lachen ertönte. »Hörst du Finn, die Kleine will, dass ich dich in Ruhe lasse. Ich muss gleich kotzen! Was denkst du, wird sie dich immer noch mögen, wenn sie erfährt, wer du bist? Oder wie du sie ausgenutzt hast?«

Zwischen den Bäumen trat eine Gestalt hervor. »Micaela, das Mädchen hat mit alldem nichts zu tun. Lass sie laufen. Du wolltest, dass ich komme – hier bin ich.« Alba hätte nie geglaubt, dass seine Stimme so eisern klingen könnte.

Sie wollte zu Finn, doch die Frau packte sie mit einem Würgegriff und lehnte ihre Wange an Albas. »Der Gute hat dich belogen«, ertönte ihr Wispern. »Er schreibt an keiner Diplomarbeit. Mein Gott, er hat nicht einmal einen Schulabschluss. Seine Königin hat ihm befohlen, die Notizen des toten Mannes zu besorgen, und das hat er getan. Bist du wirklich so dämlich, auf seine hübschen Augen reinzufallen? Tröste dich, du bist nicht die Einzige. Weißt du, wie viele er schon flachgelegt hat? Wobei – sei froh, an dir hatte er wirklich Interesse, die meisten anderen dienten ihm nur als Fickfleisch.«

Alba keuchte. Sie bekam kaum Luft, ihr Körper schlotterte vor Kälte. Die Worte, die sie aussprach, verstand sie selbst kaum noch: »Das ist nicht wahr.«

»Doch, doch«, flüsterte die Frau, und ihr warmer Atem strich über Albas Hals. »Hast du für ihn schon die Beine breit gemacht? Nein? Das wird's sein. Er mag Freiwild, das nicht so einfach ins Bett zu holen ist.« Sie hob den Kopf und rief in die Nacht: »Sag es ihr, Finn. Erzähl ihr die Wahrheit über dich!«

Alba wollte nicht weinen, tat es aber dennoch. Durch Tränen mühte sie sich, seine Silhouette zu erspähen, doch Finn war verschwunden.

Alba schloss die Augen. Sie fühlte sich verraten. Wie von ihrer Mutter, die sie nicht haben wollte. Wie von ihrem Großvater, der sie womöglich an einen Verbrecher verkauft hatte … Aus welchem Grund hatte sie geglaubt, bei einem Fremden Geborgenheit zu finden, wenn sogar diejenigen, die ihr nahestanden, sie zurückgewiesen hatten? Nur Georg war immer für sie da, und das Leben mit ihm brachte zwar wenig Aufregung, aber dafür Sicherheit. Warum musste sie das so spät erkennen?

Wut packte sie. Nein, eine Maid in Not wollte sie nicht spielen. Mit einem Finger stach sie nach hinten und traf ihrer Gegnerin tatsächlich ins Auge. Der Überraschungsmoment war auf ihrer Seite. Die Frau ließ sie los, und Alba rannte davon. Sie bog gerade um die Ecke des Hauses, als ihr von irgendwo oben die Katze in den Nacken sprang.

Alba stolperte und fiel zu Boden. Zwischen ihren Fingern quoll der Schlamm hervor. Die Krallen zerfetzten ihr das Negligé und schlitzten ihr die Haut am Rücken auf. Sie wälzte sich im Dreck, um das Tier abzuschütteln. Vergebens. Ihre klammen Finger ertasteten einen Stein, und sie drosch damit auf den Schädel der Katze ein, allerdings nicht kräftig genug. Die Bestie ließ nicht von ihr ab.

Das musste ein Alptraum sein! Alba wimmerte und schlug die Arme über ihrem Kopf zusammen. Sie würde gleich aufwachen. Sie musste es!

Vom Himmel stürzte der Vogel herab und grub seine Klauen in die Katze, die sich sogleich dem neuen Feind zuwandte und versuchte, den Rotmilan mit den Pranken zu erwischen. Doch diesmal beherrschte der Vogel sein Element sehr gut. Er tanzte in den Lüften, schien mit seinem Gegner zu spielen und lockte die Katze immer weiter fort.

Alba zog sich an der Wand hoch. Sie fühlte kaum ihre Gliedmaßen, die kalte Luft brannte in ihrer Lunge. Nur eines hielt sie auf den Beinen und drängte sie vorwärts: Der Wunsch zu fliehen, diesem Irrsinn zu entkommen. Benommen machte sie einige Schritte. Ihre Beine gaben nach, und sie fiel – fiel in eine Umarmung.

»Keine Angst, ich habe dich. Dir wird nichts passieren.«

Finn. Sie spürte die Wärme seines Körpers. Seine Arme, um ihre Taille geschlungen. Wie damals vor der Kapelle. Sie klammerte sich an seinen Hals und drückte ihr Gesicht gegen seine Brust. Er war da, um sie zu retten, er hatte sie nicht im Stich gelassen.

»I-ist ...« Den Satz auszusprechen fiel ihr noch unendlich viel schwerer als sonst: »Ist es wahr, was die Frau da gesagt hat?«

Verrückt. Die Katze kämpfte mit dem Vogel, ihr Frauchen war ihnen bestimmt auf den Fersen, aber sie, Alba, interessierte sich nur dafür, ob ein Mann, den sie mochte, sie belogen hatte? Doch das musste sie wissen. Jetzt, sofort.

Alba forschte in seinem Gesicht, dessen Züge sie im Dunkeln kaum erkennen konnte. *Hast du mich hintergangen? Hast du es?*

Finn schwieg. Hätte er Nein gesagt, hätte er sie hier und jetzt wieder belogen, hätte sie ihm blind geglaubt, weil sie ihm glauben wollte. Aber er schwieg.

Noch nie tat ihr ein Schweigen so weh. Sie stemmte ihre Hände gegen seine Brust, wollte sich seinem Griff entziehen, der sich schmutzig anfühlte, als würde seine Berührung sie besudeln. Doch sie war zu schwach, um sich ernsthaft gegen ihn zu wehren. Er wickelte sie in seine Jacke ein. »Ich bringe dich in Sicherheit. Komm.«

Aus dem Augenwinkel bemerkte Alba, wie das Rattenmädchen an dem Rhododendrongebüsch entlangschlich. Neben ihm her huschte der Nager. Weiter hinten erschien Micaela, und das Mädchen griff die Frau an. Seine Bewegungen wirkten gezielt und kräftig, es schien tatsächlich Erfahrung im Kämpfen zu haben.

Der Wind tobte durch den Garten, rüttelte an den Bäumen und den Sträuchern. Das Rauschen der Blätter vermischte sich mit dem Rauschen in Albas Kopf.

»Finn!«, rief die Frau aus der Dunkelheit. »Zwinge mich nicht, dich und sie zu holen.«

Mit einem Ruck zog Finn Alba zur Seite. Ein Betäubungspfeil bohrte sich in den Baum, vor dem sie gerade noch gestanden hatten.

»Ich schätze, der hier galt mir. Schnell, wir müssen fort. Vertraue mir.«

Vertrauen? Nach alldem, was passiert war? Nach alldem, was sie über ihn erfahren hatte?

Irgendwo hinter sich hörte Alba das Fauchen des Rattenmädchens, dann folgten Kampfgeräusche, die schnell verstummten.

Finn zog sie weiter mit sich, ohne dass sie die Kraft gehabt hätte, sich ihm zu widersetzen. Sie registrierte kaum noch, wohin sie ging. Unter ihren nackten Sohlen fühlte sie Pflastersteine.

Alba wurde immer weiter geschleppt und gezerrt. Sie setzte brav einen Fuß vor den anderen. Die Dunkelheit schien alles ringsherum zu verschlingen, nicht einmal das Licht der Straßenlaternen vermochte sie noch zu durchdringen. *Wo laufe ich hin?*

Der Rotmilan flatterte an ihr vorbei und stieß ein warnendes Krächzen hervor. Dann spürte sie einen Stich im Rücken. Der nächste Pfeil hatte sie getroffen. Weitere Schritte, geradeaus. Viele Schritte, die sie nicht mehr zählte. Dann zerfloss der Boden unter ihren Füßen, und sie sank in die rettende Ohnmacht.

Kapitel 12

Alba wachte auf, zog es jedoch vor, die Augen geschlossen zu halten. Sie fühlte sich wohl und gut erholt und genoss den Zustand der Ruhe, der ihre Seele liebkoste. Das durfte sie so selten erleben! Leicht traurig dachte sie an den Moment, an dem sie aufstehen müsste. Aber sie konnte nicht den ganzen Tag im Bett verbringen. Georg würde …

Die Erinnerungen überfluteten ihren Verstand so plötzlich, als hätten die Bilder bloß darauf gewartet, sie hinterhältig zu überfallen: Die Katze, die Frau, die Flucht – Alba riss die Augen auf und starrte auf den dreiarmigen Deckenleuchter. Einen fremden Deckenleuchter, den sie noch nie in ihrem Leben gesehen hatte. Wo befand sie sich? Nicht bei Georg, so viel stand fest.

Einatmen.

Ausatmen.

Zumindest lebte sie noch, das war schon viel wert.

Alba ließ ihren Blick umherschweifen, ohne sich zu bewegen und damit auf sich aufmerksam zu machen. Wer auch immer sie hierherverschleppt hatte, musste nicht gleich erfahren, dass sie nun wach war.

Die schweren Gardinen vor den Fenstern verdunkelten

das Zimmer, und sie konnte nicht erkennen, wie spät es sein mochte. Eine Salzkristalllampe, direkt auf dem Boden aufgestellt, verströmte orangefarbenes Licht, das den Raum gemütlich wirken ließ. An der Wand gegenüber stand ein Schrank aus dunklem Holz, mit aufwendigen Schnitzereien verziert. Daneben stapelten sich Umzugskartons. In den oberen lagen unordentlich einige foliengeschützte Anzüge und Damenkleider.

Im Spiegel an der Schranktür sah sie Finn. Er saß auf dem Fußboden neben ihrem Bett, eine Wange auf der Matratze, und schlief. Alba drehte den Kopf und betrachtete ihn. Auf seiner kreidebleichen Haut zeichneten sich die Schatten noch dunkler ab, als sie in Wirklichkeit waren. Die Augen bewegten sich unter den Lidern. Etwas schien ihn im Schlaf zu quälen, Alba glaubte sogar, ihn leise »Nein« stöhnen zu hören. Ein Alptraum? Er sah verletzlich aus, und ein Hauch von Mitgefühl regte sich in ihr, den sie aber gleich vertrieb. Dass er aussah wie ein netter Junge von nebenan, konnte sie nicht mehr trügen. Inzwischen kannte sie die Wahrheit.

Ruckartig setzte sich Alba auf. Von ihr aufgeweckt, fuhr er mit einem erstickten Ausruf hoch. Mit alarmiertem Blick suchte er das Zimmer ab, als wüsste er im ersten Moment nicht, wo er sich befände. Erst als er Alba anschaute, beruhigte er sich etwas.

»Du bist wach!«, seine Stimme klang rau. Er räusperte sich, suchte ihren Blick und wandte sich ab, sobald sie ihn direkt ansah. »Wie fühlst du dich?«

Das geht dich nichts an, dachte sie. Die Worte, die ihr immer so schwerfielen, vergeudete sie nicht an ihn.

»Ich weiß, du bist sauer auf mich«, fuhr er fort. Seine Nähe, seine Sorge um sie bereiteten ihr einen Kummer, den Alba nicht zulassen durfte. Nein, sie war nicht sauer auf ihn. Sie wollte es nicht sein. Sie wollte überhaupt kein Gefühl zulassen, das ihr Schmerz bringen könnte.

Einatmen.

Ausatmen.

Und alles rückte in weite Ferne. Man kann nicht sauer auf einen Menschen sein, der einem nichts mehr bedeutet, redete sie sich ein. Man kann auch nicht mehr von ihm enttäuscht werden.

»Bitte, lass mich alles erklären.« Finn ergriff ihre Hand. Die Berührung riss Alba zurück in die Realität. Sie zuckte zusammen und verpasste ihm eine schallende Ohrfeige. Die Hand rutschte ihr einfach so aus, doch schon im nächsten Augenblick schlug sie ihn erneut, dann noch einmal und noch einmal, konnte gar nicht damit aufhören.

»Rühr. Mich. Nicht. An!«, schrie sie ihm ins Gesicht. Vier Worte, die den ganzen Hass, die ganze Enttäuschung und das ganze Leid in ihr definierten.

Er wehrte sich nicht, während sie ihn blind vor Wut traktierte. Vielleicht hätte sie ihn bis zum Tode geschlagen, hätte sie nicht Blut an seiner Lippe bemerkt und innegehalten.

Er saß mit gesenktem Kopf da, die Schultern leicht

gehoben, als warte er auf weitere Schläge. »Bitte, lass mich alles erklären.«

Sie sprang aus dem Bett, auf der anderen Seite, um bloß nicht zu nah an ihn heranzutreten. Ihre von der Katze verletzte Haut spannte, ein paar Wunden gingen wohl auf und brannten. Die Fetzen des Negligés rutschten ihr von den Schultern und entblößten ihre Brust. Zum Hass mischte sich Scham. Alba riss das Laken vom Bett, wickelte sich darin ein und rannte aus dem Zimmer. Sie hätte geheult, aber ihr Stolz erlaubte es ihr nicht, die Tränen vor Finn zu zeigen. Vor einem Mann, der sie mehr verletzt hatte, als es ihre Mutter in all den Jahren jemals vermochte.

Im Flur stieß sie mit einer Frau zusammen, die durch eine milchverglaste Schiebetür aus einem anderen Raum trat. Etwas fiel klimpernd auf das Parkett. Alba blieb abrupt stehen.

»Huch, Vorsicht!«, mahnte die Unbekannte – Ende zwanzig, keine Schönheit, aber ihre Gesichtszüge strahlten einen gewissen Charme aus. Das rotbraune Haar hatte sie zu einem Pferdeschwanz gebunden. Die großen Rehaugen schimmerten – nein, nicht scheu, sondern irgendwie frech. »Ich hätte dich fast aufgespießt.«

Die Frau hob etwas vom Boden auf, und ein Messer glitzerte in ihrer Hand. Es verfügte über eine lange, geschwungene Klinge und einen antik aussehenden Griff, den ein Löwenkopf zierte.

Unwillkürlich wich Alba vor der Waffe zurück. Mit

dem Ding zerteilte diese moderne Amazone sicherlich keine Hähnchenbrustfilets.

»Keine Angst«, lachte die Unbekannte auf. »Ich habe es gerade poliert, da werde ich es doch nicht gleich wieder mit Blut besudeln. Außerdem bist du hier ein Gast. Und ich habe nicht die Angewohnheit, meine Gäste aufzuschlitzen.« Sie schmunzelte und betrachtete Alba von Kopf bis Fuß. »Hm, du willst sicherlich was anziehen, oder? Ach, da werden die Erinnerungen wach. Hättest einfach eines von Adriáns Hemden nehmen können.« Ihr Grinsen wurde breiter. »Aber vielleicht passen dir meine Sachen. Komm erstmal in die Stube.« Sie machte eine einladende Geste zu der milchverglasten Schiebetür.

Das Chaos des Umzugs zeichnete auch das Wohnzimmer aus. Die meisten Regale waren abgebaut, in einigen Glasvitrinen des Wandschranks herrschte gähnende Leere, und Lücken in einer dünnen Staubschicht deuteten auf die Plätze hin, wo früher die Sachen gestanden hatten. Ein Tresen trennte eine Küche, die allerdings wenig Benutzungsspuren aufwies, vom Wohnbereich.

»Wir ziehen um«, erklärte die Frau und deutete dann auf das Sofa. »Setz dich, ich bringe dir gleich ein paar Kleider. Mal schauen, was sich in diesem Durcheinander finden lässt. Übrigens, ich heiße Evelyn.«

Sie wartete keine Antwort ab und verschwand aus dem Raum. Ihre Schritte verhallten, kurz darauf erklangen gedämpfte Stimmen aus dem Schlafzimmer. Gehörte diese Frau zu Finns Eroberungen? Alba spähte in den Korridor, schlich näher heran und lauschte.

»… hast du vor?« Das Wispern kam von Evelyn. Die Intonation vermochte Alba allerdings nicht zu deuten. Hörte sie da Missmut heraus? Oder Besorgnis? Vielleicht sogar eine Spur von Angst?

»Ich werde ihr die Wahrheit über all das sagen. Sie hat ein Recht darauf.« Die Entschlossenheit und Strenge in seinem Ton kamen überraschend. Er klang so gar nicht wie der Finn, den Alba zu kennen meinte, mit dem sie auf dem Dachboden ihres Großvaters in den alten Sachen gewühlt und sich so wohlgefühlt hatte. Aber … kannte sie ihn wirklich? Natürlich nicht. Er hatte ihr bloß etwas vorgegaukelt, wonach sie sich insgeheim gesehnt hatte. Sie musste auf der Hut sein, vor ihm und seinem Flittchen.

»Finn, erwartest du im Ernst, sie wird dir glauben? Lass dieses Mädchen in Ruhe, sie hat schon genug durchgemacht. Du musst nicht ihr Leben noch mehr auf den Kopf stellen.«

»Sie ist meinetwegen in Schwierigkeiten.«

»Richtig. Deshalb lass nicht zu, dass sie noch mehr in unsere Welt hineingezogen wird. Das hier wird sie nicht verkraften.«

»Sie ist stärker, als du denkst.«

»Sie ist ein Mensch!«

»Ja. Und ich muss sie beschützen.«

»Das hast du bisher auch super hingekriegt, was?« Es raschelte, dann näherten sich Schritte dem Flur.

Alba hastete zurück ins Wohnzimmer. Sie plumpste auf das Sofa, gerade als Evelyn mit einem Kleid und sauberer Unterwäsche hereinwirbelte. Ein Lächeln umspielte ihre Lippen, als hätte es das Gespräch von gerade eben nie gegeben. Wüsste Alba es nicht besser, wäre sie vielleicht auf diese Herzlichkeit hereingefallen. Aber die Frau wollte sie hier nicht haben, das hatte sie deutlich herausgehört.

Nun. Wie passend! Denn sie wollte hier auch nicht bleiben.

»Du bist zwar etwas größer und schlanker als ich, aber probier das mal an.« Evelyn hielt an einem Bügel ein Kleid hoch, dessen Stoff mit Efeublättern bedruckt war. »Was denkst du? Ich finde, es würde wunderbar deine grünen Augen betonen.«

Alba zwang sich zu einem Lächeln und schlüpfte in die Sachen. Wenn sie von hier verschwinden wollte, musste sie etwas anhaben.

»Fertig!«, rief Evelyn, als Alba das Kleid zurechtgezogen und sich um die eigene Achse gedreht hatte. Es schlackerte an ihr wie ein Sack, aber in ihrer Situation durfte sie nicht wählerisch sein.

Finn zeigte sich auf der Schwelle, die Arme vor der Brust verschränkt. Ihn so zu sehen versetzte Alba einen Stich ins Herz, und sie verfluchte sich dafür. Was musste er ihr noch antun, damit sie ihn endlich aus ihrer Gefühlswelt verbannen konnte?

Wenigstens wusste er nichts von dem Durcheinander, das in ihr herrschte. Äußerlich gelang es ihr, ihn zu ignorieren. Stattdessen wandte sie sich an die Frau: »I-i-ich …« Sie brauchte mehrere Anläufe, um die drei einfachen Wörter hervorzubringen: »Ich gehe jetzt.« Durch ihr Gestotter klangen sie bei weitem nicht so erhaben und selbstbewusst, wie sie es sich ausgemalt hatte. Evelyn hob bloß die Schultern zum Zeichen für »Mach, was du für richtig hältst.«

Alba wollte das Zimmer verlassen, doch Finn hielt sie zurück. Sein Arm bildete eine Schranke, die den Weg in die Freiheit versperrte. Sie riss ihre Hand in die Höhe und verharrte. Ihn weiter zu schlagen würde vielleicht ihre Wut mildern, aber nicht die Verbitterung, die ihre Seele vergiftete.

»Warte. Ich muss dir etwas erzählen. Über mich. Und darüber, was passiert ist«, sagte er, ohne Evelyns mahnenden Blick zu beachten. »Die Sache ist so: Ich bin kein Mensch.«

Alba senkte ihren Arm. *Genau. Du bist ein Arschloch.*

»Sondern ein Metamorph.«

Da war es, das Wort, das sie aus Hermanns Notizen kannte. Finn machte eine Pause, als würde das alles erklären. Was erwartete er von ihr?

Evelyn räusperte sich. »Vielleicht lassen wir das lieber …«

Ihr Einwand ging in Finns plötzlichem Redeschwall unter. »Ich gehöre zu den Wesen, die menschlich aussehen, aber über anormale Fähigkeiten verfügen. Der Rotmilan, den du gesehen hast, ist mein Seelentier. Solche wie ich sind in der Lage, sich geistig mit ihrem Seelentier zu verbinden, also in seinen Körper hineinzufahren und als Tier zu agieren. Im Laufe der Zeit erlangen wir einige Fähigkeiten unserer Seelentiere, müssen dafür aber einige menschliche Eigenschaften einbüßen.«

Sie sah ihm in die Augen.

Sehr schöne Augen. Auf die jede Frau reinfiel.

»A-ach!«, spottete Alba. »D-du …« Sie musste sich zusammenreißen, um mehr oder minder deutlich zu sprechen: »Du kannst also fliegen. Wie schön. Dann nutze es und mach einen Abflug!«

Etwas zerbrach in seinem Blick. Er verwandelte sich – nein, nicht in einen Vogel, jedoch endgültig in einen Fremden. Eine Starre befiel seine Züge. Die Augen verloren an Glanz.

»I-ich g-gehe.« Alba nutzte den Augenblick seiner Unachtsamkeit, schubste ihn zur Seite und rannte zur Wohnungstür. Sie hatte bereits die Klinke hinuntergedrückt und die Tür einen Spaltbreit aufgemacht, als Finn hinter sie trat und mit einem Stoß die Tür vor ihrer Nase zuknallte.

»Nein. Tust du nicht.« Er klang vollkommen ruhig. Gefasst, kalt, ohne Milde.

»Lass. Mich. G-g-g… gehen!«

»Nein«, sagte er noch ruhiger, noch gefasster, noch gefährlicher. »Ich kann nicht erlauben, dass du so bereitwillig in deinen Tod rennst.«

Evelyn trat in den Korridor. »Finn, bist du gänzlich übergeschnappt? So kenne ich dich gar nicht.«

»Bisher gab es auch keinen Grund, so zu sein.«

»Und was hast du jetzt vor? Sie gegen ihren Willen festzuhalten?«

»Wenn es sein muss – ja, denn das rettet ihr das Leben.«

»Ein wunderbarer Plan! Willst du dich zusammen mit ihr irgendwo verkriechen und warten, bis Linnea tot umfällt? Das könnte ein Weilchen dauern. Du weißt ja: Die Verbindung mit dem Seelentier macht einen lange jung und fit.«

»Verkriechen werde ich mich ganz sicher nicht. Aber ich bin vernünftig genug, um mir einzugestehen, dass ich allein keine Chance gegen die Königin habe. Deshalb muss ich mit Adrián reden. Er schuldet mir eh noch einen Gefallen. Wo ist er übrigens?«

Evelyn kaute auf ihrer Unterlippe. Ihre Augen funkelten. »Essen holen«, gab sie zögernd zurück und warf einen raschen Blick auf Alba.

Alba erschauderte. Hatte sie Hunger in den Rehaugen lodern sehen, gar Gier? Für einen Moment kam es ihr vor, als spiele die Frau ernsthaft mit dem Gedanken, sie zu verspeisen. Mit Haut und Haar, ohne sich damit aufzuhalten, das Mahl mit ihrem Messer in mundgerechte Stücke zu zerteilen.

»Dann warten wir auf ihn«, beschloss Finn.

Zorn flammte in Alba auf.

»Ich. Warte. Auf. Niemanden!«, presste sie hervor und riss wieder den Arm in die Höhe, doch diesmal fing er ihre Hand am Gelenk ab und drückte sie hinunter.

»Schlage mich nie wieder.«

Sein eiserner Griff tat ihr weh. Sie stöhnte auf und verzog das Gesicht. Er ließ sie los. »Keine Sorge, ich werde es dir so angenehm wie möglich machen. Du wirst meine Anwesenheit nicht länger als nötig ertragen müssen.« Mit diesen Worten verschwand er in einem der Zimmer. Alba rieb sich das Gelenk, auf dem sich Finns Finger weiß abzeichneten.

Evelyn stöhnte. »So ein Dummkopf.« Auf einmal stand sie direkt vor Alba, obwohl Alba nicht gesehen hatte, wie sie sich bewegt hatte. »Komm, lass uns ins Wohnzimmer gehen. Ich würde dir gern einen Kaffee anbieten, aber leider habe ich keinen. Bei meinem ersten Besuch hier musste ich auch nur Leitungswasser trinken«, plapperte sie, als wäre nichts geschehen.

Was war das für ein Ort?, dachte Alba verbittert. Ein Clubhaus irgendwelcher Freaks? Wohl eher ein Irrenhaus.

Wut und Verzweiflung kochten in ihr auf. Sie kämpfte gegen den Drang an, alles zu zerschlagen, was zu Bruch gehen konnte, um mit den Splittern die Polstermöbel aufzuschlitzen. Erst auf dem Sofa ebbte das Verlangen danach ab und machte einer gewissen Mutlosigkeit Platz.

Evelyn legte ihr einen Arm um die Schulter, und Alba hatte nicht mehr den Willen, sich der Berührung zu entwinden. »Du bist in etwas ganz Schlimmes hineingeraten. Aber leider hat Finn Recht. Hier bist du vorläufig in Sicherheit. Und da draußen«, sie deutete zum Fenster, das auch in diesem Raum mit einer Gardine verhängt war, die kein Licht hereinließ, »bringst du nicht nur dich in Gefahr, sondern vielleicht alle, die dir nahestehen.«

Was für wunderbare Aussichten! Sollte sie deshalb freiwillig zu einer Gefangenen werden? Teilnahmslos starrte sie vor sich hin. Was nun? Wie lange sollte sie hierbleiben, und was würde danach geschehen? Diese Menschen – waren es nun welche oder doch nicht? – würden sie kaum gehen lassen. Sollte sie freikommen, würde sie alle anzeigen, darauf könnten sie Gift nehmen.

Evelyn strich ihr das Haar aus dem Gesicht und fuhr mit dem Zeigefinger über ihre Wange. »Nein. Niemand wird angezeigt. Es wird alles gut, das verspreche ich dir. Wenn das hier vorbei ist, werden wir dir die Erinnerungen an all das nehmen. Dein Leben wird genauso wie zuvor. Keine Metamorphe. Keine Nachzehrer. Keine Dunkelheit.«

Mit halboffenem Mund starrte Alba die Frau an. Das Gesagte sollte wohl tröstend wirken, aber das war es nicht. Und es lag gar nicht an den Worten selbst, die Alba verunsicherten, sondern an der Tatsache … an der Tatsache, dass Evelyn anscheinend ihre Gedanken gelesen hatte.

»Ertappt.« Die Frau schmunzelte. »Ja, ich kann deine Gedanken lesen, du aber meine nicht. Wobei ›lesen‹ nicht das richtige Wort ist. Es ist eher ›empfangen‹ – ein Rauschen, ein Chaos unterschiedlichster Gefühle. Die meisten Menschen lassen unbewusst eine Menge heraus, weil sie ihr Âjnâ nicht kontrollieren können. Es ist schwer, in diesem Durcheinander etwas Klares wahrzunehmen, man muss sich sehr anstrengen, und auch dann geht das nur bei den äußerst starken Empfindungen. Meistens blende ich dieses Rauschen aus.«

Âjnâ? Mit Absicht konzentrierte sich Alba auf dieses Wort, um es irgendwie Evelyn zu schicken, um sie damit zu testen.

Ein kurzes Stirnrunzeln, eine Pause – dann nickte die Frau.

»Das dritte Auge. Solche wie ich besitzen telepathische Kräfte. Bringt mehr Probleme, als es nutzt, wenn du mich fragst.«

Zugegeben, so zu kommunizieren fiel Alba um einiges leichter. Nicht stottern – einfach intensiv denken. Und vor allem: Sie konnte es im Geheimen tun! War das nicht ihre Chance?

Bitte! Lass mich gehen! Lösche meine Erinnerungen, wenn es sein muss, aber lass mich frei! Ergriffen von diesem Wunsch, bemerkte Alba nicht, wie sie Evelyns Hände packte. Von der Dringlichkeit ihrer Gedanken spürte sie einen Druck auf ihrer Stirn, ihr wurde leicht schwindelig, dennoch stieß sie mit all ihrer Stärke heraus: *Hilf mir! Bitte!*

Unterschiedliche Regungen kämpften in Evelyns Gesicht: Mitgefühl, Verständnis, sogar so etwas wie ein Beschützerinstinkt. Umso entmutigender kam ihr Flüstern: »Ich kann nicht.«

»A-ab-ber w-warum?«

Evelyn ließ die Schultern sinken. »Weil wir – Adrián und ich – Finn etwas schulden. Und das hier ist die Möglichkeit, es zu begleichen, auch wenn mir nicht gefällt, was er tut. Aber ohne ihn gäbe es Adrián nicht mehr und mich vielleicht auch nicht. Er war da, als wir ihn am meisten gebraucht haben, und jetzt sind wir an der Reihe, ihm einen Dienst zu erweisen.« Sie lächelte schelmisch. »Danach müssen wir nicht einmal mehr seinen Namen kennen, und würde er uns begegnen, könnten wir ihn ruhigen Gewissens aussaugen.«

Wieder glitzerte diese Gier in ihren Augen auf und verebbte. Unwillkürlich rückte Alba ein Stück weg von der Frau.

Bist du auch ein Metamorph?

»Oh nein. Ich bin seine natürliche Feindin in der Nahrungskette, wenn du so willst. Ihm aber im Moment, da wir gemeinsame Feinde haben, eine Freundin. Keine Sorge. Du bist in Sicherheit, ich werde dir nichts tun.« Evelyn beugte sich zu ihr. »Auch wenn deine Aura einen Leckerbissen verspricht.«

Die Angst verengte Albas Kehle, und sie begann, an ihren Haarspitzen zu rupfen. *Wer bist du? Und wer ist Finn? Was wird hier gespielt?* In ihrem Unterbewusstsein pochte: *Ich will hier raus, ich muss fort!* Mit aller Macht versuchte sie es zu unterdrücken, damit die Frau keinen Verdacht schöpfte. Es jagte Alba Schauerwellen den Rücken hinunter, sich Evelyn als Bewacherin vorzustellen.

»Gut, ich versuche es dir zu erklären«, begann die Frau. »Nach der Geburt unterscheidet sich ein Metamorph nicht von einem normalen Menschen, doch sein Erbe wurde ihm bereits von den Eltern übergeben. Er wird als ein Anwärter erzogen, solange er sein Seelentier nicht gefunden hat und die Verbindung mit ihm noch nicht eingegangen ist. Manche schaffen es nie, dann werden sie von der Gemeinde verstoßen. Die Anwärter werden auf ihr späteres Leben als Metamorphe vorbereitet, jedoch nicht wirklich in die Belange der Gemeinde einbezogen. Jede Gemeinde wird von einer Königin regiert. Sie hat große Macht über ihre Untertanen, die ihre Entscheidungen akzeptieren und ihre Befehle befolgen müssen. Doch nicht alle sind bereit, ihr willenlos zu gehorchen. Einige rebellieren und verlassen die Gemeinde. Die Abtrünnigen – so werden sie genannt – enden in den meisten Fällen schlimm, denn die Königin lässt ihre Seelentiere aufspüren und töten, wodurch sie die Armen in eine Seelenkrise stürzt. Manchmal tötet sie auch die Abtrünnigen, zur Abschreckung für die, die sich ihr widersetzen wollen.«

Diese Linnea, die ihr erwähnt habt, ist also eine Königin?

»Ja.« Evelyn verzog das Gesicht. »Sie ist ein hinterhältiges, andere manipulierendes Miststück, das nur ein Ziel vor Augen hat: Ihre Gemeinde zu erweitern und solche wie mich auszurotten. Sie würde ihren treuen Untertanen alles geben, alles für sie opfern. Dafür büßen diese ihren freien Willen ein. Jeder, der sich gegen Linnea stellt, wird vernichtet. Finn ist an die Gemeinde gebunden, aber sein rebellischer Geist erlaubt es ihm nicht, sich unterzuordnen. Als Kilian noch gelebt hat, wollte der ihm helfen, sich Linneas Einfluss zu entziehen. Aber sie haben es nicht geschafft. Nun versucht Finn es im Alleingang.«

Wer ist Kilian? Der Druck auf ihrer Stirn verwandelte sich in einen dumpfen Schmerz. Lange würde sie diese Unterhaltung nicht aushalten können. Zum Teil kam es ihr vor, als schabe jemand mit einem Löffel an ihrem Hirn. Wenn sie die Augen schloss, sah sie weiße Kreise pulsieren.

Evelyn antwortete nicht sofort. »Kilian ist … war … ein sehr guter Mensch. Hm. Ich meine natürlich: ein Metamorph, aber du verstehst schon, was ich sagen will, oder? Er war …« Sie stockte. »Er hat sich in die Falsche verliebt, und das war sein Untergang. Bitte, lass uns nicht darüber reden.«

Also hat Linnea jemanden geschickt, um Finn zu holen?

»Ja. Micaela. Sie ist eine Jägerin und Linnea treu ergeben. Sie wird nicht ruhen, bis sie den Befehl ausgeführt hat.«

Und du? Wer bist du?

Eine lange Pause entstand.

»Ich bin … Ich bin tot.«

Alba blinzelte irritiert. Das alles konnte die Frau doch nicht ernst meinen! Eines stand fest: Irgendjemand hier musste total verrückt sein. Nur war Alba sich nicht sicher, ob es nicht sie selbst war.

Von weiteren Überlegungen brachte sie ein Klacken des Schlosses ab. Evelyn stand auf, als freue sie sich, der Unterhaltung zu entfliehen. »Das ist bestimmt Adrián.

Hoffentlich weiß er einen Ausweg aus dem ganzen Schlamassel, in den Finn uns reingeritten hat.« Sie verschwand hinter der milchverglasten Tür. Alba zögerte, dann stahl sie sich in den Korridor.

Als sie den Mann sah, der gerade Evelyn umarmte und ihr einen Kuss auf die Lippen gab, verschlug es ihr den Atem.

Es war der Mörder, der sie in Hermanns Haus angegriffen hatte!

Kapitel 13

Ich bin tot, hallten Evelyns Worte in Albas Kopf, und langsam fügten sich die Puzzle-Teile zu einem zwar obskuren, aber dennoch einheitlichen Bild. Die unnatürliche Schnelligkeit des Mannes, die Gardinen, die in diese Wohnung kein Tageslicht hereinließen, bekamen eine Erklärung. Er war ein Vampir!

Sobald der Gedanke sich in ihrem Kopf manifestiert hatte, fand sie ihn lächerlich. Glaubte sie so etwas wirklich? Sie müsste verrückt sein. Und dennoch fühlte sich die Idee gar nicht so abwegig an, wie sie eigentlich sein sollte. Zu viel Unerklärliches war in der letzten Zeit um sie herum passiert.

Der Mann küsste Evelyn mit einer Leidenschaft, deren Prickeln sogar Alba spürte. Die beiden standen eng umschlungen da, wie zu einem einzigen Wesen verschmolzen, und hatten alles um sich herum vergessen.

Alba rüttelte ihren Verstand auf. Sie musste fliehen, doch das Paar versperrte den Weg nach draußen. Hastig sah sie sich um. Einen Pflock entdeckte sie nicht – natürlich nicht. Aber an der Wand hing ein abstraktes Gemälde, das bunte Kreise und Dreiecke zeigte, in einen dünnen Holzrahmen eingefasst. Alba riss das Bild herunter und schlug es mit ganzer Kraft auf den Boden. Das Glas zersprang. Die Scherben schlitterten über das Parkett und hinterließen Kratzer auf der spiegelblanken Oberfläche. Während Evelyn und ihr Lover das Geschehen irritiert verfolgten, aus ihrer Zweisamkeit wie aus einem schönen Traum gerissen, brach Alba eine Leiste von dem Rahmen ab und hob ihre Waffe.

Der Mann fand als Erster zurück in die Wirklichkeit.

»Was tut Sie hier?«, grollte er. Seinen Satz fing er an der Eingangstür an, und er beendete ihn, als er Alba mit der linken Hand an der Schulter packte und sie gegen die Wand presste. Innerhalb eines Wimpernschlages hatte er die Entfernung überwunden.

Alba staunte über ihre eigene Schnelligkeit, dass es ihr gelungen war, die Spitze der Leiste gegen seine Brust zu drücken. Doch in ihrer Position war es ihr unmöglich, ihn damit ernsthaft zu verletzen.

Der Krach alarmierte auch Finn, der in den Flur gestürzt kam. »Adrián! Lass sie sofort in Ruhe!«

Der Mann knurrte, ohne seinen Griff um Albas Schulter zu lockern: »Du hast genau zwanzig Sekunden, um mir zu erklären, was du dir dabei gedacht hast, hierherzukommen und dazu noch einen Menschen – sie! – mitzubringen.« Er sprach mit einem leichten Akzent, spanisch oder portugiesisch vielleicht. Das milderte die Härte seiner Worte, die Ernsthaftigkeit der Situation aber keinesfalls.

Das Weiß in Evelyns Augen leuchtete blutrot auf. Zumindest glaubte Alba, es flüchtig gesehen zu haben, war sich aber nicht sicher.

»Schluss jetzt.« Die Frau legte eine Hand auf Alba, mit der anderen stieß sie gegen die Brust des Mannes. Die Geste wirkte beinahe spielerisch. Dennoch riss eine ungeahnte Kraft den Mann davon und schleuderte ihn gegen den Garderobenschrank. Die Tür zersplitterte, und er landete im Inneren des Möbelstückes, begraben unter Mänteln und Jacken, die er im Fall heruntergerissen hatte.

»Evy! *Caramba*, was soll das? Und vor allem: Wie machst du das? Ich will es auch können.«

»Mit Fingerspitzengefühl. Ich weiß, das ist für dein südländisches Temperament ein Fremdwort«, erwiderte seine Angebetete ruhig und nahm Alba die Holzleiste aus der Hand. »Übrigens, ihn damit aufzuspießen würde nichts bringen. Er ist kein Vampir, falls du das gedacht hast.«

Alba schluckte hörbar. Das Adrenalin, das ihr beim Anblick des Mannes durch die Adern schoss, schwand, und ihre Knie begannen zu schlottern. Sie verfluchte sich für diese Schwäche und hoffte, die anderen würden es nicht merken. Denn wenn sie diesmal stürzte, würde Finn sie nicht auffangen. Zumindest nicht der Finn, der einige Meter entfernt von ihr stand.

»E-er … e-er ha-at …« Sie rang um Worte, spähte zu Finn und wartete darauf, dass er sich, wie Georg es immer tat, für sie entschuldigte. Aber das machte er nicht.

Sie fing den Satz von vorn an. Ihre Kehle schmerzte

vor Anstrengung, als wäre sie zu eng, um die Laute durchzulassen: »Er hat meinen Großvater umgebracht.«

»Was?«, hauchte Finn.

»He-hermann H-h-h…«

»Herzhoff?«, beendete Evelyn es für sie mit einer leichten Vibration in der Stimme.

Eine Bombe hätte keine verheerendere Wirkung hervorgebracht. Alle starten Alba an: Finn erschüttert, Evelyn beinahe bange und Adrián – als stünde ein Geist vor ihm.

»Er war dein Opa?« Der Mann rappelte sich unter den Kleidungsstücken auf. Er hob eine Jacke auf, doch sie rutschte ihm aus den Fingern seiner Rechten. »*Esta maldita mano!*« Er massierte sich die Handfläche und versuchte die Faust zu ballen, was ihm nicht ganz gelang. Einige seiner Nägel sahen buckelig, nicht richtig gewachsen aus. Auch die Finger wollten ihm anscheinend nicht so gehorchen, wie er es gern hätte.

»Lass die Sachen liegen«, erwiderte Evelyn. »Und bevor du wieder auf die Palme gehst: Nein, ich behandele dich nicht wie einen Krüppel.«

Der Mann seufzte, seine Aufmerksamkeit galt wieder dem Hauptthema. »Dann bist du Alba?« Er sprach den Namen leise und mit einer Zärtlichkeit aus, die ihr äußerst merkwürdig, gar fehl am Platz vorkam.

Sie nickte.

»Alba Wagner?« Er konnte es nicht glauben – nein, er wollte es nicht.

Erneut musste sie nicken. Bloß nicht die Nerven verlieren! Mein Gott, vor ihr stand der Mörder, der auch sie getötet hätte, wenn sie ihm nicht entwischt wäre. Und nun plauderte er mit ihr wie mit einer alten Bekannten.

Der Druck auf ihrer Stirn verursachte ziehende Schmerzen in ihrem Schädel. Sie wusste, woher diese stammten. Der Mann las ihre Gedanken, oder zumindest versuchte er es.

»Es tut mir leid«, sagte er, und etwas an seiner Haltung oder auch an seinem Timbre bewegte Alba dazu, wenn schon nicht an seine Aufrichtigkeit zu glauben, ihn doch wenigstens anzuhören. Was blieb ihr anderes übrig?, redete sie sich ein, um diese seltsame Wirkung des Fremden auf sie zu erklären.

Er senkte den Kopf. »Ich dachte mir schon, dass du mich für den Täter halten würdest. Ärger mit der Polizei war das Letzte, was ich damals brauchen konnte. Mir blieb nur ein Ausweg: Deine Erinnerungen so zu manipulieren, dass du mich vergisst. Aber ich war hungrig, und die Gier – die hat einfach die Überhand gewonnen. Ich konnte nichts dagegen tun. Wenn so etwas passiert, bin ich absolut unzurechnungsfähig, weil mein Fluch es mir nicht erlaubt, zu verhungern. Es tut mir leid.«

Was redete er da für einen Stuss? Alba rieb sich über die Stirn. Wenn das so weiterging, würde ihr Schädel vor Schmerzen bersten. Sie brauchte Ruhe, Abstand zu all dem.

»W-wer bist du?«, stöhnte sie und erwartete alles Mögliche zu hören: ein Vampir, ein Dunkelelf, ein

Boogieman – doch das, was er antwortete, schockierte sie mehr als ihre kühnsten Vorstellungen: »Dein Großonkel.«

»Wer?« Ihr wurde flau im Magen. Jetzt war sie froh, an der Wand zu lehnen.

»Der Bruder deiner Oma«, erklärte er, obwohl es eher eine rhetorische Frage gewesen war. »Na ja, eigentlich nur Halbbruder, aber das ist egal.«

Die Angelegenheit wurde immer irrsinniger. Sie hatte einen Großonkel, der jünger aussah als ihre Mutter! Das war mehr, als sie ertragen konnte. Zuerst die seltsamen Metamorphe, dann das hier. Nein, das konnte einfach nicht wirklich passieren! Vielleicht war sie bereits verrückt geworden, und alles spielte sich nur in ihrer Fantasie ab? Ihre Mutter hatte oft genug angedeutet, mit ihrer Psyche stimme etwas nicht, um sie zu allen möglichen Seelenklempnern zu schleppen.

»Ich würde vorschlagen«, unterbrach Evelyn die entstandene Stille, »wir verlegen das Familientreffen ins Wohnzimmer.«

Sie hakte sich bei Alba unter und führte sie fort. Alba freute sich über die Unterbrechung, während derer sie ihre Gedanken sortieren konnte. Viel besser ging es ihr dadurch nicht. Bevor ihr Verstand sich endgültig verabschieden würde, beschloss sie, dem Geschehen weiter beizuwohnen, in der Hoffnung, alles würde sich noch irgendwie vernünftig aufklären.

Als die anderen sich hingesetzt hatten, begann Adrián ohne Umschweife zu erzählen: »Auf mir lastet ein Fluch, der mich untot macht.« Er sah sie prüfend an, doch das Einzige, was sie dazu dachte, war ein »Aha«.

»Normalerweise ist so ein Bann einer Mächtigen, einer Hexe, zu verdanken, die den Fötus für irgendein Vergehen der Mutter verhext. Aber ich habe den Fluch vererbt bekommen, mein Erzeuger war ein Nachzehrer. Mehr weiß ich nicht über ihn, ich kenne nicht einmal seinen Namen.«

Nachzehrer. Alba horchte auf. Da war es, das andere Wort, das sie in den Notizen ihres Großvaters gesehen hatte. Hermann kannte also die Wahrheit über diese Nachzehrer und Metamorphe, oder wie sie alle hießen.

Adrián erzählte weiter: »Ich bin in einer kleinen spanischen Stadt zur Welt gekommen. Einige Jahre danach heiratete meine Mutter meinen Adoptivvater Pablo, und kurze Zeit später bekam ich zwei Geschwister: meinen Bruder Alejandro und meine Schwester Alba, deine Oma. Unsere Kindheit verging im Gemetzel des Bürgerkriegs, und unsere Jugend wurde durch den Zweiten Weltkrieg gezeichnet. Pablo, wie viele andere Spanier, sah die Schuld an der wirtschaftlichen Misslage Spaniens im Kommunismus. Als Hitler den Angriff auf die damalige Sowjetunion gestartet hatte, meldete sich Pablo freiwillig zur *División Azul*, der Blauen Division, um seine Ideale zu verteidigen. Aufgrund dieser Tat bin ich nicht stolz auf ihn, aber er war gut zu uns und vor allem: Er hatte meine Mutter wirklich geliebt. Kurz danach fiel er an der russischen Front.

Ich weiß nicht, wie es meiner Mutter gelang, uns die

Jahre danach über die Runden zu bringen. Es waren schwere Zeiten, in denen wir teilweise nicht einmal ein Dach über dem Kopf hatten. In den 50ern bin ich als Gastarbeiter nach Deutschland gegangen, um meiner Familie wenigstens ein bisschen zu helfen. Dort lernte ich Hermann Herzhoff kennen, als wir beide in eine Schlägerei verwickelt waren.«

Evelyn verdrehte die Augen. »Männer.«

»So ist es, *mi vida.*« Adrián schenkte ihr ein Lächeln, das in Alba einen Anflug von Neid hervorrief. Niemand hatte sie jemals so angesehen oder angelächelt. Nicht einmal Georg. Die Erkenntnis erfüllte sie mit Traurigkeit. War sie es einfach nicht wert?

Evelyn erhob sich vom Sofa. »Stört es euch, wenn ich nebenbei weiter die Kartons einräume? Sonst schaffen wir es nie bis zum Termin.«

Alba war es egal. Auch die anderen sagten nichts dagegen. So holte Evelyn ein paar Zeitungen, öffnete den Schrank und begann, die restlichen Sachen, die noch darin standen, in das Papier einzuwickeln und in den Umzugskartons zu verstauen.

Adrián fuhr fort: »Durch mich hat Hermann meine Halbschwester Alba kennengelernt. Und kaum ein Jahr danach haben die beiden geheiratet – meine Familie war streng katholisch, anders wären sie einander niemals nähergekommen – und schließlich für Nachwuchs gesorgt.

Währenddessen bin ich an einer Lungenentzündung erkrankt. Ich wusste, ich würde es nicht mehr lange machen, egal, was die Ärzte auch versuchten. Eines Tages bin ich eingeschlafen – zumindest kam es mir so vor –, und als ich aufwachte, fand ich mich in einem Sarg wieder. Noch wusste ich nicht, was passiert war. Ich konnte mich nicht bewegen, spürte keine Schmerzen mehr, abgesehen von dem Hunger, der in mir wütete. Doch der trieb mich an den Rand des Wahnsinns. Ich wollte sterben – ohne zu begreifen, dass ich bereits tot war.«

Vielleicht war Alba bereits zu geschafft, um sich über den Bericht noch wundern zu können. Sie ließ die Wörter auf sich herabprasseln, während sie still auf der Couch saß und gegen ihre Kopfschmerzen und Übelkeit ankämpfte.

»Irgendwann merkte ich, dass es mir besserging, wenn ich an meine Familie dachte, mir ihre Gesichter, Stimmen, Gestik vorstellte. Meine Schwester war die Erste, zu der ich einen mentalen Kontakt aufbaute, ohne zu wissen, was ich damit anrichtete. Ich hatte schon immer eine ganz enge Bindung zu ihr. Seit Kindertagen waren wir unzertrennlich. Und es wurde ihr zum Verhängnis. Während ich im Sarg lag, kam es mir so vor, als wäre ich in ihr, würde durch sie die Welt sehen, hören, riechen und schmecken. Es waren nicht meine Empfindungen, sondern nur Echos dessen, was sie fühlte. Aber sie stärkten mich und stillten den Hunger. Ich kam immer mehr zu Kräften – sie wurde mit jedem Tag schwächer.

Ich wollte sie nicht quälen. Jedes Mal versprach ich mir, nicht mehr an sie zu denken, doch sobald der Hunger über mich herfiel, konnte ich nicht anders. Bald erkrankte sie an einer Lungenentzündung. Egal, was die Ärzte auch versuchten, nach mehreren qualvollen Wochen starb sie daran. Und ich wurde ein klein wenig lebendiger, ich konnte mich bewegen. Nur ein bisschen, und es kostete eine immense Kraft, aber ich fühlte mich freier. Doch um aus dem Sarg herauszukommen, reichte das noch lange nicht. Ich wusste, dass ich meiner Familie den Tod bringen würde. Ich konnte nichts dagegen tun. Als Nächstes raffte die Lungenentzündung meinen Bruder Alejandro dahin und schließlich meine Mutter, die zu diesem Zeitpunkt bereits eine gebrochene Frau war – musste sie doch nacheinander ihre drei Kinder begraben. Danach wäre mir sicherlich Hermann zum Opfer gefallen, denn nach meiner Familie stand er mir am nächsten. Aber ich war bereits stark genug, um aus dem Sarg herauszukommen – als ein Wiedergänger, ein Geist –, und ich musste nicht mehr diejenigen töten, die mir nahestanden.«

»Waren auch kaum noch welche übrig geblieben«, warf Finn mit finsterer Miene ein. Die beiden Männer sahen einander an, und es war keine Liebe, die zwischen ihnen herrschte. Alba rätselte, warum Finn hier Zuflucht gesucht hatte, wenn er diese – Wesen? – so sehr verabscheute.

»Lebensenergie brauchte ich trotzdem«, erzählte Adrián weiter, ohne auf die Bemerkung einzugehen, »aber ich konnte mir meine Opfer aussuchen und diejenigen aussaugen, an denen mir nichts lag. Es passierte meistens nachts, denn da fühlte ich mich am stärksten. Die Sonne entzieht uns die Energie. Ich stahl mich in ihre Schlafzimmer, setzte mich auf ihre Brust und trank von ihrer Seelenkraft. Und wurde immer realer, kam Schritt für Schritt aus der Schattenwelt heraus.«

»U-und sie sta-arben an ei-ein-n-ner Lungen-en-entzündung?« Es überraschte Alba, wie wenig ihr der Bericht zusetzte. Als wäre sie bereits zu abgestumpft, um irgendwelche Schreckensvorstellungen von ausgesaugten Menschen an sich heranzulassen.

Er nickte. »Ja. Alle. Wenn ein Nachzehrer langsam die Energie zu sich nimmt – was besser sättigt –, sterben die Opfer irgendwann an der Krankheit, an der einst der Nachzehrer gestorben war. Wenn er gierig und unkontrolliert die Kraft aussaugt, ist es stets die Beulenpest. Die wirklich Verfluchten verursachen immer Seuchen, solche wie ich, die den Fluch bloß geerbt haben, zum Glück nicht.«

Epidemien waren den Nachzehrern zu verdanken? Das kam Alba aber etwas lächerlich vor. Hieße es doch, dass sie ihre Allgemeinbildung gründlich überprüfen müsste.

»Nun. Irgendwann hatte ich genug Energie, um mich endgültig zu materialisieren. Ich habe keine Ahnung, wie es geschah, aber eines Tages stand ich da, aus Fleisch und Blut. Was nichts daran änderte, dass ich die Lebenskraft anderer Menschen brauchte, um existieren zu können. Und ich schwöre, ich wollte nicht existieren. Aber es lag nicht in meiner Macht, diesen Kreislauf zu durchbrechen. Sobald ich auf Nahrung verzichtete, erwachte die Gier und beherrschte mich. Dann tötete ich wahllos, und ich kann nur hoffen, dass du niemals erleben wirst, was passiert, wenn die Gier einen Nachzehrer vollständig unter Kontrolle hat.

Dein Großvater, Hermann Herzhoff, konnte sich nie mit dem Verlust Albas, seiner Frau, abfinden. Mit ihrem Tod brach für ihn die Welt zusammen, seine kleine Tochter, deine Mutter, beachtete er kaum. Dann fiel ihm auf, dass alle meine Familienmitglieder unabhängig voneinander innerhalb kürzester Zeit an einer Lungenentzündung gestorben waren. Er fand diese Tatsache seltsam und begann mit seinen Nachforschungen. Damit verbrachte er sein ganzes Leben. Erst als alter Mann brachte er die Wahrheit ans Licht.«

Das war es also, dachte Alba, als Georg meinte, ihr Opa wäre seinen Hirngespinsten nachgejagt. Hermann Herzhoff hatte all seine Energie auf die Suche nach den Gründen verwandt und verfolgte denjenigen, der seine Frau auf dem Gewissen hatte.

Am Fenster klopfte es. Evelyn erhob sich und zog den Vorhang zur Seite. Das trübe Tageslicht verwandelte sie nicht in eine menschliche Fackel, sie verzog nur das Gesicht, als wäre es ihr unangenehm, und beeilte sich, das Fenster zu öffnen.

Auf dem Sims draußen saß der Rotmilan. Sie ließ ihn herein, während Adrián fortfuhr: »Mein bester Freund wurde zu meinem schlimmsten Feind. Vor etwa fünfzehn Jahren kam er mir tatsächlich auf die Schliche.«

Der Vogel flatterte durch den Raum, und Alba bemerkte, wie Finn sich anspannte, als das Tier zu ihm gerauscht kam.

»Denk nicht mal daran«, stieß er durch zusammengebissene Zähne hervor und verscheuchte ihn mit einer hektischen Geste, so als wollte er eine Spinne abschütteln.

Der Rotmilan flog einen Bogen durch das Zimmer und setzte sich neben Alba auf die Sofalehne. Die Krallen bohrten sich in den Lederbezug und schlitzten ihn auf.

»Du haftest für dein Vieh«, murrte Adrián. »Die Couch war teuer.«

Alba kam es vor, als blicke der Vogel triumphierend umher. Gleich fühlte sie sich ihm verbunden. Zumindest er hatte es seinem Herrchen gezeigt.

»B-brav ge-gemacht«, flüsterte sie und wandte sich an den Nachzehrer: »U-und weiter?«

Adrián lächelte traurig. »Hermann hat mich aufgespürt, geköpft, verbrannt und meine Asche in die Elbe gestreut. Aber was nützt es, wenn man untot ist? Ich wachte auf – nicht im Sarg, sondern irgendwie schwebend über dem Wasser – und musste diejenigen aussaugen, die mir in meinem zweiten Leben nahestanden. Diesmal war es viel schwieriger, denn ich pflegte keine engen Kontakte zu den Menschen, und kämpfte gegen den Drang an, deinen Opa anzufallen. Aber es gelang, auch wenn nur ganz knapp. Ich war wieder da. Und dein Opa erfuhr es. Die Jagd fing von vorn an. Doch dann nahm das Ganze eine Wendung.

Eines Tages suchte Hermann mich auf – aber nicht, um mich umzubringen, nein. Er brauchte meine Hilfe. Auf Knien bat er mich, ihm beizustehen: Seine kleine Enkelin Alba war entführt worden – von Metamorphen, wie er vermutete. Und nur meine übernatürlichen Fähigkeiten würden seine Suche erfolgreich machen.«

Alba horchte auf. Ihr Opa hatte sie also nicht an den Kinderhändler verkauft! Ein Funken Wärme glomm in ihrem Inneren auf. Wie viel musste sie ihm bedeutet haben, wenn er ihretwegen seinen Erzfeind um Hilfe gebeten hatte? Doch die Erkenntnis brachte noch mehr Durcheinander in ihren Kopf. Aus welchem Grund hatte er ihrer Mutter die kalte Schulter gezeigt und sie, seine Enkelin, so geliebt?

»Du warst sein Ein und Alles«, antwortete Adrián. »Die vergeudeten Jahre taten ihm leid. Zu spät hatte er verstanden, dass er durch seine Besessenheit seine Tochter verloren hatte, den einzigen Menschen, der einen Teil seiner Frau in sich trug. Diesen Fehler wollte er nicht ein zweites Mal begehen.

Also suchte er mich auf. Kurz danach habe ich dich aufgespürt, wie du ziellos durch den Hafen streiftest, blutüberströmt, aber unverletzt. Zumindest äußerlich. Du sagtest kein Wort und warst total verstört, als würdest du in deiner eigenen Welt verweilen. Ich brachte dich zu deinem Opa. Er begriff, dass du nie mehr in ein normales Leben zurückfinden würdest, solange dich die Erinnerungen an die Entführung plagten. Also nahm ich dir mit dem Einverständnis deines Großvaters diese Erinnerungen. Wobei es kein wirkliches Nehmen ist, es ist eher ein gutes Verstecken. Sie sind noch da, aber du gelangst nicht mehr an sie heran, als wären sie hinter einer Tür weggesperrt, deren Schlüssel du verlegt hast. Diese – ähm – Behandlung hast du nicht so gut weggesteckt, wie wir gehofft hatten, aber du warst wieder bei Verstand.«

Deshalb also! Deshalb kam ihr Adrián schon bei der ersten Begegnung so bekannt vor, als hätte sie ihn schon einmal gesehen. Natürlich, als Kind.

»W-wenn … wenn d-du sie mir weg…« Sie sammelte Kräfte, um weitersprechen zu können: »Wenn du sie mir wegnehmen konntest, die Erinnerungen, kannst du sie mir dann auch zurückgeben?«

Gedankenverloren rieb er sich seine rechte Hand. »Ja.«

Dann mach es! Bitte. Ich will sie zurückhaben!, flehte Alba ihn stumm an.

Adrián schüttelte den Kopf. »Nein. Es ist zu gefährlich, denn ich bin mir nicht sicher, ob ich meine Gier genügend unter Kontrolle halten kann, um alles wiederherzustellen. Außerdem: In Hermanns Haus habe ich mich an dir genährt. Wer weiß, wie viel es war. Wenn ich es noch einmal tue, könnte es bereits ausreichen, damit du meine Krankheit bekommst. Also lass die Vergangenheit ruhen. Glaub mir, du bist besser dran, wenn du dich an nichts mehr erinnern kannst.«

Sie wollte protestieren, zügelte aber ihren Eifer.

Nichts überstürzen! Mit einem Nicken deutete sie auf seine rechte Hand, die er immer noch massierte. *Was ist eigentlich damit passiert? Seid ihr doch nicht so unverwundbar, wie es scheint?*

»Linnea hat sie mir zertrümmert. Anscheinend ist da etwas kaputtgegangen, was sich nicht mehr regenerieren kann. Nun, neue Gliedmaßen wachsen uns eben nicht nach. Jetzt muss ich üben, mich hauptsächlich auf meine Linke zu verlassen.« Er kehrte zu seiner Erzählung zurück: »Also. Dein Opa und ich begriffen, dass wir im Grunde ein Ziel hatten. Er wollte mich töten, und ich wollte nicht existieren, so wie ich existieren musste. Doch wir konnten den Fluch, der mich untot machte, nicht besiegen. Nur eine Mächtige ist imstande, ihn zu revidieren.«

Alba runzelte die Stirn. Eine Mächtige?

»Die Menschen bezeichnen sie als Hexen, aber in Wirklichkeit sind sie die Götter des Altertums.«

Die Zeilen des Briefes zogen an ihrem geistigen Auge vorbei. Die Macbeth-Strophen. Am Rande ihrer Wahrnehmung erklang Georgs Stimme: *Wusstest du, dass die Hexen von einigen Literaturexperten als die wahren Hauptfiguren des Stückes gesehen werden?*

Hexen! Waren sie auch die Hauptfiguren des Stückes, in das sie geraten war? Wollte ihr Opa sie davor warnen? Wenn sie bloß wüsste, was all das zu bedeuten hatte!

»Die Jahre danach haben dein Opa und ich zusammen nach einer Mächtigen gesucht. Vor kurzem meinte

Hermann, er habe endlich eine Spur, er wisse, was zu tun sei, und es klappe ganz sicher. Und dann … dann fand ich seine Leiche und wurde von dir erwischt.« Er machte eine Pause. »Puh. Ich glaube, mein Mund ist schon ganz fusselig. Wie ärgerlich, dass ich nicht einmal ein Glas Wasser trinken kann.«

Wollte er ihr weismachen, er hätte ihren Großvater nicht umgebracht? Alba warf einen argwöhnischen Blick auf Evelyn, die auf dem Boden kniete und die Kartons einräumte. Könnte er ihn nicht vielleicht getötet haben, weil er nicht mehr sterben wollte?

»Ich verstehe dein Misstrauen«, sagte er. »Und die Fakten sprechen gegen mich. In der Tat hatte ich zu dieser Zeit bereits Evy kennengelernt und mich in sie verliebt. Doch ich habe deinen Opa trotzdem nicht ermordet.«

Evelyn unterbrach ihr Rascheln mit dem Zeitungspapier und legte eine kleine Staute, die sie gerade einwickeln wollte, in ihren Schoß. »Er hat es wirklich nicht getan. Denn ich weiß, wer es war.« Ihre Stimme war kaum zu hören.

Adrián sah sie überrascht an. »Du weißt es? Warum hast du mir nie etwas davon erzählt?«

»Weil es eine Mächtige war.«

»Was? Welche? Welche war es?« Seine Aufregung wirkte nicht gespielt.

»Das kann ich nicht sagen«, murmelte sie und rollte die Statue ein weiteres Mal in Zeitungspapier ein.

Adrián seufzte resigniert. »Klar, wie auch? Du warst ja

nicht dabei.« Einige Sekunden lang stand er da, dann ließ er sich zurück in den Sessel fallen. »Vielleicht werden wir es nie erfahren.«

»Vielleicht«, stimmte sie zu und packte die kleine Statue in einen der Kartons. Aus dem Schrank nahm sie eine Vase, griff nach dem nächsten Blatt und legte dann die Zeitung mit einem Murmeln beiseite: »Die ist ja von heute.«

Alba sah Evelyn an, dass sie das Thema wechseln wollte. Wovor hatte sie Angst? Wer waren die Mächtigen wirklich, dass sie sogar diesen Wesen hier solch eine Furcht einjagen konnten?

Adrián schaute Finn an, betrachtete ihn von Kopf bis Fuß, als würde er überlegen, ob er sich ein zweites Frühstück genehmigen sollte. »Jetzt aber bist du dran. Als wir uns das letzte Mal gesehen haben, habe ich nicht wirklich damit gerechnet, dich irgendwann in meinem Wohnzimmer anzutreffen. Woher hattest du die Adresse?«

»Was die Adresse angeht – ich sage nur: Herzhoffs Beerdigung. Ich habe einen Totenküsser in der Nähe gespürt, dann dich entdeckt und bin dir gefolgt.«

»Ach. Dann war es dein Geier, der mir nachgestellt hat. Ich dachte, ich hätte ihn abgeschüttelt.«

»Der Vogel ist gut, den schüttelt man nicht so leicht ab. Ohne lange drum herumzureden: Ich habe die Gemeinde verlassen. Nun ist Linnea hinter mir her, und ich brauche Hilfe. Deine und die deines Clans. Nach der letzten Schlacht ist die Königin geschwächt. Ihr werdet keine bessere Chance bekommen, sie zu vernichten. Und ich kann euch dabei helfen.«

Adrián verzog die Mundwinkel. »Ich fürchte, es ist kein guter Zeitpunkt dafür. Wir haben selbst Schwierigkeiten. Die Einzelgänger, die sich früher eher ruhig verhalten hatten, greifen den Clan an. Sie werden immer aggressiver, schnappen uns die Beute vor der Nase weg und provozieren buchstäblich alle und jeden. Als würden sie es darauf anlegen, entdeckt zu werden. Sie reißen ihre Opfer überall, wo immer sie können, auch wenn sie sich von ihnen nicht ernähren müssen, und bedrohen somit die Geheimhaltung unserer Existenz. Und es ist nicht auszumalen, was passiert, wenn die Menschen von uns erfahren.

Noch dazu verlassen einige unserer Leute den Clan, um sich irgendeinem«, er verdrehte die Augen und fluchte leise, »*Messias* anzuschließen. Conrad«, er schaute zu Alba und erklärte: »das ist unser Oberhaupt, hat mich beauftragt, herauszufinden, um wen es sich dabei handelt. Aber ich beiße auf Granit. Das Einzige, was ich erfahren habe, ist, dass dieser geheimnisvolle Anführer den anderen Erlösung verspricht. Ist das zu fassen? Er lockt die anderen damit, dass er ihnen ein freies Leben verheißt, ohne sich vor den Menschen verstecken zu müssen. Er verspricht …«

»Ein Paradies für die Totenküsser?«, schnaubte Finn verächtlich.

»… unsere Rasse zu den Herren der Welt zu machen. Die Menschen zu unseren Dienern.«

»Eure Rasse? Ich glaube, ich muss brechen. Ihr seid keine Rasse. Bloß wandelnde Leichen.«

Adriáns Gesicht verfinsterte sich. Seine Zähne mahlten, aber er ging auf die Provokation nicht ein. »Die Lage ist ernst. Sehr ernst.«

Auch Finn schaltete einen Gang herunter. »Na gut. Du sprichst von der Erlösung, die dieser Messias beschwört. Was ist, wenn eine Mächtige dahintersteckt?«

»Vergiss es. Die mischen sich nicht in die Belange der Sterblichen oder Unsterblichen ein. Das Einzige, was sie interessiert, sind Menschen, die ihnen mit ihrem Glauben Macht verleihen.«

»Ach ja? Linnea hatte kürzlich Besuch von einer Hexe. Danach bat sie mich, mehr über diese herauszufinden. Was ist, wenn die beiden Sachen zusammenhängen?«

»Und was für eine Mächtige sollte das gewesen sein?« Adrián klang zweifelnd.

»Oya.«

Ein Klirren ertönte. Evelyn war hochgeschreckt, ohne an die Vase in ihrem Schoß zu denken. »Oya? Hast du Oya gesagt? Oh nein. Dann hat sie ihre Drohung doch wahrgemacht.«

Adrián schaute sie stirnrunzelnd an. »Was für eine Drohung? Wovon sprichst du?«

»Oya will die Macht im Universum an sich reißen. Sie wird das Gleichgewicht kippen, und die Welt, die wir kennen, hört auf zu existieren.«

»Ich verstehe nicht. Woher weißt du das?«

»Ich … ich habe mit ihr geredet«, gab sie flüsternd zu.

Zorn flammte in seiner Stimme auf, und gleichzeitig lag Sorge darin verborgen. »Habe ich dir nicht gesagt, du solltest nie nach einer Hexe suchen? Was hast du dir bloß dabei gedacht?«

»Es ist nicht so, wie du denkst. Nicht ich habe sie gefunden, sondern …«

Sie verstummte. Adrián sah ihr in die Augen. Evelyn versuchte, seinem Blick auszuweichen, bis er auf sie zukam und ihr Gesicht in seine Hände nahm. Eine Weile standen sie still voreinander.

»Warum verschließt du dein Âjnâ vor mir?«, sagte Adrián mit belegter Stimme und ließ von ihr ab. »Was willst du verbergen?«

»Finn hat Recht, die beiden Sachen hängen zusammen«, antwortete sie, ohne auf seine Fragen einzugehen.

»Wir müssen zusammenarbeiten.« Finn stand auf und machte ein paar Schritte hin und her. »Nicht gegeneinander. Wir müssen die Gemeinde angreifen, am besten schon morgen!«

»Warum denn so eilig?«, fragte Adrián, nicht ohne Evelyn im Blick zu behalten.

»Ylvi ist letzte Nacht Linnea in die Hände gefallen, während Alba und ich entkommen konnten. Ich muss sie da rausholen.«

»Und das ist – wer?«

Finn fuhr sich durch das Haar, entblößte dabei sein Ohr mit dem Knick und zupfte rasch ein paar Strähnen darüber. »In gewissem Sinne mein Schutzengel. Eine verwirrte junge Metamorph-Frau, der ich einiges verdanke. Ich kann sie jetzt nicht im Stich lassen, aber allein schaffe ich es nicht. Wir müssen etwas unternehmen!«

»Das ist leichter gesagt als getan. Wie, bitte schön, soll ich den Clan davon überzeugen, mit einem Metamorph eine gemeinsame Sache durchzuziehen? Allein ich muss mich schon zusammenreißen, um nicht an dir zu naschen.«

Finn stolperte zurück, auch wenn ihm klar sein musste, dass er sich damit nicht wirklich in Sicherheit brachte. »Der Clan folgt den Entscheidungen der drei. Conrad, dir und Maria.«

»Du weißt ja eine Menge über uns.«

Finn zuckte mit den Schultern. »Ich habe meine Hausaufgaben gemacht. Wenn du Maria und Conrad überzeugen kannst, dann ist es beschlossen.«

»Ach, weiter nichts? Die beiden werden auch sicher auf mich hören, nachdem meine letzte – zugegebenermaßen etwas überstürzte – Aktion«, er schenkte Evelyn ein trauriges Lächeln, »ziemlich in die Hose gegangen ist.«

»Dann streng dich an, verdammt nochmal!«

Mit flammendem Blick fuhr Adrián herum, als würde er gleich über Finn herfallen, der sich sofort in eine Abwehrposition brachte. Alba verfluchte sich für den Drang, sich zwischen die beiden Männer zu stellen. Was kümmerte es sie, ob Finn von ihrem Großonkel angegriffen würde? Geschah ihm ganz recht.

»Ruhig, Jungs.« Evelyn hob beschwichtigend die Hände. »Adrián – auf ein Wort, okay?«

Er murrte, als sie ihn am Ärmel aus dem Wohnzimmer zog. Alba blieb allein mit Finn, worauf sie gern verzichtet hätte. Sie dachte, er würde schon wieder versuchen, ihr irgendetwas zu erklären, aber sie hatte sich geirrt. Er sagte kein Wort. Auch sie schwieg und betrachtete demonstrativ ihre Fingernägel.

Endlich kamen die Nachzehrer zurück.

»In Ordnung«, sagte Adrián. »Ich werde es versuchen. Kann aber nichts versprechen.«

Finn hob eine Augenbraue. »Na, da würde es mich glatt interessieren, mit welchen Argumenten Evelyn dich überzeugen konnte.«

Adrián grinste und legte einen Arm um ihre Taille. »Keine Ahnung, welche sie noch auf Lager hatte, nach der Androhung eines Sexentzuges habe ich kapituliert.« Den Satz beendete er mit einem feurigen Kuss, angesichts dessen es Alba nicht gewundert hätte, wenn die beiden einander gleich die Klamotten vom Leib gerissen hätten. Das kleine Unwetter zwischen ihm und seiner Liebsten schien bereits vergessen.

Alba seufzte. So sollte es sein. Dieser Einklang und die Leidenschaft zwischen den beiden stimmten sie melancholisch. Bei Georg konnte sie dergleichen nicht finden. Hatte sie wirklich gehofft, Finn könnte ihr geben, wonach sie sich heimlich sehnte? Sie warf ihm einen verstohlenen Blick zu. Finn erwiderte ihn, doch in seinen Augen las sie … nichts. Er hielt ihrem Blick stand, was Alba dazu veranlasste, schnell die Wimpern zu senken. Nein, von ihm durfte sie nichts erwarten.

Ihr wurde bewusst, dass sie auf die Zeitung stierte, die Evelyn beiseitegelegt hatte. Ein Artikel zog ihre Aufmerksamkeit auf sich und ließ sie erstarren: »Patrick (6) wurde mit Bisswunden tot aufgefunden. Die Diagnose: Tollwut. Wütet ein krankes Tier in Hamburg?«

Das Herz klopfte ihr bis zum Hals. Das konnte einfach nicht wahr sein. Oder doch?

Es fing wieder an!

Kapitel 14

In dem Kellerraum mit den Versorgungsanschlüssen blieb Linnea stehen. In den Händen hielt sie ein Tablett mit einem Glas Wasser und einer Schale, gefüllt mit Schokoplätzchen, die sie gerade gebacken hatte. Die Kekse glühten orange-rot wie Märchentaler und verströmten ein Aroma, dem Linnea selbst kaum widerstehen konnte. Hoffentlich schmeckten sie genauso lecker, wie sie dufteten.

Wie immer lauschte Linnea, ob sich noch jemand im Keller herumtrieb. Nicht mit den Ohren, sondern mit den Füßen, an denen sie Socken oder Mokassins aus dünnem Leder zu tragen pflegte. Mit fortschreitendem Herbst würde sie auf festes Schuhwerk ausweichen müssen. Bereits jetzt fühlten sich ihre Füße wie zwei Eisklumpen an. Doch sie verabscheute Schuhe, in denen sie sich gänzlich taub und somit ausgeliefert fühlte. Auf blanken Sohlen dagegen registrierte sie die kleinste Bodenerschütterung, wusste immer, wer sich ihr näherte.

Und was sagte der Boden jetzt? Er schwieg. Also lungerte keiner in der Nähe herum, um Geheimnisse zu erspähen, die nicht für Menschenaugen bestimmt waren.

Mit einer Hand balancierte Linnea das Tablett, mit der anderen tastete sie an der Wand entlang, bis sie einen mannshohen Metallkasten gefunden hatte. Im Keller besaßen die Gegenstände und Wände fast die gleiche Temperatur, so vermochte sie kaum etwas zu erkennen. Nur die Rohre mit warmem Wasser schimmerten gelblich unter der Decke und hoben sich von dem Blau-Einerlei ab.

Sie stellte das Tablett ab und schob den Metallkasten beiseite, der einem Unwissenden den Eindruck vermittelte, unverrückbar zu sein. Hinter der Metalltür erstreckte sich der Tunnel zum Pesthof. Sie musste nichts sehen, um sich dort zurechtzufinden, denn sie kannte jeden Stein in den Gewölben.

Linnea betrat eine Treppe, die nach unten führte, schob den Kasten zurück und schloss die Tür ab. Bereits wenige Stufen später tränkte die Feuchtigkeit ihre Socken. Sie musste aufpassen, um nicht auszurutschen, denn die klammen Füße verloren merklich an Beweglichkeit.

Das Tablett! Verdammt. Also – zurück, den Metallkasten bewegen und die Sachen holen. Wieder kitzelte der verführerische Duft ihre Sinne, und fast hätte sie von den Keksen genascht. Ob das ihrer Figur gut bekäme? Das wusste sie nicht. Als sie noch sehen konnte, empfand sie sich als hübsch, doch was die Jahre aus ihr gemacht hatten, blieb ihr verborgen. Denn ihr Spiegelbild besaß keine Wärme und war für sie unsichtbar.

Linnea beschloss, nicht daran zu denken. Gut möglich, dass sie hässlich geworden war. Egal. Ihr Duft vermochte trotzdem jeden Metamorph zu verführen. Wie diese Plätzchen. Nur Conrad würde er ihr nicht zurückbringen.

Sie begann den Abstieg in ihr Reich, der tief unter die Erde führte. Das meiste davon gehörte nicht zu den Originalbauten des Pesthofes, dennoch hatte sie darauf geachtet, die zusätzlichen Hallen in der alten Tradition zu errichten. Hier befand sich ihr Refugium, ihre Welt, die sie mit den anderen aus ihrer Gemeinde teilte. Ein Zufluchtsort für jeden, der Hilfe brauchte. Hier schöpfte sie Kraft, denn das Elend der Gefangenen erinnerte sie jeden Tag daran, was sie schon geleistet hatte und wie viel sie für ihre Gemeinde noch leisten konnte.

Erst nach mehreren Minuten erreichte sie das Herz ihres Verstecks. Sie konnte das Gewölbe um sich herum nicht sehen, spürte aber mit jeder Pore, wie groß und imposant es sich vor ihr erstreckte. Warum es also nicht genießen, ein klein bisschen stolz auf die eigene Leistung sein?

Der Weg zu ihren privaten Hallen führte durch den Gefängnistrakt, wie sie diesen Durchgang nannte. In der Mitte blieb Linnea stehen. Sie haderte kurz mit sich selbst, gab der Versuchung nach und legte die freie Hand auf eine der Wände. Durch ihre Haut flossen Vibrationen aus der Zelle. Erst gestern hatte ein Jägerteam ein neues Opfer hierhergeschleppt. Dieses Exemplar besaß noch viel Kraft, es zerrte und rüttelte an den Fesseln. Linnea konnte jede seiner Rührungen spüren mit einer

Intensität, die wie leichte Stromschläge unter ihren Fingern prickelten. Da – es hatte seinen Körper gewölbt, warf sich hin und her, in der Hoffnung, seine Fesseln abzustreifen. Sie hatte befohlen, den Gefangenen nicht so stramm an das Gestell zu binden. Denn es gefiel ihr zu erleben, wie ihre Opfer mit den Fesseln rangen, in dem Glauben, sie würden sich bald befreien. Mit jedem weiteren Erfolg ihres Jägerteams kam sie ihrem Ziel, diese Welt ein Stück sicherer zu machen, näher. Tag für Tag erfüllte es sie mit Zufriedenheit und der Gewissheit, viele Leben gerettet zu haben.

Als sie sich an seinen Leiden genug ergötzt hatte, setzte sie ihren Weg fort. Hinter der nächsten Ecke befanden sich ihre Räumlichkeiten. Sie trat ein und schloss die Metalltür hinter sich zu. An der hinteren Wand stand ein Käfig, in dem eine Gestalt kauerte. Linnea näherte sich dem Zwinger, hockte sich davor und stellte das Tablett ab.

Ein Knurren ertönte.

»Schschsch …«, zischte sie beruhigend und legte ihre Hände im Schoß zusammen. »Keine Angst. Ich werde dir nichts tun. Ylva, so heißt du doch, oder?« Sie achtete darauf, sich so wenig wie möglich zu bewegen.

Auch die Schwachsinnige rührte sich nicht. Wenn nicht das orangefarbene Leuchten gewesen wäre, das von ihr ausging, hätte man denken können, sie wäre tot. Ihre Ratte war Micaela entwischt und hatte sich bis jetzt nicht gezeigt, obwohl die Seelentiere eigentlich immer in der Nähe ihrer Besitzer blieben. Aber bei diesen beiden, dem Tier und dem Mädchen, war nichts so, wie es hätte sein sollen.

Linnea fragte sich, was sie mit der Elenden eigentlich anfangen sollte. Sie hätte sie gleich töten müssen – ein Metamorph, der sich mit solcher Leichtigkeit ihrem Einfluss entziehen konnte, war gefährlich. Und doch tat sie es nicht. Anfangs rechtfertigte sie ihre Schwäche damit, dass die junge Frau ihr vielleicht Finns Versteck verraten würde. Aber das war nicht der Grund, und auch die anfängliche Abscheu, die sie beim Anblick des Mädchens empfunden hatte, verschwand. Jetzt spürte sie Mitleid.

»Ylva ...« Linnea ließ den Namen auf der Zunge zergehen. »So nennt Finn dich, oder?«

Die Schwachsinnige schnaufte. Die Geräusche, die sie von sich gab, schienen eine Bedeutung zu haben, die sich einem nach und nach offenbarte, je mehr Zeit man in Gesellschaft der Elenden verbrachte.

»Du hast einen Narren an ihm gefressen, nicht wahr?« Linnea neigte den Kopf und lächelte, obwohl ihr gar nicht danach zumute war. Schwermut beschlich ihre Seele, jedes Mal, wenn sie an ihn dachte. »Ich auch. Wie seltsam. Die Königin und eine so erbärmliche Kreatur wie du hüten die gleiche Sehnsucht. Ich brauche ihn, verstehst du? Ich muss ihn besitzen, sonst werde ich ganz verrückt. Aber du wirst mir nicht sagen, wo er sich versteckt, richtig?«

Das Schnauben, das als Antwort kam, strafte sie mit Verachtung.

»Natürlich nicht. Verstehe.«

Am Anfang hatte Micaela die Gefangene nach ihrem Befehl gequält, um an die Informationen zu gelangen. Ohne Erfolg. Linnea hielt das grausame Spiel nicht lange aus. Sie unterband die Folter, auch wenn dieses Zeichen der Schwäche schnell bekanntwurde und für Getuschel sorgte.

Während die Qualen der Gefangenen sie mit Genugtuung erfüllten, sezierten die Leiden des Mädchens sie wie Messer. Linnea spürte Ylvas Hunger und ihren Durst, die Verzweiflung und die Kälte. Aber noch schlimmer war es, die Welt ringsherum zu spüren, die dem armen Wesen zu groß, zu unverständlich erschien und es bis zum Wahnsinn ängstigte.

Linnea erschauderte. Sie und die Schwachsinnige – waren sie so verschieden? Wohl kaum. Beide auf sich allein gestellt, von allen verabscheut und gemieden. Hatte sie die Arme vielleicht deshalb unter ihre Fittiche genommen? Weil sie in ihr eine verwandte Seele zu finden glaubte?

Linnea blinzelte, um die Tränen zurückzuhalten. Sie schob das Tablett zum Käfig hin. »Iss«, flüsterte sie. »Bitte, iss etwas.«

Seit gestern verweigerte das Mädchen die Nahrungs- und Flüssigkeitsaufnahme. Wie lange würde diese bedauernswerte Kreatur das aushalten?

»Ich habe es für dich gebacken«, gestand Linnea, nahm ein Plätzchen und biss ein Stückchen ab. »Willst du nicht kosten? Ich habe es sogar geschafft, Salz und Zucker nicht zu verwechseln.«

Das Mädchen rührte sich nicht. Aber zumindest knurrte es nicht mehr, sobald Linnea sich an es wandte.

»Iss, Kleines. Du musst zu Kräften kommen.« Linnea stand auf und wandte sich ab. Vielleicht würde das Mädchen etwas zu sich nehmen, wenn sie nicht hinsah. Sie hoffte es.

Sie trat zu einem Steinaltar in der Mitte des Saals und stützte sich darauf. Was, wenn nicht?

Das Gewölbe schien sie zu erdrücken. Noch nie hatte sie sich so einsam und jämmerlich gefühlt.

»Es sind nur die Hormone, die Gelüste nach einem Mann, die mit mir durchgehen. In ein paar Tagen bin ich wieder die Alte«, versprach sie sich.

Ein trockener, heißer Wind wirbelte ihr Haar durcheinander.

»Mhh, warum so traurig?« Hände, glühend wie Kohle, legten sich auf ihre Schultern, glitten herab und umschlossen ihre Brüste.

Linnea fuhr herum und erblickte Oya. »Du hast mich erschreckt«, flüsterte sie atemlos. Ihr Herz trommelte einen wilden Rhythmus, als würden viele nackte Füße in einem Kriegstanz auf einen staubigen Boden einstampfen.

Die Göttin wiegte sich im Takt der Schläge. »Bitte verzeih. Aber es bekümmert mich, dich so unglücklich zu sehen.«

Linnea bemühte sich, ihrer Stimme Festigkeit zu verleihen. »Ich brauche dringend einen Mann, das ist alles. Aber das tut nicht weh und wird bald vorbei sein.« Ironie kaschierte die Unsicherheit, aber konnte sie auch eine Göttin hinters Licht führen?

»Mein armes Mädchen«, raunte die Frau ihr ins Ohr, »hast du schon daran gedacht, dass du vielleicht gar keinen Mann brauchst?«

Linneas Mund wurde trocken. Sie hatte das Gefühl, auf einem Seil zu balancieren. Was ging hier vor? Sie bemühte sich, einen klaren Verstand zu bewahren und das Gespräch auf ein anderes Thema zu bringen. »I-ich … ich habe in die Wege geleitet, was du von mir verlangt hast. Heute ist es so weit. Deine Widersacherin wird brennen.«

»Scht.« Oya legte ihr einen Finger auf die Lippen, der sie zu brandmarken schien. Nie wieder würde sie diese Berührung fortspülen können. »Wollen wir wirklich jetzt über Geschäfte reden? Entspann dich.«

Der Boden schien unter Linneas Füßen zu schwanken. Die Gedanken entglitten ihr. Sie fühlte sich wie in Trance, während Oya ihre Schultern massierte und mit geübten Griffen die Muskelverkrampfungen löste. Es ging ihr tatsächlich besser. Mit der Verspannung schwanden auch alle ihre Sorgen.

Die Mächtige schmiegte sich an sie und knabberte an ihrem Ohrläppchen. »Was meinst du, willst du jetzt doch etwas von meiner Papaya kosten?«

Gütiger, hilf mir! Linnea warf den Kopf in den Nacken. Es kam ihr vor, als verglühe sie innerlich, und der Atem, der ihren leicht geöffneten Lippen entwich, verblasste wie gelblicher Dunst in der Kälte des Saals.

»Umarme mich«, flüsterte die Mächtige.

Was geschieht hier mit mir?, dachte Linnea. Sie hatte das Gefühl, sich in der rauchigen Stimme aufzulösen. Sie war unfähig, dagegen anzukämpfen, sie war nicht mehr sie selbst. Wie eine Fremde beobachtete sie, wie ihre Hände sich um Oyas Taille legten.

Gütiger, die Hexe war nackt! Linnea konnte nicht anders, als mit den Fingern über die samtweiche Haut auf und ab zu fahren. Jede Wölbung der Wirbelsäule zeichnete sich deutlich unter ihren Fingerkuppen ab, die Mulde an der Taille, der straffe Po.

»Gut so, mein Mädchen.«

Was mache ich da bloß?, fragte sie sich am Rande, während sie die Hände in den prallen Hintern krallte.

»Du machst deine Göttin zufrieden«, kam die Antwort. »Sehr zufrieden.«

Es war verrückt. Sie stöhnte, doch kein Ton kam aus ihrer Kehle. Oya umschloss Linneas Lippen mit den ihren, als würde sie jeden Laut wie einen teuren Wein verkosten.

Nein, ich will das nicht!

Linnea kam es vor, als versinke sie in Treibsand. Oya hob sie auf die Arme und legte sie auf den Altar.

Ich will das nicht … und dennoch verlangte es sie nach mehr.

Linnea wagte es nicht, sich zu rühren, als hielten unsichtbare Fesseln ihre Gliedmaßen. Widerstandslos ließ sie es zu, dass ihr die Kleider vom Leib gestreift wurden. Gänsehaut stellte die Härchen auf ihren Oberarmen auf, während Oya sich zu ihr auf den Altar legte und mit einer Haarsträhne Linneas Brustwarze umkreiste.

»So gefällst du mir schon viel besser. Du dienst deiner Göttin gut. Ich möchte mich dafür revanchieren.«

Lust und Verlangen zerrten an Linneas Innerem wie wilde Tiere. Ihr Körper bebte vor schmerzhafter Erregung. Tränen rannen ihr über die Wangen.

»Du musst doch nicht weinen«, hauchte Oya ihr entgegen, beugte sich über sie und leckte ihr die salzige Flüssigkeit ab. »Mh, wie bittersüß sie schmecken! Gib mir mehr davon!«

Wie Krallen bohrten sich die Finger in ihre Brüste. Linnea wölbte ihren Körper und riss den Mund auf, doch auch diesen Schrei nahm Oya ihr von den Lippen, wie ein Gourmet eine Auster schlürft. Die Berührungen der Göttin drohten ihre Haut zu versengen. Ihr Körper bebte.

»Ich … will …«

… nicht, sollte es heißen, doch es war ihr unmöglich, das letzte Wörtchen auszuspeien.

Ihr Unterleib pochte. Sie bog sich Oya entgegen, gierig nach mehr Liebkosungen, die sie tiefer in die Verdammnis stürzten. Sie wollte mehr! Mehr!

»Mehr!«, schrie sie heraus, dem Höhepunkt nahe, während sie in den Abgrund ihrer eigenen Seele starrte. Lust und Schmerz verschmolzen miteinander. Jede von Oyas Berührungen brachte beides mit sich.

»Das sollst du auch bekommen, meine Liebste.«

Etwas riss Linnea fort. Ein Sturz, ein freier Fall. Ein

Ertrinken in einem Meer von Gefühlen. Weit weg vom Pesthof und irdischen Belangen. Die Realität hatte sie aus ihren Armen verloren.

Ein Beben schüttelte ihren Körper. Die Gelüste, die in ihrer Seele tobten, labten sich an ihrer Ekstase und verebbten gesättigt. Zumindest für einen Moment, denn Linnea wusste, ab nun würde sie süchtig sein. Süchtig nach Liebkosungen, die ihr Schmerz und Erlösung brachten. Süchtig nach dem Feuer, das ihre Seele verbrannte.

Erschöpft schloss sie die Lider. Sie lag auf dem Altar in Oyas Armen und atmete den Duft ihrer erhitzten Körper ein. Die Luft roch nach Sex und Leidenschaft.

Oya strich ihr durch das Haar. »Hat es dir gefallen, mein Mädchen?«

Linnea fühlte sich zu schwach, um zu antworten. Das Einzige, was sie zustande brachte, war ein Nicken.

Sanfte Küsse tupften den Schweiß von ihrem Hals ab. »Du kannst es jederzeit wieder haben. Mache mich glücklich, und ich mache dich auch glücklich.«

Ja … Das würde sie. Sie würde alles tun, um es erneut zu erleben. Bereits jetzt spürte sie ein schmerzhaftes Ziehen in ihrem Unterleib, wenn sie bloß daran dachte, sich nicht mehr in Oyas Umarmung zu wissen und nicht mehr den Schmerz ihrer Leidenschaft zu empfangen.

Neben dem Drang, ihrer Göttin zu huldigen, regte sich Angst in ihr: Wenn dies die Belohnung war, wie sah dann die Strafe aus? Doch sie erlaubte sich nicht, den

Höhenflug ihrer Sinne zu verderben. Sie würde sich keine Fehltritte leisten. Oya würde zufrieden mit ihr sein.

Erst nach einer Weile fand Linnea die Sprache wieder. Ihr Mund fühlte sich trocken an, ihre Kehle rau, als rieben sich darin Sandkörner aneinander: »Ich dachte, du würdest dir ansehen wollen, wie deine Feinde brennen. Stattdessen bist du bei mir.«

»Ist es nicht um einiges schöner, wenn wir das Spektakel zusammen genießen? Aus dem Schattenreich? Was meinst du?«

Noch bevor Linnea antworten konnte, sog ein Wirbel sie beide in das Reich der Verdammten.

Kapitel 15

Während die mollige Chinesin die Schachteln mit dem Essen in einer Plastiktüte verstaute, betrachtete Finn das Ambiente des Restaurants, um dem missbilligen Blick der Kellnerin nicht begegnen zu müssen. Seine zerschlissenen Klamotten, die er gezwungenermaßen seit drei Tagen trug, machten aus ihm nicht gerade die Art von Gentleman, die normalerweise dieses Lokal aufsuchte.

Von den Wänden gähnten ihn mit weit geöffneten Mäulern die obligatorischen Drachen an, der übergewichtige Buddha grinste am Eingang vor sich hin. Die Zither-Klänge im Hintergrund wirkten beinahe einschläfernd, aber vielleicht lag es gar nicht an dem Instrument selbst. In den vergangenen Wochen hatte Finn kaum Schlaf gefunden, und die letzte Nacht hatte er wach vor Albas Bett verbracht, abgesehen von kurzen Abschnitten, in denen er eingenickt war. Somit befand er sich seit fast 48 Stunden auf den Beinen, die ihn inzwischen kaum noch trugen.

»Shanghai Ente knusp-hig geblaten mit acht Kostbalkeiten. D-heiundzwanzig Eu-ho fünfzig Cent«, lispelte die Chinesin und schob die Tüte über den Tresen. Es hatte Finn einiges gekostet, die Kellnerin zu überreden, das Essen zum Mitnehmen einzupacken. Die Dame hatte sich empört, das Restaurant sei kein Imbiss, aber schließlich nachgegeben.

Er kramte in den Taschen seiner Jacke und ließ vier zerknitterte Fünf-Euro-Scheine auf den Tresen regnen. Aus der Jeans fischte er drei Euro-Münzen. Das war alles? Er war sich sicher gewesen, insgesamt 25 Euro bei sich zu haben. Wo blieb denn der Rest?

Unter dem vernichtenden Blick der Kellnerin kratzte er 48 Cent zusammen. Durch das Loch im Futter tastete er mit zwei Fingern im Inneren seiner Jacke. Irgendwo musste doch noch mehr sein! Das wusste er.

Die Kellnerin schnaubte, strich das Geld ein und winkte ihn aus dem Restaurant. Finn beeilte sich, mit der Tüte fortzukommen, bevor sie es sich anders überlegte. Seinen Abgang begleitete eine Tirade Chinesisch, die er zum Glück nicht verstand.

Er schlenderte die Straße entlang, den Blick nach unten gerichtet. Es war ihm peinlich, den Passanten in die Augen zu schauen, als ob diese wüssten, was im Restaurant vorgefallen war. Er hatte sich schon lange nicht mehr so gedemütigt gefühlt. Eigentlich mit seinem Eintritt in Linneas Gemeinde nicht mehr. Die Metamorphe hatten ihn wie eine Familie aufgenommen, und eine Zeit lang fühlte er sich wohl dort. Fast wehmütig dachte er daran. Was war dann mit ihm geschehen? Es konnte doch nicht so schwer sein, sich in der Gemeinschaft, die ihm Sicherheit und Halt im Leben gab, unterzuordnen.

Auf einmal zweifelte er, ob er die richtige Entscheidung getroffen hatte.

Nein, nicht daran denken!

Es war richtig gewesen.

Hoffentlich ... Er lenkte seine Gedanken in eine andere Richtung. Hoffentlich mochte Alba chinesisches Essen.

Sogleich verfluchte er sich dafür, denn er hatte sich geschworen, nicht an sie zu denken. Er besorgte ihr einfach nur etwas zu essen. Mehr nicht. Wirklich nicht. Inzwischen musste sie bestimmt halbverhungert sein, und sicherlich hatten weder Evelyn noch Adrián an Menschennahrung gedacht. Die Nachzehrer kochten grundsätzlich eher selten.

Das Essen aus dem vornehmen Restaurant hatte ihn ein Vermögen gekostet, trotz des 2-Cent-Rabatts. Aber mit einer Currywurst aufzutauchen kam ihm lächerlich vor. So etwas würde Alba vermutlich nicht einmal das Klo ihrer Villa hinunterspülen, geschweige denn essen. Außerdem – er würde es sicherlich nie offen zugeben – wollte er, dass es ihr schmeckte.

Verflucht. Was kümmerte es ihn, ob ihr das Essen schmeckte oder nicht? Wenn sie es verschmähte, sollte sie doch sehen, wie sie etwas anderes auftreiben konnte. Mit ganzer Kraft kickte er einen Stein und ... hätte fast eine Ratte getroffen. Das Tier huschte von einer Hausecke auf ihn zu und stellte sich vor ihm auf die Hinterpfoten. Er beugte sich und bot dem Nager seine Hand dar. Die Ratte krabbelte den Arm hoch und begann, aufgeregt auf seiner Schulter hin und her zu wippen.

»Ja, ich weiß«, flüsterte er. »Ich mache mir auch Sorgen um Ylvi und versuche alles, um sie so schnell wie möglich zu befreien. Das kannst du mir glauben.«

Mit der Ratte auf der Schulter setzte er seinen Weg fort. Das Tier huschte auf die andere Seite und spähte neugierig zur Tüte hinunter.

»Nein, mein Freund. Das ist für Alba.«

Ah, verflucht. Es reichte schon, ihren Namen auszusprechen, um zwischen Schuldgefühlen und Wehmut zu schwanken. Dabei war er doch wegen ihrer Abweisung zu Recht gekränkt. Sie hätte ihn wenigstens anhören können, aber anscheinend zählte sein Wort weniger als Micaelas. Wobei – was hätte er ihr schon sagen können? Egal, wie er es drehte und wendete, er hatte sie nun mal belogen, sich ihr Vertrauen erschlichen. Und was die anderen Sachen anging – darin steckte zumindest ein Körnchen Wahrheit, auch wenn Micaela es natürlich in einem völlig falschen Licht dargestellt hatte. Es gab viele Frauen in seinem Leben, die gelegentlich den Weg in sein Bett fanden, doch seit er ein Metamorph geworden war, hatte er keine mehr angefasst. Denn eine Paarung bedeutete ein Bündnis fürs Leben, so dass nur der sprichwörtliche Tod ihn scheiden würde. Das konnte er nicht verantworten.

Schluss jetzt!, ermahnte sich Finn. *Du musst dich nicht vor dem verwöhnten Mädchen rechtfertigen. Sie wird es nicht verstehen.*

Zugegeben, das würde sie nicht. Aber hatte er sich damals auf dem Dachboden nicht gewünscht, Alba für immer an seiner Seite zu haben? Hätte sie ihm nur ein Zeichen gegeben, wäre er stark genug gewesen, sie von sich zu stoßen? Oder wäre er bis zum Letzten gegangen und hätte sich für immer an sie gebunden?

Quatsch! Finn beschleunigte den Schritt, als könne er vor seinen Gefühlen davonlaufen. Jetzt fehlte nur noch, dass er sich in sie verliebte.

Fünfzehn Minuten später klingelte er an Evelyns Tür. Die Nachzehrerin öffnete und bat ihn mit einer einladenden Geste herein, doch er reichte ihr bloß die Tüte. »Hier«, murrte er, immer noch verärgert über seine eigenen Gedanken und die Verletzlichkeit, die sie mit sich brachten. »Für unser Prinzesschen.«

Beim Anblick der Totenküsserin fauchte die Ratte, und das Fell sträubte sich ihr.

»Ein Seelentier reicht dir nicht, jetzt legst du dir noch eine Ratte zu?« Evelyn lachte und streckte ihre Hand aus.

Der Nager schnappte nach ihrem Finger, verfehlte aber sein Ziel.

Sie seufzte. »Genau aus diesem Grund musste ich Fridolin abgeben, als ich endgültig zu einer Nachzehrerin wurde.«

Flink krabbelte die Ratte an Finn herunter und floh. In wenigen Sekunden war sie verschwunden. Tiere spürten den Todeshauch, der die Nachzehrer umgab, und es war Finn unmöglich, einem fremden Seelentier mitzuteilen, alles sei in Ordnung. Auch er spürte ihn, zwang sich aber, seine Metamorph-Instinkte zu ignorieren.

Evelyn öffnete die Tüte und stöhnte. »Oh, das riecht aber gut. Menschen-Essen ... Weißt du, was ich in meinem Leben als Untote wirklich vermisse? Einen großen Latte macchiato. Mh, dafür könnte ich meine Seele dem Teufel verkaufen, ehrlich. Etwa eine Woche nach Beginn meines Nachzehrer-Daseins habe ich doch ein Glas davon getrunken. Tja. Und dann musste ich es mir einen Tag lang wieder durch den Kopf gehen lassen. Kein angenehmes Erlebnis, sag ich dir.« Sie kicherte und betrachtete die Tüte von allen Seiten. »Ich nehme an, mit Prinzesschen meinst du Alba.«

»Wen denn sonst?«, knurrte er. Unter keinen Umständen wollte er Evelyn merken lassen, was die bloße Nennung ihres Namens in ihm hervorrief.

»Wieso gibst du es ihr nicht persönlich? Sie würde sich sicherlich freuen.«

Finn schnaubte. »Freuen? Falls du es noch nicht bemerkt hast: Sie würde sich mehr über den Dreck an ihren Prada-Schuhen freuen als über meine Erscheinung.«

»Weißt du, ich glaube, ich habe mehr bemerkt als du anscheinend.«

»Ach was.«

»Wieso kommst du nicht rein und isst mit ihr?«

»Ich habe schon gegessen«, log er. Schon wieder. Hatte er sich unter Albas verletztem Blick nicht geschworen, die Wahrheit und nichts als die Wahrheit zu sagen? Was soll's. Die Wahrheit hatte ihm Alba auch nicht zurückgebracht. »Außerdem habe ich ihr versprochen, sie mit meiner Anwesenheit nicht zu belästigen. Ich haue gleich wieder ab. Nur eine Frage: Ist Adrián da?«

»Nein. Er ist nach Blankenese gefahren, um mit Maria zu reden. Hoffentlich, kann er sie überzeugen. Mit ihr an seiner Seite wird ihm das Gespräch mit Conrad um einiges leichter fallen. Und wo willst du hin?«

»Zu meiner Oma. Ich habe tausend Fragen an sie zu meinem Metamorph-Problem und warum sie mich nicht früher aufgeklärt hat. Also rechne nicht zu bald mit mir.«

»Hast du immer noch Meinungsdifferenzen mit deinem Seelentier? Oder kommst du mit dem Vogelweibchen besser klar?«

»Sagen wir mal so: Wir dulden einander.«

Evelyn lachte. »Na, wie ich sehe, bist du ein richtiger Versteher des weiblichen Geschlechts.«

Die Neckerei traf ihn mitten ins Herz. Er steckte die Hände in die Jeanstaschen und zog den Kopf ein, als wäre er selbst ein Vogel, der sich aufplusterte. »Ich bin froh, wenn die Weiber – ob gefiedert oder nicht – mir vom Leib bleiben. Zum Glück ist die Antipathie gegenseitig.«

»So, so. Es würde schon helfen, wenn du deinem Seelentier wenigstens einen Namen gibst. Du wirst es kaum glauben, aber das erzeugt eine gewisse Nähe.«

»Ach!«, redete er sich in Rage, »seit wann bist du eine Expertin in puncto Metamorph-Leben? Du warst nicht gerade lange eine von uns und hast dich schließlich für deinen Leichenfreund entschieden.«

Ihre Miene verfinsterte sich. Die nussbraunen Augen blickten ihn kalt und starr an, die Pupillen weiteten sich und ließen ihn erschaudern, doch Evelyn bekam sich wieder unter Kontrolle. »Das ist richtig«, antwortete sie ausdruckslos. »Und ich bereue es keine Sekunde.«

Finn strich sich durch das Haar. Was war bloß in ihn gefahren? Er kam sich vor wie ein Hund, der in eine Ecke gedrängt wurde und um sich biss, egal, ob Freund oder Feind vor ihm stand. Verflucht, inzwischen konnte er nicht einmal mehr den einen vom anderen unterscheiden. Noch vor nicht allzu langer Zeit gehörten die Totenküsser zu seinen schlimmsten Feinden, heute suchte er Hilfe bei ihnen.

Vor Verzweiflung hätte er schreien können. Begann so der Wahnsinn eines jeden unerfahrenen Metamorphen, der von der Gemeinde getrennt wurde? Hatte Ylva das Gleiche erleben müssen, bevor sie völlig den Verstand verlor? Kilian meinte einst, es finge immer schleichend an. Mit Verwirrtheitszuständen und Gefühlsschwankungen, Depressionen und unnötiger Aggressivität. In den letzten Tagen beobachtete Finn diese Symptome immer häufiger an sich, hatte jedoch gehofft, sie mit Stress erklären zu können. Vielleicht war es an der Zeit, der Wahrheit ins Auge zu blicken? Er wurde verrückt …

Evelyn wollte die Tür schließen, doch er hinderte sie daran. »Warte. Es tut mir leid, ich habe es nicht so gemeint. Diese ganze Sache …«

Sie lächelte ihm zu und tätschelte ihm die Schulter, so dass es ihn einige Überwindung kostete, nicht zurückzuweichen. »Schon okay. Rede du erstmal mit deiner Oma. Bis dahin ist sicherlich auch Adrián zurück, und dann sehen wir weiter.«

Finn nickte. Immerhin war er nicht allein. Noch nicht zumindest.

»Danke.« Er ging einige Stufen hinunter, dann drehte er sich zu Evelyn um, die noch immer auf der Schwelle stand. »Ich werde über einen Namen nachdenken. Versprochen.«

Mit gemischten Gefühlen machte er sich auf den Weg zu seiner Oma. Er war ihr vieles schuldig, und dennoch grämte es ihn, dass sie ihm nie etwas über sein Metamorph-Leben erzählt hatte. Es hatte ihn vollkommen unvorbereitet erwischt und in eine Sinnkrise gestürzt, in der er mit jedem Tag mehr ertrank. In die Gemeinde und ihre Welt der Dominanz und der Unterordnung konnte er sich nicht einordnen. Das sah er ganz klar. Er wollte fort. Frei sein. Es gab keinen Weg zurück.

Inzwischen ging es ihm nicht mehr nur um Freiheit, sondern ums blanke Überleben. Er brauchte Antworten. Würde seine Oma ihm diese geben können? Er wusste nicht einmal, ob sie ebenfalls ein Metamorph war, nur dass sie anscheinend über seine Situation Bescheid wusste.

Die alte Dame öffnete ihm die Tür, wie immer modisch angezogen und duftend nach ihrem gewohnten Parfüm, das ihn an seine Jugendjahre denken ließ. Der

Duft weckte Erinnerungen, die nicht sonderlich angenehm waren. Damals hatte er sich oft am Hauptbahnhof herumgetrieben, stand am Geländer der *Wandelhalle* und beobachtete Züge, die unter ihm an- und abfuhren. Unzählige Menschen liefen um ihn herum, der Lärm des Bahnhofs betäubte ihn, und dennoch fühlte er sich allein. Jedes Mal malte er sich aus, wie es wohl wäre, sich in einem der Waggons zu verstecken und in ferne Länder zu fliehen. Ans Meer. Oder in die Berge. Inzwischen war er Mitte zwanzig und hatte noch nie das offene Meer gesehen. Er war nicht einmal an der Ostsee gewesen, die nur knappe 80 Kilometer von Hamburg entfernt lag. In einen der Züge einzusteigen, hatte er sich nie getraut. Das Einzige, was der Bahnhof ihm also gebracht hatte, war ein Hass auf klassische Musik, wie sie dort stets aus den Lautsprechern dudelte.

Finn schüttelte die Gedanken ab. Er durfte den Stimmungsschwankungen nicht erlauben, die Überhand zu gewinnen. Sonst würde er noch tiefer in die Krise stürzen und damit sein Ende besiegeln.

Seine Oma trat zur Seite und ließ ihn vorbei. »Komm rein, mein Junge. Ich habe schon auf dich gewartet.«

»Wirklich?«

Sie lächelte, und das Faltennetz um ihre Augen und Mundwinkeln zerfurchte ihr Gesicht. »Nun ja, das letzte Mal warst du nicht sonderlich gesprächig, so in Vogelgestalt. Amüsant, ja, aber nicht gesprächig.«

Sie führte ihn ins Wohnzimmer, das mit Designermöbeln ausgestattet war – ganz anders als das, was man sich normalerweise unter einem Oma-Interieur vorstellte. Keine Spitzengardinen, kein geblümtes Sofa. In dem Zimmer mit den zahlreichen Fenstern, die den Raum lichtdurchflutet noch größer wirken ließen, bildete eine schwarz-weiße Ledergarnitur in der Mitte eine Insel der Ruhe und Gemütlichkeit. Ein HD-Fernseher thronte in einer Nische des Wandschrankes, und an den restlichen Wänden verliefen im Zickzack Regale mit Lexika und wissenschaftlichen Büchern.

Finn räumte einige Papiere vom Sessel und setzte sich, während Juliane in der Küche verschwand und mit dem Geschirr klapperte. »Für dich einen Ceylontee, nicht wahr?«

Lieber ein Beruhigungsgebräu, dachte er und erinnerte sich an Kilian, der stets Kräutertees mit Baldrian zu sich nahm. Jetzt ergab alles mehr Sinn, als er sich damals eingestehen wollte.

»Mit Rumkandis?«, fragte Juliane weiter.

Und einem saftigen Braten mit Beilage, fügte er stumm hinzu. Sein Magen knurrte, aber zu gestehen, wie schlecht es finanziell um ihn stand, war ihm sogar gegenüber der eigenen Oma peinlich.

Bald huschte sie ins Zimmer, stellte das Tablett schwungvoll ab, ohne auch nur einen Tropfen Tee aus den bis zum Rand gefüllten Tassen zu verschütten, und deckte den Tisch. In einer Porzellanschale servierte sie Butterkekse, und Finn stürzte sich darauf, um den Hunger wenigstens etwas zu stillen.

Seine Oma setzte sich mit der Grazie einer Königin

ihm gegenüber und nahm sich eine Tasse auf den Schoß. »Erzähl, mein Junge. Wann ist es passiert?«

»Du meinst, wann ich mein Seelentier gefunden habe?«, fragte er mit vollem Mund.

Sie nickte. Ihrer Haltung nach konnte sie es nicht erwarten, die Geschichte endlich zu hören.

»Vor ein paar Monaten.« Er schluckte die zerkaute Keksmasse hinunter. »Du scheinst es gewusst zu haben. Allzu überrascht sahst du bei meiner Ankunft in Vogelgestalt nicht aus.«

Sie seufzte und zupfte an ein paar grauen Strähnchen, die sich aus ihrer Frisur gelöst hatten. Das hauchdünne goldene Kettchen um ihr Handgelenk glänzte. »Ich hatte darauf gehofft und gewartet. Jahrelang. Inzwischen musste ich einsehen, dass ich die Hoffnung zu früh aufgegeben hatte. Normalerweise ist das Alter von 21 Jahren die Obergrenze, bis wann ein Anwärter die Verbindung zu seinem Seelentier herstellen kann. Du warst weit darüber hinaus.«

»Du hattest ... gehofft?«, schnaubte er und verschluckte sich an einem Krümel. »Mein Gott, ich verfluche den Tag, an dem es passiert ist, und du hast darauf gehofft? Warum hast du mir nie etwas davon erzählt?« Er schloss die Augen. Der Wutanfall verebbte genauso schnell, wie er gekommen war, und hinterließ bloß Bitterkeit. Das Chaos seiner Gefühle zermürbte seinen Verstand und seinen Körper. Für einen Moment glaubte er, beobachtet zu werden. Als hinge da etwas über ihm in der Luft, doch als er sich umdrehte, sah er nichts. »Du hättest mich warnen sollen oder wenigstens etwas andeuten können. Und nicht warten müssen, bis ich von einer Leiter falle und mich plötzlich mit dem Geist in den Körper eines Vogels versetze. Ich bin nicht einmal schwindelfrei, und das Vieh ist geflogen!«

»Tja.« Sie schmunzelte, sichtlich amüsiert über seinen Bericht. »Ich war mir nicht sicher, ob du zu einem Metamorph werden konntest. Es sah nicht gut aus, du warst nun mal zu alt dafür.«

Er schwieg und musterte seine Oma, als sähe er sie zum ersten Mal. »Bist du denn einer?«

»Nicht mehr.« Ihre Stimme klang brüchig. Sie nippte an ihrem Tee und deutete mit dem Kinn auf seine Tasse. »Trink, mein Junge, solange er heiß ist.«

»Zuerst will ich alles wissen.«

»Puh, das wird eine lange Unterhaltung sein. Ja, ich war ein Metamorph, aber mein Seelentier wurde getötet, und nun bin ich keiner mehr. Inzwischen ist es fast 25 Jahre her.« Sie machte eine Pause. »Damals war ich die Königin der Hamburger Gemeinde.«

Finn, der gerade seinen Tee trinken wollte, zuckte zusammen und schüttete sich das heiße Getränk auf die Jeans. »Was?«

Juliane schien es nicht zu bemerken. Sie nahm einige Schlucke zu sich, den verklärten Blick aus dem Fenster gerichtet. »Wir waren nicht viele, aber eine überaus starke Gemeinschaft. Alle für einen und einer für alle. Meine Untertanen vertrauten mir und wären mir überallhin gefolgt, ohne dass ich sie dazu hätte zwingen müssen.

Wir waren nicht nur eine Gemeinde, nein, wir waren eine Familie. Bis Linnea mit ihren Gefolgsleuten in die Stadt kam. Es war unser Territorium, es aufzugeben, waren wir nicht bereit. Aber einen Krieg wollte ich genauso wenig, denn das hätte bedeutet, Blut zu vergießen. Das Blut meiner Leute. Also suchte ich Linnea auf und schlug ihr einen Waffenstillstand vor. Wir kamen überein, Hamburg zu teilen und darauf zu achten, einander nicht in die Quere zu kommen, zumal sie mir versicherte, nur auf der Durchreise zu sein. Woher sollte ich wissen, dass dieses hinterhältige Miststück ganz andere Pläne schmiedete? Eines Tages griff sie uns an. In diesem Kampf sind viele meiner Leute gefallen und mein Seelentier auch.«

»Welches war es?«

»Eine Amsel.«

Finns Blick schweifte durch den Raum. Aha, hatte er sich doch nicht getäuscht! Auf einem Regal entdeckte er einen ausgestopften schwarzen Vogel, der aus seinen künstlichen Augen auf ihn herabschaute.

»Ja, das ist sie. Sunny.« Ihre Hände zitterten, und die Tasse klapperte auf der Untertasse. Sie stellte ihren Tee zurück auf den Tisch. »Nachdem Sunny gestorben war, hörte ich auf, ein Metamorph und somit die Königin zu sein. Linnea hat mir alles genommen, was mir lieb und teuer war, was mich definiert hat.« Juliane streifte sich den pfirsichfarbenen Blazer von den Schultern, knöpfte ihre Bluse ein Stück auf und drehte den Kopf zur Seite. Von ihrem Kinn aus verlief eine blasse Narbe über ihren

Hals zur Schulter. Julianes Unterlippe bebte, ob vor Hass oder vor Schmerz in Anbetracht der Erinnerungen, vermochte Finn nicht zu sagen. »Das hat sie mir zugefügt, als ich bereits bezwungen war. Sie ließ mich sterbend zurück, doch ich überlebte, was sie nicht weiter kümmerte, denn ich war keine Gefahr mehr für sie. Meine Gemeinde zerfiel, ohne Königin konnte sie nicht existieren. Einige machten ein Initiierungsritual mit und schlossen sich Linnea an, die anderen gingen fort. Und ich musste irgendwie allein klarkommen und ein Leben als Mensch führen. So gründete ich ein Tierheim und beschäftigte mich mit Tieren, eben mit dem, was ich am meisten liebte. Kein guter Trost, aber auf mehr durfte ich nicht hoffen.« Ihre graublauen Augen füllten sich mit Tränen.

Finn wusste nicht, was er tun sollte, denn er hatte seine Oma noch nie weinen sehen. Sie war die stärkste Frau, die er kannte. Nur selten ließ Juliane Gefühle zu. Sie betrachtete deren Ausleben als Schwäche. Sie war eine Frau, die Finn in den schlimmsten Lebenssituationen Halt gab. In ihrer Gegenwart verschwanden seine Ängste und Zweifel, und was blieb, war eine seltsame Gefühlsstumpfheit. Jetzt kauerte sie auf dem Sofa und weinte leise, was sein Herz fast zerspringen ließ.

Er setzte sich zu ihr und nahm sie in den Arm. Juliane legte ihren Kopf an seine Schulter. Ihre Tränen durchnässten sein T-Shirt. Sie roch nicht mehr nach dem frischen Parfüm, sondern nach einer alten Frau.

So verbrachten sie eine Viertelstunde, bis Juliane sich

abrupt aufrichtete und sich von ihm ein Stückchen wegsetzte.

»Verzeih mir diese Gefühlsduselei«, stammelte sie, holte ein Taschentuch und putzte sich die Nase. »Ach Kleiner, du hast doch gar nicht deinen Tee getrunken.«

Finn schmunzelte. Wieder seine Oma, die sich mehr um die anderen kümmerte als um sich selbst.

»Und meine Eltern?«, fragte er, ohne den Tee zu beachten, der inzwischen bestimmt kalt geworden war. »Gehörten sie zu den Metamorphen?«

»Nein.«

»Also waren sie Anwärter.« Das hatte er sich schon fast gedacht. Über seinen Vater wusste er zu wenig, aber seine Mutter hasste alle Tiere. Und Menschen sowieso. Ein Seelentier an ihrer Seite konnte er sich beim besten Willen nicht vorstellen. »Deshalb dachtest du, ich würde auch keiner sein, nicht wahr?« Er lehnte sich zurück und legte den Kopf in den Nacken. »Bitte sag mir, wie ich damit klarkommen soll. Was bin ich für ein Metamorph, wenn ich nicht einmal mein Seelentier ertragen kann? Ich bekomme Panikattacken, sobald es sich mir nähert. Schritt für Schritt gerate ich näher an den Wahnsinn und kann nichts dagegen tun. Ich bin nicht mehr ich selbst! Was passiert mit mir?«

Juliane strich ihm durch das Haar. »Du bist krank.«

Er schnaufte verbittert und entzog sich ihrer Berührung. »Ach, weiter nichts? Hätte ich mir denken können.«

»Ich meine es ernst. Ein Metamorph zu sein ist eine

Krankheit.« Sie hob die Blätter vom Boden, die er vom Sessel dorthin geräumt hatte, und setzte ihre überdimensionale Brille auf. »Schau hier.«

Finn erkannte Herzhoffs Handschrift und kräuselte die Stirn. »Was ist das? Woher hast du diese Papiere?«

»Das sind die Unterlagen, die das Mädchen, das kürzlich bei mir war, im Garten verloren hat. Du erinnerst dich? Wir wurden von der Jägerin angegriffen.« Sie breitete die Blätter auf dem Couchtisch aus. »Professor Herzhoff hat sehr interessante Erkenntnisse erzielt, die mich um einiges weitergebracht haben. Vieles habe ich schon gewusst, einiges dagegen hat mir die Augen geöffnet. Aber alles von Anfang an. Was mit dir – mit jedem Metamorph – passiert, ist ein sehr komplizierter Vorgang. Unsere Existenz verdanken wir einem Virus. Er befällt ausschließlich Wirbeltiere und ist selten, denn nicht jedes Tier oder jeder Mensch ist genetisch dazu in der Lage, diesen Virus in sich zu tragen. Mit anderen Worten: Die meisten sind immun dagegen.«

Finn sah sie zweifelnd an. »Also sind wir keine neue Art der Evolution?«

»Nichts von dem. Ich weiß, Linnea schreibt gern den Schutz der Metamorph-Rasse auf ihre Fahnen, die Wahrheit ist aber viel ernüchternder. Wir sind keine Rasse.« Juliane zeigte auf zwei Abbildungen, die laut Beschriftung Virenzellen darstellten. »Es geht um Viren-Paare, die zusammenkommen müssen, um mutieren und sich verbreiten zu können. Der eine Teil befällt einen Menschen, der andere ein Tier. Dadurch, dass der Virus das

Gehirn angreift und die Funktionsweise des Organs verändert, erweitert er die mentalen Fähigkeiten seines Trägers. Wie genau das geschieht, kann ich dir nicht sagen, aber das macht es uns möglich, die geistige Verschmelzung mit dem Seelentier zu vollbringen und Visionen zu empfangen, wenn einer aus der Gemeinde angegriffen wird. Letztlich aber dient all das nur einer Sache: Der Virus sucht nach seinem Gegenstück. Die beiden kommen in Kontakt, mutieren und sind nun in der Lage, sich zu vermehren.«

»Das heißt, ein Anwärter trägt also einen Teil des Viren-Paares in sich, sein Seelentier den anderen. Sobald die beiden zusammenkommen, vervollständigt sich das Paar, und der Virus wird aktiv.«

»Richtig. Unsere geistigen Verschmelzungen mit dem Seelentier sind nur Nebenwirkungen dieses Prozesses, und die Fähigkeiten, die wir von unseren Seelentieren erwerben, resultieren daraus, dass der Teil des Viren-Paares, den wir von dem Tier bekommen, unsere DNA verändert.«

»Wie überträgt sich der Virus? Angenommen, ich beiße jemanden, wird derjenige auch zu einem Metamorph, beziehungsweise zu einem Anwärter?«

»Ach Junge, hast du zu viele Werwolf-Filme gesehen? Das ist nicht ganz so einfach. Zum einen ist der Virus, den du in dir trägst, noch nicht stark genug, um in einem anderen Körper zu überleben. Die Übertragung durch Körperflüssigkeiten, wie zum Beispiel Speichel oder Blut, kann nur im letzten Stadium der Krankheit stattfinden, wenn die Viren hochwirksam sind. Zum anderen: Alle Erwachsenen sind dagegen immun. Kinder können sich in der Tat infizieren, aber diesen plötzlichen Virusbefall werden sie nicht überleben. Daher kann der Virus sich nur auf eine Weise verbreiten: durch die Nachkommen eines Metamorph. Da passt alles zusammen: Der Embryo ist dazu genetisch veranlagt und hat den Virus von Anfang an in sich. Verstehst du?«

»Ja. Kann man die Krankheit heilen? Oder wenigstens ihre Entwicklung aufhalten?«

Juliane schüttelte den Kopf. »Ich wüsste nicht, wie. Die Welt der Wissenschaft kennt den Virus nicht, woher soll also eine Heilung kommen? Die Metamorphe haben sich schon immer versteckt gehalten, die Menschen wissen nichts von uns. Und wenn doch ein Arzt auf den Virus stößt, hält er ihn nur für eine Mutation der Tollwut, die auf den ersten Blick ähnliche Symptome und Strukturen aufweist.«

»Du hast vom letzten Stadium der Krankheit gesprochen. Was passiert dann?«

»Es endet immer tödlich.«

Finn musste schlucken. »Was wird mit mir im Krankheitsverlauf geschehen?«

»Die Symptome ähneln sehr der Tollwut. Zuerst treten grippeartige Erscheinungen auf. Danach kommen verstärkt Angst- und Verwirrtheitszustände, Aggressivität und Lähmungen, Wutanfälle und Aquaphobie. Blackouts sind häufig zu beobachten. Schließlich Krämpfe und Schluckbehinderung, Fieber und anschließend der Tod.«

Er schwieg kurz. Bei der Vorstellung, zu einem tollwütigen Tier zu mutieren, wurde ihm siedend heiß.

»Und wie schnell geht das?«

»Unterschiedlich. Ein Seelentier an deiner Seite verlangsamt in gewissem Sinne den Prozess, doch die häufigen Verschmelzungen mit ihm beschleunigen das Voranschreiten der Infektion. Am längsten kannst du überleben, wenn dein Seelentier zwar da ist, aber du dich mit ihm nicht verbindest. So kannst du mehrere Jahrzehnte durchstehen. Nichtsdestotrotz sind die Aussichten eher deprimierend.« Juliane senkte die Stimme. »Du wirst eines qualvollen Todes sterben, und es gibt nichts, was dich retten könnte.« Sie strich ihm über die Wange. »Oh Junge, es tut mir so leid.«

Er sprang auf und machte einige Schritte durch das Zimmer. »Aber du lebst noch. Obwohl du kein Seelentier mehr hast.«

Sie sah ihn nicht an. »Das verdanke ich einer harten Arbeit an meiner geistigen Entwicklung.«

Finn lachte verbittert. »Ich wusste nicht, dass Doktor Kawashima Gehirnjogging auch für Metamorphe vermarktet hat.«

»Nun ja. Vielleicht ist mein Organismus auch widerstandsfähiger, als es bei dem Durchschnitt der Fall ist. Dennoch habe ich nicht mehr lange. Ich fürchte, nur ein paar Monate, dann ist es vorbei.«

Erschüttert sah Finn sie an. Sie winkte nur ab. »Das

sieht man mir nicht an, und das ist gut so. Ich trauere nicht um mich, also tu du es auch nicht.«

Ein Funke Hoffnung glomm in ihm auf. »Kannst du mir beibringen, wie man den Verlauf verzögert?«

»Ja. Am besten du bleibst bei mir. Hier bist du in Sicherheit, und ich kann dir alles zeigen, was dir hilft, länger am Leben zu bleiben. Du wirst sehen, man kann den Verlauf der Krankheit, wenn schon nicht besiegen, dann doch wenigstens aufhalten.«

War das wirklich die Lösung all seiner Probleme? Finn wagte es kaum zu glauben. Er wollte gerade antworten, als es am Fenster klopfte. Auf dem Sims hüpfte aufgeregt der Rotmilan und schlug mit den Flügeln.

Finn hielt inne. »Es ist irgendwas Schlimmes passiert. Ich muss los.« Er lief in den Flur.

Seine Oma eilte ihm hinterher und packte ihn am Ärmel. »Nein, warte. Du kannst jetzt nicht gehen! Verstehst du denn nicht? Linnea ist hinter dir her, du bist krank und weißt überhaupt nicht, wie du dagegen vorgehen musst, und du willst gehen? Ausgerechnet jetzt?«

»Ich muss.« Er küsste sie auf die Stirn und drehte sich zur Tür.

»Nein!« Sie tippelte hinter ihm her. »Nein, geh nicht. Ich kann das nicht zulassen!«

Auf der Schwelle drehte er sich um. »Ich werde zurückkommen. Versprochen. Aber zuerst muss ich denjenigen helfen, die mir viel bedeuten. Ich muss Ylva retten, ich muss Albas Leben in Ordnung bringen, damit sie sich nicht mehr vor Micaela fürchten muss … Es gibt noch so vieles, was ich erledigen muss, bevor ich mich um mich kümmern kann.« Er hastete durch den Garten. Inzwischen war es dunkel geworden – die Herbstzeit setzte dem Tageslicht schnell ein Ende. Der Rotmilan stob in die Luft und flog ihm voraus.

Am Gartentor blickte Finn ein letztes Mal zurück und sah, wie seine Oma klagend die Arme hob. »Aber du hast doch gar nicht deinen Tee getrunken!«

Kapitel 16

Alba wusste nicht, womit sie die Zeit totschlagen sollte, deshalb stöberte sie in den Zeitungen und Zeitschriften, die im Wohnzimmer herumlagen, um weitere Berichte über die mutmaßlichen Entführungsfälle zu finden. Viele Informationen konnte sie auf diesem Weg nicht ergattern. Bis jetzt gab es nur einen Todesfall und zwei verschwundene Kinder, von denen jede Spur fehlte. Alba konzentrierte sich auf ihre Erinnerungen, doch abgesehen von verschwommenen Fetzen, die keinerlei Zusammenhang aufwiesen, kam ihr nichts in den Sinn. Die Vorstellung, wie die entführten Kinder gerade jetzt in einem dunklen Keller ausharren mussten, zerrte an ihren Nerven. Sie musste sich ablenken, sich mit irgendetwas anderem beschäftigen, um nicht jede Sekunde daran zu denken. So begann sie, die restlichen Sachen in die Umzugskartons zu packen. Es half, zumindest für den Augenblick, wobei ihr natürlich klar war, so nicht lange durchhalten zu können.

Der Rotmilan war bei ihr geblieben. Er saß auf einem Regal und putzte sich das Gefieder. Offensichtlich handelte es sich um einen sehr eitlen Vogel, denn sie sah ihn nichts anderes tun, als die Federn zu ordnen.

Es klingelte an der Tür. Albas Herz pochte verräterisch, als sie Finns Stimme vernahm. Doch als dann sein Gespräch mit Evelyn folgte, schnaubte sie. Das dachte er also von ihr? Sie wäre am liebsten in den Flur gelaufen und hätte ihm ordentlich die Meinung gesagt, konnte sich aber noch im letzten Moment zügeln. Hatte sie nicht beschlossen, ihn zu ignorieren? Müsste die Meinung eines Mannes, der ihr vollkommen egal war, sie nicht kaltlassen? Was regte sie sich denn auf?

Im Wohnzimmer erschien Evelyn. In ihrer Hand baumelte eine Tüte. »Finn hat dir etwas zu essen vorbeigebracht. Chinesisch. Magst du das?«

»D-du … d-du kann… kannst …« Alba gab auf und konzentrierte sich auf ihre Gedanken, damit die Nachzehrerin diese empfangen konnte: *Du kannst ihm sagen, dass das Prinzesschen keinen Hunger hat! Er kann sich sein Essen sonstwohin stecken!*

Ein Schwindelanfall befiel sie, kurze Zeit später würden die Kopfschmerzen kommen, doch sie nahm die Unannehmlichkeiten in Kauf. Es gefiel ihr, mental zu kommunizieren. Dadurch fühlte sie sich beinahe den Menschen gleichwertig, die nicht um Worte kämpfen mussten.

Evelyn stellte die Tüte auf den Couchtisch und packte die Schachteln aus. »Du hast also gehört, was er gerade gesagt hat?« Sie spähte unter ihren rotbraunen Haarsträhnen hervor.

Und ob! Beim Anblick des Essens meldete sich der Hunger. Oh, sie könnte ein halbes Schwein verschlingen! Musste das sein? Auf keinen Fall wollte sie Finn ihre Abhängigkeit von ihm zeigen, diese nicht einmal sich selbst eingestehen.

Evelyn öffnete eine Schachtel und wedelte sich mit der Hand den Duft unter die Nase. »Ente. Das riecht aber lecker!« Ihre Augen glänzten schelmisch.

Alba stöhnte und gab auf. Sie setzte sich im Schneidersitz auf den Boden und nahm die Stäbchen, an die sie sich erstmal gewöhnen musste. Georg mochte kein asiatisches Essen, deshalb hatte sie schon eine Ewigkeit lang solches Besteck nicht mehr in den Händen gehalten.

Der Rotmilan flatterte herbei, ließ sich auf der Sofalehne nieder und bohrte abermals die Krallen in den Bezug. Neugierig reckte er den Hals.

»Du bist sauer auf Finn, das verstehe ich«, sagte Evelyn. »Aber er hat dich hierhergebracht, nur weil er dich schützen wollte. Inzwischen müsstest du verstanden haben, wie heftig es hier bei uns zugeht. Du hättest niemals dazwischengeraten sollen, aber nun ist es passiert. Glaub mir, wir alle werden uns bemühen, dass du sobald wie möglich in dein normales Leben zurückkehren kannst.«

Das ist es nicht! Ich hasse ihn, weil ich … weil ich … Na toll, jetzt stottere ich schon, wenn ich denke. Alba schob sich ein Stückchen Fleisch in den Mund und kaute. Damit verschaffte sie sich etwas Zeit.

Der Rotmilan traute sich näher an sie heran und gierte nach ihrem Essen. Alba schmunzelte. *Hast du es schon mal mit Jagen versucht?* Trotzdem reichte sie ihm einen Streifen Fleisch, den er hungrig verschlang.

Ich hasse ihn, weil ich ihn so sehr mag … gemocht habe. Und er hat mich belogen und ausgenutzt, antwortete sie endlich.

»Das denkst du also von ihm, ja?«

Es ist doch unerheblich, was ich denke. Der Punkt ist …

»Interessant, und ich habe immer geglaubt, gerade das, was man selbst denkt, sei das Wichtigste. So kann man sich irren.«

Ich meine …

»Das ist natürlich auch sehr bequem, wenn für einen gedacht wird. Gehst du immer den einfachsten Weg, statt den richtigen?«

Lass mich doch ausreden!

»Du redest ja nicht. Und das ist der Punkt. Du benutzt meine telepathische Gabe, statt selbst zu sprechen, weil das so viel einfacher ist.«

Alba schnaubte. Diese Frau maßte sich doch nicht wirklich an, ein Urteil über sie abgeben zu können. Sie kannten sich gar nicht!

Wenn ich rede, werden wir mit dem Gespräch in hundert Jahren nicht fertig. Erbost stocherte Alba in ihrem Essen herum. Doch Evelyns Vorwurf wurmte sie.

»Du kannst dir ruhig Zeit lassen. Ich bin untot. Für das nächste Jahrhundert habe ich noch nichts Besonderes vor.«

Alba stieß ein Knurren hervor und angelte nach einem Bambusscheibchen, das stets ihren Stäbchen entglitt. Die Aufforderung zum Reden beschloss sie zu ignorieren. *Du hast ja gehört, was er über mich denkt. Prinzesschen! Pah.*

»Finn macht eine schwere Zeit durch. Gerade erst hat er sein Seelentier gefunden, mit dem er nicht sonderlich gut klarkommt, nun musste er aus der Gemeinde fliehen. Er durchlebt die Verschmelzungen mit dem Vogel, ohne sie kontrollieren zu können. Das ist eine schlimme psychische und physische Belastung. Wenn er das Ganze nicht auf die Reihe bekommt, dann ist es aus mit ihm. Ich hoffe sehr, er kriegt die Kurve noch.«

Soll ich jetzt Mitleid mit ihm haben?, Alba wollte sich nicht eingestehen, dass sie gerade das tat. Was er durchmachte, konnte sie sich nicht vorstellen, und dennoch fühlte sie mit ihm. Damals auf dem Dachboden hatte er ihr Sachen aus seiner Vergangenheit anvertraut, die man normalerweise keinem erzählte. Alles nur ein Trug? Konnte jemand sich wirklich so verstellen? Sie wusste es nicht, aber sie wünschte sich den Abend zurück, an dem sie in ihm eine verwandte Seele gespürt hatte. Sie wünschte sich … Nein, Schluss mit dem sinnlosen Herumgewünsche. *Werde doch erwachsen, Alba, und sieh der Wahrheit ins Auge.*

Sie wechselte das Thema, denn bei dem bisherigen fühlte sie sich wie auf dünnem Eis. Es zwang sie, über Sachen nachzudenken, die sie verdrängen, gar verleugnen wollte.

Warst du wirklich früher ein Metamorph? Wie kann das sein? Und was ist mit dir passiert, dass du jetzt untot bist?

Evelyn verzog das Gesicht. »Linnea ist meine Mutter, die Metamorph-Gene habe ich von ihr.«

»W-was?« Alba verschluckte sich an einem Reiskorn und hustete.

»Genau.« Die Nachzehrerin grinste und klopfte ihr auf den Rücken. »Ich musste auch fast brechen, als ich es erfahren habe. Aber dieser Teil von mir ist tot. Ist eine lange Geschichte. Ich erzähle sie dir lieber ein anderes Mal.«

War dein Vater ein Nachzehrer?

»Nein, ich denke, irgendeine Mächtige hat meiner Mutter den Fluch verpasst. Wäre ich davon nicht betroffen gewesen, würde ich sagen: ganz zu Recht.« Sie stand auf und begann, weiter die Kartons einzuräumen und sie mit einem Filzstift zu beschriften. Ihre Bewegungen wirkten hektisch und unbeholfen, als suche sie – wie Alba zuvor – nach einer Beschäftigung. »Linnea hat mir eine herzzerreißende Story aufgetischt und mir vorgeweint, mein Erzeuger wäre tot. Ich weiß nicht, was davon tatsächlich stimmt. Und wer auch immer für meinen Fluch verantwortlich ist, ich bin ihm dankbar. Ich bin glücklich mit Adrián, er lässt mich … fühlen, leben und lieben. Vor ihm wusste ich gar nicht, dass ich dazu fähig bin. Hoffentlich werde ich das auch noch sagen können, wenn wir ein paar Jahrhunderte Seite an Seite verbracht haben.« Sie zwinkerte Alba zu. »Man sagt, nach den ersten sieben kommt eine Krise.«

Aber du bist eine richtige Nachzehrerin, oder? Eine Idee kam ihr in den Sinn, die so einfach klang, dass Alba sich wunderte, an diese Lösung nicht schon vorher gedacht zu haben.

Evelyn empfing die Überlegungen genauso einfach wie alles davor. »Oh, oh. Dein Gedankenverlauf gefällt mir nicht.«

Doch Alba war nicht mehr aufzuhalten. *Wenn du eine Nachzehrerin bist, kannst du mir meine Erinnerungen an die Entführung zurückgeben? Oder kann das nur derjenige tun, der sie auch versteckt hat?*

Evelyn blies sich eine Strähne aus der Stirn. »Nein, das kann jeder Nachzehrer tun, aber …«

Dann hilf mir, bitte! Ich will sie zurück! Ich muss *sie zurückbekommen.*

»Alba«, erwiderte Evelyn mit theatralischer Strenge. »Und was hat dir dein Großonkel zu dem Thema gesagt?«

Er braucht es nicht zu erfahren. Alba legte die Stäbchen beiseite und wurschtelte in den Zeitungen, bis sie die richtige mit dem Artikel über den kleinen Patrick fand. *Sieh dir das an! Es fängt wieder von vorn an. Jemand muss die Verantwortlichen stoppen.* Ich *muss die Verantwortlichen stoppen. Aber ohne meine Erinnerungen kann ich es nicht.*

»Wer sagt denn, dass deine Erinnerungen dir helfen können? Es ist bereits zwölf Jahre her. Was für Hinweise erhoffst du dir?«

Das weiß ich nicht. Aber es ist besser als nichts, oder?

Evelyn stützte sich auf einem Kartonstapel ab und senkte den Kopf. Überlegte sie? Innerlich flehte Alba sie an, ihr zu helfen. Wenn die Nachzehrerin »Nein« sagen würde, welche Hoffnung würde ihr noch bleiben? Und mehr noch: Welche Hoffnung würde den entführten Kindern bleiben?

»Das ist zu gefährlich.« Evelyn klappte den obersten Karton zu. Das Klebeband ratschte, als sie mit einer ruckartigen Bewegung den Deckel zuklebte. »Also: Nein.«

Albas Herz fiel ins Bodenlose. Doch sie raffte sich auf. So einfach durfte sie nicht aufgeben. Statt Mutlosigkeit brauste Rage in ihr auf. *Wieso entscheidet ihr darüber, woran ich mich erinnern darf und woran nicht? Schließlich sind es meine Erinnerungen. Sie gehören mir! Und ich fordere sie zurück.*

»Alba, du weißt gar nicht, was du verlangst. Zum einen bin ich noch nicht lange genug eine Nachzehrerin, um mich an so etwas zu wagen. Zum anderen – auch ich könnte die Kontrolle verlieren und dich dabei töten. Oder dir dadurch die Krankheit verpassen. Ich will mir gar nicht vorstellen, was Finn dafür mit mir machen würde.«

Aber wenn du es nicht tust, werden noch mehr Kinder sterben! Wie soll ich dann damit leben?

»Alba …«

Sie versuchte es auf eine andere Weise: *Hermann meinte, Metamorphe steckten dahinter. Ihr wollt sie doch vernichten, da sollte jede Information für euch wichtig sein.*

»Alba, hör mir zu …«

»N-nein! Hör du mir zu!« Die Wut über ihre eigene Hilflosigkeit brach aus ihr hervor. Mühsam und stockend sprach sie: »Gib mir meine Erinnerungen zurück. Ihr habt kein Recht, sie mir zu verwehren. Und wenn das, was mein Opa bereits ermittelt hat, nicht umsonst sein soll, dann muss ich das Ganze zu Ende bringen.«

Evelyn seufzte und legte ihr die Hände auf die Schultern. »Na gut. Es sind deine Erinnerungen. Es ist deine Entscheidung.«

Die Nachzehrerin zögerte. Albas Inneres zog sich zusammen. Evelyn würde jetzt doch keinen Rückzieher machen, oder? Vielleicht sollte sie selbst lieber von der Idee ablassen? Sie schloss die Augen und hoffte, nichts von ihren Zweifeln preisgegeben zu haben.

Evelyn strich ihr das Haar zur Seite. Eine hauchzarte Berührung, die Alba erstarren ließ. Sie hielt inne, vergaß fast zu atmen, und nur ihr Herz schlug dumpf in ihrer Brust.

Der Schmerz stieß in die Mitte ihrer Stirn, durchbohrte ihren Schädel, und vor ihren Augen begannen schwarze Punkte zu tanzen. Evelyns Iris wurden hell, bis das Braun sich eisblau färbte.

Aus den Tiefen ihres Verstandes krochen die Erinnerungen hervor, zuerst unscharf und zittrig einem alten Film ähnlich, dann gewannen sie mehr an Einzelheiten und überrannten Alba mit einer erschreckenden Realität. Erneut durchstach etwas die Mitte ihrer Stirn, als hätte ihr jemand einen Schraubendreher zwischen die Brauen gerammt, und die Bilder entfalteten sich vor ihrem geistigen Auge.

Sie wird in die Dunkelheit gestoßen, poltert die Stufen hinunter und schlägt auf dem Boden auf. Hinter ihr fällt die Gittertür scheppernd zu. Schmerzhaft durchzuckt es ihren Arm bis zur Schulter und treibt ihr Tränen in die Augen.

Die Bilder flackerten in ihrem Hirn wie in einem Blitzlichtgewitter auf: der Schwarze Mann, der Junge, das sterbende Mädchen, die Monsterfrau. Gefühlswellen schlugen über ihr zusammen und rissen sie fort. Sie erstickte unter der Masse der Erinnerungen und ertrank in der Panik, die längst der Vergangenheit angehörte. Alba vergaß alles, was um sie herum passierte, sie wurde zu einem achtjährigen Mädchen, das in der Dunkelheit kauerte.

Opa, wo war bloß ihr Opa? Er würde kommen und sie retten. Ganz bestimmt.

Opa …

Dann kam der Kuss.

Evelyn, nein! Du solltest mich nicht aussaugen!

Der Rotmilan kreischte auf, sie hörte ihn flattern.

Die Kraft wich aus Albas Beinen. Sie wäre zusammengebrochen, doch Evelyn hielt sie und bettete sie sanft auf den Teppich, ohne die Lippen von ihrem Mund zu lösen. Die Schwäche wurde mit dem Blut durch die Adern getragen und verströmte ein Gefühl von Taubheit in Albas Körper. Der Kuss schien ihre Lippen wie Trockeneis zu versengen. Die Eiskristalle stachen ihr wie tausend Nadeln in die Haut und wanderten, einem Brand ähnlich, durch ihren Körper. Das Atmen fiel ihr schwer, als würde sie in einer frostigen Nacht nach dünner Luft schnappen, während ihr Herz krampfte und immer langsamer schlug. Etwas kroch in ihren Schädel, und Alba hatte das Gefühl, als wuselten Würmer in ihrem Hirn. Sie schmeckte ihre eigene Angst, die an ihrem Gaumen wie ranziges Fett klebte.

Andere Bilder mischten sich dazu, Erinnerungen, die nicht ihr gehörten.

Ihr Opa kniet sich vor den Kali-Altar. Alba beobachtet ihn eine Weile, dann schreitet sie aus dem Nebel auf ihn zu und steht in einer Ecke seines Wohnzimmers. Er bemerkt ihre Anwesenheit, dreht erschrocken den Kopf um.

Man sollte nicht mehr Teufel rufen, als man bannen kann, alter Mann, schlägt ihm ihre verzerrte Stimme entgegen, mächtig wie ein Donner. Kurz darauf spritzen die ersten Blutstropfen an die Wand.

Alba schrie vor Schmerzen in ihrer Stirn auf. Ihr wurde schwindelig, sie verlor jeglichen Orientierungssinn. Wo war sie? Was passierte mit ihr? Sekunde für Sekunde verließ immer mehr Kraft ihren Körper. Bald würde sie nicht einmal einen Finger rühren können.

Evelyn, es reicht! Sie lag auf dem Boden. Das Gewicht der Nachzehrerin drückte sie nieder. Unter der Decke schien der Lüster zu schwanken und zu verschwimmen, die Realität verabschiedete sich von ihr.

Der Rotmilan stürzte sich auf Evelyn und grub ihr die Krallen in den Rücken, doch auch das brachte die Untote nicht von Alba ab.

Stopp, es ist genug!

Die Nachzehrerin hörte sie nicht und saugte weiter an ihren Lippen, trank sich satt an ihrer Seele. Alba klammerte sich an die Fetzen ihres Verstandes, die ihr noch geblieben waren. Sie musste etwas tun! Sie würde sterben, wenn sie ihrer Schwäche nachgäbe.

Sie wand sich unter Evelyn und stöhnte, doch die Untote presste sie nur noch entschiedener nieder und raubte ihr jegliche Bewegungsfreiheit.

Dann hörte Alba, wie eine Fensterscheibe zersplitterte, und etwas zerschellte auf dem Boden. Roch sie etwa Benzin? Der Vogel schrie noch durchdringender, schlug mit den Flügeln.

Die ersten Rauchschwaden scheuerten Albas Kehle wund. Die Wohnung stand in Flammen.

Kapitel 17

Verzweifelt tastete Alba um sich, während es ihr vorkam, als würden sich Stahlplatten auf ihre Brust legen. Sie würde ersticken! Oder an der Beulenpest verenden, jeglicher Kraft beraubt. Ihre Finger, ausgestreckt, bis die Sehnen schmerzhaft spannten, streiften ein Essstäbchen, das vermutlich vom Tisch auf den Boden gerollt war. Mit den Nägeln kratzte sie über den Teppich. Wo war es? Hatte sie es mit einer falschen Bewegung aus ihrer Reichweite gestoßen? Sie bemühte sich, das Gesicht zur Seite zu drehen, schielte, bis sie fürchtete, ihr würden die Augen aus dem Kopf rollen, während Evelyn nur noch fester den Mund auf ihren presste.

Alba stöhnte und bäumte sich auf, doch es gelang ihr nicht, die Nachzehrerin abzuschütteln. Wie auch? Es war, als würde man versuchen, den Tod persönlich von sich zu stoßen. Dann kam das Stäbchen unter ihre Finger. Sie umschloss das Holz wie ein Kruzifix, wagte es kaum zu glauben, dass sie so viel Glück hatte. Es zu benutzen, traute sie sich allerdings immer noch nicht.

Evelyn, hör auf! Zwinge mich nicht dazu, es zu tun, flehte sie, aber die Frau hörte sie nicht, völlig in ihrem Element. Gierig saugte die Untote an Albas Lebensenergie, trank von ihren Gefühlen, Wünschen und Hoffnungen.

Es muss sein. Und du wirst doch nicht sterben, oder? Du kannst nicht sterben. Noch zögerte Alba. Dann holte sie aus.

Sie zielte auf die Schulter, um Evelyn nicht ernsthaft zu verletzen. Der Schmerz würde die Nachzehrerin ablenken, sie in die Wirklichkeit zurückholen, zumindest hoffte Alba das. Doch inzwischen war sie zu benebelt, um ihre Handlungen zu koordinieren. Sie rammte das Stäbchen in Evelyns Fleisch und traf den Hals.

Warmes Blut tropfte sogleich auf sie und lief über ihre verschwitzte Haut. Die Nachzehrerin keuchte und fiel von ihr ab, unwissend, was gerade passiert war, die Augen weit aufgerissen. Verwirrung und Panik flammten darin wie die Feuerzungen, die die Wände emporkrochen.

Alba atmete scharf ein. Der Rauch kratzte in ihrem Rachen, das Schlucken tat ihr weh. Sie zog sich an dem Sofa hoch auf die Knie, lehnte eine Wange gegen das kalte Leder. Weiter schaffte sie es nicht, als hätte sie gerade einen Marathon hingelegt. Ihr Herz hämmerte wild, ihr Atem ging stockend, und der Schweiß rann ihr aus allen Poren.

Evelyn? Ihr Blick trübte sich, doch es gelang Alba, bei Bewusstsein zu bleiben.

Die Nachzehrerin antwortete nicht. Sie hielt sich die Wunde zu, aus der noch das Stäbchen ragte. Blut zog glänzende, weinrote Bahnen über ihre blasse Haut.

»E-evelyn«, hauchte Alba und beugte sich über die Verletzte. Sie wollte das Stäbchen herausziehen, doch Evelyn stieß sie mit einem Röcheln beiseite: »Bloß nicht.«

Es … es … Sie wusste nicht, was sie sagen sollte, und ein »Es tut mir leid, dass ich dich umgebracht habe« hörte sich mehr als dämlich an.

»Nein. Mir sollte es leidtun, nicht dir.« Der Satz ging in einem Gurgeln unter, Blut trat auf Evelyns Lippen.

Alba sah sich um, sie konnte sich nicht erlauben, noch länger untätig zu sein. Jetzt musste sie sich und die Nachzehrerin vor den Flammen retten.

Der dichte Rauch hing unter der Decke. Die Flammen leckten am Teppich, krochen zu den Fenstern und erreichten die Gardinen. Blitzschnell kletterte das Feuer hoch und fraß Löcher in den Stoff. Draußen war es bereits Abend geworden, die Flammen spiegelten sich im dunklen Glas wider.

Sie mussten raus aus der Wohnung! Alba versuchte Evelyn anzuheben, um sie fortzuschleifen, doch diese wehrte sich.

»Lass … mich …« Evelyn röchelte. »Bring dich in Sicherheit.«

»A-aber …«

»Wenn ich zu schwach werde, werde ich über dich herfallen und dich töten. Geh jetzt!«

»N-nein.« Zu oft war sie bereits geflohen und hatte andere Menschen im Stich gelassen. Jetzt musste sie endlich anfangen, an andere zu denken und nicht nur daran, wie sie ihre eigene Haut retten könnte.

Ungeachtet des Protestes half sie Evelyn hoch. Das Gewicht der Frau lastete schwer auf ihr. Selbst wackelig auf den Beinen, stützte sie die Untote und stakste zum Flur.

Hoffentlich würde sie es schaffen und nicht in dieser Feuerhölle zusammenbrechen. Die Flammen verschlangen die Umzugskartons, näherten sich dem Zeitungspapier und loderten immer höher. Von dem raschen Temperaturanstieg platzte das Milchglas der Schiebetür.

Alba kniff die Augen zusammen und schwankte in den Flur und schnurstracks weiter durch die Hitze, die auf ihrem Gesicht tanzte. Jeder Atemzug schien ihre Lunge zu versengen. Sie hustete, und es kam ihr vor, als zerrissen Klauen ihre Brust.

Sie öffnete die Lider. Der Weg zur Eingangstür wurde ihr durch das Feuer abgeschnitten, so gab es keine Rettung nach draußen. Sie mussten ein Zimmer erreichen, das noch nicht in Flammen stand und in dem sie Hilfe abwarten könnten.

Evelyn hing schlaff an ihrer Seite, den Blick panisch auf das Feuer gerichtet, das ihr mehr Angst einzujagen schien als irgendetwas anderes. Alba glaubte, unter ihrem Gewicht bald zusammenzubrechen.

»K-komm«, spornte sie die Untote an. »Hi-hilf m-mir!« Ein Schritt, ein Kampf, ein Sieg. Noch einer. Immer weiter, weg von dem Feuer.

Evelyn brachte keinen Ton heraus. Die Flammen hielten sie in ihrem Bann, dem sie nicht entrinnen konnte. Als eine Feuerzunge herausschoss und sie beide fast erreichte, stieß Evelyn einen erstickten Schrei aus und brach zusammen.

Mit ihr fiel Alba auf die Knie.

Sie konnte nicht mehr. Sie konnte … *Du musst!*

Sie ging nicht, sie kroch und schleifte Evelyn mit sich, zur nächsten Tür, die Rettung versprach. Nein, keine Rettung, aber einen Aufschub. Endlich erreichte sie die Tür und fiel entkräftet über die Schwelle. Es war ein Arbeitszimmer mit Regalen voller Ordner, einem großen Computertisch, der sogar Albas Vater hätte neidisch werden lassen, einer Ledercouch an der Wand und abstrakten Bildern, die farblich zum Interieur passten.

Durch die Tür drang ein Schwall Rauch herein. Alba hustete bis zur Erschöpfung. Noch durfte sie sich nicht ausruhen.

Sie zog Evelyn in die Mitte des Raumes und schlug die Tür zu. In die Ritze über dem Boden stopfte sie einen Teil des Teppichläufers. Kein guter Schutz, aber besser als nichts. Wie lange würden sie es hier aushalten?

Der Akt hatte ihre letzten Kräfte gefordert. Ihr Kopf fühlte sich schwer an, und es kostete Alba Mühe, ihn hochzuhalten. Aber wenn sie jetzt schlappmachte, würde sie nicht mehr aufstehen können. Und sie musste die Feuerwehr rufen, Hilfe holen. Aber wie? Sie würde am Telefon nicht einmal einen klaren Satz herausbringen können.

Alba kroch zu Evelyn, die ihre Augen geschlossen hielt. War sie tot? Eine dumme Frage in Anbetracht dessen, was für ein Wesen dort vor ihr lag.

Wach auf! Alba klopfte ihr auf die Wangen. *Ich schaffe es nicht allein.*

Die Lider der Untoten flackerten. Ihr trüber Blick irrte durch den Raum, dann blieb er an Alba hängen. Lauernd, so kam es ihr vor. Gier flammte darin auf, und die Pupillen weiteten sich, bis sie fast das Weiße erreichten. Evelyns rechte Hand schnellte hoch und packte Alba am Nacken. Die Nachzehrerin zischte und biss sich auf die Unterlippe, zerkaute ihr eigenes Fleisch. Sie rang sichtlich mit sich, während ihre Haut immer mehr an Farbe verlor und wie mit Asche bestäubt wirkte. Diesmal gewann sie und ließ Alba frei.

Alba verbat sich, darüber nachzudenken, ob sie beim nächsten Mal auch so viel Glück haben würde. Und wann dieses nächste Mal käme. In einer Minute? In einer Viertelstunde? Würde sie der Nachzehrerin zum Opfer fallen oder den Flammen?

Evelyn! Alba nahm das Gesicht der Frau in ihre Hände. Es gab nur eine Hoffnung. *Diese telepathischen Kräfte, die du hast – würde Adrián dich hören, wenn du ihn rufst?*

Evelyn rührte sich nicht. Dann brachte sie ein schwaches Nicken zustande.

Dann tu es! Wir brauchen seine Hilfe.

Die Lider fielen Evelyn zu. Ihr Körper erschlaffte.

Nein, nein, nein! Alba hätte es fast herausgeschrien. *Bleib bei mir. Du musst dich anstrengen, hörst du mich?* Alba tätschelte Evelyns Wangen, rüttelte sie an der Schulter, ohne eine Antwort zu bekommen. War alles vorbei? Sie sah zur Tür. Auch durch den Teppich drang der Rauch in den Raum, tastete sich wie ein lebendiges Wesen vorwärts.

»Evelyn …« Alba sank neben der Untoten auf den Boden, krümmte den Rücken und schlang die Arme um die Knie. Die Gedanken flossen zäh durch ihr Gehirn. Hoffentlich würde einer aus der Nachbarschaft die Feuerwehr rufen. Denn sie hatte wieder einmal versagt.

Müdigkeit umfing ihren Körper. Sie wollte schlafen. Schlafen ohne Träume und nie mehr in dieser Welt aufwachen. Es war einfach zu viel. Sie besaß keine Energie mehr zu kämpfen.

Das Geräusch splitternden Glases riss sie aus ihrem Delirium. Sie öffnete die Augen, zu mehr war sie nicht imstande, und spürte einen Luftzug.

»Evelyn! Alba!« Adriáns Stimme tönte zu ihr herüber. Gedämpft und unendlich weit entfernt, dennoch ein Teil der Wirklichkeit, die sie verloren geglaubt hatte.

Alba wollte sich aufrichten, ihm zurufen, sie wäre hier, doch sie konnte sich kaum noch rühren. Ihr Körper fühlte sich tonnenschwer an und wie mit dem Boden verschmolzen.

Schnelle Schritte erklangen. Alba erkannte Adrián, der zuerst nach Evelyns, dann nach ihrem Puls tastete. Es kam ihr vor, als würde ihr Großonkel durch eine graue Suppe schwimmen, in der sich alles auflöste. Sie bemühte sich, ihre Wahrnehmung auf sein Gesicht zu konzentrieren.

»*Dios mío*, was ist hier passiert?«

Sie bewegte die Lippen, ohne etwas zu antworten. Ihre Zunge rührte sich nicht, als wäre sie ein toter Fisch.

Das Gefühl zu schweben überkam Alba – Adrián hatte sie auf die Arme gehoben. Ein Ruck, und der Mann war am Fenster und sprang auf den Sims. Er bewegte sich mit einer ungewöhnlichen Grazie und Kraft, wie ein Berglöwe beim Angriff auf seine Beute.

Der Herbstwind strich über Albas Körper. Sie hing jetzt in Adriáns Armen wie eine Stoffpuppe und schaute hinunter in den Innenhof, der sich unter ihrem Blick wie Farbkleckse auf feuchtem Papier auflöste. Angst befiel sie. Alba blendete sie aus. Sie blendete alles aus, was sie umgab, wurde zu einem Beobachter, der unbeteiligt verfolgte, was mit ihrem Körper geschah.

Adrián balancierte auf dem Fenstersims. Er umschloss Albas Körper, als würde er ein Baby halten, und drückte sie fest an seine Brust.

»*No tengas miedo pequeña.* Du hast es schon fast geschafft.«

Die Worte weckten Erinnerungen und Gefühle, die ihr neu waren und trotzdem der Vergangenheit angehörten. Genauso wie jetzt hatte ihr Großonkel sie vor zwölf Jahren gehalten, ein kleines, verstörtes Mädchen, und ihr zugeflüstert, alles würde gut werden, sie hätte es fast geschafft. Er hatte damals nicht gelogen, und er würde es auch heute nicht tun.

Sie fühlte sich geborgen in seiner Umarmung, schmiegte ihre Wange an seine Brust.

Dann sprang er.

Der Boden des Hinterhofes schoss ihr entgegen, doch der Aufprall folgte nicht. Wie eine Katze federte er ab, lief einige Schritte vom Haus fort und legte Alba nieder.

»Es ist vorbei, du bist in Sicherheit.«

Sie lächelte. Durfte sie nun endlich einschlafen? Ohne Träume, ohne Wirklichkeit …

»Nein, nein! Bleib hier, du darfst jetzt nicht aufgeben!«

Sie lächelte immer noch. Er musste sich um sie nicht sorgen. Es würde ihr gutgehen, dort, wohin sie glitt. Doch er ließ sie nicht fort. Alba schmeckte seine Lippen auf ihrem Mund.

»Hey, lass sie sofort in Ruhe!«

Finn? Wo kam er denn her?

Adrián wurde zur Seite gestoßen. Finns Gesicht tauchte in Albas Blickfeld auf. »Was ist los? Was hat er dir angetan?«

So viele Fragen … Ihre Lider wurden immer schwerer, bald war sie nicht mehr in der Lage, sie offen zu halten. Es forderte zu viel Kraft. Kraft, von der sie nicht genug hatte.

»Oh nein. Alba! Kannst du mich hören? Bleib bei mir, bitte! Gib nicht auf. Es wird alles gut.« Sie spürte seine Hände auf ihrem Gesicht, hörte das Flehen in seiner Stimme. Sie wünschte, sie könnte ihm noch sagen, dass sie ihn mochte. Trotz allem.

»Wenn du willst, dass alles gut wird, dann lass mich ran!« Wieder Adrián. »Ich kann Lebensenergie nicht nur nehmen, sondern auch geben. Und sie braucht jetzt welche. Dringend!«

Finn erwiderte etwas, doch Alba konnte ihn nicht mehr hören. Ihr Kopf fühlte sich an wie in Watte gepackt, bis sie wieder den Kuss spürte.

Sie schwebte, wollte endlich fortgleiten, doch etwas ließ sie nicht los. Nadeln, wie sie sie auch bei Evelyns Kuss hatte erdulden müssen, stachen auf ihre Haut ein, überall. Doch diesmal war es, als würde endlich Blut durch ihre eingeschlafenen Gliedmaßen sprudeln. Sie hielt dieses Prickeln kaum aus, wollte sich schütteln und aufstehen, während Adrián sie gegen den Boden drückte.

Ihr Blick klärte sich. Sie begann, die Welt um sich herum wieder zu registrieren.

Sie war zurückgekehrt.

Schwer atmend löste Adrián sich von ihr und musterte ihr Gesicht. »Ist alles in Ordnung?«

Alba nickte erstaunt. Was war mit ihr überhaupt los? Geschah es wirklich? All diese Dinge, von denen sie vor wenigen Wochen noch nichts gewusst hatte.

Mit einem Satz sprang Adrián auf die Beine. »Ich bin gleich wieder da. Evelyn ist noch in der Wohnung.«

Eine Explosion erschütterte alles ringsherum. Finn und Adrián blickten zum Haus, doch man konnte kaum etwas erkennen, außer einen Schwall Rauch und Funken, die in den dunklen Himmel stoben. Glas und Schutt regneten zu Boden. Alba richtete sich auf. Wie war das möglich? In der Wohnung gab es nichts, was explodieren konnte. Außer, jemand war dorthin gelangt und hatte alles in die Luft gejagt. Doch das würde schon an Zauberei grenzen, oder nicht?

Der Nachzehrer machte einen Schritt auf das Haus zu. Finn packte ihn am Arm und hielt ihn zurück. »Es ist zu spät. Wir können nichts mehr für Evelyn tun.«

»Lass mich los!«, brüllte Adrián und schleuderte Finn zur Seite, der mehrere Meter durch die Luft flog und so hart gegen die Wand des Hauses prallte, dass etwas Putz auf ihn hinunterrieselte. Noch bevor Finn sich aufrappeln konnte, kletterte Adrián am Gebäude hoch und verschwand aus Albas Blick.

Finn kam auf die Beine und fluchte. Dann humpelte er zu ihr und streckte ihr seinen Arm entgegen. »Komm, wir müssen hier weg.«

Alba stand auf, ohne seine Hand zu ergreifen. Wie gut, dass sie in ihrem Delirium nichts gesagt hatte, was ihr jetzt hätte peinlich werden können. Sie ärgerte sich und verfluchte sich selbst für das Durcheinander ihrer Gefühle. Ach, wie verwirrend das alles war! Wie unglaublich intensiv …

»Wir sind in Gefahr«, flüsterte er. »Schau da – Metamorphe!«

Alba drehte den Kopf zur Seite und erblickte die Katze, die an den Müllcontainern entlangkroch. Doch das Tier war nicht allein. Weitere Bestien schlichen sich heran, versuchten sie zu umkreisen. Dunkle Schatten in der Nacht, kaum in der Finsternis auszumachen.

Im Durchgang zur Straße erkannte sie Micaela. Nicht

vom Gesicht her, sondern von der Statur. Und die rauchige Stimme: »Nicht so schnell, meine Turteltäubchen. Ich denke, wir haben miteinander noch ein Hühnchen zu rupfen.«

Instinktiv griff Alba nach Finns Arm und lehnte sich an ihn. Diesmal war er es, der sie von sich schob. Für einen Wimpernschlag blieben seine Hände auf ihren Schultern ruhen, als wollte er sie doch noch an sich drücken, zum letzten Mal, zum Abschied, dann wandte er sich Micaela zu.

»Du hast gewonnen. Ich komme mit dir, freiwillig. Lass Alba gehen.«

»Meinetwegen. Ich kann mit ihr eh nichts anfangen.«

Er machte einen Schritt auf die Jägerin zu. Alba hielt ihn geschwind am Ärmel zurück.

»N-nein!« Noch nie hatte sie so viel Leidenschaft in ein einziges Wort gepresst.

Für einen Moment glaubte sie, er würde lächeln – wenn sie bloß sein Gesicht in der Dunkelheit erkennen könnte! –, dann spürte sie, wie er ihre Finger auseinanderbog. »Dir wird nichts passieren.«

Sie hätte ihn schlagen können. Vor Wut, vor Verzweiflung. Dir sollte nichts passieren, wollte sie rufen. Und tat es nicht, weil er sich von ihr bereits abwandte und zu seiner Gegnerin ging. Weil es ihr bei diesem Anblick eng ums Herz wurde und sie eh keinen Ton herausgebracht hätte.

Micaela wartete nicht, bis er die Entfernung überwunden hatte. Wie eine Raubkatze stürzte sie sich auf ihn, riss ihn zu Boden und bog ihm die Arme auf den Rücken.

»Ich habe doch gesagt, ich komme freiwillig mit«, keuchte er.

»Wir beide wissen, wie viel dein Wort wert ist«, entgegnete Micaela kühl und fesselte seine Handgelenke. Dann zog sie ihn mit einem Ruck auf die Beine. »Heute ist mein Glückstag. Die Hexe ist erledigt, und du bist gefangen. Die Königin wird zufrieden mit mir sein.«

»Ja, nimm dir einen Keks«, murmelte er, während die Jägerin ihn vorwärtsschubste und er beinahe stolperte.

Bis jetzt hatte Alba auf irgendein Wunder gehofft, das ihren Finn retten würde. Aber es kamen keine Engel vom Himmel, um ihn diesem Scheusal von einer Frau zu entreißen.

Sie musste etwas tun. Oder tatenlos zusehen, wie er verschleppt wurde. Nein, das durfte sie nicht zulassen.

Doch als Alba eine Bewegung in seine Richtung machte, sprang ihr ein Kojote in den Weg. Ein Kojote! In Deutschland! Das Tier sah alles andere als freundlich aus mit seinen gefletschten Reißzähnen.

»An deiner Stelle würde ich jetzt nichts Dummes tun«, flüsterte eine männliche Stimme hinter ihr. »Du hast die Jägerin gehört. Du darfst gehen, sobald wir haben, was wir wollen.«

Sie dachte nicht darüber nach, was sie machte. Noch bevor der Kerl seinen Satz beendet hatte, fuhr Alba herum und kratzte ihm über das Gesicht. Er packte sie an den Schultern, da rammte sie ihm ein Knie zwischen die Beine. Der Mann japste und krümmte sich. Der Kojote grollte, gleich würde das Tier angreifen. Alba drehte sich um, der Bestie schutzlos ausgeliefert.

Mit einem kämpferischen »Wiih!« stürzte der Rotmilan vom Himmel, grub dem Tier die Krallen in die Schnauze und schlug es mit den Flügeln. Der Kojote jaulte, versuchte den Angreifer abzuschütteln, doch vergeblich.

Micaela wandte sich dem Lärm zu, als ein Schatten vom Dach auf sie stürzte. Nein, kein Engel, der zu Finns Rettung eilte. Aber ein Untoter war ein ganz passabler Ersatz dafür.

Alba lief zu Finn. Seine Hände waren mit einem Kabelbinder gefesselt.

»Das Messer. In meiner linken Hosentasche«, flüsterte er ihr zu.

Wehe, das ist nur ein Vorwand, um von mir befummelt zu werden, dachte sie mit für sie ungewohntem Galgenhumor, trat dicht hinter ihn und schob ihre Hand in seine Hosentasche. Er trug eine eng anliegende Jeans, und ihr Unterfangen stellte sich als nicht einfach heraus. Fast hätte sie nicht bemerkt, wie etwas Langes, das auf dem Boden kroch, auf sie zuschnellte. Am Kragen zog Alba Finn zurück, und die Zähne der Schlange verfehlten nur knapp sein Bein. Das Biest zischte und sammelte sich zu einem neuen Angriff.

Zusammen mit Finn taumelte Alba zurück, bis zu einem Baum, der im Hinterhof wuchs, und brach sich einen Ast ab. Mit ganzer Kraft schleuderte sie damit die Schlange von sich.

Endlich gelang es ihr, das Taschenmesser zu bergen. Sie zog die Klinge heraus und durchtrennte Finns Fessel.

Adrián kämpfte jetzt nicht nur gegen Micaela, sondern auch gegen zwei andere Metamorphe. Alba vermochte die Silhouetten in der Dunkelheit nicht zu unterscheiden, geschweige denn zu beurteilen, zu wessen Gunsten sich der Kampf neigte. Bestimmt nicht zu Gunsten des Untoten.

Sie nahm Finn bei der Hand und zog ihn mit sich zur Straße. Hinter sich hörte sie die Rauferei und Adriáns Ausruf: »Vorsicht!«

Ein Schuss folgte. Finn keuchte, stolperte, doch Alba ließ ihn nicht los und schleppte ihn weiter mit sich.

Auf der Straße tummelten sich die Schaulustigen, reckten die Hälse und gafften zu dem Haus, von dem der Rauch aufstieg. Die Auseinandersetzung im Hinterhof schienen sie nicht zu bemerken. Die Sirenen der Feuerwehr schrillten, der Wagen hielt vor dem Gebäude an, und die Männer sprangen sogleich heraus und machten sich an die Arbeit.

Alba rannte weiter. Alles, was für sie zählte, war Finns Hand in der ihren. Nicht loslassen, egal, was passiert! Sie flohen zusammen, ließen die raunende Menge hinter sich, das Getümmel, das Gefecht im Hinterhof.

Alba wusste nicht, wie lange sie gelaufen war, bis sie unter einer Straßenlaterne stehen blieb, schnaufend vor

Anstrengung, ohne imstande zu sein, auch nur einen Schritt weiter zu tun.

»Du kannst meine Hand jetzt loslassen«, sagte Finn schwer atmend.

Sie löste ihre verkrampften Finger. Er lehnte sich gegen eine Wand. Sein Jackenärmel war an der rechten Seite zerrissen und glänzte feucht. Blut? Ihr wurde schlecht vor Angst um ihn.

Er bemerkte ihren Blick. »Nur ein Streifschuss. Hör zu, ich sehe, auch bei mir bist du nicht wirklich in Sicherheit. Wenn du willst … Wenn du willst, kannst du gehen.« Er sah sie an. Wartete.

Ja, sie konnte gehen. Sie wollte es auch. Und blieb. Blieb bei ihm, in der verrückten Welt, die zum Teil zu ihrer wurde.

Einige Zeit später – sie waren immer noch nicht von der Stelle gewichen – trat jemand aus der Dunkelheit hervor. Erst als die Gestalt näher kam, erkannte Alba Adrián in zerraufter Kleidung und mit Wunden übersät, die ihm nichts auszumachen schienen.

Sie stolperte zu ihm. »Evelyn?«

»Tot.« Seine Stimme ganz Asche, der Blick stumpf. »Ich konnte ihr nicht helfen. Verflucht, ich kam nicht einmal in die Wohnung rein!«

»Es war Micaelas Werk, ganz sicher«, sagte Finn. »Auf Linneas Befehl.«

»Diese verfluchte Hand!« Adrián brüllte auf, holte mit der Faust aus und hämmerte gegen die Wand des Hauses. Risse bildeten sich im Putz. Mehrere Atemzüge lang rang er mit sich und fand die Beherrschung wieder. »Ich musste fliehen, gegen sie alle hatte ich keine Chance. Aber ich schwöre, Evelyns Tod wird dieses Biest mir büßen. Sie alle werden es!«

»Willst du mir jetzt helfen, Linnea zu vernichten?«, fragte Finn.

Adrián nickte schwer. Fast wirkte es so, als fiele sein Kopf auf seine Brust. »Maria konnte ich nicht erreichen. Sie war nicht da ... oder wollte mich nicht sehen. Ich glaube, sie geht mir aus dem Weg.«

»Verdammt. Warum?«

»Tja. Seit etwa fünfzehn Jahren sind wir befreundet. Maria ist eben jemand, dem man alles anvertrauen kann, der einem in allen Situationen hilft, zuhört und einen aufbaut. Und manchmal, ja, da gab es zwischen uns durchaus mehr als nur Gespräche. Wenn du verstehst, was ich meine. Wir führten eine offene, unbeschwerte Beziehung ohne irgendwelche Verpflichtungen. Mir machte es nichts aus, wenn ab und zu andere in ihrem Bett landeten, ich selbst suchte allerdings nie nach Abwechslung. Dann lernte ich Evelyn kennen. Ich weiß nicht, wie es geschah, ob durch das Band zwischen uns oder durch das, was wir zusammen erleben mussten, aber ich habe mich in sie verliebt.« Er machte eine Pause und schloss die Augen. Es fiel ihm sichtlich schwer weiterzureden. »Evelyn gab mir das Gefühl, gebraucht zu werden, in ihrer Nähe habe ich mich nie mit Gedanken über die Endlosigkeit meines Daseins gequält. Es war befreiend, neu und so ... lebendig. Maria stand der Beziehung skeptisch gegenüber. Sie wiederholte stets, wir hätten gar keine gemeinsame Basis, ich würde mich selbst betrügen, mir eine Liebe einreden, die gar nicht da sei. Einmal meinte sie sogar, Evelyn würde mich bloß ausnutzen. Da habe ich sie zum ersten Mal angeblafft, und wir haben einander viele unschöne Dinge gesagt. Seitdem habe ich nie wieder etwas von ihr gehört. Und nun scheint sie wie vom Erdboden verschluckt zu sein.«

»Ich schätze, eurer offenen Beziehung stand sie nicht so offen gegenüber, wie du dachtest. Ich hoffe nur, du hast dir damit keinen untoten Feind für die Ewigkeit gemacht, sonst hast du wirklich ein Problem. Und was machen wir jetzt?«

Adrián seufzte. »Viele Möglichkeiten bleiben uns nicht. Wir gehen zu Conrad und hoffen auf das Beste.«

»Wann?«

»Jetzt.«

Kapitel 18

Es war seltsam, mit einem Nachzehrer und einem Metamorph in einem Bus durch das nächtliche Hamburg zu fahren. Das alltägliche Bild wirkte vollkommen skurril, auch wenn die beiden Männer sich äußerlich von den Menschen nicht unterschieden, abgesehen von ihrer zerrissenen Kleidung und dem getrockneten Blut, ganz besonders bei Adrián.

Aber sie waren keine Menschen. Alba wusste es, und ihr kam es so vor, als wüssten es die anderen Passagiere auch. Deshalb blickte sie verstohlen umher, als erwarte sie jeden Moment einen Priester, der sich auf sie stürzen und mit Weihwasser um sich spritzen würde. Doch die wenigen Menschen interessierten sich kaum für die drei Mitfahrer, die den letzten Bus des Tages knapp erwischt hatten und denen man ohne Schwierigkeiten anmerkte, dass sie von einem Schlachtfeld kamen.

Alba setzte sich in die Nähe der Heizung und stemmte die nackten Füße gegen den Sitz vor ihr. Nach und nach kam wieder Gefühl in ihre Extremitäten. Obwohl es ungewöhnlich warm für diese Jahreszeit war, reichte ein dünnes Kleidchen nicht aus, um unbeschwert durch die Nacht zu laufen. Die Finger und Zehen schmerzten, wenn Alba sie bewegte, aber zumindest hörte sie auf, wie Espenlaub zu zittern.

Finn wählte den Platz ihr schräg gegenüber und starrte stumpf zu Boden. Alba erschrak, wie fertig er aussah. Sie beugte sich zu ihm, um die Wunde an seinem Arm zu begutachten, doch er schob ihre Hand wortlos beiseite.

Dann eben nicht. Alba wandte sich von ihm ab, zu müde, um eingeschnappt zu sein.

Adrián stand neben ihnen und wachte über sie. Seine Haltung wirkte angespannt, die Zähne mahlten, und an der Schläfe pulsierte eine Ader. Wenn Alba ihn so sah, fürchtete sie sich, mit ihm in einem Bus zu sitzen. Und wäre sie der Grund seines Zornes, wäre sie vermutlich nicht nur aus dem Bus, sondern von diesem Planeten geflohen. Aber er war auf ihrer Seite, erinnerte sie sich. Er war ihr Großonkel. Von ihm hatte sie nichts zu befürchten. Oder doch? Immerhin war sie schuld an Evelyns Tod. Zumindest teilweise.

Irgendwann hielt sie es nicht mehr aus, konzentrierte sich auf ihre Gedanken und schickte ihm die Frage: *Warum hast du mich aus der Wohnung gerettet und nicht Evelyn?*

Er wandte den Kopf zu ihr, schwer, als wiege dieser Tonnen. Mehrere Sekunden lang kam kein Wort von ihm, nur sein Blick stampfte sie nieder. Dann redete er, hart und emotionslos: »Wenn du tot bist, ist es aus für dich. Evy bekommt dagegen noch eine Chance, wenn die Umstände günstig sind.«

Alba traute sich nicht mehr, ihn noch irgendetwas zu fragen. Dabei bereitete die Antwort ihr Sorgen. Bis dahin hatte sie geglaubt, Evelyn sei unsterblich, sie würde auf jeden Fall auferstehen, wenn auch nicht heute oder morgen. Jetzt hing es von irgendwelchen Umständen ab – also war alles doch nicht so einfach, wie sie es sich vorgestellt hatte?

Der Bus glitt durch die dunklen Straßen. Alba beobachtete die Stadt hinter dem zerkratzten Fenster, die ihr unwirklich vorkam. Eine ihr fremde Stadt, die sie gekannt zu haben glaubte und die ihr ein ganz anderes Gesicht gezeigt hatte. Nachzehrer. Metamorphe. Sie lauerten da draußen, während ahnungslose Menschen nichts davon merkten.

Gedankenverloren rätselte Alba, wie sie sich diesen mysteriösen Conrad vorstellen sollte. In ihrer Fantasie formte sich eine Gestalt à la Dracula, die kleine Kinder erschreckte und nachts in die Gemächer der Jungfrauen schlich, um ihnen Blut – in diesem Fall wohl Lebensenergie – auszusaugen. Sie krümmte den Rücken, schlang die Arme um ihren Körper und drückte das Kinn gegen die Brust. Mein Gott, was tat sie bloß in diesem Bus? Sie musste nach Hause, zu Georg – er machte sich bestimmt Sorgen.

Dann sah sie zu Finn, und die Gedanken an Georg verflüchtigten sich genauso schnell, wie sie gekommen waren.

Kurz vor der Endstation verließen sie den Bus. Die Herbstnacht empfing sie mit eisiger Kälte. Alba fror wieder. Wortlos zog Finn seine Jacke aus und legte sie ihr um die Schultern.

»D-danke«, stammelte sie. Er nickte. Mehr nicht. Er hatte sie nicht einmal angesehen. Dabei wollte sie ihm so viel sagen, was so lange ungesagt geblieben war. Zum Beispiel, dass es ihr gleichgültig war, mit wie vielen Frauen er bereits geschlafen hatte, dass sie ihn trotzdem … Aber hatte das noch eine Bedeutung? In der Dunkelheit versuchte sie, sein Gesicht zu erahnen. Er bemerkte es nicht oder wollte es nicht bemerken.

Ich bin nur ein Mensch, dachte sie wehmütig. Es ist aus für mich. Keine zweite Chance.

Sie lief hinter Adrián her, mit den nackten Füßen auf dem kalten Boden, und achtete darauf, nicht in Pfützen zu treten. Über ihren Köpfen sah sie einen Schatten, der auftauchte und dann wieder verschwand. Der Rotmilan folgte ihnen.

Alba wünschte, sie würden bald ihr Ziel erreichen, auch wenn es hieß, in das Reich eines Monsters zu treten. Doch auf ein Dracula-Schloss wartete sie vergeblich, und auch sonst zierten keine Gepfählten die Umgebung. Von der lärmenden Hauptstraße, die auch zu dieser späten Uhrzeit vielbefahren war, tauchten sie in die Stille eines Gassengewirrs. Sie blieben vor einem Geschäft an der Ecke eines Hauses stehen, dessen Eingang ein Schild mit Efeuranken und schwungvollen Buchstaben zierte: *Fairy's Garden*.

Ein Blumenladen? Das Bild eines gefürchteten Nachzehrers fügte sich in ihrem Kopf nicht in eine Rosen-

und Orchideen-Idylle ein. Was hatte sie schon von einem Blumenhändler zu befürchten? Dass er sie mit Nelken totschlug?

Alba stieg auf die erste Stufe, doch Adrián hob warnend die Hand.

Aus der offenen Tür hallten Stimmen. Zumindest die einer Frau: hoch, feurig, mit einem Hauch von Unmut. »Seien Sie doch vernünftig! Der Messias der Nacht wird uns die Erlösung und Freiheit bringen! Warum stoßen Sie diese Gaben von sich? Aus welchem Grund sollten wir dem Befreier nicht folgen?«

Die Antwort kam leise, kaum hörbar, brachte die Frau dennoch sofort zum Schweigen: »Das ist beileibe das Dämlichste, verzeihen Sie mir den Ausdruck, was ich in meinem Dasein als Untoter vernommen habe. Es scheint mir, als hätten Sie sich ein paar schlechte Filme zu Gemüte geführt: Der Messias der Nacht, der König der Untoten … Jeder, der nur einen Funken Vernunft besitzt, würde verstehen, dass der sogenannte Messias nichts als schöne Märchen auftischt. Glauben Sie mir, seit dem 19. Jahrhundert habe ich die öfter gehört, in der einen oder anderen Ausführung.« Das Timbre kam einem Meeresrauschen gleich, das sanft auf einen einredete und dabei eine ungeahnte Kraft verbarg. Eine Kraft, die Alba lieber nicht entfesselt sehen wollte. Die o-Laute klangen bei ihm etwas tiefer als sonstige Vokale, und statt »ch« rutschte ihm des Öfteren ein »kh« heraus.

Trotz Adriáns Warnung spähte sie in das Innere des Geschäftes. Im Dunkeln konnte sie kaum etwas erkennen, abgesehen von üppigen Palmen und Birkenfeigen, als hätte ein exotischer Wald den Raum erobert. Hier und da funkelten winzige Lämpchen in bläulichen Tönen und vermittelten dem Laden etwas Zauberhaftes, Feenreichartiges. Nachdem ihre Augen sich etwas daran gewöhnt hatten, erahnte sie in der hinteren Ecke zwei Schatten: einen schlanken, der anscheinend einer groß gewachsenen Frau gehörte, und den des Nachzehrers, der bei weitem weniger imposant als in ihrer Vorstellung wirkte. Und dieser Mann sollte der Anführer des geheimnisvollen Untoten-Clans sein?

Wieder redete die Frau, weniger schrill als zuvor, doch nicht minder bissig: »Vielleicht ist das gerade der Punkt? Sie sind schon viel zu lange tot. Fängt man da nicht an, ein wenig seltsam zu werden? Sich selbst, die Welt zu vergessen und nur fürs Töten zu existieren?« Ihre Silhouette bewegte sich an der Wand entlang. »Bald werden Sie nicht mehr wissen, wie Sie heißen, nur dass Sie die Lebensenergie brauchen. Immer mehr davon. Bis nur noch das wichtig ist.« Ihre Schritte wurden hektischer. »Stellen Sie sich so Ihre Zukunft vor? Ich mir meine nicht!«

»Hätten Sie die Güte, etwas vorsichtiger zu sein? Sie stoßen noch meine Orchideen um«, entgegnete der Mann unbeeindruckt.

»Orchideen? Ist das alles, was Ihnen wichtig ist?«

»Nein, um meine chinesische Baumpäonie mache ich mir weit mehr Sorgen.«

Die Frau schnaubte. »Sie veralbern mich, oder?«

»Nur ein wenig.«

Alba konnte sich ein Grinsen nicht verkneifen. Obwohl sie wusste, dass es eine nicht sonderlich kluge Antwort gewesen war. Kein Mann – ob untot oder lebendig – sollte so etwas einer aufgebrachten Frau sagen, falls ihm sein Wohlergehen am Herzen lag.

Das Gewitter folgte sogleich: »Dann ist Ihnen die Welt egal. *Wir* sind Ihnen egal. Denn Sie erkennen nicht, welche Möglichkeiten uns die Zukunft bietet!«

»Und haben Sie sich schon gefragt, was diese Zukunft dafür fordern könnte? Ich zwinge keinen, mir zu folgen. Wir haben zusammen bereits so vieles überstanden.«

»Überstanden? Das kann doch nicht alles sein. Leben ist das, was ich will!«

»Leben? Eine interessante Wortwahl für eine Leiche, verzeihen Sie mir meine Direktheit. Ist es das, was dieser Messias Ihnen verspricht – Ihnen das Leben zurückzugeben? Das kann er nicht. Will er den Fluch rückgängig machen? Das könnte er, wenn er zu den Mächtigen gehörte, aber dann würde von Ihnen nichts übrig bleiben als ein bisschen Staub. Der Fluch ist das Einzige, was unsere Körper vorm Zerfall bewahrt.«

»Wir haben den Tod bezwungen. Wir sind stärker als jeder Mensch, als jedes andere Wesen, und müssen uns dennoch verstecken. Warum? Die Welt gehört uns! Wir sind auserwählt. Und wir sollten unsere Rechte einfordern!«

»Die Welt gehört den Menschen, sie gehört sogar Alkoholikern, Mördern und sonstigem Abschaum, aber ganz sicher nicht den Untoten. Ihr Messias ist entweder ein Lügner oder nicht besonders helle, wenn er etwas anderes behauptet.«

»Ich verstehe nicht, wie Sie so reden können, Conrad! Bekennen Sie sich zu ihm, solange es noch nicht zu spät ist. Geben Sie dem Clan Zukunft!« Die Silhouette der Frau näherte sich der des Nachzehrers. Er wich ihr aus.

»Fassen Sie mich nicht an.« Das Meer in seinem Ton wallte auf, wurde dunkel und bäumte sich gegen die Verrückte auf, die glaubte, ihm befehlen zu können.

»Sie Narr!« Die Frau holte aus.

Alba konnte die Geräusche nur deuten: Etwas wurde von einem Holzregal gefegt, vermutlich ein Blumentopf, der am Boden zerschellte. In der Stille, die danach einkehrte, vernahm sie ein Knacken von Zweigen und Stängeln.

»Das wird dir noch leidtun, Conrad«, schrillte die Frau, die anscheinend die höfliche Anrede vergessen hatte. »Dir und diesem kläglichen Rest deines beschissenen Clans! Ein Clan, ha! Welch ein hochtrabendes Wort für ein paar verblendete Vollidioten.«

Alba wusste nicht, was genau danach passierte. Adrián riss sie zur Seite, und das keine Sekunde zu früh. Ein Körper flog an ihr vorbei und schlug auf dem Bürgersteig vor dem Laden auf.

»Ich glaube, Stella ist gerade auf seine Blumen getreten«, flüsterte Adrián. »Ein Fehler. Ein böööööser Fehler.«

Für einen Wimpernschlag blieb der Körper regungslos liegen, dann bäumte er sich auf und sprang mit einem Satz auf die Beine.

Ein Mädchen stand vor ihnen, höchstens siebzehn Jahre alt. Es ordnete sein Haar – eine Vielzahl von dünnen Zöpfen – und seine Kleidung. Ruhig, als wäre nichts geschehen, strich es über die Falten des Minirockes, der die Sicht auf seine schlanken Beine freigab. Ein Top betonte die Brüste und gab den Bauch mit einem Delfin-Piercing am Nabel frei, eine Lederjacke bedeckte die Schultern. Wie konnte ihm bloß nicht kalt sein?

Das Mädchen bemerkte die Ankömmlinge, legte den Kopf schief und musterte Alba. Sein Blick schien sie zu durchbohren. Es kam näher, geschmeidig wie ein Schatten, und sog geräuschvoll ihren Geruch in sich ein, wobei seine Nasenflügel bebten.

»Adrián«, schnurrte es. Im Licht der Straßenlaterne sah Alba, wie sich die Brustwarzen der Kleinen aufstellten. »Wem bringst du den Leckerbissen mit, hm?«

»Was ist mit dir los? Futterneid?« Er rührte sich nicht, obwohl Alba sich wünschte, er möge sich zwischen sie und das Mädchen stellen. Sie vor dieser Person schützen.

»Ihre Aura verspricht einen Schmaus.« Der gierige Blick schweifte zu Finn, der an einer Wand lehnte und die Augen geschlossen hielt. »Einen Metamorph hast du auch erwischt.« Plötzlich stand sie vor Finn, beschnupperte ihn mit halbgeöffnetem Mund und verharrte, die Lippen dicht an den seinen. »Aber der hat kaum noch

Energie.« Das Mädchen ließ von ihm ab, wandte sich wieder an Adrián. »Mh – hast du das da drin mitbekommen?«

Obwohl die Kleine das Thema gewechselt hatte, fühlte sich Alba immer noch im Mittelpunkt ihrer Gier. Würde das Mädchen es wagen, sie anzugreifen?

»Das war kaum zu überhören.«

»Ich hoffe, du bist klüger als dein Anführer. Schließe dich uns an, oder du wirst untergehen. Der Messias braucht solche wie dich.«

»Ich soll mich euch anschließen? Stella, was ist mit dir los? Erinnerst du dich, wie wir vor nicht allzu langer Zeit Schulter an Schulter vor den Zellen im Pesthof gestanden haben, um unsere Leute zu befreien? Auf dem feindlichen Terrain, da konnten wir uns nur auf uns selbst verlassen, und das taten wir, ohne nachzudenken. Was ist passiert? Warum verrätst du deine Freunde?«

»Mhhhhh«, tönte es ihm entgegen. »Hör auf, große Reden zu schwingen. Man muss einsehen können, wann man auf der falschen Seite steht.« Sie tätschelte ihm die Schulter. »Nun, ich hoffe, du wirst es dir noch anders überlegen. Kontaktiere mich, wenn du so weit bist.«

Mit großen Sprüngen, als wollte sie ihre Kraft demonstrieren, schnellte sie die Straße entlang und verschwand in der Dunkelheit.

»W-wer war das?«, stammelte Alba. Halb erfroren, halb ohnmächtig von der Macht, die der untote Teenager ausgestrahlt hatte.

»Ich weiß nicht, ich erkenne sie nämlich nicht wieder. Es ist Zeit, reinzugehen. Haltet euch im Hintergrund, solange ich mit Conrad rede.« Er betrat den Laden.

Alba zögerte, sah zu Finn. Er gab sich einen Ruck und stieß sich von der Wand.

»Nimm dich in Acht vor Conrad«, sagte er matt. Sie wollte ihn stützen – er hielt sich kaum noch auf den Beinen –, aber er ließ sie nicht. »Mir geht es gut, ich bin einfach nur müde. Hör bitte zu: Der Nachzehrer da drin, er ist sehr gefährlich. Auch wenn er dich bloß seltsam anschaut – lauf, denn in einem Kampf mit ihm könnte ich nicht einmal eine Minute überdauern, geschweige denn, dich vor ihm schützen. Fall nicht auf sein harmloses Aussehen rein. Im 19. Jahrhundert soll er in England Tausende von Menschen ausgelöscht haben.« Dann betrat er den Laden.

Alba folgte ihm und blieb am Eingang in seiner Nähe stehen. Weiterzugehen, wagte sie nicht. Überhaupt wünschte sie sich, so wenig wie möglich aufzufallen.

Adrián durchquerte den Raum. »Conrad? Ich möchte Sie sprechen.«

Das Oberhaupt des Clans, mit Schürze und Gartenhandschuhen, trat mit einem Besen hinter einer Bambuswand hervor. Gefährlich sah er nicht aus, sogar irgendwie albern. Und vor diesem Kerl musste sie Angst haben? Halt. Stellas Rausschmiss aus dem Laden hatte ihr deutlich vor Augen geführt, wozu dieser Mann fähig war.

Sie schätzte ihn auf höchstens zwanzig. Er war von mittlerer Statur, durchtrainiert, aber recht schmal gebaut, und hätte sie sich neben ihn gestellt, hätte er sie vielleicht nur um einen halben Kopf überragt. Nein, durch eine allzu imposante Erscheinung hatte er seine Position als Clanführer ganz sicher nicht erkämpft. Er musste etwas an sich haben, was nicht mit bloßem Auge zu erkennen war. Und dieses »Etwas« verursachte Alba ein flaues Gefühl im Magen.

»Was gibt es, Rivas?«, fragte Conrad, ruhig und leise, wobei er die Vokale auf eine seltsame Art dehnte. Als er die nächsten Worte sprach, wurde sein Ton dunkler und bedrohlicher, auch wenn er die Stimme nicht einmal erhob: »Warum bringen Sie einen Metamorph und – noch schlimmer – ein Menschenweib hierher? Sind Sie von allen guten Geistern verlassen?«

Adrián schilderte knapp die Situation, Finns Auftauchen, sein Angebot. Er erzählte, wie er Maria aufsuchen wollte, die anscheinend nicht in ihrer Villa weilte. Schließlich berichtete er von dem Brand. Conrad unterbrach ihn nicht, zeigte aber auch sonst keine Regung, was es unmöglich machte, seine Gedanken zu erraten. Die ganze Zeit fegte er die Scherben zusammen, als gäbe es nichts Wichtigeres auf der Welt.

»Evelyn ist tot«, beendete Adrián seinen Monolog.

Mit einem Schlag straffte Conrad die Schultern. »Wo ist sie? Wann ist das geschehen? Wenn die Leichenstarre noch nicht eingesetzt hat, können wir sie mit etwas Glück wieder zum Leben erwecken.«

Adrián stützte sich am Tresen ab, als hätten ihn mit einem Mal die Kräfte verlassen. »Sie ist verbrannt.«

»Oh nein.« Einige Herzschläge lang sagte keiner etwas. »Sind Sie sicher, Rivas?« Er schluckte hörbar, atmete tief ein und aus. »Verdammt, sie ist noch so unerfahren. Und nicht jeder Nachzehrer hat genügend Potenzial, um sich als Wiedergänger wieder zu materialisieren. Wie konnte das bloß passieren?« Er schleuderte den Besen in eine Ecke, mit einer Wucht, die ihn entzweispringen ließ. Alba zuckte zusammen und griff unwillkürlich nach Finns Hand. War das der Moment, in dem sie fortlaufen sollte?

Sie blieb, weil auch Finn blieb.

»Was ist mit Ihnen los?« Wachsam musterte Adrián seinen Anführer. »Für üblich hält sich Ihr Mitgefühl oder sonst was in Grenzen.«

Conrad gab keine Antwort, völlig in sich versunken. Evelyn bedeutete anscheinend nicht nur Adrián viel, sondern auch dem Oberhaupt. Es war ein Verlust, den die beiden Männer nur schwer ertragen konnten.

Adrián ballte die Fäuste. »Einst haben Sie gesagt, sie würde mir niemals gehören. Vielleicht … Vielleicht weil Sie sie mir streitig machen wollen?« Er brauchte ein Ventil für den angestauten Zorn, dachte Alba. Er suchte Streit, egal mit wem und warum.

Conrad tauchte aus seinen Gedanken auf. »Machen Sie sich nicht lächerlich.«

»Ach nein?«, brüllte Adrián. Mit einem Sprung warf er sich auf Conrad, der ihn anscheinend nicht kommen sah, und riss ihn mit sich. Die beiden Männer prallten gegen die Wand. Mit dem Fuß kickte Adrián den Besenstiel hoch und hielt ihn in Kampfposition gegen die Brust seines Anführers gerichtet. »Ich glaube, ich kann sehr gut die Zeichen deuten. Da wird mir einiges klar.«

Conrad winkte bloß müde ab. »Das hatten wir doch schon, Rivas. Wenn Sie gegen mich kämpfen, werden Sie verlieren.« Auf einmal kam er Alba wirklich alt vor. Jahrhundertealt. »Hören Sie mit dem Unsinn auf. Lynn ist meine Tochter – und obwohl ich mir bessere Schwiegersöhne als Sie vorstellen kann, bleibt das ihre Sache, mit wem sie liiert ist. Das Recht, ihr irgendetwas vorzuschreiben, habe ich schon vor langer Zeit verloren. Im Grunde habe ich es nie besessen.«

»Was?« Adrián ließ den Besenstiel fallen. »Das ist unmöglich. Sie hat mir erzählt, Linnea sei ihre Mutter …«

»Sie können mir ruhig einen schlechten Geschmack in Sachen Frauen vorwerfen.« Seine Stimme klang brüchig.

»Ich glaube Ihnen nicht. Sie wollen sich mit einer Metamorph-Frau eingelassen haben?«

»Sie war damals eine Anwärterin, und Sie wissen so gut wie ich, dass die Aura der Anwärter sich nicht von der normaler Menschen unterscheidet. Ich hatte damals gerade meinen Blumenladen gekauft, und er war erst seit wenigen Tagen eröffnet. Da gegenüber«, Conrad deutete in die Richtung und sein Gesichtsausdruck wurde traurig, beinahe verletzlich. Erstaunlicherweise kümmerte ihn dieses Zeugnis von Schwäche kaum, »befand sich früher ein Zoogeschäft. Fast jeden Nachmittag kam ein Mädchen vorbei und verbrachte Stunden vor dem Schaufenster, als wäre sie von etwas angezogen. Natürlich hätte ich Verdacht schöpfen können, aber manchmal übersieht man die Zeichen eben. Ich schaute ihr gern zu, wie sie da stand, ohne zu wissen, dass ich überhaupt existiere. Und das war gut so.

Eines Tages kamen zwei Kerle vorbei. Zuerst spotteten sie nur über die Kleine, dann prasselten die Beschimpfungen. Das Mädchen stürzte sich auf sie, doch die beiden prügelten es schnell zu Boden. Ich konnte dem nicht tatenlos zusehen, also mischte ich mich ein. Der eine wurde mir zu einer Zwischenmahlzeit, der andere floh. Und das Mädchen lag halb besinnungslos da. Ich konnte es auf keinen Fall auf der Straße lassen, also brachte ich es in den Laden. Danach kam die Kleine oft zu mir. Sie setzte sich vor das Fenster und schaute auf das Zoogeschäft gegenüber. Ich kümmerte mich um meine Blumen. Wir redeten nicht einmal miteinander, das hatten wir auch nicht nötig.«

Adrián verzog den Mund. »Sicher. Beim Ficken muss man nicht quasseln, was?«

Im ersten Augenblick glaubte Alba, ihr Großonkel würde wie die Teenager-Nachzehrerin zuvor aus dem Laden fliegen, doch Conrad bedachte ihn nur mit einem schweren Blick. »Passen Sie auf Ihre Ausdrucksweise auf.«

Adrián fuhr sich durch das Haar. »Ich kann es nicht fassen, ehrlich, das ist einfach zu viel für mich. Ausgerechnet *Sie*! Wo Sie ein anderes Wesen nur anfassen, um es zu töten – ob bei der Nahrungsaufnahme oder im Kampf.«

»Ich wünschte mir, ich wäre dabei geblieben. Wir haben uns ein Jahr lang nicht berührt, nicht wirklich miteinander gesprochen oder einander angesehen. Und dann … Es geschah einfach, und es ist mir bis heute unbegreiflich, wie es dazu kommen konnte. Ich war natürlich bereit, die Verantwortung zu übernehmen, welche Konsequenzen auch folgen mochten, ich hätte ihr sogar offenbart, was ich bin. Doch dann … dann kam sie nicht mehr. Ich habe versucht, sie zu finden, aber sie war wie vom Erdboden verschluckt. Bis sie eines Tages wieder auf meiner Schwelle auftauchte. Hochschwanger. Mit dem typischen silbernen Schimmer der Metamorphe.

Auch sie war nun imstande zu erkennen, was ich war. Ich bekam keine Chance, ihr etwas zu erklären. Sie drehte sich um und lief davon. Ich folgte ihr. Es war Nacht. Im Stadtpark brach sie zusammen, die Wehen hatten eingesetzt. So durfte ich dabei sein, als Evelyn geboren wurde, und plötzlich hielt ich ein kleines, blau angelaufenes Wesen in den Händen. Ein Wesen, das zu schwach war, um zu leben. Ich habe dem Baby die Energie eingeflößt, fast alle, die ich selbst besaß, damit es leben konnte. Doch als ich das Kleine Linnea zurückgab, hat sie versucht, es zu erwürgen. Ich musste mein Kind retten. Zum Glück war Linnea kaum bei Kräften, um mich zu verfolgen. Trotzdem wusste ich: Allein würde ich es nicht gegen die ganze Gemeinschaft schaffen. So musste ich Evelyn zurücklassen, die Polizei über das Kind informieren und meine Spuren verwischen. Nie habe ich aufgehört, Evelyns Leben zu verfolgen, auch wenn ich nicht für sie da sein konnte, als sie mich am dringendsten brauchte. Dafür mache ich mir die meisten Vorwürfe.« Inzwischen sprach er so leise, dass er kaum noch zu verstehen war.

»Sie hat erzählt, ab ihrem zwölften Geburtstag wären Geschenke von einem Unbekannten aufgetaucht. Schwarzrote Callas, Spieluhren mit Requiem und Ähnliches. Waren Sie das?«

»Bitte? Nein. Ich würde doch nicht solch einen Kitsch verschenken.«

»Weiß Evy, dass Sie ihr Vater sind?«

»Sie hat erst vor kurzem erfahren, dass sie eine Nachzehrerin ist. Damit hatte sie genug zu verarbeiten. Es gab keinen passenden Moment für so ein Gespräch.«

Adrián schnaubte. »Warum verschweigen Sie es ihr? Sie hat ein Recht, das zu erfahren!«

Conrad lächelte verbittert. »Ach kommen Sie, Rivas. Ich konnte schlecht auftauchen und ›Ich bin dein Vater, Lynn‹ hervorröcheln, oder?« Er wandte sich rasch ab und drückte seine Stirn gegen die Wand. »Meinetwegen können Sie es ihr sagen, wenn sie wieder auftaucht. Falls … sie wieder auftaucht.«

Einige Zeit lag Schweigen über dem Raum. Dann sprach Adrián wieder: »Damals im Pesthof, als ich Evelyn befreien wollte … Waren Sie deswegen so schnell mit dem Angriff einverstanden? Warum hatten Sie zuerst gefehlt und sind dann mit mir mitgegangen?«

»Linnea wollte mit mir über Evelyn verhandeln. Doch

als ich zum Treffpunkt kam, habe ich den Hinterhalt bemerkt. Ich konnte Maria warnen, damit sie unsere Leute aus den Katakomben rausholte, und zusammen mit Ihnen einen Rettungsversuch starten. Es sollte wirklich keiner zu Schaden kommen, abgesehen von mir. Meine Tochter hätte ich nämlich nie aufgegeben. Der gesamte Clan existiert nur ihretwegen. Um sie vor Linnea und deren Gemeinde zu schützen, begann ich, andere Nachzehrer um mich herum zu sammeln, in der Hoffnung wir wären irgendwann stark genug, um sie – und unsere Leute allgemein – vor Feinden zu beschützen. Metamorphe samt ihrer Königin sind genauso meine Feinde wie Ihre. Dessen seien Sie gewiss.«

»Ich glaube an nichts mehr. Nicht an Sie und nicht an den Clan«, brüllte Adrián. Mit schmerzverzerrtem Gesicht stürmte er zur Tür, als wäre ihm erst jetzt bewusstgeworden, dass seine Evy fort, für ihn unerreichbar war. Dass er nichts tun konnte, um ihr zu helfen.

Alba wollte ihm ausweichen, war jedoch nicht schnell genug. Mit einer Hand schmetterte er sie zur Seite. Dann lief er auf die Straße und schlug die Tür hinter sich zu. Das Glas splitterte.

Conrad seufzte resigniert, obwohl sein Schmerz sichtlich nicht der kaputten Scheibe galt. »Verdammt, Rivas. Sie haben mir die letzte von Ihnen demolierte Tür noch nicht bezahlt.« Doch Adrián konnte ihn nicht mehr hören.

Alba bemühte sich wieder auf die Beine zu kommen. »U-und jetzt?«, flüsterte sie Finn zu, von dem familiären

Vorfall, dessen Zeugin sie vermutlich nicht hätte werden dürfen, peinlich berührt.

Er löste sich von der Wand, stolperte einen Schritt auf den Nachzehrer zu. »Ich biete dem Clan an, Linnea und die Gemeinde zu zerschlagen.« Seine Stimme schwankte, klang schwach, ganz kraftlos. »Das wollen Sie, das haben Sie gerade eben gesagt. Mit meiner Hilfe können Sie die Königin vernichten.«

Conrad sah zu Alba mit eindringlichem, dunklem Blick. »Ist dies Ihr Freund?«

Sie nickte, ohne zu überlegen.

»Dann halten Sie ihn fest. Er kippt gleich um.«

Als hätten die Worte eine Kugel abgefeuert, klappte Finn zusammen. Alba schnellte zu ihm, wollte ihn auffangen, doch er glitt einfach zwischen ihren Armen hindurch.

Kapitel 19

»Warum haben Sie das getan?«, stieß Alba hervor, so impulsiv, dass sie vergaß zu stottern. Ihre ganze Kraft legte sie in diesen Ausruf, und als er verhallte, fühlte sie nichts mehr. Sie brach neben Finn in die Knie, ohne zu wissen, was sie für ihn tun könnte. Sie konnte auch nichts tun, außer vorsichtig über sein Gesicht zu streicheln.

Im Rücken spürte sie Conrads Blick. Weglaufen sollte sie, vor dem Nachzehrer fliehen, sich im Haus verschanzen und hoffen, Knoblauch oder Weihwasser würden auch bei diesem Wesen den gewünschten Erfolg bringen.

»Teilweise bringt das in der Tat etwas«, erwiderte Conrad, und sie hörte ihn näher kommen. Natürlich, er las ja ihre Gedanken, die alles durchdringend in ihrem Kopf pulsierten. »Man gibt ungern jemandem den Todeskuss, der vorher einen Eimer Tzaziki genascht hat. Da sucht man sich doch lieber eine andere Beute.«

Warum Finn? Warum haben Sie das getan?, wiederholte sie stumm.

»Getan – was? Wieso glauben alle, ich bin an jedem Kummer der Welt schuld? Ich habe gar nichts getan. Als er reingekommen ist, habe ich schon gesehen, dass er es nicht lange durchhält.«

Wie das? Sie schaffte es, den Kopf zu drehen und zu ihm aufzuschauen. Er stand über ihr, leicht nach vorn gebeugt. Die schwache Beleuchtung machte sein Gesicht noch blasser und die Augen – dunkel und dennoch leuchtend wie die nächtliche Alster. Ein alter Geist in einem jungen Körper. Sie fürchtete sich vor ihm. Nicht weil er sie aussaugen oder sonst wie vernichten konnte, sondern weil sie spürte, wie viel seine Augen schon gesehen hatten. Und wie viel sie noch sehen würden, wenn ihr Körper längst zu Staub zerfallen wäre. Unter seinem Blick fühlte sie sich sterblich. Bereits verwest und von Würmern zerfressen.

»Nachzehrer können die Aura der Menschen und Metamorphe wahrnehmen. Daran kann man außer der Seelenstärke auch Krankheiten und andere körperliche Schwächen ablesen. Ich habe gesehen, dass sein Kreislauf kurz vor dem Kollaps stand.« Er deutete ein Lächeln an, und auf seinen Wangen zeichneten sich zwei Grübchen ab. Die braunen Augen dagegen blieben tot und unergründlich. »Dass er just in diesem Augenblick umfiel, war ein perfektes Timing.«

Wird er wieder gesund?

Er legte den Kopf leicht schräg und musterte Finn. »Die Biester sind zäh. In ein paar Tagen ist er wieder auf den Beinen. In der letzten Zeit hat er wohl wenig Schlaf bekommen, nichts gegessen und dann noch Blut verloren. Kein Wunder, wenn er schlappmacht. Also nehmen

Sie ihn mit, und gönnen Sie ihm ein paar Tage Ruhe. Wenn er zu sich kommt, sagen Sie ihm, ich finde sein Angebot interessant und bin bereit, mir die Einzelheiten anzuhören. Und jetzt gehen Sie.« Er wandte sich ab und begann, die großen Glasscherben von der Tür in einen Eimer zu sammeln.

Doch klein beizugeben, dazu war Alba nicht bereit. Ihr Kopf begann wieder zu arbeiten, die Angst lähmte nicht mehr ihre Sinne. Hier würden Micaela und ihre Jäger sich nicht trauen, Finn anzugreifen. Irgendwo anders – schon. Und Alba war nicht in der Lage, ihn zu beschützen.

Wohin soll ich denn gehen?

Conrad hob die Schultern, ohne sich von den Scherben abzuwenden. Seine ganze Haltung schien sie darum zu beten, ihn endlich in Ruhe zu lassen. »Haben Sie kein Zuhause? Hier können Sie jedenfalls nicht bleiben.«

Warum nicht? Der Gedanke kam mit der gleichen Intensität wie ihre Worte zuvor und zwang Conrad, sich umzudrehen.

»Weil das hier kein Hotel oder Krankenhaus ist«, antwortete er auf seine seltsame Art, bei der man nicht wusste, ob er einen Groll hegte oder sich über einen lustig machte.

Wir bleiben hier. Alba richtete sich auf, selbst überrascht von ihrem Wagemut. *Sie finden Finns Angebot interessant, also verbuchen Sie das einfach als Vorauszahlung für die Informationen.*

Innerhalb von Sekundenbruchteilen schoss Conrad durch den ganzen Raum auf sie zu, ergriff Alba an den Schultern und wirbelte sie herum. »Meinen Sie wirklich, Sie sind in der Lage, hier Forderungen zu stellen?«

Er fasst Leute nur an, um sie zu töten, schlichen sich Adriáns Worte in ihr Hirn. Und sie stand allein einem Feind gegenüber, gegen den sie nicht einmal dann bestehen würde, wenn sie einen schwarzen Gürtel in Karate hätte.

Ihr Herz trommelte, während sie in sein Gesicht blickte. Sein Gesicht, das so nah an dem ihren war. Seine Lippen, jeden Moment bereit, sich um ihren Mund zu schließen und ihr sämtliche Energie zu rauben.

Alba stellte es sich bildhaft vor und musste kichern. Sie hatte zwar keinen Eimer Tzaziki gegessen, dafür aber die Zähne nicht geputzt, fiel ihr ein.

Conrad lachte auf, ohne Herzlichkeit, und schubste sie von sich, so dass sie fast über Finn gestolpert wäre. »Sie müssen wirklich verrückt sein. Aber was soll's. Heute wurde schon so viel Porzellan zerbrochen, dass es darauf nicht mehr ankommt, ob ich in meinem Haus einem Biest und einem Menschenkind Asyl gewähre.« Er schob die Hand unter seine Schürze, kramte in der Hosentasche und holte einen Schlüsselbund hervor. »Über dem Laden befindet sich meine Wohnung.«

Conrad warf ihr die Schlüssel zu und beugte sich über Finn. Als er den bewusstlosen Metamorph auf die Arme hob, verzog er das Gesicht, als müsse er sich tatsächlich überwinden, ihn anzufassen. Finns Gewicht schien ihm dagegen nichts auszumachen, als wöge der junge Mann rein gar nichts.

»Gehen wir.« Mit dem Kinn deutete er zur Tür.

Alba ließ es sich nicht zweimal sagen und eilte voran. In ihrer Hast wäre sie beinahe auf etwas getreten, was auf dem Bürgersteig lag. Sie erkannte es nicht sofort. Der Rotmilan! Das Tier schien keine Kraft zu haben, sich zu bewegen, auch wenn es im Gegensatz zu seinem Herrchen nicht ohnmächtig war.

Alba hob den Vogel auf. Mit Erleichterung spürte sie den regelmäßigen Herzschlag unter den Federn. Die wachen Knopfaugen blickten sie an. Also ging es ihm so weit gut.

Conrads Wohnung bestand aus zwei Zimmern und einem winzigen Flur. Es roch nach altem Holz und verstaubten Polstern.

»Ich bin selten hier oben«, erwiderte der Nachzehrer in einem entschuldigenden Ton und trat in die Stube.

Alba folgte ihm.

Das Wohnzimmer hätte einem historischen Film als Kulisse dienen können. Noch besser einem Sherlock-Holmes-Streifen: die Nachahmung eines Kamins, der Ohrensessel, das englisch anmutende Mobiliar.

Conrad verfrachtete Finn auf die Couch. »Leider besitze ich kein Bett.«

Adrián hatte eins.

Wieder huschte ein undurchschaubares Lächeln über seine Lippen. »Möglich, aber Sie wollen ganz bestimmt nicht in allen Einzelheiten wissen, was er darin meistens treibt.«

Vermutlich nicht.

Alba kauerte sich vor das Sofa. Mit zwei Fingern hob sie Finns blutgetränkten T-Shirt-Ärmel an. Die Wunde sah tief aus, aber ohne medizinisches Wissen konnte sie nicht beurteilen, wie schlimm die Verletzung wirklich war.

Hier, im richtigen Licht, schmerzten sie Finns eingefallenes Gesicht und die Blässe seiner Haut sehr. Was, wenn er nicht mehr aufwachen würde? Wenn alles doch viel ernster war als gedacht?

»Ich habe bereits einen Arzt hierherbestellt«, sagte Conrad überraschend milde. »Wir kriegen Ihren Metamorph-Freund schon geflickt, keine Sorge.«

Sie wünschte, sie könnte ihm ohne Vorbehalt glauben.

Er setzte sich in den Sessel, streckte die Beine aus und kreuzte die Füße. Alba hockte immer noch auf ihren Fersen. Sie wollte Finns Hand halten, brachte es aber nicht über sich. Zu sehr fürchtete sie, erleben zu müssen, wie seine Haut abkühlte, wie das Leben aus ihm wich. Sie wagte nicht einmal nachzuschauen, ob er noch atmete.

Kennen Sie viele Metamorphe?, fragte sie, um sich abzulenken.

»Ich habe schon viele von ihnen umgebracht, falls Sie das wissen wollen.«

Nein, wollte sie nicht.

Ich suche nach einem Metamorph-Mann. Groß und kräftig gebaut, überwiegend schwarze Kleidung, ein Silberfuchs als Seelentier. Kennen Sie ihn? Ich muss ihn finden.

»Reicht Ihnen einer nicht? Diese Frage sollte Ihr Freund viel besser beantworten können.«

Im Moment kann er gar nichts! Auf keinen Fall wollte sie andeuten, Finn wisse zu wenig über die Gemeinde. *Haben Sie nun von so einem Mann schon einmal gehört oder nicht?*

Conrad faltete die Hände und tippte sich mit den Zeigefingern an die Nase. Seine Stirn kräuselte sich. »Hmmm, nein. Adrián ist eher derjenige, der Ihnen helfen könnte. Er kennt so gut wie alle Biester. Und die kennen ihn.«

Adrián ist fort. Sie haben selbst gehört, er kommt nicht wieder.

»Ach was. Wenn Adrián wütet, muss man sich keinen Kopf darum machen. Er ist wie ein Orkan – er tobt und verarbeitet alles um sich herum zu Kleinholz, beruhigt sich aber genauso schnell auch wieder. Sollte er auf etwas gelassen und besonnen reagieren, dann müssen Sie ihn fürchten.«

Was wird er denn zu Kleinholz verarbeiten?

»Im schlimmsten Fall erfahren wir davon morgen aus den Zeitungen.« Er lächelte sein undurchsichtiges Lächeln, und Alba rätselte, ob seine Worte ernst gemeint waren. Oder ob es sich dabei bloß um Nachzehrer-Humor handelte. Vielleicht aber versuchte er mit seiner distanzierten Art die eigene Trauer zu verarbeiten, sie von sich zu weisen. »Wenn er sich abreagiert hat, fährt er sicherlich zur Alster und ist in ein, zwei Tagen wieder zurück.«

Wo finde ich ihn genau?

»Alsterarkaden. Er füttert dort gern Schwäne.«

Alba beschloss, sich nicht mehr zu wundern. Einige Untote züchteten Blumen, die anderen fütterten Schwäne. Jedem das Seine.

Sie hatten die Tür nicht geschlossen, so platzte der Arzt mit einem fröhlichen »Was gibt's denn, Chef?« in die Wohnung. Alba wandte den Kopf, um den Neuankömmling zu betrachten, und wollte ihren Augen nicht trauen: Es war ein Junge, kaum vierzehn Jahre alt. Das struppige rötlich blonde Haar stand ihm in alle Richtungen. Sein Gesicht zierten so viele Sommersprossen, dass Alba seine Hautfarbe kaum erkennen konnte. Seltsam. Mieden die Nachzehrer denn nicht für gewöhnlich das Sonnenlicht?

»Das hat damit nichts zu tun«, erklärte Conrad ihren allzu eindringlichen Gedanken, der ihren Kopf einfach nicht verlassen wollte. »Man sieht meistens so aus wie kurz vor der Erfüllung des Fluches.«

Über der Schulter schleppte der Junge eine Notfalltasche, die er an der Couch abstellte. Alba musterte ihn mit halbgeöffnetem Mund. Und er sollte ein Arzt sein? Das war doch eine Farce!

Missbilligung verzog seine Gesichtszüge, als er seinen Patienten anschaute. »Das ist ein Metamorph. Den fasse ich nicht an.«

Conrad stellte sich hinter den Jungen. »Ach. Und um ihn auszusaugen, hätten Sie damit kein Problem.«

Alba fiel auf, dass der Untote anscheinend alle grundsätzlich siezte. Sogar diesem Knirps zollte er Respekt.

Der Junge zog den Kopf zwischen die Schultern ein. »Das ist doch was anderes.« Seine Stimme knirschte wie Sand in einem Getriebe.

»Sie kümmern sich jetzt um ihn. Haben wir uns verstanden?«

Er schien noch kleiner zu werden. »Ja, Chef. Aber das wird mir keinen Spaß machen.«

»Muss es auch nicht. Von Spaß war nie die Rede.« Conrad trat einen Schritt zurück, und die Haltung des Jungen entspannte sich. Aus der Tasche holte er ein Paar Latexhandschuhe und zog sie über.

Nein, das war doch nicht sein Ernst! Alba sprang auf und verstellte dem Bengel den Weg. Sie konnte doch nicht Finn einem Kind anvertrauen!

Der Junge schob sie beiseite wie ein Möbelstück. »Mein Honigtörtchen, ich bin seit 83 Jahren tot und seit 46 Jahren Mediziner. Wobei das Studium und das ganze Drumherum in meiner Lage nicht ganz leicht waren. Du glaubst gar nicht, was für ein Künstler ich in Selbstalterungsmethoden geworden bin, um das durchzuziehen.«

Sie schaute flehend zu Conrad. Das war verrückt! Doch dieser stand wie ein Monument da, mit vor der Brust gekreuzten Armen. »Alfred ist der beste Mediziner, den ich kenne. Er weiß, was er tut.«

Alfred. Auch das noch. Aber wenn der Junge um 1910 geboren wurde, mochte der Name damals natürlich ein Hit gewesen sein.

Inzwischen hatte Alfred Finn mit geübten Griffen untersucht und bereitete eine Infusion vor. »Wegen des Blutverlustes werde ich eine Volumentherapie machen, damit seine Organe mit genügend Sauerstoff versorgt werden«, erklärte er mit einem frechen Schielen zu Alba, als wolle er ihr damit zeigen, wie gut er sich auskannte. Aber vielleicht redete er auch nur dummes Zeug, das fachmännisch genug klang, um sie zu beeindrucken. »1000 ml Ringer-Lösung, 500 ml Natriumchlorid und 500 ml Glucose 0,5% intravenös, falls die Dame es genau wissen möchte.« Dann begutachtete er die Wunde. »Ah, da hat jemand mit Schusswaffen gespielt. Das kriegen wir hin.«

Er bereitete auf dem Beistelltisch die Utensilien vor. Alba ließ ihn gewähren, auch wenn sie jede seiner Bewegungen genau beobachtete. Zugegeben, eine etwas sinnlose Tätigkeit, denn sie würde es eh nicht erkennen können, sollte er etwas Falsches tun.

Alfred machte es sich auf dem Boden gemütlich und widmete sich der Wunde. Dabei gab er ein äußerst skurriles Bild ab, es fehlte nur noch, dass der Junge ein Lied summte.

»Das wäre erledigt«, teilte er nach einer Weile mit. »Unser Patient wird ein Weilchen schlafen, aber in ein paar Tagen ist er wie neu. Also keine Bange, mein Zuckerschnäuzchen.«

Alba suchte Conrads Blick.

»Habe ich doch gesagt«, erwiderte der Nachzehrer auf seine leise Art.

Der Junge packte die Sachen zusammen. »Ich bin fertig. Und, um es noch einmal klarzustellen, ich habe es nicht gern gemacht.«

»Ich werde es Ihnen entsprechend vergelten«, versprach Conrad.

Der Typ verzog sich gleich aus der Wohnung, als säße ihm der Teufel im Nacken. Alba ließ sich vor dem Sofa nieder und berührte Finns Hand.

Es wird dir bald wieder gutgehen, versprach sie. *Du wirst mir nicht einfach so sterben.*

Sie wusste nicht, wie lange sie so auf dem Boden ausgeharrt hatte. Als sie sich umdrehte, um Conrad zu danken, war der Nachzehrer weg. Er war verschwunden, einfach so, ohne ein Wort.

In einem Schrank fand Alba Handtücher und knüllte sie zu einem provisorischen Kissen zusammen. Die Nacht verbrachte sie auf dem Boden neben der Couch. Ab und zu fiel sie in einen traumlosen Schlaf, doch die Angst um Finn riss sie jedes Mal zurück. Dann lag sie stundenlang wach, wälzte sich hin und her auf den Holzdielen und starrte an die Decke. Erst zum Morgen hin schlummerte sie ein.

Als sie aufwachte, wusste sie nicht, wie spät es war und ob sie wirklich geschlafen hatte. Ihr Körper schien ein einziger blauer Fleck zu sein, ihr Rücken schmerzte wie nach einer Schicht irgendwo in den tiefsten Stollen.

In ihrem Hals kratzte es, vermutlich bekam sie eine Erkältung.

Alba beugte sich über Finn und musterte sein blasses Gesicht. Er schlief noch. Der Rotmilan saß aufgeplustert auf dem Sessel und ruhte.

Hoffentlich geht es den beiden gut, dachte sie mit Wehmut. Anderen, weit beunruhigerenden Gedanken, durfte sie erst gar nicht erlauben, in ihrem Kopf aufzutauchen. Sonst würde sie sie nie mehr loswerden und vor Sorge verrückt werden.

Wie eine alte Frau schlurfte sie zum Fenster und spähte zwischen den Gardinen hinaus. Eine graue Wolkendecke hing über der Stadt. Graue Menschen eilten die graue Straße entlang, in ihren eigenen Trott versunken. Wenigstens regnete es nicht.

Alba überlegte. Sie benötigte ihre Kleidung, um nicht mit nackten Füßen und in einem schmutzigen Kleid herumzulaufen. Vielleicht auch Geld und das Messer. Ja, das Messer ihres Opas sollte sie auf jeden Fall holen, es war doch die einzige Waffe, die sie besaß. Und eine Waffe brauchte sie, dessen war sie sich sicher. Denn die letzte Schlacht war längst noch nicht geschlagen. Auch wenn sie bezweifelte, im Kampf gegen die Metamorphe wirklich etwas Sinnvolles leisten zu können.

Aber Finn hier allein lassen?

Sie haderte mit sich selbst, entschied jedoch, die Sachen auf jeden Fall zu holen.

Alba fand Conrad unten im Blumenladen. Er saß in einem Schaukelstuhl unter einer Palme, die Füße auf einem Hocker hochgelegt, und las in einem Gedichtbuch in englischer Sprache. Ob das Geschäft bereits offen war, ließ sich mit der kaputten Tür schwer beurteilen.

Alba blieb vor ihm stehen, doch er hob nicht den Kopf und zeigte mit keiner Regung, ob er ihre Anwesenheit bemerkt hatte.

»C-conrad?«

Er kaute auf der Lippe, als wäge er die Chancen ab, dass sie ginge, wenn er sie weiterhin nicht beachtete. Dann löste er seinen Blick von der Seite, erhob sich und musterte Alba wie ein Gedicht, das zu interpretieren war.

»Sie wünschen?«

Ihr Kopf schmerzte bereits, deshalb entschied sie sich gegen die Telepathie: »Darf ich für eine Stunde oder zwei fortgehen?« Erstaunlicherweise fiel ihr das Sprechen erheblich leichter. Ob die zurückerlangten Erinnerungen dabei eine Rolle spielten?

Er zog eine Braue hoch. Seine dunklen Augen glänzten ein wenig amüsiert, oder zumindest kam es ihr so vor. »Zuerst nehmen Sie meine Wohnung in Beschlag, und nun fragen Sie mich, ob Sie gehen dürfen?«

Sie holte Luft für den nächsten Kampf mit den Worten, doch ihre Kehle war weit weniger verkrampft als früher. »Ich meine: Kann ich Finn hier allein lassen, ohne befürchten zu müssen, dass Sie ihm die Lebensenergie aussaugen?«

»Haben Sie sich ihn angesehen? Was gibt es da schon

auszusaugen? Sie essen bestimmt auch keine schrumpeligen Äpfel, wenn überall knackiges Obst herumläuft.«

»Ich deute das als ein Ja. Rufen Sie mir ein Taxi?«

Er seufzte schwer und steckte ein Lesezeichen ins Buch – einen trockenen Zweig einer Pflanze. »Noch irgendeinen Wunsch, *Madame*?«

Sie musste grinsen. »Nein, das wäre alles, *Mylord*.«

Freudlos grinste Conrad zurück. Er trauerte um seine Tochter, durchfuhr es Alba. Die Erkenntnis berührte sie auf eine seltsame Art, und das beklemmende Gefühl ergriff noch deutlicher Besitz von ihr.

Das Taxi roch nach Leder und Erinnerungen an viele Parfüms, die mit den Fahrgästen irgendwann hineingeweht worden waren. Aber es war warm. Eine Tatsache, die Alba in der letzten Zeit besonders zu schätzen gelernt hatte. Der Taxifahrer, ein korpulenter Mann mit einem gepflegten Schnäuzer, maß Alba abschätzend von Kopf bis Fuß. Was man ihm kaum übelnehmen konnte, so heruntergekommen, wie sie aussah. Dennoch ließ er sie ohne weiteres ins Auto steigen, auch wenn er während der Fahrt des Öfteren im Rückspiegel nach ihr schaute.

Vor Georgs Haus hielt der Wagen an. Alba bat den Fahrer zu warten und lief durch den Garten. Unter einem Busch entdeckte sie dabei tatsächlich das Messer ihres Opas und nahm die Waffe mit.

Auf dem Parkplatz neben dem Eingang stand Georgs Porsche. Zum Glück war er also zu Hause.

Sie klingelte.

Sofort wurde die Tür geöffnet.

»Georg! I-ich …«, stammelte sie und verstummte. Ihre Worte schienen von seinem versteinerten Gesicht abzuprallen wie eine Handvoll getrockneter Erbsen von einer Wand. Er spähte über ihre Schulter. Ohne einen Laut schob er sie beiseite und ging zum Taxi, wo er den Fahrer bezahlte.

Alba floh vor der Kälte in den Flur und trat von einem Fuß auf den anderen, während sie auf Georg wartete.

Er kehrte zurück, schloss die Tür hinter sich ab und lehnte sich mit dem Rücken dagegen.

»I-ich …«, begann Alba erneut und gab es wieder auf. Nicht weil sie stotterte, sondern weil sie unter Georgs ernstem Blick auf einmal nicht wusste, was sie sagen sollte. Noch nie hatte er sie so angesehen. So anklagend. Und fremd.

Eine Weile schwiegen sie beide, bis Georg sich von der Tür abstieß und zum Wohnzimmer ging. »Du solltest dich duschen und dir etwas Vernünftiges anziehen«, schlug er ihr im Vorbeigehen vor.

Ja. Er hatte Recht. Das sollte sie wirklich tun, um sich endlich wie ein Mensch zu fühlen und nicht wie ein Metamorph, der mit einem Stinktier verschmelzen konnte. Also verkrümelte sie sich nach oben.

Die heiße Dusche tat ihr gut, spülte den Dreck von ihrem Körper und ließ sie freier atmen. Alba streckte das Gesicht dem Wasser entgegen und genoss lange das Prickeln auf ihrer Haut. Nach einer gefühlten halben

Stunde musste sie sich zwingen, das Vergnügen zu beenden und aus der Duschkabine zu steigen.

Sie trocknete sich ab, zog frische Kleidung an und verstaute ein paar Sachen in einer kleinen Tasche. In einem der Fächer versteckte sie das Messer ihres Opas und ihre Geldbörse.

Sie fand Georg im Wohnzimmer. Er stand neben dem Fenster, den Kopf gesenkt und die Arme um den Körper geschlungen. Er wirkte verloren in diesem großen, modern und mit viel Luxus ausgestatteten Raum. Wie ein Kind, das nicht hierhergehörte.

Alba verspürte den Drang, zu ihm zu laufen, ihn zu umarmen und zu trösten. Da bewegte er sich. Ruckartig nahm er etwas vom Fensterbrett und warf es Alba vor die Füße.

Fotos schlitterten über den Perserteppich. Fotos, die sie Hand in Hand mit Finn zeigten, wie sie gestern die nächtliche Straße entlanggelaufen waren.

Sie starrte die Bilder an. »W-was soll das?«, kam es ihr über die Lippen. Emotionslos, gefasst. Als wäre etwas in ihr gestorben.

»Ich werde verrückt vor Sorge, ich lasse jeden Privatdetektiv der Stadt nach dir suchen, weil diese bescheuerte Polizei sich geweigert hat, die Vermisstenanzeige aufzunehmen. Und du?« Immer noch sah er sie nicht an, verdeckte sein Gesicht mit der Hand. »Wer ist das?«

»Finn.«

Ein Wort.

Ein Wort, das sie niemals stotterte.

»Finn«, spuckte Georg verächtlich aus und fuhr herum. »Finn! Wer ist dieser Finn?« Seine Stimme vibrierte vor Zorn. Im ersten Augenblick dachte sie, in seiner Wut würde er etwas tun, was er noch nie zuvor getan hatte. Sie schlagen.

Doch er erstarrte und ragte anklagend über ihr auf mit vor Schmerz verzerrtem Gesicht.

»Wer ist dieser Finn?«, flüsterte er, als hätte ein Nachzehrer ihm die ganze Energie ausgesaugt.

Alba wollte sagen: Erinnerst du dich an den jungen Mann vor der Kapelle?, doch sie schwieg. Denn das war es nicht, was Georg hören wollte. Es fühlte sich wie eine Lüge an. Und die Wahrheit ... Die Wahrheit konnte sie ihm unmöglich erklären. Weder die Wahrheit über die Metamorphe, die er ihr nicht glauben, noch die Wahrheit über ihre Gefühle, die er ihr nicht verzeihen würde.

»Oh, Alba.« Ein Beben durchfuhr seinen Körper. Er trat zu ihr, umfing sie mit den Armen und zog sie an sich. »Oh, Alba. Mein Mädchen.«

Fest drückte er sie an sich, als hätte er Angst, sie fortzulassen. Dabei flüsterte er sein »Oh, Alba« mit Inbrunst wie eine Beschwörung.

Alba lehnte sich mit einer Wange an ihn. *Ich habe versprochen, bei dir zu bleiben. Bis zum Ende. Bis zu deinem Ende.* Sie wünschte, sie könnte jetzt weinen. Ihre Seele erleichtern. In den Tränen ihre Schuldgefühle ertränken. Aber ihre Augen blieben trocken und schmerzten, als hätte sie zu lange in den Wind gestarrt. *Ich habe es versprochen, so viele Male. Aber ich kann nicht. Eine Lüge hast du nicht verdient.*

Sie sammelte ihren Mut und wand sich aus seiner Umarmung. Seine Hände verharrten in der Luft, als würde er sie noch umarmen, obwohl sie bereits mehrere Schritte von ihm entfernt stand.

»G-georg. I-ich ...« Da, schon wieder krampfte es in ihrem Hals. Sie sah in seine Augen, las dort Angst und Schmerz und eine Ahnung von dem, was gleich kommen sollte. Die Worte blieben ihr in der Kehle stecken. Sie konnte es ihm nicht sagen. Sie konnte ihm nicht wehtun. Nicht ihren Schwur brechen.

»Ich muss gehen.«

Hatte sie das gesagt? Es war ihre Stimme gewesen. Unmöglich. Sie hätte es niemals über sich gebracht.

Er schluckte schwer. Sein Adamsapfel ging hoch und runter. »Wohin?«

Schweig! Kein Wort mehr! Du musst hierbleiben. In deinem sicheren Leben. Mit dem Mann, der dich liebt, der immer für dich da war, dem du alles zu verdanken hast.

»Zu Finn.«

Seine Hand zuckte hoch, er versuchte nicht einmal, den Tick zu vertuschen. Wie in Zeitlupe wandte er sich ab.

Was hast du getan? Verflucht, was hast du bloß getan? Schmeißt du jetzt alles hin wegen eines Typen, den du nicht kennst?

»Georg ...«

»Nein. Sag nichts mehr.«

»Georg.« Sie kam auf ihn zu, legte ihre Hand auf seinen Rücken.

Er entzog sich ihrer Berührung. »Du wolltest gehen.«

Ja. Das wollte sie.

»Georg, l-lass uns vielleicht …«

»Nein!«, rief er aus. »Wag es ja nicht zu sagen! Wir werden keine Freunde bleiben. Geh. Geh zu diesem Finn. Ich will kein Wort mehr von dir hören.«

Sie ging. Zuerst nur einen Schritt, dann einen weiteren.

Sie ging, die Alba, die gehen musste. Während das Mädchen – Georgs Mädchen – dablieb, als hätte sich ein Teil ihrer Seele von ihr gelöst. Und bevor sie die Tür hinter sich schloss, hörte sie ihn weinen.

Kapitel 20

Wieder saß Alba im Taxi. Mit noch feuchtem Haar, dafür aber wie eine Lady angezogen – außen schick, innerlich leer.

Wenn sie die Augen schloss, sah sie Georgs Rücken, den er ihr zugewandt hatte. Wenn sie in sich hineinlauschte, spürte sie seinen Blick, der sie verurteilte. Immer wieder spielte sie die Szene des Abschieds in ihrem Kopf durch.

Was hast du auch erwartet?, höhnte Alba, während sie aus dem Fenster starrte, ohne etwas zu sehen. *Du trennst dich von ihm, einfach so, in gegenseitigem Einvernehmen?*

Ja, gestand sie sich, das hatte sie in der Tat erwartet. Dass er sie auf seine kühle norddeutsche Art umarmen und sie mit guten Wünschen weiterziehen lassen würde. Nein, wehtun wollte sie ihm nicht, und doch hatte sie es getan. Alba fuhr herum und spähte durch die Heckscheibe, als erwarte sie wirklich, Georgs Haus zu sehen. Und hätte sie es gesehen, wäre sie umgekehrt. Doch ihrem Blick offenbarte sich eine fremde Straße, und sie zwang sich, wieder nach vorn zu schauen.

Mit welcher Aufregung war sie anfangs der Spur gefolgt, die ihr Opa gelegt hatte. Wie bereitwillig war sie der neuen Welt entgegengeschritten, die sich ihr öffnete. Und nun? Sie war in der neuen Welt angelangt. Aber war es wirklich ihre Welt? Sie fühlte sich nicht dazugehörig, denn sie war weder untot, noch besaß sie ein Seelentier. Verflucht, wenn alles vorbei war, würden ihre Erinnerungen daran vermutlich ausgelöscht sein, und sie bliebe mit leeren Händen zurück. Ohne Georg. Und dann auch ohne Finn.

Alba konnte nicht gleich zu Conrad fahren. Nicht nach alldem, was passiert war. Nicht, wenn ihr der Kopf schwirrte wie nach einem Stich ins Wespennest. Damit wollte sie Finn nicht belasten, der ihretwegen schon genug zu ertragen hatte. Erstmal musste sie selbst zur Besinnung kommen. Deshalb ließ sie sich in die Werkstatt bringen, in der ihre Corvette bereits auf sie wartete.

Beim Anblick des Wagens wurde ihr noch elender zumute. Früher hatte sie alles selbst an dem Auto gemacht, jede Beule eigenhändig behoben. Jetzt stand ihr Baby in vollem Glanz vor ihr, sie hielt den Schlüssel in der Hand, doch das Auto fühlte sich fremd an. Wie das Leben um sie herum. Aber was sollte sie tun? Sie musste weiter.

Alba ließ den Wagen durch die Straßen rollen, raste nicht und brach keine Verkehrsregel. Als müsse sie sich an die Corvette erstmal gewöhnen.

Wie Conrad gesagt hatte, fand sie Adrián auf den Stufen des Kais gegenüber den Alsterarkaden. An diesem Tag wirkte sogar dieses schöne Plätzchen grau und trostlos, sogar die Bögen des Arkadenganges im italienischen

Stil, die einen sonst stets ein wenig an Venedig denken ließen, verbreiteten Schwermut. Das Wasser schwappte träge gegen das Steinkorsett, in das die Binnenalster von Menschenhand gezwängt worden war. An den Masten entlang des Kais flatterten mehrere Fahnen. Etwas weiter bemerkte Alba eine Gestalt, die auf den Stufen saß und einer Vogelschar mechanisch Brötchenstücke zuwarf. Adrián. Möwen, Gänse, Enten und Tauben lärmten um ihn herum, wahrten aber Distanz, als würde ein unsichtbarer Schutzschild ihn von der Welt abschirmen. Nur ab und zu wagten sich die Vögel näher heran und schnappten nach den Brotstückchen, um sogleich davonzueilen. Ein Verhalten, das Alba bei diesen Gierhälsen mehr als ungewöhnlich erschien. Die Tiere spürten offenbar, dass der Mann tot war.

Alba kam näher, überschritt die unsichtbare Grenze.

Adrián ignorierte sie. Vermutlich ignorierte er das ganze Universum um sich herum, und Alba gehörte nun mal einfach dazu.

»H-hilft es?«, fragte sie eher sich selbst als ihn. Sie hob ein paar Steinchen auf und warf diese einen nach dem anderen ins Wasser. »Wenn m-man lange genug zum anderen U-ufer starrt?«

Adrián antwortete nicht. Erst nach einer Weile brach er das Schweigen: »Nein, tut es nicht. Ich dachte, wenn ich fliehe, fort vom Clan und allem, was mich an meine Evy erinnert, wenn ich so richtig die Sau rauslasse, dann wird es mir bessergehen. Naiv, nicht wahr, besonders für mein Alter.« Er zerrte am Kragen seines Hemdes, als ersticke er. Ein Knopf sprang ab. »Man glaubt es gar nicht, wie sehr totes Fleisch schmerzen kann.«

»I-ich habe Georg v-v-ver…«, ihre Zunge wollte es nicht aussprechen. Also bemühte sie wieder mal ihren Kopf. *Ich dachte, wenn ich die Wahrheit sagte, wenn ich meinem Herzen vertraute und mich endlich entschied, würde ich glücklich sein können. Wie schön, dass ich nicht die Einzige bin, die einem Irrtum unterlag.*

Sie warf ein weiteres Steinchen ins Wasser, so, wie es sie ihr Opa gelehrt hatte. Mit ordentlich viel Schwung, 45-Grad-Winkel. Perfekt. Es versank, hinterließ kaum Kreise an der Oberfläche. *Du glaubst nicht, wie tot sich das Fleisch eines lebendigen Wesens anfühlen kann.*

Hörte sie ihn lachen? Ja, das tat er, aber so verbittert, dass es sie noch mehr deprimierte. »Und was machen wir jetzt?«

Komm mit mir zu Conrad. Wenn ihr die Metamorphe zerschlagen wollt, wird er dich brauchen.

»Ich bin mir nicht sicher, ob ich dazu bereit bin.« Er hielt den Blick noch immer auf die Arkaden am anderen Ufer gerichtet. Alba ließ sich neben ihm nieder und strich über den kalten Stein.

Evelyn kehrt wieder. Sie ist stark.

»Ja, das ist sie.«

Kommst du also mit mir zurück?

»Ich weiß nicht. Im Moment erscheint mir alles so sinnlos. Am liebsten würde ich einfach hierbleiben und warten, bis meine Evelyn, *mi vida*, wieder da ist.«

Das könnte dauern.

»Was macht mir das schon aus! Ich habe bereits über 50 Jahre auf sie gewartet.« Er biss die Zähne zusammen, wandte das Gesicht zur Seite. An der Schläfe, unter seiner blassen Haut, zeichneten sich die bläulichen Adern ab, in denen sein totes Blut durch den Körper floss.

Also wirst du deinem Clan nicht helfen? Ihr seid aber ein komischer Verein.

»Ein Verein, das trifft es gut. Zu den wichtigen Ereignissen – zusammen, und wenn es nötig ist – füreinander da, aber sonst kann jeder machen, was er will. Wir haben Conrad keine Treue geschworen oder etwas in der Art. Wer gehen will, der geht einfach. Mh, warum redest du übrigens nicht? Von dieser Telepathie müsste dir der Kopf platzen. Menschen sind nicht dafür geschaffen.«

Sie rieb ihre Hände aneinander. Ob sie das Thema, das sie so sehr beschäftigte, ansprechen sollte? Ob es taktlos war, ausgerechnet jetzt, ausgerechnet mit ihm über ihre Probleme zu sprechen? Andererseits war er ihr Großonkel, und Verwandte trugen nun mal das Los, mit Problemen zugeschüttet zu werden. *Könntest du mir vielleicht helfen?*

Er kräuselte die Stirn. »Zu reden? Nein, ich fürchte, das musst du schon selbst tun.«

Fast hätte sie gelacht. Oder zumindest geschmunzelt. *Nein. Ich suche einen Metamorph. Einen Mann, sehr groß, trägt überwiegend schwarze Kleidung* … Sie konzentrierte sich auf ihre Erinnerung, ließ die Bilder auferstehen, um an mehr Details zu gelangen. Da! Sie sah, wie der Junge – Robert? – auf den Mann schoss. Die Szene so nah an sich heranzulassen rief Übelkeit in ihr hervor. Sie sah die zerrissene Kleidung des Jungen, seinen von dem Greifvogel zerschundenen Körper, roch Blut, Schweiß und Tierexkremente. Die Welt um sie herum schwankte, als gleite sie zurück in den dunklen, feuchten Keller. Als wäre sie nie da herausgekommen.

Aber vielleicht lag es an der Telepathie, dass ihr so schlecht wurde.

»E-er mü-müsste …« Sie kämpfte mit sich selbst, um den Satz zu Ende zu bringen, versuchte die Flut von Bildern zu bezwingen. »Er müsste eine Narbe an der linken Seite des Kopfes haben. Knapp oberhalb der Schläfe.«

»Kennst du sein Seelentier?«

»Ein Silberfuchs.« Sie konnte sich kaum hören, so schwach fühlte sie sich. »Er heißt Joke.«

Adriáns Gesicht verfinsterte sich, wirkte noch kantiger, als es schon war. Die blauen Augen wurden matt. Er schüttelte den Kopf, als wollte er einen Gedanken verscheuchen, gab es auf und krümmte den Rücken. »Ja, ich kenne ihn. Johannes Ney.«

Alba stockte der Atem. Der Name ließ den Peiniger aus ihren Alpträumen real werden, er war nicht mehr bloß ihr Hirngespinst, nicht mehr der Schwarze Mann. Johannes Ney. Ihr Oberarm schmerzte auf einmal, als hätte der Mann sie gerade daran hochgerissen. Ihr Kopf ruckte zur Seite, als hätte er sie im Hier und Jetzt geohrfeigt, damit sie ruhig blieb.

»D-du … d-du ke-ennst ihn also?« Alba wusste nicht,

wie es ihr gelang, die Frage herauszupressen. Sie fror trotz der warmen Kleidung. Der Wind schien in jede Naht vorzustoßen und kroch über ihre Haut, die sich mit einem Schweißfilm bedeckt hatte.

»Kennen ist zu viel gesagt. Ich habe ihn umgebracht.«

»Wie …? Wann?«

»Wie – das willst du nicht wirklich wissen, glaub mir. Was das ›Wann‹ angeht – es ist nicht einmal ein Jahr her. Ein Abtrünniger aus Linneas Gemeinde war an mich herangetreten. Er wollte Rache nehmen, weil Johannes sein Seelentier auf Befehl der Königin geschlachtet hatte. Ich habe zugestimmt, weil er mir dafür wichtige Informationen angeboten hatte.« Adrián kniff die Augen zusammen und ballte die Hände. Jede Sehne, jeder Knöchel stach scharf hervor. »Du kennst mich nicht, Alba, du weißt nicht, wozu ich fähig bin. Und bis zu diesem Tag wusste ich es nicht einmal selbst. Ich habe Johannes nicht einfach so umgebracht, ich habe ihn zwei Tage lang gefoltert. Als seine Gemeinde ihn fand, musste er von seinen eigenen Leuten aus Gnade getötet werden.«

Alba wusste nicht, ob sie Mitleid empfinden sollte oder Genugtuung, weil ihr Peiniger hatte Qualen erleiden müssen. Ob sie sich freuen sollte, weil er tot war, oder verzweifeln, weil mit ihm die einzige Verbindung zu der Monsterfrau abriss. Der Frau, die sie unbedingt finden musste, um sie zu stoppen und die Kinder, die gerade entführt worden waren und wie sie selbst durch die Hölle gingen, zu retten.

»Warum interessiert er dich so?«

Alba fand keine Worte, um es ihm zu erklären – wie und womit hätte sie auch anfangen sollen? Deshalb konzentrierte sie sich auf ihre Erinnerungen und schickte diese zu Adrián. Von den Anstrengungen bekam sie Kopfschmerzen, als malträtiere jemand ihre Stirn mit einem Eispickel, und ihr wurde speiübel. Sie musste sich abstützen, um nicht zusammenzusacken.

Adrián starrte sie erschüttert an. An diesem grauen Tag wirkte alles irgendwie düster, doch der Ausdruck seines Gesichts vereinte in sich alle Abgründe dieser Welt. Seine Augen wirkten glanzlos und entseelt.

»*Dios mío!* Wenn ich das gewusst hätte …« Er verstummte, dann setzte er erneut an, so gefasst und leise, dass Alba eine Gänsehaut bekam und sich unwillkürlich über die Arme rieb. »Wenn ich das gewusst hätte, wäre das, was ich mit ihm angestellt habe, im Vergleich zu dem, was ich jetzt mit ihm anstellen will, wie zwei Kuschelabende unter Freunden.«

Alba fiel auf den Rücken. Sie achtete darauf, tief zu atmen, um nicht erbrechen zu müssen. Für heute war sie nicht mehr imstande, mental zu kommunizieren. Jeder auch noch so flüchtige Gedanke schien ihre Stirn wie mit einer Axt zu spalten.

Ihre Stimme leierte, als sie sprach: »Ich hatte gehofft, durch ihn an die Monsterfrau zu kommen.«

»Nein!«, unterbrach Adrián sie, ehe sie den Satz beendet hatte. »Das ist viel zu gefährlich.«

Sie schnaubte. »I-ich bin ein großes Mädchen. Und du – nicht mein Vater.«

In seine Augen kehrte Leben ein. »Bloß dein Großonkel. Na gut, vielleicht gibt es doch noch eine Chance, an diese Frau zu gelangen. Metamorphe jagen meistens im Dreier-Team. Zu Johannes gehörten Kilian, sein inzwischen verstorbener Bruder, und Sebastian, der Abtrünnige, von dem ich dir erzählt habe.«

Ein Mann, der sein Seelentier verloren und seinen Kameraden an einen Nachzehrer ausgeliefert hatte? Alba erschauderte. »Was ist mit diesem Sebastian?«

Adrián verzog das Gesicht. »Der lebt noch, wenn man das als Leben bezeichnen kann. Mir wird schlecht, wenn ich nur daran denke, ihn aufsuchen zu müssen. Den Verlust seines Seelentiers verkraftet kein Metamorph auf Dauer. Der Kerl ist nur noch ein Schatten seiner selbst. Ich bringe dich zu ihm, wenn du willst, aber das wird keine schöne Angelegenheit sein.«

»Wann suchen wir ihn auf?«

»Später. Irgendwann.«

»Nein. Jetzt. Bitte! Du weißt selbst, wie wichtig das ist.«

Er seufzte resigniert, zu müde, um mit ihr zu streiten. »Okay. Bist du mit einem Auto hier?«

Sie nickte.

»Dann geh schon einmal zum Wagen. Ich brauche noch ein Weilchen.«

Was auch immer »ein Weilchen« bei den Untoten zu bedeuten hatte …

Kapitel 21

Sebastian – oder wie Adrián ihn genannt hatte: der Abtrünnige – wohnte in Wilhelmsburg, einem Stadtteil im Süden Hamburgs, der in den Köpfen vieler vor allem mit Plattenbauten, Armut und Gewalt assoziiert war. Diese Gegend kannte Alba nur aus Zeitungen, wenn die Rede wieder mal auf Jugendbanden und Kriminalität kam. In letzter Zeit bekamen die Medien allerdings ein anderes Fressen serviert: Wilhelmsburg, dieser soziale Härtefall Hamburgs, sollte in ein Kulturviertel verwandelt werden. Sich also ein Beispiel am Schanzenviertel nehmen, jung, bunt und schillernd werden, Multikulti von seiner positivsten Seite zeigen. Ein Unterfangen, das bis jetzt einen eher bescheidenen Erfolg zeigte. Klar lockte es oft Studenten hierher, weil die Mieten so günstig lagen, doch wer es sich leisten konnte, zog hier genauso schnell weg. Nun ja. Zumindest wurde schon ein Weilchen nicht mehr von gewalttätigen Auseinandersetzungen in diesem Stadtteil berichtet, höchstwahrscheinlich, um keine schlechte Publicity zu erzeugen.

Alba würde es niemals offen zugeben, aber aus freien Stücken wäre sie nie hierhergekommen. Und jetzt beruhigte sie sich mit dem Gedanken, dass sie in Begleitung ihres untoten Großonkels mit den übernatürlichen Fähigkeiten selbst in dieser Gegend sicherlich einen gewissen Schutz genoss.

Durch die Eingangstür, die Adrián anvisiert hatte, schlurfte eine alte Frau mit prallgefüllten Tüten aus einem Discounter ins Hausinnere. Der Nachzehrer fing die Tür ab, bevor sie zufiel, und navigierte Alba in den 6. Stock. Ein Fußabtreter mit der Aufschrift »Willkommen«, die man vor lauter Schmutz kaum noch lesen konnte, lag schief vor der Tür. Über dem Klingelknopf stand »Heidemann« geschrieben.

Adrián wollte klingeln, doch sein Finger verharrte kurz vor dem Knopf, ehe er dann gegen die Tür stieß. Wie in einem Horrorstreifen ging diese geräuschlos auf. Dahinter verbarg sich ein enger, dunkler Flur.

»Hm. Seltsam«, brummte er und machte einen vorsichtigen Schritt hinein.

An der Seite ihres Großonkels hatte Alba eigentlich nichts zu befürchten, doch das Unbehagen wollte nicht von ihr weichen. Sie zwang sich, Adrián zu folgen.

Aus der Wohnung schlug ihr ein Gestank entgegen, den sie nicht zu identifizieren vermochte und – Hand aufs Herz – auch nicht identifizieren wollte. Sie verdeckte ihre Nase mit dem Kragen ihrer Jacke und bemühte sich, die aufsteigende Übelkeit zu unterdrücken. Was war denn hier verendet? Jede Müllhalde würde ihr danach wie ein Rosenparadies vorkommen.

»Sebastian?«, rief Adrián. »Bist du da? Ist alles in Ordnung bei dir?«

Ein umgeworfener Garderobenständer lehnte an der Wand. Der Untote duckte sich unter ihm hinweg, ohne diesen zu berühren.

»Dem Gestank nach zu urteilen, ist er bereits dabei zu verwesen«, flüsterte Alba, doch über den Scherz konnte nicht einmal sie selbst lachen.

Der Nachzehrer schlich weiter den engen Flur entlang, Alba ihm dicht auf den Fersen. Noch hatte sie ihr Unbehagen weit genug im Griff, um nicht wie ein kleines Mädchen die Hand ihres Großonkels zu ergreifen.

Durch die offene Küchentür konnte sie zumindest einen Grund für die übelriechende Luft feststellen: Wo sie auch hinblickte, stapelte sich das Geschirr mit Essensresten, die von einer pelzigen Schimmelschicht überzogen waren. Der Schimmel stellte nicht die einzige Lebensform in diesem Mikrokosmos dar – Fliegen, die im Herbst normalerweise eher selten anzutreffen waren, surrten träge darüber oder krochen über das fleckige, mit Fett bespritzte Fenster, an dem ebenfalls Essensreste klebten.

Unter der Spüle hing eine Schranktür nur noch an einem Scharnier herunter, neben dem umgekippten Mülleimer lag sein Inhalt über das Linoleum verstreut, und irgendeine braune Flüssigkeit war über den Belag verschmiert.

»Sebastian?«, rief Adrián erneut.

Aus einem Zimmer am Ende des Flurs tönte ein Rascheln. Adrián hob warnend die Hand, und Alba verharrte mitten in der Bewegung. Sie musste immer wieder schlucken, um sich nicht zu übergeben. Der Gestank schien an ihrer Zunge zu kleben, als hätte sie in der Küche über das Linoleum geleckt.

Der Nachzehrer stahl sich zu dem Zimmer, aus dem das Geräusch gekommen war. An die Wand gedrückt, als gehöre er einem Spezialkommando an, stieß er mit der Schuhspitze die Tür auf.

»Sebastian, bist du da?«

Ein Glucksen drang ihm entgegen. Dann kicherte jemand.

»Adri, du – hier?«, erklang das Lallen eines Betrunkenen. »Komm rein, alter Freund. Wie schön, dass du mich besuchst. Sonst sehe ich hier keinen, weißt du. Kein Hahn kräht mehr nach mir. So ist es, wenn man ein Familienmensch wird.« Wieder kam das Kichern, das in ein Husten überging.

Adrián wartete einen Augenblick, dann spähte er hinein. »Ach du Gütiger«, entfuhr es ihm.

Alba trat näher und sah an ihrem Großonkel vorbei in das Zimmer.

»Nein, nicht!«, rief Adrián, doch es war zu spät – sie hatte das Grauen bereits erblickt.

Zwischen den halbabgerissenen Gardinen fiel etwas Restlicht von draußen herein. Die Stühle und ein Sessel waren umgeworfen, die Glasplatte des Couchtischs zerbrochen, und es stand nur noch der Tischrahmen, aus dem Scherben wie Zähne herausragten.

In der hinteren Ecke hockte eine Gestalt, bloß in Boxershorts gekleidet. Die fettigen, grauen Strähnen hingen ihr ins Gesicht, der Kopf baumelte vor der Brust. Der Abtrünnige saß im eigenen Unrat, eine halbleere Wodkaflasche griffbereit, und wiegte in den Armen ein Neugeborenes.

Beim Anblick des Kindes stieß Alba einen Entsetzensschrei aus, wollte zu der Gestalt laufen und ihm das Kleine entreißen, doch Adrián packte sie am Arm.

»Es ist tot«, würgte er mit belegter Stimme hervor.

Der kleine Körper hing schlaff in den Armen, getrocknetes Blut klebte an der nackten, bläulich angelaufenen Haut.

Alba presste sich die Hand vor den Mund und spürte, wie Galle ihr die Kehle emporstieg. Vor ihren Augen drehte sich alles: das verwüstete Zimmer, die Gestalt mit dem toten Baby im Schoß …

Bring mich hier weg, Adrián, bring mich hier weg! Sie war nicht mehr dazu imstande zu sprechen.

Adrián stützte sie. »Gleich«, formten seine Lippen. Zu der Gestalt sagte er leise, aber dennoch mit Nachdruck: »Was ist hier passiert, Sebastian? Wo ist deine Frau?«

Der Abtrünnige kreischte plötzlich auf und drückte sich das tote Kind an die Brust. »Bleib, wo du bist! Niemand wird mir mein Töchterchen wegnehmen! Niemand, hörst du?«

»Beruhige dich. Keiner will dir etwas Böses. Aber du brauchst Hilfe. Wie lange sitzt du hier schon so?«

»Wir brauchen nichts! Und schon gar nicht von einer Kreatur wie dir. Bleib mir vom Leib, ich weiß genau, was du im Schilde führst. Du willst meiner Süßen das Leben aussaugen.« Seine Stimme brach. »Du willst sie töten … töten … töten …«, wimmerte er. Jedes weitere »töten« wurde leiser, bis das Wort in Weinkrämpfen unterging. Sebastians schmächtiger Körper erbebte. Der Kopf wippte wie auf einer Sprungfeder. Der Abtrünnige wiegte das Baby schneller hin und her, drückte es ruckartig an sich. »Scht, scht, scht. Nicht weinen, alles wird gut«, säuselte er. »Der Papa ist bei dir. Hast du Durst? Ja? Mein Kleines hat Durst …« Er nahm die Wodkaflasche, kippte selbst einen Schluck hinunter, dann hielt er sie dem Kind an die Lippen und goss etwas von dem Alkohol in den starren Mund. Die Flüssigkeit rann die graublauen Wangen des Babys herab und spülte das getrocknete Blut fort.

Alba wandte ihr Gesicht ab und lehnte sich an Adrián. Sie war nicht mehr in der Lage, allein zu stehen. Ihre Beine fühlten sich an wie aus Watte. Ihr Magen zog sich zusammen, aber sie hatte schon lange nichts mehr gegessen, und abgesehen von den Magensäften gab er nichts her.

»Sebastian«, startete Adrián noch einen Versuch. »Lass mich dir helfen. Okay?«

»Du willst mir helfen?«, kreischte dieser auf, so dass Alba zusammenzuckte und ihn ansehen musste. »Du hast Hannes ermordet, du verfluchte Kreatur!« Er zog den Rotz hoch und spuckte. Der Auswurf landete auf Adriáns Schuhen.

»Du erinnerst dich also an Johannes?«, fragte der Nachzehrer genauso ruhig wie zuvor.

»Er war mein bester Freund! Er war … Er hat …« Sebastians Stimmung schlug erneut um, er schluchzte und winselte, als hätte ihn jemand getreten. »Er hat Großmütterchen Tilde geschlachtet. Mein Ein und Alles. Meine Seele.«

»Richtig, er hat dein Seelentier getötet. Und er hat kleine Kinder entführt, sie in einem Keller eingesperrt und kranken Tieren vorgeworfen. Weißt du etwas darüber?«

Eine Pause entstand, in der nur Sebastians rasselnder Atem die Stille durchbrach. Dann lallte er, fast so, als würde er eine längst vergessene Melodie summen: »Hannes, Hannes. Er hätte alles getan, um seine Königin gnädig zu stimmen. Wir waren so wenige. Viel zu wenige.«

»Also steckt Linnea hinter all dem?«

»Die wahre Königin«, summte Sebastian und wiegte sich vor und zurück. »Linnea …« Der Singsang brach ab. »Linnea!« Es kam einem Nagel auf einer Schultafel gleich. »Linnea! Linnea! Linnea!«

Er kreischte und kreischte und wollte gar nicht mehr aufhören. Alba hielt sich die Ohren zu und stürmte aus der Wohnung. Die Treppe hinunter und aus dem Haus heraus. Die kalte, frische Herbstluft füllte ihre Lungen. Bald saß sie in ihrem Auto. Sie ließ die Fenster hinuntergleiten, beugte sich vornüber und drückte ihre Stirn gegen das Steuer. Vor ihrem geistigen Auge sah sie Sebastian mit dem toten Baby, wie er der Kleinen die Wodkaflasche an die Lippen hielt. Sie riss die Autotür auf und schnappte nach Luft. Es half. Zumindest ein wenig.

Erst nach einer Weile bemerkte sie Adrián, der neben dem Wagen stand.

»Ich bin kurz davor, dich zu bitten, mir die Erinnerungen an diese Begebenheit zu nehmen«, keuchte sie. Obwohl alles in ihr krampfte, fiel ihr das Reden immer leichter, je öfter sie es versuchte. Das Stottern schien sich aufzulösen, während die vagen Erinnerungen zu ihrer festen Vergangenheit wurden.

Er setzte sich auf den Beifahrersitz. Sein starres Gesicht wirkte grau. »Ich habe gesagt, das wird dir nicht gefallen. Doch ich hatte keine Ahnung, was ich hier wirklich vorfinde, sonst hätte ich dich niemals mitgenommen.«

»Was ließ ihn so werden?«

»Ich kann es nur vermuten, aber …« Er rieb sich über das Gesicht. »Alba. Seine Frau ist … oder war … ein Mensch. So wie du. Und er …«

»Ein Metamorph. Genau wie Finn.« Sie fühlte sich, als hätte man ihr den Boden unter den Füßen weggezogen.

»Ihr zuliebe hat er sich von seiner Gemeinde losgesagt und sein Seelentier verloren. Für einen Metamorph ist das, als würde man ihm die eigene Seele entreißen. Du siehst, wie das endet.«

Alba fröstelte. Auf einmal kam ihr der Herbstwind eisig vor. Hatte sie gerade in Finns Zukunft geschaut? Erwartete ihn dasselbe, sollten er und sie …?

Adrián hatte ihre Gedanken gelesen. »Vielleicht ist Finn stärker, wer weiß. Nur … Ich kenne keinen Metamorph, der es geschafft hätte.«

»Was ist mit Sebastians Frau?«

»Die beiden haben sich über alles geliebt, zumindest habe ich anfangs noch die Spuren davon in seiner Aura gesehen. Sie erwarteten ein Kind, nur kommen alle Kinder von gemischten Paaren, also von einem Menschen und einem Metamorph, schwerbehindert zur Welt. Wenn sie überhaupt lebend geboren werden. Wie auch immer, Sebastian begann, abzugleiten, bis es nicht weiterging. Er trank, schlug und terrorisierte seine Frau. Er war nicht mehr er selbst. Er war zu einem Monster mutiert. Diese Bindung an einen Menschen, diese Liebe, hat sie beide vernichtet.«

Albas Hände zitterten. *Oh Finn. Muss ich dich verlassen, um dich vor einem solchen Ende zu bewahren? Oder würde es zwischen uns klappen? Wenn ich dich nicht aufgebe? Wenn ich um dich kämpfe?*

»Würde es nicht. Denn ihr habt keine Zukunft«, antwortete Adrián, hart und direkt wie üblich. Dann wechselte er das Thema. »Schade, dass du keine Informationen über das Haus, in dem du festgehalten wurdest, bekommen konntest.«

Alba war froh, dass ihre Gedanken auf etwas anderes gelenkt wurden. Es fiel ihr leicht, darüber zu reden, um nicht an dem Unausweichlichen zu zerbrechen. Um nicht daran zu verzweifeln, dass sie Finn verlieren würde. Und auf welche Weise. »Wenigsten wissen wir, dass

Linnea dahintersteckt, und er hat auch verraten, welches Ziel sie verfolgt.«

Adrián legte die Stirn in Falten. »Du meinst: ihre Gemeinde zu stärken?«

»Neue Metamorphe zu züchten.« Sie startete den Motor und trat auf das Gaspedal. Aber auch mit 100 km/h kamen sie immer noch viel zu langsam von diesem grauenhaften Ort fort, so schien es ihr.

Alba fuhr direkt zu Conrad. Sie parkte in der Nähe des Blumenladens, doch Adrián hinderte sie daran auszusteigen. »Fahr nach Hause, bitte. Lass das alles Vergangenheit sein, kehre nicht in diese Welt zurück. Finn würde das verstehen. Niemand würde dir Vorwürfe machen.«

Sie schluckte schwer. »Ich kann nicht. Inzwischen gehöre ich eurer Welt an. Ich gehöre Finn an, auch wenn er es nicht weiß, auch wenn er mich vielleicht gar nicht bei sich haben will. Ich stecke bereits viel zu tief in der ganzen Sache drin. Es ist mir unmöglich, jetzt einen Rückzieher zu machen.«

Es ist mir unmöglich, nicht zu ihm zurückzukehren.

Adrián strich ihr über die Wange, ganz der Großonkel, der seine Großnichte zu trösten versucht. Bedauern lag in seiner Stimme: »Du liebst ihn.«

»Nein, nein. Versteh mich nicht falsch, es ist nur …«

»Du liebst ihn.« Noch bevor sie protestieren konnte, stieg er aus dem Auto und ging zum Blumengeschäft.

»Nein!«, rief sie ihm hinterher, doch er drehte sich nicht einmal um. So flüsterte sie zu sich selbst: »Das ist doch verrückt. Wie kann ich jemanden lieben, den ich kaum kenne? Der vielleicht nichts von mir wissen will?«

Darauf bekam sie keine Antwort. Alba folgte nicht ihrem Großonkel in den Laden, sondern lief die Treppe hoch in die Wohnung.

Wohin eilst du? Wovor fliehst du? Sie wusste es nicht, nahm zwei Stufen auf einmal, auch wenn die dadurch gewonnenen Sekunden kaum etwas ausmachten, öffnete die Tür und stürzte in die Wohnung.

Die Couch im Wohnzimmer war leer. Ihr Herz erstarrte in ihrer Brust. Wo war Finn? Verflucht, wenn ihm etwas zugestoßen war, während sie weg war, würde sie es sich niemals verzeihen. Benommen starrte sie vor sich hin, bis Geräusche aus dem Bad sie aus ihrer Trance rissen. Sie stürmte hinein, ohne zu überlegen, geschweige denn anzuklopfen.

Finn hatte sich über die alte Emaille-Badewanne gebeugt und wusch sich das Haar. Sein Oberkörper war nackt. Die Haut spannte, jeder Wirbel seines Rückgrats zeichnete sich ab.

Doch nicht seine Nacktheit war es, die Alba dazu veranlasste, aufzuschreien und die Hand vor den Mund zu schlagen. Sein ganzer Körper war zerfurcht, als hätte jemand das Fleisch aus ihm herausgehackt.

Finn zuckte hoch und stieß mit dem Hinterkopf gegen den Wasserhahn. Er stöhnte, presste die Hand gegen die Beule und drehte sich um. Zuerst schaute er Alba irritiert an, dann schien er ihren entsetzten Blick gedeutet zu haben.

»Ja, ist kein schöner Anblick«, murmelte er, schnappte sich sein T-Shirt und streifte es eilig über.

Der Stoff verdeckte die Narben, doch Alba sah sie immer noch vor sich. Dann verschwammen die Fliesen des Bades ineinander, etwas anderes schob sich in ihr Blickfeld: Das Bild des angeketteten Jungen und der Greifvogel, der sich auf sein Opfer stürzte und von ihm zehrte.

Alba taumelte zurück, stolperte über die Schwelle und fiel fast in den Flur, konnte sich jedoch noch gerade so an dem Rahmen festhalten. Sie sah den Jungen vor sich. Sein Gesicht, das zwölf Jahre älter geworden war, ernster und vom Leben gezeichnet und doch unverkennbar.

»Oh mein Gott«, schluchzte sie. Sie wollte so viel sagen! Doch alles verschmolz in ihrer Kehle zu einem riesigen Kloß, und das Einzige, was sie von sich geben konnte, war dieses dämliche »Oh mein Gott«.

»Sieht schlimmer aus, als es ist«, brummte Finn und zwängte sich an ihr vorbei.

Er verstand es nicht! Aber wie konnte sie es ihm erklären, wenn etwas ihren Hals wie mit einem Strick würgte und sie zu nichts in der Lage war, außer an ihren Tränen zu schlucken.

Schau mich an! Erinnerst du dich nicht an mich?

Er vermied es, sie anzusehen, und eilte ins Wohnzimmer, um ihrem Blick zu entkommen. Sie stürzte ihm hinterher.

»Strolch!«

Wie ist das möglich?, hämmerte es in ihrem Kopf. *Dass du und ich … Dass wir uns treffen?*

Er blieb stehen, sah sie an, verstand aber immer noch nichts. »So hat mich seit der Schulzeit keiner mehr genannt.«

Kapitel 22

Linnea brach in die Knie und verkroch sich in eine Ecke der Küche, direkt neben dem Geschirrspüler, der brummte und blubberte und dessen Vibrationen ihr ganzes Wesen erschütterten. Smaragda wand sich wenige Schritte von ihr entfernt auf dem Boden. Das Tier spürte den physischen Schmerz nicht, dafür aber die Qualen, die die Seele seines Frauchens zerrissen. Die Qualen der unerfüllten Lust, des Verlangens nach Küssen und Berührungen, die kurz Erleichterung brachten, um sie dann noch süchtiger zu machen.

»Oya«, wimmerte Linnea, ohne es in sich halten zu können, und biss sich die verräterischen Lippen blutig. *Conrad!*, hätte sie schreien wollen, denn der Klang seines Namens vertrieb die Dämonen, sein Gesicht, das sie in ihrem Gedächtnis hervorrief, spendete ihr Trost. Doch nicht heute, nicht unter dem Bann der Göttin.

Sie kippte auf die Seite und kreuzte die Beine, um nicht in Versuchung zu geraten, sich zu streicheln. Sie durfte ihren Gelüsten nicht nachgeben, nicht noch abhängiger von der Göttin werden. Doch allein das Reiben der Unterwäsche an ihrer Scham ließ das Blut in ihren Kitzler schießen. Wärme breitete sich darin aus, das sanfte Pochen setzte ein.

»Oya …«, heulte sie auf und hätte sich am liebsten die Zunge herausgerissen. »Erlöse mich!«, schickte sie ihr Flehen gen Himmel, während sie sich auf dem Boden krümmte.

Doch die Mächtige kam nicht, und die schmerzlich süßen Qualen jagten Schauerwellen über Linneas Körper, der sich nach der göttlichen Zuwendung sehnte.

Schmerzen … Lust …

Nein, sie durfte sich nicht gehenlassen, nicht noch abhängiger werden. Auch wenn das Band niemals reißen würde. Denn während der Paarung besiegelten Metamorphe ihre Partnerschaft. Für immer, bis zum Tod.

Linnea keuchte. Bis zu ihrem Tod – denn Göttinnen starben nie. Sie gehörte Oya, mit ihrem Körper und ihrer Seele. Bis in alle Ewigkeit.

Schmerzen … Sich für die Lust mit Schmerz bestrafen.

Sie tastete umher und machte den Herd an. Erst nach einer Weile gelang es ihr, sich auf die Beine zu quälen.

Die Kochplatte strahlte weißglühend in ihrer Wahrnehmung. Linneas ausgestreckte Finger zitterten über dem leuchtenden Kreis der Hitze. Sie grub die Zähne in ihre Unterlippe, ballte die Hand und drückte die Faust auf das Ceranfeld. Ein Schrei entwand sich ihrer Kehle. Sie warf sich auf die Fliesen, und ihre Zunge schmeckte den Geruch der angesengten Haut. Sie heulte und warf sich hin und her. Die sexuellen Triebe waren besiegt. Zumindest für den Moment.

»Ich bin stärker«, stieß sie hervor. »Ich werde einen Ausweg finden. Eine Königin ist keine Sklavin irgendwelcher Götter.« Das Haar klebte ihr an dem verschwitzten Gesicht. Die schnellen Atemzüge schnitten in ihre Lunge.

Gleichzeitig wisperte ein Stimmchen in ihrem Inneren: *Warum beklagst du dich? Hat Oya dir nicht deinen Wunsch erfüllt und Evelyn vernichtet? Hast du nicht gespürt, wie die Flammen alles ringsherum verschlangen, und dir ausgemalt, wie der Körper deiner Tochter verkohlte? Hast du bei diesem Anblick nicht gejohlt wie ein Kind?*

Eine Mächtige als Geliebte zu haben – mit ihr würde sie unbesiegbar sein. Sie müsste nicht mehr tricksen, um ihre Gemeinde zu erweitern, nicht mehr fürchten, von einer anderen Königin vernichtet zu werden. Die ganze Welt würde ihr zu Füßen liegen. Und der Preis dafür wäre …

Linnea dachte daran, wie sie in Oyas Armen durch das Schattenreich geglitten war. Sie hatte es sehen können! Nicht mit Infrarotsicht, sondern so, als hätte sie ihr Augenlicht wieder! Unförmige Fratzen der gefangenen Seelen ringelten sich um sie, streckten und reckten ihre Schattenarme, versuchten die Göttin zu berühren. *Wir wollen dir dienen … dienen …*

»Dienen …« Linnea ertappte sich, wie sie vor sich hin winselte und um Oyas Erscheinen flehte. Nein! Sie schlug die verletzte Faust gegen den Boden, der Schmerz rüttelte ihren Verstand wach. Es musste eine Möglichkeit geben, dem Einfluss der Mächtigen zu entkommen, und sie würde diese finden!

Es klingelte. Sie spürte die Vibration des Bodens durch das offene Fleisch ihrer Faust, halb besinnungslos vor Qualen, die sie sich zugefügt hatte.

Geht weg, verschwindet alle! Smaragda schmiegte sich an ihren Körper, den Kopf zu ihrem Gesicht gestreckt, und fuhr mit der gespaltenen Zunge über ihre Wange. Mit der gesunden Hand streichelte Linnea über die Schuppen.

Das Geklingel hörte nicht auf, trieb sie an den Rand des Wahnsinns. Linnea quälte sich hoch. An der Wand entlang schlich sie in den Flur, dann zur Tür. Sie öffnete einen Spaltbreit, soweit es ihr die vorgelegte Kette erlaubte. Micaela.

Linnea hätte die Tür gleich zugeschlagen, wenn die Jägerin nicht den Fuß dazwischengeschoben hätte. »Meine Königin! Bitte höre mich an!«

»Was willst du …«, stöhnte Linnea und schloss die Augen, nahm das Infrarotbild der Besucherin dennoch wahr. Die Farben pulsierten, die Umrisse flossen ineinander. Ihr wurde schwindelig von diesem bunten Chaos. Der Flur schien zu wanken, und ihre nackten Füße spürten nichts mehr, keine Erschütterung, als wären sie taub geworden.

»Meine Königin.« Der Ton klang unterwürfig und höflich, doch Linnea traute ihm nicht. Etwas schwang in der Stimme mit, was ihr ganz und gar nicht gefiel. »Du hast dich lange nicht im Pesthof blickenlassen, nicht einmal bei unseren Versammlungen zu deinen Ehren. Deine Untertanen machen sich Sorgen um dein Wohlergehen.« Die Katze, die sich an den Beinen ihres Frauchens rieb, schnurrte.

»Kümmere dich lieber um deinen eigenen Kram! Du hast eine Aufgabe zu erledigen, hast du das schon vergessen?« Die Worte kamen stockend. Sie schwitzte. Ihr fehlte Luft, als würde Micaela ihr diese wegatmen.

»Nein, natürlich nicht, meine Königin. Aber die anderen wollen wissen, wohin du in der letzten Zeit so oft verschwindest.«

War es Spott, der ihr entgegenschlug? Sie zischelte.

Smaragda! Der Ruf pulsierte in ihren Schläfen, drang durch die Wohnung. Die Schlange antwortete. Die Schuppen schabten über die Dielen, Linnea spürte es, und es brachte ihr ein wenig Sicherheit zurück, genug, um sich daran zu erinnern, wer sie war und welche Macht sie besaß.

»Du enttäuschst mich, Micaela.« Die Schlange ringelte sich um ihre Knöchel und gab ihr Kraft. Ja, mit Oya würde sie nicht fertigwerden, aber mit Micaela eindeutig. Sie musste bloß beenden, was sie angefangen hatte, dann würde es keiner mehr wagen, so mit ihr zu reden.

Micaela verneigte sich theatralisch. »Erlaube mir, dir ein Geschenk zu überreichen.« Sie hob einen kleinen Käfig, den sie vorher wohl an der Wand abgestellt hatte. Darin hockte eine Ratte. Ylvas Ratte. »Du wolltest das Seelentier haben. Hier ist es.«

Linnea nahm den Käfig entgegen. »Ich gebe dir noch drei Tage, dann bringst du mir endlich diesen Finn. Hast du mich verstanden?«

»Es ist schwieriger als gedacht.« Unruhe mischte sich in den Ton der Jägerin. Zweifel. »Er hat sich mit den Totenküssern verbündet. Außerdem wusste ich nicht, dass Juliane Dwenger seine Großmutter ist. Die alte Frau ist nicht zu unterschätzen.«

»Was?«, entfuhr es Linnea. Juliane Dwenger lebte noch? Wie war das möglich? Ihre Zeit müsste schon längst abgelaufen sein. Kein Metamorph überlebte so viele Jahre ohne sein Seelentier, denn nur zusammen bildeten sie eine Einheit. Der Abbruch der Verbindung führte zuerst in den Wahnsinn, dann in den Tod. Nicht sofort – es war ein schleichender, quälender Prozess, aber über so viele Jahre hinweg dauerte er niemals an.

Micaela nahm die Katze auf den Arm und kraulte ihr das Fell. »Beunruhigende Meldungen erreichen mich. Einige Totenküsser scharen sich um einen neuen Anführer, der ihnen Macht und Freiheit verspricht. Messias nennen sie ihn. Beinahe alle Einzelgänger haben sich ihm angeschlossen, es ist unmöglich, eine Kreatur irgendwo allein abzupassen. Irgendetwas brüten sie aus.«

Linnea stieß die Luft durch die Nase aus. Verflucht, was, wenn die Untoten angriffen? In einem offenen Kampf würde sie nicht bestehen können. Nicht mit den Leuten, die ihr geblieben waren. Nicht in ihrer Verfassung.

»Deine Untertanen wollen wissen, worauf sie sich vorbereiten müssen. Aber du lässt dich kaum noch blicken.«

Das brachte das Fass zum Überlaufen.

»Wer bist du, dass du glaubst, mir vorschreiben zu können, was ich tun oder lassen soll!« Linnea knallte die Tür zu. Die Tatsache, dass Micaela Recht hatte, machte sie umso rasender. So konnte es nicht weitergehen. Sie musste ihrer Gemeinde zeigen, dass sie die wahre Königin war. Eine, die sie lieben, ehren und fürchten sollten. Sie wusste auch, wie sie es schaffen könnte. Finns Strafe würde allen in Erinnerung rufen, wozu sie fähig war. Nur musste sie ihn in die Hände kriegen, und auf Micaela war kein Verlass mehr.

»Tja. Die wichtigsten Dinge muss man eben selbst erledigen«, murmelte sie und schlich ins Wohnzimmer. Sie fühlte sich erschöpft. Die Schlange folgte ihr und verschwand in einer Steinhöhle. Doch Linnea blieb nicht bei ihrem Liebling, sondern ging ins Schlafzimmer. Sie stellte die Ratte ab und fiel rücklings auf das Bett. Der Nager lief in seinem Käfig hin und her, stellte sich auf die Hinterpfoten und fiepte. Er rief nach seinem Frauchen, er witterte es und wollte zu ihm.

Linnea öffnete das Türchen. Sofort stürmte das Tier in die Freiheit, eilte zu dem großen Käfig in der Ecke, den sie aus dem Pesthof hierher hatte bringen lassen. Mit dem reglosen Körper darin. War das der Grund, warum ihre Untertanen an ihrer Macht zweifelten? Weil sie Gnade gegenüber einem erbärmlichen Wesen zeigte und sich sorgte, ob die unterirdischen Gewölbe nicht zu kalt und zu feucht für ein derart schmächtiges Geschöpf waren?

»Ylva«, flüsterte sie.

Keine Regung. Die Schwachsinnige lebte, Linnea konnte ihre Wärme sehen. Sehr wenig Wärme. Die junge Frau aß nichts und rührte kein Wasser an. Und seit gestern … Seit gestern fauchte sie Linnea bei deren Näherkommen nicht mehr an und bewegte sich nicht. Wie ein Tier hatte sie sich zum Sterben in eine Ecke verkrochen und reagierte jetzt nicht einmal auf das Rufen ihrer Ratte, die immer hektischer, immer verzweifelter wurde.

Linnea rutschte vom Bett und kroch näher an den Käfig heran.

»Ylva«, rief sie. Durch die Gitterstäbe berührte sie den kühlen Arm des Mädchens. Auch das zeigte keinerlei Wirkung auf das arme Wesen.

»Es wird alles gut«, versprach sie ihr. »Alles wird gut. Ich lasse nicht zu, dass du stirbst.«

Keine Reaktion. War das Mädchen zu lange von ihrem Seelentier getrennt gewesen? War das der Grund für ihre Schwäche?

»Ich lasse nicht zu, dass zu stirbst«, wiederholte Linnea. Denn anscheinend gab es einen Ausweg, den zumindest Juliane Dwenger kannte. Das Überleben ohne sein Seelentier. Wenn sie der ehemaligen Königin einen Besuch abstatten würde, könnte sie zwei Fliegen – nein, sogar drei – mit einer Klappe schlagen. Denn dass ihre frühere Widersacherin lebte, durfte nicht so bleiben. Sie stellte sich das Gesicht ihrer früheren Feindin vor und lächelte. »Ich wette, du hast mich vermisst.«

»Und wie, meine Süße!«, raunte die wohlbekannte Stimme an ihrem Ohr.

Linnea fuhr zusammen. »Oya?«

Etwas trommelte. Dumpf und schnell. Das Geräusch schien alles zu erschüttern, ihr tiefstes Inneres. Erst einige Sekunden später begriff Linnea, dass es ihr Herz war.

»Oh, ich habe dich wahrhaftig vermisst. Du glaubst nicht, wie sehr ich mich nach dir gesehnt habe.«

Linnea presste die Lippen aufeinander. *Nein, sei stark!*, beschwor sie sich, während ihr Unterleib sich zusammenzog. Jede Faser ihres Körpers verlangte nach der Erfüllung ihrer Sehnsüchte. Immer noch spürte sie im Treppenhaus Micaelas Anwesenheit. Warum ging die Jägerin nicht fort? Worauf wartete die Frau? Ob es zu irgendeinem Plan gehörte, den Linnea nicht zu durchschauen vermochte?

Oya stellte sie auf die Beine und zog sie an sich. Ihre Zunge fand den Weg in Linneas Mund, während die Finger den Kimono, mit dem Linnea bekleidet war, auseinanderrissen und an den Oberschenkeln auf und ab fuhren.

Linnea presste den Rücken gegen die Wand, konnte nicht weiter fliehen. Sie war den Gelüsten der Mächtigen ausgeliefert. Diese vermochte sich alles zu nehmen, was und wann es ihr beliebte. Und das tat sie auch.

»Oh, mein Mädchen«, keuchte Oya und drückte sich mit ihrem nackten Körper an sie. »Du machst mich so glücklich. Jetzt, da Kali uns nicht mehr stören kann, werde ich über das Universum herrschen und du über die Welt. Ich mache dich zu einer wahrhaften Königin. Ist das nicht schön? Sag mir, dass es schön ist!«

Linnea bemühte sich, zwischen den stürmischen Küssen Atem zu holen. In ihren Ohren rauschte es.

»Ach, warum steckst du dein Haar hoch? Du weißt doch, dass ich das nicht mag.« Oya begann, die Haarklemmen aus Linneas Haar zu lösen und sie unachtsam auf den Boden zu werfen. »Du schweigst?«

Haut rieb an Haut, Schweiß vermischte sich mit Schweiß, und in der Luft stand der Geruch der Lust. Linnea schloss die Augen, verlor sich in ihrem Verlangen und dem Kampf dagegen. Sie spürte eine Hand, die ihre Haare packte, während die andere ihre Scham rieb.

»Sag es!«, peitschte die Stimme der Mächtigen. Ein Ruck folgte, ihr Kopf schlug gegen die Wand. Gleichzeitig stießen die Finger in sie hinein.

»Es ist schön«, brachte Linnea endlich hervor, und der Griff löste sich. Die Berührungen wurden sanfter. Die Lippen umschlossen ihre Brustwarzen und saugten daran. *So schön … Es ist so schön …*

Linnea wand sich in der Umarmung, versuchte sich auf andere Gedanken zu bringen. »Bist du dir sicher, dass Kali fort ist?«

Du darfst nicht nachgeben!, flackerte es in ihrem Kopf.

Sie gab aber trotzdem nach, schloss ihre Hände um Oyas Nacken und stöhnte, ergriffen von Leidenschaft. So schwach war ihr Fleisch …

»Du hast doch gesehen, wie die Flammen sie verschlungen haben. Mach dir keine Sorgen. Sie ist dem Feuer bestimmt nicht entkommen und schwebt jetzt hinter dem Schattenreich im Schlaf der Ewigkeit.«

Hätte sie nicht Freude empfinden müssen? Aber alles, was sie empfand, war das Verlangen nach Oyas Gunst, nach dem Tropfen der göttlichen Liebe. Sie wölbte ihren Rücken, drückte ihren Unterleib der Mächtigen entgegen.

Die Schlange zischte aufgeregt. Linnea registrierte sie am Rande.

Tu's nicht.

Sie schürfte sich die verletzte Faust an der Wand weiter auf. Der Schmerz trieb ihr Tränen in die Augen.

Oya hielt inne. »Was ist los, meine Süße?«

Sie versuchte zu schlucken. Der Mund gab keine Spucke her, und ihre Kehle krampfte. »Die Totenküsser. Man sagte mir, sie scharen sich um irgendeinen Messias. Was, wenn sie meine Gemeinde angreifen?«

Oya wischte mit dem Daumen über Linneas nasse Wangen.

»Mach dir wegen der wandelnden Leichen keine Sorgen, sie werden euch nicht gefährlich werden. Wozu auch, wenn sie so viel Menschenkraft haben werden, dass diese ihnen schon aus den Ohren quillt.«

Oyas Hand fuhr über Linneas Brust zum Bauchnabel,

verharrte an den Schamhaaren und wanderte weiter. Zwei Finger fanden den Weg erneut in den Schritt.

Linneas Leib erzitterte, verlangte nach mehr, während sie ihre Lust zu zügeln versuchte.

»Ich … oh Gott! … muss Juliane … oh … nein … ja! … Juliane finden …« Ihre Gedanken waren verworren. Sie wusste nicht mehr, was sie sagen wollte, wo oder wer sie war. Zwischen ihren Beinen sickerte ihr Saft hervor und klebte an ihren Oberschenkeln. Das Zittern verstärkte sich. Wie töricht es war, mit diesen Gefühlen zu ringen! Dann fand sie die Erlösung, rutschte an der Wand entlang zu Boden und keuchte unter dem Nachbeben ihres Orgasmus.

Göttlich. Teuflisch.

Sie war endgültig verloren.

Oya leckte sich die Finger sauber, so wie sie damals an dem Papayastück gelutscht hatte. »Nein, nein, meine Schöne. Lass die alte Dame in Ruhe.«

Linnea wusste nicht, wie viel Zeit verging, bis sie imstande war, zu sprechen. Vielleicht Sekunden, vielleicht mehrere Stunden. »Warum?« Ihre Zunge klebte am Gaumen. Die vergangene Leidenschaft schmeckte schal, und der Geruch, der sie umnebelte, drohte sie zu ersticken.

»Du bist aber eine Neugierige. Nun. Sagen wir es mal so: Ich habe meine eigenen Pläne mit ihr. Sie ist ein sehr wichtiges Experiment, eine Generalprobe sozusagen. Zerbrich dir nicht deinen hübschen Kopf darüber, es ist eben eine göttliche Angelegenheit.«

Linnea wandte das Gesicht ab und musste den Käfig anblicken. Die Schwachsinnige kauerte dort wie seit mehreren Stunden schon. Der Nager war verschwunden. Was im selben Zimmer geschah, interessierte die Elende nicht. Ob sie überhaupt noch irgendetwas wahrnahm?

Oya folgte Linneas Blick. »Ach, was für ein armseliges Geschöpf! Du machst dir Sorgen um die Kleine, nicht wahr?«

»Ja.«

Sie ist wie ich, wollte sie sagen, brauchte es aber nicht. Die Mächtige verstand sie ohne Worte.

»Weißt du, heute bin ich gnädig gestimmt. Ich würde dir jeden Wunsch erfüllen. Willst du, dass ich diesem Wurm seinen Verstand zurückgebe?«

Linnea zögerte. War das möglich?

»Die Kleine würde dir gehorchen«, fuhr Oya fort. »Ein richtiger, vollwertiger Metamorph sein, seiner Königin treu ergeben. Wäre das nicht hervorragend?«

Linnea leckte sich die Lippen. »Das kannst du tun? Ihr helfen?«

»Wenn du das so nennen magst – aber natürlich.«

»Und was verlangst du dafür?«

Oya lachte auf. Tief und kehlig, ohne jegliche Freude. »Ach meine Süße, mir scheint, du vertraust mir nicht. Glaub mir, ich will dafür nichts haben. Nicht von dir. Du musst es dir nur wünschen.«

Linnea betrachtete den Käfig, die abnehmende Körperwärme. *Ich lasse dich nicht sterben.* Sondern? Sollte sie die Arme der Hexe überlassen? *Ich wünschte, du wärst gesund.*

Sag es laut, raunte es in ihrem Kopf.

»Ich wünschte, du wärst gesund.«

Hatte sie es tatsächlich ausgesprochen?

»Sehr schön«, tönte das Rascheln, in dem sie Oyas Stimme erkannte. Ein heißer, trockener Wind wehte durch das Schlafzimmer. Linnea glaubte zu spüren, wie Sandkörner ihre Haut peitschten. Ein Trommeln, ein exotischer Rhythmus, erreichte ihr Ohr – nein, nicht ihr Ohr, sondern ihren Verstand. Die Luft schien sich zu verdichten. Oya wiegte ihren Körper vor und zurück und sang etwas in einer fremdartigen Sprache, während sie den Kopf immer weiter nach hinten neigte.

Wir werden dir dienen … dienen … dienen … Linnea hörte die Stimmen, die versuchten, in diese Welt durchzudringen. Konnte sie das Schattenreich wahrnehmen, weil sie die Geliebte einer Hexe war?

Was habe ich getan?, kam der erschreckende Gedanke. »Nein! Hör auf!« Sie erfasste die Hand der Mächtigen.

Plötzlich wusste Linnea, es war noch etwas im Zimmer. Etwas Ungreifbares, Gefährliches und Fremdartiges. Etwas, was nicht hierhergehörte.

Abrupt unterbrach Oya ihren Singsang. Das Trommeln verstummte. Der Wind verschwand. Eine unnatürliche Stille breitete sich aus, bis ein Schrei sie zerriss.

Ylva bäumte sich im Käfig auf, verrenkte Arme und Beine, schlug wild um sich und kreischte. Wie kein Tier, kein Mensch zu kreischen vermochte.

Linnea drückte sich gegen die Wand. Die Härchen stellten sich auf ihren Armen auf.

Die junge Frau warf sich gegen die Käfigwände, ein Arm verkeilte sich zwischen den Gitterstäben. Linnea wollte nicht zusehen, schloss die Augen, doch die Gabe der Infrarotsicht brachte auch dann das Geschehen zu ihr. Ylva verrenkte sich, als wären ihre Gelenke Scharniere und sie eine Puppe, die ein Verrückter bewegte.

Dann war es vorbei. Die Schreie erstickten. Ylva streckte sich auf dem Käfigboden aus.

»Was … Was hast du getan?«, hauchte Linnea, als sie die Sprache wiederfand.

»Keine Sorge. Es geht ihr gut. Sie wird jetzt ein Weilchen schlafen, und wenn sie aufwacht, wird sie gesund sein. Etwas irritiert, aber das vergeht bald. Sie wird anfangs deine Hilfe brauchen, aber ich bin mir sicher, du wirst bei ihr sein, um sie in ihr neues Leben einzuführen.« Mit einem Schlag wurde die Stimme der Mächtigen peitschend. »Pass gut auf sie auf. Und wehe, sie kommt dir abhanden!«

»Was hast du getan?«, wiederholte Linnea geistesabwesend.

Oya strich ihr über die Wange. »Ihr einen Dämon geschenkt. Ich habe doch gesagt, ich bin heute gnädig gestimmt.«

Kapitel 23

Finn fragte sich, wie er den Ausdruck in Albas Augen zu deuten hatte. War es Mitleid? Entsetzen? In seiner Brust zog sich alles schmerzhaft zusammen. Beides hatte er bereits unzählige Male erlebt, so dass er keiner Menschenseele mehr seinen Rücken zeigte und keiner Hand mehr erlaubte, seine Haut zu berühren. Sogar früher, als er noch mit vielen Frauen verkehrte, hatte er sich nie vollständig ausgezogen.

Er wünschte sich, Alba hätte dieses Elend nicht sehen müssen. *Bin ich dir jetzt zuwider?* Es auszusprechen überstieg seine Möglichkeiten. Erschrocken schaute sie ihm entgegen, beinahe verzweifelt. Natürlich. So viel Hässlichkeit bekam man nicht alle Tage zu Gesicht.

Dann holte ihre Stimme ihn ein: »Oh mein Gott.«

Die drei Worte, die sie herausgewürgt hatte, reichten, damit er verstand.

»Sieht schlimmer aus, als es ist«, versuchte er zu retten, was nicht mehr zu retten war, und wusste selbst, wie dämlich das klang. Er wollte fort, einfach nur fort. Ihrem Blick entfliehen, auf die andere Seite der Welt, um nicht in das Gesicht voller Abscheu sehen zu müssen. Denn genau das würde ihn erwarten, sollte er aufblicken.

Er war bereits im Flur, als ihr Ruf ihn zum Taumeln brachte: »Strolch!«

Finn verharrte, wagte es nicht, sich umzudrehen.

»So hat mich seit der Schulzeit keiner mehr genannt.« Sein Nacken begann zu kribbeln, ohne dass ein Vogel in der Nähe war, und das bedeutete nichts Gutes. Wenn die Panikattacken ihn wieder ohne jeglichen Grund befielen, wenn schon ein Wort, ein Geruch oder ein Geräusch ihn an das Vergangene erinnerte und ihn in Atemnot brächte, dann wäre das sein Ende. Er bezweifelte, noch einmal dieser Hölle entrinnen zu können.

Plötzlich spürte Finn Arme, die sich um seinen Nacken legten, Albas Gesicht, an seine Schulter gedrückt.

»Du bist es«, stammelte sie. »Du bist es wirklich. Du hast es überlebt.«

Mit Abscheu oder Mitleid hätte er umgehen können. Aber nicht mit dem hier. So stand er da wie ein Holzklotz, ohne sich zu rühren, während ihre Hände über seine Wangen tasteten, als wäre sie blind und müsse sein Gesicht neu erkunden. Ihre Finger berührten die Narbe an seinem Ohr, wo der hässliche Knick war, fuhren an der Schramme an seinem Hals entlang. Ihm wurde schlecht, als er sich vorstellte, wie sie seine verunstaltete Haut anfasste – er vermochte es kaum, sich selbst anzufassen. Und es tat ihm weh, sie schluchzen zu hören. Vor allem, weil er der Grund dafür war, sich aber nicht erklären konnte, warum.

Er lehnte seinen Kopf an ihre Schläfe. *Du brauchst nicht zu weinen. Vor allem nicht um mich.*

Auf einmal wich sie von ihm zurück.

Was habe ich jetzt falsch gemacht?, wollte er ihr zurufen und schwieg, unfähig, auch nur einen menschlichen Ton von sich zu geben.

Mit einer fahrigen Bewegung strich sie sich das Haar aus dem Gesicht und wischte die Tränen weg. »Sieh mich an! Erkennst du mich nicht?«

Jetzt verstand er endgültig nichts mehr. Seine innere Stimme riet ihm, er solle jetzt bloß nichts Falsches sagen. Was auch immer das alles bedeuten mochte, es brachte ihm Alba näher. So nah wie nicht einmal damals auf dem Dachboden, geschweige denn in den letzten Tagen.

Es brachte ihm die Hoffnung zurück. Auch wenn er nicht genau wusste, was er sich all diese Zeit erhofft hatte.

Und dennoch sagte er das Dämlichste überhaupt: »Du stotterst ja nicht mehr.« Gleich biss er sich auf die Lippen, doch es war zu spät.

Sie wird mich hassen. Und völlig zu Recht.

Aus dem Wohnzimmer flatterte der Rotmilan herbei. Bei dem Geräusch der Flügelschläge zuckte Finn zusammen. Sich in einem engen Raum mit dem Vogel zu befinden überstieg die Grenzen des Erträglichen. Er ballte die Fäuste, um sich unter Kontrolle zu halten, und befahl sich, Alba anzusehen. Nur sie allein. Alles andere war nicht von Bedeutung.

Der Rotmilan fand keine Landegelegenheit und stob auf Finn zu. In dem engen Flur gab es keine Ausweichmöglichkeit.

Finn sah nichts als Flügel und Krallen. Mit einem erstickten Aufschrei drückte er sich gegen die Wand und zog den Kopf zwischen die Schultern. Dennoch streiften die Flügel seine Wange. Federn, die ihm scharf wie Rasiermesser vorkamen.

Der Rotmilan setzte sich im Badezimmer auf den Boden und schüttelte sich.

Die Angst schnürte Finn den Hals zu, und erst als er sich abwandte, den Vogel aus den Augen verlor und sich lange genug eingeredet hatte, der Rotmilan wäre gar nicht da, half es.

Vergiss das Vieh … Es wird dir nichts tun.

Wieder sah er Alba an, und sein Herz, das so sehr gerast hatte, setzte für einen Moment aus.

Es war vorbei.

Er hatte sie verloren, die Bindung, die er zu ihr kurz zuvor gespürt hatte. Diesmal nicht durch eine Lüge, sondern durch etwas, was er nicht greifen, ja, nicht einmal benennen konnte. Und was dennoch so wichtig zu sein schien.

»Was hast du mich gerade gefragt?«, stammelte er. Sein Mund war trocken, die Zunge träge, und die Worte konnte er selbst kaum verstehen. »Dieses verdammte Vieh hat mich durcheinandergebracht.«

Albas Blick huschte zu dem Vogel und wieder zurück. »Vergiss es. Es ist alles in Ordnung.« Zart klang ihre Stimme, beruhigend und … verständnisvoll.

Er lächelte verbittert. »Jetzt belügst *du* mich?«

Woher kannte sie seinen Spitznamen? Was hatte sie

bloß mit »Erkennst du mich nicht?« gemeint? Die Fragen kreisten in seinem Kopf, wie es manchmal sein Geier tat, und machten ihn genauso wahnsinnig.

»Du hast doch gesagt …«, klammerte er sich noch an die Hoffnung, das Gespräch wieder in Gang zu bringen, doch sie legte ihm rasch die Finger auf die Lippen.

»Nein, nein. Vergiss es, ehrlich. Ich war einfach froh, dich wohlauf zu sehen, und habe dummes Zeug geredet. Sag mal, hat dein Vogel immer noch keinen Namen?«

Gern hätte er ihre Finger geküsst, traute sich aber nicht. Schon zog sie die Hand zurück, und alles, was ihm blieb, war die Erinnerung an ihre Berührung, die er noch auf seinen Lippen spürte.

Finn musste sich räuspern, um den Kloß in seinem Hals hinunterzuschlucken. »Mir fällt keiner ein.« – *Warum sagst du mir nicht, was du sagen wolltest? Vertraust du mir immer noch nicht? Was kann ich noch tun, um dich zurückzugewinnen?*

Sie schwieg kurz. »Wie wäre es mit Athene?« Und ihre Augen antworteten, als hätte sie seine Gedanken gehört: *Frag nichts mehr. Nicht jetzt.*

»Wieso Athene?«

»Ich finde, der Vogel sieht sehr schön aus, ist kriegerisch, weise und …«, gleichzeitig blickten sie den Rotmilan an, der mit seiner Lieblingsbeschäftigung zugange war: sein Federkleid zu ordnen, »… und eitel.«

»Meinetwegen.« Er schmunzelte und pfiff dem Tier zu. »Hey, hast du das gehört? Ab jetzt bist du nicht mehr bloß ein Federvieh, du hast einen Namen. Athene.«

Athene … Vorher hatte er ab und zu gegrübelt, wie es wohl gehen sollte, falls er beschließen würde, einen Namen für sein Seelentier auszusuchen. Ob man den Rotmilan fragen müsste. Ob man irgendeine Vision bekam oder wartete, bis das Tier einem seinen Namen selbst mitteilte. Er hatte etwas Spirituelles erwartet, etwas, was ihm die Angst vor dem Vogel nehmen würde. Nichts dergleichen geschah. Das Tier hieß ab jetzt Athene, und damit war die Sache erledigt.

»Dann ist es beschlossen«, seufzte er und fügte in Gedanken hinzu: Ich werde wohl nie ein vollwertiger Metamorph sein. Denn keiner meiner Art außer mir hat eine Phobie vor seinem Seelentier. Wie kann da eine harmonische Verbindung zwischen uns existieren? Evelyn hatte sich geirrt. Ein Name änderte nichts. Außer der Wärme bei dem Gedanken, dass er ihn zusammen mit Alba ausgesucht hatte.

Sie stand so nah vor ihm, dass ihr Duft allgegenwärtig schien und den Mief der Wohnung vertrieb. Alba drehte den Kopf, und ihr Haar streifte seine Wange. Finn wusste nicht, wie ihm geschah, auf einmal schloss er sie in seine Arme, zog sie an sich und küsste sie.

Sie wird mich gleich schlagen, dachte er am Rande, *oder sie bringt mich um.*

Doch sie schlug ihn nicht. Ihre Lippen öffneten sich unter seinem Kuss. Das reichte, um ihn alles vergessen zu lassen. Alles, was sie beide trennte, alle Gefahren, die ihre Verbindung mit sich brachte. Es gab nur ihn und Alba und den Kuss.

Ihre Arme legten sich um seinen Nacken, der nicht mehr kribbelte – das Kribbeln rutschte in eine ganz andere Gegend seines Körpers. Sie streichelte ihn. Dann fanden ihre Hände unter sein T-Shirt und streiften über die Narben. Doch diesmal schämte er sich nicht dafür, als würden ihre Berührungen das wulstige Gewebe glätten. Und irgendwie taten sie es auch. Denn wenn es Alba nicht abschreckte, so war es bedeutungslos, ob die Narben bei irgendjemand anderem noch Abscheu auslösten.

Ihre Küsse wurden fordernder, ungeduldiger. Noch hatte Finn Angst, etwas falsch zu machen, so übernahm Alba die Führung. Nahm das, was ihr gefiel, und gab ihm alles vielfach zurück.

Es war wie Fliegen – nur ohne Höhenangst. Es war wie eine Verschmelzung zweier Seelen, der er sich bereitwillig hingab. Ohne zu verkrampfen und sich dagegen zu wehren. Wenn sie es wollte, konnte sie über seinen Geist und seinen Körper verfügen, wie es ihr beliebte.

Es war, als fände er endlich Ruhe, als schließe er Frieden mit seinem Metamorph-Erbe. Wie seltsam. So hätten die Verschmelzungen mit seinem Seelentier sein müssen. So hätte er sich seiner Königin unterwerfen sollen. Doch all das bekamen nicht der Rotmilan und Linnea, sondern Alba. Eine Frau, die seinem Leben plötzlich einen Sinn gab, die er von der ersten Sekunde an begehrt hatte, ohne es sich einzugestehen.

Jetzt gestand er es sich ein, jetzt hätte er sein Bekenntnis in die ganze Welt hinausschreien können. Er gehörte Alba, ihr allein, ohne etwas dafür von ihr zu verlangen.

»Wir müssen aufhören«, keuchte sie zwischen zwei Atemzügen. »Jetzt. Sofort.«

Sie hätte ein Messer in ihn stoßen können, das wäre ihm milder vorgekommen. Er schloss sie noch fester in die Arme. *Nein. Nie im Leben. Nicht, wenn ich dich gerade eben zurückbekommen habe.*

Auch sie hörte nicht auf, sondern zog ihm das T-Shirt über den Kopf.

Ihre Lippen schienen mit den seinen zu verschmelzen. Ihr Körper schmiegte sich an den seinen. Finn wollte ihn ganz spüren, mit jeder Zelle, doch die Kleidung war ihm im Weg. Er begann, ihre Bluse zu öffnen. Es dauerte länger, als er ertragen konnte. Mit einem Ruck riss das Kleidungsstück entzwei. Er streifte auch die modische Anzughose und den Slip von ihren Hüften, bis sie ganz nackt vor ihm stand. Endlich durfte er ihre Haut fühlen. Endlich gehörte sie ganz ihm, und das war kein Traum, der ihn nachts manchmal heimsuchte.

In seiner Hose wurde es eng, er musste die Gürtelschnalle lösen und sich seiner Jeans entledigen.

»Wir müssen aufhören«, sagte sie wieder, bog sich ihm entgegen und biss ihn in die Schulter, als wolle sie ihre eigenen Worte ersticken. »Ein Mensch und ein Metamorph haben keine Zukunft.«

»Nein, das haben sie in der Tat nicht.« Er küsste sie, ihren Hals und ihre Brüste, sank in die Knie und fuhr mit der Zunge über ihren Bauch. Er küsste sie, bis ihm der Kopf schwirrte, bis er nichts anderes wahrnahm als ihren Geschmack auf seiner Zunge.

Alba stöhnte, vergrub ihre Finger in seinem Haar und führte seinen Kopf. Ihre Atmung beschleunigte sich, als seine Fingerkuppen durch den dünnen Streifen des Kräuselhaars fuhren und seine Lippen ihre Scham erreichten.

»Finn ... Nein!«, japste sie und drückte sein Gesicht etwas fester in ihren Schoß. Doch auch sonst hätte er nicht mehr aufgehört. Wie trunken von ihr, wollte er mehr, als wäre er süchtig nach ihr.

Wie viele Frauen hatte er bereits in seinem Leben gehabt, sie verführt, ihnen Leidenschaft geschenkt und seine Lust gestillt. Aber mit keiner von ihnen hatte er einen derartigen Höhenflug erlebt, eine solche Selbstaufgabe und gleichzeitig dieses Aufbäumen der eigenen Seele und ein solches Aufleben seiner Gefühle.

»Wir dürfen das nicht tun«, raunte Alba.

»Ja«, hauchte er ihr entgegen, und in seinem Kopf hämmerte es: *Sie hat Recht. Hör auf, du Narr! Hör sofort auf. Sie ist ein Mensch, sie ist frei. Du dagegen wirst für immer an sie gebunden bleiben. Und wenn sie sich von dir abwendet, wirst du zum schlimmsten Stalker aller Zeiten, zu ihrem schrecklichsten Alptraum.*

»Ja«, stöhnte er noch einmal, ehe er Atem holte. »Wir dürfen das nicht tun. Jage mich fort. Jage mich fort, bevor es zu spät ist.«

Sie erzitterte. Ihre Antwort versank in ihrem Aufschrei, als würde sie alle Lust, die sich in ihr angesammelt hatte, herauslassen.

Womöglich war es bereits zu spät.

Womöglich wäre es zu spät gewesen, wenn nicht jemand die Tür geöffnet hätte und in die Wohnung getreten wäre.

»Blimey!« Conrads Ausruf ließ sie beide auseinanderstieben wie zwei Teenager, die von einem Lehrer beim Fummeln erwischt worden waren. »Und ich dachte, wenn ich kein Bett habe, wird mir dieser Anblick erspart bleiben.« Er stand im Schatten, der seine Gesichtszüge verbarg, doch Finn spürte, wie der Blick des Toten ihn abtastete. »Ziehen Sie sich an und kommen Sie runter. Wir wollen den Angriff auf die Metamorphen-Brut besprechen.«

Finn nickte unsicher. Er dachte, der Totenküsser würde gleich wieder gehen, doch dieser blieb und beobachtete, wie Alba hastig ihre Kleidung zusammenraffte und in ihre Sachen schlüpfte.

In diesem Augenblick hasste Finn die Untoten so, wie er noch nie irgendjemanden gehasst hatte. Verzweifelt suchte er Albas Blick. *Bitte. Bitte sag mir, dass wir füreinander bestimmt sind. Dass unsere Gefühle uns nicht getrogen haben. Bitte sieh mich an und sag es mir!*

Doch sie schaute weder ihn noch den Totenküsser an.

Finn zog die Hose an, was in eine ungeschickte und peinliche Aktion ausuferte, zumal sein Reißverschluss streikte.

»Kommst du mit?«, fragte er Alba, die irgendwie verloren in dem engen Flur stand und die zerrissene Bluse über ihrer Brust zusammenhielt.

Sie schüttelte den Kopf, das Gesicht halbverdeckt von dem seidigen Schleier ihres Haars. Er wäre gern zu ihr gegangen, hätte sie umarmt und ihr zugeflüstert, sie hätten alles richtig gemacht, indem sie ihren Gefühlen gefolgt waren, doch Conrad packte ihn am Arm und zog ihn mit sich ins Treppenhaus. »Ihr Techtelmechtel können Sie später fortsetzen. Jetzt erwarte ich für meine Gastfreundschaft eine Gegenleistung von Ihnen.«

»Ich hasse dich«, zischte Finn leise in der Erwartung, der Untote würde ihn nicht hören. Doch das hatte er.

»Herzlichen Glückwunsch. Sie sind mein millionster Hasser seit meinem Tod im 19. Jahrhundert. Ein Fahrrad und ein Strauß Blumen erwarten Sie unten. Und jetzt etwas Bewegung, wenn ich bitten darf.«

Finn befürchtete, im Blumenladen Maria zu treffen. Er hatte sie noch nie zuvor zu Gesicht bekommen – Gott sei Dank –, doch ihr Ruf eilte ihr weit voraus. Exzentrisch sollte sie sein, wie ein Goth-Girl gekleidet, übertrieben geschminkt und mit violetten Strähnchen im rabenschwarzen Haar. Doch nicht ihr Aussehen flößte ihren Feinden Angst und Schrecken ein, sondern ihre Fähigkeiten. Mit ihren mentalen Kräften war sie in der Lage, jeden Kopf zu knacken, die Gedanken eines jeden zu lesen, so sagte man.

In den ersten Tagen seiner Gemeinde-Angehörigkeit wurde es Finn zwar beigebracht, sein Âjnâ zu verschließen und die telepathische Gabe der Untoten gegen diese zu wenden, aber er bezweifelte, es mit Maria aufnehmen zu können. Wenn sie seine Barrieren brechen wollte, würde er sie nicht daran hindern können, bloß ziemliche Qualen auf sich nehmen.

Zu seiner Erleichterung war außer Adrián keiner da, anscheinend nahm ihm die Untote das Verhältnis mit Evelyn tatsächlich krumm.

Der Totenküsser stand bei den Rosensträuchern, roch an den Blüten und musste gleich niesen.

»Kann es sein, dass ich allergisch gegen das Zeug bin?«, fragte er, während er sich die Nase putzte.

»Das wage ich zu bezweifeln«, kommentierte Conrad und schubste Finn etwas unsanft vorwärts. »Sie sind am Zug. Wir sind äußerst gespannt auf Ihre Informationen.«

Auf dem Boden lagen einige Hamburg-Pläne ausgebreitet und handgezeichnete Skizzen des Pesthofes. Etwas ungenaue Skizzen, wie Finn feststellte, und ein ungutes Gefühl breitete sich in ihm aus. Er war dabei, Menschen zu verraten, die in den letzten Monaten für ihn so etwas wie eine Familie dargestellt hatten. Keine allzu gute Familie, in der er sich glücklich gefühlt hätte, aber immerhin waren sie für ihn da und hatten ihm vertraut. Und er ihnen.

Wie schnell sich alles ändern konnte! Wie einfach sich Freunde in Feinde und Feinde in Freunde verwandelten. Aber es gab keinen Weg zurück. Wenn er sich jetzt weigerte, würden die Totenküsser schon eine Möglichkeit finden, die notwendigen Informationen aus ihm herauszuholen, und das auf keine allzu humane

Art. Besonders Adrián genoss den Ruf, seine Opfer in kürzester Zeit sehr gesprächig zu machen.

Aber es war gar nicht die Angst, die ihn dazu brachte, jetzt zu kooperieren, redete Finn sich ein. Die Untoten hatten ihm und Alba Schutz gewährt. Nun musste er dafür zahlen.

Es dauerte lange, bis er die Skizzen des Pesthofes vervollständigt und die zahlreichen Fragen der beiden Totenküsser beantwortet hatte, wobei er sich manchmal wie bei einem Kreuzverhör vorkam. Gleichzeitig versuchte er, nicht mehr zu erzählen, als unbedingt notwendig war. Die Kreaturen wollten Linnea vernichten, und das würden sie mit seinen Informationen tun können. Mehr brauchten sie nicht zu wissen.

Ab und zu spähte er zur Tür, aber Alba zeigte sich nicht. Hoffentlich ging es ihr gut. Hoffentlich bedauerte sie nicht, was vorgefallen war. Und wenn doch?

Gab es bereits eine Verbindung zwischen ihnen, oder zählte dabei nur eine Paarung? So weit waren sie zum Glück nicht gegangen. Finn lauschte in sich hinein, vermochte aber keine Veränderung in sich festzustellen. Nur eine beklemmende Gewissheit: Er begehrte Alba genauso wie vorher, doch seit sie sich ihm hingegeben hatte, wollte er sie nicht mehr loslassen. Sogar diese Stunde der Trennung ertrug er kaum noch.

Also war er doch bis zum Tod an sie gebunden? Und was würde mit ihm geschehen, würde sie ihn verlassen? Denn das würde sie. Irgendwann. Schließlich war sie ein Mensch und frei.

»Wann sind die meisten Biester im Pesthof?«, fragte Adrián und riss ihn aus seinen Gedanken.

»Jeden Mittwoch gegen 11 Uhr abends – eine Versammlung zu Ehren der Königin.«

»Dann ist es beschlossen«, sagte Conrad und rollte die Papiere und Pläne zusammen. »In einer Woche starten wir den Angriff. 30 Nachzehrer werden sicherlich dabei sein, auch wenn unser Clan etwas angeschlagen ist.«

»Das ist eine ziemlich optimistische Schätzung«, warf Adrián ein.

»Mitnichten. Jeder, der mitmacht, darf so viele Biester aussaugen, wie er will. Die Überlebenden werden mitgenommen und als Nahrungsquelle unseren Leuten zur Verfügung gestellt. Ich glaube kaum, dass viele diesem Angebot widerstehen können.«

Finn zuckte zusammen. Allein bei der Vorstellung, was seine ehemaligen Kameraden in der Gefangenschaft erwartete, glaubte er, sich übergeben zu müssen. »Das ist … absolut grausam. Schlimmer als der Tod.«

Conrad hob eine Augenbraue. »Darf ich Sie vielleicht daran erinnern, was Ihre geschätzten Kameraden mit meinen Leuten in den Kerkern des Pesthofes veranstalten? Also erzählen Sie mir nichts von Grausamkeit. Nicht wir haben damit angefangen.«

Verflucht, er hätte besser auf sein Âjnâ aufpassen müssen. Er konzentrierte sich darauf, seine Gedanken vor den Untoten zu verschließen. So spürte er, wie die beiden ihn sondierten, hielt aber dem Druck stand. Zumindest hoffte er es.

»Aber ihr könnt es beenden«, wandte Finn ein, als er sich seines Selbstschutzes halbwegs sicher war.

»Und das werden wir auch tun. Auf unsere Weise.«

Ja, das würden sie in der Tat. Indem sie alles plattmachten, was atmete. Alle, auch Ylva, und das durfte Finn nicht zulassen. Beim Gedanken an sie bekam er Schuldgefühle. Sie hatte sich für ihn geopfert, und er hatte in den letzten Tagen kaum an sie gedacht. Aber wie sollte er sie retten? Wenn die Gemeinde wegen des Nachzehrer-Angriffes in Aufruhr versetzt wäre, hätte er eine Chance, das Mädchen da herauszuholen. Zumindest hoffte er, dass sie noch lebte; etwas anderes zu denken, durfte er sich nicht erlauben.

Wieder spürte er den Druck auf der Mitte seiner Stirn. Dieses verfluchte Leichenpack! Die beiden legten es darauf an, seine Barriere zu knacken. Und bald würde es ihnen sicherlich gelingen. Er brauchte Ruhe, um sich einen Rettungsplan für Ylva zu überlegen. Ohne befürchten zu müssen, von den Untoten mental vergewaltigt zu werden.

Finn stand auf und verließ den Laden. Niemand hielt ihn zurück. Noch ein Zeichen, wie siegessicher die Kreaturen waren. Und das zu Recht. Seine Gemeinde war geschwächt, sie würde niemals 30 Totenküssern die Stirn bieten können.

Finn lief die dunkle Straße entlang, doch immer noch hatte er keinen blassen Schimmer, wie er Ylva aus dem Pesthof herausholen sollte. Ohne zu wissen, wo sie gefangen gehalten wurde, kam ihm jeder Plan sinnlos vor.

Wenn er bloß ein Seelentier zur Erkundung hineinschicken könnte! Doch der Rotmilan – er schmunzelte, als er sich an seinen Namen erinnerte: Athene – war nun mal keine Ratte, die unauffällig die Lage prüfen könnte. Der Vogel würde sofort auffallen.

Er blieb stehen und lehnte sich an eine Straßenlaterne. Na gut, noch hatte er Zeit. Oder doch nicht? Was, wenn Linnea …

Zu spät vernahm er die Schritte hinter sich. Sein Gehör, das immer vogelartiger und somit unempfindlicher wurde, alarmierte ihn erst, als die Person sich bereits zu nah an ihn herangeschlichen hatte. Sein Instinkt hieß ihn, sich umzudrehen. Doch er nahm nur eine dunkle Silhouette wahr und einen Arm, der ihm entgegenschnellte.

Etwas berührte seinen Hals, dann durchfuhr ihn ein Stromschlag.

Als er zu sich kam, mussten nur wenige Minuten vergangen sein. Er blinzelte irritiert und rieb sich die Lider. Was war geschehen? Wer hat ihn überfallen und warum, zumal sein Angreifer ihn einfach liegen gelassen hatte? Linneas Leute hätten ihn mitgenommen.

Finn rappelte sich hoch und musste sich an der Laterne festhalten, denn der Boden drohte, unter seinen Füßen wegzugleiten.

Abwarten. Gleich wird es besser.

Aber es wurde nicht besser, nein, es wurde schlimmer, je länger er wartete. Die Umgebung verschwamm vor seinen Augen, so, als würden sie wieder nicht wissen, ob sie sich auf seine Sichtweise oder die seines Seelentiers einstellen sollten. Bald fühlte er sich nicht mehr imstande, seinen Kopf gerade zu halten, und ließ ihn auf die Brust sinken. Er war so müde. So unendlich müde …

Die Angst fiel von ihm ab, mit ihr alle Sorgen und Zweifel. Er sollte sich ausruhen. Ja, das war eine gute Idee, er sollte wirklich ein bisschen schlafen.

Langsam rutschte er an der Laterne zu Boden. Es war ungemütlich, sich hier auf der Straße hinzulegen, aber auch das bekümmerte ihn nicht weiter.

»Wie schnell 4 mg Tavor einen in die Knie zwingen. Ich wusste, dass der Elektroschocker dich nur für eine oder zwei Minuten ausschalten kann. Genug, um dir eine Spritze zu verpassen«, leierte eine Stimme irgendwo über ihm. Eine Stimme, die er schon oft gehört hatte und die sein benebeltes Hirn dennoch nicht zu erkennen vermochte.

»Ich wünschte mir, es hätte nicht so weit kommen müssen«, war das Letzte, was er hörte, bevor seine Sinne sich von ihm verabschiedeten und er einschlief.

Kapitel 24

Finn war längst gegangen, und Alba hatte sich immer noch nicht von der Stelle gerührt, zerrissen von widersprüchlichen Gefühlen. Im Boden wollte sie versinken, sterben vor Scham, wenn sie an Conrad dachte. Und gleichzeitig … Wäre Finn jetzt noch bei ihr gewesen, wäre sie wie eine Ausgehungerte über ihn hergefallen, und es hätte sie keineswegs gekümmert, wer ihr dabei zugesehen hätte. Die eigene Freizügigkeit erschreckte sie. Wie die Mutter, so die Tochter. Hatte sie sich nicht geschworen, anders zu werden? Ja. So wie einiges andere auch. In ihrem Leben hatte sie sich so viele Schwüre gegeben, die sie in der letzten Zeit Finns wegen gebrochen hatte, dass es schon erschreckend war, bloß daran zu denken.

Was geschieht mit mir, dass mich ein Mann so um den Verstand bringt? Was haben wir bloß getan?

Nichts.

Im Grunde war doch nichts passiert, außer dass Finn sie geküsst hatte, überall, und vor allem dort, wo sie noch niemand hatte küssen dürfen. Die Ekstase war unerwartet über sie hereingebrochen, hatte sie mitgerissen, alle ihre Sinne herumgewirbelt … und hinterließ Trümmer und Verzweiflung.

War es echt gewesen, all das, was sie empfunden hatte? Liebte sie Finn wirklich? Oder waren es bloß Schuldgefühle, die sie in seine Arme trieben, und die Erkenntnis, dass er sie damals aus dem Keller gerettet hatte?

Alba hielt inne, suchte nach einer Antwort tief in ihrer Seele. Und da waren sie, die Gefühle, die ihr vollkommen fremd waren, die sie irritierten und sie mit ihrer Intensität erschreckten. So vieles, was sie schon länger, noch bevor sie von der gemeinsamen Vergangenheit mit Finn erfahren hatte, zu leugnen versuchte, und zwar vergeblich.

»Ich liebe dich«, flüsterte sie in den leeren Flur. So leicht kamen ihr die Worte über die Lippen. Zu leicht.

Sie mahnte sich zur Besinnung. *Du dummes Mädchen. Wie kannst du ihn lieben, wenn du ihn kaum kennst? Hast du denn nicht geglaubt, du würdest Georg lieben? Georg, mit dem du seit Kindertagen zusammen warst? Hast du nicht auch ihm versprochen, für immer bei ihm zu bleiben?*

Georg ... Ja, sie hatte ihm Ähnliches gesagt, es aber niemals so gemeint. Diesmal fühlte sich alles so viel anders an.

Sie dachte an Georg wie an einen guten Freund, der ihr über viele schlimme Zeiten hinweggeholfen hatte. Sie mochte ihn und würde ihn immer mögen. Finn dagegen ... Ihn liebte sie. Ja, ein Mädchen, das geglaubt hatte, nie so intensive Gefühle empfinden zu können, war in einen Mann verliebt, der nicht einmal ein Mensch war, sondern ein Metamorph. Ein Wesen, das sie mit ihrer Liebe früher oder später zerstören würde.

Empfand er dasselbe für sie? Alba hoffte für ihn, er täte es nicht. Hoffte mit ihrem Verstand, denn ihr Herz wünschte sich etwas anderes. Und würde er sie auch dann lieben, wenn er erfuhr, wie sie damals weggelaufen war, in der Gewissheit, er würde sterben? Lächerlich. Er würde sicherlich verstehen, wie viel Angst sie als kleines Mädchen gehabt haben musste. Dass sie damals nur einen Wunsch hatte, nämlich zu fliehen.

Aber was, wenn nicht? Die Vorstellung, er würde sich von ihr abwenden, war unerträglich.

Du hast sicherlich auch vor, es ihm bald zu beichten, höhnte eine Stimme in ihrem Kopf.

Ja, das hatte sie vorgehabt, doch dann war ihr aufgefallen, wie er auf den Rotmilan reagiert hatte. Was wäre denn passiert, wenn sie die alten Wunden aufgerissen hätte? Hätte er es verkraftet?

Sie rieb ihre Finger aneinander und dachte daran, wie sie seine vernarbte Haut gestreichelt hatte. Schrecklich sah diese aus. Alba musste sich überwinden, um ihn dort anzufassen. Nicht weil sie sich davor geekelt hätte, sondern weil sie glaubte, ihre Berührungen würden ihm wehtun. So, wie diese Berührungen sie in der Seele schmerzten und Bilder der Folter vor ihrem inneren Auge auferstehen ließen.

Nein, es war richtig, ihm nichts gesagt zu haben. Es würde ein passenderer Moment kommen, dann …

Ganz recht, spottete die Stimme. *Sag ihm nichts. Warte, bis er es selbst herausfindet.*

Alba stöhnte und vergrub die Finger in ihrem Haar.

Warum musste alles so kompliziert sein? Wieso durfte sie nicht einfach glücklich sein, zusammen mit Finn? Warum musste so vieles sie voneinander trennen?

Fahr nach Hause, hatte ihr Großonkel geraten. *Kehre nicht in diese Welt zurück. Finn würde das verstehen.*

Ja, das würde er. Es wäre sogar besser für ihn, würde sie ihm fernbleiben. Doch sie konnte es nicht.

»Es tut mir leid, Finn«, flüsterte sie. »Es tut mir so leid. Bitte verzeih mir. Ich bin ein egoistisches Miststück, weil ich dich nicht loslassen kann. Dafür liebe ich dich zu sehr.«

Oder vielleicht … zu wenig?

Alba wusste nicht, wie lange sie grübelnd dagesessen hatte, ohne zu einem Ergebnis zu kommen. Sie gab sich einen Ruck und stand auf. Jetzt würden Zweifel sie auch nicht weiterbringen. *In kleinen Schritten denken, dann kommst du weiter!*, mahnte sie sich. *Zuerst brauchst du die neue Bluse, die in der Tasche in deinem Wagen liegt.*

Alba zog ihre Jacke an und verließ die Wohnung. Die kaputte Tür zum Blumenladen stand offen, und sie hoffte, daran vorbeihuschen zu können, ohne dass jemand sie bemerkte. Vor allem nicht Conrad. Denn es wäre ihr peinlich, ihm unter die Augen zu treten.

Die Stimme ihres Großonkels ließ sie allerdings innehalten. »… Finn die Biester warnen wird?«

Alba schlich heran und spitzte die Ohren. Anscheinend befand sich Finn nicht drinnen, wenn die Untoten so über ihn redeten. Wo war er dann?

»Das ist durchaus möglich«, erwiderte das Oberhaupt

des Clans auf seine gewohnt leise Art, und Alba musste sich besonders anstrengen, um ihn zu verstehen. »Aber nicht von Bedeutung. Wir werden nicht eine Woche lang warten. Die nächste Nacht ist Neumond, und da sind wir am stärksten. Wie gut, dass er auf diesen Mittwoch fällt. Eine bessere Zeit für einen Angriff können wir uns kaum wünschen. Somit werden die Biester keine Gelegenheit bekommen, irgendetwas zu unternehmen, auch wenn er auf die Idee kommt, sie zu warnen.«

»Dann sage ich unseren Leuten Bescheid. Morgen Abend treffen wir uns an der vereinbarten Stelle.«

»Fabelhaft.«

Ein Papierrascheln ertönte, dann ein Geräusch, als würde Adrián aufstehen, doch Conrads Stimme hielt ihn zurück: »Da ist noch etwas, bevor Sie gehen. Diese Menschenfrau, die zu Finn gehört, Sie müssen ihre Erinnerungen löschen.«

Alba presste sich eine Hand vor den Mund, um sich nicht durch einen Ausruf zu verraten. Sie traute ihren Ohren nicht, das konnte doch nicht sein Ernst sein! Was würde dann aus ihr werden, wenn sie alles vergaß? Wenn sie *Finn* vergaß? Diese Welt war nicht die ihre, aber inzwischen gehörte sie dazu.

»Ich verstehe nicht …«, begann Adrián und wurde unterbrochen.

»Die Regeln sind Ihnen bekannt. Menschen dürfen nichts von unserer Existenz erfahren. Und das gilt ebenso für Ihre Schwager und Großnichten wie für den Rest der Welt.«

Alba rang die Hände. *Nein! Sag Nein! Du weißt, wie viel es mir bedeutet. Du weißt, was ich noch alles tun muss. Sag Nein!*

»Ihre Erinnerungen wurden bereits zweimal manipuliert, wer weiß, wie sich noch ein Versuch auf ihre geistige Gesundheit auswirkt. Außerdem haben Evelyn und ich uns etwas von ihrer Lebensenergie genommen, zugegebenermaßen unwillkürlich. Wenn ich erneut die Kontrolle verliere und …«

»Dieses Risiko müssen wir eingehen. Also, entweder Sie machen das oder ich.«

Adrián schwieg.

»Es ist besser so für das Mädchen«, fuhr Conrad sanfter fort. »Denken Sie an Hermann Herzhoff. Vielleicht wäre er nicht gestorben, wenn Sie ihn nicht in die ganze Sache hineingezogen hätten. Wollen Sie, dass Ihrer Großnichte Ähnliches widerfährt?«

»Nein.«

Alba hatte genug gehört. Das durfte sie auf keinen Fall zulassen! Sie war doch ein lebendiges, denkendes Wesen. Und die Erinnerungen, egal wie schlimm oder gefährlich, gehörten ihr allein. Niemand sollte darüber entscheiden, welche davon sie behalten durfte und welche nicht. Darauf bedacht, keinen Lärm zu veranstalten, wich sie zurück. Hoffentlich hatten die Untoten nicht ihre Gedanken gehört, aber bis jetzt schlug keiner Alarm. Sie musste sich zwingen, langsam zu gehen, damit das Klappern ihrer Absätze sie nicht verriet. Erst nach einigen Metern erlaubte sie sich, loszurennen.

Ihr Wagen parkte zwei Häuser weiter. Noch im Laufen fischte sie den Autoschlüssel aus ihrer Jacke und schaltete die Alarmanlage aus. Wenige Sekunden später saß sie in ihrer Corvette.

Im Rückspiegel sah sie Adrián den Blumenladen verlassen. Er hatte sie gesehen oder vielleicht doch ihre Fluchtgedanken empfangen, denn er fuchtelte mit den Armen und eilte zu ihr. Alba startete den Motor, trat auf das Gaspedal und rauschte davon.

Eine Zeit lang jagte sie ihre Corvette ziellos durch die Straßen. Verdammt, würde diese Flucht nie aufhören? Und das, wo sie sich bei Conrad so sicher gefühlt hatte. Vor Micaela und anderen Jägern. Dass die Gefahr von den Untoten selbst ausgehen könnte, wäre ihr niemals in den Sinn gekommen. Wie töricht! Ausgerechnet diesen mordenden Kreaturen wollte sie vertrauen.

Und was beabsichtigst du jetzt zu tun, du lebendiges, denkendes Wesen?, neckte sie sich. *So ganz allein? Ohne jemanden, der dich beschützen kann?*

Was sie noch mehr beschäftigte: Wo war Finn, wie konnte sie ihn finden und ihm erzählen, was vorgefallen war?

»Scheiße!« Sie schlug gegen das Lenkrad. Sie hatte nicht einmal ein Dach über dem Kopf, von der Corvette mal abgesehen. Und zu wenig Geld, um untertauchen zu können.

Vorher hatte Georg ihre Rechnungen bezahlt und sich um alles gekümmert. Er war derjenige, der das Finanzielle im Griff hatte, so fest, dass sie darüber nie nachdenken musste. Wenn sie Geld brauchte, bekam sie welches, ohne sich Sorgen darüber zu machen, dass nichts davon wirklich ihr gehörte. Bei wem sollte sie jetzt Hilfe suchen, ohne Freunde und Bekannte?

Allein.

Sie hatte ihre sichere Welt verschmäht und war aus der neuen verstoßen worden. In eine Sackgasse gedrängt.

Das hast du nun davon, von deiner kriminalistischen Neugier, vom Abenteuerdrang, vom Wunsch nach Liebe und Leidenschaft. Ihre Augen begannen zu brennen. Sie blinzelte. *Wehe, du fängst gleich an zu heulen!*

Nein. Nicht heulen. Nachdenken!

Sie musste untertauchen, zusammen mit Finn für ein Weilchen von der Bildfläche verschwinden. Und dafür brauchte sie nun mal Geld. Alba verzog das Gesicht. Auf der Liste aller Möglichkeiten standen leider nur zwei Punkte: mit dem Messer ihres Opas eine Bank auszurauben oder ihre Eltern aufzusuchen. Beides sagte ihr nicht wirklich zu, aber das Letztere war wenigstens nicht strafbar. Also – das geringere Übel?

An ihre Mutter wollte sie gar nicht erst denken. Was diese sagen würde, konnte Alba sich zu bildhaft ausmalen. Aber ihr Vater – er könnte sie zumindest verstehen, ihre Entscheidung, Georg wegen der Liebe zu einem anderen zu verlassen. Natürlich würde er nicht erfreut darüber sein. Aber es bestand eine geringe Chance, dass er Finn akzeptieren würde, schließlich hatte er auch eine Barkeeperin ohne jegliche Mittel geheiratet.

An einer roten Ampel suchte sie das Mobiltelefon heraus. Das Display zeigte neun Anrufe in Abwesenheit. Fünf davon von Georg, vier von ihrer Mutter. Alba hörte den Anrufbeantworter nicht ab und wählte die Nummer ihres Vaters. Es wurde gleich abgenommen.

»Hi, ich bin's«, stammelte sie in das Handy. »Ich muss mit dir reden. Hättest du ein wenig Zeit? Könnte ich bei dir im Büro vorbeikommen?« Ihn im Haus zu treffen und dabei das Risiko einzugehen, dass ihre Mutter versuchen würde, sie an ihrer Entscheidung zu hindern, wollte Alba nach Möglichkeit vermeiden. Es würde ihr sicherlich schon schwer genug fallen, die ganze Lage ihrem Vater schonend beizubringen.

»Alba?«, kam es zögernd zurück, als erkenne er sie nicht wieder. »Du stotterst ja nicht mehr.«

Sie lächelte. Sie musste einfach lächeln, als sie seine müde und von Sorge gezeichnete Stimme hörte. Alba biss sich auf die Unterlippe. Warum meldete sie sich nur dann bei ihm, wenn sie in Schwierigkeiten steckte? Warum war ihr nie in den Sinn gekommen, ihn anzurufen und zu fragen, wie es ihm ging? Vier einfache Worte, für die sie jetzt keine Zeit hatte. »Ja«, hauchte sie betreten in das Telefon. »Es ist jede Menge passiert, und ich ...«

»Deine Mutter hat mich schon ein Dutzend Mal angerufen«, unterbrach er sie aus lauter Gewohnheit. »Sie meinte, zwischen dir und Georg kriselt es ein wenig.«

Ihr Vater, live und in Farbe. Diplomatisch bis zum Gehtnichtmehr. Das, was sie Georg angetan hatte, als

Kriseln zu bezeichnen, konnte vermutlich nur er fertigbringen. Alba beschloss, nicht darauf einzugehen. Alles zu erklären hätte noch mehr Zeit in Anspruch genommen.

»Papa …« Sie stockte. Es fühlte sich seltsam an, diese zwei Silben auszusprechen, hatte sie ihn doch früher immer bloß »Elmar« oder »Vater« genannt. Ausgerechnet in dieser Situation mit »Papa« anzufangen, empfand sie als heuchlerisch. »Vater, ich muss dich sprechen. Es ist dringend.« Im Hintergrund vernahm sie gedämpfte Stimmen – hoffentlich störte sie ihn nicht bei einer Konferenz.

»Steckst du in Schwierigkeiten?«

»Ja. Nein. Ich erkläre dir alles, wenn wir uns treffen. Wann hättest du denn Zeit?« Hinter ihr hupte es, die Ampel hatte wieder auf Grün geschaltet. Das Handy zwischen Schulter und Ohr geklemmt, fuhr Alba los.

»Morgen Abend. Du hast hoffentlich nicht den Empfang vergessen, oder?«

Alba stöhnte. Natürlich hatte sie das, weil es sie nicht die Bohne interessierte. Normalerweise verwaltete Georg ihre Termine und erinnerte sie daran, wo sie aufzutauchen hatte. Dieses Leben schien ihr jetzt weit entfernt. »Ich gehe nicht hin.«

»Aber Alba, weißt du nicht, wie viel Mühe sich deine Mutter gegeben hat?« Jetzt sprach er mit ihr wie mit einem kleinen Mädchen, das es zu rügen galt, was er allerdings eher selten auf die Reihe bekam.

Ob es sie interessierte, welche Mühen ihre Mutter in

irgendwelche Partys steckte! »Ich muss dich einfach nur sprechen, bitte! Es ist dringend.«

Ihr Vater seufzte. »Ich bin doch gar nicht in Hamburg, Liebes. Mein Flug geht erst morgen zurück.«

Am anderen Ende sprach ihn jemand an. Er antwortete, ein wenig verzweifelt, als wisse er nicht, ob er auflegen oder mit seiner Tochter weitertelefonieren sollte, entschied sich aber für die Belange des Geschäfts. »Morgen Abend bin ich für dich da, okay? Ich hab dich lieb. Wir sehen uns dann zu Hause.«

Die Verbindung wurde getrennt. Verzweifelt warf Alba ihr Handy gegen das Armaturenbrett. Doch ihr Zorn verflog sogleich – was konnte denn ihr Vater dafür? Anscheinend hatte sie keine andere Wahl. Sie musste zu diesem verfluchten Empfang gehen, um ihren Vater zu Gesicht zu bekommen. Auch auf die Gefahr hin, damit eine Auseinandersetzung mit ihrer Mutter zu provozieren oder Georg über den Weg zu laufen.

An der nächsten Ampel kramte sie ihr Portemonnaie aus ihrer Tasche. Sie hatte genug Geld, um sich ein Zimmer im Hotel zu mieten, auch wenn sie sich nicht erlauben konnte, allzu wählerisch dabei zu sein. Für Extrawünsche würde das nicht reichen.

Alba lächelte traurig. Musste es auch nicht. Es ging schließlich nicht ums Übernachten, sondern darum, diese Nacht einfach zu überstehen.

Das Hotelzimmer war schlimmer als in ihren übelsten Vorstellungen. Doch Alba war zu müde, um sich über den lärmenden Verkehr hinter den Fenstern, eine harte Matratze und den Geruch des kalten Rauches, der überall haftete, zu ärgern. Ohne sich auszuziehen, ließ sie sich auf das Bett fallen und starrte die gelbliche Decke an.

Willkommen am Tiefpunkt.

Sie machte sich große Sorgen um Finn. Sie musste ihn sehen, sie brauchte ihn, doch sie hatte keine Ahnung, wie sie ihn erreichen sollte. Insgeheim schlummerte die Hoffnung in ihr, er würde sie schon finden, wie er es sonst auch getan hatte.

Doch er kam nicht.

Sie blieb allein.

Am frühen Morgen checkte sie aus, erleichtert, diese Bude hinter sich lassen zu können. Den Tag verbrachte sie in Bewegung. Zu sehr fürchtete sie, die Untoten würden sie erwischen, sollte sie irgendwo für längere Zeit haltmachen.

Gegen 20 Uhr lenkte sie ihren Wagen zur Villa ihrer Eltern. Als sie auf das Grundstück fuhr, sah sie bereits einige Autos ringsherum parken. Die Party war also bereits im Gange. Am Kreisel vor dem Anwesen hielt sie an. Sogleich eilte ein Parkgehilfe zu ihr, öffnete ihr galant die Tür und bat um die Schlüssel, um ihre Corvette abzustellen.

»Ich bleibe nicht lange«, rief sie ihm zu und lief die Stufen zum Haus empor. Alle Fenster des ersten Stocks waren hell erleuchtet, und sie erhaschte einen Blick auf die Gäste, die mit Champagner-Gläsern vorbeidefilierten oder sich in kleinen Grüppchen unterhielten.

Am Eingang stand eine Empfangsdame am Pult mit zwei Sicherheitsmännern im Hintergrund. Als Alba näher kam, erkundigte sich diese nach ihrem Namen.

»Alba Wagner, ich will nur meinen Vater sprechen.« Ungeschminkt und in ihrem Freizeitoutfit – einer Jeans, einem Pullover und einer Jacke –, sah sie nicht gerade aus wie die Herrschaften, denen heute Zugang zu diesem Fest gewährt wurde.

»Natürlich, entschuldigen Sie«, stammelte die Dame, und einer der Männer löste die rote Absperrkordel, die vor dem Eingang hing, allerdings nicht, ohne einen missbilligen Blick auf ihre Erscheinung zu werfen. Alba verdrehte die Augen. Als ob die Queen persönlich heute hier einen Empfang geben würde! Ihre Mutter konnte es auch übertreiben.

In der Eingangshalle huschten die Bediensteten hin und her. Aus einem Saal zu ihrer Linken erklangen klassische Musik und ein Stimmengewirr.

Sie hielt einen der Kellner an und fragte nach ihrem Vater, doch der zuckte nur mit den Schultern. Als Alba die Treppe ansteuerte, rauschte ihre Mutter aus dem Saal – strahlend, mit hochgestecktem und mit Perlen besetztem Haar. Sie trug ein bodenlanges Kleid mit einer Schleppe. Hinter ihr tippelte die Stylistin, die an diesem Abend keinen Schritt von ihrer Seite weichen würde, um aufzupassen, dass jede Strähne saß und sich jede Falte des Abendkleides an der richtigen Stelle befand.

»Alba, bleib sofort stehen! Wir müssen uns unterhalten.«

Alba ignorierte die Frau und setzte ihren Weg fort, wurde aber eingeholt und am Handgelenk gepackt. »Wenn du denkst, du kannst hier so eine Nummer abziehen und …«

»Ich muss nur meinen Vater sprechen. Dann bin ich auch schon wieder weg.« Sollte das nicht eigentlich ein Empfang zu ihrem Geburtstag sein? Gut, sie hatte ihn selbst vergessen, aber zumindest einen Glückwunsch hätte ihre Mutter sich doch abringen können.

Der Druck auf ihr Gelenk verstärkte sich. »Das glaube ich eher weniger! Nach allem, was du angestellt hast …«

Alba warf ihr einen Blick über die Schulter zu. »Du willst doch jetzt keine Szene vor all diesen Leuten machen, oder? Denn mir ist es egal, was andere später sagen werden.«

Schon hatten sich ein paar Gäste in der Nähe versammelt und beobachteten die Auseinandersetzung mit neugierigen Gesichtern. Bestimmt schüttelten sie die Köpfe und tuschelten, so etwas hätte es in ihren Familien nicht gegeben. Man merke eben sofort, wenn einer aus der Gosse käme. Albas Mutter glaubte, zu diesen Leuten zu gehören. Wie sehr sie sich doch irrte!

Der Griff löste sich.

»Wo ist mein Vater?«

Die Mutter schnaufte. »In seinem Arbeitszimmer. Er muss noch ein paar Telefonate tätigen, hat aber versprochen, gleich nach unten zu kommen.«

»Ich bedanke mich für die Auskunft.«

Alba setzte ihren Weg fort. Sie hatte bereits die Galerie der zweiten Etage erreicht, als sie unten in der Eingangshalle Georg bemerkte. Er trat hinter ihre Mutter, in seinen weißen Smoking gekleidet, ganz der Märchenprinz. Auf einmal wünschte Alba, sie könnte sich ihm anvertrauen. So, wie sie es immer getan hatte, wenn Sorgen sie plagten.

Fast wäre sie gestolpert, doch sie ermahnte sich zur Ruhe. *Du hast ihm bereits alles gesagt, was du sagen konntest. Er dir auch. Du bist nicht mehr sein Mädchen. Also geh weiter.*

An der Tür zum Arbeitszimmer ihres Vaters klopfte sie an. Durch das dicke Holz erreichte sie ein gedämpftes »Herein!«. Sie folgte der Einladung.

Herr Wagner saß hinter seinem massiven Tisch und wühlte in irgendwelchen Papieren. Jedes Mal, wenn Alba ihm in diesem ovalen Raum begegnete, meinte sie, im Weißen Haus vorsprechen zu dürfen. Als Kind wurde sie jeden Abend von ihrer Mutter hierhereskortiert, um ihrem neuen Papa einen Gutenacht-Kuss zu geben. Alles hatte zu groß, zu imposant gewirkt; und sie hasste es, zu diesem Liebesbeweis gezwungen zu werden. Vielleicht hätte sie bald angefangen, auch ihren Vater zu hassen, wenn er ihr nicht einmal zugeflüstert hätte: »Wir beide finden es doof, was? Meinst du, wir können dieses Geheimnis für uns behalten?« Danach war das Pflichtprogramm zu einem Konspirationsspiel geworden.

Alba setzte sich in den Sessel, der ihren müden Körper wie eine Wolke empfing. Der Geruch von Leder schmeichelte ihrer Nase.

»Eine Minute, bitte«, sagte Herr Wagner, ohne den Blick von den Papieren zu lösen. Was denn sonst, sie kannte ihn nicht anders.

Aus einer Minute wurde eine Viertelstunde. Zwischen den Telefonaten entschuldigte er sich jedes Mal bei ihr, bis schon das nächste Klingeln seine Aufmerksamkeit forderte.

»Bei dir brennt wohl die Hütte«, murmelte Alba ohne Gram.

Er lächelte gequält. »Finanzkrise. Aber mach dir keinen Kopf deswegen. Keine Krise der Welt könnte Familie Wagner aus der Kurve bringen, was?«

Alba nickte, obwohl er nicht sonderlich überzeugend klang. Sie machte es sich im Sessel gemütlich und wäre fast eingeschlafen, hätte sich ihr Vater nicht endlich an sie gewandt: »Tut mir leid, Liebes. Jetzt aber endgültig Schluss mit der Arbeit, zumal deine Mutter mich umbringt, wenn ich mich nicht endlich unten zeige. Also, was ist los? Wie ich hörte, geht es dir nicht gut. Deine Mutter fürchtet, du hättest … mh … wieder Probleme …«

»Mir geht es hervorragend.« Alba ahnte, welche Probleme damit gemeint waren. Aber die Frau sollte aufhören, sich um die geistige Gesundheit ihrer Tochter zu sorgen. Psychotherapeuten konnten Alba ganz gewiss nicht helfen. Nachzehrer und Metamorphe existierten nicht nur in ihrer Fantasie.

Hoffte sie zumindest.

Herr Wagner nahm seine schmale Lesebrille ab und

legte die Bügel zusammen. Leicht tippte er mit den Gläsern gegen einen Papierstapel vor sich. »Ich habe gehört, du und Georg, ihr hättet gestritten.«

»Wir sind nicht mehr zusammen. Papa, es ist Zeit, dass ich mein Leben ändere. Endlich weiß ich, was ich will.« Das Tippen der Brille machte sie nervös, lenkte sie von ihrem Gedankenfluss ab. Alba musste ihren Mut sammeln, um weiterzusprechen: »Ich habe jemand anderen kennengelernt. Ich werde nicht mehr zu Georg zurückkehren und will auch nicht bei euch einziehen. Wenn ich eine kleine Wohnung …«

»Warte, das ist zu viel auf einmal. Du hast jemanden kennengelernt?«

Sie hätte wissen müssen, dass sie es nicht so einfach verschweigen konnte. »Er heißt Finn.«

Ihr Vater legte die Brille beiseite und lehnte sich in seinem Bürosessel zurück. »Finn – und weiter?«

Noch nie hatte dieses Arbeitszimmer so offiziell auf sie gewirkt. Alba kam es vor, als wäre sie im Verhör. Angeklagt wegen Staatsverrats. Und was sollte sie antworten? Nach Finns Nachnamen hatte sie nie gefragt. *Nicht einmal das weißt du von ihm!*, wisperte die innere Stimme. *Aber lieben willst du ihn!*

»Das spielt doch keine Rolle«, verteidigte sie sich. »Eins ist sicher, er ist keinem Adelsgeschlecht entsprungen, und seine Eltern führen auch keine internationalen Konzerne oder so.«

Ihr Vater lachte, wobei sich die dünne Haut auf seinem Gesicht noch mehr spannte, so dass sich die Wangenknochen scharf unter ihr abzeichneten. »Also die Art von Finn, bei der deine Mutter die Straßenseite wechseln würde, sollte sie ihm begegnen.«

Alba schmunzelte. »Vermutlich.« Die Atmosphäre entspannte sich etwas. Doch zu früh gefreut.

»Was macht er beruflich?«, folgte die nächste Frage. »Irgendwie muss er doch seinen Lebensunterhalt verdienen.«

Auch das wusste sie nicht. Laut Micaela hatte er nicht einmal einen Schulabschluss. Nicht gerade eine Information, die ihr Vater gern hören würde.

»Er versteht sich ganz gut mit Tieren«, wich sie aus. Wie feige! Als würde sie sich für Finn schämen. Keine gute Grundlage für eine Beziehung. Denn wie oft müsste sie ihn dann verteidigen, sollten sie dauerhaft zusammen sein? Sie ertappte sich dabei, wie sie an ihren Haarspitzen zupfte. Ihrem Vater entging ihre Unsicherheit nicht.

»So, so. Aber du bist kein Hündchen, das man kraulen und Gassi führen müsste. Verstehst du, warum ich mir Sorgen mache?«

»Das brauchst du nicht. Ich liebe ihn.«

»Liebe!« Abfällig stieß ihr Vater die Luft durch die Nase. »Du kannst doch nicht wirklich mit einem Mann zusammen sein, von dem du nicht einmal den Nachnamen kennst. Der keinen richtigen Job hat und vielleicht nur auf dein Geld aus ist.«

Ja, vor ihm konnte sie nichts verheimlichen. Auf seine knallharte Art, für die seine Gegner ihn fürchteten und seine Freunde ihn respektierten, brachte er die Sache auf den Punkt.

Alba versuchte es anders. »Einmal hast du mich gefragt, ob ich mit Georg glücklich bin. War ich nicht. Aber mit Finn bin ich das. Und als du meine Mutter geheiratet hast, spielten das Geld oder die Abstammung für dich doch auch keine Rolle!«

Seine Miene wirkte tot. Es war, als säße wirklich bloß ein mit Haut überzogener Schädel auf seinen Schultern. »Das war etwas anderes«, gab er trocken zurück, und es kam für sie einer Ohrfeige gleich.

»Ach ja?« Alba beugte sich vor und krallte ihre Finger in die Sessellehnen. »Was war denn so anders daran, eine Barkeeperin zu heiraten, die dazu noch ein Kind hatte und ihr Trinkgeld damit aufbesserte, dass sie sich von den Gästen ab und zu befummeln ließ?«

Er öffnete den Mund, sichtlich überrascht von dieser feurigen Ansage. Auch Alba erstarrte, nicht weniger überrascht von so viel Wagemut. Eine frühere Alba hätte es niemals gewagt, ihrem Vater solche Worte entgegenzuschleudern.

Dann stand Herr Wagner auf. Er verschränkte seine Hände hinter dem Rücken und schritt durch das Zimmer, ganz wie ein Präsident, der nach einem Ausweg aus einer kniffligen Situation suchte.

»Du bist inzwischen erwachsen, Alba. Also kann ich die Karten offenlegen und mit dir Klartext reden. Deine Mutter ist eine sehr kluge Frau. Durch ihr Fingerspitzengefühl habe ich so manch anderen Geschäftspartner gewonnen oder Insidertipp bekommen. Sie weiß eben, wem sie unter welchen Umständen schöne Augen machen muss. Und bei einem Bettgeplänkel wird das eine oder andere Geheimnis viel leichter verraten. Du verstehst?«

Nein … unmöglich! Alba glaubte, ihre Sprache wieder verloren zu haben. Die Worte klumpten in ihrer Kehle, und sie musste mit sich kämpfen, um sie mehr oder minder deutlich auszusprechen: »Sie hat mit den richtigen Leuten geschlafen, damit du …« Hätte er sie nicht unterbrochen, hätte sie nicht gewusst, was sie weiter sagen sollte. Zu scheußlich war die Vorstellung, die sich in ihrem Geist manifestierte.

»Es war zu unser aller Bestem.«

Alba rieb sich die Stirn. Ihr wurde flau im Magen, als hätte ihr Leben gerade bei einer Achterbahnfahrt einen Looping hingelegt. Ihre Mutter, die sie so lange für die Untreue verabscheut hatte, war nichts anderes als ein Spielzeug in den Händen eines ambitionierten Gatten.

Sie redete langsam. Entkräftet. »Bei Finn rümpfst du die Nase, aber selbst bist du nicht besser als jeder schäbige Zuhälter an der Reeperbahn.«

Er kniff die Augen zusammen. Jetzt wirkte sein Gesicht wahrhaft mumienhaft. »So etwas will ich nicht in meinem Haus dulden! Du bist anscheinend doch noch zu jung und naiv, um das zu begreifen. Eine eigene Wohnung willst du! Dein Leben verändern! Und was planst du mit deinem neuen Leben anzufangen, hm?«

Alba zwang sich, den Kopf zu heben und ihm direkt in die Augen zu schauen. »Etwas Sinnvolleres als bis jetzt. Ich breche das Studium ab und mache eine Ausbildung zur Automechanikerin. Auch wenn ich das meiste eh schon weiß.«

Wende nicht den Blick ab! Sieh ihn an. Sieh ihn an. Sieh ihn an … Und doch schlug sie die Lider nieder, als er an sie herantrat und allein mit seiner Präsenz ihren Willen brach.

»Entschuldige, ich glaube, ich habe dich gerade irgendwie falsch verstanden. Es klang nämlich so, als wolltest du dein Leben wegwerfen.«

Alba knetete die Finger, spürte, wie sich ihre Lippen bewegten und die Laute hervorstammelten: »Jura ist nichts für mich. Mein Herz schlägt für Autos.« *Und Finn,* fügte sie stumm hinzu. *Aber das wirst du nicht verstehen, obwohl ich es gehofft habe.*

»Und wer sagt dir, dass du in ein bis zwei Wochen das Ganze nicht schon wieder schmeißt? Nein, tut mir leid, das kann ich nicht unterstützen. Ich hoffe nur, dass du zur Vernunft kommst und das tust, was man von dir erwartet.«

»Was erwartet man denn von mir?«

Er legte die Hand auf ihre Schulter. Sein Ton wurde väterlich, fürsorglich, davon überzeugt, ihre Trotzphase gemeistert zu haben. »Alba, unsere Bank hat sich verspekuliert. Wir werden die Finanzkrise nicht überstehen, wenn wir keine finanzielle Unterstützung bekommen. Wir können alles verlieren. Alles. Verstehst du?«

Sie nickte.

»Deshalb sage ich dir, was du gleich tun wirst. Du gehst nach unten und versöhnst dich mit Georg. Ich habe bereits mit ihm geredet, er versteht, wie sehr dich der Tod deines Großvaters verstört hat. Er wird dir verzeihen. Und heute Abend verkünden wir eure Verlobung.«

»Du brauchst sein Geld«, flüsterte Alba.

»Es wird für beide Parteien zu einem lukrativen Geschäft. Es ist bereits alles besprochen.«

»Das bin ich also für dich? Nur eine Ware, eine Aktie, die du gut anlegen willst?«

Er schnaubte. Sein Ton wurde eine Spur kälter. »Alba, ich begreife nicht, wo das Problem liegt. Er war immer für dich da. Er sieht gut aus, und er liebt dich, glaub mir. Du wärst in guten Händen. Außerdem … müsstest du ihn nicht allzu lange ertragen.«

Es war für sie wie ein Schlag in die Magengrube. »Ja, du hast alles einkalkuliert. Georg ist unheilbar krank, das meinst du doch, oder?«

»Mit Chorea Huntington hat er nun mal nicht die besten Aussichten. Die Ärzte geben ihm nur noch zehn Jahre.«

Alba glaubte, sich übergeben zu müssen. Sie stand auf, obwohl ihre Beine sie kaum trugen. »Ich werde es nicht tun. Ich kann es nicht.«

»Wie bitte?«

Sie sah ihn nicht an. Würde sie es tun, könnte er mit einem Blick ihren Widerstand brechen, sie wie ihre

Mutter zwingen, sich zu verkaufen. Daran zweifelte sie keineswegs. »Mein Großvater hat mir sein Haus vererbt. Ich schätze, damit werde ich mich anfangs durchschlagen können.«

Schweigend trat ihr Vater zum Tisch und öffnete eine Schublade. Daraus holte er eine Mappe und hielt sie Alba entgegen. »Herzhoff hat auf sein Haus eine Hypothek aufgenommen. Er hat dir nichts hinterlassen, außer einem Haufen Schulden. Da will ich mal sehen, wie du dich damit durchschlagen willst. Von mir siehst du zumindest keinen Cent.«

Alba musste schlucken. Die wahren Zahlen hinter Herzhoffs Erbe kannte sie in der Tat nicht. Geld hatte für sie nie eine Rolle gespielt. Bis heute.

Sie fasste die Mappe nicht an. »Gut. Dann muss ich wohl schauen, wie ich klarkomme. Deine Cents kannst du jedenfalls behalten.«

Alba stürzte aus dem Arbeitszimmer. *Lauf! Lauf, bevor er dich daran hindern kann!* Sie floh die Treppe hinunter und huschte zwischen den eilenden Bediensteten durch die Halle. Erst kurz vor dem Ausgang machte sie halt. *Und wo läufst du hin, dummes Mädchen?* Es war so leicht, ihm »Deine Cents kannst du behalten« entgegenzuschleudern, doch sobald sie dieses Haus verlassen hatte, würde sie sprichwörtlich auf der Straße landen. Noch dazu von Nachzehrern und vermutlich auch von Metamorphen verfolgt. Schöne Aussichten.

»Alba!« Aus dem Augenwinkel bemerkte sie Georg, der sich einen Weg zu ihr bahnte. »Warte doch!«

Nein. Ihre Gedanken rasten. *Glaub mir, es ist besser für dich, wenn du nicht versuchst, mich aufzuhalten.*

Mit geübtem Griff hakte der Sicherheitsmann die Kordel aus, um sie nach draußen zu lassen, doch auf der Schwelle blieb sie abrupt stehen, als wäre vor ihrer Nase eine unsichtbare Tür zugeschlagen. Durch die von Steckfackeln und Lichterketten in den Baumkronen erhellte Allee, die zum Haus führte, sah sie Adrián gehen.

Verflucht, er hatte sie gefunden!

Draußen würde es ein Leichtes für ihn sein, sie zu schnappen und ihre Erinnerungen zu löschen. Also durfte sie nicht raus. Sie musste sich unter die Gäste mischen, direkt vor den Augen so vieler würde er sich nicht trauen, sie anzugreifen.

Jemand nahm sie an der Hand.

»Alba, hör mir bitte zu!« Georg. Verdammt, begriff er nicht, was ihr Vater im Schilde führte?

Anscheinend nicht.

Und währenddessen kam Adrián immer näher.

»Alba, was ich damals gesagt habe, tut mir leid. Ich habe überreagiert, bitte verzeih mir. Dein Vater hat mir bereits erklärt, was für eine schwere Zeit du durchmachst. Ich liebe dich. Zusammen stehen wir das durch.«

Sie hörte mit halbem Ohr zu und starrte Adrián an, der sich dem Eingang näherte, als wäre er ihr Henker, der zum Schafott emporstieg. Instinktiv taumelte sie zurück, um sich im Inneren der Villa zu verstecken.

Georg zog sie in seine Umarmung und küsste ihren Scheitel. »Mein armes Mädchen.«

Alba wehrte sich nicht, ließ sich von ihm zum Saal führen, ohne das Gefühl abzuschütteln, Adriáns Blick im Nacken zu spüren.

Sie musste ihm unbedingt entkommen – ihnen beiden! Aber wie?

Kapitel 25

Die Gesichter der Gäste verschmolzen für sie zu einer einzigen Masse. Alba eilte an die andere Seite des Saals, so weit wie möglich vom Eingang entfernt, um sich hinter den anderen zu verbergen.

»Was ist mit dir?«, stammelte Georg leicht gehetzt, tippelte hinter ihr her wie ein Dackel und entschuldigte sich permanent bei den Menschen, die sie oder er anrempelten. »Du siehst so blass aus.«

Sie schüttelte den Kopf, reckte den Hals und spähte zur Tür. Keine Untoten. In den dunklen Fenstern spiegelten sich der Saal und die Menschen darin wider; was im Garten vor sich ging, konnte sie nicht erkennen. Dafür musste sie wie auf einem Präsentierteller zu sehen sein: Der Raum hatte an zwei Seiten mehrere große Fenster – kein allzu gutes Versteck.

Auf einem kleinen Podest saß ein Quartett und spielte Mozart, doch die Musik klang disharmonisch, schrill in ihren Ohren. Von so viel Licht, Glamour und Getümmel um sie herum wurde ihr schwindelig. Alba ertappte sich, wie sie nervös zwischen zwei Fenstern hin und her tigerte und an ihren Haarspitzen zupfte. Georg griff nach ihren Händen und brachte sie damit zum Stillhalten. »Was ist denn los?« Alba zog ihre Hände zurück und öffnete den Mund, doch was für einen Sinn würden ihre Erklärungen ergeben? Er würde sie für verrückt halten, sofern er das nicht bereits jetzt tat. Ihre Eltern hatten sich bestimmt Mühe gegeben, ihm die Geschichte von einem verstörten Mädchen, das einen Flashback erlitten hatte, glaubhaft zu machen.

Sie musste sich beruhigen und lieber überlegen, was sie tun sollte. Hier war sie für ein Weilchen sicher. Ins Haus würde Adrián nicht gelangen, der Sicherheitsdienst würde ihn schon daran hindern. Niemand kam rein, der nicht auf der Liste stand. Und wenn doch, bei so vielen Menschen ringsherum müsste sie vor ihm sicher sein. Es blieb nur zu hoffen, dass der Nachzehrer dann kein Blutbad anrichten würde.

Georg tauchte vor Alba auf – ihr war gar nicht aufgefallen, dass er kurz weg gewesen war – und reichte ihr ein Glas Champagner. »Hier, trink etwas. Du siehst wirklich nicht gut aus. Wir müssen reden.«

»W-worüber?«, hauchte sie mit zittriger Stimme. Verflucht, sie stotterte schon wieder!

Einfaches Wasser wäre ihr lieber gewesen, trotzdem nippte sie am Glas. Das sündhaft teure Getränk prickelte auf ihrer Zunge, den exquisiten Geschmack konnte sie dennoch nicht entsprechend würdigen, so aufgewühlt wie sie war. Es schmeckte schal, weswegen sie Georg das Glas wieder in die Hand drückte. Etwas Flüssigkeit schwappte über den Rand und befleckte den Ärmel seines Smokings.

Er holte ein Taschentuch und betupfte das Nass. »Über uns.«

»Es gibt kein uns.« *Und vielleicht wird es bald nicht einmal mehr mich geben,* fügte sie stumm hinzu. Aber wenn Adrián dachte, sie würde kampflos aufgeben, dann hatte er falsch gedacht. Ihre Erinnerungen gehörten nur ihr, und sie würde es keinem erlauben, darin herumzupfuschen.

Georgs Kinnlade klappte hinunter, was bei seiner Erscheinung blöd aussah. »Du stotterst ja nicht mehr.«

Fast hätte sie gelacht. Aber nur fast. »Das höre ich öfter in der letzten Zeit.«

»Wie … wie kommt es dazu? Warst du in einer Therapie?«

Ja, in einer ganz wirksamen, dachte sie. Bei der ich allerdings beinahe mein Leben verloren hätte. Sie antwortete nur: »Frag nicht. Ich kann es dir nicht erklären.«

Er stellte ihr Sektglas einem vorbeieilenden Kellner auf das Tablett. »Du versuchst es nicht einmal.«

»Ich glaube, Hermann Herzhoff hat es einmal versucht«, flüsterte sie, nicht wirklich darum bemüht, von Georg gehört zu werden. »Fortan war er für euch nur noch ein verwirrter, alter Mann.«

Doch er hatte sie gehört und schlug einen beschwichtigenden Ton an. Als würde er mit einer Gestörten reden. »Deine Eltern haben mir bereits erklärt, wie sehr dich diese Sache mit deinem Opa aufgewühlt hat. Vergiss, was ich dir letztens gesagt habe. Alba, ich liebe dich. Ich will dich nicht verlieren.«

Alles klar. Hatte sie doch richtig gedacht! Was würden schon irgendwelche Erklärungsversuche bringen? Also fing sie damit erst gar nicht an.

Ihr Blick flog abermals zum Eingang, obwohl sie sich stets einredete, Adrián würde nicht ins Haus kommen können. Hier, auf der Party, hätte sie nichts zu befürchten.

Georg ergriff sie am Kinn und zwang sie, ihn anzusehen. »Verstehst du, was ich sage? Du bist so abwesend. Wenn nicht gar abweisend.«

Sie ruckte den Kopf und befreite sich aus seinem Griff. »Ja, ich verstehe dich ganz gut. Früher war ich vielleicht etwas schweigsam, aber nie taub«, erwiderte sie ruppig, was die Umstehenden dazu veranlasste, sie anzusehen.

Er zog die Augenbrauen zusammen. »Und ich muss zugeben, damals hast du mir bei weitem besser gefallen. Alba, mach bitte keine Szene, beruhige dich.«

Beruhigen? Pah! Sie war die Ruhe selbst. Nur eben nicht so, wie Georg es von seinem kleinen Mädchen erwartete. »Ich glaube, damit wurde bereits alles gesagt, was noch zu sagen war. Ein ›uns‹ bringt das trotzdem nicht zurück.«

»Aber ich liebe dich!«

Sie holte tief Luft, was ihr schwerfiel, als wäre ihr Brustkorb in ein Korsett geschnürt. »Das tut mir leid für dich. Ich hoffe, du wirst es mir irgendwann verzeihen.«

Alba wandte sich ab. Letztes Mal hatte sie Gewissensbisse, Georg allein zurückzulassen, um zu einem anderen zu eilen. Sein heiseres »Geh. Geh zu diesem Finn«

war wie ein Stoß in eine frische Wunde gewesen. Jetzt wünschte sie sich, sie könnte seiner damaligen Aufforderung folgen, sich von ihm losreißen und alles hinter sich lassen. Sie wünschte sich, er würde nicht versuchen, sie aufzuhalten. Nur konnte sie im Moment nicht gehen, und auch er ließ nicht von ihr ab. Er stand so dicht hinter ihr, dass sie seinen Atem an ihrer Wange spürte.

Wie sehr muss ich dir wehtun, damit du begreifst, dass du ohne mich besser dran wärst?

Ganz in der Nähe bemerkte sie ihre Mutter mit einem älteren Herrn plauschen, der einen Kopf kleiner als sie war, dafür aber dreimal so breit. Klimpernde Wimpern, ein reizendes Lächeln und eindeutig zweideutige Gesten … Alba spürte ein Ziehen in der Magengrube. Wieder so ein wichtiger Partner, den ihr Vater sich angeln wollte oder von dem er sich irgendwelche Insidertipps erhoffte?

Als ihre Mutter das Gesicht zu ihr drehte, meinte Alba davon einen Hilferuf ablesen zu können. Wieso war sie vorher nie hinter dieses Spiel gekommen? Wieso hatte sie nie gesehen, wie ihre Mutter sich verkaufte und ihren Kummer im Alkohol ertränkte, damit sie, Alba, ein schönes Leben haben konnte?

Sie wollte hinlaufen, ihre Mutter von dem Mann wegzerren und zusammen mit ihr diesem Leben den Rücken kehren. Alba gab dem Impuls nach, schob sich zwischen zwei anderen Gästen hindurch, um ihre Mutter zu erreichen.

Georg griff nach ihrem Ellbogen, und diesmal gelang es ihr nicht, ihn abzuschütteln.

»Es wird alles gut, glaub mir«, redete er sanft auf sie ein. »Du brauchst Hilfe. Professionelle Hilfe. Wir fahren jetzt nach Hause, du ruhst dich aus, und morgen früh …«

Alba hielt inne.

Am anderen Ende des Saals stand Adrián. Fein angezogen, als hätte er sich mit Absicht für die Party in Schale geworfen. Anscheinend fühlte er sich wohl in seiner maßgeschneiderten Kleidung und präsentierte sich so nicht zum ersten Mal.

»Nein!«, stieß Alba erstickt hervor und schob Georg als Schutzschild zwischen sich und den Nachzehrer. Sie umklammerte das Revers seines Smokings und drückte die Stirn an seine Brust. Vielleicht hatte der Untote sie nicht bemerkt? Könnte es ihr gelingen, den Saal heimlich zu verlassen?

Die durch die vielen Parfüms schwere Luft schien ihre Sinne zu benebeln. Oder war es Adriáns Versuch, ihren Verstand zu erreichen?

Ihre Verfassung musste Georg in der Annahme bestätigt haben, sie wäre viel zu verwirrt, um ihre Handlungen noch rational erklären zu können.

»Komm jetzt«, sagte er noch fürsorglicher als je zuvor und zog sie mit sich zum Ausgang.

Was sollte sie jetzt tun? Sich wehren und eine Szene machen? Dann würde der Nachzehrer sie garantiert entdecken. Mit Georg könnte sie ihm aber vielleicht entwischen.

Sie zwang sich, auf den Boden zu starren. So weit sie sich erinnern konnte, durfte sie Adrián unter keinen Umständen in die Augen sehen. Denn alles fing mit dem Blickkontakt an. So musterte sie das Parkett und die vielen Schuhe.

Alba glaubte, ihren Verfolger nun hinter sich gelassen zu haben. Gleich würden sie in der Eingangshalle sein und schließlich draußen. Doch zu früh gefreut.

»Alba!«, ertönte die Stimme ihres Großonkels neben ihr. »Du willst doch nicht schon jetzt deine eigene Geburtstagsparty verlassen?«

Georg hielt an. »Ihr kennt euch?«, rief er überrascht aus, fand jedoch sofort seine Manieren wieder. »Entschuldigung. Herr Sarmiento, ich glaube, niemand hätte es für möglich gehalten, Sie heute hier zu treffen. Es ist mir eine Ehre …«

War der Untote in Georgs Kreisen bekannt? Also musste er in der freien Wirtschaft recht erfolgreich sein. Das überraschte Alba.

»Rivas Sarmiento«, verbesserte der Nachzehrer ihn.

Sie betrachtete die Schuhe ihres Großonkels: modisch, sehr teures Leder und auf Hochglanz poliert. Bloß unter keinen Umständen hochsehen!

»Wie wahr«, stichelte sie. »Sie heute hier anzutreffen – das hätte auch ich nicht für möglich gehalten.«

Georg lachte höflich und versuchte ihre bissige Bemerkung zu überspielen. »Ich bitte meine Freundin zu entschuldigen, sie musste viel durchmachen in der letzten Zeit. Mh. Um Sie ranken sich mehr Gerüchte als um

Brad Pitt. Zugegeben, Ihre Heimlichkeit um Ihre Person lädt dazu förmlich ein.«

»Ich bemühe mich, meine Privatsphäre von der Öffentlichkeit fernzuhalten. Für die Geschäfte ist das eh nebensächlich.«

Alba schnaufte. »Und womit machen Sie Geschäfte?« Immerhin war es ihr gelungen, Georgs Hand von ihrem Ellbogen loszuwerden.

»Krieg ist mein Geschäft«, gab Adrián ihr Auskunft.

Wie passend! Fast hätte sie aufgeblickt, konnte sich aber im letzten Moment zurückhalten.

»Ihm gehört ein Großteil einer Firma, die Waffen entwickelt und vertreibt. Auf legale Weise, natürlich«, erklärte Georg ihr.

»Natürlich«, giftete Alba zurück. »Alles vollkommen legal.« Bestimmt rüstete er damit seinen Clan aus. Aber es gab ja kein Gesetz, das verbot, Untote mit Waffen zu beliefern. Äußerst praktisch.

»Es ist sehr warm hier. Wollen wir die Unterhaltung nicht lieber im Garten fortsetzen?«, schlug Adrián vor, und Alba stockte das Herz. Nein, nein und wieder nein! Sie durfte sich auf keinen Fall von der Menschenmenge lösen. Mit dem Nachzehrer allein im Garten zu sein, das wäre ihr Ende. Oder zumindest das Ende für ihre Erinnerungen, ihrer Liebe zu Finn. Auch Georg könnte sie kaum vor einem Angriff schützen, der Untote würde einfach sein Gedächtnis manipulieren und ihn in dem Glauben lassen, außer einer netten Unterhaltung sei nichts passiert. Sie saß in der Falle.

»Gern«, erwiderte Georg und legte den Arm um Albas Taille. »Mit größtem Vergnügen.«

Ein dumpfer Schlag gegen das Fenster zu ihrer Rechten brachte sie davon ab, ihm vor all den Leuten eine reinzuhauen. Sie drehte den Kopf dem Geräusch zu, konnte allerdings in der Dunkelheit draußen nichts sehen.

Gleich darauf ertönte es erneut, und diesmal beobachtete Alba, wie ein unförmiges Etwas die Scheibe traf. Und gleich danach wieder. Was war das? Es geschah viel zu schnell, um irgendetwas zu erkennen. Auch einige der Gäste hatten es bemerkt und tuschelten. Albas Mutter bemühte sich nach Kräften, die sich anbahnende Aufregung herunterzuspielen. Wenigstens hatte sie den molligen Herrn an ihrer Seite vergessen, was Alba nicht ohne eine gewisse Schadenfreude ihrem Vater gegenüber registrierte.

»Es ist ein Vogel«, stellte Adrián fest.

Etwas in seiner Stimme ließ Alba alles verdrängen: ihren Vater, die Mutter und ihren Freier, die Gäste ringsherum. Es gab nur das Fenster und die Dunkelheit dahinter, in der Alba irgendetwas zu erspähen erhoffte.

Dann schlug es wieder gegen die Scheibe und gleich darauf zweimal hintereinander. Es überlief Alba siedend heiß. Adrián hatte Recht. Es war ein Vogel. Und sie ahnte bereits, welcher.

Sie stürmte zum Fenster und rüttelte am Griff, bis sie es aufgemacht hatte. Etwas schoss auf sie zu, sie musste sich ducken, und der Rotmilan flatterte über ihren Kopf hinweg in den Saal. Überraschte und erschreckte

Rufe ertönten, die Menschen stoben auseinander, jemand ließ sein Sektglas fallen. Der Vogel flog taumelnd durch den Raum, schlug gegen die Wände, als wäre er absolut orientierungslos, und steuerte den Kristallleuchter an.

»Nein, nicht dorthin!«, rief Albas Mutter wehmütig und wurde vom Klirren und Rasseln übertönt.

Mit ganzer Wucht prallte der Rotmilan dagegen, verfing sich in den filigranen Ketten und riss mehrere der Kristallanhänger herunter. Einige Glühbirnen zerplatzten, während das Tier wie verrückt im Leuchter strampelte.

»Athene!« Alba lief in die Mitte des Saals, die von den anderen geräumt worden war, und streckte den Arm aus. »Athene, hier!«

Der Vogel zappelte wie ein im Netz gefangener Fisch. Weitere Anhänger prasselten auf Alba herunter und zerschellten auf dem Boden. Das Tier befreite sich, nachdem es den halben Leuchter demoliert hatte, und ließ sich wie reifes Obst fallen. Es machte nicht einmal einen Versuch, den Sturz abzufangen. Alba fing es auf, sonst wäre es auf dem Parkett aufgeschlagen.

In ihren Armen begann es allerdings erneut wild mit den Flügeln zu schlagen, zerfetzte mit den Krallen ihren Pullover, zerkratzte ihre Oberarme und schrie – hoch und schrill, dass es Alba in den Ohren wehtat. Sie ließ den Rotmilan los. Er tat einige Hüpfer, plumpste vornüber, um dann gleich wieder aufzuspringen und das Gefieder aufzuschütteln. Er sah zerrupft aus, einige der

Federn waren geknickt. Völlig wirr ruckte er den Kopf hin und her.

»Was ist mit dir?«, redete sie auf ihn ein, als könne er ihr antworten. So aufgebracht hatte sie ihn noch nie gesehen, und das gefiel ihr ganz und gar nicht. »Wo ist Finn?«

Bei dem Namen stieß der Vogel erneut sein schrilles »Wiih!« aus. Ein Zittern durchlief seinen Körper. Er hüpfte über das Parkett, erhob sich schwerfällig in die Luft und knallte erneut gegen eine Fensterscheibe.

»Mein Gott, er bringt sich noch um«, flüsterte jemand.

»Der Vogel ist krank«, mutmaßte ein anderer. »Kommt ihm bloß nicht zu nahe. Hat schon jemand Tierfänger gerufen?«

Doch Alba war es egal, was die Leute redeten.

»Athene! Beruhige dich. Ich bin's.« Sie näherte sich dem Tier, doch es taumelte wieder hoch.

Erst im dritten Anlauf gelang es ihm, durch das geöffnete Fenster zu entweichen.

»Das ist überhaupt nicht gut«, hörte sie Adrián sagen, der plötzlich neben ihr stand. »Wenn ein Seelentier sich so aufführt, kann das nur eines bedeuten.«

»Was?«, hauchte sie und wollte auf einmal keine Antwort hören, sich stattdessen die Ohren zuhalten und weglaufen. Dem Vogel hinterher.

»Dass sein Herrchen tot ist. Oder kurz davor steht zu sterben.«

Kapitel 26

Linnea schlängelte sich zwischen den Büschen hindurch, dicht an den Wurzeln vorbei, über das herbstlich kalte Erdreich. Das Geäst mit den letzten verschrumpelten Blättern vermochte ihre leuchtend grüne Färbung nicht zu verbergen. Ihr Schlangenkörper ringelte sich, und die Muskeln beförderten ihn vorwärts. Sie musste schneller nach Hause. Noch etwas länger draußen, und sie würde erstarren, denn für eine Schlange war es hier nicht mehr warm genug. Bereits jetzt war ihr Stoffwechsel heruntergefahren, die Bewegungen wurden träge. Obwohl das Seelentier um einiges mehr aushalten konnte als sonstige Reptilien, da auch es von der Verschmelzung mit einem Menschen profitierte.

Linnea verließ die Böschung, kroch auf den Bürgersteig und schnellte auf die andere Straßenseite. Auf ihrem Weg suchte sie die Nähe gerade abgestellter Autos, deren heiß gelaufene Motoren ihr Wärme spendeten, und kroch dicht an den Häusern vorbei.

Im Körper ihres Seelentiers, mit Smaragdas Geist verschmolzen, fühlte sich Linnea wohler als in ihrer eigenen Haut. Zu schade, dass sie sich dieses Vergnügen so selten gönnen durfte. Nur in den äußersten Fällen, wie in diesem hier, ließ sie die Verschmelzung zu. Wenn bloß die Kälte und der Mangel an UV-Strahlen ihr nicht so zusetzen würden! Aber bald würde sie zu Hause sein. Sie hatte bereits alles erkundet, wie sie es vorgehabt hatte. Die weiteren Vorbereitungen konnte sie nur in ihrem menschlichen Körper bewältigen.

Der Abend hatte sich bereits über die Stadt gesenkt und brachte noch mehr Kälte mit sich. Die Straße erstreckte sich leer vor ihr. Sonst hätten sich so einige Passanten gewundert oder wären schreiend davongelaufen, wenn sie die Palmlanzenotter gesehen hätten: eine grüne Schlange, die sich alles andere als heimisch in Deutschland fühlte.

Der letzte Abschnitt ihres Weges war am schwierigsten, denn die Straßen, durch die sie kriechen musste, waren auch am Abend noch stark frequentiert. Dennoch gelang es ihr, das Ziel, ohne entdeckt zu werden, zu erreichen. Sie schlüpfte ins Treppenhaus und steuerte ihre Tür im Erdgeschoss an, die sie nicht abgeschlossen, sondern bloß angelehnt hatte. Endlich die ersehnte Wärme! Endlich die UV-Strahler und die tropisch feuchte Luft! Feierabend für Smaragda, doch für Linnea fing alles gerade erst an.

Ihr fast lebloser menschlicher Körper lag im Flur, abgekühlt, die lebenserhaltenden Funktionen auf ein Minimum reduziert. Und über ihn beugte sich Ylva.

In ihrem Seelentier fühlte Linnea anders, Instinkte bewegten sie dazu, ihren Körper zu beschützen und den Feind davonzujagen. Mit lautem Warnzischen schnellte sie vorwärts, die Giftzähne ausgefahren, um sie der jungen Frau in die Hand zu stoßen, mit der diese nach ihrem Puls tastete.

Ylva schrie auf und sprang zurück, rettete sich auf die andere Seite des Korridors. Es war nur ein kurzer Moment, eine intuitive Reaktion. Aber etwas hatte sich merklich an der jungen Frau verändert. Ihre Bewegungen wirkten nicht mehr so tierhaft wie vorher, und der Ausruf war eindeutig menschlich. Was hatte Oya mit dem Mädchen angestellt? Ein Dämon sollte jetzt in ihr weilen, doch noch spürte Linnea seine Präsenz nicht, obwohl sie sonst das Schattenreich wahrnehmen konnte.

Etwas fauchte – die Ratte schnellte vor und stellte sich zwischen Linnea und sein Frauchen. Linnea visierte den Nager an, züngelte und schmeckte seinen Geruch. Der Hunger meldete sich, und es fiel ihr schwer, ihn zu zügeln. Ylva murmelte etwas, was Linnea nicht hören konnte, packte das Tier am Nacken und taumelte weiter zurück.

Linnea beachtete die beiden nicht mehr. Sie ringelte sich auf der Brust ihres menschlichen Körpers zusammen, den Kopf zu Mund und Nase ausgestreckt. Ihre gespaltene Zunge huschte vor und zurück, sie schmeckte den Hauch ihres Atems. Dann krampften die Muskeln, sie zuckte unkontrolliert, und ihr Geist wurde von der Schlange abgestoßen.

Als Linnea in ihrer eigenen Hülle zu sich kam, fühlte es sich an, als wäre ihr ganzer Körper eingeschlafen. Sie stöhnte, blieb aber liegen. Nur vorsichtig rührte sie die Finger, dann die Arme und die Beine. Es musste einige Zeit vergehen, bis sie sich daran gewöhnt hatte, wieder über mehrere Extremitäten zu verfügen.

»Wer bist du? Was geschieht hier?«

Linnea verharrte, als sie Ylva reden hörte. Reden wie ein Mensch, ohne Fauchen und Japsen. Klare Laute, zu sinnvollen Wörtern verwoben. Die Stimme der jungen Frau klang nach einem angenehmen Mezzosopran, jedoch rau, als wäre das Mädchen es noch nicht gewohnt, seine Stimmbänder auf diese Art zu gebrauchen.

Linnea wagte es, ihren Kopf zu drehen, um Ylva besser zu sehen. Da stand sie, eine zierliche, anscheinend nackte Gestalt. Doch in aufrechter Haltung wirkte sie größer als zuvor, älter und reifer. Wie hatte das Mädchen es bloß geschafft, aus dem Käfig herauszukommen? Hatte ihm jemand geholfen? Nein, unmöglich.

Linnea stützte sich mit dem Arm ab und setzte sich auf, mit dem Rücken an die Kommode gelehnt. Kein Brechreiz, keine Schwindelanfälle. Ihr ging es besser als nach der letzten Verschmelzung, nach der es ihr damals vorgekommen war, als hätte sie den Schleudergang in einer Waschmaschine überlebt.

»Wer bist du?«, wiederholte Ylva und brachte sich in Kampfposition.

Was für ein wunderbares Geschöpf! Mit Instinkten, die jede Jägerin vor Neid erblassen lassen würde. Linnea beeilte sich zu antworten, um die Kleine nicht zu sehr zu reizen, doch es gelang ihr nicht sofort, menschliche

Laute zu produzieren. Ihr Geist klammerte sich noch immer an die Vorstellung, sie sei eine Schlange.

Endlich brachte sie hervor: »Ich heiße Linnea. Du brauchst nichts zu befürchten, es ist alles gut. Hier bist du in Sicherheit.«

Natürlich glaubte Ylva ihr nicht. Kein Wunder, unter den Umständen. Wie sehr wünschte Linnea sich, sie wäre dabei gewesen, als das Mädchen aufgewacht war! Sie fühlte sich für die Kleine verantwortlich. Wobei – Kleine? Nein, so klein, wie es zuvor den Eindruck erweckt hatte, war sie keineswegs.

»Warum war ich in einem Käfig eingesperrt?«

Was sollte sie antworten? Weil du dem Feind geholfen hast? Weil du dich gegen mich gestellt hast und ich dich dafür umbringen wollte, es aber nicht übers Herz bringen konnte? Die Wahrheit hörte sich zu grässlich an, um sie zu offenbaren. Aber gänzlich lügen wollte Linnea auch nicht.

»Du warst sehr krank. Ich musste Sorge dafür tragen, dass du dir selbst oder den anderen keinen Schaden zufügst. Ich freue mich zu sehen, dass es dir bessergeht.« Sie lächelte. Und stellte mit Verwunderung und mit nicht weniger Begeisterung fest, dass es sie glücklich machte, Ylva wohlauf zu wissen. Und da – da spürte sie auch den Dämon, der sich zu regen und seine unsichtbaren Tentakel nach ihr auszustrecken begann. Unruhe erfasste sie, doch sie blieb still.

Das Mädchen fuhr sich mit einer Hand über die Stirn. »Es ist alles so durcheinander hier drin. So viele Gesichter, Orte, die ich kennen müsste und dennoch nicht zuordnen kann. Ich weiß nicht einmal, wie ich heiße.«

Linnea erhob sich. Noch musste sie sich an der Kommode festhalten, aber wenigstens trugen die Beine sie. »Ylva. Dein Name ist Ylva. Ein sehr schöner Name, wie ich finde.«

Die Kleine überlegte kurz, dann nickte sie. »Gut. Ich hatte schon Schlimmeres befürchtet. Sind wir verwandt?« Der Dämon war immer noch da, doch er ließ Linnea in Ruhe. Wie Oya es gesagt hatte.

»Ich bin so etwas wie deine Mutter.« Kraft kehrte in ihre Glieder zurück. Wie gern wäre sie jetzt bei Ylva geblieben, um sie zu unterstützen und sie in die ihr noch so fremde Welt einzuführen. Sich mit ihr zu freuen, im Alten das Neue zu entdecken. Aber sie hatte keine Zeit. Mit jeder Sekunde erhöhte sich das Risiko, dass ihre gut vorbereitete Falle entdeckt werden würde. »Hör zu. Ich muss noch etwas erledigen, aber wenn ich zurück bin, werde ich dir alles erklären, okay? In dieser Zeit … versuch dich zu waschen. Schaffst du das?« Sie öffnete eine Tür zu ihrer Rechten. »Hier ist das Bad. Im Schlafzimmer findest du ein paar Sachen, die ich für dich gekauft habe, ich hoffe, sie passen dir. Solltest du nicht klarkommen – mach dir nichts draus. Wenn ich wieder zurück bin, helfe ich dir. In Ordnung?«

Die junge Frau schaute an sich herunter. »Ich schätze, das Waschen habe ich bitter nötig.«

Allein diese frech-ironische Antwort erfüllte Linnea mit Entzücken und fast mütterlichem Stolz. Wie sehr hatte sich dieses arme Geschöpf verwandelt! Aus einem hässlichen Entlein in einen prächtigen Schwan. Nun ja. Zumindest fast. Denn Schwäne stanken nicht so erbärmlich, wie es die Kleine tat.

»Gut.« Ob das Mädchen sich ihr auch unterwerfen würde, so wie jeder Metamorph ihrer Gemeinde? Oder hatte Oya zu viel versprochen? Linnea konzentrierte sich auf jenes Gefühl, das die Produktion des Königinnen-Duftes steuerte, trat auf Ylva zu und umarmte sie. Würde das Mädchen gleich wieder zubeißen? Sie hielt inne, redete, um ihre Unsicherheit zu überspielen: »Mach dir keine Sorgen. Ich lasse Smaragda bei dir. Sie passt auf dich auf. Und ich schicke dir jemanden vorbei, der auf dich achtgibt, solange ich nicht da bin.«

In tiefen, regelmäßigen Zügen atmete Ylva den Geruch ein. Ihr Körper entspannte sich. Es wirkte, sie erwiderte die Umarmung sogar! Linneas Herz schlug etwas schneller.

Du bist eine von uns. Jetzt gehörst du mir! Du gehörst nur mir allein, und ich werde dich nie gehen lassen. Dich nicht.

Gleichzeitig spürte sie erneut Dunkles, das sich in der Seele des Mädchens regte, um von dieser Welt zu trinken. Der Dämon.

»Wer ist Smaragda?«, fragte Ylva etwas naiv, und Linnea badete in dem Zutrauen, das darin mitschwang. Nein, sie sollte nicht ihre Gedanken an den Dämon verschwenden. Alles, was zählte, war Ylva in ihren Armen. Eine verlorene Seele, die zurückgekehrt war.

»Meine Schlange.« Sie gab sich einen Ruck und ließ die

junge Frau los. »Nein, nein, stell jetzt keine Fragen. Dazu werden wir später genug Zeit haben. Vertraue mir.«

Ylva nickte unsicher.

»Gut.« Linnea zog ihren Mantel an. Sie stand bereits in der Tür, als Ylva doch noch eine Frage stellte: »Wer ist Finn?«

Linnea verharrte mitten in der Bewegung. Ihr Blick schoss zu dem Mädchen. »Wie kommst du jetzt darauf?«

Die Kleine zuckte mit den Schultern und wickelte sich eine Strähne um den Finger. Fast verlegen, könnte man meinen. »Ich weiß nicht so recht. Er ist der Einzige, bei dem ich dem Namen ein Gesicht zuordnen kann. Was ich nicht zuordnen kann, sind die Gefühle, die in mir hochkommen, wenn ich an ihn denke. Es ist so frustrierend!«

Linnea atmete durch, obwohl ihre Unruhe sich nicht gänzlich gelegt hatte. Würde Ylva sich an alles erinnern? An Finn, an die Verfolgung und ihre Gefangennahme? Und falls ja: wann? Zum Glück nicht heute und vielleicht auch nicht morgen. Und auch wenn sie sich erinnerte, musste das nichts bedeuten. Das Mädchen gehörte zu der Gemeinde, es unterwarf sich dem Duft der Königin. Die Kleine würde nicht entkommen, wie Kilian es versucht und Finn es getan hatte. Dafür würde Linnea schon sorgen.

»Später. All das klären wir später, glaub mir. Jetzt muss ich los, aber ich bin so schnell wie möglich zurück. Versprochen.«

Sie verließ die Wohnung, obwohl sie viel lieber geblieben wäre. Ihre Leibwächter, die für ihren Schutz verantwortlich waren, wollten ihr folgen, doch sie befahl den Metamorphen, zurückzubleiben, und Micaela wies sie an, in die Wohnung zu gehen und auf Ylva aufzupassen.

Jetzt legte sie den gleichen Weg zurück, den sie kurz zuvor in Smaragdas Körper hinter sich gebracht hatte. Nur auf zwei Beinen, warm angezogen und nicht auf die Sonnenstrahlen angewiesen. Trotzdem kam sie sich fremd vor, noch wirkten die Bewegungen nicht geschmeidig und vertraut, als hätte sie den menschlichen Körper bloß geliehen.

Bald stand sie vor Julianes Haus: Ein alter Bau, der sicherlich keinen Energiepass bekommen würde, so viel Wärme strömte aus allen Ritzen nach draußen.

Die alte Dame schien noch nicht da zu sein. Wunderbar. Ein wenig hatte Linnea befürchtet, ihre Erzfeindin würde früher heimkehren. Dann wäre die ganze Überraschung hin gewesen, die sie so sorgfältig vorbereitet hatte, was äußerst bedauerlich gewesen wäre.

Linnea hatte im Schlangenkörper die nötigen Vorkehrungen getroffen, den Ersatzschlüssel im Haus gefunden und ihn in die Rosenbüsche gelegt. Kein einfaches Unterfangen für ein Kriechtier, aber so war es für sie jetzt ein Leichtes, hineinzugelangen.

Die Tür quietschte beinahe vertraut, die Diele unter ihrem rechten Fuß stöhnte beim Auftreten. Ansonsten – eine so herrliche Ruhe. Ja, alles war genauso, wie sie es hinterlassen hatte. Wirklich alles?

Eigentlich hatte sie geschworen, nicht nach unten zu gehen. Das würde sie nur ablenken, Zeit vertrödeln, die sie vielleicht nicht mehr hatte. Aber jetzt, da sie hier im Flur stand und das Echo eines aussichtslosen Kampfes unter ihren Füßen spürte, durch die Dielen, Steine und ihr Schuhwerk hindurch, musste sie ihn einfach sehen.

Nicht sofort fand sie die Tür zum Keller – in ihrer Wahrnehmung verschmolz diese mit dem Blau der Wände, und so gut wie in ihrer gewohnten Umgebung konnte sie sich hier noch nicht orientieren. Auch auf der steilen Treppe, die nach unten führte, musste sie aufpassen.

Im engen Vorraum unten streckte sie die Arme aus, um die Wände mit Regalen und irgendwelchen Dosen zu berühren. Auf ihrem Gesicht spürte sie einen leichten Luftzug und steuerte die Richtung an, aus der er kam. Ein schmaler Durchgang folgte, dann erstreckte sich die Waschküche vor ihr. Die Waschmaschine spülte vor sich hin, der Trockner brummte, und die Wärme der Geräte zeichnete sich deutlich in ihrer Infrarotwahrnehmung ab. Doch nicht das ließ sie innehalten. Ihr Gespür für Übersinnliches schlug Alarm. Spuren des Schattenreiches, tief mit den Fasern des Hauses verwachsen. Hier, im Keller, am stärksten. Was hatte das zu bedeuten?

Alles Mögliche. Dass einst eine Hexe das Haus besucht hatte, dass es an einem magischen Ort erbaut worden war … Nein, sie musste sich keine Sorgen machen. Wenn die Spuren sich so tief in das Mauerwerk eingeätzt hatten, waren sie schon sehr lange da. Ob Juliane Dwenger von der uralten Magie wusste, mit der ihr Haus buchstäblich getränkt war? Vermutlich nicht.

Linnea setzte ihren Weg fort und trat in den letzten Raum des verwinkelten Kellers. Hier verharrte sie und beobachtete die leuchtende Gestalt, die mit den Fesseln kämpfte. Es musste dunkel sein, denn der Gefangene bemerkte ihre Anwesenheit nicht.

Lautlos schritt sie voran. Erst als sie ihm ihre Hand auf die Brust legte, zuckte er zusammen und erstarrte. Nur sein Herz trommelte wie wild unter ihrer Handfläche.

Sie schmiegte sich an ihn, fuhr über seine Schultern und Arme, die nach oben gestreckt und an den Gelenken mit Handschellen an ein Fenstergitter gefesselt waren.

»Guten Morgen, Dornröschen. Ich habe schon befürchtet, du wachst nie auf. Ausgeschlafen? Nach achtzehn Stunden könnte man das annehmen.«

Finn stöhnte. Sie streichelte ihm über die Wangen, die mit Bartstoppeln übersät waren, und ertastete das Klebeband vor seinem Mund.

»Ach. Du kannst mir ja gar nicht antworten.« Mit einem Ruck riss sie den Streifen ab, was ihn dazu veranlasste, scharf die Luft einzuziehen. »Wunderbar, wenn einem die Arbeit abgenommen wird, findest du nicht auch?«

»Wo bin ich?«

Sie lachte und lehnte ihren Kopf an seine Schulter. »Bei mir.«

»Schlimmer kann es wohl nicht kommen.« Er trat ihr gegen das Schienbein.

Linnea schrie auf und sprang zurück. Verflucht. Seine Beine waren nicht gefesselt, obwohl sie das eigentlich angenommen hatte. Wie unaufmerksam von ihr.

»Du bist im Keller deiner Oma, wenn du es genau wissen willst. Ruf nach ihr, falls du magst, sie würde sicherlich nach dir sehen wollen. Sie hat sich ja so viel Mühe mit dir gemacht, all diese Zeit.«

Sie spürte, wie er erschrocken schnaubte. »Was willst du von ihr?«

So ein Dummerchen aber auch. Er ahnte immer noch nicht, was hier gespielt wurde.

»Du weißt es nicht? Nein, wie denn auch. Das Interessanteste hast du ja verschlafen.« Sie vernahm, wie ein Auto auf das Grundstück fuhr. Ein großes Auto. Juliane Dwenger kehrte zurück. »Ich würde noch länger mit dir plaudern, aber jetzt habe ich zu tun. Keine Sorge, ich komme bald wieder zu dir. Wir werden eine schöne, leider etwas kurze und für dich sicherlich nicht ganz so angenehme Zeit zusammen verbringen.«

»Was hast du vor? Lass meine Oma in Ruhe!«

»Ach Finn, mein armer Junge, ich werde dir heute einen Riesengefallen tun. Aber ich erwarte nicht, dass du mir dafür dankst.«

Sie drehte sich um und steuerte den Ausgang an.

»Nein! Warte!« Sie hörte, wie er an den Handschellen

zerrte. Natürlich vergebens. Er würde ihr nicht entkommen, genauso wenig wie Juliane, die ahnungslos in ihr trautes Heim zurückkehrte.

Doch sie musste sich sputen.

Linnea eilte aus dem Keller, wäre fast auf der Treppe gestolpert. Den Waffenschrank, dessen Stand sie sich in Smaragdas Körper eingeprägt hatte, fand sie sofort. Sie wusste, dass Juliane ihn nicht abschloss, um bei der geringsten Gefahr zur Waffe greifen zu können. Jetzt wurde ihr das zum Verhängnis.

Linnea holte das Gewehr und lud es, dann trat sie zurück in den Flur, die Waffe auf den Eingang gerichtet.

Der Schlüssel wurde gedreht. Die Tür quietschte beim Öffnen und gab Linnea ein Zeichen.

»Überraschung!« Sie drückte ab, sobald sie Julianes Wärmesignatur empfangen hatte. Wie schade, dass sie nicht real sehen konnte, wie die Brust ihrer Feindin von den Schrotkugeln zerfetzt wurde. Sie nahm bloß eine Infrarotversion davon wahr, als das warm leuchtende Blut an die kaltblauen Wände spritzte.

Der zierliche Körper brach in sich zusammen. Das dumpfe Geräusch, als er auf dem Boden aufschlug, ließ Linnea wohlig erschaudern.

Es war vorbei.

So einfach.

So schnell.

Dass es sie sogar ein wenig enttäuschte.

Kapitel 27

»Nein! Warte!«

Finn zerrte an seinen Fesseln. Die Handschellen schnitten ihm in die Gelenke, das Quietschen von Metall auf Metall ertönte, als die Kettenglieder am Gitterstab scharrten, doch viel mehr geschah nicht. Sich zu befreien war unmöglich, und nach einigen Minuten des Kampfes musste er aufgeben, nicht zuletzt, weil sein verbundener Arm wehtat. Ein wenig beneidete er die Totenküsser, die das Gitter vermutlich mit Leichtigkeit von dem Fenster gerissen hätten.

Während er schlaff in seinen Fesseln hing, gingen ihm alle möglichen Fragen durch den Kopf, auf die er sich die Antworten zusammenzuschustern versuchte. Nur mit Mühen gelang es ihm, den Vorgang seiner Gefangennahme zu rekonstruieren. Er war überfallen, mit einem Elektroschocker und einem Beruhigungsmittel außer Gefecht gesetzt und schließlich hierhergebracht worden. Von Linnea, kein Zweifel. Aber warum ausgerechnet hierher? Die Antwort lag nahe: Um Juliane eine Falle zu stellen. Was er allerdings nicht begriff: Aus welchem Grund verfolgte Linnea seine Oma? Ja, die alte Frau war früher eine Metamorph-Königin gewesen.

Doch ohne ihr Seelentier stellte sie keinerlei Gefahr mehr dar. Die einzig logische Erklärung lag in Julianes langem Leben ohne das Seelentier. Kein Metamorph konnte so viele Jahre durchstehen, ohne den Verstand zu verlieren. Und auch mit dem Seelentier ereilte dieses Schicksal früher oder später absolut jeden. War Linnea hinter dem Geheimnis her?

Das ergab durchaus Sinn.

Ihn wollte sie als Druckmittel benutzen, ganz klar. Wie lange würde seine Oma standhalten, während Linnea ihn folterte? Finn ballte die Fäuste. Verflucht, und er konnte nichts dagegen unternehmen.

Vielleicht würde es ihm gelingen, an den Fenstergriff zu kommen und es zu öffnen, um nach Hilfe zu rufen oder wenigstens seine Oma zu warnen? Er stellte sich auf die Zehenspitzen, schob eine Hand zwischen die Gitterstäbe und tastete nach dem Fenstergriff. Seine Arme, schon so lange über seinem Kopf fixiert, fühlten sich taub an. In den Fingern besaß er kaum Gefühl. Jede Reibung der Handschellen an seiner wundgescheuerten Haut schmerzte, doch das war nichts im Vergleich zu dem, was Linnea mit ihm anstellen würde. Also biss er die Zähne zusammen und reckte seine Hand. Das Fenster war zusätzlich noch mit einem feinen Maschendraht überzogen, eine Ecke davon saß lose, an der er sich jedes Mal verletzte, wenn er die Hand bewegte. Endlich bekam er den Verschlussmechanismus zu fassen. Anscheinend musste man den Hebel nach oben drücken, um es zu öffnen. Doch egal, wie sehr er sich anstrengte, das Fenster wollte sich nicht bewegen. Bald ahnte Finn, warum – es gab sicherlich einen zweiten Hebel, den es zu betätigen galt. Auf der anderen Seite, an die er unmöglich gelangen konnte.

Ein Gewehrschuss durchbrach die Stille des Hauses. Finn stockte der Atem.

»Nein!«, brüllte er und zerrte erneut mit allen Kräften an den Handschellen. Der Gitterstab, an den er gekettet war, wackelte, gab aber keinen Deut nach. Wem hatte der Schuss gegolten?

Seine Gedanken rasten, und er glaubte, den Verstand zu verlieren.

Reiß dich zusammen! Es war Julianes Gewehr. Wer sagt denn, dass nicht sie es war, die den Schuss abgefeuert hatte?

Er lauschte in die Dunkelheit. Hatte er Schritte gehört? Kam jemand die Treppe herunter? Finn wollte nach seiner Oma rufen, wagte es aber nicht. Noch hatte er Hoffnung, dass sie es war. Was aber, wenn statt ihrer Linnea antworten würde?

Er versuchte, irgendetwas in dem dunklen Raum zu erspähen, aber ohne Erfolg, bis sich ihm eine Silhouette näherte. Sein Herz zog sich schmerzhaft zusammen, als er die Metamorph-Königin erkannte.

Triumphierend lehnte sie das Gewehr an die Wand, nicht weit von ihm entfernt. Aber was nützte es ihm, wenn seine Hände gefesselt waren?

»Es ist vorbei«, flüsterte sie ihm lispelnd zu. Wenn sie so mit ihm sprach, musste er umso mehr an eine

Schlange in menschlicher Gestalt denken. »Jetzt sind nur wir zwei übrig. Wie schade, dass es so enden muss, Finn. Du wärst ein hervorragender Jäger geworden, du hattest wirklich Potenzial. Aber du musstest dich unbedingt gegen mich stellen, jetzt kann ich nichts mehr für dich tun.«

Finn zitterte vor Wut, vor Trauer um seine Oma und konnte nichts dagegen tun. Sollte Linnea doch wissen, was für ein Schwächling er war. Was hatte das noch für eine Bedeutung?

Sie küsste ihn, seinen Hals und die Wangen, streichelte ihm durch das Haar. »Weinst du? Das musst du nicht. Wirklich nicht.«

Es war ihm gar nicht bewusst, wie die Tränen über sein Gesicht liefen.

Mit viel Mühe formte er die Worte, die nicht durch seine verengte Kehle zu passen schienen: »Warum hast du sie getötet? Sie hat dir doch nichts getan.«

»Sie hatte es vor. Ich musste mich wehren.«

»Du bist verrückt. Was hätte sie dir anhaben können, sie war schon lange kein Metamorph mehr! Was?«, schrie er zornig und brach im Bewusstsein seiner Machtlosigkeit frustriert zusammen.

»Scht«, zischte sie ihm ins Ohr, was er kaum noch registrierte. »Nicht doch, nicht doch. Du hast keine Ahnung, wozu sie fähig war. Was sie dir einst angetan hat. Und was sie dir noch antun wollte.«

»Meine Oma wollte mir helfen, ohne euch klarzukommen«, flüsterte er kraftlos. »War das der Grund?«

War er schuld an ihrem Tod? Ging es doch bloß um ihn und seinen Verrat an der Gemeinde? Wie könnte er damit leben, es sich verzeihen, wenn er die Frau, die ihm alles gegeben hatte, durch sein Handeln praktisch zum Tode verurteilt hatte? Zum Glück würde er vermutlich nicht mehr allzu lange leben, um sich damit herumzuquälen.

»Deine Oma …« Linnea streichelte ihm den Kopf, tröstete ihn wie eine Mutter ihr Kind. »Dass du dich da nicht ganz böse irrst! Wusstest du, dass Juliane Dwenger deiner Mutter einen hübschen Batzen Geld gegeben hat, damit sie dir eintrichterte, diese Frau, die du nie zuvor gesehen hattest, wäre deine Oma? Nein? Ach, mach dir nichts draus, ich habe es auch erst vor kurzem erfahren.«

»Lächerlich!« Er wollte sich ihrer Berührung entziehen, doch es gelang ihm nicht. »Warum hätte sie das tun sollen? Hätte sich jemand ein Kind kaufen wollen, wäre ich der Letzte gewesen, auf den die Wahl gefallen wäre.«

»Ja, warum hätte sie das tun sollen? Was ist an dir so besonders, dass du dieser Mühe wert bist?« Linnea lachte. Übermütig zupfte sie an seinen Haarsträhnen. »Zerbrich dir nicht den Kopf. Ich wäre auch nie dahintergekommen, wenn ich deine selbst ernannte Oma nicht beobachtet hätte.«

Plötzlich flutete Licht den Kellerraum.

»Überraschung«, knirschte eine Stimme wie ein altes Radio, begleitet von einem kaum wahrnehmbaren Fiepen und Schmatzen. »Glaubst du nicht, diese Geschichte sollte lieber ich ihm erzählen?«

Finn blinzelte. Es dauerte einen Moment, bis seine Augen sich auf die Helligkeit eingestellt hatten, und alles Weitere passierte so schnell, dass er nicht sofort fassen konnte, was sich vor ihm abspielte.

Linnea wurde zu Boden gerissen und niedergedrückt. Auf ihrer Brust thronte Juliane und traktierte mit gezielten Faustschlägen das Gesicht der Königin, die ihre Arme schützend hochriss und sich hin und her wand. Einige Strähnen hatten sich aus der Hochsteckfrisur der alten Frau gelöst, doch das stellte noch das geringste Übel dar. Ihre fliederfarbene Bluse war blutgetränkt und von Schrotkugeln zerfetzt – eine einzige Matschstelle aus Fleisch, Haut und Kleidungsstoff.

Sobald sie sich von der ersten Verblüffung erholt hatte, wand sich Linnea einer Schlange ähnlich unter ihrer Angreiferin hervor, rollte sich einige Meter weg und sprang auf die Beine. Sie wollte nach dem Gewehr greifen, doch Finn trat die Waffe mit dem Fuß in eine Ecke, ohne nachzudenken. Wenigstens so konnte er seiner Oma helfen.

Juliane schnellte auf ihre Feindin zu, doch diese traf sie mit einem gezielten Tritt in den Bauch, so dass die alte Frau gegen eine Werkbank geschleudert wurde. Zusammen mit dem Möbelstück und einigen Werkzeugen ging sie zu Boden.

»Wie ist das möglich, dass du noch lebst?«, fauchte Linnea und strich sich das Haar aus dem Gesicht. Ihre Nase blutete, das rechte Auge begann anzuschwellen.

Juliane erhob sich mit der Grazie einer wahren Königin. Mit offenen Händen, als wolle sie die Metamorph-Frau umarmen, ging sie auf ihre Gegnerin zu. »Sag du es mir, du bist ja so ein schlaues Mädchen.« Ihre Stimme klang fremd und verzerrt.

Linnea stand unbewegt wie eine Statue, bis Juliane auf etwa zwei Meter Entfernung heran war. Als hätte die alte Dame ihr ein Schwert in den Bauch gerammt, schreckte die Metamorph-Königin zurück. Ihre Gesichtszüge entgleisten. »Ich fühle es! Großgütiger, jetzt verstehe ich, woher die Spuren des Schattenreiches hier kommen. Du trägst einen Dämon in dir. Deswegen hast du so lange ohne dein Seelentier überlebt. Deswegen konnte der Schuss dir nichts anhaben!«

»Ertappt.« Juliane hechtete auf ihre Feindin zu, doch die Königin hatte nicht mehr vor zu kämpfen. Sie wich dem Angriff aus und floh aus dem Keller. Juliane schnellte ihr hinterher, bekam sie zu fassen. Zusammen stießen sie gegen eine Wand, dann riss sich Linnea aus dem Griff los.

Auf der Treppe polterte es, danach verlagerten sich die Kampfgeräusche in den Flur. Mobiliar zerbrach, irgendwo zerschellte Glas – dann war es still.

Wie ist das möglich, dass du noch lebst?, kreiste Linneas Frage in Finns Kopf. Was die Königin kurz darauf anscheinend begriffen hatte, blieb ihm ein Rätsel.

Juliane kam zurück und zupfte ihre Bluse zurecht, als wäre nichts geschehen. »Das Miststück ist mir entwischt.«

»Oma …«, hauchte Finn, immer noch zu überrumpelt, um klar denken zu können. »Was ist passiert? Wie …« *Ja, wie hast du denn diese Wunde überlebt?*, wollte er fragen, stieß aber bloß ein atemloses »Wie geht es dir?« hervor.

Sie winkte ab. »Nett, dass du dir um mich Sorgen machst, aber völlig unnötig. Es ist nur ärgerlich, dass Linnea mich aufgespürt hat. Denn nun muss ich auch dieses Haus aufgeben und ein neues suchen, um in Ruhe arbeiten zu können.« Sie schlug sich mit der Faust in die Handfläche. »Verdammt, und ich hatte bereits alles vorbereitet!«

»Arbeiten? Woran? Was hattest du vorbereitet?«

Er bekam keine Antwort.

Egal.

Momentan wurde ihm eh alles ein wenig zu viel. Finn deutete auf seine Fesseln. »Ich schätze, Linnea hat die Schlüssel.«

Juliane steckte ihre Hand in die Hosentasche und holte einen Schlüsselbund hervor. »Ich schätze, die habe ich. Aber dir die Handschellen abnehmen, kann ich nicht. Noch nicht.« Sie schüttelte den Kopf, überprüfte den Sitz ihrer Frisur und steckte einige Haarnadeln neu hinein. »Ach Junge, du hättest lieber deinen Tee trinken sollen, dann wäre alles viel einfacher gewesen. Für dich, weil dir dann das Ganze gleichgültig gewesen wäre. Und für mich, weil du dich nicht gegen mich wehren würdest.«

»Was?«

»Diese Schlange hatte Recht. Ich bin nicht deine

Oma, obwohl ich es gern war. Glaub mir Finn, ich mochte dich. Und ich mag dich immer noch, du warst und bleibst mein kleiner Junge. Nur bin ich bereits zu weit gegangen, um jetzt so kurz vor dem Ziel aufzugeben. Du wirst es nicht verstehen, wenn ich sage, das täte mir leid, oder?«

»Was redest du da?«

Sie schnaubte verächtlich und kam näher. »Du verstehst nicht einmal das, was ich dir zu erklären versuche.« Der metallische Geruch des Blutes füllte seine Nase. Aber nicht deswegen lief es ihm eiskalt den Rücken hinunter. Sondern wegen etwas, was Juliane umgab, sich mit ihr wie ein Parasit verwoben hatte. Er konnte es nicht sehen, nicht einmal sinnvoll beschreiben, was er da fühlte. Nur, dass es da war und von seiner Angst und Verzweiflung trank.

»Als Linnea mich besiegt hat, waren ohne Sunny meine Tage gezählt, irgendwann wäre ich dem Wahn verfallen. So suchte ich Hilfe bei einer Mächtigen. Oya erbarmte sich meiner und erschien mir. Oh, was für ein Augenblick! Noch nie hatte ich mich so beseelt gefühlt, so erfüllt von ihrer Herrlichkeit. Sie bot mir einen Ausweg an. Ich trage einen Dämon in mir, erlaube ihm, sich von dieser Welt zu nähren, und er lässt mich nicht verrückt werden. Der Preis dafür ist meine Seele, die nun der Mächtigen und dem Schattenreich gehört. Und, tja, eine kleine Aufgabe musste ich natürlich auch erledigen, aber was ist das im Vergleich zu dem, was ich dafür erreichen kann!«

Finn fragte sich, ob das alles nur eine Einbildung war, ausgelöst durch die Medikamente, die ihm vermutlich verabreicht worden waren. Seine Oma … nein … diese Frau, die sich als seine Oma ausgegeben hatte, war auf einen Deal mit einer Mächtigen eingegangen und trug einen Dämon in sich? Nein. Das hörte sich in der Tat nach einem ganz miesen Alptraum an.

Doch der Blick auf die Schusswunde machte keine andere Deutung möglich. Wie sonst hätte dieser Körper noch funktionieren können?

Ein toter Körper.

Julianes Augen wirkten glasig und starr wie Murmeln, der Blinzelreflex blieb aus, was den Blick bizarr machte. Die sonst sonnengebräunte Haut nahm langsam einen grauen Ton an. Das Gesicht ähnelte einer Maske, und nur die blutleeren Lippen bewegten sich, wenn sie sprach.

»Was auf der Welt könnte *das hier* rechtfertigen?«, flüsterte Finn. Er musste diesen Wahn beenden. Er musste irgendetwas unternehmen, nur was?

Die Antwort lag nahe.

Der Rotmilan. Natürlich. Wieso hatte er nicht gleich daran gedacht? Kilian hatte ihm beigebracht, wie man sein Seelentier zu sich rief, vorausgesetzt, es trieb sich in der Nähe herum. Nur hatte Finn es nie ausprobiert. Ob es jetzt klappen würde?

»Ich bin die Königin der Metamorphe«, redete Juliane weiter. »Die wahre Königin der Hamburger Gemeinde. Was Linnea mir genommen hat, wird sie mir hundertfach zurückzahlen müssen, wenn ich sie mit meinen Untertanen vernichte.«

Finn schnaubte. »Mit welchen Untertanen? Sieh dich um! Du bist allein.« Gleichzeitig versuchte er, sich auf den Rotmilan zu konzentrieren.

Denk wie ein Vogel, bringe deinen Geist und den deines Tiers auf eine Wellenlänge. Leichter gesagt als getan, denn er verabscheute alles, was einen Vogel ausmachte. Aber in seiner Situation musste er über den eigenen Schatten springen und die Ängste, die sein Dasein vergifteten, besiegen.

»Ja, noch bin ich allein«, erwiderte Juliane. »Aber nicht mehr lange. Von Anfang an habe ich versucht, eigene Metamorphe zu kreieren, denn die richtigen würden mir nicht folgen. Die von mir erschaffenen hingegen schon. Mein Dämon würde sich darum kümmern, das hat Oya mir versprochen.«

Ich werde dir garantiert nicht folgen, wollte er antworten, bremste sich aber. *Denk an den Vogel! Allein das ist wichtig.*

»Johannes Ney war der Einzige, der mir treu ergeben blieb. Ist kein Wunder, schließlich war er mein Lebensgefährte, mein Partner. Wir liebten uns. Wir waren aneinander gebunden bis zum Tod. Seinem Tod.« Sie wandte den Kopf, als wolle sie ihre Tränen verbergen, doch weinen konnten die toten Augen nicht mehr.

Finn sagte nichts. Er dachte an seine erste Verschmelzung, konzentrierte sich auf die Gefühle, die ihn damals ergriffen hatten. Nicht die menschlichen, sondern die des Vogels. Verbundenheit mit der Natur. Ein Teil der Welt zu sein, ohne sich die Frage nach dem Sinn des Lebens zu stellen.

Schweben, vom Wind getragen … Ausgebreitete Flügel, die jeden Luftzug auffangen und den leichten Körper weit über die Dächer der Stadt tragen … Grenzenlose Freiheit …

Athene, schickte er seinen Ruf ins Nichts.

»Doch alle unsere Versuche schlugen fehl, egal wie sehr wir uns bemühten. Die Kinder starben. Keines von ihnen konnte den Virus austragen. Keines. Außer dir. Du fragst dich bestimmt, was an dir so besonders war? Das weiß ich nicht. Vielleicht waren wirklich Anwärter unter deinen Vorfahren. Vielleicht kämpfte dein Immunsystem nicht so stark gegen den Virus, wie das bei den anderen der Fall war.«

Die Worte rissen Finn aus der Trance. Sie war es! Sie, die ihn als Kind entführt und gequält hatte. All die Jahre hatte er diese Frau als seine Oma geliebt, die in Wirklichkeit verantwortlich für seinen Schmerz war. Er bekam kaum noch Luft.

Egal, was sie sagt. Denk an den Vogel! Und er dachte an ihn, an die riesige schwarze Bestie, die sich auf ihn stürzte, mit dem Schnabel das Fleisch aus ihm heraushackte und mit den Krallen seine Haut zerfetzte. Er sah nichts anderes, bloß diese Bilder der Vergangenheit, seinen Alptraum, der so real wie noch nie zuvor über ihn kam.

Finn hörte sich schreien und zerrte an den Fesseln,

wie damals, in einem lächerlichen Versuch, sich zu befreien. Ein Gedanke keimte in ihm auf: *Du musst es schaffen, du musst dir etwas einfallen lassen, denn es gibt ein Mädchen, das ohne dich verloren wäre.*

Ein Mädchen?

Sieh mich an! Erkennst du mich nicht?

Alba …

Oder fantasierte er bloß, bis die Erinnerungen mit der Realität verschmolzen?

Wie aus weiter Ferne erreichten ihn Julianes Worte: »Du jedenfalls hast überlebt, und so musste ich dich für mich gewinnen. Es war erstaunlich leicht, sich als deine Oma auszugeben. Du hast nie Fragen gestellt, nie einen Verdacht geschöpft, und auch deine Mutter hat sich mit der Abfindung zufriedengegeben. Allein um deinen Vater musste ich mich kümmern, damit er nicht mehr nach Hause kam, denn er hätte das unmöglich unterstützt. Doch danach schwanden meine Hoffnungen von Jahr zu Jahr mehr. Du hattest zwar überlebt, konntest aber keine Verbindung zu einem Seelentier herstellen. Mit einundzwanzig hast du mein Haus verlassen, und ich – habe das Interesse an dir verloren. Bis du vor kurzem in meinem Garten aufgetaucht bist. In Vogelgestalt!«

Finn hörte sie kaum noch. Er biss sich auf die Zunge, um wieder in die Realität zu finden und sich im Durcheinander seiner Gedanken auf den Rotmilan zu konzentrieren. Ja, richtig, die erste Verschmelzung. Nur sie war wichtig. Nur an ihr musste er sich festhalten: Der Wind schmiegt die Federn an seinen Körper. Seine Augen können nicht nur die Häuser und die Menschen da unten bis ins kleinste Detail erkennen, sondern sogar eine Ratte, die gerade in die Kanalisation huscht.

Athene!

Nichts. Keine Antwort.

Bloß Juliane, die weitersprach: »So hat sich für mich doch noch alles zum Guten gewendet. Zumal diese dumme Gans Herzhoffs Aufzeichnungen mitgebracht hatte. Und der wies mir unverhofft den Weg: In deinem Blut liegt der Schlüssel zum künftigen Erfolg. Der Fall des kleinen Patrick hat es mir deutlich vor Augen geführt, ich habe meine Fehler erkannt.«

Du verfluchtes Federvieh, antworte endlich!

Plötzlich war der Rotmilan da. Finn spürte den Vogel, der seinem Ruf gefolgt war. Das Tier landete vor dem Kellerfenster und klopfte mit dem Schnabel an die Scheibe.

Ah, geht doch.

Er wagte, kurz durchzuatmen. Jetzt musste er sich mit ihm verbinden und Hilfe holen. Der schwierigste und der unangenehmste Teil. Zumal er die Verschmelzung bisher noch nie selbst hervorgerufen hatte. Er war noch nicht so weit, das steuern zu können, weder physisch noch mental. Normalerweise kämpfte er dagegen mit allen Sinnen, bis entweder er oder der Vogel aufgab.

Finn schloss die Augen, versuchte alles ringsherum zu verdrängen. Was zählte, war sein Geist und der des Rotmilans. Er fühlte das Tier, öffnete sich ihm, ohne aufzuhören, es stumm zu rufen. Und der Vogel wehrte sich nicht, ließ ihn ein, gab Stück für Stück seiner selbst auf. Hände wurden zu Flügeln, Zehen zu Krallen: keine Handschellen mehr, keine Wände um ihn herum.

»Du Dummkopf! Ich weiß, was du gerade versuchst. Hör lieber auf damit!«

Am Rande seiner Wahrnehmung bekam er mit, wie Juliane ihm am Haar den Kopf herumriss. Nein! Nicht die Verbindung verlieren!

Die gewohnten Anzeichen setzten ein. Ein Kribbeln fuhr durch seine Arme und Beine. Gut so. Noch ein wenig, und er wäre draußen, im Körper des Vogels.

Frei.

Juliane ließ ihn los. Dann wurde der Zeigefinger seiner rechten Hand nach hinten gebogen. Es knackte. Der Schmerz ließ ihn aufschreien, eine Verbindung zu dem Rotmilan brach ab. Finn hörte das verstörte »Wiih!« des Vogels und wie das Tier in die Luft stob.

Nein, komm zurück! Vielleicht hatte er das herausgeschrien, von Schmerzen gepeinigt, ohne zu registrieren, was er tat.

Das Tier war davongeflogen, ließ ihn allein zurück. Und Finn wurde sich der Handschellen, der Wände und des gebrochenen Fingers bewusst. Niemand würde ihm helfen.

»Ich warne dich.« Juliane tätschelte ihm die Wange. Die Berührung ihrer kalten, von Blut klebrigen Hand ließ ihn erschauern. Die Stimme schien noch mehr zu knirschen und zu leiern. »Startest du noch einen Versuch, dich mit deinem Seelentier zu verschmelzen, breche ich dir das Schienbein, das viel langwieriger heilen wird als dein Finger. Und wenn du auch dann nicht vernünftig bist, werde ich gezwungen sein, dich für den Rest deines Lebens zu einem Krüppel zu machen. Bedenke, zwar heilen bei dir Wunden schneller als bei einem Menschen, doch neue Beine werden auch dir nicht nachwachsen. Haben wir uns verstanden?«

Er nickte resigniert.

»Wunderbar.« Zärtlich strich sie ihm einige Strähnen hinter das Ohr, befühlte den ihm verhassten Knick. »Wir müssen uns jetzt ein wenig beeilen, denn hier ist es nicht mehr sicher. Wer weiß, ob die Nachbarn die Polizei informiert haben. Oder ob Linnea mit Verstärkung zurückkommt. Mh, ich nehme an, du wirst mir nicht freiwillig folgen. Zumindest nicht, solange der Dämon dich noch nicht unter Kontrolle hat. Zuerst muss ich dich hier rausbringen.« Ihr Blick schweifte zu einem Werkzeugschrank. »Dann kümmere ich mich um die Kinder und den Hund.«

»Die Kinder? Du hast doch nicht etwa …«

»Zwei Mädchen sind es. Der Hund, ein Seelentier ohne Herrchen und im fortgeschrittenen Krankheitsstadium, war um einiges schwerer aufzutreiben.« Sie löste den Blick vom Schrank. Befand sich dahinter ein Raum, in dem die Kinder festgehalten wurden? »Dein Blut wird den Weg ebnen. Diesmal wird es klappen, da bin ich mir sicher, nur müssen wir leider diesen Ort verlassen.«

Sie wartete seine Reaktion nicht ab und ging. Ihre Bewegungen wirkten steif, als sie den Keller verließ. Beinahe mechanisch, als fiele es ihr immer schwerer, die Kontrolle über ihren Körper zu behalten. Was geschah mit ihr? Ob der Dämon langsam die Oberhand gewann?

Erst nachdem ihre Schritte verklungen waren, wagte Finn es, sich zu rühren. Mit der gesunden Hand rüttelte er an dem Gitterstab, doch dieser saß zwar locker, gab aber genauso wenig wie vorher nach. *Dir fällt schon was ein!*, spornte er sich an. *Irgendetwas kannst du doch tun. Denk an die Mädchen. Denk an Alba …* Es war, als hätte ihr Name ein Tor in seinen Gedanken geöffnet.

Der Maschendraht vor dem Fenster! Wenn es ihm gelänge, ein Stück davon abzubrechen, könnte er versuchen, die Schlösser zu öffnen. Das sollte gehen. In seiner wenig glamourösen Jugend hatte er auch mit Handschellen Bekanntschaft gemacht. Damals hatte er sie mit einem Kragenstäbchen geknackt.

Er stellte sich auf die Zehenspitzen und tastete mit der linken Hand herum, bis er das Ende fand, an dem er etwas erreichen konnte. Mehrfach ritzte er sich dabei an dem Metall die Haut auf, ehe er an der Stelle den Draht rasch hin und her bog. Nach wie vor waren seine Finger leicht taub, was das ganze Unternehmen nicht gerade erleichterte.

Er vernahm schlurfende Schritte. Juliane kehrte zurück.

Komm schon! Brich ab!

Er drückte und zog stärker, bis er ein Stück des Drahtes umschlossen hielt. Viel Zeit blieb ihm nicht mehr. Finn setzte sein simples Werkzeug in das Schlüsselloch der ersten Handschellen, als Juliane mit einer Spritze erschien. Sicherlich wollte sie ihn wieder betäuben, diesmal, um ihn aus dem Haus schaffen zu können.

»Was machst du da?« Sie wollte zu ihm eilen, doch ihr Körper begann hin und her zu rucken, als kämpfe eine andere Kraft in ihr um die Kontrolle darüber. »Habe ich dich nicht gewarnt?«

Verflucht, er brauchte nur noch wenige Sekunden! Doch sie hatte ihn schon fast erreicht. Mit einem Fuß trat er Juliane in die Rippen. Sie taumelte, ließ sich allerdings nicht abschrecken. Sie ging wieder auf ihn zu, presste ihn mit ihrem Körper gegen die Wand und stach mit der Spritze nach ihm, wobei sie seinen Oberschenkel erwischte.

Endlich klackte der Verschlussmechanismus. Finns Hände waren frei, und er stemmte sich gegen seine Gegnerin. Er musste seine ganze Kraft aufwenden, als wäre sie kein Mensch, sondern ein Felsbrocken, den er von sich zu stoßen versuchte. Wenige Zentimeter wich sie zurück, und er stolperte von ihr weg, ohne darüber nachzudenken, wie und wohin er fliehen sollte, wenn die Frau ihm den Ausgang versperrte. Sein einziger Wunsch war, so viel Abstand wie möglich zwischen sie beide zu bringen, eine Verschnaufpause zu erlangen.

Der Schmerz pochte in seinem gebrochenen Finger, und er löste, so schnell er konnte, auch die zweite Handschelle mit dem Stückchen Draht. Ob er von dem Betäubungsmittel bereits etwas abbekommen hatte? Die Spritze mit der Flüssigkeit lag jedenfalls auf dem Boden.

Erneut griff Juliane ihn an. Sie packte ihn am Arm und schleuderte ihn herum, mit einer Wucht, wie es einer alten Frau unmöglich gewesen wäre. »Nicht so schnell. Du willst doch nicht schon wieder gehen, ohne deinen Tee getrunken zu haben.«

Finn stürzte gegen ein hölzernes Lattenregal, das unter seinem Gewicht zusammenbrach.

»Du warst ein unartiger Junge, fürchte ich. Und unartige Jungs werden bestraft, das verstehst du sicherlich, oder?« Die Stimme krächzte und überschlug sich. Finn konnte kaum noch unterscheiden, was Juliane sagte.

Dann folgten ein Schlag gegen sein Knie und Schmerzen, die ihn aufschreien ließen, als wäre sein Bein zertrümmert worden. Vor seinen Augen tanzten schwarze Punkte, vergrößerten sich, raubten ihm die Sicht. Die kleinste Bewegung brachte neue Qualen. Er wünschte sich, das Bewusstsein zu verlieren, doch das war ihm nicht vergönnt.

Finn krümmte sich auf dem Boden. Seine Kniescheibe war nach außen gerutscht und beulte das Hosenbein auf erschreckend groteske Weise aus.

Sobald er das verletzte Bein auch nur rührte, hätte er vor Schmerzen heulen können. Finn biss sich in den Arm, um jeden Laut, der sich seiner Kehle entringen wollte, zu ersticken.

»Das hätte gar nicht sein müssen, mein Kleiner, wenn du keine Dummheiten gemacht hättest.« Mit ruckartigen Bewegungen hob Juliane die Spritze. »Keine Sorge. Sobald das Medikament wirkt, schläfst du ein und spürst nichts mehr. Und wenn du erstmal abhängig davon geworden bist, wird dir eh alles gleichgültig sein.«

Sie wird dich kriegen. Du kannst ihr nichts anhaben, wozu dann noch kämpfen, unnötige Qualen erleiden?

Seine Finger ertasteten eine der Latten des zusammengebrochenen Regals. Er holte aus und schlug Juliane damit die Spritze aus der Hand.

»Das ist nicht mehr lustig, Finn!« Ein Kreischen wie das einer verrosteten Kettensäge.

»Hörst du mich etwa lachen?«

»Du … hast es echt … zu weit getrieben, mein …« Juliane gurgelte, als wäre sie nicht mehr in der Lage, wie ein Mensch zu sprechen. Sie stakste zu der Spritze, dann begann ihr Körper zu zucken, als wäre er hohl, und jemand würde ihn wie ein Kleidungsstück anprobieren. Bis er endlich verharrte. Gebeugt stand er da, einem Orang-Utan ähnlich, so dass die Finger beinahe den Boden streiften. Ein Knurren ertönte. Was auch immer jetzt darin lebte, Juliane war es nicht mehr.

Das Ding wandte den Kopf, anscheinend ohne zu wissen, was es als Nächstes tun sollte, und knurrte erneut.

Finn gelang es, den Blick von der Kreatur zu lösen und zum Ausgang zu schauen. Das war seine Chance.

Solange das Monster ihn nicht beachtete, konnte er fliehen! Er versuchte, sich vorwärtszuziehen. Doch schon bei der kleinsten Bewegung durchfuhr der Schmerz sein Bein. Finn biss die Zähne zusammen, um den Schrei zu ersticken, und stöhnte. Ihm drehte sich alles vor Augen. Gleich würde dieses Ding über ihn herfallen.

Merkwürdigerweise tat die Kreatur nichts dergleichen, sondern rührte sich nicht von der Stelle und zischte etwas vor sich hin.

Als im Keller plötzlich noch jemand erschien. Eine Frau. Klein und schlank, mit Sommersprossen und kurzen, zerwühlten Haaren, die ein wenig an ein gerupftes Huhn erinnerten. Sie trat aus einer dunklen Ecke, schälte sich langsam aus der Finsternis wie aus Nebelschwaden.

»Hallo, Finn.«

Das Monster sah die Unbekannte dumpf an und schaukelte seinen Körper vor und zurück wie hypnotisiert.

Finn runzelte die Stirn. »Wer bist du?«

»Hm. Was glaubst du denn?«

Vor Schmerzen, die ihn peinigten, fiel ihm das Nachdenken schwer. Trotzdem fand sein Verstand eine Antwort: »Eine Hexe? Bist du eine Hexe? Was willst du von mir?«

»Mich entschuldigen. Für das, was getan werden muss.«

»Ich … verstehe nicht.«

»Natürlich nicht. Deshalb nimm es einfach so an: Tut

mir leid. Sehr. Aber es gibt keinen anderen Weg.« Sie schaute zu der Kreatur. Zögerte. Befahl: »Töte ihn!«

Finn keuchte auf und zuckte empor, spürte den Schmerz in seinem Bein, schrie auf und fiel zurück auf den Boden.

Das Monster knurrte etwas, als wäre es unschlüssig. Die Augen der Frau blitzten auf. »Na mach schon! Deine Gebieterin ist nicht hier, um den Befehl zurückzuziehen. Und wenn eine Hexe zu dir spricht, musst du gehorchen. Also los, töte ihn!«

Die Kreatur grollte und stürzte sich auf Finn. Sie hob ihn am T-Shirt an und schlug ihn gegen den Boden, mehrfach, bis sie von ihm abließ und schließlich eine Faust in seinen Brustkorb rammte. Etwas knackte, und er konnte nicht mehr atmen. In seinen Ohren begann es zu rauschen. Dann gelang es ihm, nach Luft zu schnappen, wobei es ihm vorkam, als würde ihm etwas die Lunge aufreißen. Es tat so verdammt weh! Dabei hatte er geglaubt, mit der Knieverletzung den Gipfel der noch ertragbaren Schmerzen erreicht zu haben.

Die Kreatur hockte über ihm. Etwas Kaltes, Klebriges – ob Blut oder Speichel – tropfte auf sein Gesicht. Sein Kopf rollte zur Seite. Wenige Zentimeter von ihm entfernt lag das Gewehr. Er könnte es erreichen, wenn er den Arm ausstrecken würde. Wenn er überhaupt in der Lage wäre, sich zu rühren.

Streng dich an. Gib nicht auf!

Jeder Atemzug ein Kampf um ein Quäntchen Leben. Jede Bewegung eine Qual, ein nicht endender Schmerz.

Nicht aufgeben – wozu? Was konnte er schon ausrichten?

Dennoch sammelte er seine letzten Kräfte, schob seine Hand der Waffe entgegen, und dann gelang es ihm tatsächlich, das Gewehr zu packen und es anzulegen.

Er feuerte. Die Mächtige war das Ziel, doch die Kreatur schob sich dazwischen, als wäre dieses Ding gezwungen, seine Herrin zu beschützen. Die Schrotladung traf seine rechte Gesichtshälfte. Knochen und Gehirnstückchen spritzten in alle Richtungen. Das Monster taumelte, versuchte sich an der Wand festzuhalten und brach zusammen.

War es vorbei?

Finns Atmung wurde immer flacher und schneller, er bekam nicht genug Luft. Kalter Schweiß überzog sein Gesicht. Er würde ersticken, konnte nur hoffen, das Ende würde ihn schnell ereilen.

Wie durch einen Schleier sah er zu der Hexe. »W-w-warum?«

Sie lächelte. Traurig, so kam es ihm vor. Vielleicht tat es ihr tatsächlich leid. »Nur so kann die Welt gerettet werden. Du hast immer zuerst an andere gedacht, erst dann an dich selbst. Also tue es jetzt auch, mach es dir ein wenig leichter. Dein Tod wird nicht umsonst sein. Dein Tod ist die Rettung.« Mit diesen Worten verschwand sie.

Ohne jegliche Gefühlsregung beobachtete Finn, wie sich die Finger der Kreatur reckten, wie sie sich mit den Armen abstützte und auf die Beine kam.

Taumelnd stand sie über ihm. Nichts Menschliches weilte mehr in diesem Körper. Nur der Dämon, der sich an das tote Fleisch klammerte und nach dem frischen verlangte.

Mit einem gurgelnden Geräusch stürzte sich das, was von Juliane Dwenger übrig geblieben war, auf ihn, zerriss sein T-Shirt und grub ihm ihre dritten Zähne in die Schulter.

Kapitel 28

Alba rannte aus dem Saal, schubste die Menschen beiseite, die ihr im Weg standen. Diejenigen, die Pech hatten, bekamen einen Hieb in die Rippen. In ihrem Rücken hörte sie das wehleidige »Alba, Alba!« ihrer Mutter.

In der Eingangshalle stieß sie mit ihrem Vater zusammen, der, wohl alarmiert durch die Unruhe im Saal, gerade die Treppe herabkam. Sein etwas hilfloses, ihm ganz und gar nicht ähnliches »Was ist denn los?« bedachte sie mit keiner Antwort.

Alba stürmte in den Garten, rief den Namen des Vogels und spähte in den Nachthimmel.

»Wo bist du? Zeig dich mir! Du bist doch zu mir geflogen, um mich zu Finn zu führen, oder? Es ist noch nicht zu spät. Es kann nicht zu spät sein!« Den Kopf in den Nacken gelegt, bis ihr das Genick wehtat, tappte sie im Kreis, ohne das Tier zu entdecken. Es würde doch nicht wieder weggeflogen sein?

Da – in der Nähe raschelte etwas. Oder war es dort drüben? Sie bahnte sich einen Weg durch den Garten und bemühte sich, im spärlichen Licht irgendetwas zu erkennen. Die nackten Äste der Bäume, mit Lichterketten geschmückt, gemahnten an einen Märchenwald, der von einer bösen Hexe verzaubert worden war.

»Athene!«, rief sie in die Nacht. »Athene!« Je mehr Zeit verging, desto weniger Hoffnung blieb ihr, den Vogel zu finden.

Als hinter ihr ein Flattern ertönte, fuhr sie erschrocken herum. Ein Schatten schoss auf sie zu, die Krallen kratzten über ihre Kopfhaut und zerrten an ihren Haaren. Der Vogel flog einen Kreis und attackierte sie erneut. Alba schrie auf, schlug die Arme vor das Gesicht und duckte sich. Der Rotmilan prallte gegen ihren Rücken, fiel zu Boden, um sich dann schnell wieder aufzurappeln. *Er ist verrückt geworden,* huschte es durch ihren Kopf, doch dann erkannte sie, was dahintersteckte. Oder zumindest hoffte sie darauf, die Aktion richtig gedeutet zu haben. Das Tier wollte sie nicht angreifen. Es wollte sie nur in Bewegung setzen, sie in die richtige Richtung schubsen. Auf seine etwas plumpe Art und Weise.

»Ist gut, okay. Zeig mir den Weg. Ich komme mit, wenn du mich führst.«

»Du gehst nirgendwohin.« Die Stimme aus der Dunkelheit schien ihr Inneres erfrieren zu lassen. Als sie eine Silhouette auf sich zukommen sah, stolperte Alba zurück und wäre hingefallen, wenn Adrián nicht plötzlich neben ihr aufgetaucht wäre und sie gestützt hätte. Sie sah ihn an, nicht dankbar und nicht ängstlich, sondern mit einem neu erwachten Kampfgeist. Jetzt war es egal, ob er ihre Erinnerungen manipulieren würde, denn ohne Finn waren sie ihr nichts wert.

Im Schein der Lichterketten wirkte sein Gesicht gespenstisch, das Dunkelblau der Augen schimmerte gefährlich. Er verschmolz mit der Dunkelheit, als wäre er bloß ein Phantom. Alba hätte ihn gefürchtet, wäre sie noch imstande gewesen, Schrecken zu empfinden. Doch das einzige Gefühl, das sich in ihr regte, war die Angst um Finn.

Adrián nahm sie am Ellbogen, als wolle er sie fortführen. Wut stieg in ihr auf.

»Er ist nicht tot!« Mit Fäusten traktierte sie seine Brust. »Er ist nicht tot, hörst du mich? Ich werde ihn retten, und du wirst mich nicht aufhalten.« Sie schlug auf ihn ein, bis sie keine Kraft mehr hatte, und rief: »Er ist nicht tot«, bis ihre Kehle schmerzte und sie zu krächzen begann. Dann sackte sie auf dem Boden zusammen und vergrub das Gesicht in den Händen.

Als Alba endlich aufschaute, bemerkte sie, dass Adrián nicht sie, sondern den Vogel beobachtete. Bald konnte sie den Rotmilan nicht mehr ausmachen, doch der Untote schien ihn noch immer mit den Augen zu verfolgen.

»Das sieht übel aus«, sagte er mit seiner dunklen, tiefen Stimme. »Als ich Johannes gefoltert habe, hat sich sein Fuchs ähnlich verhalten. Ich bin mir nicht sicher, ob wir wirklich darauf hoffen sollten, dass Finn noch lebt. Es gibt Fälle, in denen der Tod einfach humaner ist.«

Sie verschwendete keine Zeit auf eine Antwort und zwang sich auf die Beine. Schnurstracks steuerte sie auf ihr Auto zu. Sie konzentrierte sich allein auf das, was sie machte, erlaubte keinem Gedanken, ihr Hirn zu erobern. Nicht einmal an Finn dachte sie, denn die Angst um ihn würde sie womöglich so sehr lähmen, dass sie am Ende nicht mehr in der Lage wäre zu handeln. Und das würde ganz sicher den Tod für ihn bedeuten.

Alba startete den Motor, als die Beifahrertür sich öffnete und Adrián ins Auto stieg.

»Wie willst du denn ohne mich hinter dem Tier herkommen? Du kannst es nicht einmal mehr sehen, vermute ich mal.«

Die Räder drehten durch, als sie ihre Corvette in Bewegung setzte und den Wagen vom Grundstück jagte. »Und wie kannst du ihn sehen?«

»Nicht ihn, sondern seine Aura. Sie schimmert silbern, wie die eines jeden Seelentiers, wenn auch um einiges schwächer als die eines Metamorph oder Menschen. Sie ist nicht ganz so einfach zu erkennen, aber wenn man sich darauf eingestellt hat, verliert man sie nicht wieder aus dem Blick. Für mich ist es so, als würden wir dem Stern von Betlehem folgen. Jetzt links.«

Alba riss das Lenkrad herum und beschleunigte den Wagen, sämtliche Verkehrsregel missachtend.

»Sachte, sachte«, wandte ihr Großonkel ein, »was bringt es uns, wenn wir von der Polizei angehalten werden?«

»Dann manipulierst du ihre Erinnerungen, damit die denken, wir wären ganz brav mit 50 durch die Stadt gegurkt.« Sie trat das Gaspedal durch. Mit dem Ausschlag der Tacho-Nadel erlangte sie ihre Selbstsicherheit und den Tatendrang zurück.

»Auch wieder wahr.« Er starrte konzentriert aus dem Fenster. »Rechts.«

Alba schwenkte die Corvette auf die Gegenfahrbahn, um einen Fiat zu überholen, und zog gerade noch rechtzeitig vor dem entgegenkommenden Wagen wieder rüber auf ihre Spur.

Bei der Aktion knallte Adrián mit der Stirn gegen die Scheibe und rieb sich die Stelle. »Ich habe gesagt: rechts.«

»Ich kann wohl schlecht durch ein Haus hindurchfahren«, giftete sie zurück. Die Ampel an der nächsten Kreuzung schaltete auf Rot. Alba beschleunigte und jagte den Wagen in eine enge Kurve. Sie schlitterte über die Straße, denn für solche Manöver war das kein geeignetes Auto, bekam die Corvette aber noch unter Kontrolle. Dabei schnitt sie ein anderes Fahrzeug, das Vorfahrt hatte, und raste, begleitet von einem Hupkonzert, davon.

»Dir ist schon klar, dass du, wenn du einen Unfall baust und stirbst, nicht auf Nachzehrer-Art zurückkommen kannst? Besser gesagt: auf überhaupt keine Art?«

»Finn auch nicht, wenn ich zu spät komme.«

Sie hörte Adrián seufzen und bemerkte, wie er sich an den Kopf fasste, konzentrierte sich aber sofort wieder auf die Fahrbahn. Den Rest der Fahrt versuchte er nicht mehr, sie zur Räson zu bringen. Er gab nur kurze »Rechts!«- oder »Links!«-Anweisungen und passte auf, dass er in den Kurven nicht mehr gegen die Scheibe knallte.

Nach der nächsten Rechts-Links-Folge drosselte Alba das Tempo und begutachtete die Umgebung genauer.

»Wir fahren im Kreis«, stellte sie fest. Sie kannte sich in Hamburg zu gut aus, um sich täuschen zu lassen.

»Dann muss es irgendwo hier sein. Nur habe ich keine Ahnung, wo. Der Pesthof ist das jedenfalls nicht, obwohl ich alles darauf hätte wetten können.« Adrián klammerte sich noch immer an den Griff der Beifahrertür, obwohl das Auto nicht mehr raste.

»Du siehst etwas blass aus um die Nase«, stichelte Alba. Sie hätte gegrinst, wenn sich nicht in ihrem Inneren alles so matt angefühlt hätte und ihre Gesichtszüge noch zu irgendwelchen Regungen fähig gewesen wären.

»Das ist normal bei uns Untoten«, erwiderte er, und seine verkrampfte Haltung lockerte sich.

»Alles klar. Ich hatte schon fast befürchtet, meine Fahrweise wäre schuld daran. Was macht der Vogel? Kreist er über einem bestimmten Haus?«

»Dafür ist er zu verstört. Er wirft sich zuerst in eine, dann in die andere Richtung. Ohne ein bestimmtes Ziel zu haben, wie es aussieht.«

Sie fluchte, ohne auf ihre Ausdrucksweise zu achten, womit sie einen weiteren irritierten Blick ihres Großonkels erntete.

Was sollten sie jetzt tun? Jedes Haus durchsuchen? Mutlosigkeit breitete sich in ihr aus. So würden sie nie rechtzeitig da sein, um Finn zu retten!

Gleichzeitig kam ihr die Gegend bekannt vor. Sie war schon einmal hier gewesen, nur wann und wo genau?

Alba hielt das Auto an. Grübelnd trommelte sie mit den Fingern auf dem Lenkrad, bis es ihr wieder einfiel und sie auf das Gaspedal trat.

Adriáns Kopf ruckte nach hinten, zum Glück von der Kopfstütze gepuffert. »Ich nehme an, du weißt jetzt, wohin wir müssen?«

»In dieser Gegend wohnt Juliane Dwenger, Finns Oma. Wir fangen dort an.«

Der Nachzehrer runzelte die Stirn. »Was soll er bei seiner Oma?«

»Keine Ahnung. Lass uns einfach nachsehen. Oder hast du einen besseren Plan?«

Hatte er nicht.

Die Straßen ähnelten einander, doch Alba fand sich zurecht und steuerte ihre Corvette mit schlafwandlerischer Sicherheit zu Juliane Dwengers Adresse. Schon von weitem sah sie einen Polizeiwagen mit Blaulicht, was ihre Entscheidung nur bekräftigte. Hier stimmte etwas nicht. Das Fehlen eines Kranken- oder, noch schlimmer, Leichenwagens ließ sie hörbar aufatmen. Vielleicht war alles doch nicht so schlimm, wie Adrián es ausgemalt hatte.

»Polizei …«, murmelte ihr Großonkel hingegen ganz und gar nicht erleichtert. »Das gefällt mir überhaupt nicht. Menschen haben nicht die Nase in unsere Angelegenheiten zu stecken. Ich hoffe, ich werde den Schaden beheben können, sollten die Herren da auf etwas Ungewöhnliches gestoßen sein.«

Alba parkte in der Nähe, ohne von den Gesetzeshütern entdeckt zu werden. Anscheinend war die Polizei nur knapp vor ihnen gekommen. Ein Beamter unterhielt sich am Streifenwagen mit zwei Nachbarn, der andere fummelte gerade am Gartentor, um auf das Grundstück zu gelangen.

»Ich kümmere mich darum.« Adrián stieg aus. »Warte auf mich. Geh nicht allein da rein, wer weiß, was uns dort erwartet.«

Sie beobachtete, wie er davonging und zu dem Grüppchen am Streifenwagen trat. Der Polizist vom Gartentor gesellte sich ebenfalls hinzu, als er den Untoten sah. Was ihr Großonkel ihnen genau sagte oder was er tat, konnte Alba auf die Entfernung nicht erkennen. Doch die Versammelten scharten sich um ihn wie Kinder um den Weihnachtsmann.

Alba steckte das Messer von ihrem Opa ein, verließ das Auto und schlich zum Grundstück. Sie kletterte über den Zaun und rannte zwischen den Kirschlorbeersträuchern und gestutzten Rosenbüschen hindurch zum Haus. Ihre Schuhe versanken in der aufgeweichten Erde, was das Vorankommen erschwerte. Durch die milchigen Fenster des Kellers schimmerte Licht, ansonsten lag das Gebäude im Dunkeln. Wieder musste Alba an Hänsel und Gretel denken, wie damals, als sie dieses gemütliche Häuschen zum ersten Mal erblickt hatte. Knusper, Knusper, Knäuschen … Diesmal wirkte der Bau um einiges bedrohlicher.

Die Eingangstür war nur angelehnt. Alba schlüpfte in den Flur, stolperte über irgendetwas und fiel. Ihre Handflächen schürften über die Dielen, und die Glasscherben, die überall verstreut lagen, schlitzten ihr die Haut auf. Sie erhob sich, streckte ihre Arme aus und tastete umher. In der Dunkelheit konnte sie kaum etwas sehen und stieß überall gegen zertrümmerte Möbelstücke. Ein kalter Luftzug, der vielleicht durch ein zerschlagenes Fenster hereinkam, fegte durch den Korridor. Hier hatte ein Kampf stattgefunden, keine Frage. Doch wer hatte gekämpft und mit wem? Und wo war Finn? Sie musste in den Keller gelangen, entschied sie.

Alba tastete an der Wand entlang, bis sie eine Tür fand. Sie trat über die Schwelle und suchte nach dem Lichtschalter. Die Lampe ging an. Ein Gäste-WC. Na klasse.

Allerdings konnte sie sich dank dem Licht, das jetzt auch in den Flur fiel, etwas besser orientieren. Zwei Meter entfernt entdeckte sie eine weitere Tür, die offen stand. Dahinter führte eine Treppe mit sichtlich abgenutzten Stufen nach unten. Eine Blutspur zeichnete den Weg.

Alba fuhr mit den Fingern darüber. Das Blut war frisch, hatte allerdings bereits begonnen zu gerinnen. Und es gab hier reichlich davon. Mehr, als ihr lieb war. Wenn es von Finn stammte, dann dürfte er nicht mehr am Leben sein.

Stopp!, rüttelte sie ihren Verstand auf. *Er ist nicht tot. Schon vergessen?*

Er konnte einfach nicht tot sein …

Sie umklammerte den Messergriff fester. Angesichts ihrer angstfeuchten und abgeschürften Hände fürchtete sie, er würde ihr entgleiten. Alba trat auf die Treppe und musste sich zwingen, einen Fuß vor den anderen zu setzen. Darauf bedacht, nicht auszurutschen und keinen Lärm zu verursachen, stieg sie Stufe um Stufe tiefer.

Im Vorraum bahnte sie sich einen Weg durch Vorratsdosen, die wie von einem Tornado von den Regalen gefegt waren. Einen Raum weiter befand sich die Waschküche. Die Waschmaschine schleuderte, der Trockner piepte, weil der Behälter für das Kondenswasser voll war. Ob in diesem Haus überhaupt noch jemand am Leben geblieben war, der sich darum kümmern konnte?

Dann hielt die Waschmaschine inne, als hätte sie Albas Gegenwart gespürt, und in der Stille vernahm Alba ein Gurgeln und ein schmatzendes Geräusch, das ihr Gänsehaut bescherte. Sie drückte auf den Knopf und ließ die Klinge hervorschnellen. Mit einem Finger prüfte sie die Spitze, als wolle sie sich vergewissern, dass das Messer echt war.

Vorsichtig trat sie um die Ecke und erstarrte, unfähig, auch nur einen weiteren Schritt zu tun.

Finn lag auf dem Boden. Ob er noch lebte oder nicht, konnte sie nicht erkennen, denn eine Frauengestalt beugte sich über ihn und verdeckte ihn fast vollständig.

Zumindest musste das früher eine Frau gewesen sein. Jetzt war wenig von ihr übrig geblieben. Die Gesichtshälfte, die dem Eingang zugewandt war, existierte nicht mehr. Statt einer Wange klaffte dort ein Loch mit hängenden Fleischfetzen, durch die Alba Reste von Kieferknochen sah, die Schädeldecke war zertrümmert, das Auge fehlte.

Das Wesen hob den Kopf, stieß ein Gurgeln hervor und biss in Finns Schulter. Es zerrte an dem Fleisch, ohne etwas davon abreißen zu können, was es immer wütender machte.

Alba dachte nicht nach, sie stürzte auf die Kreatur zu und rammte ihr das Messer in den Hals. Die Gestalt grollte und wandte sich ihr zu. Erst an der anderen Gesichtshälfte erkannte Alba Juliane Dwenger. Eine tote Juliane Dwenger, deren Körper sich steif bewegte, ohne auch nur einen Hauch Leben in sich zu tragen.

Das Wesen stand auf, hob die Arme mit den dürren Fingern, die wie Krallen hervorstanden, und stakste zurück. Nach wenigen Schritten kippte es rücklings um wie ein abgesägter Baum.

Mehrere Herzschläge lang wartete Alba, was weiter passieren würde. Doch das Wesen rührte sich nicht. Vorbei.

Alba fiel vor Finn auf die Knie. Als sie sein aschfahles Gesicht erblickte, kam ihr der gleiche Gedanke noch einmal. Vorbei ... Sie war zu spät gekommen.

Dann hörte sie seinen Atem. Flach und schnell, aber er war noch am Leben!

Vor lauter Glück konnte sie sich nur mit Mühe davon abhalten, ihn in die Arme zu schließen und ihn an sich zu drücken. Sie strich ihm über die Wange und rief ihn bei seinem Namen, den sie niemals stotterte, der für sie im Moment zu einem Gebet wurde.

Finns Lider flatterten. Er sah sie an. Ein erschreckend leerer Blick traf den ihren. Ein Blick ohne jegliche Hoffnung.

Er bewegte die ergrauten Lippen, versuchte etwas zu sagen, was sie kaum verstand. Nur mit Mühe erfasste sie zwei Worte: »Nicht … tot …«

Ihre Augen brannten von den Tränen, die ihr nicht kommen durften. »Ja, ich weiß. Du bist nicht tot und wirst auch nicht sterben.« Behutsam fasste sie seine Hand, die sich feucht und eiskalt anfühlte.

»Jul…« Die Lider fielen ihm zu. Er furchte die Stirn, sein Atem stockte, dann gelang es ihm, den Kopf leicht zu drehen und wieder aufzuschauen. »Nicht … tot … Lauf!«

»Was redest du da? Ich werde dich keinesfalls hier zurücklassen!«

Knochige Finger bohrten sich in Albas Schulter und rissen sie mit einer solchen Wucht von Finn fort, dass sie über den Boden schlitterte und gegen einen Werkzeugschrank prallte. Alba keuchte, versuchte sich aufzurappeln, wurde aber durch einen gezielten Schlag in die Rippen auf den Rücken geworfen. Dann folgte ein Tritt in den Bauch, und gleich darauf warf sich die Tote auf sie. Alba mühte sich, das Monster von sich zu stoßen, doch mit demselben Erfolg hätte sie versuchen können, einen Kleinwagen hochzustemmen. Das Wesen schmatzte, bleckte die Zähne und biss ihr seitlich in den Hals.

Alba packte den Griff des Messers, das noch in der Kreatur steckte, zerrte die Waffe heraus und hieb sie der Bestie in den Rücken. Ein Mückenstich hätte vermutlich mehr Wirkung erzielt. Die Tote knurrte und verbiss sich noch fester in ihren Hals. Es gelang der Kreatur offenbar nicht, zu kauen, und so versuchte sie es mit Lutschen, als wolle sie das Fleisch inhalieren. Die kalten Lippen saugten, die Zunge rieb und leckte an Albas Haut.

Da wurde das Monster von ihr fortgezerrt. Adrián umschloss den Kopf des Wesens mit seinen Händen, doch es riss sich von ihm los, da er mit seiner Rechten nicht so fest zupacken konnte, wie er wollte. Er griff nach der Kreatur, setzte noch einmal an und brach ihr mit einem Ruck das Genick. Ein hässliches Knacken ertönte, und der Körper sackte in sich zusammen.

»Das wäre dann erledigt«, sagte der Untote und klopfte sich die Hände ab. »Wie geht es dir?«

Alba betastete ihren Hals. »Das wird einen ganz miesen Knutschfleck geben. Pass lieber auf, das Biest kommt gleich wieder auf die Beine. Es will dich nur täuschen.«

Mit der Schuhspitze stieß Adrián dem Wesen in die Seite. »Es ist toter als tot, und ich kenne mich mit solchen Sachen aus, glaub mir.«

Da reckte die Kreatur Arme und Beine und kam auf alle viere, um sich dann an einer Werkbank hochzuziehen. Taumelnd stand sie da, während der Kopf, der von der Wirbelsäule nicht mehr gehalten wurde, hin und her baumelte und mit dem Kinn über die Brust rieb.

Ungläubig stierte Adrián dem Wesen entgegen. »Was ist denn das für ein Ding?«

»Ich weiß es nicht.« Sie stellte sich neben ihren Großonkel, zum Äußersten bereit. »Aber es hat versucht, mich anzuknabbern. Wir dürfen es nicht zu Finn durchlassen, hörst du?«

»Schon klar.«

Die Tote ging auf sie beide los. Alba gelang es, dem Biest ins Gesicht zu hauen, da wurde sie schon mit einem Schlag zur Seite gefegt, während die Kreatur sich auf den Nachzehrer stürzte. In einer beinahe innigen Umarmung fielen er und das Monster um und polterten über den Boden.

Alba sah zu Finn, und ihr Herz setzte einen Schlag aus. Wie lange würde er noch durchhalten? An der Wand entlang kroch sie auf ihn zu.

»Finn? Finn, bitte, gib nicht auf. Nicht jetzt, da wir hier sind, um dich zu retten.«

Er antwortete nicht. Sein Atem ging immer flacher. *Er stirbt!*, durchfuhr es sie eiskalt. Und sie konnte nichts tun, als ihm dabei zuzusehen.

»Adrián!«, rief sie verzweifelt. »Ich brauche Hilfe!«

»Ich bin beschäftigt«, ertönte es schnaufend hinter ihr, überlagert von Kampfgeräuschen.

Sie schaute nach ihrem Großonkel, der von dem Monster attackiert und in eine Ecke gedrängt wurde. Als es nicht weiter ging, stieß die Kreatur ein würgendes Geräusch aus und stürmte auf Adrián zu, um ihn zu beißen. Er fing sie ab, indem er ihr seine Hand in die verletzte

Gesichtshälfte rammte, mit der anderen stemmte er sich gegen ihre Schulter. Ein kurzes Innehalten. Dann riss er der Kreatur den Kopf ab, der durch den Raum flog und von einer Wand abprallte. Der Rumpf brach abermals zusammen.

Adrián wartete auf eine neue Offensive, doch diesmal rührte sich nichts mehr. Mit dem Ärmel wischte er sich das Haar aus dem Gesicht. »*Caramba*, so etwas habe ich noch nie gesehen. Hast du es auch gespürt, das, was in ihr drin steckte? Etwas Dunkles war da.« Er schüttelte sich, was keinesfalls gespielt wirkte. »Es kommt mir so vor, als ob dieses Etwas hier im Raum schwebt und nach einem anderen Körper sucht.«

»Nein, ich habe es nicht gespürt. Und es ist auch egal. Komm sofort her!«

»Bin ja schon da.« Er humpelte auf sie zu, wobei er sich mit einer Hand an der Wand abstützte. Das Ringen mit der toten Juliane war nicht spurlos an ihm vorübergegangen.

Adrián begutachtete Finn, und seine Miene verfinsterte sich. Dann schüttelte er den Kopf. »Da lässt man den Kerl kurz aus den Augen, und schon gerät er unter eine Dampfwalze.«

»Was fehlt ihm? Wirst du ihm helfen?«

»Ich selbst kann an der Aura Krankheiten nicht so gut ablesen. Soweit ich erkennen kann, ist es sein Herz, das Probleme macht. Es schlägt viel zu schnell, pumpt aber nicht genug Blut.« Er schloss die Augen.

Alba wartete kurz, doch ihr Großonkel hatte anscheinend nicht vor, etwas hinzuzufügen. Sie rüttelte an seinem Arm. »Was müssen wir tun?«

»Ich habe Alfred informiert und ihm die Aurabilder übermittelt«, murmelte er mit geschlossenen Lidern, als spräche er im Schlaf. »Er meint, das sieht nach Herzbeu… Was für'n Zeug? Ah. Herzbeuteltamponade aus.«

»Schlimm?«

»Sehr schlimm.« Er stockte und erklärte dann: »Alfred sagt, sein Brustbein wurde eingedrückt und hat den Herzbeutel perforiert. Verflucht, Mann, kannst du dich nicht verständlicher ausdrücken?« Wieder schwieg er kurz und wandte sich schließlich an Alba. »Okay, das ist übel, aber Alfred beeilt sich. Er ist bald da. Er meint allerdings, es könnte zu spä… ähm … etwas knapp sein.«

»Es wird nicht zu spät sein!«, fauchte sie. Mit zittrigen Fingern strich Alba Finn über das Gesicht. Ihn so zu sehen quetschte ihr die Brust zusammen, als wäre sie es, der das Brustbein eingedrückt worden war. »Nein. Es wird nicht zu spät sein. Er schafft es«, fügte sie beinahe lautlos hinzu und wollte seine Hand ergreifen, wurde aber von Adrián daran gehindert.

»Keine gute Idee. Sein Finger ist gebrochen, und ich glaube, er musste schon genug ertragen, auch ohne dass du ihm zusätzliche Schmerzen zufügst. Am besten, du fasst ihn nicht an.«

Und sie fasste ihn nicht an, obwohl es ihr vorkam, als hätte der Tod ihn ihr bereits entrissen.

Blödsinn, redete sie auf sich ein. *Würdest du ihn in deinen Armen halten, würde ihm das auch nicht helfen.*

Nein, ihm vermutlich nicht, aber ihr. Das bange Warten zu überstehen, bei dem jede Sekunde sich eine Ewigkeit hinzog. Verflucht, wo war Alfred? Und wäre es nicht sinnvoller gewesen, einen Krankenwagen zu rufen?

»Wäre es nicht«, erwiderte ihr Großonkel sanft und dennoch eindringlich. »Vertraue uns. Alfred hat ganz eigene Methoden, um ihn durchzubringen.«

Alba nickte. Angestrengt lauschte sie, um wenigstens das Geräusch seines Atems wahrzunehmen, der ihn in dieser Welt hielt. Bei ihr.

Hör nicht auf zu atmen. Bitte, hör nicht auf damit! Komm nicht auf die Idee, mich zu verlassen.

Plötzlich setzte seine Atmung aus.

Alba stieß einen erstickten Schrei aus. Adrián umschloss ihre Schultern und schob sie beiseite. »Lass mich ran. Ich gebe ihm etwas von der Energie ab, die ich noch habe. Das verschafft ihm ein paar Minuten.«

Mit einer fahrigen Geste wischte sie sich die Tränen aus den Augen. »Sei aber vorsichtig. Nicht, dass du stattdessen …«

»Keine Sorge, er hat ja kaum was. So hungrig bin ich noch nicht.« Er blinzelte, und als er die Augen wieder aufschlug, war seine Iris pechschwarz. Sogleich presste er seine Lippen auf Finns Mund.

Mehrere quälende Sekunden lang geschah nichts, dann spürte Alba, wie Finns gesunde Hand die ihre umschloss.

Der Nachzehrer richtete sich auf. Die Farbe wich aus seinem Gesicht, er musste sich abstützen, um nicht umzufallen. »Mehr kann ich ihm nicht geben, ohne zu einer Gefahr für euch beide zu werden. Hoffentlich reicht das aus.«

Alba schluckte krampfhaft. »Danke.«

Erleichtert beobachtete sie, wie Finns Atmung sich stabilisierte. Seine Lider flatterten, er kam zu Bewusstsein. Als er Alba über sich erkannte, versuchte er zu lächeln, was auf seinem schmerzverzerrten Gesicht schief und gequält wirkte. Trotzdem fand Alba, sie hätte noch nie etwas Schöneres gesehen.

Finns Blick streifte Adrián. »Wehe … du hast … mich … geknutscht.«

Adrián schnaubte gespielt beleidigt. »Zier dich nicht so. Es war höchste Zeit, unsere Beziehung auf eine körperliche Ebene zu verlagern. Und jetzt sei still und verschwende nicht die Energie. Die ist teuer. Sie wurde mit Menschenleben bezahlt.«

»Kinder … hinter … hinter dem Schrank … ein Verlies … Lasst nicht zu … dass ihnen widerfährt … was mir … nein, uns …«

Alba hielt inne. Uns? Hatte er sie erkannt? Das achtjährige Mädchen, das nur dank ihm erwachsen werden durfte?

»Was für Kinder?«, unterbrach Adrián ihn. »Halt lieber den Mund. Du redest wirres Zeug.«

Die Worte »Kinder« und »Verlies«, in einem Satz ausgesprochen, riefen bei Alba nur eine Assoziation hervor.

»Kinderexperimente? Hier? Steckte etwa Juliane dahinter?«

Finn nickte schwach. Erleichterung glättete seine Züge. Er schloss die Lider. »Ihr müsst … sie retten. Und … hüte dich vor den Hexen. Hörst du?«

»Ich kann dich jetzt doch nicht allein lassen!«, rief Alba aus.

»Ich … laufe dir schon … nicht weg. Versprochen.«

Schweren Herzens gab sie nach. »In Ordnung. Adrián? Siehst du nach?«

Der Nachzehrer erhob sich. Er ging zum Werkzeugschrank, stemmte sich dagegen, doch das Möbelstück bewegte sich kaum einen Zentimeter weiter. »Ich schaffe es nicht allein, ich habe einfach nicht genug Energie.«

Alba küsste Finn leicht auf die Stirn. »Bin gleich wieder da.«

Er verlor keinen Ton. Er musste seine Kräfte schonen, und das sollte er auch, sie verlangte keine Antwort von ihm.

Alba eilte zu Adrián. Zusammen und in mehreren Anläufen schafften sie es, den Schrank zur Seite zu rücken. Dahinter führte ein schmaler Gang in einen weiteren Raum. Alba bewegte sich in der Enge vorwärts. Der Untote folgte ihr.

Sobald sie das Verlies betrat, ertönte ein wütendes Bellen, und ein riesiges Tier, das sie in der Finsternis nicht weiter erkennen konnte, stürmte auf sie zu. Alba wich zur Seite aus, drängte sich in eine Ecke. Sie hörte das Gebell und das Schnappen der Zähne, spürte einen

Luftzug auf ihrer Haut. Jeden Moment erwartete sie, in Stücke gerissen zu werden. Doch irgendetwas hielt die tobende Bestie zurück.

Adrián schritt in den Raum, und durch den Gang fiel etwas Licht aus dem Keller herein. Alba erblickte einen Hund, oder vielleicht einen Wolf, der mit einem zerfransten Strick an einem Ring in der Wand festgebunden war. Sein grau-braunes Fell stand in alle Richtungen. Vor dem Maul schäumte Speichel und tropfte auf den Steinboden. Das Tier war krank. Genauso krank wie die Tiere in dem Keller, in dem sie festgehalten worden war! Die Erinnerungen drängten sich in ihr Bewusstsein.

Strolch, hilf mir!, hätte sie beinahe gerufen, nur war diesmal sie es, die helfen musste.

»Akash«, murmelte Adrián überrascht.

»D-du kennst ihn?« Wieder begann sie zu stottern, zwang sich jedoch zur Ruhe. Der Strick hielt das rasende Tier zurück. Sie hatte nichts zu befürchten. Noch nicht.

»Er war Kilians Seelentier. Einmal hat der Hund mir die Schlagader durchgebissen und mich beinahe ins Jenseits befördert. Ich hatte nicht erwartet, ihn jemals wiederzusehen.«

Sehr beruhigend. Und sie hatte geglaubt, er könne die Bestie besänftigen.

In kurzen Pausen zwischen dem Gebell vernahm Alba ein Wimmern. Sogleich war der Hund für sie nicht mehr von Bedeutung. Finn hatte Recht, in diesem Verlies wurden Kinder festgehalten! Bloß … was meinte er damit, als er die Hexen erwähnte? Egal. Das sollte sie ihn lieber später fragen.

An der Wand entlang tastete Alba sich voran. »Es wird alles gut, habt keine Angst«, redete sie in die Dunkelheit. »Euch geschieht nichts.«

In einer Ecke entdeckte sie zwei Mädchen, etwa sieben Jahre alt, aneinandergedrängt und fest umschlungen. Sie streckte ihnen ihre Hand entgegen. »Kommt, es ist vorbei. Alles wird gut, ihr werdet bald zu Hause sein.«

Die Mädchen rührten sich nicht. Sie blickten Alba nicht einmal an, die Gesichter von ihr abgewandt und vermutlich die Augen zusammengekniffen. In der kindlichen Hoffnung, wenn sie selbst diese Monster nicht sehen konnten, würden die Monster sie umgekehrt auch nicht entdecken.

Alba fasste die beiden an den Armen. »Kommt, ich bringe euch hier raus. Vertraut mir.«

Eines der Mädchen kreischte, schlug und trat um sich. In seiner Panik gelangte es etwas weiter in den Raum. In die Reichweite des Hundes.

Dieser stürzte sich auf sein Opfer. Er hätte die Kleine sicherlich zerfetzt, wenn Adrián sich nicht dazwischengeworfen hätte. Statt in das Fleisch des Kindes schlug der Hund die Zähne in den Unterarm des Untoten. Der Nachzehrer rang mit dem Tier auf dem Boden, bis es ihm gelang, den Kopf des Hundes brutal nach hinten zu reißen. Es knackte. Akash streckte sich aus und regte sich nicht mehr.

Schwer atmend rollte sich Adrián auf den Rücken. »Noch so einen Kampf werde ich nicht überstehen.«

»Musst du auch nicht. Es ist vorbei. Kommst du noch auf die Beine? Denn ich kann dich nicht tragen.«

»Ja. Das schaffe ich. Gerade so.«

Die Mädchen hörten auf zu kreischen. Mit leeren, weit aufgerissenen Augen starrten sie auf die Hundeleiche. Alba nahm das eine bei der Hand. »Am besten, wir bringen die beiden so schnell wie möglich weg von hier.«

»Ich habe den Polizisten da oben aufgetragen, niemanden zum Haus zu lassen. Die sind also noch da und werden sich um die Kleinen kümmern.« Er ergriff die Hand des zweiten Mädchens.

Zusammen geleiteten sie die beiden aus dem Verlies. Als Alba in den Keller trat, flog ihr Blick zu Finn. *Ich bin gleich bei dir,* wollte sie ihm zurufen und blieb stumm.

Sie ließ das Mädchen los, das sich an sie zu klammern versuchte und, allein gelassen, aufwimmerte.

Alba hingegen wimmerte nicht, obwohl auch sie niemanden hatte, an den sie sich hätte klammern können. Für sie hörte die Welt auf, sich zu drehen, überhaupt zu existieren.

Finn war tot.

Epilog

Sie musste ihn nicht berühren, um Gewissheit zu erlangen, sie wusste es auf den ersten Blick. Vielleicht war er gestorben, als er ihr nicht geantwortet hatte, noch bevor sie in das Verlies gegangen war. Vielleicht kurz danach. Das spielte keine Rolle mehr.

Finn war tot.

Und auch das spielte keine Rolle. Das Leben ging weiter, nur er und zusammen mit ihm auch sie gehörten nicht mehr dazu. Alba ließ sich neben ihm nieder und umschloss seine Finger. Kalt und schwer lag seine Hand in der ihren.

Irgendwann stand Adrián wieder bei ihr. »Um die Kinder werden sich die Polizisten kümmern. Die Mädchen sind in Sicherheit, du brauchst dir keine Sorgen zu machen.«

Machte sie sich auch nicht. Sie beobachtete, wie sich seine Lippen beim Sprechen bewegten, doch seine Worte verloren für sie jegliche Bedeutung. Was um sie herum geschah, war nur noch ein Film, der ohne ihr Zutun immer weiterlief. Ein Film, den sie nicht mochte und dem sie trotzdem zusehen musste.

»Es tut mir wirklich leid, Alba. Ich weiß nicht, warum

Alfred nicht gekommen ist. Etwas muss ihn aufgehalten haben, ich kann ihn nicht mehr erreichen. Es … es tut mir wirklich sehr leid.«

Ihr … nicht. Sie hockte auf ihren Fersen und hielt Finns Hand. Auch das hatte keinen Sinn mehr, aber irgendetwas musste sie tun. Bedauerlicherweise konnte sie sich nicht einfach so auflösen und zu dem werden, was sie empfand. Zu nichts.

»Alba, es ist besser, wenn wir jetzt gehen. Wir können nichts mehr für ihn tun.«

Natürlich. Deshalb tat sie auch nichts, außer Finns Hand zu halten. Und wünschte sich, ihr Großonkel würde sie in Ruhe lassen.

»Alba? Hörst du mich?«

Sie streichelte über Finns Finger, berührte die Narbe an seinem Handrücken. Jetzt konnte nichts und niemand ihm noch wehtun, er müsste nie wieder leiden. Das war schön. Sie sollte sich für ihn freuen.

»Was ist mit dir? Du machst mir Angst. Wenn ich mich auf dein Âjnâ konzentriere, falle ich in eine Leere, die ich noch nie bei einem Menschen in einem solchen Ausmaß gespürt habe. Komm, lass uns gehen, ich muss dich jetzt von hier fortbringen. Das ist besser für dich, glaub mir.«

Er griff nach ihren Schultern. Um sie hochzuheben und davonzutragen, besaß er nicht genug Kraft. Und selbst wenn doch – was er mit ihrem Körper anstellte, war ihr gleichgültig. Denn auch ihr Körper war bloß ein Teil des seltsamen Films um sie herum, der immer weiter ablief.

Auf einmal erklang eine lispelnde Stimme, die Alba nicht kannte: »Ich hätte nicht gedacht, dass sich alles noch zum Guten für mich wenden würde.« Im Film erschien eine neue Figur: eine zierliche Frau. Ihr bronzefarbenes Haar war zu einem Zopf geflochten, der ihr bis zur Taille reichte. Vor ihren Füßen ringelte sich eine grüne Schlange. Alba erkannte das Tier. Sie hatte es damals auf dem Dachboden gesehen.

Damals.

Vor einer Ewigkeit.

Als Finn noch lebte.

Hinter der Frau standen Micaela mit ihrer Katze und zwei Männer, deren Seelentiere anscheinend anderswo weilten. Also musste die Schlangenfrau Linnea sein, die Königin der Metamorphe. Was für eine Ehre.

»Ich kann es nur wiederholen: Wie schön, wenn einem die Arbeit abgenommen wird.« Linnea lachte und trat mit dem Fuß gegen Julianes Kopf, der über den Boden zu Alba kullerte. Alba hätte ihn zurückgekickt, sie wollte das Ding nicht bei sich haben, aber dafür hätte sie sich bewegen müssen. »Die Erzfeindin ist besiegt. Der Verräter hat mit dem Tod bezahlt. Das Weibsstück, das mir ihn, einen meiner Gefolgsleute, streitig machen wollte, ist ebenfalls in meiner Gewalt und zu guter Letzt: ein Totenküsser. Nein, *der* Totenküsser. Der mir einst entwischt ist und jetzt keine Energie hat, um gegen mich und meine Leute zu bestehen. Wunderbar.«

»Dass ich keine Energie mehr habe – darauf würde

ich an deiner Stelle nicht wetten«, knurrte Adrián, der die Königin nicht aus den Augen ließ.

»Ach, komm schon. Sieh dich nur an! Ein Schmetterling würde dich umwerfen. Also spiel nicht den Helden, sondern ergib dich.«

»Das hättest du wohl gern. Während wir hier plauderten, habe ich Conrad informiert. Bald ist er mit unseren Leuten da, und du wirst mit deinen Helfern richtig ins Schwitzen kommen, glaub mir.«

Alba sah vom einen zum anderen und wusste, wie es ausgehen würde. Ihr Großonkel konnte einen Kampf in seinem Zustand unmöglich überstehen, bis Verstärkung anrückte.

Sie verflocht ihre Finger mit Finns. *Auch ich werde sterben,* regte sich ein Gedanke in ihrem Kopf, als hätte ein Souffleur ihr den Text zugeflüstert. *Hier werde ich mein Ende finden. Dies* ist *mein Ende.*

»Conrad …« Linnea schloss die Augen und ließ sich den Namen auf der Zunge zergehen. In ihrer Stimme schwang eine Schwermut mit, die gar nicht zu den harten Zügen ihres Gesichts passte. »Ich habe ihn schon lange nicht mehr gesehen. Leider habe ich das Gefühl, er geht mir aus dem Weg.« Vielleicht wollte sie herablassend oder sarkastisch klingen, doch Alba sah in ihr nur eine verbitterte Frau, die um einen Mann trauerte, der ihr nie mehr gehören würde. Alba beneidete sie darum. Denn immerhin konnte diese Frau trauern und somit etwas empfinden, immerhin war der Mann noch da und nicht gänzlich verloren.

»Welch ein Wunder«, spottete Adrián. »Ich glaube, er steht nicht so auf Schlangen.«

»Genug geplaudert«, schnaufte die Königin, um den Moment der unachtsamen Schwäche zu überspielen, und schnippte mit den Fingern, was irgendwie theatralisch wirkte.

Die zwei Metamorph-Männer stürzten sich auf Adrián. Sie schlugen den Untoten nieder. Als er am Boden lag, drückte einer von ihnen ihm sein Knie in den Rücken und hielt ihn so, dass er sich nicht mehr bewegen konnte. Micaela ging gemächlich zu Alba und zerrte sie von Finn weg. »Hallo, meine Hübsche. Hast du mich vermisst?«, raunte sie ihr ins Ohr.

Finns Hand konnte sie nicht mehr halten. So sah Alba ihn stumm an, ohne auf irgendetwas zu reagieren.

Mein Gott, warum? Warum muss das alles so enden?

Aber wenigstens endete es endlich. Der Film lief ab. Bald würde das Licht angehen, und die Zuschauer würden den Saal verlassen.

Das Licht ging tatsächlich aus, oder zumindest wurde es schwächer, als hätte jemand eine Lampe zugedeckt. Die Welt war wie mit einem dunklen Schleier überzogen, der sich wie Rauch bewegte. Alba bemerkte Schatten darin, unförmige Gestalten mit leeren Augenhöhlen und aufgerissenen Mündern, die Edvard Munchs ›Der Schrei‹ hätten entsprungen sein können.

Die Metamorphe befanden sich dahinter, auf der anderen Seite, redeten durcheinander, ohne begreifen zu können, was mit ihren Gefangenen geschehen war, wobei die Geräusche nur gedämpft und verzerrt den Schleier durchdrangen. Bloß Linnea starrte den Rauch direkt an – überrascht, verärgert und ein klein wenig ängstlich.

Alba sah an sich herunter. Ihr Körper schimmerte bläulich und in einigen anderen Farben, die nicht ganz so deutlich zu definieren waren, wirkte ätherisch und durchsichtig. Adriáns Schimmern – warum auch immer er gerade neben ihr stand – kam ihr matt vor, von einem eintönigen Grau dominiert.

Sie beide waren nur Geister ihrer selbst. Der Rauch schien an ihnen zu saugen, und bald würden sie selbst zu Schatten werden und mit stummen Schreien durch die dunklen Wogen gleiten.

Adrián fuhr mit der Hand durch den Rauch, der sie umgab, und seine Finger wirkten wie Rauchfäden einer Kerze. »Es fühlt sich … so dunkel an. Was ist passiert? Etwas Merkwürdiges geht hier vor. Und das gefällt mir ganz und gar nicht.«

Mir … schon. Wir sind einfach nur tot …

»Das seid ihr nicht. Ihr steht an der Pforte zum Schattenreich, das ist alles«, donnerte eine Stimme, die von überall zu kommen schien – aus den Wogen, aus den Mündern der Schatten, aus Alba und Adrián selbst.

Dann erblickte Alba das Wesen, das gesprochen hatte. Es war eine riesige, menschenähnliche Gestalt mit blauschwarzer Haut und sechs Armen. Das verfilzte Haar fiel ihr wie ein schwarzer Umhang über die Schultern. Die blutunterlaufenen Augen funkelten wie Sterne. Doch noch verstörender wirkten Schmuck und Kleidung der Gestalt: eine Kette aus gehäuteten Menschenschädeln, ein Rock aus abgeschlagenen Armen und ein Ohrgehänge aus einer vertrockneten Leiche.

»*Maldita sea!*« Adrián zerrte Alba mit sich und taumelte einige Schritte zurück. »Es ist eine Mächtige!«

»So ist es«, antwortete die Hexe, und der Klang der Worte erschütterte Alba, als spüre sie die Nachwirkung eines Erdbebens. Es erschütterte sie und brachte einen Hauch ihrer Gefühle wieder. Verlust. Trauer. Schmerz. Die Erkenntnis, die sie nicht hatte wahrhaben wollen, durchfuhr sie bis in die letzte Faser ihres Körpers.

Finn war gestorben. Finn war gestorben – und der Sinn dieser drei Worte erreichte endlich ihr Hirn.

Alba keuchte und sank vor ihm in die Knie. Nein, das konnte doch nicht wirklich sein. Warum? Warum wurde er ihr genommen, durch welches Vergehen? Was war so falsch daran, ihn zu lieben, dass sie dafür derart bestraft wurde?

Sie drückte seinen Oberkörper an sich. *Was tust du da?*, fragte das Quäntchen ihres Verstandes, das sie noch besaß. *Du umarmst einen toten Mann …* Sie presste ihn noch fester an sich, während ihr Blick umherirrte, als suche sie nach Hilfe. Als könne es noch etwas geben, was ihr helfen würde.

Adrián indes behielt nur die Hexe im Auge. Noch wich er zurück, ohne wirklich davonkommen zu können, denn der Rauch ließ ihn nicht durch. »Warum bist du hier? Was willst du von uns?« Panik schwang in seiner Stimme mit. So verstört hatte Alba ihren Großonkel noch nie erlebt, und seine Verzweiflung stärkte bloß die ihre. Die Schatten schienen nach ihr zu greifen, sie noch tiefer in die rauchigen Schwaden zu ziehen. Stück für Stück verlor sie ihr Selbst.

»Das Gebot ›Du sollst den Namen des Herr, deines Gottes, nicht missbrauchen‹ hat durchaus seine Berechtigung«, erklärte die Hexe. »Ein unbedacht fallengelassenes ›Mein Gott‹ kann jede Mächtige in der Nähe dazu berechtigen, sich zu zeigen. Ich wünschte, ihr hättet früher nach mir gerufen. Dann hätte ich so vieles verhindern können!«

»Wir rufen nicht nach Hexen!«, schleuderte Adrián ihr entgegen. Voller Hass. Voller Verachtung. »Lass uns frei. Unsere Seelen bekommst du nicht.«

»Ich bin hier, um zu helfen.«

Helfen? Niemand kann mir helfen. Alba zwang sich, aufzublicken. »Wer bist du?«

Nicht die Hexe antwortete ihr, sondern Linnea, die durch die Schwaden trat. Die Schattenseelen stoben auseinander, ließen sie frei und schienen hinter ihrem Rücken zu tuscheln.

»Kali«, sagte die Metamorph-Königin. »Das ist doch dein Name, nicht wahr? Oder soll ich lieber … Evelyn sagen?«

Evelyn. Kali. Alba dachte an das Arbeitszimmer ihres Opas, an den Altar und die Statue der indischen Göttin. Sie dachte an Hermanns zerfetzte Leiche, die sie entdecken musste, und an die Erinnerungen, die nicht ihr gehörten, als Evelyn ihr die richtigen zurückgeben wollte.

Kali. Evelyn. Alba verstand.

Adrián tat es nicht. »Evelyn?«, hauchte er. Seine Stimme zitterte. »Nein! Das ist nicht wahr! Meine Evelyn ist tot, aber sie kommt wieder. Und wenn nicht, gehe ich selbst in das Schattenreich und hole sie zurück, das schwöre ich. Und keine Mächtige wird mich davon abhalten können.«

Alba tat es weh, ihn so verstört zu sehen. Gern hätte sie ihren Großonkel umarmt und getröstet, es ihm erklärt, auch wenn er sich vermutlich trotzdem weigern würde, es zu begreifen. So wie sie sich geweigert hatte, Finns Tod zu erkennen und ihn tief in ihrem Innern immer noch nicht akzeptierte.

Sie sah auf. Im Durchgang zur Waschküche erblickte sie eine junge Frau, die irritiert die Szene beobachtete. Etwas an dieser Frau, ob ihre Bewegungen oder die Statur, kam Alba bekannt vor. Zierlich und abgemagert war sie, mit langem, perlblondem Haar und einer Ratte auf der Schulter. Ylva! Das Rattenmädchen. Angezogen und gewaschen wirkte sie älter und reifer, ungefähr Anfang zwanzig, längst nicht mehr wie ein Kind.

Linnea strich sich über den Zopf, als würde sie ihre Schlange liebkosen. »Ach, das hat sie euch nicht verraten? Wie unangenehm. Einst hat sie sich Evelyns Körper genommen, und ihre Seelen sind verschmolzen. Deshalb handelt sie ab und zu menschlich. Deshalb kann sie lieben.« Die Königin maß Adrián mit einem missbilligenden Blick. »Du hättest es früher merken sollen, das Schattenreich, das sie umgibt, spüren können. Oder warst du zu sehr damit beschäftigt, sie zu besteigen?«

»Du lügst«, würgte er hervor.

»Tu ich das?«

»Du lügst.« Er wandte sein Gesicht ab, um seinen Schmerz zu verbergen. »Das ist nicht wahr. Das kann nicht wahr sein.« Seine Stimme verebbte.

»Sie sagt die Wahrheit«, erwiderte die Mächtige leise. »Ach Adrián, ich wünschte mir, du hättest es auf andere Weise erfahren. Aber ich konnte es dir unmöglich sagen, ich …«

»Seid still«, brüllte er. »Ihr alle! Ich will nichts mehr von euch hören. Lasst mich hier raus!« Wieder versuchte er durch den Rauch hindurchzugelangen, obwohl er ihm nicht entkommen konnte.

»Die Schatten«, setzte die Hexe erneut an, ohne seine Forderung zu beachten. »Erinnerst du dich, wie du mich gefragt hast, was das für Schatten waren, die manchmal unter meiner Haut zu huschen schienen? Oder der Energiestoß, ohne dass ich meine Kraft dazu aufbringen musste? Ich bin es, Adrián. Erkennst du mich nicht in dieser Gestalt?«

Er knirschte mit den Zähnen und brachte es nicht über sich, die Mächtige anzuschauen. Seine Züge wirkten hart, die Augen dunkel und matt.

»Adrián …«, beinahe zärtlich erklang der Ruf der Hexe, wurde aber von Linnea unterbrochen: »Hm, dann hat sie euch vermutlich ebenfalls unterschlagen, dass sie Hermann Herzhoff umgebracht hat?«

Adrián zuckte zusammen, während Linnea weitersprach, als hätte sie ihren Spaß daran, ihn zu quälen: »Sie hat ihn gefoltert und sich an seinen Schreien ergötzt, und als er nur noch eine Haaresbreite vom Tod entfernt war, hat sie ihn aufgeschlitzt. Danach ist sie wohl zu dir zurückgekehrt, hat wieder ein armes, hilfloses Mädchen gespielt, damit sie sich an deiner Liebe satt trinken konnte.« Sie wandte sich an die Hexe: »Und das Feuer, wie bist du dem entkommen?«

»Wie kannst du das Schattenreich sehen und es betreten?«, kam es hasserfüllt zurück. »Vielleicht sollte ich dich zerquetschen, damit du für immer deinen Mund hältst?«

»Tut die Wahrheit so weh, dass du mich dafür töten willst? Beruhige dich, denn das kannst du nicht. Ich bin Oyas Geliebte, ich gehöre nur ihr. Zuerst konnte ich das Schattenreich nur spüren. Dann hat die Göttin mich mit hineingenommen, und nun kann ich es sehen.

Beantwortest du jetzt auch umgekehrt meine Frage, oder …

Nein, ich glaube, ich weiß es selbst. Du musstest aus deinem Körper vor den Flammen fliehen. Und Oya dachte, du würdest das nicht übers Herz bringen! Wegen deines Totenküssers, um ihn weiter glauben zu lassen, du wärst … bloß untot, genauso wie er.«

Durch den Schleier drangen Kampfgeräusche heran. Alba schaute sich um. Conrad und seine Nachzehrer stürmten in den Keller und stürzten sich auf die Metamorphe, die den Angriff nicht erwartet hatten. So starb einer der Männer, noch bevor er die Untoten überhaupt wahrgenommen hatte. Die Nachzehrer besaßen Schusswaffen, machten aber keinen Gebrauch davon. Vermutlich, um die Nachbarn nicht noch mehr zu verstören.

»Conrad!« Bei seinem Anblick setzte Linnea spontan zu einer Bewegung an, als wolle sie ihn umarmen, wurde sich allerdings sogleich ihres Temperaments bewusst, hielt inne und gab sich locker. »Na, endlich ist auch der Ehrengast eingetroffen. Entschuldigt mich.« Sie schlüpfte durch den Rauchschleier auf die andere Seite.

Als hätten sie auf ihr Erscheinen gewartet, rückten von der Waschküche her weitere Metamorphe in den Raum vor und nahmen die Nachzehrer in die Zange.

»Adrián …«, rief die Hexe dem Untoten zu, der die Kampfhandlungen fieberhaft beobachtete, unfähig, dem Oberhaupt seines Clans zu helfen. »Adrián, hör mich doch an!«

Er reagierte nicht. Gebannt verfolgte er den Kampf, versuchte den Schleier zu durchdringen, doch die Mächtige schien ihn nicht durchlassen zu wollen.

»Adrián … Ich bin noch die, in die du dich verliebt hast. Als wir uns getroffen haben, war Evelyns Seele mit meinem Wesen bereits verschmolzen, du hast nie eine andere Evelyn gekannt. Auch wenn ich erst jetzt begreife, dass nichts davon Zufall war, sondern von Oya genau geplant. Wie auch … all das hier.«

Der Nachzehrer ließ von seinen Bemühungen, auf die andere Seite zu gelangen, ab und gab sich geschlagen.

»Du hast mich hintergangen und ausgenutzt. Was erwartest du jetzt von mir?« Er war so erstaunlich ruhig, dass es Alba bange wurde, als sie an Conrads Worte dachte. Ein Orkan, der nicht tobte …

»Sag so etwas nicht. Adrián, ich liebe dich wirklich. Ich habe meine Hexenseite für dich aufgegeben, was erwartest du mehr? Sieh mir in die Augen, und sag mir, dass du nicht dasselbe empfindest! Dass alles, was wir miteinander erlebt und durchgestanden haben, nichts mehr wert ist!«

Er hob den Kopf und sah in das schauderhafte Gesicht. Lange hielt er ihrem Blick stand. »Und wen soll ich in dir erkennen? Eine Frau, die ich liebe? Oder eine kaltblütige Hexe, die meinen besten Freund wie ein Schwein abgeschlachtet hat?« Die Worte klangen gepresst. »Hast du nicht genug Spaß mit mir gehabt? Du hast mich leiden sehen. Du hast deine Macht an mir genährt. Was willst du noch von mir?«

»Wie kannst du so etwas sagen? Ich liebe dich.«

Er lachte verbittert. »Hexen lieben nicht. Du kannst mit dem grausamen Spiel aufhören, denn noch mehr kannst du mir mein Herz nicht brechen. Lass mich gehen.«

»Ist deine Abscheu vor Hexen wirklich so groß? Dass du mich von dir stößt? Dass du nicht erkennst, was ich für dich empfinde?«

»Evelyn, ich …« Er blickte erneut zu ihr auf, stockte und schüttelte den Kopf. »Ach. Was will ich da einer Mächtigen erklären. Lass mich gehen oder vernichte mich, hier und jetzt. Aber meine Leute brauchen Hilfe.«

Durch den Schleier sah Alba Conrad und seine Nachzehrer, die von den Metamorphen bedrängt wurden. Von dieser Seite sah es seltsam aus, wie ein Schauspiel, ganz und gar nicht echt.

Die Hexe seufzte. *Sie gibt auf,* dachte Alba mit einem Anflug von Wehmut. *Sie gibt Adrián, diesen Sturkopf, einfach so auf.* Am liebsten hätte sie die beiden durchgeschüttelt und sie angeschrien: *Was tut ihr da? Ihr liebt euch, und ihr habt einander noch, nicht einmal der Tod konnte euch trennen. Anders als mich und Finn.*

Doch es war zu spät. Die Mächtige vollführte eine Geste, und Adrián durchschritt die rauchige Barriere, ohne sich umzudrehen, ohne zurückzublicken. Er fiel den kämpfenden Metamorphen in den Rücken, riss einen der Angreifer herum und saugte sich an seinem Mund fest, trank die Lebensenergie, die ihm fehlte. Die anderen waren zu sehr mit Conrad beschäftigt, um ihrem Kameraden zu Hilfe zu eilen.

»Ich danke dir«, flüsterte die Mächtige, und Alba zuckte leicht zusammen, als ihr bewusstwurde, dass sie es war, die nun ins Visier der Göttin geraten war.

»Wofür?«

»Dass du mich verstehst. Zumindest ein wenig. Aber ich musste ihn gehen lassen, damit er zurückkommen kann. Denn mit Gewalt bei mir gehalten, würde er nur darauf sinnen zu fliehen.«

Alba schaute Finn an und musste schlucken. »Ich hingegen besitze nicht deine Stärke, loszulassen. Ich kann es einfach nicht.«

Evelyn schwieg einen Moment. »Ja. Ich wünschte mir, ich hätte ihn schon vorher retten können. Aber noch besteht eine Chance. Ich biete dir einen Deal an, ich kann dir Finn zurückgeben. Es wird nicht einfach sein, denn das Schattenreich lässt niemanden frei. Finn kann es nur durch ein Portal verlassen.«

Alba wagte es nicht, die Hoffnung an sich heranzulassen. Nicht, um sie wieder zu verlieren. »Und was ist das, dieses Portal?«

»Nicht ›was‹. Wer. Es ist ein Kind, geboren von einer Mächtigen. Ein Wandelnder zwischen der realen Welt und dem Schattenreich, einer, der die Grenzen verwischen kann. Dieses Hexenkind existiert irgendwo, sonst hätte Juliane nicht ihren Dämon bekommen können. Denn auch ein Dämon kann das Schattenreich nur durch ein Portal verlassen. Und genau das bereitet mir Sorgen. Denn Hexenkinder sind Quellen einer beängstigenden Macht, und offensichtlich hat Oya eines von ihnen in den Fingern. Wir dürfen das nicht zulassen, sonst wird sie unbesiegbar, allmächtig. Du musst das Hexenkind finden und …«

Alba schluckte schwer. »… dir bringen?«

»Nur wenn du es findest, kann ich Finn aus dem Schattenreich befreien. Sein Körper bleibt bis dahin hier, wo die Zeit keine Spuren hinterlässt, und wenn seine Seele da ist, wird er wieder zu neuem Leben erwachen.«

»Deal or no deal?« Alba schüttelte den Kopf. »Wozu brauchst du mich? Warum kannst du dieses Hexenkind nicht allein finden?«

»Wir werden ›die Mächtigen‹ genannt, sind es aber nicht. Der Einfluss, den wir auf die reale Welt nehmen können, ist sehr gering. Wir können nicht direkt eingreifen, zumindest nicht, wenn keiner uns gerufen und darum gebeten hat. Alles, was ich bisher getan habe, war meiner menschlichen Seite zu verdanken. Doch mit jedem Tag wird sie schwächer. Ich will das nicht, aber allein bekomme ich es nicht mehr in den Griff. Im Moment bin ich mehr Hexe als je zuvor, und mir sind die Hände gebunden. Dennoch werde ich versuchen, dir zu helfen.«

»Es ist verrückt. Wie kann ich eine Person unter Milliarden von Menschen finden?«

»Bringe in Erfahrung, wer sich alles in der Nähe befand, als Juliane ihren Dämon bekam. Das Hexenkind muss dabei gewesen sein.«

»Sind das alle Bedingungen?«

»Nein. Ich spiele mit offenen Karten, Alba. Alles hat einen Preis. Deine und Finns Seelen werden danach mir gehören. Nach eurem Tod gelangt ihr in das Schattenreich und werdet niemals Ruhe finden. So sind die Regeln, und nicht einmal ich kann etwas dagegen tun. Obwohl ich es mir wünschen würde.«

»Verstehe.« Gefühle, von denen sie sich losgesagt hatte, überschwemmten ihr Gemüt.

Alles hat einen Preis …

… niemals Ruhe finden.

Kann ich dir das antun, Finn? Kann ich das mir selbst antun?

Sag mir, was ich machen soll! Würdest du mit mir zurückkommen wollen?

Und wenn nicht, werde ich ohne dich leben können?

Als sie ihre Entscheidung traf, drückte sie ihre Stirn an die seine und küsste die toten Lippen. »Es tut mir so leid, Finn. Bitte verzeih mir, dass ich zu schwach bin, um dich gehen zu lassen.«

Wir werden zu Schattenseelen. Du und ich.

Danksagung

An dieser Stelle möchte ich all denen danken, die mir beim Schreiben an diesem Band geholfen haben.

In erster Linie sind das meine Testleser:

Kristin Manger, die in der ersten Fassung so viele Stolperstellen entdeckt hat; Simone Kühlewind, der kein auch nur so winziger Fehler entgeht; Melanie Schulte, die dafür gesorgt hat, dass dieser Roman nicht schnulzig wird und Tanja Asmus, die diesen Band verstanden hat, ohne den ersten zu kennen.

Auch möchte ich denjenigen danken, die mir Nachhilfe in Fremdsprachen gegeben haben: Martin Sarmiento Vega für spanische Ausdrücke und Dr. Angelika Jodl für ausländische Akzente.

Ein großer Dank geht an Heike Schulz und Steffi Schmitt für ihre großartigen Ausführungen zu Schlangen- und Vogelverhaltensweisen.

Ich bedanke mich auch bei Dr. Melanie Metzenthin, die mir sehr bildlich erklärt hat, was es mit ausgerenkten Kniescheiben und einer Herzbeuteltamponade auf sich hat.

Quellennachweis

Über die Geschichte des Pesthofes habe ich mich auf folgender Seite informiert:
www.20359hamburg.de

Auch hat mir das Staatsarchiv Hamburg sehr weitergeholfen.

Zu Oya findet man viele interessante Quellen, zum Beispiel diese hier:
www.feste-der-religionen.de/feste/oya.html

Macbeth-Zitat ist von Projekt Gutenberg-DE genommen, Übersetzung: Dorothea Tieck:
http://gutenberg.spiegel.de/?id=5&xid=2627&
kapitel=1#gb_found